MAGIA ROUBADA

Da autora:

Um beijo do destino

Magia roubada

Mary Jo Putney

MAGIA ROUBADA

Tradução
Renato Motta

BERTRAND BRASIL

Rio de Janeiro | 2012

Copyright © 2005 *by* Mary Jo Putney

Título original: *Stolen Magic*

Capa: Silvana Mattievich

Editoração: FA Studio

Texto revisado segundo o novo
Acordo Ortográfico da Língua Portuguesa

2012
Impresso no Brasil
Printed in Brazil

CIP-Brasil. Catalogação na fonte
Sindicato Nacional dos Editores de Livros – RJ

P989m	Putney, Mary Jo
	Magia roubada / Mary Jo Putney; tradução Renato Motta. — Rio de Janeiro : Bertrand Brasil, 2012.
	490p.
	Tradução de: Stolen magic
	ISBN 978-85-286-1570-8
	1. Romance americano. I. Motta, Renato. II. Título.
12-3363	CDD: 813
	CDU: 821.111(73)-3

Todos os direitos reservados pela:
EDITORA BERTRAND BRASIL LTDA.
Rua Argentina, 171 – 2º andar – São Cristóvão
20921-380 – Rio de Janeiro – RJ
Tel.: (0xx21) 2585-2070 – Fax: (0xx21) 2585-2087

Não é permitida a reprodução total ou parcial desta obra, por
quaisquer meios, sem a prévia autorização por escrito da Editora.

Atendimento e venda direta ao leitor:
mdireto@record.com.br ou (0xx21) 2585-2002

Em memória de Cheryl Anne Porter, com sua graça, inteligência e frases memoráveis, e também a Carol Morrison, meu modelo de abnegação e generosidade.

⁂ Agradecimentos

Meus agradecimentos vão para as pessoas de sempre, incluindo John, pela sua compreensão quando meu cérebro ficava perdido no século XVIII; para minha irmã Estill e para minhas amigas Pat Rice e Susan King, que foram muito pacientes com meus choramingos quando o livro não estava indo bem.

Obrigada também ao trio de editoras que tornaram isso possível: Betsy Mitchell, Linda Marrow e Charlotte Herscher.

Por fim, obrigada a Susan Scott, por me orientar sobre os assuntos ligados ao século XVIII.

∗ Nota da autora

*E*mbora a palavra "cientista" só tenha sido criada na década de 1830, o século XVIII foi a Era do Iluminismo, quando as sociedades do Ocidente fervilhavam com teorias, experiências e muitos estudiosos, que eram o equivalente inglês dos futuros inventores de garagem norte-americanos. A partir desse fermento de grandes ideias e experiências, floresceu a Revolução Industrial.

Entretanto, como eu estava presa à década de 1740, devido aos eventos de um livro anterior relacionado a este, e que tem o título de *Um Beijo do Destino*, improvisei e encaixei algumas das alusões aos inventos que aparecem nesta história. A máquina a vapor de David White tem uma semelhança forte e admirável com a máquina a vapor de James Watt, que só apareceria três décadas mais tarde. Isso também vale para as famosas máquinas de fiação e tecelagem, e a grande era das construções de dutos e canais ainda não havia começado. Mas meu retrato da era das invenções é verdadeiro em espírito, embora um pouco prematuro sob a ótica histórica.

Existiu realmente um zoológico real na Torre de Londres, que funcionou desde o século XIII até a década de 1830, quando os últimos animais foram transferidos para um novo zoológico, em Regent's Park. A mostra de animais começou ainda na era medieval, com presentes enviados ao rei por outros soberanos, e, ao longo dos anos, se tornou um sucesso entre o povo. No século XVIII, a Torre de Londres era a maior atração turística da cidade, tanto que a expressão "vamos ver os leões" se tornou um substituto para o convite "vamos conhecer Londres".

Os leões eram extremamente populares, e era comum um leão receber o nome do monarca que estava no trono. Alguns dos leões viviam tantos anos além da média da espécie que há desconfianças de que novos leões substituíam os antigos quando eles iam para a grande savana do céu. Afinal de contas, ninguém queria que um leão com o nome do rei morresse prematuramente, pois isso faria o povo se perguntar quantos anos mais o monarca ainda viveria. Pelo visto, não existe nada de novo na arte da manipulação dos fatos para fins políticos!

UM

Monmouthshire — 1748

No papel de conde de Falconer, Simon Malmain sempre viajava com um séquito de carruagens, cocheiros e certamente um criado. Na função de fiscal-chefe do Conselho dos Guardiães, porém, ele seguia sozinho, como uma sombra célere no meio da noite.

O céu estava coberto de nuvens escuras, um ambiente perfeito para ações secretas. Simon vestia preto dos pés à cabeça. Mesmo seu cabelo louro vinha coberto por um chapéu de três pontas. Não que ele temesse Lorde Drayton, cujos poderes eram muito menos impressionantes do que suas ambições. Mas um caçador sábio não deixa nada nas mãos do acaso.

Seu cavalo foi deixado em uma clareira próxima, um local conveniente para que Simon conseguisse se aproximar do Castelo Drayton sem ser notado. Ele avaliou o castelo a distância. Já conversara com um ex-empregado do lugar, que tinha deixado de trabalhar para Lorde Drayton por temer pela sua alma. Drayton, o mestre da propriedade, estava em casa, recém-chegado de Londres, onde ocupava o importante cargo de ministro de Estado. Simon avaliara a ideia de abordá-lo na cidade, mas decidira que uma área remota como aquela seria mais adequada para o confronto. Já que haveria uma batalha de magia, quanto menos pessoas fossem afetadas, melhor seria o resultado.

O castelo ficava em uma elevação rochosa, encravado junto à curva de um riacho que desembocava adiante, no imenso rio Severn. A construção original tinha sido ampliada e modernizada ao longo dos séculos, mas sua localização continuava a mesma, um monte íngreme escolhido por sua capacidade de impedir ataques. Soldados teriam muita dificuldade para penetrar na fortaleza. Não era o caso de Simon.

Ele encontrou a primeira barreira quase no alto da colina. Um tipo de escudo servia de alerta, montado com surpreendente competência. Drayton devia andar treinando seus poderes. Simon desenhou uma série de símbolos no chão com uma das mãos. Uma abertura do tamanho de um homem surgiu na carapaça de energia. Ele entrou e fechou novamente o portal atrás de si, sem ser detectado. Embora tivesse condições de derrotar por completo os guardas do lugar, não havia motivos para avisar Drayton prematuramente de sua chegada.

A barreira seguinte eram os portões fechados. Por sorte, uma pequena porta lateral, escondida atrás de uma massa de vegetação espessa, levava ao outro lado dos muros. A fechadura simples protegida por um feitiço duplo não foi obstáculo para Simon. Ele apertou os olhos quando a porta fez barulho ao abrir e lançou um encanto que a fechou silenciosamente assim que entrou. Era melhor deixá-la destrancada. Simon duvidava muito de que precisasse sair dali às pressas, mas cautela nunca era demais. Os agentes de fiscalização da lei dos Guardiães que assumiam riscos desnecessários raramente morriam de velhice ou dormindo.

À sombra da muralha, Simon usou seus afiados sentidos internos para avaliar o pátio. Dois guardas aparentando tédio vigiavam a torre que se agigantava sobre os portões. Em uma Inglaterra que vivia um magnífico período de paz, isso era prova do quanto Drayton era uma figura desconfiada. Resultado de uma consciência pesada, sem dúvida.

Antes de entrar, Simon analisou a estrutura do castelo. Àquela hora da noite, quase todos os servos estavam recolhidos, dormindo no sótão ou nos estábulos, que ficavam em uma construção independente nos fundos do castelo. Ele torceu o nariz em sinal de desagrado ao sentir no ar a energia do local. Era algo cruel, corrupto. Ali, a maioria dos residentes era rústica ou sentia medo. Sentiu o toque levemente prateado de uma energia suave e sutil, muito feminina, talvez pertencente a uma criada muito jovem. Especulou consigo mesmo que essa moça logo teria motivos para amaldiçoar os pais por a terem colocado para trabalhar sob as ordens de Lorde Drayton. Talvez literalmente debaixo dele. Mais um motivo para enfrentar o sujeito antes que ele pudesse provocar mais danos.

Um cômodo de canto no segundo andar estava fortemente iluminado, e Simon sentiu no ar que Drayton trabalhava ali. Seu campo de energia parecia imperturbado; ele não havia percebido que seu castelo acabara de ser invadido.

Cobrindo-se dos pés à cabeça por um encanto de distração que provocava o efeito de quase invisibilidade, Simon atravessou o pátio e subiu os degraus que levavam ao castelo. Não houve reação dos guardas da torre. Se por acaso percebessem sua passagem, eles não veriam mais que uma sombra.

A fechadura do portão do castelo era antiga e primitiva, fácil de abrir. Simon se viu em meio ao breu total do saguão de entrada. Depois de uma pequena pausa, a fim de se certificar de que o espaço estava absolutamente desprovido de qualquer presença humana, Simon fez surgir uma centelha de luz mágica na palma de sua mão. Ele a manteve suave, forte o bastante para iluminar apenas o caminho que atravessava o salão e a escadaria principal. Seu sangue se acelerou quando ele subiu os degraus, sabendo que o fim da caçada estava próximo. Embora ele estivesse atuando ali por vontade do conselho e para fiscalizar a lei das Famílias, a caçada em si era uma emoção mais antiga e primitiva.

Recortes de luz delineavam a porta fechada do cômodo de canto. A maçaneta girou com facilidade em sua mão. Como ele imaginava, o aposento era um estúdio de trabalho, ricamente mobiliado e bem iluminado. A luz do lampião brilhava e se refletia nos móveis do ambiente, cheios de elementos folheados a ouro, e também no espelho sobre o consolo da lareira.

Simon não prestou atenção à mobília. O que importava era Lorde Drayton, o homem atrás da magnífica escrivaninha que ficava de frente para a porta. Sua peruca salpicada de pó branco e suas roupas em brocado não pareceriam deslocadas em um palácio real.

Simon encontrara sua presa.

Drayton ergueu a cabeça ao ver Simon chegar. Não demonstrou choque nem surpresa, apenas... Um ar de satisfação? Não, isso era impossível.

— Ora, ora, se não é o estimado Lorde Falconer, vestido como um assaltante de estrada — comentou Drayton, com um tom seco. — Eu estava mesmo me perguntando quando você viria atrás de mim. Para ser franco, eu o esperava mais cedo.

— Não tenho pressa quando estou recolhendo provas. — A voz de Simon era fria, mas um sino de alerta pareceu soar em sua cabeça. Não era natural um mago se mostrar tão descontraído ao se confrontar com um fiscal do Conselho dos Guardiães. — Não que isso tenha sido difícil em seu caso. Ultimamente, você nem tem se esforçado para esconder suas transgressões à lei dos Guardiães.

— De que sou acusado? — perguntou Drayton, recostando-se na poltrona e brincando com sua longa pena de escrever.

Simon pegou o documento dobrado que trazia guardado em um bolso interno da roupa e o colocou sobre a mesa, dizendo:

— Aqui está uma lista das coisas que eu sei que posso provar, embora não tenha dúvidas de que existam muitas outras transgressões. Você usou seus poderes com ganância, egoísmo, e feriu muitos inocentes pelo caminho. — Ele balançou a cabeça para os lados, ainda atônito diante da frieza do oponente. — Como pôde incentivar a mais recente rebelião jacobita, sabendo que tantos homens iriam morrer? Essas almas desperdiçadas não lhe causam dor?

— Não em especial. Poucos dos que morreram valiam algo para a humanidade.

Simon refreou a raiva provocada pelas palavras de seu oponente. Perder o controle naquele momento o colocaria em desvantagem.

— Sugiro que analise os documentos de acusação — ofereceu Simon. — Se existe algum ponto que você queira debater, o momento é agora.

Drayton folheou algumas das páginas e elogiou:

— Admiravelmente completo. — Suas sobrancelhas se ergueram ao ler a última página. — Não imaginei que vocês fossem descobrir isso. Muito bem. Um crédito a mais para os de sua linhagem. — Ele pousou os papéis novamente sobre a mesa. — Como você suspeitou, essa não é a lista completa de minhas façanhas, mas certamente temos aqui material suficiente para você alcançar seus propósitos.

O confronto parecia seguir a direção errada. Drayton agia como se fosse invulnerável, e, no entanto, seus poderes mágicos nunca tinham passado da média. Em silêncio, Simon começou a vasculhar o aposento com os olhos, em busca de alguma anomalia perigosa. Em voz alta, afirmou:

— Como você sabe, existem dois níveis de censura. Você admite abertamente ter violado as leis dos Guardiães. Está preparado para jurar pelo seu sangue que nunca mais tornará a fazê-lo?

— Não consigo imaginar um motivo para fazer algo desse tipo — reagiu Drayton, sorrindo com descontração.

— Mesmo que o fizesse, não acredito que você cumpriria sua palavra — disse Simon, com um tom seco. — Você não me deixa escolha a não ser retirar seus poderes à força.

— Pois tire-os, Falconer — os olhos de Drayton se estreitaram —, se conseguir.

Simon hesitou por um momento. O processo para destruir os poderes mágicos de outra pessoa não era agradável para nenhuma das partes e era raramente invocado. A intuição de Simon entrou em alerta máximo, pois a reação de Drayton a esse confronto não fazia sentido. Simon detectou um pequeno cordão de energia que saía de Drayton e seguia para um destino desconhecido. Fora isso, porém, não havia nada de errado. Por que o acusado parecia tão confiante?

Drayton estendeu a mão envolta em magia para a gaveta da escrivaninha. Enxergando através dos encantamentos do outro, Simon olhou com incredulidade enquanto seu oponente pegava uma pistola. Drayton realmente achava que uma arma de defesa tão primitiva seria capaz de protegê-lo da justiça?

Com um suave gesto para canalizar sua energia, Simon destruiu o mecanismo interno da pistola. No mesmo instante, foi atingido por um poderoso raio de magia diferente de tudo o que já vira na vida. Todos os filamentos de seu corpo estavam sob ataque e pareciam se rasgar.

Enquanto lutava em busca de ar, muito ofegante, Simon percebeu que estava caindo no chão, incapaz até mesmo de se manter em pé, muito menos de se defender. Drayton pegara a pistola para distrair Simon do ataque verdadeiro. Mas de onde o canalha estava conseguindo obter tanto poder? Aquilo era imenso, muito maior que tudo o que o patife já demonstrara. Um poder como aquele não surgia do nada.

Simon conseguiu invocar seus sentidos internos e ficou atônito ao perceber que o fino cordão de energia que vira preso à aura de Drayton se transformara em um fluxo de fogo. Poder em estado bruto se despejou sobre Drayton, que canalizou o poder para fora em ondas abrasadoras que envolveram Simon. Em agonia, Simon começou a bater com força no chão, se debatendo e sentindo como se seu corpo queimasse por inteiro. Seus braços e pernas pareciam estar sendo retorcidos, dissolvidos e remodelados, como se ele estivesse na fornalha de um ferreiro. Sua pulsação aumentou em seus ouvidos, fazendo desaparecer o som das gargalhadas de Drayton e outro som estranho, de roupas se rasgando.

Simon tentou invocar seus poderes com força total, mas estava subjugado, e sua voz desapareceu sob o efeito da magia, juntamente com seus movimentos físicos. Sua cabeça parecia estar rachando, e sua clareza mental começou a se dissolver sob as chamas mágicas que vinham de Drayton.

— Esperei muito tempo para fazer isso, Falconer — sibilou o outro homem. — Em sua arrogância, você achou que poderia me subjugar. Em vez disso, eu estou subjugando você.

Mais energia saiu de Simon, com um clarão chocante como um relâmpago. Seria isso a morte? Simon sempre achou que a morte seria uma visitante bem-vinda, não aquele inferno de agonia e chamas.

O último golpe de poder transformador fez com que perdesse os sentidos. Então, misericordiosamente, a dor começou a diminuir. Sabendo que estivera inconsciente apenas por um momento, Simon lutou para se colocar em pé. Mas seu corpo estava estranho e se movia de uma forma que não era familiar. Ele estava se colocando de pé não com a ajuda das mãos e sim de... patas?

Questionando se tudo aquilo não seria um sonho, Simon se forçou a ficar em pé, mas notou que a visão que tinha do aposento estava curiosamente distorcida. Nenhum sonho pareceria tão real. O cheiro dos livros, da tinta de escrever e do pó se tornaram subitamente mais intensos em suas narinas, e ele sentiu dores em todos os músculos.

Simon se virou e quase tropeçou nas próprias pernas. Seu corpo não era mais o mesmo. Olhou para baixo, mas precisou girar a cabeça de lado para fazê-lo. Parecia impossível, mas o que viu foram quatro pernas dotadas de cascos, tudo envolto em pedaços de tecido preto — os restos dilacerados da roupa que usava. Tentando vencer o pânico, olhou em torno e viu que Drayton olhava fixamente para ele com ar de desmedido triunfo.

O medo o invadiu, e Simon reconheceu um olhar cruel e implacável na expressão do outro homem. Deu alguns passos para trás, e sua cauda girou no ar.

Sua... *cauda?*

Em frenético desespero, Simon girou a cabeça e conseguiu bater com a testa na estante atrás de si. Ignorando a dor, olhou para o espelho acima da lareira.

O ser que o olhava de volta era um cintilante unicórnio branco.

DOIS

Simon, horrorizado, olhou com mais atenção para seu reflexo no espelho. Não enxergava nenhum traço de si mesmo, apenas uma criatura mitológica com o couro pálido, um chifre prateado e olhos muito agitados. A cauda, que continuava a se mover de forma reflexa, era comprida, com um tufo de pelos na ponta: uma cauda de leão, não a de um cavalo, embora o corpo fosse semelhante ao desse animal, e uma crina comprida. Não era sua cabeça que batia contra a estante, mas o chifre espiralado que se erguia de forma bizarra a partir de sua testa equina.

Apesar das evidências de seus olhos — olhos que ficavam dos dois lados da cabeça, não na frente —, Simon teve dificuldade para aceitar o que via. Poderia Drayton ter criado uma ilusão tão vívida que parecia real?

— Você não acredita, não é? — Drayton riu. — Você se transformou em um animal lendário que, aliás, vai me trazer mais poderes do que qualquer Guardião teve em toda a história.

Simon sentiu adensar-se a sufocante ameaça. Havia algo importante sobre unicórnios, algo que ele já estudara, mas sua mente não estava funcionando direito. O conhecimento do qual necessitava naquele instante parecia muito além de sua compreensão.

— Se ainda lhe restou um pouco de raciocínio para entender a situação em que você está, é melhor começar a fazer suas últimas preces, Falconer. — Com palavras sussurrantes e um gesto de mão, Drayton fez um encantamento para amarrar sua vítima.

Faixas de pura energia circularam em torno de Simon, imobilizando-o. Drayton acenou com a cabeça, satisfeito, antes de dedicar a atenção a outros feitiços. Foi preciso apenas um intrincado encanto emitido entre murmúrios para que uma trança de raios de luz surgisse do nada, envolvendo Drayton e Simon em sua circunferência.

A mente enevoada de Simon percebeu que Drayton havia se preparado com antecedência para realizar uma sessão complexa de rituais de magia. Era por isso que ele precisava apenas de alguns comandos para fazer os encantos funcionarem com força total. Esse conhecimento ativou algumas lembranças de Simon sobre as características dos unicórnios. Se um unicórnio fosse morto por meio de um ritual de magia, por exemplo, seu chifre se tornaria um inigualável instrumento de poder. Drayton pretendia matar Simon e retirar o chifre, eliminando um inimigo e aumentando seu poder pessoal com uma cajadada só.

A raiva se expandiu dentro de Simon. Ele começou a lutar contra as faixas de energia que o imobilizavam, mas elas se apertavam ainda mais quando ele lutava.

Seu chifre. O chifre de um unicórnio tinha poderes mágicos, lembrou. Balançou a cabeça com força e espetou com a ponta do chifre espiralado uma das faixas de energia que aprisionavam suas pernas. A ponta do chifre machucou uma de suas patas, mas a faixa de energia se rompeu. Com estocadas curtas e certeiras, Simon cortou as outras faixas até libertar as pernas por completo. Furiosamente, atacou Drayton com o chifre abaixado, pronto para a batalha.

Quase conseguiu empalar o renegado mago na parede, mas Drayton mergulhou atrás da escrivaninha de madeira maciça para se proteger, ao mesmo tempo que lançava um feitiço de defesa. Simon tentou perfurar o escudo invisível várias vezes, sem sucesso, até que percebeu que Drayton preparava outro encanto, murmurando palavras estranhas. Estava mais do que na hora de partir.

Simon pulou para o outro lado da sala com um único salto, sentindo um choque doloroso ao quebrar o círculo ritualístico. Só que, sem mãos, como poderia abrir a porta? Depois de um instante de confusão mental, girou o corpo e se empinou com vontade. Em seguida, usou todo o peso do corpo para escoicear a porta. A tranca se quebrou. Ao sair da sala em disparada, Simon viu que havia deixado profundas marcas de cascos nos painéis elegantes do aposento.

Alcançou o topo da escadaria em segundos, mas parou de repente, quase despencando de frente. Como conseguiria descer as escadas sem quebrar as pernas ou o pescoço? Teria de descer de costas? Tentou analisar as possibilidades, mas sua mente parecia fragmentada, incapaz de raciocinar direito.

— Maldito Falconer! — Os gritos furiosos de Drayton ecoavam do estúdio.

Ao sentir que as faixas mágicas tentavam envolvê-lo novamente, Simon usou o instinto e se lançou de forma imprudente escada abaixo em três pulos, confiando cegamente na sorte e no equilíbrio que as quatro patas lhe dariam para se manter em pé. Enquanto se lançava velozmente pelo salão amplo rumo à entrada, um punhado de servos semidespidos surgiu, bloqueando a saída de Simon.

Do alto da escadaria, Drayton gritou:

— Impeçam a fera de sair, mas não a matem!

Simon abaixou a cabeça e atacou. Todos os servos, com exceção de um, debandaram assustados. O criado que ficou pegou uma cadeira pelo encosto e sacudiu as pernas dela diante de Simon. Um cavalo certamente recuaria diante disso, mas Simon se desviou o suficiente para atingir a cadeira e o criado com um poderoso golpe de ombro. A cadeira se despedaçou, e o criado foi lançado contra a parede entre uivos de dor.

Dessa vez, ao chegar à porta, Simon já sabia como girar, empinar o corpo e escoicear. A madeira sólida daquela porta era muito mais pesada que a da porta do estúdio e não cedeu da primeira vez, mas dava para senti-la tremendo sob o impacto de suas patas furiosas.

Uma dúzia de coices retumbantes depois, a fechadura se quebrou. Simon girou o corpo e forçou a passagem. O pátio ficava alguns degraus abaixo. Ele voou até o solo em um único pulo. Suas patas e cascos traseiros provocavam-lhe fisgadas de dor, em virtude dos coices na madeira, mas isso não diminuiu sua velocidade.

Os portões da muralha externa eram espessos, sólidos e se agigantavam muito acima da cabeça de Simon. Ele girou para a direita, satisfeito por ter deixado a porta lateral destrancada. Como ela abria para fora, dava para escapar com facilidade, mas ele bateu com o chifre no portal, pois não estava acostumado às novas dimensões de seu corpo. Baixando a cabeça, passou apertado pela porta, sentindo o arranhar leve das laterais do portal em seu couro.

Fora do Castelo Drayton, ele galopou sem parar colina abaixo, reparando alegremente no poder e na surpreendente velocidade de seu corpo sob a nova forma de unicórnio. Estava livre...

Mas estava em uma prisão feita de magia negra. A pequena parte dele que ainda era Simon lutava contra a exaltação descuidada promovida pela velocidade. Ele precisava planejar, *planejar* o que fazer. No entanto, o instinto animal o incitava apenas a sentir o vento na crina e a relva sob seus cascos velozes.

Percebendo o quanto estava visível com seu couro branco cintilante, Simon continuou galopando a toda velocidade até a floresta próxima, que seguia rumo ao oeste, até Gales. Quando se viu a uma distância segura do castelo, parou e se abrigou sob uma árvore, sentindo-se ofegante não tanto pela corrida desabalada, mas pelo choque do que havia acontecido.

Com humor negro, concedeu a si mesmo o direito de se sentir chocado diante do estado em que estava. Pelo menos, por enquanto, escapara da morte certa. Descobriu também que, apesar de sua desorientação mental, conseguia ainda raciocinar, embora de forma lenta e com dificuldade. Não teve sucesso ao tentar lembrar as fórmulas matemáticas que estudava por diversão, mas as lembranças dos eventos de sua vida ainda estavam vivas em sua mente. Ele ainda era mais ou menos o mesmo de antes.

Ele conseguiria quebrar o encantamento? Tentou invocar mentalmente seus poderes de magia, mas não conseguiu. Preocupado, tentou realizar um encanto simples. Luz mágica era algo que ele conseguia fazer surgir de forma natural. Tinha conseguido isso ainda no berço. Nesse momento, porém, nada aconteceu. Tentou outros encantos leves, mas fracassou igualmente.

Como poderia viver sem magia? Simon se recusou a considerar essa possibilidade. Em algum lugar, existia uma solução que o faria voltar a ser o que fora. Ele precisava apenas encontrá-la.

Esfregou a cabeça contra o tronco da árvore que lhe servia de proteção. Pensar lhe deu dor de cabeça, pois um unicórnio não era feito para raciocinar. Isso significava que ele deveria pensar tanto quanto lhe fosse possível, a fim de manter vivas suas características humanas. A mente disciplinada e poderosa de Simon Malmain corria perigo de ser sobrepujada pelo corpo animal que ele habitava agora.

A explosão de raiva aniquiladora que ele experimentara durante a fuga do castelo era-lhe uma reação estranha, totalmente diferente de tudo que já havia vivenciado como humano. Simon sempre fora famoso pela calma e pela capacidade de manter a cabeça fria sob quaisquer circunstâncias. Essa calma desaparecera junto com sua forma humana. Ele balançou a cauda com impaciência, pouco à vontade, e depois se desprezou por esse gesto puramente animal.

O que Simon conhecia a respeito de unicórnios? A existência desses animais era considerada uma lenda, mas as lendas, muitas vezes, eram baseadas na realidade. A tradição dizia que os unicórnios eram lutadores valentes, determinados e tão selvagens que era impossível alguém capturar um deles com vida. Tinham mais velocidade para correr que qualquer outra criatura, o que era uma dádiva, já que seus chifres preciosos tinham tanto valor que os caçadores preparavam armadilhas e matavam unicórnios sempre que conseguiam desde tempos imemoriais. Portanto, talvez os unicórnios realmente tivessem existido um dia e tenham sido caçados até chegar à extinção. Qualquer que fosse a verdade, Simon tornara-se um unicórnio.

Existiriam unicórnios fêmeas? Ele nunca ouvira falar disso. Talvez o chifre fosse um símbolo tão poderoso de potência e masculinidade que as histórias lendárias nunca considerara a possibilidade de um unicórnio não ser macho. Talvez as fêmeas da espécie não exibissem chifres. Por causa disso, elas tinham pouco valor para os caçadores e acabaram desaparecendo das antigas lendas.

Lentamente, Simon recomeçou a caminhar, analisando seu novo corpo. Sentiu-se veloz e poderoso. Mesmo que Drayton enviasse caçadores para persegui-lo, Simon duvidava muito de que algum cavalo fosse capaz de o alcançar. Ergueu a cabeça e inspirou o ar frio da noite. Seus sentidos estavam mais apurados. Os perfumes da floresta tinham agora uma nova camada, com uma densidade que ele nunca experimentara antes. Sua audição e sua visão estavam mais aguçadas.

Seu estômago roncou. O que os unicórnios comiam? Simon imaginou um suculento rosbife e estremeceu. Não, nada de carne. Grama?... Ele torceu as narinas e percebeu que os tufos de vegetação sob suas patas tinham um cheiro que lhe pareceu apetitoso. Baixou a cabeça e começou a pastar. Nada mal, analisou, embora preferisse um belo balde de aveia, se tivesse escolha. Descobriu que pastar o tranquilizava e também clareava um pouco suas ideias.

O que poderia fazer agora? Mesmo que conseguisse chegar sem ser visto até a casa de um amigo Guardião, dificilmente seria reconhecido. Simon se imaginou arranhando uma mensagem na terra com os cascos, e ficou enjoado ao perceber que não conseguia lembrar o formato das letras. Ler e escrever eram atividades além de suas possibilidades agora, e isso era uma perda tão grave quanto a de sua habilidade para lidar com magia.

Será que um Guardião com alta capacidade de empatia conseguiria sentir sua essência humana? Talvez um amigo muito chegado, como Duncan Macrae ou sua esperta esposa, conseguisse reconhecer Simon, mas eles estavam muito longe, na Escócia.*

Sua cabeça continuava a doer, e ele não conseguiu encontrar plano melhor do que o de ficar naquela área até compreender melhor suas opções. Seria possível armar um confronto direto com Drayton, a fim de forçá-lo a desfazer o encanto? Mas como Simon conseguiria isso? Furando Drayton com seu chifre? Como se o mago renegado fosse ficar em pé diante dele, à espera de ser espetado!

Tentando vencer o desespero, Simon abandonou o lugar onde pastava e entrou mais fundo na floresta. Aumentou o ritmo do trote e chegou a galopar com alguma velocidade até encontrar uma trilha estreita e pouco usada. Precisava de tempo... Tempo para compreender essa mudança radical e verificar sobre quais de seus poderes ainda tinha destreza.

Haveria tempo de descobrir isso antes que a natureza animal sobrepujasse o que lhe restava de humano? Com o coração disparado, Simon acelerou o galope e seguiu, cintilando, floresta adentro.

* * *

As noites escuras e nubladas eram as melhores para a prática de caça ilegal. Os dois homens vestidos de forma rústica haviam tido uma caçada bem-sucedida e agora voltavam para casa com as sacolas cheias de animais mortos. Ao ouvir o som de cascos, eles se

---

* Ver *Um Beijo do Destino*. (N. T.)

embrenharam pelas árvores frondosas que se alinhavam ao longo da trilha que cortava a floresta.

Com a voz quase inaudível, o homem mais baixo sussurrou:

— Que idiota seria tolo o bastante para cavalgar pela floresta a essa hora da noite, Ned? E a essa velocidade?

Ned encolheu os ombros, perguntando-se se o cavaleiro não teria caído do cavalo e quebrado o pescoço. Ele e Tom não eram ladrões, mas, se um homem morresse bem diante deles, certamente nenhum dos dois recusaria tal sorte.

As nuvens se abriram um pouco, e um animal branco, quase cintilante, passou galopando através da noite, sem sela nem rédeas nem cavaleiro. Ned inspirou fundo, mas não disse nada até o som dos cascos desaparecer ao longe.

— Você viu aquele chifre? — perguntou a Tom.

— Foi um cavalo! — reagiu Tom, com a voz trêmula. — Aquilo era apenas um *cavalo*.

* * *

Furioso, Lorde Drayton irradiava ondas de magia que faziam Parkin, o supervisor do castelo, querer sair correndo para salvar a própria pele. Embora Parkin também tivesse alguns poderes mágicos, certamente não seriam suficientes para sua proteção no caso de Drayton resolver atacá-lo. O melhor a fazer era ficar calado e esperar Sua Senhoria se acalmar.

Isso levou algum tempo, mas, depois de chamuscar metade dos livros de seu estúdio, Drayton caiu em si e se tornou mais coerente.

— Maldito Falconer! Eu deveria ter imaginado que um mago com seu poder seria capaz de quebrar o círculo que o aprisionava. — Riu de forma cruel. — Afinal, foi por causa dessa força que eu o escolhi.

— Sim, milorde — arriscou Parkin.

Drayton olhou para o servo com desprezo e anunciou:

— O rei deseja me ver. Tenho de partir para Londres amanhã. Isso significa que é você quem deverá caçar o unicórnio. Ele *deve* ser capturado, mas *não pode* ser morto. Fui claro?

Os olhos de Sua Senhoria demonstraram ameaças mortais. Parkin nunca o vira assim, tão assustador. Por outro lado, se Parkin capturasse a fera, Drayton ficaria feliz e grato.

— Eu compreendo, milorde. Só que... como se captura um unicórnio?

— O método tradicional é colocar uma virgem de tocaia e deixar que o unicórnio venha até onde ela está — disse Drayton, com impaciência. — Você e seus homens devem ficar escondidos, com redes e facas. Cortem os tendões das patas da fera, se for necessário, pois isso a impedirá de fugir novamente. Não me importo com que ele seja ferido, desde que esteja vivo e com o chifre intacto quando eu voltar, daqui a duas semanas.

— Essa virgem deve ser jovem e honesta?

— De acordo com a lenda, basta que ela seja virgem, pois é a pureza que atrai o unicórnio — explicou Drayton, dando de ombros. — Faça de tudo para capturá-lo.

Aquela não era uma missão tão difícil, afinal. Parkin se curvou em uma reverência profunda e garantiu:

— Isso será providenciado, milorde.

— Cuide para que a porta deste aposento também seja consertada — ordenou Drayton, dispensando o servo em seguida com um irritado aceno de mão.

— Sim, milorde. — Parkin saiu do cômodo de costas, grato por ter escapado ileso. Naquele momento, ele se lembrou de antigas histórias sobre capturar unicórnios com a ajuda de uma virgem, mas onde poderia encontrar uma mulher intocada no Castelo Drayton? As poucas serviçais do lugar eram velhas e enrugadas ou vadias grosseiras, sempre dispostas a abrir as pernas para qualquer homem que lhes desse uma moeda ou um elogio.

A única exceção a essa regra era Meggie Louca. Parkin franziu o cenho. Ela devia ter mais de 20 anos, mas ele seria capaz de apostar que a jovem ainda era donzela. Em primeiro lugar, porque ela se mantinha sob a proteção pessoal de Drayton, de modo que os homens espertos mantinham distância dela. Se ao menos ela fosse bonita, alguém poderia ter se arriscado a tentar possuí-la só por diversão, mas Meggie era mais feia que um muro coberto de lama, tinha medo da própria sombra e passava todo o tempo perto dos estábulos. Os cavalos não se importavam por Meggie ser louca, mas todo mundo no castelo a evitava, como se sua loucura fosse contagiosa.

Drayton se importaria se a criada louca de pedra fosse usada como isca? Afinal de contas, ninguém maltrataria aquela garota simplória. Se ela não fosse virgem, Parkin teria de procurar no vilarejo próximo, mas não seria fácil convencer os pais de uma jovem pura a emprestar sua filhinha preciosa. O melhor era torcer para que Meggie Louca nunca tivesse sido tocada por um homem e para que o unicórnio chegasse perto o bastante para sentir a presença da moça.

Perguntando-se a que distância um unicórnio conseguiria detectar uma virgem, Parkin foi direto para sua mesa e fez uma lista dos homens e equipamentos de que precisaria para aquela missão. Assim que Sua Senhoria partisse para Londres pela manhã, ele poderia começar a preparar a caçada ao unicórnio.

TRÊS

A vida era mais fácil no castelo quando Sua Senhoria estava ausente. Meggie esperou até a carruagem partir, seguiu para a cozinha a fim de implorar por um pedaço de pão e queijo e depois foi andar a cavalo. Sua égua tinha um nome sofisticado, mas ela a chamava de Lolly.

Elas voltaram ao estábulo no meio da tarde, sujas e molhadas, depois de brincarem juntas na parte rasa do rio. Feliz e descuidada, Meggie escovou a lama e os pedaços de capim do pelo de Lolly, castanho e muito brilhante. Se o lorde precisasse de Meggie, conseguiria encontrá-la onde quer que ela estivesse. Na véspera mesmo ele só faltara lhe arrancar a alma do corpo, deixando-a completamente exausta. Hoje, ele tinha outras coisas na cabeça, e ela estava livre para fazer o que bem entendesse.

Enquanto escovava a cernelha de Lolly, a égua acariciava as costas de Meggie com o focinho. A moça suspirou de alegria, sentindo a pressão aliviar-lhe a rigidez dos músculos. O contentamento de Lolly preencheu sua mente. No calor dos sentimentos da égua, Meggie também se sentiu contente.

— Ah, aí está você! Por onde andou o dia todo?

A rispidez da voz que ouviu fez com que Meggie se encolhesse dentro do compartimento do estábulo, enquanto Parkin, o administrador do castelo, seguia com passos firmes e muita impaciência rumo ao centro do celeiro. Ele nunca havia batido nela, mas era um sujeito grosso e assustador. Normalmente, nem reparava na existência de Meggie, e isso era ótimo.

— Ca-cavalgando — gaguejou ela ao responder.

— Eu devia ter imaginado. — Parkin abriu os lábios de leve. — Se você não for virgem, é porque deu para algum garanhão aqui do estábulo. Venha cá, tenho um trabalho para você.

Os olhos de Meggie se arregalaram. Somente o lorde a usava para fazer trabalhos. Ela não sabia que Parkin também era capaz de fazer certas coisas.

Ao ver a expressão assustada dela, Parkin amaciou a voz.

— É um serviço simples. Na verdade, é uma espécie de brincadeira. Tudo o que você tem a fazer é ficar sentada em um lugar no meio da floresta por algum tempo, até que um... um cavalo especial chegue até você. Vai ser fácil. — Ao ver que ela continuava olhando com ar desconfiado, ele completou: — Vou lhe comprar um vestido novo. — Ele torceu o nariz. — Depois de você tomar um banho para se livrar desse cheiro de cavalo.

Ela não compreendeu o que ele queria exatamente, mas permitiu que ele a pegasse pelo pulso e a levasse até a parte principal do castelo. Os modos de Parkin eram ríspidos, mas não havia agressividade nele. Algo o preocupava. Meggie certamente era só uma parte do que estava acontecendo.

O quarto dela, minúsculo, ficava na parte mais alta do castelo, e normalmente ela se lavava em uma pia com água fria. Naquele dia, porém, Parkin a levou para um quarto amplo no segundo andar e a entregou a uma criada com instruções para que ela tomasse um banho completo. Embora Meggie gostasse da água morna da banheira de estanho — tão imensa que ela cabia inteira lá dentro! —, ela não gostou de ser esfregada com força, como se fosse um bebê. Mas o sabonete cheirava a rosas.

Meggie cochilou de leve, mergulhada na água com perfume de rosas, mas de repente acordou com um pulo, o coração lhe martelando o peito. Sonhou que estava caindo das muralhas do castelo, despencando de forma incontrolável em uma terra estranha e nova. O sonho veio acompanhado da sensação assustadora de que ela estava prestes a ser arrancada da única vida que conhecia.

Pensou nos dias infindáveis no castelo, onde seus únicos momentos de prazer eram com os cavalos. Ela não tinha nenhuma obrigação específica ali, nenhum trabalho, nem mesmo o de escovar o chão. Sua única tarefa era estar disponível sempre que Lorde Drayton precisava usar sua mente, arrancando lá de dentro, sem pena, tudo que ele queria e deixando-a semimorta, como um ovo quebrado. Meggie não tinha palavras para descrever o horror que sentia nessas sessões, mas as odiava. E odiava seu mestre também.

Com súbita audácia, pensou que, se alguma mudança estava para acontecer em sua vida, ela a queria.

— Hora de se vestir, Meggie — avisou Nan, a criada. — Saia da banheira.

Obedientemente, Meggie saiu e se secou. O novo vestido que Parkin lhe prometera era uma elaborada camisola com renda nas pontas, embora fosse grande demais para ela. Mas a renda era muito bonita.

Nan fungou, com ar de desaprovação, depois de vestir a camisola por cima da cabeça de Meggie e fazer um laço debaixo do pescoço da moça.

— Se Parkin vai fazer o que eu estou pensando, isso é muita crueldade — comentou Nan, com semblante sério, enquanto penteava os cabelos de Meggie, pretos e muito compridos.

Preocupada, Meggie enfiou os pés nos sapatos novos, tentando descobrir o que a criada queria dizer com aquilo. Parkin escolheu esse exato momento para entrar no quarto.

— Venha comigo, garota, já perdemos muito tempo. Quanto mais cedo agarrarmos aquele unicórnio, melhor. — Ele balançou a cabeça.

— Você não faz a mínima ideia do que eu estou falando, não é?

Não importa. Simplesmente faça tudo que eu mandar e você não vai se machucar. — Baixinho, ele completou: — Pelo menos eu acho que não.

— Mais um minutinho, enquanto eu prendo os cabelos dela — disse Nan.

— Deixe-os soltos, para ela ficar mais com cara de donzela. — Quando Nan lançou um olhar duro para Parkin, ele reclamou: — Não vou levar a garota para a cama, não. Para que eu iria escolher uma magricela como essa aí?

Meggie era uma jovem simplória, mas sabia reconhecer o desprezo. Os cavalos eram muito mais gentis que os homens. Piscando depressa para secar as lágrimas que surgiram, seguiu o administrador até o pátio, onde uma pequena carruagem aberta puxada por um pônei a esperava. Como não queria que Parkin a tocasse, Meggie subiu sozinha e sentou-se no banco, afastando-se dele o máximo que pôde.

Vários homens saíram dos estábulos carregando redes, cordas e chicotes. Alguns deles trabalhavam nas cocheiras, mas outros eram trabalhadores externos. Reparando no medo estampado no rosto de Meggie, Parkin disse, com impaciência:

— Não me venha com choramingos. Você não vai se ferir se fizer tudo conforme eu mandar.

Mordendo o lábio inferior, ela agarrou a grade lateral da carruagem, enquanto Parkin a levou através da estrada do castelo até entrar na floresta. Os homens armados os seguiram, fazendo piadinhas entre si, até que Parkin os mandou calarem a boca.

Adiante, eles pegaram uma trilha acidentada que levava a uma clareira rodeada por densos arbustos.

— Acho que este lugar é tão bom quanto qualquer outro — comentou Parkin. — Se é que isso vai dar certo.

Meggie sentiu um pouco de insegurança na mente do administrador. Ele recebera uma missão e não sabia exatamente como cumpri-la. Quando ele ofereceu a mão à moça para ajudá-la a saltar da carruagem, ela pulou sozinha, sentindo-se cada vez mais desconfortável com o que estava acontecendo.

— Sente-se ali — ordenou Parkin, apontando para um ponto sob uma árvore à beira da clareira.

Meggie se sentou, puxando as pontas soltas da camisola para proteger os tornozelos. Estava muito escuro e o tempo começava a esfriar.

Parkin pegou uma corda de um dos homens, amarrou-a em volta do tronco da árvore e, em seguida, com muita habilidade, prendeu-a em torno da cintura de Meggie antes mesmo de ela perceber sua intenção. A jovem tentou escapar, mas a corda era tão curta que ela nem conseguiu se colocar em pé.

— O que Meggie fez de errado? — perguntou ela, confusa e assustada.

— A corda é só para mantê-la quietinha no lugar. Vamos nos esconder entre os arbustos e, se você precisar de ajuda, estaremos bem ali. — Fez sinal para os homens, e todos se esconderam entre a vegetação fechada. Meggie não conseguia vê-los, embora conseguisse perceber os sentimentos deles. Parkin, em especial, ardia de nervosismo e expectativa.

E então... nada aconteceu. O tempo passou, a noite caiu e o medo de Meggie desapareceu. Ela cruzou os braços junto do corpo para se aquecer e torceu para aquela brincadeira estranha acabar depressa.

* * *

Simon acordou do cochilo que tinha tirado, em pé. Agora que a noite caíra, era hora de começar sua jornada. Já tinha decidido que era inútil permanecer perto do castelo com a esperança de um novo confronto com Drayton. Várias vezes sentira ataques contra ele, feitos a distância pelo mago renegado. Por sorte, apesar de Simon não conseguir invocar encantos conscientemente, seus escudos invisíveis pareciam fortes o bastante para protegê-lo. Mas os ataques constantes o levaram à conclusão de que ele teria de procurar ajuda de outros Guardiães.

Sua esperança era conseguir chegar à propriedade de Lady Bethany Fox, a idosa e sábia líder do Conselho dos Guardiães. Sua casa de campo ficava a cerca de um dia de viagem dali, se ele se movimentasse com rapidez e escapasse da captura. Embora Simon não acreditasse que Lady Bethany estivesse no campo, seus servos provavelmente teriam o bom-senso de chamá-la, em vez de tentar matar um unicórnio que apareceu em sua propriedade. Simon e Lady Beth se conheciam tão bem que, se a dama fosse chamada de Londres, conseguiria descobrir a identidade de Simon e talvez até mesmo remover o encanto que lhe modificara a forma.

Simon parou para beber água em um riacho que encontrara. Estava prestes a rolar na lama, a fim de disfarçar seu couro muito branco, no instante em que sentiu no ar uma fragrância que o inebriou. Suas narinas se abriram involuntariamente. Uma flor? Não... Aquilo não se parecia com nada que ele tivesse experimentado antes. Aquele aroma era de... inocência.

Ele se virou e tentou acompanhar a fragrância arrebatadora, que trazia promessas de primavera, de felicidade, da simplicidade alegre da infância antes das escuras complexidades da vida adulta. Era como a celestial música das esferas, pura como a canção de um anjo. À medida que o perfume irresistível foi ficando mais forte, Simon se esqueceu de seu dilema e dos vagos planos que traçara. Tudo o que importava naquele momento era descobrir aquela fonte de alegria.

Ele alcançou a borda de uma clareira e descobriu que a fonte daquela irresistível tentação era uma jovem de camisola branca esvoaçante. Ela estava sentada sob uma árvore, com os joelhos recolhidos para cima e os braços em torno das pernas. Balançava-se para frente e para trás suavemente, com expressão pensativa, enquanto perscrutava a escuridão. Os cabelos escuros da moça se espalhavam sobre os ombros e lhe desciam até a cintura, brilhando muito à luz do luar. O coração de Simon disparou, como se ele tivesse galopado por 15 km, pois a mulher irradiava a pureza pela qual ele tanto ansiava.

O instinto de Simon foi atravessar a clareira, mas conseguiu se conter por um instante, assaltado por uma lembrança que lutava para emergir em sua mente atribulada. Embora a donzela fosse toda feita de pureza e inocência, ele pressentiu mais de um tipo de escuridão ao redor do lugar onde se sentava...

Nesse momento, ela se virou, olhou diretamente para ele, e seus olhos imensos se arregalaram, maravilhados. Assim que ouviu o suspiro suave da moça, Simon se viu perdido. Sem dar ouvidos a nada que não fosse a necessidade cega de estar junto dela, ele avançou para o centro da clareira.

* * *

Meggie se balançava suavemente na relva, sentindo-se profundamente infeliz, mas incapaz de fugir. O que mais desejava era que aquela brincadeira *terminasse* logo, para que ela pudesse ir para sua cama quentinha.

Um leve movimento atraiu sua atenção. Ela se virou um pouco mais e viu o cavalo mais belo do mundo na borda da clareira. Era totalmente branco, um branco puro, e o couro do animal brilhava como prata à luz do luar. Ela respirou fundo, certa de que estava sonhando.

— Venha aqui, minha lindeza — chamou ela baixinho, quase sem fôlego.

O animal deslizou suavemente rumo ao centro da clareira, em movimentos tão leves que ele mal parecia tocar na grama. Quando ele se aproximou mais, Meggie notou o chifre espiralado que saía da testa da criatura. Ela ofegou de surpresa diante disso, finalmente entendendo o que Parkin dissera sobre um tipo especial de cavalo. Qual foi mesmo a palavra que ele usou? "Unicórnio", lembrou.

A beleza mágica do unicórnio fez a moça sentir um desejo profundo. Tentou se levantar para saudá-lo, mas perdeu o equilíbrio e tornou a sentar-se de forma desajeitada na relva ao ser impedida pela corda que a prendia à árvore, da qual se esquecera.

Ela balbuciou palavras que ouvia os tratadores usarem nos estábulos e ergueu as mãos em um gesto de boas-vindas, enquanto se maravilhava com a beleza sobrenatural do unicórnio. Seus cascos eram separados em duas partes, como os de um cervo; a cauda comprida era sinuosa e formava um tufo de pelos na ponta, como nos desenhos que ela vira de leões. Era macho, ela reparou. Definitivamente, era macho.

O unicórnio baixou a cabeça, apontando o chifre pontiagudo na direção dela, mas Meggie pressentiu que ele não iria machucá-la. Sentiu um misto de curiosidade e desejo nostálgico que combinava com o dela. Por baixo disso, sentiu o pulsar de um espírito profundamente magoado.

— Venha, meu lindo — sussurrou ela. Meggie era boa para lidar com cavalos e talvez conseguisse tranquilizar o sofrimento do magnífico animal.

Com mais um passo suave, o unicórnio baixou o pescoço e acariciou com o chifre as faces de Meggie. Frio e liso, o chifre a fez sentir calafrios de deleite. Ele irradiava um poder diferente de todos os que ela havia conhecido na vida.

Murmurando palavras de ternura, Meggie acariciou o focinho suave, de textura aveludada. O unicórnio suspirou profundamente, deitou-se ao lado dela e repousou sua cabeça pesada sobre o colo da jovem. Estupefata, ela acariciou o pescoço sedoso do animal e percebeu que a pele dele era muito mais delicada que o couro de qualquer cavalo. Um calor suave trespassava a jovem, aquecendo lugares profundos e insuspeitados dentro dela, lugares que nunca tinham experimentado tais sentimentos. Ela esticou o braço para tocar com seu próprio o espírito do unicórnio.

De repente, a noite explodiu em gritos e violência:

— Agora! — rugiu Parkin, e vários homens surgiram por entre os arbustos.

Por um segundo fatal, o unicórnio se manteve imóvel sob as mãos de Meggie. Então se levantou de forma desajeitada, em pânico.

— Fuja! — gritou Meggie.

Era tarde demais. Uma rede pesada caiu sobre ele. Enquanto o animal lutava para se livrar das cordas que cobriam seu corpo, dois homens o enlaçaram, por baixo, imobilizando suas longas e graciosas pernas, e, então, apertaram os laços com força. A criatura brilhante desabou pesadamente no chão. Mesmo assim, ele ainda lutava, os cascos tentavam se mover, e o chifre golpeava o ar em várias direções.

Um dos cavalariços fez estalar um chicote que atingiu o unicórnio, mas praguejou ao ser atingido de leve por um dos cascos. Sacando uma faca, ele perguntou:

— Devo cortar os tendões da fera, senhor?

Ao ver que Meggie gritou horrorizada, Parkin replicou:

— Não, ele precisa ser capaz de caminhar de volta ao castelo. Prenda-lhe uma correia em volta da boca.

O cavalariço, acostumado a lidar com cavalos rebeldes, rapidamente amarrou cordas em volta do animal, que se debatia, até controlar por completo seus movimentos. Quando acabaram, a rede foi removida, e o unicórnio pôde se levantar. Mais uma vez, ele tentou escapar, mas as cordas, as correias e as chicotadas que levou o mantiveram submisso. Com a cabeça baixa, ele ficou em pé, coberto da espuma de saliva e sangue.

— Hora de voltar para o castelo — anunciou Parkin. — Todos vocês receberão uma recompensa. — Ele se virou para Meggie. — Você também, garota. Vejo que ainda era uma donzela, afinal. Vamos embora!

Deprimida demais para tentar fugir, ela subiu na carruagem. Mas sua mente enevoada há tanto tempo começou a despertar pela primeira vez. O unicórnio tinha sido capturado por causa dela. Por sua culpa. *Sua culpa.* Isso significava que ela deveria libertar o animal.

* * *

Havia vantagens em sofrer o desprezo das pessoas e ser sempre ignorada, conforme Meggie descobriu rapidamente. Ela conhecia o castelo e suas alas externas melhor do que ninguém, e as pessoas não a levavam a sério. Um dia depois da captura do unicórnio, ela começou a fazer planos para libertá-lo.

Talvez a coisa fosse simples, pois as precauções de Parkin buscavam, basicamente, evitar que o unicórnio escapasse, mas as pessoas não eram impedidas de visitá-lo. Só que o galpão de pedra que se transformara em jaula para o precioso animal estava trancado e bem-vigiado. Além disso, havia muita gente circulando pelo pátio.

Nas duas vezes em que Meggie tentou entrar no galpão de pedra, os guardas a mandaram ir embora com rispidez, avisando que o animal selvagem era perigoso. Ao que parecia, seus cascos haviam machucado alguns homens do estábulo no instante em que o unicórnio fora libertado das cordas.

À noite, o lugar estaria mais calmo. Quando a noite caiu, Meggie continuou esperando pacientemente em seu quarto, vestindo sua roupa mais escura e a pesada e comprida capa marrom de inverno. Só quando o grande relógio do saguão bateu três horas ela saiu do quarto e deslizou sorrateiramente pelos corredores. Mais cedo, naquele mesmo dia, ela pegara um molho de chaves extras na gaveta da mesa do administrador. Talvez elas abrissem qualquer cadeado que lhe barrasse o caminho.

A noite estava nublada, e Meggie sentiu cheiro de chuva no ar. Isso talvez ajudasse o unicórnio a escapar, desde que ela conseguisse libertá-lo, é claro.

Como o senhor do castelo estava fora, os dois guardas no portão pareciam menos alerta do que deveriam estar. Como conhecia bem as posições deles, Meggie conseguiu atravessar o pátio, entre as sombras, até o portão lateral sem ser notada. O unicórnio deveria escapar com rapidez, e era por isso que ela queria que o portão lateral estivesse destrancado e pronto. A madeira tinha acabado de ser trocada, porque o animal arrebentara o portão velho duas noites antes, mas eles deviam ter colocado o mesmo cadeado, e uma das chaves que ela levava certamente o abriria.

Ela foi até o galpão de pedra onde o unicórnio estava. Um guarda vigiava a entrada. Meggie franziu o cenho, contrariada. Ela não esperava que o galpão estivesse sendo guardado dia e noite. O vigia, diferente dos que tomavam conta do lugar durante o dia, era imenso, muito forte e carregava uma espingarda. Talvez fosse melhor que ela voltasse para a cama e pensasse em um novo plano.

Não, nada disso. Meggie ergueu os ombros com determinação. Conseguia sentir a agonia do unicórnio cativo. Ele precisava ser solto, e ficar pensando no assunto não resolveria o problema. O pior era que ela tinha ouvido Parkin comentar que o senhor do castelo voltaria em breve para ver seu prisioneiro. Ela precisava agir *agora mesmo*.

Recuando até a muralha do castelo, Meggie encontrou uma pedra que cabia perfeitamente em sua mão. Ela já tinha visto um homem ficar desacordado quando o galho de uma árvore lhe caíra sobre a cabeça. Se ela tivesse coragem, certamente poderia provocar um dano semelhante usando aquela pedra.

Tremendo de medo, Meggie caminhou até onde o guarda estava, sabendo que ele não teria medo de uma jovem pequena e frágil.

— Se-senhor? — chamou ela, timidamente.

Ele ficou tenso e segurou a espingarda com mais força.

— O que quer aqui, garota?

— Po-por favor... O senhor deixa Meggie ver o unicórnio? — Pela primeira vez, ela se sentiu grata por sua gagueira. Ninguém teria medo de uma garota simplória e gaga.

— Não posso. Minhas ordens são para que essa porta não seja aberta, a não ser para o sr. Parkin.

Ela tentou usar um tom de adulação que vira uma empregada usar para conversar com um lacaio que desejava conquistar.

— De-deixe eu dar s-só uma espiadinha? Unicórnios são tão lindos!

O guarda hesitou.

— O que fará por mim se eu permitir que você dê essa espiadinha? — Os olhos do homem a analisaram de cima a baixo com um ar grosseiro. — De noite, todos os gatos são pardos, e ouvi dizer que você ainda é virgem, senão o unicórnio não teria nem chegado perto. — Ele baixou a arma e chegou mais perto. — Eu gosto de virgens. Elas não transmitem doenças.

Em vez de sair correndo, ela se manteve firme quando ele colocou um dos braços em torno dela, baixou a cabeça e lhe deu um beijo melado e nojento. Quase vomitando de nojo, ela atingiu a cabeça dele com toda a força usando a pedra que trazia na mão direita e rezando para machucá-lo o suficiente, mas não demais.

Xingando muito, ele cambaleou para trás, mas não caiu.

— Sua vadia! Você vai pagar caro por isso! — Ele avançou contra ela com as mãos estendidas.

Aterrorizada, ela tentou alcançar a mente dele e o *empurrou* para trás com toda a força. Uma vez ela já havia feito isso, quando um cavalariço astuto a encurralou em um canto do estábulo e começou a passar as mãos no corpo dela. O cavalariço tinha caído em sono profundo, e ela fugira correndo.

Quando Meggie forçou um pouco mais, o guarda emitiu um som de quem estava sendo estrangulado e desabou. Nesse instante, a jovem sentiu uma fisgada longínqua, provocada por seu amo, o senhor do castelo. Ele sentiu o que ela acabara de fazer com o guarda e isso chamou sua atenção.

Limpando a mente por completo, para que seu amo não visse motivos para investigar mais a fundo o que acontecera, ela tentou abrir a porta do galpão. Estava trancada, e nenhuma das chaves que a jovem trazia funcionou. Tremendo muito, ela revistou o guarda e encontrou um molho de chaves, no qual identificou uma chave separada, muito grande, que entrou com facilidade no fecho e girou suavemente.

Antes de entrar no galpão, Meggie tentou se acalmar por completo, para que seu medo não deixasse o unicórnio aflito. Quão inteligente seria ele? Mais do que um cavalo comum certamente, e talvez tivesse raciocínio suficiente para compreender que ela o tinha traído. Talvez ele enfiasse o chifre no coração dela.

Rezando para que a atração que ele sentia por ela o impedisse de lhe fazer mal, ela abriu a porta devagar e entrou, cheia de esperança.

QUATRO

Imobilizado por cordas fortes e enclausurado em uma construção de pedra sem janelas, Simon tinha feito de tudo para se proteger na quietude de sua mente. Sentir raiva e tentar despedaçar as cordas era inútil. O melhor a fazer era vasculhar as recordações que ainda tinha sobre magia e, talvez, encontrar um resquício de poder para usar contra Drayton na hora certa, pois esse momento certamente estava próximo.

Sua consciência desarticulada se mostrou alerta quando ele, subitamente, sentiu o perfume de inocência que o havia extasiado e levado à sua captura. Todos os seus músculos se tensionaram, e ele, por instinto, se moveu na direção do aroma, mas foi impedido rudemente pelas cordas que o mantinham preso ao centro do galpão. Cheirou o ar mais uma vez e se perguntou se aquele seria o mesmo perfume doce e feminino de antes ou seria outra mulher como aquela. Era a mesma, concluiu ele. E seu perfume era tão intenso que ela só podia estar do lado de fora, junto da porta.

Ela me traiu, foi a minha perdição. Mas aquilo não fora intencional. O grito de angústia daquela mulher quando os caçadores o atacaram era genuíno. Mesmo sabendo que talvez ela o traísse novamente, Simon não conseguia resistir à doce sedução de sua pureza. Lutou para se livrar das cordas, lembrando o momento de puro enlevo em que ele se colocara diante dos pés dela.

A porta se abriu. Uma figura feminina envolta em uma capa escura apareceu, com a silhueta recortada contra o fundo não tão escuro da noite lá fora.

— M-Meggie sente muito, querido — disse a jovem, com a voz insegura. — Vim aqui para libertar você. — Para surpresa de Simon, as palavras de Meggie vieram acompanhadas por uma nítida imagem mental que a mostrava a libertá-lo das cordas. Seria ela capaz de unir mentes?

A moça deu um passo à frente e cortou uma das cordas que mantinham Simon preso no lado direito. O impacto fez ricochetear a parte cortada do freio e das rédeas que haviam sido colocados nele à força, machucando sua boca macia. Quando ele balançou a cabeça por causa da dor, a donzela sussurrou uma palavra que não era inocente, e sim afetuosa.

Ela devia ter trazido uma faca, pois ele sentiu uma lâmina cortando uma das cordas em um movimento acompanhado por murmúrios e palavras suaves. Ela o tratava com carinho, como se faz com um cavalo nervoso. Ele teria lançado um sorriso irônico se estivesse com seu corpo de homem.

A corda se partiu, e Meggie o circundou para procurar a corda do lado esquerdo. Mais uma vez, Simon sentiu o movimento do corte e ouviu a voz da jovem estremecer quando ela perguntou:

— Vo-você consegue perdoar Meggie por ajudar na sua captura?

Ele respondeu esfregando a cabeça contra o corpo dela, de forma afetuosa, e quase se esqueceu de colocar a cabeça em uma posição em que o chifre não a atravessasse. Na verdade, ele por pouco não a derrubou com o excesso de entusiasmo. Ela riu, um tanto sem fôlego, e lhe acariciou o focinho. O toque dos dedos da moça era maravilhoso.

— Essas ré-rédeas são muito ruins. Você vai se comportar se eu as tirar?

Ele esfregou a cabeça nela mais uma vez, tentando transmitir a ideia de que a seguiria para qualquer lugar docilmente, como se fosse um cordeiro. E a jovem deve ter entendido, pois removeu as rédeas cruéis e agarrou um tufo da crina dele, avisando:

— Você deve sair sem que ninguém veja.

Recobrando-se da névoa de êxtase que ela lhe provocava, Simon saiu do galpão de pedra. Um guarda estava caído no chão, gemendo baixinho. Aquela frágil donzela havia conseguido derrubá-lo? Impressionado, Simon a acompanhou por entre as sombras, com passos muito suaves como só ele conseguia. Uma garoa começou a cair. Talvez isso o ajudasse a escapar.

Eles estavam perto da porta lateral da muralha quando as nuvens se abriram e a luminosidade da lua quase cheia banhou o pátio. Um homem gritou:

— Um ladrão está roubando o animal aprisionado! Impeçam-no!

Tiros de espingarda ecoaram na noite, e uma chuva de chumbo salpicou Simon e sua acompanhante. A donzela recuou um pouco, assustada, e então gritou:

— Vá!

Preocupado, ele tentou descobrir se ela estava ferida, mas ela largou sua crina e saiu correndo a toda a velocidade, como se quisesse mostrar que não estava muito machucada. Ele a seguiu, tentando se colocar entre a jovem e o homem que portava a espingarda. Mais tiros explodiram na noite, dessa vez vindos do guarda que ficava na torre, acima do portão principal.

A agitação acordou todas as pessoas do castelo, e vários homens surgiram no pátio no instante exato em que Simon e a donzela alcançaram a porta lateral. Ela parou e tornou a dizer:

— Vá!

Horrorizado, ele parou na mesma hora, com as narinas se dilatando. Ela não ia com ele?

Ela fez gestos impacientes para expulsá-lo dali:

— Meggie vai ficar em segurança — disse para ele, com ar amargo. — Eles não ousariam machucar a simplória de estimação do senhor do castelo.

MAGIA ROUBADA   45

Apesar dessas palavras, Simon não tinha dúvidas de que os homens que se aproximavam rapidamente iriam feri-la, talvez muito gravemente. Ele abaixou as patas da frente e enviou para a mente da moça uma imagem em que ela montava nele.

Ela olhou chocada, com seu rosto fino e anguloso. Obviamente não tinha nenhuma intenção de partir, talvez nem compreendesse o conceito.

Preocupado com a segurança dela e desejando muito sua presença, ele relinchou e enviou novamente para a mente de Meggie a imagem dela a cavalgá-lo. Ouviram-se novos tiros irregulares de mosquete, e, dessa vez, Simon sentiu uma dor lancinante na anca esquerda, um ferimento aparentemente muito mais grave que o provocado por armas para caçar pássaros.

Sua donzeia mordeu o lábio inferior, irradiando medo e incerteza. Depois, olhou para os homens que se aproximavam, e sua expressão assumiu um ar de firme determinação.

— Eu quero *ir*.

Ela montou no dorso de Simon com destreza. Ele embaralhou os cascos e quase desabou por causa da dor lancinante na perna esquerda. Nenhum osso parecia quebrado, e ele tentou bloquear a sensação de dor enquanto se lançava pela porta lateral da muralha. Alguns dos tiros dados pelas sentinelas da torre lhe atingiram a pele de raspão, mas isso não o fez reduzir a velocidade.

A floresta ficava a menos de 2 km dali, e eles poderiam se perder em suas profundezas. Ele mal sentiu o peso da donzela, pois, mesmo sem sela, a jovem se equilibrava de forma suave sobre seu dorso, como uma borboleta. As nuvens tornaram a cobrir a lua, e a chuva começou a cair forte, mas sua visão de unicórnio era misteriosamente precisa, mesmo na escuridão.

Estavam a meio caminho de entrar na floresta quando ele ouviu os estrondos dos cascos atrás dele, quase a alcançá-lo. Alguém deplorável do castelo conseguira organizar um grupo de perseguição com velocidade espantosa. Se Simon não tivesse ninguém montado nele e não estivesse ferido, conseguiria deixar os perseguidores para trás com facilidade, mas, prejudicado como estava, eles ganhavam terreno rapidamente.

Enquanto os estrondos ribombavam e os relâmpagos iluminavam o céu, Simon seguiu velozmente em busca da proteção da floresta escura. Os galhos mais baixos das árvores pareciam chicoteá-lo enquanto ele seguia uma trilha quase invisível feita por cervos.

Os perseguidores o acompanhavam com facilidade, e sua velocidade mal diminuíra. Um deles devia ter poderes mágicos para seguir pistas. Chegariam até ele em minutos. E o que aconteceria com sua donzela, então? Viu imagens terríveis dela sendo estuprada, espancada, sua doce coragem brutalmente destruída.

Ele tentou usar seus talentos de caçador para passar despercebido entre a paisagem, mas descobriu que, em sua forma atual, não conseguia exercer seus poderes de Guardião. Somente a magia inerente a um unicórnio estaria disponível. Isso lhe deu mais velocidade, força, e fez seus sentidos ficarem mais aguçados, mas nada disso serviria para escondê-lo dos perseguidores. Desesperado, tentou contato mental com Duncan Macrae, seu amigo mais antigo, o mais famoso mago do clima da Grã-Bretanha e talvez do mundo inteiro.

Ajude-me!

Para sua surpresa, Simon conseguiu contato imediato com Duncan, que dormia tranquilamente em sua casa na Escócia. Ainda sonolento e assustado, Duncan lhe respondeu com um incrédulo: *Simon?*

Mesmo que estivesse diante de Duncan, seria quase impossível a Simon explicar ao amigo toda a situação em poucas palavras, que dirá à distância. Mas o desespero forneceu-lhe o poder de lhe transmitir de forma débil informações sobre sua localização. Visualizou um mapa da Grã-Bretanha e fez sua posição cintilar como uma estrela.

Estou sendo perseguido! Poderia mandar uma tempestade?

Duncan acordou de vez e se colocou em estado de alerta.

Vou ver como estão as condições meteorológicas por aí, para eu poder mexer no clima.

Depois de uma pausa, enquanto analisava os padrões climáticos de Shropshire, Duncan pensou, com satisfação:

Excelente.

Alguns instantes se passaram, e então relâmpagos cortaram o céu com violência, e trovões sacudiram a terra. A chuva triplicou de intensidade, caindo com a força de golpes físicos. Embora Simon já esperasse por isso, saiu da trilha por um instante, ao escorregar na lama e quase cair. Sua donzela se inclinou perigosamente para um dos lados, mas conseguiu se manter sobre ele.

Ele tornou a se aprumar e voltou a correr pela floresta, salvando-se de bater de frente em uma árvore graças à sua visão noturna privilegiada. Infelizmente, sua audição superior ainda lhe trazia os sons de cascos próximos dele, embora em um ritmo menor. Sentindo sua energia diminuir, Simon tornou a chamar por Duncan:

Mais um pouco?

Ele achou que não tivesse conseguido ligação com o amigo, mas então sua mente identificou algumas palavras.

Mais? Cuide-se, Simon.

A ligação se desfez, pois Duncan concentrou todo o seu poder na magia de modificar o clima. Os ventos aumentaram de intensidade subitamente, quase alcançando a força de um furacão, e árvores começaram a ser derrubadas na trilha assim que Simon passava. Um tronco morto foi arrancado do chão, caiu verticalmente no meio da trilha diante dele e tombou para o lado. Foi perto demais para Simon desviar. Reunindo todas as suas forças, ele pulou de forma espetacular sobre o tronco. Alguns galhos secos arranharam suas pernas, mas ele conseguiu se livrar do obstáculo sem cair.

Juntamente com o clima turbulento, Simon sentiu que Duncan usava sua magia de Guardião para diminuir a visibilidade na trilha. Devia ter adivinhado que, por algum motivo, Simon não conseguia montar um escudo de proteção em torno de si mesmo. Aproveitando-se da dianteira que Duncan o ajudara a conseguir, Simon correu mais, até sentir que o coração estava prestes a explodir. Apesar da chuva e do vento, sua preciosa amazona continuava agarrada a ele com muita firmeza.

Quando seus ouvidos hipersensíveis de unicórnio não detectaram mais nenhum som de perseguição, Simon diminuiu a marcha e caminhou, os pulmões funcionando como foles. E agora? Ele estava com frio, cansado e ferido. A donzela que o acompanhava devia estar gelada até os ossos. Eles precisavam encontrar um abrigo. Em sua exploração prévia da floresta, Simon havia encontrado uma imensa protuberância rochosa, oculta por densa vegetação. Ali eles encontrariam alguma proteção contra a chuva, que continuava a cair de forma implacável.

Enquanto mancava através da noite, muito cansado, Simon torceu para que sua acompanhante conhecesse alguma coisa sobre tratamento de feridas, ou eles não poderiam ir a lugar algum quando amanhecesse.

* * *

Anestesiada de frio, Meggie quase caiu do dorso do unicórnio quando ele se embrenhou por uma vegetação espessa, seguiu para baixo de um ressalto de rocha e parou sob a área protegida. Ela achou que eles não tinham chance alguma de escapar até o instante em que a tempestade começou. Tinham tido muita sorte. Embora tivesse recebido vários tiros de raspão, os ferimentos eram leves. Ela ficaria bem, a não ser que congelasse antes do amanhecer.

A noite estava terrivelmente escura, mas a maravilhosa pelagem muito branca e quase cintilante do unicórnio o tornava levemente visível, mesmo sob a rocha, embora parte dele parecesse estar faltando. Preocupada, ela tocou a área escura na anca esquerda do animal e levou o dedo aos lábios, sentindo o gosto metálico de sangue. Ele devia ter sido atingido por um tiro de mosquete, o que explicava sua crescente dificuldade para galopar durante a fuga.

O unicórnio esfregou a cabeça em Meggie, como se pedisse ajuda. O pobre animal tremia de fadiga, e seu couro liso parecia soltar uma suave névoa de vapor nos locais onde a chuva havia tocado seu corpo superaquecido.

— Meggie não sabe o que fazer — sussurrou, frustrada. — Ta-talvez se aqui estivesse um pouco mais claro.

Um momento. Ela estava vestindo a capa comprida. Normalmente carregava o isqueiro em um dos bolsos dela. Apalpando a roupa com sofreguidão, a moça quase chorou de alívio ao encontrar a pequena caixa. Se ao menos ela conseguisse alguns gravetos secos...

Com muita cautela, foi explorar a parte mais escura sob a protuberância rochosa, torcendo para não encontrar nenhum animal perigoso ou cruel instalado ali. Mais uma vez, sua sorte lhe valeu, e a donzela achou vários galhos secos e um punhado de folhas caídas. Meggie era a responsável pela pequena lareira em seu quarto, no castelo. Mesmo na escuridão quase absoluta, conseguiu gerar uma centelha com o isqueiro chamuscado. Quando o fogo pegou, a moça o alimentou com pedaços de folhas secas, depois gravetos maiores, até conseguir manter uma fogueira forte e constante.

Olhou para o unicórnio, que a observava. Era preocupação o que ela sentia nele? Em voz alta, avisou:

— Ni-ninguém vai conseguir enxergar o fogo, e precisamos dele.

Embora o unicórnio não tenha respondido, ela achou que ele havia compreendido o que ela disse. Ele era muito mais que um cavalo.

— Meggie vai cuidar das suas feridas assim que conseguir aquecer um pouco as mãos.

Ela abriu os dedos anestesiados sobre o fogo e descobriu que seu dedo médio sangrava, ferido por um tiro de raspão. Lambeu o arranhão profundo para limpá-lo, grata ao perceber que o dano fora pequeno.

Mais tarde, ela enfaixaria o dedo. Sua ferida não era nada em comparação ao golpe profundo na anca do unicórnio. Abaixando-se um pouco para não bater com a cabeça na pedra acima deles, ela foi para perto do animal. Seu chifre refletia a luz da fogueira e brilhava suavemente, em meio a múltiplos tons de arco-íris.

Ele a acariciou com o focinho de forma carinhosa e emitiu um som suave de gorjeio. Comovida, ela abraçou o pescoço do animal com carinho e ficou ali esquecida por um algum tempo, antes de examinar a ferida do bicho. Era profunda e sangrava muito. Embora Meggie sempre tivesse cuidado de cavalos, nunca tinha visto um ferimento de tiro de mosquete.

— Está terrível. Fique quietinho, meu amor, para Meggie poder examinar você com mais cuidado.

Ela se ajoelhou ao lado da barriga do unicórnio, evitando se colocar atrás dos cascos traseiros, pois ele podia escoicear.

— Qui-quietinho... Fique parado...

Ela se inclinou um pouco e franziu o cenho, pois não gostou nem um pouco do aspecto da ferida, que tinha bordas irregulares. A bala ainda estaria ali dentro?

Ela tocou a carne exposta... e o mundo explodiu. Uma onda de calor a lançou para trás enquanto o unicórnio desaparecia em um turbilhão de energia ofuscante e luz escaldante. O ar pareceu se dobrar e era impossível ver através dele, mas Meggie reparou que ele estava *mudando* de aspecto. Formas estranhas se tornaram levemente visíveis enquanto se retorciam em figuras diferentes e bizarras que lhe fizeram o estômago revirar. Ela se encostou à pedra, completamente aterrorizada.

A fonte de calor diminuiu de intensidade, e o ar enevoado se dissipou, revelando a forma comprida de um homem. Um homem completamente despido.

Ela recuou o mais que pôde, choramingando. Como poderia um unicórnio se transformar em um homem? Como poderia existir um unicórnio, para princípio de conversa?

O intruso não emitia som algum, nem se movia. Parecia um anjo caído do céu. Haveria ele morrido naquela explosão terrível?

Cautelosamente, Meggie se forçou a analisar o corpo imóvel mais de perto. Ele estava deitado de lado, em uma posição similar à do unicórnio. Era alto, magro, de pele clara, com cabelos louros compridos que se espalhavam pelo chão. Sua pele muito pálida exibia vários arranhões não muito profundos, que pareciam ter sido feitos por tiros de raspão. E..., na parte alta de sua coxa esquerda, havia uma ferida profunda e comprida que sangrava, exatamente como a do unicórnio.

Como não queria olhar com detalhes a nudez do homem, Meggie removeu a capa comprida e chegou mais perto, para poder cobri-lo. Ele tinha um tipo de beleza clássica, como se tivesse sido esculpido, tanto no rosto quanto no corpo. Tinha um ar inteligente, parecia impaciente e fatigado, mas muito humano. Para alívio de Meggie, ele estava vivo e ainda respirava.

Embora ela não tivesse receio de tocar o glorioso unicórnio, sentiu-se relutante em tocar o homem estranho, mesmo ele estando com a pele toda arrepiada devido ao ar frio e úmido. Com muito cuidado, a moça colocou a capa sobre o corpo esguio e longo do desconhecido.

Os olhos dele se abriram.

CINCO

Simon foi trazido da escuridão profunda pelo toque da capa de lã ensopada e muito pesada. Quando abriu os olhos, a jovem arfou de susto e recuou com uma expressão aterrorizada. Ele não podia culpá-la. A pobrezinha tinha visto e experimentado coisas que desafiariam a coragem até de um Guardião experiente.

Ele estava deitado no chão frio, com a mão esquerda na frente do corpo. Mão? Atônito, Simon sentou-se. A dor ardente atravessou a parte superior de sua coxa e ele se sentiu estranho, ligeiramente desequilibrado no corpo. Mas tinha mãos novamente, *mãos*! Com crescente excitação, passou as mãos recém-reconquistadas sobre o peito nu.

— Deus seja louvado — sussurrou. — Voltei a ser eu mesmo.

Simon sentiu um espasmo distante de Drayton, que devia ter sentido sua mágica reviravolta. Rapidamente, envolveu a si mesmo e a jovem com um encanto de proteção. Sua fuga teria sido muito mais fácil se ele tivesse sido capaz de invocar um encanto como aquele mais cedo.

Em seguida, ele criou uma esfera translúcida e brilhante de luz mágica. Ela surgiu um pouco acima da palma de sua mão e era a prova definitiva de que seus poderes mágicos de Guardião haviam retornado. Deliciado com tudo isso, ele lançou a luz mágica para o alto, até a pedra que estava acima deles, pois assim a luminosidade serviria a ambos.

Só então voltou a atenção ao próprio corpo. A capa molhada da jovem donzela estava jogada sobre sua cintura, mas o mantinha coberto de forma relativamente decente. Ele puxou a cobertura com cuidado, para que sua acompanhante não ficasse mais chocada do que já deveria estar. A capa estava fria e parecia pegajosa, mas era longa o bastante para cobrir seu grande corpo. Era uma pena que a capa não fosse meio metro maior.

Depois de se analisar por completo, Simon avaliou sua salvadora. Ela permanecia encolhida sob a pedra, com os olhos arregalados de medo. A visão da donzela não lhe produzia mais o êxtase inebriante de antes, mas, mesmo assim, ele a achou levemente atraente, embora soubesse que os homens em geral certamente não lhe lançariam sequer um segundo olhar. Esse encanto inexplicável talvez fosse um efeito remanescente do que o unicórnio havia sentido por ela.

Ignorando a atração, Simon se concentrou em diminuir o medo dela. Disse, baixinho:

— Obrigado por me livrar de um cativeiro duplo. Não tenha medo, não vou machucá-la.

— O qu-que você é? — gaguejou ela, olhando para o globo de luz mágica.

— Simplesmente um homem. Meu nome é Simon Falconer. E o seu?

— Meggie.

Ela era muito magra, sem curvas, e seus ossos eram protuberantes. Seus cabelos escuros caíam em tufos molhados por sua cabeça estreita. Embora sua expressão distraída a fizesse parecer muito menina, a claridade da luz mágica sugeria que ela já era uma mulher adulta. Ela havia feito referência a si mesma como uma idiota simplória, e isso talvez explicasse o fato de ela parecer tão jovem. No entanto...

Algo nela não estava certo. Simon invocou a visão mágica e viu um borrão vago de suas feições e formas verdadeiras. Estaria diante de um feitiço de ilusão que encobria uma realidade diferente? Invocar um encanto assim exigiria um poder muito grande, especialmente se a ilusão fosse criada para se manter por tempo indefinido. Além do mais, com que propósito alguém faria isso?

Qualquer que fosse o motivo, aquela jovem certamente estava envolta em uma camada de magia.

— Você foi enfeitiçada, Meggie — afirmou ele, falando devagar.

— O quê? — reagiu ela, com olhar vago.

Depois de tudo o que aquela moça tinha visto, merecia saber o que estava acontecendo, mas, antes disso, Simon precisava manter ambos aquecidos. Ele fez um gesto na direção do fogo, que aumentou subitamente de volume, cintilando com mais brilho e mais calor.

Meggie se aproximou das chamas, estendendo as mãos com sofreguidão.

— O que você fez? Só havia um pouquinho de madeira no fogo.

Ele se posicionou do outro lado da fogueira, tão próximo que um pouco de vapor subiu suavemente por entre as dobras escuras da capa molhada.

— Você conhece alguma coisa sobre magia? A capacidade de extrair poder das forças da natureza e modificá-lo para outros usos?

Ela balançou a cabeça para os lados.

— Magia não é uma coisa rara — explicou ele. — Muitas pessoas têm pelo menos um toque de magia em suas almas. Eu sou descendente de um grupo de famílias que se autodenominam Guardiães. A maioria de nós possui muito talento para a magia. Quase todos nós moramos nas orlas de origem celta em torno da Grã-Bretanha, pois esses são os lugares onde a magia é mais forte. Quando os Guardiães se encontram às portas da vida adulta, eles fazem juramentos e votos de usar seus poderes apenas para proteção, e com o fim de ajudar as pessoas, em vez de usá-los para ganho pessoal.

— Co-como a magia funciona? — Ela apontou para o fogo, que continuava crepitando alegremente, apesar de não haver lenha ali.

— Existem muitos tipos de encantos e rituais, mas basicamente a magia tem a ver com vontade e determinação. Se alguém deseja um resultado em particular, como uma bela fogueira, por exemplo, e possui poderes mágicos, esse desejo ajuda a alcançar um bom resultado. Com grandes poderes, uma pessoa pode fazer coisas fabulosas e difíceis.

— Existem outros homens como você? — O interesse trouxe um pouco de brilho aos olhos inexpressivos da moça.

— Homens e mulheres. Magos são pessoas que controlam a magia. Alguns deles são mulheres. Eu sou um Guardião, assim como Lorde Drayton, seu amo.

— Se *ele* possui poderes, nunca os usou para ajudar ninguém — disse ela, com expressão séria.

— Drayton é o que chamamos de renegado. Eu fui até o Castelo Drayton há alguns dias para impedi-lo de causar mais danos às pessoas. — E cheguei lá com excesso de confiança, refletiu Simon para si mesmo. — Pensei que meus poderes pudessem se comparar com qualquer coisa que ele conseguisse fazer, ou a superar. Mas eu estava errado, e Drayton usou a magia para me transformar em um unicórnio.

— Então, você realmente *é* o unicórnio! — O queixo de Meggie caiu de espanto.

— Sim, sou, e gostaria muito de saber como consegui retornar à minha forma verdadeira, mas vou analisar isso mais tarde. — Meggie era uma peça fundamental daquele quebra-cabeça, isso Simon já percebera. — Acredito que Lorde Drayton colocou encantos sobre você. Alguma vez aconteceu de você estar perto dele e subitamente se sentir diferente?

— Um dia, ele encontrou Meggie sozinha em um campo aberto. — Ela torceu a boca de aflição. — Depois de um toque dele, tudo se transformou *nisso*. — Ela fez um gesto apontando para si mesma e, provavelmente, se referiu à sua vida inteira.

— Quanto tempo faz que isso aconteceu?

— Muito tempo. — Seu olhar pareceu distante. — Muitos anos.

— Eu gostaria de tentar remover os encantos que amarram você e a deixam subjugada.

— Va-vai doer? — perguntou Meggie, com os olhos piscando rápido como os de um camundongo ansioso.

— Não deve doer, mas talvez você se sinta estranha, um pouco confusa. Você vai confiar em mim e permitir que eu tente?

Ela mordeu o lábio inferior e concordou com a cabeça.

Ele deu a volta na fogueira até chegar junto dela e sentou-se. Seus pés humanos sentiam o solo áspero demais, algo em que ele não havia reparado quando entrara lá com seus cascos.

— Relaxe e me deixe segurar suas mãos.

Os dedos da moça tremeram quando ele esticou o braço e segurou-lhe as mãos. A pele de Meggie estava fria apesar do calor da fogueira, que aumentava. Simon fechou os olhos e limpou a mente da dor, do medo e da humilhação que havia enfrentado desde o confronto com Drayton.

Quando se sentiu centrado, perfeitamente equilibrado, colocou um encanto tranquilizador sobre Meggie e começou, suavemente, a explorar os nós de magia avançada que pareciam estar firmemente agarrados ao mais profundo eu da jovem. A escuridão da energia de Drayton estava por toda parte. Simon precisava trabalhar com muito cuidado para evitar machucar a moça.

Conforme ele suspeitava, a camada mais elevada da teia confusa não passava de um feitiço de ilusão que modificava sutilmente a maneira como todos percebiam a pessoa de Meggie. Isso foi dissolvido com facilidade, pois a matéria sempre se mostrava resistente a ser distorcida pela ilusão.

Ele abriu os olhos para ver como ela era na realidade e ficou sem fôlego. Drayton havia, de forma muito inteligente, conservado poder, promovendo mudanças muito sutis na aparência de Meggie. Essas mudanças, porém, modificavam o que era gracioso e delicado em suas feições e formas originais, tornando-as esquisitas, ossudas e cheias de ângulos. A pele áspera da jovem estava lisa e macia agora, seus cabelos adquiriram espessura e brilho, e suas feições se tornaram proporcionais e fascinantes. Seu eu verdadeiro era o de uma jovem muito atraente.

Tornando a fechar os olhos, Simon voltou ao trabalho. As ataduras de magia que envolviam a mente e a personalidade daquela mulher eram muito mais complexas e profundamente enraizadas do que o feitiço anterior, de ilusão física. Um nó escuro de poder estrangulava sua inteligência, e outro igualmente poderoso lhe subjugava a personalidade natural. Não era de se estranhar que ela parecesse uma mulher simplória e inexpressiva. No entanto, suas características básicas eram tão fortes que mesmo feitiços incapacitantes não tinham sido capazes de suprimir a coragem em estado bruto que havia levado uma garota aterrorizada a libertar um unicórnio.

Quando ele terminou de desembaraçar a poderosa e espessa teia de encantos, ficou surpreso ao encontrar um escudo em forma de esfera, que cintilava como uma maçã de prata. Simon explorou o escudo protetor com ar desconfiado, perguntando a si mesmo o que ele continha. Seu instinto percebeu que o escudo aprisionava uma parte de Meggie, não uma entidade espiritual desconhecida, que poderia se mostrar malévola. Um cordão de prata girava em espiral a partir da esfera e desaparecia ao longe. Adivinhando que era aquele cordão espiralado que ligava Meggie a Drayton, Simon visualizou uma afiada faca de prata e a usou para cortar o cordão.

Em seguida, voltou a atenção para a esfera reluzente. Destruí-la poderia ser arriscado, mas, se ele não tentasse isso, Meggie não recuperaria sua integridade.

Depois de envolver a esfera em uma bolha de seu próprio poder, Simon foi colocando nela, aos poucos, ondas cada vez mais fortes de magia. Tons diversos, em todas as cores do arco-íris, cintilaram sobre a superfície brilhante da esfera. Ele estava nos limites de seu poder quando a maçã de prata explodiu em uma torrente de magia, como se fosse uma borboleta sobrenatural saindo da crisálida.

Com um fortíssimo gemido de agonia, Meggie se soltou das mãos de Simon com um puxão, dobrou o corpo, se colocou em posição fetal e cobriu o rosto com as mãos. Luzes prateadas escorreram pela superfície do corpo da moça, como se fosse uma represa se abrindo. Só que, em vez de água que se liberta e segue seu curso natural, o que saiu e escorreu foram poderosas ondas de magia.

— Pelos deuses! — exclamou Simon. — Você é uma maga. Ou será, depois de devidamente treinada. — Não admirava que Drayton tivesse conseguido acumular a energia necessária para conjurar o encanto de ilusão. Na verdade, ele também tinha conseguido usar os poderes de Meggie para manter o feitiço por tanto tempo. Sua magia resplandecente era equivalente à dos Guardiães mais talentosos que Simon havia conhecido na vida.

Embora ele desejasse confortar Meggie com um toque, controlou o impulso. A energia dela deveria encontrar o próprio equilíbrio, sem interferências externas.

Gradualmente, a respiração ofegante da jovem foi se acalmando. Por fim, ela endireitou o corpo e olhou na direção de Simon.

Ele perdeu o fôlego mais uma vez, pois a transformação na aparência de Meggie foi muito maior dessa vez do que na dissolução do encanto de ilusão. As feições da outra haviam se modificado completamente, trazendo à vida uma mulher que transmitia uma sensação de muita força e inteligência.

O olhar de Meggie se fixou em Simon.

— Que Deus *amaldiçoe* aquele homem! — disse ela, em um sussurro de gelar os ossos. — Que ele apodreça no inferno pelo que fez comigo!

Sua gagueira havia desaparecido quase por completo, e seu sotaque era elegante e refinado. Feliz por não ter toda aquela raiva direcionada para ele, Simon perguntou:

— Até que ponto você compreende tudo o que aconteceu aqui?

Ela franziu o cenho e coçou a testa. Os cabelos molhados ainda estavam acabando de secar, mas a luz cintilante do fogo tocava os fios e lançava reflexos em tons castanhos.

— Sei que fui escrava daquele monstro durante muitos anos e, pelo que você diz, ele usou magia para conseguir isso. Tenho vivido como uma sombra sob o mesmo teto que ele, ignorada e negligenciada, a não ser quando ele violava minha mente.

— Violava sua mente? Como assim?

— Ele entrava em minha mente e... roubava minha alma. — Ela olhou para um ponto incerto ao longe. — Fez isso repetidas vezes, sem parar. Nas ocasiões mais marcantes e nos piores momentos, eu dormia por muitas horas depois, e tinha pesadelos.

Quando Simon percebeu o que ela estava descrevendo, praguejou:

— Maldito! Ele não apenas roubava seus poderes como também a deixava absolutamente presa, virtualmente amordaçada a ponto de você não se aperceber das próprias habilidades. Não é de admirar que ele tenha sido capaz de sobrepujar meus poderes durante nosso confronto: ele usou os seus poderes mágicos além dos dele. Drayton deve ter reconhecido seu potencial quando sua magia começou a florescer, e capturou seus poderes para o próprio benefício.

Meggie concordou com a cabeça lentamente e confirmou:

— Ele falou algo assim no dia em que me modificou... Disse que eu não fazia a mínima ideia do que era. Na hora, eu não entendi o que ele quis dizer com isso.

— Você deve ser uma Guardiã, Meggie. Seu nome é o diminutivo carinhoso para Margaret? — Simon tentou lembrar se alguma criança Guardiã havia desaparecido sob circunstâncias misteriosas nos últimos anos. — Você é incrivelmente talentosa.

Ela pensou no que ele disse e balançou a cabeça.

— Meu nome é Meg, não é Meggie, nem Margaret. Mas o que você diz não faz sentido algum. Não tenho nenhuma habilidade especial. Eu não sou *nada*.

— Isso não é verdade. Durante vários anos, Drayton roubou sua magia, mas ele não pode continuar a fazê-lo. Agora, você está livre para decolar sozinha e voar alto. — Ao ver que ela continuava balançando a cabeça para os lados, em dúvida, ele perguntou: — O que você lembra sobre sua casa, sua família?

Ela fechou os olhos e pensou por alguns instantes, mas, logo em seguida, tornou a abri-los, com uma expressão vazia, dizendo:

— Eu... eu não me lembro de nada do que aconteceu antes do dia em que Lorde Drayton me tomou como prisioneira.

— Você disse que estava em um campo aberto. Lembra onde fica esse lugar?

— Era só um campo qualquer — disse ela, encolhendo os ombros. — Talvez perto daqui, talvez longe.

— Pelo seu sotaque, você parece ter vindo da região próxima à fronteira entre a Inglaterra e o País de Gales, mas talvez tenha aprendido a falar assim por morar no Castelo Drayton. — Simon tentou outra ideia. — Você se lembra da data em que foi capturada? Ou pelo menos do ano?

A testa de Meggie se franziu com determinação.

— Acho... acho que isso aconteceu no ano de 1738.

— Então, você esteve cativa durante dez anos. — Foi um grande esforço para Simon manter a raiva e o desprezo que sentia por Drayton longe de sua voz. — Se você estava prestes a fazer desabrochar seus poderes, tinha provavelmente 13 ou 14 anos na época. Portanto, você tem 23 ou 24 anos. — Meggie parecia ter menos idade, mas isso não era estranho, considerando que ela perdera dez anos de experiência de vida. — Como era sua rotina por lá? Alguma vez você saiu do castelo e viajou para algum lugar?

— Eu circulava livremente pelos arredores do castelo, mas nunca fui além desses limites. — Ela fez uma cara de estranheza. — Sempre que eu me aproximava das fronteiras da propriedade, algo me fazia recuar e voltar para casa.

— Um dos encantos que Drayton deve ter programado para evitar sua fuga.

— Nunca me passou pela cabeça tentar escapar. Na maior parte das vezes, eu simplesmente circulava por ali como... como uma pluma na superfície de um lago. Geralmente, eu ficava na companhia dos cavalos ou na floresta. O administrador do castelo sempre cuidava para que eu recebesse comida e roupas novas quando necessário. O mestre entrava em minha mente sempre que tinha vontade, não importava onde eu estivesse. — Ela estremeceu. — Às vezes, ele me convocava até seu estúdio para fazer experiências. Esses dias eram os piores.

Simon mal conseguia imaginar os horrores que Drayton havia infligido a Meg. Embora seu corpo continuasse virgem, ela havia perdido a inocência no dia em que fora capturada.

— Quem sou eu? — perguntou ela em voz alta, torcendo os dedos e mantendo-os presos sobre o colo. — Por que não consigo me lembrar de nada a não ser meu nome de batismo?

Percebendo a dor na voz dela, Simon explicou:

— Sua mente foi sugada e explorada durante muitos anos, não é de se espantar que suas recordações sejam imperfeitas. Temos de esperar algum tempo para que sua mente se cure.

— Você acha que isso vai acontecer? — Os olhos dela, de um tom nevoento de cinza-esverdeado, se fixaram nos dele.

— Não sei dizer ao certo — admitiu ele. — Nunca ouvi falar em um caso como o seu. Mas sua inteligência e seu entendimento parecem ter se recuperado de forma quase instantânea, então imagino que exista uma boa possibilidade de você retomar o resto de suas faculdades mentais e mágicas.

Ela esfregou a testa com impaciência e confessou:

— Sinto como se ele ainda estivesse dentro de minha cabeça, apesar de ter ido para Londres há dois dias. Será que ele consegue me alcançar e me manipular a essa distância?

Simon praguejou novamente, dessa vez em silêncio. Na pressa, não se lembrou de verificar se havia cortado por completo o fio de energia que ligava Meg e Drayton. Analisando o campo energético dela naquele momento, tentou descobrir se havia remanescentes do cordão de prata.

Percebeu que não apenas havia falhado em cortar a ligação como também a linha estava intacta e pulsava com uma energia escura que só poderia vir de Drayton. Simon se concentrou, acumulou poder mental e o liberou de uma só vez. O cordão continuou a pulsar, não importava o quanto o Guardião tentasse cortá-lo. Drayton se mantinha agarrado ao campo energético de Meg — e ficava mais furioso a cada minuto que passava.

Como Simon não conseguia cortar o cordão em definitivo, agarrou mentalmente o filamento cintilante e deu nele um nó complexo para que a energia não conseguisse mais passar. O fluido energético escuro vibrou furiosamente do lado mais distante assim que Drayton alcançou o bloqueio. Depois de um período de tensão crescente, a escuridão desapareceu, deixando apenas o cordão de prata.

— Acho que consegui impedir Lorde Drayton de alcançar sua mente, ao menos de forma temporária — informou Simon. — Ele foi embora?

— Não consigo mais senti-lo. — Os olhos de Meggie se arregalaram. — Deus seja louvado! Nunca mais o quero dentro de minha mente. — Ela fez uma expressão de estranheza. — Você disse que é só temporário?

— Como eu não conseguia cortar a ligação que existia entre vocês dois, criei um bloqueio para impedir Drayton de atingir você. Esse bloqueio deve aguentar por algum tempo, mas não sei quanto.

MAGIA ROUBADA 63

O importante é que você está a salvo por ora. Com um pouco de ajuda, nós acharemos um meio de cortar a conexão de forma permanente. Mas agora precisamos deixar essa região antes que Drayton nos encontre. — Simon olhou para a floresta, onde o temporal se reduzira a uma garoa enevoada. — De qualquer modo, não queremos permanecer aqui por muito tempo, certo?

— Eu... eu não pensei no que devo fazer agora — disse Meggie, mordendo o lábio inferior.

— Você será bem recebida no lar de qualquer Guardião. Estamos a um dia de cavalgada da casa de campo de Lady Bethany Fox, líder do Conselho dos Guardiães. Assim que chegarmos lá, vou enviar uma mensagem a Londres, pedindo que ela vá a nosso encontro. Lady Beth ficará feliz de lhe oferecer um teto enquanto você decide como vai ficar sua vida.

— Obrigada por não me abandonar.

— É claro que eu nunca a abandonaria. Você salvou minha vida. Drayton tinha a intenção de me matar assim que voltasse de Londres.

— Por que ele iria querer matar você? — perguntou ela, olhando-o de frente.

— Ele acreditava que minha magia natural estava concentrada no chifre do unicórnio. Ao me matar, ele sugaria essa magia para si mesmo. — Por alguns instantes, Simon refletiu sobre o porquê de Drayton estar tão determinado em acumular poderes, mas isso era uma especulação para outra hora.

A parte de cima da coxa provocava muita dor a Simon, então ele ergueu lentamente a ponta da capa para examinar o ferimento. O sangramento havia parado, mas certamente recomeçaria se ele se mexesse em demasia. Passou as pontas dos dedos de leve sobre o corte profundo e usou um encantamento de cura para reduzir as possibilidades de infecção. Por sorte, o projétil do mosquete não havia se alojado em sua carne. Ou na carne do unicórnio, no caso. De um modo ou de outro, sentiu-se com sorte por a ferida não ser mais grave, mas ela precisava ser coberta por bandagens, pois só um bom curativo o impediria de sangrar até morrer assim que começasse a caminhar pela floresta.

— Essa ferida precisa de um torniquete — analisou Meg. — Eu posso lhe dar minha anágua.

Ele se perguntou se a jovem tinha lido a mente dele ou estava apenas sendo prática.

— Obrigado. Vou ficar lhe devendo um guarda-roupa completo quando estivermos em segurança.

— Bem que eu vou precisar — concordou ela, com um traço de humor nos olhos enfumaçados.

Simon olhou para o outro lado enquanto ela despia a anágua. Alguns rasgões depois, ela conseguiu oferecer ao mago várias bandagens, um pouco úmidas, mas limpas.

— Você precisa de ajuda para fazer o curativo? — perguntou ela.

— Não, eu consigo me arranjar, obrigado. — Embora a parte superior da coxa fosse um local difícil de amarrar, Simon conseguiu fazer um curativo duplo e bem firme sobre o ferimento. Tanto ele quanto ela já estavam se acostumando a fazer coisas íntimas sem chocar um ao outro.

Quando ele acabou de amarrar o curativo, flexionou os ombros para a frente e para trás, com ar desconfiado. Exceto por um desejo distante de bater com os cascos no chão, ele se sentiu tão em forma quanto conseguiria diante das circunstâncias. Portanto, era hora de ir embora dali.

— Detesto ter que arrastar você para debaixo da chuva novamente, mas precisamos partir. Deixei meu cavalo em um terreno não muito longe do castelo, mas será uma longa caminhada até lá. Tomara que consigamos encontrá-lo antes do anoitecer, pois não devemos ser vistos naquelas redondezas.

— Como é que você pode ter certeza de que seu cavalo ainda está lá? — perguntou Meg, virando a cabeça de lado, de um jeito elegante. — É de se imaginar que o dono do terreno já deva ter encontrado e capturado sua montaria.

— Eu coloquei uma espécie de encanto de invisibilidade em Shadow. Na verdade, ele não está exatamente invisível, mas as pessoas ficarão tentadas a olhar para o outro lado e não vão reparar nele. — Simon fez uma careta. — Infelizmente, eu o deixei selado, porque imaginei que ficaria fora apenas por algumas horas e talvez precisasse escapar com rapidez. Havia água e pasto no terreno, mas ele deve estar muito incomodado com o peso da sela.

— Eu consigo chamar cavalos a distância — informou Meg. — Talvez consiga fazer com que ele venha até aqui.

Simon piscou duas vezes, mas logo se lembrou de como Meg havia conseguido se comunicar bem com ele quando ele estava sob a forma de unicórnio.

— Será que isso é possível com um cavalo que você nunca viu e do qual está a tantos quilômetros de distância?

— Não custa tentar, certo? O nome da sua montaria é Shadow? Como ele é e onde você o deixou?

— Ele é um cavalo baio muito alto, com uma linda mancha branca em torno da pata dianteira esquerda. Tem muita energia e o espantoso poder de ficar parado no mesmo lugar por muito tempo. Só que, como eu expliquei, ele está selado. O freio e as rédeas eu guardei em um dos alforjes laterais. Vamos torcer para que ele não tenha rolado no chão de impaciência para se livrar da sela e dos alforjes. — Simon foi em frente e descreveu a localização do cavalo em relação ao castelo.

Meg fez que sim com a cabeça e fechou os olhos. Iluminada pela luz trêmula da fogueira, seu rosto tinha a placidez e a doçura pensativa de uma madona renascentista. Simon ainda sentia um eco da atração obsessiva que sentira por ela quando estava sob a pele do unicórnio. Assim como o desejo de bater com os cascos no chão, esse sentimento deveria desaparecer aos poucos, agora que ele voltara a ser novamente o antigo Simon.

Enquanto isso, porém, ele se deliciou observando-a com toda a atenção.

SEIS

Embora Meg nunca tivesse chamado um cavalo estranho estando a uma distância tão grande dele, não foi difícil. Shadow parecia inquieto e infeliz, e isso fez com que sua energia se sobressaísse dos outros cavalos da área, que estavam mais calmos. Ela visualizou a descrição que Falconer lhe dera e, depois, a localização. Todos os indícios se confirmaram: aquele era o animal. Com muita suavidade, a moça alcançou a mente do bicho. Ela fazia isso por instinto desde que era capaz de se lembrar. Agora, porém, executava essa tarefa de forma consciente.

Venha para seu dono, Shadow. Ele precisa de você.

O cavalo ergueu a cabeça como se tivesse ouvido uma voz física.

Pule a cerca do terreno e siga meu chamado através da floresta. Você está me entendendo?

Ela lançou no espaço uma imagem dele voando sobre a cerca, para depois trotar através da noite até alcançar Falconer.

Shadow compreendeu a mensagem. Feliz por entrar em ação, seguiu em direção à cerca, pulou e trotou cada vez com mais velocidade, em um ritmo que acabou se tornando constante. Meg se manteve em contato com a mente do animal, pois não queria que ele se perdesse nem ficasse confuso no meio do caminho. Ela também o convenceu a manter o trote em um ritmo moderado, pois não adiantaria nada ele chegar exausto ao refúgio onde ela e Simon estavam.

Quando se sentiu segura de que Shadow estava na trilha certa, além de feliz por obedecer a seus comandos remotos, ela abriu os olhos.

— Ele está vindo. Vai levar algum tempo. Você cobriu uma longa distância através da floresta quando estávamos escapando.

— Se você duvidava de que tem o dom da magia, pode parar de duvidar. — Ele sorriu para ela. — Eu conseguiria me conectar a Shadow a uma distância curta, mas o que você está fazendo é muito mais raro. Vai ser interessante descobrir o que mais você será capaz de fazer depois de receber um treinamento adequado para usar seus poderes. — Ele disfarçou um bocejo. — É melhor descansarmos um pouco até Shadow chegar. Foi um longo dia. — Fazendo um gesto com a mão para que a luz mágica se extinguisse, Simon apertou a capa úmida em torno do corpo e se deitou do outro lado da fogueira.

Meg também se deitou, mas a cabeça da moça fervilhava de perguntas.

— Como os Guardiães conseguem manter suas habilidades ocultas das outras pessoas?

Com voz sonolenta, Simon explicou:

— Somos treinados desde a infância a não usarmos nossos poderes na frente de mundanos, que é como chamamos as pessoas que não possuem magia. Quando um mundano testemunha algo que não devia, um leve feitiço de esquecimento geralmente dá conta do recado. Nossos servos e criados pertencem a famílias que trabalham para nós há muitas gerações. — Ele bocejou abertamente. — Além do mais, as pessoas geralmente enxergam o que esperam, e ninguém espera ver magia em ação.

Meg tinha uma infinidade de perguntas para fazer, mas refreou a curiosidade ao notar que Simon estava claramente exausto. Entretanto, a mente da jovem não parou de trabalhar. O acompanhante parecia respeitar verdadeiramente suas habilidades. Isso nunca tinha lhe acontecido antes. Ela sempre se sentira como uma pessoa inútil ou um estorvo, desde que conseguia se lembrar. O senhor do castelo havia usado sua mente, mas aquilo era uma punição. Ele nunca havia demonstrado nem cortesia nem respeito por Meg.

Talvez Meg devesse se sentir chocada com aquela conversa de Falconer sobre magia, mas as explicações dele deram sentido a um mundo que ela nunca havia compreendido — além de explicar o porquê de ele ser um unicórnio poucas horas antes. Ela nunca havia pensado em sua habilidade para se comunicar com cavalos como magia, mas talvez fosse, pois ela não conhecia mais ninguém que conseguisse fazer isso.

O que foi mesmo que o outro dissera sobre usar magia? Que isso era uma questão de desejo e poder. Pensativa, abriu os dedos e imaginou um globo de luz mágica na palma da mão.

Uma esfera com brilho fraco surgiu e lhe fez cócegas na palma. Satisfeita, Meg cutucou a esfera e sentiu um formigamento interessante e agradável. A bola de luz não tinha formato definido, mais parecia um sapo luminoso. Ela fechou a mão e sentiu o formigamento lhe envolver os dedos, enquanto a luz continuava a brilhar em direção ao pulso.

Para testar sua habilidade, ela atirou a bola para cima, como Falconer havia feito. A bola se dissolveu no ar em vez de se condensar e se prender ao teto rochoso. Meg olhou para o ponto onde a luz havia desaparecido. Embora ainda tivesse muito a aprender, a moça começou a acreditar que realmente tinha poderes mágicos. Essa ideia era surpreendente e um pouco assustadora.

Perguntou a si mesma o que seria de si. Embora fosse livre agora, não conseguia se lembrar de um lar, de uma família, nem sequer sabia seu sobrenome. Graças a Deus Falconer não pretendia abandoná-la. Os planos de eles irem procurar a aristocrática

MAGIA ROUBADA 69

Lady Bethany eram alarmantes, mas pior seria ela ser deixada sozinha ali, sem amigos nem treinamento para suas habilidades. Seu amo certamente acabaria por encontrá-la rapidamente, um pensamento que a fez estremecer. Ela precisava aprender a se proteger de Drayton, e somente poderia aprender isso com os Guardiães de Falconer.

Com os olhos fechados, Meg explorou as dimensões de sua própria mente. Era como se sua vida até então estivesse mergulhada em um melaço viscoso e escuro demais. Agora, porém, sua mente parecia ágil e agitada como um passarinho. Perguntas e ideias se espalhavam em todas as direções. Era difícil acreditar no quanto ela havia sido dócil e de raciocínio lento. Aliás, ela nem conhecia o significado da palavra "dócil" até então. Meg se sentiu uma pessoa nova, mas seu eu renovado estava enraizado na jovem de mente atrofiada que ela fora por tanto tempo.

Falconer lhe garantiu que sua capacidade de se lembrar retornaria. Rezando para que isso fosse verdade, Meg se chegou o mais perto do fogo que conseguiu, atenta para não se queimar, e acabou pegando no sono.

Sonhos perturbadores a incomodaram durante o sono. Ela era uma andorinha voando de forma vertiginosa pelo céu quando um falcão imenso mergulhou sobre ela, dilacerando-a com suas garras. O choque a fez acordar sobressaltada. Quando tornou a dormir, sonhos parecidos a torturaram, até ela não conseguir mais pregar os olhos.

A chuva já havia passado, e o céu começava a ficar cor-de-rosa no leste quando um relincho suave anunciou que Shadow havia chegado. Simon estava acordado e de pé, enquanto Meg ainda apertava os olhos e piscava sem parar. Ela se perguntou se aquele homem não era um soldado, para estar sempre em estado de alerta.

O cavalo bateu com o focinho nas costas do dono, exigindo atenção.

— Sua mágica funcionou, Meg — disse Falconer, acariciando sua montaria. — Shadow andou rolando na grama, o que não foi muito bom para a sela e os alforjes, mas pelo menos eles estão aqui.

Meg se levantou e se espreguiçou, lamentando os músculos retesados e se sentindo um pouco suja, mas feliz. Aquele era o primeiro dia de sua nova vida. Embora ainda houvesse muitas incertezas ela havia escapado de seu senhor e tinha talentos com os quais nunca sonhara. Foi atrás de um arbusto para aliviar a bexiga com privacidade. Quando voltou, Falconer já estava completamente vestido, com as roupas discretas de um cavalheiro rural. Mesmo com vestes amassadas e cabelos louros amarrados na nuca, ele era muito atraente. Como homem, era esbelto e tinha a mesma elegância de quando era um unicórnio.

— Estou muito satisfeito por Shadow ter voltado com os alforjes intactos — ressaltou ele. — Além das rédeas, eles continham uma muda de roupa. Nada de botas nem de chapéu, mas pelo menos estou com um par decente de calçados.

Simon balançou a capa, agora seca, e a devolveu para Meg. Ela a vestiu, sentindo-se grata. Ali fora, longe da fogueira mágica, o ar da manhã estava gélido.

Falconer observou um lindo relógio de bolso por um instante, fechou-o com um estalo e tornou a guardá-lo em seguida.

— Tive sorte de ter deixado isso em minha calça reserva. Ou talvez tenha sido intuição, não sorte. Acho que eu deveria ouvir minha intuição mais vezes.

— Seus poderes mágicos não o avisaram de que haveria problemas?

— A magia tem seus limites. Se não fosse isso, seríamos deuses. — Depois de recolocar as rédeas no cavalo, Falconer procurou por algo mais nos alforjes. — Tenho alguns bolinhos recheados de groselha aqui. Devem estar meio amassados, mas pelo menos são comida.

— Obrigada. — Meg aceitou as metades quebradas de um bolinho com avidez. — Você consegue fazer surgir uma xícara de chá de menta quente para acompanhar?

— Eu diria que é preciso uma tremenda quantidade de poder para criar algo a partir do nada. Mas acontece que... — Ele fez, com um floreio, surgir um frasco. — Isso contém chá chinês. Faz vários dias, que está aqui, mas, se ele for aquecido, ficará com um sabor aceitável.

Simon retirou a tampa e fez um gesto discreto. Uma névoa de vapor começou a se elevar do gargalo. O mago entregou o frasco a Meg.

— Que *maravilha*! — Ela tomou dois goles com pressa, para ajudar o bolinho de groselha a descer, e quase queimou a língua. — No castelo quase nunca havia chá chinês, porque é muito caro. Só o senhor e os servos mais importantes o bebiam regularmente.

Depois de mais um gole cuidadoso, ela devolveu o frasco. Chá de menta era saboroso, mas chá chinês era muito melhor.

Simon tomou um gole e se preparava para oferecer mais chá a Meg quando ficou como que petrificado, com a expressão sombria.

— Batedores estão saindo do castelo neste exato momento para nos procurar. A chuva apagou nossos rastros de ontem à noite, mas o líder do grupo possui alguns poderes mágicos, que estão sendo intensificados por Drayton. É hora de irmos.

Depois de Meg engolir o resto do bolinho e mais alguns goles de chá, Falconer recolocou a tampa no frasco e o colocou no alforje. Montou em Shadow e ofereceu a mão para que Meg montasse atrás. Depois que a moça se acomodou sobre os alforjes, os dois seguiram na direção norte.

Shadow começou a galopar de forma tão suave e firme que Meg mal precisou se segurar em Falconer para manter sua estabilidade. A jovem olhou para trás uma vez, na direção do seu refúgio, já novamente oculto pela vegetação densa, e ficou espantada ao ver que o cavalo não deixava pegadas atrás de si.

— Como consegue fazer para as pegadas de Shadow desaparecerem?

— Elas estão fisicamente lá, mas um pequeno encanto de ilusão as esconde. Um mago poderoso não seria enganado por um truque simples como esse, mas o grupo que vem do castelo talvez seja. Vai ser interessante saber se a intensificação dos poderes do grupo, que Drayton está promovendo, vai ajudá-los a enxergar além do meu encanto.

— Essa habilidade que ele tem para intensificar poderes alheios preocupa você? — perguntou ela, apreensiva.

— Drayton está usando a energia de outras pessoas de um jeito que eu nunca vi antes. Isso pode ser muito perigoso. — A voz de Falconer ficou mais firme. — Não vou mais subestimá-lo.

Meg manteve um silêncio respeitoso por algum tempo, mas sua curiosidade acabou vencendo.

— Você pode me falar mais sobre os poderes dos Guardiães? Por exemplo, sua habilidade de sentir que nossos perseguidores estavam saindo do castelo. Com o treinamento adequado, eu também serei capaz de fazer isso?

— Você vai poder ver algo sobre o futuro em um instrumento apropriado... Uma bola de cristal, por exemplo, mas o que eu fiz foi diferente. Existem muitos atos de magia que só podem ser realizados por um Guardião treinado. Além disso, a maioria de nós possui alguns talentos pessoais próprios, dons que geralmente são passados de pai para filho dentro de uma mesma família. Os Falconer sempre foram caçadores. Isso inclui a habilidade pressentir que alguém nos persegue.

— O que você caça?

— Outros Guardiães — disse ele, em um tom de ironia. — A maioria dos membros das Famílias são homens e mulheres honrados, muito ponderados, que acreditam em nosso código de honra. Mas o poder é tentador, então o Conselho dos Guardiães trabalha para assegurar que ele não seja usado de forma imprópria. Minha missão é assegurar que o código seja respeitado.

Ele não disse mais nada, mas Meg adivinhou que Simon sempre havia sido bem-sucedido em seu trabalho, até o momento do encontro no Castelo Drayton. Ela sentiu vontade de estar lá para aplaudir o instante em que seu senhor sentiria o peso de pagar o preço da justiça que seria feita.

* * *

Foi um alívio finalmente alcançar a propriedade de Lady Bethany após um dia infindável de cavalgadas e caminhadas. A viagem poderia ter sido mais curta, mas Simon preferiu seguir por trilhas que passavam ao largo de habitações humanas. Depois das perguntas iniciais de Meg, eles viajaram em silêncio. Simon monitorava mentalmente seus perseguidores, que haviam chegado muito perto de onde os dois fugitivos tinham passado a noite, mas acabaram perdendo o rastro. O líder do grupo estava desesperado para encontrar o unicórnio que escapara, mas, mesmo tendo os poderes amplificados pelo senhor do castelo, havia falhado na missão. Certamente pagaria caro por isso quando Drayton voltasse para casa.

Depois de ter aberto uma boa distância entre eles e seus perseguidores, Simon diminuiu o ritmo da jornada e desmontou um pouco, para aliviar Shadow de sua carga dupla. Mais tarde, foi Meg quem desceu do cavalo e fez questão de fazer parte do caminho a pé, alternando com Simon. Ele protestou, pois lhe pareceu pouco cavalheiresco cavalgar enquanto uma dama caminhava a pé, mas ela foi inflexível. Considerando que calçados leves como os que ele usava no momento não eram adequados para trilhas rústicas, sem falar no ferimento que doía terrivelmente, ele aceitou e agradeceu os intervalos em que teve a chance de seguir a cavalo.

Já era quase meia-noite quando eles enveredaram pela longa e sinuosa alameda que levava a White Manor, a casa de Lady Bethany. Simon havia se hospedado no lugar várias vezes, e a mansão foi uma imagem muito bem-vinda naquele momento.

Como reparou que os lampiões dentro da construção estavam acesos, Falconer não ficou de todo surpreso quando a porta da frente da mansão se abriu e Lady Bethany desceu os degraus, seguida por dois criados. Um lacaio carregava uma tocha, e o outro homem era um cavalariço.

— Simon, seu tratante! Em que tipo de enrascada você se meteu?

— Lady Beth! — Ele desmontou do cavalo e se inclinou para a frente, a fim de envolvê-la em um abraço afetuoso. — Pensei que estivesse em Londres. — Vê-la aqui é um colírio para meus olhos.

— Tive um pressentimento de que deveria vir para cá. — Ela se virou para Meg. — E quem é esta jovem dama?

Meg olhava aturdida, sem conseguir conciliar o título aristocrático com a simpatia, o calor humano e o ar de avó amorosa que via em Lady Bethany.

— Esta é Meg, a quem eu estou muitíssimo grato. — Simon ajudou Meg a desmontar e, em voz baixa, sussurrou no ouvido da anfitriã: — Ela é uma de nós, mas só descobriu isso na noite passada.

Os olhos de Lady Bethany se arregalaram.

— Ora, ora, mas... minha filha, você positivamente brilha de tanto poder. E deve ter casos interessantíssimos para contar. Por onde andou se escondendo por todos esses anos?

— É uma longa história. — Simon entregou as rédeas ao cavalariço e sugeriu: — Trate bem dele, Wilson. Shadow teve um dia muito duro e merece alguns mimos.

— Será um prazer, milorde.

Meg olhou para Simon com choque e desconfiança. Talvez ele devesse ter mencionado para ela que era um conde, mas, como eles estavam fugindo loucamente para salvar suas vidas, o título nobiliárquico que acompanhava seu nome não lhe pareceu importante. Entretanto, Drayton devia ter provocado em Meg uma profunda aversão aos nobres em geral. Simon torceu para que não levasse muito tempo para ela mudar de ideia a respeito disso. Enquanto subiam a escadaria da mansão juntos, ele perguntou:

— Lady Beth, sua premonição a respeito de nossa chegada a levou a preparar comida e acomodações para nós?

— Só um quarto foi preparado, mas o outro ficará pronto em minutos — afirmou ela, sem se perturbar. — Vou lhes dar algum tempo para que se alimentem adequadamente antes de bombardeá-los com perguntas. É uma bênção para seus apetites que minha paciência tenha crescido junto com a idade.

A anfitriã lhes deu alguns minutos para se lavarem antes de os três se reunirem na sala de jantar. Uma terrina fumegante cheia de canja com um pouco de cevada foi servida, acompanhada de bandejas de carnes e queijos.

Meg fizera algumas tentativas para alisar seu vestido amarrotado e domar os cabelos embaraçados, mas continuava parecendo tensa e muito jovem. Seu desconforto desapareceu no instante em que o criado serviu a ceia. Como havia comido apenas dois bolinhos de groselha o dia todo, atacou a comida com muito entusiasmo, embora se comportasse de forma surpreendentemente refinada. Simon também estava faminto, mas, quando se serviu de uma fatia de rosbife, seu estômago reclamou. Perguntou-se se aquilo ainda seria um efeito remanescente de ter passado algum tempo sob a forma de um animal herbívoro. Para sua sorte, a canja não o incomodou.

Fiel à sua palavra, Lady Bethany lhes deu oportunidade de aplacar primeiro a onda de fome antes de começar as perguntas.

— Simon, nós podemos conversar abertamente diante de Meg?

— Sim. — Ele balançou a cabeça enquanto engolia mais uma colherada de canja. — Ela está bem no meio dessa situação inusitada. Além do mais, não conhece nada sobre sua herança e, quanto mais cedo aprender, melhor. Meg, você não gostaria de contar sua história a Lady Bethany?

— O senhor pode contar tudo a ela..., milorde — disse a jovem, erguendo a cabeça de leve.

Ele fez uma expressão de estranheza diante do tom com que ela usou seu título de nobreza, e replicou:

— Meg, eu não sou diferente do homem que era hoje de manhã.

— Talvez não, milorde, mas eu certamente o vejo de um jeito diferente. — Seu olhar baixou para o pão e o queijo.

De forma sucinta, ele relatou a história de Meg e a falta de lembranças que ela demonstrava em relação a seus primeiros anos de vida.

— Mas ela é obviamente uma Guardiã — assegurou Simon, olhando para Lady Beth. — Você sabe se alguma filha de uma das Famílias desapareceu ou foi raptada há cerca de dez anos?

A velha dama balançou a cabeça para os lados.

— Não me lembro de nada desse tipo. Talvez apenas o pai dela fosse Guardião. Ou talvez tenha magia espontânea.

— É praticamente impossível alguém nascido com magia espontânea ter tanto poder. — O mais provável é que Meg tivesse sido gerada por um pai que era Guardião e fosse filha ilegítima. Guardiães raramente eram promíscuos, devido à sua sensibilidade emocional elevada, mas havia exceções.

— O que é magia espontânea? — quis saber Meg.

— São poderes de magia encontrados em pessoas sem nenhuma herança mágica — explicou Simon. — Na verdade, magia espontânea é um fenômeno raro, e geralmente fraco, nunca tão forte quanto a magia de um Guardião ou de seus descendentes. A magia espontânea geralmente é imprevisível e muito diferente da magia de um Guardião.

— O que vocês fazem com as pessoas dotadas de magia espontânea? — Meg estreitou os olhos. — Vocês os eliminam, para evitar competição?

— Por Deus, nada disso, minha filha! — exclamou Lady Bethany. — Geralmente adotamos essas crianças e as criamos no lar de um Guardião. As Famílias conseguiram novas habilidades valiosíssimas agindo assim ao longo dos tempos. — Ela olhou para Simon. — Sua última carta dizia que você planejava procurar Drayton, a fim de acusá-lo de seus crimes. O que deu errado?

— Ele me transformou em unicórnio e pretendia me matar em um ritual de magia.

A dama, normalmente imperturbável, soltou uma exclamação de espanto:

— Por Deus, ele certamente não levaria a termo uma barbaridade dessas!

— Você é uma incurável otimista, Lady Beth — disse Simon, com um tom seco, antes de continuar a história.

Depois de Falconer descrever sua fuga, Meg completou:

— Tivemos muita sorte pela tempestade terrível que caiu na hora certa e apagou nossos rastros.

— Isso foi sorte mesmo, Simon? — Lady Beth ergueu as sobrancelhas.

— Eu lancei um chamado pedindo ajuda a Duncan Macrae — disse ele, balançando a cabeça. — Consegui acordá-lo de um sono profundo. Felizmente, ele entendeu exatamente o que eu precisava e conseguiu me localizar com precisão. As condições climáticas da floresta eram tão ruins que lhe deram material para trabalhar.

— Você consegue controlar a chuva e o vento? — A boca de Meg se abriu de espanto.

— Eu não consigo fazer isso, mas meu amigo Duncan consegue. Em circunstâncias normais, eu nem mesmo conseguiria alcançá-lo, pois ele mora muito longe, na Escócia. Felizmente, o desespero, às vezes, amplifica nosso poder.

Com ar pensativo, Meg voltou à sua refeição. Simon perguntou-se quanto tempo levaria para que ela se ajustasse a um mundo tão diferente do que conhecera no Castelo Drayton. Por sorte, porém, a jovem tinha uma mente mais ágil agora que se libertara da escravidão mental à qual tinha sido submetida.

— Meg não só me libertou da prisão como também conseguiu me fazer reverter à forma humana. Não faço ideia de como isso aconteceu.

— Eu não fiz nada. — Meg encolheu os ombros. — Estava apenas verificando a extensão do ferimento na anca do unicórnio. Assim que eu toquei a ferida... — Ela lutou para encontrar as palavras certas. — Foi como se um raio tivesse caído bem do lado. O ar ficou estranho, com movimentos espiralados, e você começou a irradiar calor. Não sei bem quanto tempo o processo levou, mas, quando tudo voltou ao normal à nossa volta, você era um homem.

— O calor faz sentido — refletiu Lady Beth. — Quando você se transforma de uma forma menor para outra maior, precisa sugar energia do ambiente à sua volta para criar o novo corpo, mais volumoso. Ao retornar à forma menor, você deve ter irradiado a energia que absorvera de volta à atmosfera. Mas como foi que o simples toque de Meg realizou o encanto de transformação à forma original?

— Eu tinha uma ferida aberta que sangrava — informou Falconer, pensativo. — Meg, você também tinha sofrido alguns ferimentos. Será que algum arranhão em seus dedos estava sangrando quando você me tocou?

— Sim — confirmou ela, surpresa. — Era um corte não muito grande, mas sangrava.

— Eis a resposta. Essa jovem dama cintila de tanta magia em estado bruto. — Lady Bethany juntou as sobrancelhas, pensativa, enquanto analisava o caso com mais profundidade. — Tem tanta energia que, quando o sangue dela entrou em contato com o seu, o encanto se quebrou. Ou foi suprimido por algum tempo.

Simon franziu o cenho ao ouvir isso.

— Você acha que esse encanto maldito pode ser revitalizado?

A velha mulher o examinou com olhar distante.

— Receio que sim. A magia continua em torno de você, e esse tipo de encantamento só pode ser quebrado pelo mago que o criou.

Os lábios de Falconer se apertaram quando ela confirmou seus medos.

— Em outras palavras, isso quer dizer que eu posso ser transformado novamente em unicórnio a qualquer momento?

— Acho improvável que o feitiço o vença enquanto você se mantiver alerta e protegido por um escudo ou campo de força. Mas, respondendo à sua pergunta..., sim. Uma nova transformação é um perigo real.

— E se eu me encontrar com Drayton novamente, cara a cara?

— Você deverá ser muito, muito cuidadoso e manter seus escudos de proteção em força total.

Essa não era uma boa notícia.

— Devo ter você perto de mim para o caso de isso acontecer, Meg. Descobri que ser um unicórnio não foi bom para minha mente, nem para meu espírito.

Meg pareceu alarmada antes de perceber que ele não falava sério.

— Talvez você deva carregar um frasquinho com sangue de algum Guardião, caso precise se encontrar novamente com ele — foi a sugestão dela.

— Isso poderia funcionar de verdade. — Lady Bethany analisou Meg com ar pensativo. — E quanto a você, minha jovem? Já se lembrou de algo mais a respeito de seu passado?

Meg colocou o pão de volta na mesa, com o rosto sem expressão.

— Nada — confessou. — A primeira coisa de que me lembro na vida foi de meu senhor se aproximando de mim um dia, em um campo aberto. Ele colocou a mão em minha cabeça e paralisou minha vontade e meu espírito.

— Mesmo sem ter recordações de seus primeiros anos, vê algo familiar nesta casa? Ou estranho? Você acha que pode ter passado sua primeira infância em uma casa como esta?

Meg analisou as paredes revestidas de lambris cor de damasco e os móveis belíssimos antes de balançar a cabeça para os lados.

— Não, esta casa me parece muito grandiosa e... nem um pouco familiar. É diferente do castelo e também de qualquer outro lugar onde eu tenha morado, tenho certeza disso.

— Você sabe ler e escrever?

— Acho... acho que sim — hesitou Meg. — Mas eu não fazia nenhuma das duas coisas no castelo.

Lady Bethany se levantou e pegou um livro fino em uma gaveta do aparador. Entregando-o a Meg, perguntou:

— Você consegue ler isto?

A jovem abriu o livro com cautela e pareceu relaxar.

— Sim! É difícil, porque eu não li nada durante muitos anos, mas as palavras fazem sentido para mim.

— Então você tem algum grau de instrução.

— Seu modo de falar e suas maneiras também são refinados — assinalou Simon. — Ela deve ter passado a infância em alguma casa com recursos.

— Vocês podem me ajudar a encontrar minha família? — perguntou Meg, com uma expressão de esperança no olhar. — Vocês são magos, isso certamente não deve ser muito difícil.

— Depois de passados dez anos e sem ter ideia de por onde começar, encontrar seus parentes não será tarefa fácil, mas é claro que tentaremos, eu lhe prometo — garantiu Lady Bethany. — Mas não esta noite. Você está quase dormindo na cadeira, Meg. Deixe-me acompanhá-la até seu quarto. Uma boa noite de sono faz tudo parecer mais fácil e possível. Simon, eu me encontrarei com você na sala de estar depois de acomodar Meg. Temos alguns assuntos a discutir.

Aquilo era atenuar a situação de modo gigantesco. Enquanto observava as duas mulheres saindo da sala de jantar, Falconer sentiu que seria bom poder acreditar que Lady Bethany conseguiria todas as respostas que ele buscava. Mas sabia que não era possível ter certeza disso, nem por um momento.

SETE

Lady Bethany tinha toda a razão: Meg, de tanta fadiga, se sentia pronta para desabar sobre a cama. Mesmo assim, percebeu dentro de si mesma uma sensação de desânimo por se afastar de Falconer, a única pessoa que lhe era familiar na mansão. Embora Lady Bethany fosse extremamente gentil, exibia um grau de autoconfiança que Meg nunca tinha visto em uma mulher. Durante o tempo em que morara no Castelo Drayton, sempre houve poucas mulheres em redor da jovem. O castelo era um lugar marcantemente masculino. White Manor era diferente e exibia toques de refinada elegância feminina por toda parte.

No fim da ala oeste do corredor do andar de cima, Lady Bethany abriu uma porta.

— Este vai ser seu quarto. Geralmente, coloco minhas netas para dormir aqui.

Meg soltou um suspiro de prazer ao entrar no quarto de dormir, que era uma linda e macia combinação de tons pastel e tecidos com padrões de flores. Desejando ver mais do que a vela simples iluminava, criou uma bola de luz e exclamou:

— Que lindo! Tenho certeza de que me sentirei muito confortável aqui.

Lady Bethany fechou a porta atrás de si ao entrar.

— Onde você aprendeu a fazer luz mágica? Simon lhe ensinou?

— Não exatamente. — Meg instalou o primeiro foco de luz em um dos pilares que ficavam aos pés da cama e então fez surgir outra bola de luz, um pouco maior. — Eu o vi fazendo isso e tentei repetir por mim mesma.

Sob o cintilar suave das luzes mágicas, Lady Bethany exibiu uma expressão pensativa.

— Simon faz parecer fácil criar um foco de luz, mas não é. Estou impressionada por você ser capaz de fazer isso sem ter assistido a nenhuma aula de magia.

Meg visualizou mais uma esfera cintilante na palma da mão e a examinou com atenção.

— Da primeira vez, foi um pouco difícil, mas agora me parece tarefa simples. Eu penso na luz, e ela simplesmente aparece.

— Seus poderes inatos são realmente impressionantes. — Lady Bethany fez um gesto em direção à cama. — Só que agora você precisa repousar. Aqui está uma camisola, e há alguns itens de vestuário no guarda-roupa que devem servir até prepararmos vestes sob medida para você.

Meg tocou a camisola, feita de algodão branco de alta qualidade e com uma delicada borda de renda. Não se lembrava de alguma vez na vida ter algo tão lindo. Seu quarto no castelo era bastante confortável, mas a decoração era austera; suas roupas eram feitas por uma mulher do vilarejo próximo cuja prioridade era lhe fazer vestimentas que durassem muito tempo, sempre elaboradas com tecidos rústicos. Meg descobrira a beleza na floresta e nos animais, mas não em sua vida diária.

— Não sei nem como lhe agradecer — disse baixinho a moça.

— Tudo o que estamos lhe oferecendo é seu por direito. Durma bem, Meg. Tudo vai parecer mais fácil pela manhã. — Lady Bethany beijou o rosto de Meg e se retirou silenciosamente.

Meg passou as pontas dos dedos no rosto, pensando que em algum ponto distante de seu passado devia ter havido uma mãe que a beijava com afeto. Talvez Meg tivesse uma família de verdade, morando em algum lugar.

Rezando para que suas lembranças voltassem depressa e ela pudesse descobrir suas origens, a jovem explorou o quarto. O carpete sob os pés descalços lhe pareceu muito macio, e, quando tirou as roupas sujas e vestiu a camisola, a roupa deslizou suavemente pela pele da moça. Uma jarra cheia de água quente estava sobre uma mesa, ao lado de uma tigela grande, feita para servir de lavatório. Meg lavou o rosto e as mãos, grata pelo luxo. O pente e a escova sobre a penteadeira tinham as partes de trás revestidas de prata. Enquanto desfazia os nós de seus cabelos com ajuda da escova, Meg começou a relaxar. Aquele mundo novo lhe parecia estranho, mas era certamente muito bem-vindo. De algum modo, ela encontraria seu lugar nele.

* * *

Com um copo de brandy na mão, Simon andava de um lado para outro na sala de estar, sentindo-se inquieto, muito cansado, mas incapaz de relaxar e se acalmar. Chegou perto da lareira e acendeu, com um estalar de dedos, os blocos de carvão em brasa que estavam ali. Embora a noite não estivesse muito fria, as chamas crepitantes eram um conforto.

Lady Bethany voltou, depois de instalar Meg no novo quarto.

— Você sabia que sua protegida pode fazer surgir luz mágica tão bem quanto você?

— Não, eu não sabia. — As sobrancelhas de Simon se arquearam. — Mas não estou muito surpreso por saber disso. Quando Drayton me transformou, ele parecia estar se abastecendo em um imenso poço de poder, e a maior parte dele certamente vinha de Meg. Provavelmente, ela será a maga a aprender a lidar com seus próprios poderes com mais rapidez em toda a história dos Guardiães.

— Isso significa que ela precisa de um bom treinamento o mais depressa possível, antes que cause algum dano a si mesma ou aos outros. — Lady Beth se acomodou em uma poltrona junto à lareira. — Não quero que ela descubra, sem querer, enquanto dorme, como colocar fogo na casa. Por falar em Drayton, o que você acha que ele deseja? Ele certamente sabe que não poderia matar você sem receber punição por isso. Mesmo sugando os poderes de Meg, ele não resistiria às forças combinadas de todo o conselho.

— Bem que eu gostaria de saber quais são as intenções dele. Drayton estava criando problemas desde a rebelião jacobita, mas parecia estar fazendo isso de forma indiscriminada, sem deixar claro se apoiava o rei coroado ou o jovem pretendente ao trono. — Simon pegou um gancho de mexer na lareira e ajeitou os carvões em brasa. — Talvez ele se alimente com a dor alheia e queira criar mais disso.

— Sim, pode ser. Mas suspeito de que ele tenha outros objetivos em mente além desse — afirmou Lady Beth, com ar preocupado. — Nenhum Guardião foi ministro do gabinete do governo até hoje. Membros das Famílias costumam evitar tais cargos públicos. Você acha que ele busca algum tipo de poder político?

— Sem dúvida. — Simon analisou algumas das camadas inferiores da mente de Drayton que ele antes não percebera de forma consciente. — Mas ele deseja mais que o simples poder por si só. Tem outro objetivo, certamente sombrio e distorcido.

— Alguma perversão sexual?

Falconer quase riu diante da incongruência entre a pergunta de Lady Bethany e seu semblante recatado.

— Não sei, confesso que não percebi nada nesse sentido. Seus interesses estão em algum outro lugar.

— Por favor, Simon, sente-se aqui antes que você faça um buraco em meu tapete andando assim, de um lado para outro. — Lady

Bethany se recostou na poltrona. — Vou ver se consigo alcançar a mente dele para descobrir algo.

— Tome cuidado. — Quando Simon sentou-se na poltrona em frente à de sua anfitriã, pensou na devastação que experimentara nas mãos de Drayton. — Ele é perigosamente imprevisível.

Lady Beth preferiu ignorar o alerta em vez de lembrar ao convidado que ela era líder do Conselho Britânico dos Guardiães, além de ser uma das feiticeiras mais poderosas do mundo. Tinha talentos especiais para se comunicar com outros magos a longa distância e certamente conseguiria penetrar a mente de Drayton com mais facilidade do que Simon.

— Ah, aqui está ele, em Londres — murmurou ela. — Por Deus, que mente pegajosa e desagradável. Ele... — Uma explosão de energia se fez sentir de forma violenta na sala. Lady Bethany emitiu um som abafado e caiu no chão em posição fetal, em um pequeno emaranhado de roupas sobre o carpete.

Falconer se pôs em pé, praguejando. Drayton havia sentido o toque de Lady Bethany em sua mente e havia revidado. A fúria que Simon conseguira suprimir desde sua derrota no castelo de Drayton pareceu se agitar em ondas que o inundaram, multiplicada pela raiva que sentiu pela agressão a Lady Bethany. Com o foco afiado como uma lâmina de aço, ele seguiu cuidadosamente a energia de Drayton até sua origem e a contra-atacou com todos os seus poderes.

Por um instante, Drayton pareceu cambalear sob o ataque de Simon. Mas logo atacou de volta. Simon ergueu um escudo protetor para refletir o raio de energia concentrada, que lhe pareceu muito mais fraco do que as forças que Drayton conseguia comandar quando mantinha Meg cativa.

Focado em reunir todo o seu poder para um novo ataque, Simon não percebeu que o encanto de transformação havia sido novamente ativado, até que suas pernas cederam e ele caiu no chão. Uma dor excruciante o queimou por dentro, enquanto os ossos se alongavam e seus músculos eram esticados com violência para se adaptarem a novas formas. Sua visão ficou distorcida e os olhos mudaram de formato. Chamas poderosas jorraram da lareira para se juntarem à pira flamejante que o engolfava.

A destruição de suas roupas, as mudanças no equilíbrio e na perspectiva já lhe eram familiares dessa vez e, por isso mesmo, ainda mais assustadoras. Depois de um tempo, que lhe pareceu infindável, a sensação de queimação foi desaparecendo gradualmente, e Simon conseguiu se colocar novamente em pé — ou sobre os *cascos*. Seu corpo de unicórnio parecia mais confortável dessa vez, e a diminuição de seu raciocínio era mais natural, mas ele odiou o fato de ter sido incapaz de evitar a transformação, mesmo percebendo que Drayton era mais fraco do que ele. Sentindo-se irritado, controlou seu medo, grato por saber que estava entre amigos que saberiam reconhecer o que havia acontecido.

Dois passos o levaram para junto de Lady Bethany. Seu rosto estava tão branco quanto seus cabelos, e ele notou que uma marca roxa se formava no rosto da dama, exatamente no ponto onde ela atingira o chão.

Ele a empurrou carinhosamente, com o focinho. Ela não reagiu, mas pelo menos respirava suavemente. Ele tornou a cutucá-la. Nada. Simon pensou em usar os dentes para puxar a corda que traria um serviçal para onde eles estavam em pouco tempo, mas o que pensaria um criado ao ver um unicórnio na sala de estar e a dona da casa caída no chão, inconsciente?

Por impulso, baixou a cabeça e tocou o rosto dela com o chifre. Os olhos dela tremeram rapidamente ao primeiro contato do chifre com a pele. Depois de piscar muito, de surpresa, ela focou o olhar nele.

— Vejo que Drayton conseguiu invocar o feitiço novamente.

Simon abriu a boca para replicar, mas só conseguiu soltar ar quente no rosto de Lady Beth. Ela deu uma risada trêmula e se obrigou a permanecer sentada.

— Simon, você compreende o que eu estou dizendo? Em caso positivo, bata com o seu... casco direito no chão uma vez.

Ele levou um momento para se lembrar da diferença entre direita e esquerda, mas, depois de resolver esse pequeno dilema, bateu com a pata certa no carpete.

— Ótimo! — Movendo-se com dificuldade, Lady Bethany tentou se levantar. Vendo que ela estava tendo problemas, Simon mordeu a gola de seu vestido e a ajudou a se pôr em pé.

— Obrigada, Simon. — Ao se ver em pé novamente, ela passou a mão sobre o vestido amarrotado, em uma tentativa de alisá-lo. — Mesmo sob a pele de um unicórnio, você é um cavalheiro. Você se incomoda se eu tocar seu chifre? Bata duas vezes no chão se você não quiser que eu faça isso.

Ele considerou o pedido da dama. Deixar alguém tocar seu chifre era um ato de estranha intimidade, mas essa era Lady Beth, que sempre fora uma verdadeira mãe para ele. Decidiu aceitar e bateu no piso uma vez só, para dizer que sim.

Ela esticou o braço e agarrou o chifre com força.

— Fascinante! Sinto um poder diferente de tudo o que encontrei na vida. As dores que sentia no corpo, provocadas pela queda, estão desaparecendo neste exato momento, enquanto eu falo. Você me disse que não conseguia fazer magia nesse corpo animal, mas nesse estado de unicórnio você é magia pura.

Ele bufou, em uma tentativa de transmitir a ideia de que ser uma criatura mágica não era exatamente um progresso em sua vida normal. Ela sorriu de leve.

— Deixe-me ver se consigo me conectar à sua mente. Dê dois golpes no chão com a pata se você prefere que eu não faça isso.

Ele bateu uma única vez. No instante seguinte, sentiu a força tranquila da velha dama fluir por dentro dele, mas, quando tentou articular mentalmente as palavras, a fim de falar diretamente com ela, não conseguiu.

Lady Beth balançou a cabeça para os lados, frustrada.

— Consigo perceber alguns dos seus sentimentos, e suponho que o reverso também ocorra, mas tudo é muito vago. — Soltando o chifre, ela decretou: — Não importa. O que é prioritário, no momento, é fazê-lo voltar a seu corpo normal. Se eu tocar seu sangue com o meu, teremos mágica forte o bastante para restaurá-lo. Isso está bom para você?

Ele bateu com o casco no chão uma vez. Lady Bethany abriu o cesto de costura que ficava ao lado da poltrona e pegou uma agulha. Colocando-se em posição ereta, ela o analisou.

— Você é belíssimo como unicórnio, Simon. É claro que é muito bonito como homem também.

Aproximando-se com a agulha, ela riu quando ele bufou de desgosto. O furo que ela fez com a agulha na anca do animal foi tão fraco que ele mal percebeu. Em seguida, ela furou também a ponta do próprio dedo médio da mão esquerda e o apertou com força, para obrigar uma gota de sangue a sair. Depois, a dama fechou os olhos e invocou seus poderes de magia.

Quando o ar em torno começou a vibrar com a força do poder, Lady Beth tocou a anca de Simon com o dedo que sangrava, para misturar o sangue deles. A forte dormência provocada pela onda de magia o sacudiu por dentro, mas o corpo permaneceu teimosamente estável na forma animal. Simon continuava sendo um unicórnio.

Lady Beth tentou mais uma vez. Embora Simon sentisse a magia circular por seus órgãos novamente, a tentativa não fez efeito. Quase sussurrando, a velha senhora murmurou um palavrão que damas idosas e doces não deveriam sequer conhecer.

— Sinto muito, Simon. Isso não está dando certo.

Simon balançou a cabeça com força e apontou o teto com o chifre, indicando o andar de cima, onde Meg repousava. Talvez as lendas fossem verdadeiras e somente o sangue de uma virgem conseguisse desfazer o encanto.

— Você tem razão — concordou Lady Beth, como se ele tivesse falado em voz alta. — Vou subir para chamá-la.

A velha se dirigia à porta quando esta se escancarou e Meg entrou na sala com uma expressão tensa no rosto. Os cabelos escuros lhe cascateavam, soltos, sobre os ombros, e seus pés, descalços, eram visíveis por baixo da camisola rendada. O xale simples que ela colocara rapidamente sobre os ombros não disfarçava nem diminuía sua imagem encantadora. Ela era a criatura mais adorável que Simon vira em toda a sua vida. Cheio de desejo, Simon deu alguns passos até o outro lado da sala e quase a derrubou com o focinho ao lhe fazer um entusiasmado carinho de boas-vindas.

Chorando discretamente, mas rindo ao mesmo tempo, ela enlaçou os braços em torno do pescoço dele e pousou a testa em sua crina, de forma afetuosa.

— Eu pressenti que havia algo errado aqui embaixo. Posso ajudar?

— Espero que sim — disse Lady Bethany. — Tentei usar meu sangue e toda a magia que consegui reunir para fazer reverter o feitiço de transformação, mas nada funcionou. É claro que, com minha idade avançada, eu mal consigo me lembrar de como é ser virgem.

Meg enrubesceu e recuou um passo, afastando-se de Simon.

— Eu não sei exatamente o que eu fiz antes, mas tentarei repetir, da melhor forma possível. Há uma faca por aqui, em algum lugar?

— Tente esta agulha. — A velha dama lhe entregou o objeto. — Uma agulha faz menos estrago. Pode deixar que eu pego uma faca na cozinha, se isso não der resultado.

Simon esfregou a cabeça ao encontro de Meg mais uma vez, sentindo-se estranhamente ambivalente. Ele queria ser restaurado ao seu estado natural, mas o prazer extasiante provocado pela proximidade dela quase o embriagava. Havia ele, alguma vez na vida, se sentido mais feliz?

— Perdão, milorde. — A cauda de Simon se mexeu bruscamente, pois Meg o espetou com mais força do que Lady Beth havia feito. Em seguida, ela soltou a bandagem que tinha sido aplicada sobre seu ferimento no dedo e puxou a casquinha que se formara ali, apertando o local com força até sair sangue.

Com muita suavidade, a donzela tocou na anca do animal e o mundo pareceu explodir novamente. Ele se lançou no chão, sentindo mais uma vez a agonia da transformação. O ar pareceu implodir à sua volta. Quando sua coluna vertebral se retorceu, ele viu Meg e Lady Bethany cambaleando e sendo lançadas para trás pela energia.

Simon emergiu de um mundo escuro no instante em que Lady Beth colocou um cobertor sobre sua nudez. O chão lhe pareceu frio, muito duro, e ele se sentiu tão fraco que duvidou de que fosse capaz de conseguir sentar-se. Simon *detestava* se sentir indefeso e desprotegido diante de outras pessoas.

— Durante quanto tempo fiquei inconsciente? — perguntou, tentando manter a voz firme.

— Não muito, apenas alguns instantes. — A velha tocou sua bochecha. — Você está bem?

— Mais ou menos; acho que sim. — Por pura determinação, ele conseguiu sentar-se e arrumou o cobertor em torno do corpo. A lã parecia áspera e lhe pinicou a pele nua. Ao ver as roupas arruinadas que usava antes da transformação, disse, com amargura na voz: — O feitiço de Drayton está provocando um desastre em meu guarda-roupa.

— Sem mencionar os estragos que está fazendo em seu corpo. — Movendo-se devagar, Lady Beth se levantou. — Não deve ser nada saudável sofrer essas transformações violentas.

A velha dama tinha razão: Simon sentia como se tivesse envelhecido vinte anos. Meg se ajoelhou ao lado dele com um copo em cada mão e perguntou:

— Água ou brandy?

— Os dois. — Ele pegou o copo-d'água e a bebeu praticamente de um gole só. Depois de entregar o copo vazio à moça, bebeu o brandy em goles mais lentos. — Obrigado.

Meg ficou agachada ao lado de Simon e sorriu suavemente. Sua pele era lisa e brilhante como seda, e parecia implorar para ser tocada. Ele desviou o olhar, nem um pouco satisfeito ao notar que, apesar da restauração à sua forma humana, continuava achando Meg a figura feminina mais sedutora que ele conhecera em toda a sua vida. Torceu para que aquele efeito residual passasse logo. Não daria certo esfregar o nariz no pescoço dela agora que voltara a ser um homem. Mas a ideia era tentadora.

— Meg, você sentiu a energia de Drayton um pouco antes de eu me transformar? Ele atacou Lady Bethany, ao mesmo tempo que reativou o feitiço de transformação que colocou em mim.

— Então não foi só minha imaginação. — O rosto da jovem assumiu feições duras. — Eu acordei de um sono profundo sentindo como se ele estivesse... vindo atrás de mim.

Simon verificou, por magia, o cordão de prata que a ligava a Drayton. O bloqueio triplo que fora criado ainda se mantinha íntegro, mas havia sido violentamente atacado. O feiticeiro renegado conseguiu provocar alguns danos na estrutura dos três nós que Simon havia produzido no cordão.

— Vamos ter que inventar um escudo melhor para você.

— Sim, e também precisamos decidir como lidar com Drayton, mas não esta noite. — Lady Beth seguiu em direção à porta da sala. — Todos nós precisamos descansar. Não creio que ele vá tentar mais nada até se recuperar por completo do golpe de energia que você lhe lançou, Simon. Boa-noite, meus amores.

Simon ficou feliz ao descobrir que havia provocado algum dano em seu inimigo. Mas gostaria de ter feito mais estragos.

Sentindo-se um tanto fortalecido, conseguiu se levantar sem deixar o cobertor lhe escapar da mão, nem o copo de brandy. A prova de sua fadiga extrema era o fato de que ele mal se sentia incomodado pela inadequação de vestir apenas um cobertor que lhe pinicava a pele na presença de uma jovem e inocente dama.

Depois de Lady Bethany se retirar, Meg foi até a porta, mas parou.

— Milorde..., o que acontecerá agora?

— Temos várias possibilidades. — Adivinhando que ela estava muito cansada, mas também tensa demais para voltar a dormir, Simon se acomodou em uma das poltronas e convidou: — Acompanhe-me no brandy, se quiser conversar um pouco.

Ela foi até uma mesa lateral, onde estavam as bebidas e os copos, e se serviu de uma dose de brandy com um pouco de água. Depois, se sentou na poltrona que ficava em frente à de Simon. Era uma mulher com muita graça e elegância, mesmo estando exausta. Tentando não fixar o olhar diretamente nela, ele respondeu:

— O que acontecerá agora é que iremos para Londres.

— Entendo. Quer dizer que você e Lady Bethany vão perseguir Drayton em Londres? — Meg girou o copo nas mãos. — Você... você acha que ela permitirá que eu fique aqui por algum tempo? Não tenho para onde ir.

— Você irá para Londres conosco, é claro. Entenda que você não está mais sozinha no mundo, Meg. Faz parte de nosso grupo de Famílias agora. — Ele fez uma careta. — Também faz parte dessa confusão com Drayton, então precisa estar em Londres, ao nosso lado.

Ela relaxou um pouco ao ouvir isso.

— Então está bem. Mas eu fico me perguntando... Os Guardiães vivem o tempo todo com esse temor de serem mentalmente atacados?

Ele riu de forma descontraída e explicou:

— Normalmente nossas vidas são como a vida de qualquer pessoa. Eu, por exemplo, tenho propriedades para administrar, um cargo no Parlamento e interesses pessoais, como a Real Sociedade de Londres, sem falar em minhas responsabilidades de Guardião. Lady Bethany tem uma imensa e devotada família e está sempre envolvida com ações beneficentes. Ser um Guardião normalmente não é tão dramático quanto o que você testemunhou nos últimos dias.

— Se você não tivesse entrado em confronto com Lorde Drayton, eu ainda seria uma escrava sem mente própria, então não posso reclamar das consequências. — Ela tomou um pouco do brandy, fez uma careta e então bebeu mais um gole. — Como vocês conseguirão impedir Drayton? Eu posso fazer algo para ajudar?

Simon franziu o cenho e refletiu.

— Acho que ele pode ser chamado para dar conta de seus atos em uma audiência, diante do Conselho dos Guardiães.

— Isso preocupa você?

Simon percebeu o quanto ela estava desenvolvendo cada vez mais a capacidade de ler as emoções dele.

— Como fiscal da lei dos Guardiães, tenho alguma liberdade para decidir o que deve ser feito e quando. Sou muito cuidadoso e nunca enfrento um renegado, a não ser que tenha certeza de sua culpa. No entanto, como a situação com Drayton explodiu diante de nós com tanta violência, teremos a chance de levar o caso dele para o conselho completo, mas o problema é que ele é um mestre na arte das mentiras e meias verdades.

As sobrancelhas dela se ergueram de espanto.

— Então pode ser que o conselho não lhe dê apoio irrestrito, mesmo sabendo que você arriscou sua vida para que a lei dos Guardiães fosse seguida à risca?

— A maioria dos membros do conselho certamente me dará apoio. — Simon hesitou, perguntando-se se deveria abordar as questões políticas das Famílias. De qualquer modo, Meg precisava saber de algumas dessas questões. — Normalmente, os Guardiães lidam de forma harmoniosa uns com os outros. Só que minha família tem uma longa tradição de policiar, inspecionar e impor o respeito às leis, e essa é uma ocupação que pode criar inimigos.

— Você está querendo dizer que alguns dos membros do conselho não serão imparciais e se colocarão contra você? — Os olhos dela se estreitaram apenas por dizer isso.

— Todos eles são pessoas honradas, mas digamos que um ou dois deles não hesitariam em se omitir e prefeririam acreditar em alguém que me acuse de não fazer meu trabalho direito.

— Mas Drayton não pode continuar maltratando as pessoas! — A boca de Meg se torceu de horror. — Ou talvez ele possa, já que é rico e poderoso.

— A maioria dos Guardiães é muito próspera. É útil poder sentir o lado certo a escolher nos momentos de perturbações políticas, por exemplo. — Simon se lembrou de que, mesmo assim, os melhores Guardiães tinham enfrentado dificuldades em prever o resultado da recente rebelião jacobita na Grã-Bretanha. — Com base no que Drayton fez, acho que seria preciso a atuação de vários mestres de magia trabalhando juntos para conseguir despojá-lo de seus poderes. Só que lutas entre magos podem ser muito perigosas, e ninguém estará disposto a atacá-lo, a não ser que isso seja claramente necessário. Por tudo isso, se alguns dos membros do conselho tiverem dúvidas sobre o quanto Drayton é perigoso, ele não será punido.

Meg se retesou na poltrona e reagiu.

— Mas você e Lady Bethany poderão testemunhar sobre os crimes dele!

Simon tinha um mau pressentimento quanto a enfrentar Drayton diante do conselho, mas talvez isso fosse provocado pela fadiga e por seu sentimento de ter falhado.

— Vamos ver o que acontece... — disse ele. — Eu geralmente espero pelo pior, mas talvez eu me surpreenda agradavelmente.

Os olhos de Meg se modificaram do tom cinza-esverdeado e, de repente, pareciam feitos de gelo.

— Você e Lady Bethany disseram que eu tenho poderes. — Sem o mínimo esforço, a jovem produziu uma esfera de luz e a lançou para cima. — Ensine-me como usá-los. Quero ser capaz de me defender contra qualquer pessoa. E também quero aprender a reagir e revidar, como você faz.

Ele tentou controlar sua surpresa.

— Meg, é preciso ter talentos muito especiais para ser um caçador de magos e um fiscal da lei dos Guardiães. Alguns desses talentos podem ser aprendidos, mas a maioria deles é dom inato.

— Então precisamos descobrir se tenho esses dons. — Os olhos dela se estreitaram. — Nunca mais quero me sentir desamparada.

— A defesa é mais fácil que o ataque. O método mais simples é imaginar um escudo impenetrável de luz branca em toda a sua volta, mas isso faz mais efeito se esse tubo de luz for invocado antes de você ser atacada. Com a prática, ficará mais fácil manter esse escudo de luz o tempo todo sem você pensar nisso conscientemente. Essa proteção pode ser equipada com um gatilho, que colocará você em alerta total no caso de um ataque. O fato de Drayton ter um gancho de energia atado a você certamente vai comprometer um pouco a força do escudo, mas, mesmo assim, ele será útil.

Os olhos dela ficaram sem expressão enquanto ela refletia sobre a informação.

— Obrigada. Vou praticar a criação desse escudo de luz.

Quando Simon analisou o poder rico e denso que emanava dela e a envolvia, ficou feliz por não ser seu inimigo.

OITO

epois de um longo dia e de muito drama no meio da noite, Meg dormiu como se tivesse sido sedada com láudano. Mesmo assim, acordou logo que amanheceu, com a alma dormente de curiosidade. O conhecimento de que ela possuía poderes mágicos a fez querer aprender a usá-los.

A noite anterior havia provado que mesmo pessoas como Falconer e Lady Bethany talvez não fossem capazes de protegê-la de Lorde Drayton. Por alguns momentos, seu antigo senhor a rodeara com um poder sufocante e ordenara que ela voltasse para onde ele estava. Ela se vira perigosamente próxima de atender ao chamado, embora houvesse se quebrado o encanto que a deixara quase sem vontade própria. Se seu antigo amo estivesse um pouco mais forte — ou se o escudo que Falconer havia criado para ela fosse um pouco mais fraco —, ela poderia ter caído novamente sob o controle de Drayton. Para sua própria segurança, ela precisava aprender a lidar com a magia.

Depois de se lavar com a revigorante água fria da jarra, Meg investigou o guarda-roupa do aposento. As netas de Lady Bethany deviam se vestir muito bem ou ser muito ricas, pois haviam deixado para trás roupas de alta qualidade. Meg pegou a peça mais simples, um vestido verde-claro que ela conseguiria vestir sozinha, sem a ajuda de uma aia.

A jovem acendeu o quarto com luz mágica e pensou em começar suas experiências no mundo da magia. Conhecia muito pouco sobre os poderes dos Guardiães. Conseguia se comunicar com cavalos, mas isso era fácil, algo que fazia desde criança. Luz mágica também não era difícil de produzir. Então..., o que ela poderia tentar agora?

Formar um escudo de proteção seria um bom começo. Ela se sentou relaxada na cadeira estofada e fechou os olhos com força para se concentrar em criar um casulo de luz branca que se estendia por vários centímetros em torno de seu corpo. Isso foi muito mais difícil do que a luz mágica: o escudo parecia pulsar e se dissolvia com facilidade quando ela desviava a atenção. Depois de algum tempo, a donzela conseguiu estabilizar a luz e mantê-la estável sem grande esforço. Mas não se sentiu mais segura por isso. Falconer poderia lhe dizer se ela estava fazendo o escudo da maneira correta.

Ele mencionara uma linha de energia que a ligava a Drayton. Questionando consigo mesma se seria capaz de encontrar essa linha, lançou sua visão interior para o escudo de luz branca, de fora para dentro, explorando a parte externa centímetro por centímetro. O casulo lhe pareceu seguro o suficiente. Continuando a experiência, a moça deu uma cutucada mental no escudo. Ele vibrou um pouco, mas ela não conseguia penetrar o interior, não importava o quanto tentasse.

O vínculo que Drayton criara havia desaparecido? Nada disso, maldição! Ali estava o cordão que Falconer havia descrito. Era um fiapo de luz cintilante conectado ao umbigo da jovem, vindo de suas costas. Meg se perguntou se a linha seria fina de propósito, para não ser encontrada com facilidade.

Com brutalidade, ela imaginou uma faca de prata cortando a linha. A faca saltou de volta, sem conseguir cortar a ligação de aparência frágil. A moça tentou várias vezes antes de desistir. Se Falconer não havia conseguido cortar aquela ligação, ela não seria capaz disso.

Abrindo os olhos, Meg olhou em torno do quarto. As luzes mágicas haviam desaparecido enquanto ela trabalhava no escudo. Embora o céu começasse a clarear, o quarto ainda estava escuro. Talvez ela conseguisse criar um encanto que mantivesse a luz brilhando sem sua atenção constante. Quem sabe uma linha de energia similar à que Drayton usara nela?

Meg criou duas novas luzes mágicas e as enviou para o ar com um comando mental. *Permaneçam acesas!*, ordenou. Em seguida, visualizou um fio de energia ligado a cada uma delas. Uma pequena experiência mostrou que apenas uma parcela de poder era necessária para isso. Satisfeita com os resultados, voltou a atenção para outra coisa.

O que um Guardião seria capaz de fazer? Meg certamente não tentaria investigar Drayton a distância — e nunca mais iria se referir a ele como "seu senhor", como fizera no tempo em que era sua escrava. Ele era apenas um homem. Um homem do mal, ainda por cima.

Seria possível mover objetos com o poder da mente? A escrivaninha de mogno tinha uma pena de escrever sobre a superfície polida. Meg se concentrou nela o máximo que conseguiu. Estava a ponto de desistir, quando sentiu um movimento mental sutil, como se uma chave tivesse se encaixado em uma fechadura. Lentamente, a pena se elevou e ficou equilibrada apenas pela ponta. Tomada de empolgação, a moça perdeu a concentração e a pena de ganso tornou a cair sobre a mesa. Meg tentou novamente, e o ato de erguer o objeto foi mais fácil. Por quanto tempo ela conseguiria manter a pena em posição vertical?

A cabeça de Meg latejava de concentração quando a porta do quarto se abriu e uma jovem criada entrou.

— Aceita um chocolate quente, senhorita?

— Oh, sim, por favor! — Meg pegou a xícara fumegante na bandeja com gratidão. — A que horas é servido o desjejum em White Manor?

— Ele acontecerá daqui a meia hora, senhorita. Um gongo será tocado no momento certo, mas não muito alto, para não incomodar alguém que ainda esteja dormindo. A refeição será servida na mesma sala onde a senhorita fez sua ceia ontem à noite. — Ao sair, a criada parou e arrumou sobre a mesa a pena, que estava ligeiramente fora do lugar.

Cansada de seus esforços, Meg ficou feliz por ter um chocolate quente para tomar e observou o céu brilhante do lado de fora. Já se sentia menos incapaz. Teve sucesso na tentativa de manter as luzes acesas. Acima da cabeça, elas estavam tão brilhantes quanto no instante em que a moça as criara. Ainda bem que a criada não tinha reparado!

Fechando os olhos, Meg deixou a mente vagar, tentando ver se alguma lembrança de sua infância lhe vinha à mente. Nada... Suas recordações começavam com Lorde Drayton na campina. Essa dificuldade fez diminuir-se um pouco o prazer que ela obtivera com as novas conquistas. Foi um alívio ouvir o gongo distante a chamá-la para o desjejum. No caminho para a sala, ela só se perdeu uma vez.

Falconer e Lady Bethany já estavam sentados, comendo. Meg parou à porta para analisá-los. Frio e controlado, Falconer parecia um cavalheiro aristocrático que nunca passara por nenhum problema na vida. Lady Beth dava a impressão de ser apenas uma dama doce e inofensiva, cujas preocupações começavam e acabavam entre chás e mexericos. Ambos eram surpreendentes mágicos. A própria ideia de existir magia parecia improvável, mas Meg já não podia negar as provas das quais tinha sido testemunha ocular.

Sua anfitriã ergueu os olhos.

— Sirva-se do que quiser no aparador e junte-se a nós — convidou Lady Beth. — Estamos prontos para planejar nossa ação. — Ela piscou. — Querida, você sabia que há duas esferas de luz mágica batendo uma na outra sobre sua cabeça?

Meg olhou para cima e ficou vermelha de vergonha. Ela havia esquecido as bolas luminosas ligadas por um fio, e elas a seguiam como cães bem-treinados. Cortou mentalmente os cordões e apagou os globos. As luzes desapareceram.

— Desculpe, milady.

Lady Bethany pareceu mais divertida do que aborrecida.

— Dá para ver que seu aprendizado vai ser muito interessante de observar.

Meg se serviu de ovos cozidos que estavam em uma tigela aquecida, acrescentou torrada e pegou uma xícara de chá antes de se sentar à mesa ao lado de Lady Bethany e longe de Falconer. Seus sentimentos por ele eram... complicados.

— Você tem razão, Simon — disse Lady Bethany, continuando a conversa que estava em andamento quando Meg entrou na sala.

— Não tenho escolha, a não ser submeter Drayton a uma audiência diante do Conselho dos Guardiães. Devemos confiar no discernimento do conselho para reconhecer os perigos que esse homem representa.

— Quem me dera ter tanta fé na capacidade do conselho para julgá-lo com imparcialidade — disse Falconer, em um tom seco.

— Mas você tem razão quanto a não podermos fazer mais nada. Vamos a Londres, a fim de conseguir provas contra ele.

Meg engoliu a torrada com dificuldade, pois sua boca ficou subitamente seca.

— Eu terei de encontrar Lorde Drayton novamente?

— Receio que sim, mas, quando chegarmos à audiência, você já será capaz de se proteger dele — garantiu Lady Bethany, usando um tom tranquilizador.

— Esta manhã, treinei a criação do escudo sobre o qual Lorde Falconer me contou. — Meg visualizou o casulo de luz branca. — Estou fazendo certo?

Sentiu uma cutucada suave, não física, e percebeu que Falconer testava o escudo. Ele forçou mais uma vez a parte externa do casulo, aumentando a pressão. Meg reagiu concentrando-se mais na integridade do casulo.

A pressão parou.

— Muito bem, Meg. — Falconer olhou para Lady Bethany. — Essa jovem só precisa que lhe ensinem as coisas uma vez. Nunca vi ninguém aprender tão depressa.

— Com Gwynne Owens também foi assim — disse Lady Bethany, pensativa. — Tanto ela quanto Meg descobriram seus poderes mais tarde, já adultas.* Pelo visto, assim é mais fácil do que experimentar às cegas ou em meio a inseguranças, conforme acontece com a maioria dos magos que desenvolvem a magia de forma gradual.

— Talvez o fato de Drayton sugar continuamente os poderes de Meg tenha fortalecido o foco dela, mesmo ela estando sob o jugo dele — sugeriu Falconer.

Meg se encolheu toda enquanto os dois magos a avaliavam.

— Realizei algumas experiências por conta própria agora de manhã — confessou ela. — Estou agindo do modo certo?

Ela olhou em torno da mesa, em busca de um objeto pequeno que pudesse fazer flutuar com o poder da mente. Como não havia nada tão leve quanto a pena, Meg se concentrou na colher de prata que tinha usado para mexer o açúcar em sua xícara. A colher se ergueu no ar, meio torta. Já estava a 60 cm acima da mesa quando Falconer exclamou:

— Meu Deus!

A concentração de Meg desapareceu com o susto, a colher despencou com violência e atingiu a xícara. A frágil peça de porcelana se espatifou em mil pedaços e o chá explodiu em todas as direções, manchando a toalha de linho branco. Lady Bethany a recebera, alimentara e vestira; como agradecimento, Meg estava quebrando sua porcelana fina! A moça pegou o guardanapo e começou a enxugar o chá derramado, dizendo:

— Sinto muitíssimo!

— Não precisa se desculpar. — Os dedos delicados de Lady Bethany tocaram o pulso de Meg. — Você acaba de demonstrar

---

* Ver *Um Beijo do Destino*. (N. T.)

uma habilidade extremamente incomum, minha filha. Levantar objetos sólidos com pura energia mental é muito espantoso e raro.

— Duncan mexe com o clima, mas não é a mesma coisa — explicou Falconer. — O fato de uma novata fazer levitar uma colher sem treinamento é... admirável.

Meg enrubesceu novamente diante do olhar de admiração que recebera de Falconer. Talvez os outros dois a considerassem uma mulher adulta, mas ela se sentia uma menina de escola.

— Simon, quando vocês dois acabarem de comer, por que não leva Meg para dar um passeio pelo jardim? — sugeriu Lady Bethany. — Você pode dar uma ideia a ela dos tipos diferentes de magia que conhecemos. Embora as experiências dela até agora tenham sido inofensivas, pode ser que nem sempre isso aconteça.

— Boa ideia. — Uma ponta de humor surgiu nos olhos dele. — Embora eu esteja louco para ver os poderes que Meg tem chance de desenvolver por conta própria.

* * *

Simon adorou a oportunidade de caminhar pelo jardim ao lado de Meg. Além de ensiná-la sobre os poderes dos Guardiães, ele teria a chance de testar seu autocontrole com relação a ela. É claro que ela era uma jovem adorável, mas a atração que ele sentia não seria tão intensa se não fosse a ligação unicórnio-virgem que havia se estabelecido. Quanto mais cedo ele aprendesse a controlar sua atração, melhor.

Embora a noite tivesse sido fria, a manhã esquentara e a temperatura estava muito agradável, com a riqueza da primavera no ar. Lady Beth encontrara uma linda touca com abas para amarrar sob o pescoço para Meg, com o intuito de proteger sua pele. Meg aceitara a touca com recato, e Simon percebera que, no Castelo Drayton, ela provavelmente era uma menina largada, sempre com a cabeça descoberta.

Enquanto caminhavam pelo jardim imenso, Meg começou a falar.

— Antes de conversamos sobre magia, tenho uma pergunta. Você mencionou a Real Sociedade de Londres. O que é isso?

— Um grupo de homens interessados em filosofia natural e promoção da ciência. A sociedade tem mais de cem anos de tradição, — Sua voz assumiu um tom seco. — Drayton é um dos colegas, membro da sociedade. Compartilhamos interesses na área de matemática e física mecânica.

— Você o encontra com frequência? — quis saber ela, erguendo as sobrancelhas.

— Não muito. Nunca fomos amigos. — Embora também nunca tivessem sido inimigos, até agora.

— Matemática e física mecânica — refletiu ela. — Exatamente o oposto da magia.

Simon nunca pensara nisso sob esse ângulo.

— Talvez seja assim que eu consiga manter meu equilíbrio interno. O estudo da filosofia natural é uma matéria ligada à mente. A magia vem de outro lugar, completamente diferente.

— De onde?

As perguntas mais simples de Meg eram sempre as mais difíceis.

— Em última análise, a magia vem da natureza, embora ninguém compreenda essas regras fundamentais ou os motivos de algumas pessoas possuírem o dom de desenvolver a magia e outras não.

— Então é um mistério. Bem, devo me concentrar no *como*, sem me preocupar com o *porquê*. Que tipo de magia eu devo evitar?

Simon resolveu citar logo as mais perigosas.

— Você não deve invocar espíritos nem demônios, que são entidades não humanas de grande e imprevisível poder. Magos muito curiosos ou ambiciosos às vezes fazem isso, e os resultados nunca são bons.

— Espíritos e demônios? Você está falando sério? — perguntou, incrédula.

— Muito sério. — Ele torceu para não estar dando a ela nenhuma ideia perigosa. — Mas esse tipo de magia é rara e normalmente envolve rituais complicados. Não é uma coisa na qual você tropece por acidente. Algo completamente diferente de você sentir a presença de um fantasma e puxar conversa com ele. Isso geralmente é inofensivo e, muitas vezes, educativo.

Ela olhou para ele meio de lado, com ar descrente, os olhos mais verdes do que acinzentados.

— Agora eu tenho certeza de que você só pode estar brincando!

— Não estou, não. Palavra de honra. — Ele apontou para o canto mais distante do jardim. — Um fantasma às vezes circula junto de umas ruínas ali adiante. Quer verificar se o espectro está por lá hoje?

Os dedos de Meg apertaram o braço dele, mas ela aceitou a sugestão. Quando eles se aproximaram de uma pilha de velhas pedras caídas, onde haviam sido plantadas flores e pequenos arbustos para torná-la pitoresca, Simon disse:

— Abra sua mente. Se você sentir uma presença que não seja humana, descreva-a para mim.

Ela concordou com a cabeça mais uma vez e arregalou muito os olhos. Eles pararam ao lado do monte de pedras e, por longos instantes, não se ouviu nenhum som especial além da brisa que balançava os galhos e do gorjeio ocasional de um pássaro.

— É uma mulher — murmurou Meg. — Uma mulher idosa. Essas pedras eram do chalé de um jardineiro. Ela era mulher do jardineiro que morava aqui. Era aleijada. Seu marido a levava para fora nos dias de sol e a colocava sobre uma cadeira para que ela apreciasse a luz do dia, o calor e as flores.

— Isso mesmo. — Simon concordou com a cabeça. — É ela. Você consegue lhe fazer uma pergunta?

— Posso tentar. — Meg fechou os olhos e expirou suavemente. — Eu lhe perguntei por que ela está aqui, e ela me disse que é porque era feliz neste jardim, sempre apreciando uma xícara de chá com seu marido. Nos dias ensolarados, quando seu marido agora está ocupado com seu... "jardim celestial" seria o melhor termo para expressar a ideia que ela me passou... ela gosta de voltar aqui para recordar aqueles tempos. — Meg fez uma reverência respeitosa e completou: — Obrigada, sra. Jones. Se eu tiver chance, voltarei a procurá-la.

Simon também acenou para a figura espectral, que ele já conhecia, e guiou Meg para longe dali. Enquanto seguiam no caminho de uma área gramada, ela perguntou:

— Todos os espíritos são assim tão agradáveis?

— Normalmente não — afirmou ele, balançando a cabeça. — Foi por isso que achei que começar pela sra. Jones era uma boa ideia. Fantasmas, muitas vezes, são figuras rabugentas e até vingativas. Às vezes, estão tristes ou se sentem perdidos, ansiosos para contar suas histórias a qualquer um que as queira ouvir. Eu já tive a experiência de ouvir o desabafo de um fantasma e depois perceber que ele se dissolveu de repente, no meio da luz.

— Com a palavra "luz" você está se referindo à presença de Deus? — perguntou Meg, baixinho.

— Talvez. Não estou certo. — O fato é que Simon sempre achou esse vislumbre ocasional de luz algo reconfortante. — Mesmo que apareça um fantasma zangado, é pouco provável que ele machuque você, especialmente se você estiver com um bom escudo. Muitas vezes, eles são apenas espíritos feridos que podem se libertar se forem curados dos tormentos que arrastam. Alguns Guardiães escolhem, como missão de suas vidas, encontrar esses espíritos feridos e ajudá-los, para que eles possam ir para um lugar melhor.

— Isso me parece uma ocupação louvável. — Meg olhou, esperançosa, em torno do jardim. — Existe mais algum fantasma aqui em White Manor?

— Não creio. Lady Bethany não permitiria que espíritos feridos vagassem por aqui. Ela possui o dom especial de se comunicar com todos os tipos de energia, e é por isso que faz parte do Conselho dos Guardiães. Os nove membros do conselho se comunicam por meio de esferas encantadas feitas de quartzo, que os capacita a montar encontros mesmo que estejam em locais diferentes. — Ele acompanhou Meg até um banco sob uma árvore agradavelmente afastada. — Já conversamos sobre fantasmas e o perigo de invocar espíritos das trevas. É igualmente perigoso invadir a mente e o espírito de outro mago sem ser convidado.

— Em outras palavras, eu não deveria tentar sondar a mente de Lorde Drayton? Não se preocupe... Não quero chegar perto dele nem física nem mentalmente.

Simon se inclinou e colheu uma violeta que brotara ao lado da base do banco onde sentavam-se. A flor era linda e delicada como Meg. Embora ela fosse menos delicada do que aparentava.

— Você já me ouviu conversando com Lady Bethany sobre muitas formas de magia. Isso tudo deve lhe parecer confuso. Há algo que eu mencionei sobre o que você queira conhecer mais?

Ela tirou a touca e olhou para o céu.

— Você disse que seu amigo Duncan Macrae nos salvou criando uma tempestade. Como se faz isso?

— A maioria dos Guardiães consegue mover uma nuvem ou fabricar uma brisa, mas um verdadeiro mago do clima consegue sentir a intensidade dos ventos e as temperaturas do ar mesmo a longas distâncias, e tem o poder de moldar essas condições conforme sua vontade. Foi isso que aconteceu na noite em que escapamos do castelo. Duncan conseguiu transformar a chuva que caía em uma tempestade gigantesca que acobertou nossa fuga pela floresta.

Meg franziu a testa com ar de muita concentração, e Simon percebeu que ela tentava sentir o clima. Uma das poucas nuvens acima deles andou mais depressa que as outras por um minuto e desapareceu no ar.

— Eu movi uma nuvem, mas não creio que consiga sentir padrões climáticos mais complexos — disse ela. — Talvez isso melhore com a prática.

— É possível, mas os magos do tempo mais poderosos são, invariavelmente, homens. Alguns tipos de magia são mais encontradas em homens, outras em mulheres.

— Quais são as habilidades femininas mais comuns?

— As mulheres têm poderes de cura mais acentuados e leem emoções muito melhor que os homens. Também temos o caso das encantadoras, feiticeiras cujo poder de atração pode transformar o cérebro dos homens em geleia, por assim dizer. — Ele olhou para a violeta e se lembrou de Gwynne Owens, esposa de Duncan Macrae. Era tão linda e inteligente que conseguiria fazer com que monges se engalfinhassem por ela, caso resolvesse usar toda a força de seu poder. — Felizmente para os homens, existem poucas encantadoras desse tipo.

— Existe algum equivalente masculino para as encantadoras?

— Alguns homens tem uma poderosa capacidade para atrair mulheres, mas sua magia não é nem de longe tão forte quanto a da versão feminina. Talvez as mulheres sejam mais sábias em assuntos de sedução. — Ele certamente não se sentia nem um pouco sábio ao olhar para Meg. Embora soubesse o quanto era errado alimentar sentimentos daquele tipo por uma donzela sob sua proteção, o desejo que sentia de tocá-la estava aumentando em vez de diminuir.

Simon lembrou a si mesmo que ela não era mais uma menina, e sim uma mulher. Suas feições suavemente moldadas exibiam um ar inocente que se devia ao fato de ela ter perdido tantas experiências importantes durante seus anos de amadurecimento. De certo modo, era como se ela ainda tivesse 14 anos. Quando olhava em seus olhos, porém, Simon enxergava uma dor profunda, que ninguém poderia vivenciar sem perder a inocência da infância.

Em um ato involuntário, a mão de Simon se moveu e ele prendeu a violeta atrás da orelha de Meg. Foi um grande esforço afastar a mão dali, em vez de acompanhar com os dedos a curva do maxilar da moça ou acariciar suas maçãs do rosto, que pareciam flores a brotar.

— Não pense só em magia, Meg — aconselhou ele. — Aproveite o tempo para celebrar a vida, pois você não teve permissão para fazer isso nos últimos dez anos.

Os olhos dela se estreitaram, e a energia que havia entre eles se adensou com percepções de cunho sensual. Não, realmente Meg não era uma criança. Era uma mulher no auge de sua formosura; uma mulher ávida por experiências e que olhava para Simon com olhos que espelhavam o desejo dele.

Simon se inclinou devagar, apesar de sua consciência que gritava: *Isso é um erro!* Mas seria só um beijo. Um simples beijo...

Os lábios dela tinham pouca experiência, mas transmitiram desejo. O mesmo desejo que cresceu por dentro de Simon como uma onda avassaladora e destruiu o autocontrole do qual ele tanto se gabava. O mago quis mergulhar dentro da moça, suavizar as bordas ásperas de seu espírito e transformá-las em doce força feminina. Ele a enlaçou com os braços, maravilhando-se com a flexibilidade calorosa com que Meg o recebeu enquanto ele aprofundava o beijo.

— Meg... — sussurrou ele. — Brava Meg, a donzela guerreira.

Ela não parou de beijá-lo, mas colocou a mão no centro do peito de Simon, em uma tentativa incerta de evitar que ele fosse muito depressa. Esse simples gesto quebrou a fluência exagerada do desejo dele, fazendo-o lembrar de todos os motivos pelos quais ele deveria manter uma distância respeitosa dela. Afinal, ela não apenas estava sob sua proteção como também era uma menina inocente que já tinha perdido coisas demais na vida graças a um Guardião insensato.

A paixão se transformou em fúria consigo mesmo e Simon se afastou.

— Desculpe, Meg, eu não devia ter feito isso.

A mão dela deslizou do peito e o agarrou pelo pulso, impedindo-o de se afastar mais enquanto olhava para ele, confusa. Ele arrancara um pedaço da inocência dela com aquele beijo, e se odiava por isso.

Simon levou algum tempo para reconhecer que estalos de magia ocorriam à sua volta e os limites da sua forma humana se modificavam. O encanto desprezível de Drayton estava novamente em manifestação.

— Maldição, novamente não! — implorou ele, indefeso.

A expressão de Meg mudou do espanto para a compreensão imediata. Ela pegou a mão de Simon e mordeu seu dedo médio com força, fazendo com que ele sangrasse. Enquanto a dor da mordida o paralisava, ela arrancou o curativo de seu próprio dedo, arrancou a casquinha do ferimento e apertou-o com força, gerando um sangue vermelho-escuro.

Apertou os dedos que sangravam um contra o outro e o encanto de Drayton se dissolveu, tornando-se inócuo. Com o coração aos pulos, Simon passou a língua nos lábios, para umedecê-los. Mesmo não tendo acontecido por completo, o encanto de Drayton lhe sugara as energias.

— Graças a Deus você tem um pensamento rápido, Meg. — Com muito cuidado, removeu sua mão de perto da dela.

— É como caminhar sobre gelo fino, não é? — perguntou ela, com o rosto pálido. — A qualquer momento o chão pode desaparecer sob seus pés.

Antes que Simon tivesse chance de responder, Lady Bethany apareceu correndo, respirando com dificuldade.

— Graças aos céus você está bem, Simon! Senti uma precipitação de magia vindo em sua direção e pensei que encontraria um unicórnio aqui.

— Não dessa vez, mas só porque Meg agiu depressa. — Ele se levantou para dar o lugar a Lady Beth e descreveu o que havia acontecido.

— Talvez você realmente precise andar sempre com um frasco do sangue de uma virgem, já que o feitiço aparentemente é ativado de forma aleatória — disse Lady Beth, preocupada. — Meg, você estaria disposta a contribuir?

Antes de Meg ter a chance de responder, Simon disse:

— O feitiço não é aleatório. Eu estava furioso nas duas vezes em que ele foi reativado. Acho que a raiva ou a falta de controle me enfraquece a um ponto em que o feitiço assume o comando. — Ele caminhou de um lado para outro, com os músculos tensos. — Desconfio que, quanto mais vezes eu me transformar em unicórnio, mais meu espírito vai se tornar animalesco. Com isso, vai ser cada vez mais fácil o feitiço me derrotar.

— Você estava furioso comigo, Lorde Falconer? — perguntou Meg, afastando os olhos dele.

— Não! — Embora ele não tivesse orgulho de revelar sua fraqueza à dama idosa, isso não podia ser evitado. — Lady Beth, eu beijei Meg. Acho que o efeito residual da relação unicórnio-virgem que foi criada durante a primeira transformação está minando meu senso do que é apropriado. Eu estava tão furioso comigo mesmo por me comportar de forma errada que o feitiço de Drayton destruiu minhas defesas.

— Fúria é a resposta, então? — Lady Beth franziu a testa, pensativa. — Desculpe-me perguntar, Simon, mas eu preciso saber. Você tem certeza de que é a raiva e não o desejo que o torna vulnerável?

Ele refletiu sobre os momentos apavorantes que vivenciara havia poucos minutos.

— Foi a raiva, tenho certeza absoluta. Eu venho sentindo uma atração poderosa por Meg, mas, mesmo quando a beijei, o feitiço de Drayton não se manifestou. Só quando dei por mim e fiquei furioso comigo mesmo pelo que tinha feito o feitiço começou a agir.

Lady Bethany olhou de Simon para Meg e tornou a olhar para Simon, dizendo:

— Vocês dois vão ter que ficar o tempo todo juntos quando formos para Londres. Meg, você tem o poder de evitar que Simon se transforme. Simon, você tem o poder de servir de escudo para ela contra o poder de Drayton. Estou achando que a melhor solução para esse problema será vocês dois se casarem.

NOVE

O queixo de Meg caiu de espanto.

— A senhora acha que devíamos nos *casar*?

Parando de caminhar de repente, Lorde Falconer pareceu igualmente atônito, como um anjo caído que tivesse acabado de chegar à Terra depois de um tombo. Só Lady Bethany se manteve calma.

— Vocês não precisam parecer tão chocados, Simon. Meg consegue proteger você do encanto de transformação, conforme acabou de provar, e você pode protegê-la de Lorde Drayton.

— Isso pode ser feito sem um casamento ser preciso! — replicou ele.

— Casamento é o jeito mais comum para um homem e uma mulher estarem juntos, e vocês dois não podem sair de perto um do outro. Você se lembra de quando conseguiu pedir auxílio a Duncan Macrae quando precisou, e ele criou a tempestade? Você não tinha como alcançá-lo de uma distância tão grande, mesmo em uma crise. — Lady Bethany se virou para Meg. — Meu palpite é que você só conseguiu isso, porque estava com Meg, pois ela amplifica suas habilidades naturais. Vocês dois têm um tremendo poder, e isso significa que precisam se casar com parceiros que tenham habilidades compatíveis.

— Você se esquece de que a virgindade de Meg tem sido vital para me salvar — afirmou Falconer, com um tom de ironia. — Isso é a antítese do casamento.

Lady Bethany colocou esse argumento de lado com um gesto da mão.

— Vocês não poderão consumar o casamento mesmo, pelo menos até esse problema com Drayton ser resolvido, embora isso seja apenas uma questão de tempo.

— Gostaria de ter essa certeza — disse Falconer, com bom-senso.

Enquanto os dois Guardiães conversavam, Meg olhou para Simon, tentando imaginá-lo como marido. E marido *dela*! A luz do sol se infiltrava por entre os galhos da árvore e cobria os cabelos dele de brilhos e reflexos dourados e prateados. Embora ele vestisse roupas simples, certamente emprestadas de alguém de White Manor, era um verdadeiro aristocrata: poderoso, bem-nascido e confiante. Como uma jovem sem família, sem nem mesmo um sobrenome, poderia ser uma esposa aceitável?

Pela primeira vez, ela reconheceu que, apesar da sua aura de autoridade, ele não era velho. Provavelmente, tinha pouco mais de 30 anos. Ele a tinha tratado com muita gentileza desde que se conheceram, coisa que Lorde Drayton certamente nunca fizera. Além do mais, ele era preocupantemente bonito...

Suprimindo esse pensamento, ela disse:

— Não posso imaginar que Lorde Falconer queira se unir a uma ninguém totalmente ignorante das coisas do mundo. Certamente, ele tem a seu dispor todas as mulheres ricas e bem-nascidas da Grã-Bretanha.

— Você se surpreenderia com a verdade — murmurou Falconer.

— Não se deprecie, Meg. Para os mundanos, o senso de propriedade é de vital importância em todos os níveis sociais, não importa se o dote é de apenas 10 libras ou 10 mil. Entre as Famílias, porém, o poder é um dote muito mais valioso que o ouro. Não creio que exista outra jovem solteira entre os Guardiães, em toda a Inglaterra, que seja superior a você em habilidades mágicas. Isso a torna altamente desejável.

— Exatamente! — concordou a dama mais velha, aprovando com a cabeça o discurso. — Vocês foram feitos um para o outro. Além do mais, Simon, já está mais do que na hora de você arrumar uma esposa.

— Estou vendo que isso não tem nada a ver com Drayton nem com os perigos que ele representa — disse ele, com um sorriso divertido nos lábios. — O que você gosta é de bancar a casamenteira.

— Sim, mas você deve admitir que meus sucessos nessa área são invejáveis. — Os olhos dela brilharam.

— Isso eu reconheço. — O curto instante de humor de Falconer desapareceu. — Só que seria muita falta de consciência pressionar Meg a se casar tão cedo. Ela perdeu metade da vida sob as garras de Drayton. Precisa de tempo para descobrir quem é e o que quer da vida. Ela certamente se transformará em uma grande feiticeira. Isso significa que terá muitas escolhas *quando* e *se* ela decidir se casar.

— Pode ser que não haja muito tempo para isso — disse Lady Bethany, com ar sério. — Lorde Drayton tem um gancho de energia ligado a cada um de vocês. Sozinhos, ambos são vulneráveis. Juntos, são mais fortes do que ele. Meg, você deseja enfrentar Drayton sem treinamento nem proteção?

A jovem estremeceu.

— Claro que não, mas será que eu e Lorde Falconer não podemos permanecer juntos sem isso envolver casamento? Eu poderia trabalhar como serviçal na mansão dele.

A velha mulher balançou a cabeça para os lados.

— Vocês precisarão sair juntos o tempo todo e frequentar eventos sociais, e você só poderia fazer isso sendo esposa dele.

Meg não conseguiu evitar e olhou para Lorde Falconer, pensando no quanto ele era um homem fascinante e em como aquele casamento era algo impossível.

— Milorde, isso não pode acontecer. O senhor tem razão por dizer que não devo me casar enquanto não aprender nada a respeito de mim mesma. Se eu quiser encontrar minha família, preciso descobrir se tenho uma. Eu... eu quero tempo para crescer e compreender o meu lugar no mundo.

Ele franziu o cenho e concordou.

— Tudo isso é verdade, Meg. No entanto, Lady Beth também tem razão. Talvez devêssemos considerar a ideia antes de rejeitá-la de antemão.

Ela o fitou longamente, chocada ao ver que ele falava sério.

— Você me contou muitas coisas a respeito dos Guardiães, mas não me disse que eles eram loucos. — Ela se ergueu do banco com as mãos fechadas, agarradas à saia. — Não vejo motivos para continuar aqui e acabar descobrindo que a loucura é contagiosa.

Saiu correndo e se deixou perder em uma sucessão de trilhas, por entre as treliças de um vinhedo. Imaginar a si mesma como Lady Falconer era uma ideia tão absurda quanto a de ela se casar com um... unicórnio. Meg e Simon eram tão diferentes um do outro como se pertencessem a espécies diferentes. Ademais, ela nunca conseguiria entrar no mundo da sociedade londrina. Só de pensar nisso, já ficava aterrorizada.

A trilha por baixo das treliças dos vinhedos terminava em um pequeno jardim com uma fonte no centro. A água escorria pela borda de uma jarra que um querubim despido segurava, e pássaros se banhavam em um pequeno lago sob a estátua. Tudo ali era plácido, absolutamente normal. Ela se deixou largar sobre um banco e enterrou o rosto nas mãos trêmulas. Embora Falconer tivesse dito que as mulheres Guardiães eram boas na arte de perceber emoções, Meg não entendia nem mesmo os próprios sentimentos, muito menos os de outra pessoa.

Sua vida havia começado poucos dias atrás, quando Falconer tirara as nuvens de sua mente. No entanto, Meg estava sendo forçada a se comportar como uma mulher adulta e a fazer escolhas que afetariam o resto de sua vida. Isso não era justo!

Que raciocínio infantil, reconheceu Meg a contragosto. Ela devia se sentir grata por ter sido libertada da escravidão de Lorde Drayton e por ter poderosos aliados. Devia muito a eles.

Por outro lado, também devia algo a si mesma. Que tipo de vida ela queria?

Mais que qualquer coisa, ela queria ser forte. Era bom estar protegida, mas seria muito melhor ter habilidades para se defender de um vilão como Drayton sem ajuda de ninguém. Isso significava aprender a usar os tentadores poderes mágicos que pareciam ser parte dela. Meg queria ser uma mulher com a mesma importância de um homem, o que, a julgar por Lady Bethany, era algo possível entre os Guardiães.

Além da segurança, ela queria ter a sensação de pertencer a algum lugar — ser parte de um círculo de parentes e amigos. Embora se sentisse bem-vinda entre os Guardiães, graças à maravilhosa receptividade de Falconer e Lady Beth, havia nela uma forte vontade de encontrar sua família de origem. Meg queria um lar onde fosse aceita por direito de sangue, não por caridade.

Se Falconer estava certo quanto aos poderes dela serem um dote desejável nos círculos dos Guardiães, significaria isso que um casamento entre eles poderia, um dia, ser encarado como uma união aceitável e razoável? Talvez sim. Mas não agora, isso Meg sentia no fundo da alma. Aceitar a sugestão de Lady Bethany seria perder a oportunidade de alcançar a força e a igualdade entre ela e os homens.

Se eles se casassem — e, no fundo, ela admitia que a ideia tinha um certo apelo —, isso devia acontecer depois de ela se tornar uma mulher segura de si mesma e de seus poderes. Talvez Meg nunca alcançasse o nível e a importância de Falconer, mas, antes de qualquer coisa, precisava ser ela mesma. Se não fosse assim, acabaria se sentindo inferior e insegura ao lado dele.

A culpa não era de Falconer. Meg certamente se depreciaria de qualquer modo, sem precisar de incentivos. Era muito fácil imaginar que ela não o merecia. Se ela se tornasse esposa de Falconer, ele sempre a trataria com consideração, mas como ele poderia respeitar uma noiva que era ignorante e não fazia ideia de como se comportar em sociedade?

A vida era muito mais fácil no tempo em que ela era uma simplória ingênua.

* * *

Quando Simon se lançou atrás de Meg, Lady Bethany o segurou pelo pulso.

— Dê a ela tempo para pensar, Simon. É claro que essa ideia de casamento imediato é assustadora, mas não ultrajante.

Ele sentou-se ao lado dela, com ar pensativo.

— Por mais estranho que pareça, eu ainda sou capaz de me sentir ultrajado. Apesar de sua idade cronológica, Meg ainda é uma criança emocionalmente. Coagi-la a se casar seria malévolo.

— Acho significativo que nenhum dos dois tenha considerado o casamento algo pessoalmente repugnante. — Lady Beth afofou a saia com as mãos, na altura dos joelhos. — Você a acha atraente?

Simon começou a protestar, mas se resignou e falou a verdade. Com Lady Beth não havia alternativa.

— É claro que eu a considero atraente — confirmou ele —, mas meu raciocínio está prejudicado por esse feitiço bizarro, e eu me vejo desejando repousar a cabeça sobre o colo dela, como um animal.

Lady Beth riu.

— Tem certeza de que isso se deve totalmente ao encanto de Drayton?

— Não, mas não é justo embarcar em um casamento quando não dá para separar a atração real da outra, mágica. — Simon torceu a boca, contrariado. — As mulheres sempre acham os homens da família Malmain de trato difícil, na maioria das vezes. Meg não deve ser coagida a isso sem ter ideia da encrenca em que está se metendo.

— O fato de o casamento de seus pais ter fracassado não significa que o seu esteja fadado a ter o mesmo fim — disse ela, com voz tranquila.

"Fracasso" era uma palavra suave demais para descrever o inferno que foi o casamento dos pais de Simon, na opinião dele mesmo.

— Não, você não pode me culpar por ser cauteloso, Lady Beth. Acho que meu primo e seus filhos serão herdeiros respeitáveis do título da família Falconer, caso eu não tenha filhos.

— Lawrence é um bom homem, mas não tem nem metade de seu poder, e os filhos dele muito menos. Na sua geração, só você possui o dom completo dos Malmain. O título em si representa pouco, mas as Famílias precisam passar seu poder de magia aos descendentes.

— Não existe garantia de que os filhos herdem as habilidades dos pais.

— É verdade, mas um casamento entre mago e maga poderosos aumenta as chances. — Ela balançou a cabeça. — Estamos fugindo da questão principal. Eu não estava só bancando a casamenteira quando sugeri que vocês dois se casassem, Simon. Drayton é um perigo real. Pressinto que seus objetivos podem mudar o curso da história da Grã-Bretanha, e talvez do mundo. — Seu tom de voz frio era perturbador.

Simon ficou parado, sentindo o impacto dessa verdade.

— Você pressente algo sobre os planos de Drayton, ou o que ele pretende?

Ela simplesmente suspirou.

— Olhar para o futuro é como se colocar no alto de um monte e observar uma paisagem enevoada. Alguns topos de outros montes espalhados podem ser vistos em meio à névoa, e algumas sombras são fracamente visíveis. Quando eu olho para Drayton, vejo a imagem de uma alavanca e um ponto de apoio. Ele quer usar essa alavanca para sacudir o mundo inteiro.

Simon considerou possíveis interpretações para essa imagem.

— Isso me parece maior do que simples poder pessoal. Certamente é algo político. Como membro do governo, ele estaria em posição de provocar grandes mudanças. Uma guerra? Um assassinato, talvez?

Lady Beth balançou a cabeça para os lados.

— Existe uma qualidade inesperada e misteriosa no que ele aspira. Tão misteriosa que não consigo sequer formar um palpite sobre o que poderia ser. Bem que eu gostaria de ter mais coisas para relatar.

— Talvez essa percepção surja com o tempo. — Simon também refletiria sobre o assunto. A maioria dos Guardiães tinha alguma sensação sobre possibilidades futuras e ocasionais flashes de conhecimento real, mas prognósticos precisos eram raros.

Lady Bethany brincou com a aliança de casamento que ela continuava a usar, apesar dos muitos anos de viuvez.

— Sinto que você e Meg deverão trabalhar juntos para impedir as ambições de Drayton. Independentemente disso, porém, acredito que foram feitos um para o outro.

— Do mesmo jeito que você achou que Duncan e Gwynne tinham sido feitos um para o outro? — perguntou ele, com o olhar alerta. — Eles são felizes agora, mas, até alcançarem esse ponto, passaram por um verdadeiro inferno. Além do mais, você lembra que quando começaram a vida de casados já eram muito mais adequados um ao outro do que Meg e eu.*

— Em termos genéricos, eles eram adequados um ao outro, mas, em questões relacionadas à magia, pareciam uma péssima combinação. — Lady Beth espalmou as mãos. — Cada casamento é

---

* Ver *Um Beijo do Destino*. (N.T.)

um evento singular. Você e Meg têm muito a oferecer um ao outro. Pense nisso.

A ternura da essência de Meg fez eco na mente de Simon. Pensar em casar com ela seria fácil.

Muito mais duro seria *não pensar* nisso.

* * *

Meg caminhou com discrição pelos jardins e chegou aos campos que ficavam além. Ao ver cavalos pastando placidamente, subiu em uma cerca e testou mentalmente a natureza dos animais. Ela sempre tinha feito isso, percebeu, mas nunca com tanta consciência ou profundidade. Cavalos eram confortadoramente simples quando comparados aos humanos.

Por impulso, chamou uma égua de tom acastanhado e natureza calma e subiu no dorso do animal a partir da cerca. Quando prendeu as saias acima dos joelhos, a égua pareceu dançar de alegria.

— Vamos dar uma boa galopada, minha linda?

Sabendo que a égua queria correr livre e solta, Meg usou a mente para levá-la ao outro lado da campina. Quando alcançaram a cerca mais distante, a égua pulou o obstáculo com determinação, a crina batendo no rosto de Meg. A jovem nunca havia se sentido tão unida com sua montaria como naquele momento. Por que seria que tinha se preocupado com rédeas e selas todos esses anos quando conseguia controlar um cavalo só com a mente?

Com o espírito mais leve, Meg passou o dia explorando os montes que se multiplicavam na imensa propriedade de White Manor, cavalgando o tempo todo sem sela. Esses momentos a sós com a natureza eram a melhor parte da vida de Meg no Castelo Drayton, onde ela era livre para vagar por onde bem quisesse. Ao retornar para a mansão, já estava quase na hora do jantar, e ela já havia decidido que curso de ação seguiria em sua vida.

Um belo banho e outro lindo vestido a aguardavam. Lady Bethany devia ter uma neta mais ou menos do tamanho de Meg. Nell, a jovem aia, apareceu nos aposentos da moça para ajudá-la a colocar o vestido e arrumar os cabelos. Antes de sair, a criada disse:

— Sua Senhoria mandou estes acessórios para a senhorita usar, se lhe aprouver. — Pegou no bolso do avental uma caixa que continha um delicado colar com uma linda granada e brincos combinando.

— Que lindo! — O tom vermelho-acastanhado das granadas combinava com o vermelho das flores do vestido. Meg prendeu o colar em torno do pescoço e informou:

— Não posso usar os brincos. Minhas orelhas nunca foram furadas.

— Eu posso furá-las quando desejar, senhorita.

— Obrigada, Nell — disse Meg, sentindo-se grata. — Amanhã me parece um bom dia para isso.

A moça conferiu sua aparência. Qualquer pessoa que não a conhecesse pensaria que ela era uma jovem aristocrata muito bem criada. Colocando uma fita para marcar a cintura, Meg se dirigiu à sala menor, onde Nell lhe informara que a família e os eventuais convidados se reuniam antes do jantar. Torceu para que Lorde Falconer e Lady Bethany não estivessem muito aborrecidos por ela ter fugido de forma tão deselegante durante a conversa matinal.

Não precisava ter se preocupado, pois os dois conversavam normalmente. Falconer estava em pé, com o cotovelo apoiado no consolo da lareira, enquanto a refinada dama relaxava recostada no sofá. Foi nesse instante que Lady Bethany percebeu a chegada de Meg.

— Boa-noite, minha querida. Você me parece ótima. Teve um dia agradável?

— Certamente, milady — respondeu Meg, aliviada. — É muito relaxante explorar a propriedade.

— Você gostaria de tomar um cálice de xerez? — perguntou Falconer.

Ela aceitou a bebida, mas observou o cálice de haste comprida com desconfiança.

— Não sei se gosto de xerez.

— Só existe um modo de descobrir. Mas beba com cuidado, porque é muito mais forte do que cerveja. — Os olhos dele estavam calorosos. Não como os de um amante, mas seu olhar tinha um jeito amigável.

Ela bebeu o vinho especial e conseguiu não tossir, apesar de a bebida ser realmente forte. Depois do segundo gole, decidiu que gostava do sabor doce com um toque de amêndoa. Aqueles poucos goles a fizeram se sentir mais relaxada.

— Já me decidi — anunciou ela. — Não pretendo casar com Vossa Senhoria, Lorde Falconer, mas se o senhor e Lady Bethany assim desejarem, posso fingir ser sua esposa durante tanto tempo quanto for necessário, a fim de impedirmos Lorde Drayton de continuar fazendo maldades. Depois que eu for embora de Londres, os senhores poderão dizer às pessoas que eu morri no campo, de alguma febre, ou ao dar à luz uma criança. Isso nos deixará ambos livres, milorde.

Depois do choque inicial, Falconer disse, com voz cáustica:

— Deverei demonstrar meu luto por sua morte de forma muito evidente? Ou talvez deva transmitir uma sensação de grande alívio por me ver livre de sua companhia?

Meg sentiu a raiva dele com seus instintos, mais do que pelo tom que ele usou. Sentindo-se pouco à vontade, reconheceu que estava pedindo a ele e a Lady Bethany que mentissem para todas as pessoas que conheciam.

— Sinto muito — lamentou ela. — Não gosto de desonestidade, mas isso serviria para nos manter juntos de um jeito que não seja permanente.

— Você não pode aparecer em sociedade como esposa de Simon para depois surgir mais tarde como uma mulher solteira — ressaltou Lady Bethany. — As pessoas obviamente repararam.

— Não tenho nenhum desejo de voltar à sociedade londrina depois que esse caso for solucionado. — A longa cavalgada tinha clareado suas ideias. — Meu maior desejo é localizar minha família. Deixarei isso de lado por agora, mas, assim que tiver desempenhado meu papel, partirei de Londres para sempre. Creio que minha família deve estar em algum lugar da fronteira entre a Inglaterra e o País de Gales, e pretendo procurá-la o máximo que puder, até descobrir quem é.

— E se você não tiver família? — perguntou Falconer, em voz baixa.

— Tenho de acreditar que alguém sentiu minha falta quando fui levada, e certamente essas pessoas ficarão felizes por me receber de volta. — Meg olhou para longe, envergonhada do tremor na voz que não conseguiu esconder.

— Há muitos Guardiães que poderão auxiliá-la nessa busca — ofereceu Falconer, ignorando, por uma questão de tato, a agonia da moça. — Eu mesmo poderei ajudá-la nisso. Sou um bom investigador.

Meg percebeu que isso fazia parte de sua função de caçador e inspetor da lei. Se Simon dedicasse seus formidáveis talentos à busca pela família da jovem, ela teria mais chances de sucesso. Mas isso teria de esperar.

— Se o senhor não quer que eu finja ser sua esposa, podemos encenar um falso noivado e rompê-lo mais tarde.

— Como noiva de Simon, você não poderia morar sob o mesmo teto que ele — retorquiu Lady Bethany. — Casamento é a única solução.

— *Não!* — A raiva irrompeu em Meg e explodiu sob a forma de palavras. — Servi como fantoche para Lorde Drayton por quase metade de minha vida. Não vou ser seu fantoche agora apenas porque o senhor me trata melhor do que ele jamais me tratou!

Uma mistura volátil de energias estalou com estardalhaço por todo o aposento, mas tudo ocorreu de forma rápida demais para Meg analisar a situação. Os dois Guardiães olharam com ar espantado para a jovem, como se ela tivesse acabado de se transformar em um unicórnio, ou algo assim. Ela tapou a boca com a mão, chocada com o acesso de fúria.

Depois de um longo e carregado silêncio, Lorde Falconer disse:

— Meg tem razão, Lady Beth. O fato de nossas intenções serem nobres não nos dá o direito de coagi-la.

Depois de um momento, a velha mulher concordou com a cabeça.

— Sinto muito, Meg. Coerção não era meu intento, mas foi o efeito. — Um leve sorriso surgiu em seus lábios. — Eu prefiro não agitar sua raiva novamente. — Ela apontou para o vaso na mesa ao lado. As lindas lilases colocadas ali como enfeite haviam se tornado caules ressecados.

Assustada, Meg tocou em uma das flores murchas. Brotos atrofiados despencaram sobre a mesa.

— Fui eu que fiz isso?

— Basicamente, sim — confirmou Falconer. — Os escudos que Lady Bethany e eu criamos em torno do ambiente para proteção não ajudaram. Ao perder a calma, você fez explodirem projéteis de energia em todas as direções. — O olhar do lorde se fixou nas lilases mortas. — Quanto mais cedo dermos início à sua instrução, melhor será para todos. Agora que o feitiço de Drayton sobre você foi cancelado, suas emoções ganharam vida de forma acelerada, e isso provoca... consequências.

— Sem dúvida! — Lady Beth analisou as lilases sacrificadas antes de voltar a atenção para Meg. — Se você recusa um casamento verdadeiro, podemos estabelecer uma união falsa.

— Por favor. Ou então posso ser uma serva. — Embora estivesse envergonhada pela perda do controle, Meg não lamentava ter desistido de se casar com Falconer.

— Um casamento falso é o melhor a fazer, já que as alternativas são todas lamentáveis. — Os olhos do conde se estreitaram enquanto ele observava as feições de Meg. — Podemos resolver o problema de ela reaparecer depois como mulher solteira alterando ligeiramente sua aparência. Drayton a modificou de forma drástica, mas mudanças sutis servirão melhor a nosso proposito. Se, algum dia, você resolver voltar a frequentar a sociedade londrina, poderá fazer isso com sua aparência natural, alegando ser a irmã mais nova de minha falecida esposa. Você vai precisar de outro nome de batismo, mas isso é uma questão de menos importância.

Com um olhar intenso, ele tocou a maçã do rosto dela. Meg sentiu uma fisgada leve do que agora reconhecia como magia. Virando o rosto na direção de um espelho na parede oposta, franziu a testa, estranhando o que viu. Era difícil descrever de que modo Simon havia conseguido modificar a aparência da moça. Talvez suas feições estivessem um pouco mais simétricas agora, e seus olhos certamente pareciam maiores, mas as diferenças eram pequenas.

Mesmo assim, ela não se parecia mais com a Meg de antes. Odiou isso, embora ele a tivesse tornado ainda mais atraente.

— Falsificar meu aspecto não faz sentido quando eu estou em busca de descobrir quem realmente sou. É melhor eu usar minha voz e meu rosto verdadeiros agora. Vamos ter bastante tempo para modificar minha aparência se um dia eu decidir voltar a morar em Londres.

— Muito bem, se você prefere assim. — Ele olhou para Lady Bethany. — Estamos todos de acordo, então? Meg passará a morar comigo na Mansão Falconer e fingiremos ser felizes recém-casados, ao mesmo tempo que tentamos descobrir o objetivo de Drayton, para frustrar seus planos. Quando alcançarmos o sucesso, Meg estará livre para sair de Londres e faremos de tudo para encontrar sua família.

— Precisamos montar a história de como vocês se encontraram e se casaram — observou Lady Bethany. — Quem sabe podemos dizer que vocês se conheceram há alguns anos e, ao se reencontrarem aqui em White Manor, se apaixonaram instantaneamente. Se for o caso, precisamos discutir os detalhes de como e onde vocês se encontraram pela primeira vez. E também de que roupa você usou na cerimônia de casamento, Meg. Simon, você precisa tentar parecer pelo menos um pouco inebriado de amor. É isso que se espera de recém-casados.

Ele concordou sem se empolgar, já resignado à situação.

— Podemos inventar nossas histórias ao longo dos próximos dias, antes de partirmos para Londres.

A fria discussão sobre a fraude fez com que Meg se sentisse desconfortável, mas não havia escolha. Ela devia muito a seus companheiros e estava feliz por ter a chance de fazer algo para pagar o muito que devia a ambos, desde que o casamento não fosse obrigatório.

— Espero poder também receber instruções sobre os usos da magia.

— Isso não precisa nem pedir. Você terá à sua disposição os melhores instrutores das Famílias. — Falconer tomou a mão da moça e fez uma estudada mesura, com muita dignidade e graça.

— Que nós possamos desfrutar de um gratificante e feliz falso casamento, minha cara Meg.

Ela conseguiu sorrir e agradecer com gentileza, e torceu para não se arrepender, mais tarde, da oportunidade de se tornar a verdadeira esposa de Simon Malmain.

DEZ

$\mathcal{M}$eg olhou para fora da janela da carruagem, dividida entre o fascínio e a repulsa diante do fervilhar, da imundície e do fedor das ruas de Londres.

—Nunca imaginei que existisse tanta gente na Inglaterra!—Ela notou que duas carroças cheias de produtos agrícolas ficaram com as rodas presas uma na outra. Os carroceiros saltaram do banco e começaram a trocar desaforos. Quando a carruagem em que a jovem estava desviou deles e seguiu pela rua pavimentada com pedras redondas, uma vendedora sorriu e acenou para Meg com um pedaço de pão de gengibre. Através do vidro, ela conseguiu ouvir a mulher gritando:

— Pão de gengibre quentinho para milady!

A carruagem passou em seguida por uma pequena multidão reunida em torno de um malabarista que mantinha cinco facas no ar ao mesmo tempo. Havia chovido um pouco antes, e torrentes de água imunda escorriam pelas sarjetas. Senhoras corpulentas e bem-vestidas tentavam achar um caminho aceitável através do pavimento usando tamancos de madeira muito altos, que as mantinham acima das partes mais lamacentas das ruas.

Ao ver que Meg continuava olhando com muita atenção para as cenas que mudavam constantemente, Falconer pegou sua mão.

— Você está usando seus escudos de proteção? Estar no meio de tantas pessoas é um imenso assalto mental.

Meg sentiu uma onda de energia fresca e calmante que vinha diretamente dele para ela.

— Eu me descuidei dos escudos — admitiu, corrigindo o lapso.

— Como é que essas pessoas aguentam ficar praticamente em cima umas das outras?

— Questão de hábito — explicou ele, de forma sucinta. — Acho que Londres é a prova de que a maioria das pessoas tem pelo menos um toque de poder dentro de si. Os verdadeiros londrinos usam esse poder para bloquear a maior parte do tumulto, fazem mau uso da energia pura da natureza e se sentem entediados quando são forçados a visitar o campo.

Meg riu.

— Agora eu entendo por que a maioria dos Guardiães passa tanto tempo no campo. Deve ser difícil usar magia em meio a tantas energias conflitantes.

— A pessoa se acostuma, mas eu, por exemplo, sinto necessidade de um período de adaptação todas as vezes que volto para a cidade — admitiu Falconer. — Felizmente, minha casa fica em Mayfair, que é um lugar muito mais calmo.

Para alívio de Meg, Simon estava certo. Depois da tumultuada apresentação à cidade grande, as ruas dos bairros periféricos foram se tornando mais amplas e sossegadas e as casas, maiores e mais imponentes, até que eles pararam diante de uma mansão imensa que ficava em uma praça. Falconer saltou da carruagem suja de lama e ofereceu a mão a Meg.

— Bem-vinda à sua nova casa, milady.

Meg aceitou a mão estendida e saltou na rua pavimentada com pedras arredondadas. Apesar do curso intensivo que ela fizera nos últimos dias sobre a vida social de Londres, a jovem sentiu-se tentada a dar as costas a tudo aquilo e sair correndo.

— A Mansão Falconer é muito grandiosa — arriscou ela.

— Maior que o necessário, mas já está na família há tanto tempo que eu suponho que devo mantê-la assim. — Simon colocou a mão sob o cotovelo dela e a ajudou a subir a escadaria que levava à casa. — Vou gostar muito de me livrar dessas roupas emprestadas e usar as minhas.

Meg olhou para seu lindo vestido de viagem. Teria de pedir mil desculpas no dia em que conhecesse a neta de Lady Beth, cujas roupas ela havia saqueado.

— Eu adoraria isso também.

— Devo chamar uma costureira especializada em vestidos para atendê-la aqui ou você prefere ir a um ateliê de costura para escolher tecidos e enfrentar infindáveis provas de roupas? Você vai precisar de um guarda-roupa digno de uma condessa.

— Mas isso vai custar uma fortuna!

— Eu *tenho* uma fortuna. Na verdade, tenho *várias* fortunas — replicou ele, divertido. — Você deve cumprir seu papel, Meg, ou isso vai prejudicar minha imagem.

— Muito bem — suspirou ela. — Mas nada de provas de roupas e acessórios além do necessário. Creio que vai ser mais fácil pedir para a costureira vir até aqui, mas eu preciso sair com regularidade. Dá para cavalgar em Londres?

— Há muitos parques excelentes para cavalgar, mas você deve estar sempre acompanhada por mim ou por um cavalariço.

Ela pensou em protestar, mas desistiu.

— Acho que não tenho escolha a não ser viver engaiolada, conforme aceitei.

— Sempre há uma escolha, Meg — disse ele, com ar sério. — Às vezes, a opção é má, mas sempre existe mais de uma forma de proceder. Pelo menos nesse caso, você não terá de fingir ser uma condessa por muito tempo.

— Quanto tempo? — quis saber ela. — Semanas? Meses? Anos?

— Semanas ou meses, talvez. Não anos.

MAGIA ROUBADA 129

Antes de Meg ter a chance de responder, as imensas portas duplas se abriram e revelaram um espetacular saguão. Mais uma vez, ela teve de segurar a vontade de sair correndo dali. Falconer havia nascido em meio a tanta riqueza... Meg não nascera em família rica, disso tinha certeza.

O criado que abrira as portas, de libré e pó de arroz, fez uma longa reverência.

— Bem-vindo de volta à sua casa, milorde. Todos estavam preocupados por causa de sua demora para retornar. — O homem lançou um olhar de curiosidade para Meg.

— Havia uma boa razão para isso, Hardwick. Por favor, reúna o resto da criadagem e os serviçais para que eles conheçam a nova Lady Falconer. — Simon lançou um sorriso afetuoso para Meg.

Hardwick não conseguiu esconder sua surpresa, embora tenha feito de tudo para isso.

— Será uma alegria, milorde. — Ele se curvou novamente, dessa vez para Meg, e se retirou a fim de reunir os criados.

— Isso não vai levar muito tempo. — Falconer aliviou a pressão com que segurava o braço de Meg. — Tenho certeza de que seu sangue voltará novamente a circular em pouco tempo.

— É difícil me sentir relaxada sabendo que não pertenço a este lugar, milorde — disse ela, com um tom de ironia.

Ele a analisou com seus olhos azuis penetrantes.

— Talvez ajude um pouco se você me chamar de Simon, pelo menos quando a situação for informal. Nessas horas, você pode esquecer que sou um lorde.

A sugestão dele fazia sentido.

— Muito bem então..., Simon.

Um cão de caça com pelos acinzentados veio correndo pelo saguão, com as unhas das patas tiquetaqueando o piso freneticamente. Estava prestes a pular sobre seu dono quando Falconer ordenou:

— Quieto, Otto!

Tremendo de empolgação, o cão sentou-se, os olhos fixos em Falconer, que se abaixou para afagar as orelhas compridas do animal.

— Sinto muito ter ficado fora por tanto tempo, amigão. Conheça sua nova dona. Meg, este é Otto. Otto, esta é Meg.

Ela se viu avaliada por olhos imensos, estranhamente inteligentes. O cão ofereceu a pata solenemente.

— O prazer é meu, Otto — disse Meg, balançando a pata para depois acariciar a linda cabeça.

— Ele vai se lembrar de você e a defenderá sempre — garantiu Falconer.

Os serviçais começaram a se reunir, com os olhos brilhando de curiosidade para conhecer a nova "esposa" de Falconer. Havia arrumadeiras e cozinheiras. Um magnífico chef de cozinha, um mordomo mais magnífico ainda. Lacaios, cavalariços e tantos outros que Meg não conseguiu guardar todos os nomes. E aquela era apenas uma das residências Falconer! Meg fez questão de guardar o nome do secretário pessoal do conde, Jack Landon, um rapaz calmo que também era Guardião. Ele administrava a mansão e, assim que tivesse chance, Meg lhe imploraria que continuasse fazendo isso.

Falconer, ou melhor..., Simon a acompanhou pessoalmente até seus novos aposentos. Otto os seguiu, fazendo um barulho suave com as patas ao caminhar. Não apenas Meg tinha um quarto de dormir magnífico, como também uma sala de estar e um quarto de vestir só para ela.

— Vou acabar me perdendo aqui dentro. — Ela retirou a touca rendada e massageou as têmporas, com ar cansado.

— O que achou de Londres?

— Uma loucura. — Ela fez uma careta. — Linda e aterrorizante. Cheia de vida, muito animada e barulhenta. Eu não consegui entender os gritos da maioria dos vendedores de rua. Parece outro idioma.

— Não vai levar muito tempo para seus escudos de proteção se fortalecerem naturalmente, e você passará a reparar nas vozes da cidade apenas se desejar ouvi-las.

— Espero que você esteja certo. No momento, sinto como se um enxame de abelhas estivesse zumbindo dentro de minha cabeça.

— Por que não descansa pelo resto da tarde? — sugeriu ele.

— Deve haver um monte de assuntos urgentes em minha mesa no escritório, e vou estar ocupado até a hora de nos reencontrarmos para jantar.

— Boa ideia. Talvez eu explore a casa, depois.

— Se precisar de alguma coisa, basta puxar aquele cordão ali. — Ele sorriu. — Até mais tarde, milady. — Com Otto atrás de si, Simon se retirou.

Meg deitou-se por algum tempo, mas não muito. Sua mente estava agitada demais, e a moça não conseguiu relaxar nem descansar. Por fim, levantou-se e resolver explorar a nova casa. Encontrou alguns servos, que a cumprimentaram inclinando a cabeça de forma amigável, mas não lhes pediu indicações sobre o lugar. Era mais interessante vagar por toda parte e descobrir as coisas por conta própria.

Foi o que fez Meg, das cozinhas ao sótão. Embora tenha evitado o escritório de Simon, onde ouviu murmúrios dele e do secretário, havia muito a se descobrir. A casa era ricamente mobiliada, mas exibia um ar de desuso, como se ansiasse por mais gente se movimentando pelos aposentos de tetos altos ou dançando pelas longas galerias.

Nos fundos do segundo andar, Meg encontrou uma pequena sala de costura, com bastidores para bordados e uma caixa de costura que tinham sido usados pela mãe de Simon havia muitos anos. Meg pegou um punhado de fios de seda fartamente coloridos e teve a leve impressão de ter trabalhado com bordados no passado, embora não apreciasse muito a atividade. Tentou visualizar uma cena em que ela aparecia bordando, na infância — um lugar, uma época, uma professora —, mas não obteve sucesso. Colocou a caixa de fios de seda no lugar onde a pegara, sentindo-se frustrada.

Por fim, a moça acabou na biblioteca, pensando que poderia, pelo menos, praticar um pouco a sua habilidade de leitura, que melhorava rapidamente uma vez ela não estando mais enfeitiçada. Completamente absorta em um volume sobre jardinagem, Meg mal reparou quando um criado entrou no aposento, trazendo uma bandeja de prata com um cartão colocado precisamente no centro. Lembrando que aquele era o jeito como os visitantes anunciavam sua presença na casa, a jovem pegou o cartão, leu as palavras "Respeitável Senhorita Jean Macrae" e lembrou que a família Macrae pertencia ao grupo dos Guardiães.

— Por favor, acompanhe a milady até aqui — pediu ao criado.

Meg esperava uma senhora idosa como Lady Bethany e ficou surpresa quando uma jovem miúda, de cabelos ruivos e mais ou menos sua idade, foi trazida à biblioteca.

— Desculpe-me por ter vindo sem termos sido formalmente apresentadas — disse a recém-chegada, com um charmoso sotaque escocês. — É que seu marido e meu irmão são amigos de infância, e eu estava morrendo de curiosidade para conhecer a noiva de Simon.

Lembrando-se na mesma hora da tempestade que salvara tanto ela quanto o unicórnio, Meg perguntou:

— Por acaso você é irmã de Duncan Macrae?

— Vejo que já ouviu falar dele — concordou a visitante.

— Por favor, sente-se, srta. Macrae. Devo solicitar algo refrescante para bebermos?

— Mais tarde, talvez. Por favor, me chame de Jean. Nós, escoceses, somos muito informais. — Jean se instalou no sofá. — Estou hospedada na casa de Lady Bethany. Quando ela chegou hoje, depois de uma cansativa viagem do campo para cá, sugeriu que eu viesse visitá-la.

— Você veio aqui para ser minha instrutora? — Meg supôs que a visitante devia ser uma Guardiã, mas não queria entrar em detalhes até confirmar sua intuição.

Jean sorriu.

— Embora Lady Beth esteja montando um pequeno exército de instrutores para você, eu seria mais útil para servir de exemplo de como *não se comportar*. Lady Beth achou que poderíamos oferecer apoio uma à outra, uma vez que também estou em Londres há pouco tempo.

Isso queria dizer que Lady Bethany enviara aquela charmosa jovem para ser amiga de Meg. Sentindo-se mais relaxada com isso, Meg perguntou:

— Por que você seria um mau exemplo?

— Tenho algum poder, mas nunca aprendi a usá-lo muito bem. Andava sempre terrivelmente ocupada, ajudando a administrar a propriedade da família, já que mais ninguém na casa tinha o meu senso prático. — Jean encolheu os ombros. — Meu irmão tinha dotes de magia tão espetaculares que eu resolvi que seria mais fácil me dedicar a cuidar do gado e dos chalés da família.

— Já me disseram que eu tenho muito poder dentro de mim, mas preciso aprender a usá-lo. Meu... meu marido já me ensinou as coisas básicas, mas vai estar muito ocupado agora que voltamos para Londres. Mal posso esperar para ter outros instrutores além dele. — Meg pensou nas flores que acidentalmente transformara em galhos secos. — Espero que isso aconteça antes que eu provoque algum dano!

— Magia é uma coisa alarmante, eu sei — comentou Jean, balançando a cabeça com força. — Nós, Guardiães, devemos nos sentir abençoados, mas me parece que poderes mágicos normalmente provocam mais problemas do que valeria a pena enfrentar. — Fez uma pausa. — Se bem que há momentos em que eles são muito úteis.

Meg percebeu uma clara onda de dor vindo de Jean quando ela disse isso. Havia mais coisas interessantes em Jean Macrae além do chapéu ousado e dos olhos verdes.

— Algo terrível aconteceu com você — disse Meg, falando devagar. — Ou eu devo fingir que não percebi?

— Você é realmente talentosa. — Jean olhou para longe, com uma expressão neutra. — Perdi meu namorado durante o Levante, na Batalha de Culloden Moor.

— Sinto muito — disse Meg, sentindo o pesar por aquela morte de forma muito vívida, como se tivesse acontecido consigo. Mesmo no tempo em que era apenas Meggie Louca, no Castelo Drayton, ela ouvira histórias sobre Bonnie Prince Charlie e as batalhas sangrentas que acompanharam a rebelião que ele liderou.

— Você não vai me perguntar por qual lado ele lutou? — quis saber Jean, com um tom árido na voz. — A maioria das pessoas pergunta.

— Pesar é sempre pesar — replicou Meg. — Política é um assunto que não me interessa.

— Ouvir isso é... um alívio. Política é um assunto que interessa muito à maioria das pessoas. — Jean começou a girar um anel na mão direita. — Desde a morte de Robbie, minha família vem tentando me convencer a vir para Londres. Em teoria, isso serve para abrir meus horizontes. Na verdade, o que eles querem é que eu acabe com o meu período de luto e comece a procurar um marido. Não me senti pronta para vir para Londres até agora, mas continuo sem interesse em um marido. — Seu sorriso voltou. — Mas Londres é certamente divertida.

Meg reparou em que ela e Jean tinham muito em comum. Ambas haviam passado por experiências que as faziam ser diferentes das outras mulheres jovens, e nenhuma das duas era muito entusiasmada com a ideia de matrimônio.

— Não seria interessante entrarmos em algum apuro juntas?

Jean caiu na gargalhada, e a névoa de tristeza que pairava sobre ela se dissipou.

— Que ideia esplêndida! Duncan e Simon vão se arrepender de termos nos conhecido.

— Eu já estou tremendo — disse Falconer, entrando na biblioteca, muito alto e devastadoramente elegante, vestindo uma roupa que tinha sido obviamente feita sob medida para ele, e não emprestada. — Olá, Jean. É bom vê-la.

— Simon! — Sem se intimidar com a beleza e a presença marcante do dono da casa, Jean pulou do sofá e precisou ficar na ponta dos pés para beijar o rosto dele. — Já faz um tempão que você não nos visita em Dunrath.

Ele sorriu ao baixar a cabeça na direção dela.

— Vou me segurar para não lembrar em voz alta quanto tempo *você* levou para arrumar coragem e vir para Londres.

— Londres não exige coragem, simplesmente habilidades especiais para ignorar o barulho intenso e os cheiros — retrucou Jean, rindo.

Meg se pegou com um pouco de inveja da forma descontraída com que Jean e Falconer se tratavam. Seu relacionamento com o conde era muito mais... complicado.

— Lady Beth está preparando uma lista de instrutores para Meg — continuou Jean. — A sra. Evans vai ensinar cura; Lady Sterling, comunicação; Sir Jasper Polmarric cuidará das ilusões. Eles são os melhores magos que moram atualmente em Londres. Ela acha que esses instrutores ajudarão Meg a ter uma noção de suas forças e fraquezas.

— Você poderia dar uma ou duas lições a Meg sobre proteção? — pediu Falconer. — Creio que você seja particularmente boa nessa área.

O rosto de Jean ficou vermelho.

— Pensei que você não soubesse disso.

— Faço o possível para manter minha reputação de onisciente — disse ele, com ar sério, enquanto Meg se perguntava sobre o que eles estariam falando. Imaginou que era algo ligado ao Levante.

Tentando encerrar o assunto, Jean afirmou:

— Ficarei feliz em discutir assuntos de proteção com Meg, mas primeiro eu preciso avisá-lo de que Lady Beth planeja oferecer um baile em homenagem ao casamento de vocês.

— Era isso que eu temia — suspirou Falconer. — Meg, acha que consegue enfrentar uma multidão ansiosa para admirar você?

Nesse exato momento, Meg verdadeiramente compreendeu por que Falconer estava tão relutante em aceitar um casamento falso. Eles estavam vivendo uma mentira. Estavam mentindo para Jean naquele exato momento, e mentiriam para dezenas, até mesmo centenas de pessoas que lhes queriam bem. Não era de estranhar que Falconer não quisesse fazer isso — era algo desprezível. Teoricamente, Meg não havia se importado com isso, mas descobriu que detestava mentir para uma pessoa generosa e de bom coração como Jean.

No entanto, não havia alternativa, já que Meg continuava sem o mínimo desejo de se casar, nem mesmo com Lorde Falconer. Portanto, precisava mentir.

— Espero que as lições que Lady Bethany me deu sobre os modos de Londres me impeçam de envergonhar vocês — afirmou Meg.

— Isso não será difícil — prometeu Falconer. — A beleza é a melhor e mais antiga proteção, de modo que você será muito admirada.

Ele a achava bonita? Embora Meg repetisse a si mesma que aquilo era apenas um efeito residual da magia do unicórnio, as palavras de Falconer serviram para lhe esquentar o coração.

— Um belo vestido certamente ajudará.

— E você o terá. — Falconer olhou para Jean ao se preparar para sair. — Você vai jantar conosco mais tarde?

— Não quero cansá-los com minha presença logo no primeiro dia — disse Jean. — Mas, se Meg estiver interessada, poderei lhe dar uma lição sobre proteção agora mesmo.

— Eu adoraria. Londres me faz buscar tanta proteção quanto eu puder conseguir. Até mais tarde, milorde. — Meg lançou seu sorriso mais caloroso para Falconer, torcendo para parecer uma noiva embevecida. Deve ter conseguido, pois ele lhe piscou o olho de forma sugestiva, antes de inclinar a cabeça e se retirar.

Quando estavam novamente sozinhas, Jean perguntou:

— O que você aprendeu até agora?

— Bem... Como conversar com um fantasma. Como preparar um escudo de proteção. — Meg pensou em mais uma coisa. — E também como criar globos de luz. Embora isso ninguém tenha me ensinado, na verdade. Eu vi Lorde Falconer criar luz e achei que não devia ser difícil.

As sobrancelhas de Jean se arquearam.

— Excelente! Meg, suponho que Simon já tenha lhe ensinado que os princípios fundamentais da magia são a natureza e a força de vontade. Os encantos são úteis, porque eles concentram a vontade e a magia. Um bom encantamento poderá ajudá-la a conseguir algo para que você não tem muita habilidade natural. Por exemplo: existem pouquíssimos curadores verdadeiramente poderosos, mas qualquer Guardião pode aprender encantos testados e aprovados que servem para diminuir o sangramento e a inflamação. Quando a sra. Evans vier lhe dar aulas, certamente lhe explicará os encantos mais eficazes, e ajudará você a discernir o quanto tem de habilidade natural.

Meg concordou com a cabeça. Poder de cura sempre era valioso, embora ela suspeitasse não ter muito talento nessa área.

— Proteção é mais do que o escudo que eu aprendi a criar?

— Um escudo serve de abrigo pessoal contra ataques de magia. Proteção é um conceito mais amplo e geralmente inclui proteger outras pessoas — explicou Jean. — Por exemplo: digamos que você esteja tentando salvar um grupo de homens que estão sendo perseguidos por soldados inimigos armados que querem eliminá-los.

Para piorar, você está viajando por um terreno montanhoso, com poucos lugares onde esconder tantos homens.

Meg duvidava de que aquele exemplo tão específico tivesse sido escolhido de forma aleatória e perguntou:

— O que poderia ser feito em tais circunstâncias? Torná-los invisíveis?

— Isso é quase impossível. Muito mais fácil seria um encanto de distração, que faz com que os perseguidores se sintam pouco inclinados a olhar para a pessoa ou objeto encantado.

Meg pensou na fuga do Castelo Drayton. Se ela conhecesse esse encanto, eles talvez não tivessem sido feridos.

— Se esse encantamento torna possível esconder algo ou alguém à vista de todos, eu certamente quero aprendê-lo.

— Existem limites, mas o resultado é surpreendentemente eficaz. — Os olhos de Jean se estreitaram. — Você consegue me descrever o que está pendurado naquela parede?

— Bem... — Meg examinou a parede em questão. — Existem dois quadros com paisagens rurais. E... — Ela hesitou, percebendo que algo estava errado. Que mais? Ela se forçou a se concentrar mais. — Que espantoso! Há também um mapa do mundo emoldurado do lado direito, mas eu não percebi no primeiro momento.

— É isso que um encanto de distração faz. Vou lhe ensinar como criar um desses mais tarde. — Jean exibiu um sorriso largo. — Ao esconder o meu... meu imaginário grupo de homens, eu faço mais. Preciso de mais recursos. Ordeno que os homens se deitem no chão e uso qualquer cobertura física que consiga encontrar, mesmo que seja apenas um arbusto ou uma rocha. O efeito é surpreendente, porque um bom encanto de proteção consegue multiplicar seu efeito muito além dos limites físicos do arbusto ou da rocha.

— Se entendi direito, um feitiço de ilusão poderia criar uma paisagem diferente. Isso não seria mais eficaz que criar um feitiço de distração ou ampliar o poder de ocultação dos arbustos?

— Encantos de ilusão realmente convincentes exigem uma grande quantidade de magia e são difíceis de manter por muito tempo — explicou Jean. — O princípio básico é escolher a solução que requer o mínimo poder possível em um determinado momento. Nunca se sabe quando seus poderes serão necessários para algo mais.

— Falconer me disse que Drayton colocou um feitiço de ilusão em mim para que eu parecesse feia. — Meg franziu o cenho. — E usou o meu poder para manter a ilusão.

— Isso foi muita esperteza dele. Como era sua aparência?

Meg hesitou, tentando se lembrar. Se ela deixasse a energia fluir... Sim, ela começou a sentir um padrão familiar.

— Era assim!

— Minha Nossa! As mudanças são sutis... A textura de sua pele, os ângulos de seu rosto, a simplicidade de seus cabelos... Mas o efeito é muito grande. Você parece uma pessoa completamente diferente — analisou Jean. — Existem momentos em que criar uma falsa aparência tão depressa pode ser útil.

— Não, obrigada — disse Meg em tom neutro, enquanto voltava à sua aparência natural. — Quero inventar minha própria feiura, caso algum dia isso seja necessário. Não quero nada de Drayton a meu redor.

— Isso é compreensível. — Jean se levantou. — Encantos para autodefesa podem protegê-la de danos físicos. Gwynne, a esposa de meu irmão, é mestre nisso. Peça alguns ensinamentos quando ela e Duncan vierem a Londres. Alguns encantamentos de autodefesa atacam o agressor, enquanto outros são criados para evitar danos físicos. Vou criar um desses para que você possa testar sua magia. Você vai perceber que é como atingir uma parede de vidro fino com a mente. Uma sensação muito estranha.

— Não quero agredir você — disse Meg, com alguma dúvida.

— Você não vai me ferir, aposto — garantiu Jean, com firmeza.

— Você precisa colocar seus poderes em prática, não pode ficar apenas me ouvindo tagarelar. Vá em frente, visualize com determinação e me ataque com seu poder.

Meg fechou os olhos e se imaginou reunindo seus poderes em um taco branco e luminoso. Quando sentiu que a imagem estava bem forte, abriu os olhos e atacou Jean mentalmente com o objeto.

O taco imaginário se agitou no ar. Jean foi atingida em cheio e atirada longe.

— Meu Deus! — Horrorizada, Meg se ajoelhou ao lado da outra jovem. — Sinto muito!

— Estou bem, sério. — Jean se ergueu um pouco, colocou-se sentada e balançou a cabeça para os lados. — O encanto de proteção impediu que eu me machucasse de verdade, mas fiquei impressionada por você ter o poder de me derrubar.

Meg ofereceu a mão para ajudar Jean a se levantar.

— Não quero mais fazer isso, não aguento o peso de imaginar que eu posso ferir alguém. Você tem razão: a magia traz complicações demais para valer a pena!

— Agora você não pode parar! Isso está ficando interessante — disse Jean, sorrindo. — Em vez de eu ser má influência, acho que você é que vai ser uma boa influência para mim. Na verdade, estou até querendo estudar mais magia!

ONZE

— $\mathcal{D}$avid, já está na hora de você procurar Lorde Falconer.

David White ergueu a cabeça em sua bancada de trabalho.

— Não há motivos para eu acreditar que ele vai estar em casa hoje ou em qualquer outro dia, já que não apareceu ao encontro que havíamos marcado, Sarah.

— Condes não faltam a encontros, meu amor. Eles têm compromissos muito importantes e, com sorte, acabam aparecendo na hora marcada — disse a esposa de David, de forma pragmática. — Pelo menos, Lorde Falconer respondeu de forma favorável à sua primeira carta e tem reputação de ser um homem justo. Além de ser nossa única esperança.

— A essa altura, ele realmente é nossa única esperança. — David se levantou e analisou com tristeza sua aparência. Parecia um comerciante decadente, o que não estava muito longe da verdade. Só lhe restava torcer para que suas ideias atraíssem a atenção e o patrocínio do conde, pois, sem um mecenas, David não conseguiria dar continuidade a seu trabalho.

Ao vestir o casaco, olhou em torno e se perguntou quanto tempo mais o senhorio permitiria que eles morassem ali sem despejá-los. O sr. Scully pareceu impressionado pela carta que David recebera, com o selo do conde, mas não a ponto de deixá-los ficar ali por muito mais tempo sem pagar o aluguel atrasado.

Sarah escovou o casaco azul-escuro do marido com capricho, entregou-lhe o chapéu e o beijou de leve.

— Tenha fé, David. Alguém vai reconhecer o valor de suas ideias.

— É espantoso como muitas pessoas acham que as máquinas a vapor já são tão eficientes quanto poderiam ser — lamentou ele, com um suspiro. — Queira Deus que encontremos alguém que se interesse pelo meu trabalho antes de passarmos fome. Dizem que é possível esticar uma moeda até ela guinchar, mas, antes, é preciso ter a moeda.

— A sra. Lewis me deu alguns trabalhos de costura, e isso vai nos garantir comida por mais uma semana.

Ele detestava ver Sarah, com sua mente privilegiada, obrigada a fazer trabalhos de costura, mas, sem isso, eles estariam passando fome. Por impulso, ele a abraçou com carinho. Baixa, pálida e com feições comuns, Sarah nunca tinha atraído os olhares dos homens nas ruas. No entanto, o dia mais feliz da vida de David fora o dia em que ela aceitara ser sua esposa.

— Um dia eu serei capaz de manter você vestida de seda e rendas, Sarah. Eu juro.

— Um passo de cada vez. — Ela riu. — Primeiro o aluguel, depois o equipamento de que você precisa. As sedas e as rendas podem esperar. — Ela lhe entregou a pasta imensa, onde estavam guardados os projetos e desenhos.

Apesar de muito usada, a pasta de couro era de boa qualidade. Sarah a comprara em uma barraca de objetos usados.

— Tenho tanta sorte por ter você a meu lado, Sarah.

— Eu sei. — Os olhos dela cintilaram. — Agora, ande logo, e vamos torcer para que Lorde Falconer tenha resolvido voltar a Londres.

David se lançou à longa caminhada através de toda Londres, como vinha fazendo todos os dias havia uma semana. Apesar dos incentivos de Sarah, era difícil manter a esperança. Ele já havia

MAGIA ROUBADA ✳ ✳ ✳ 143

procurado empresários, donos de mineradoras e muitos aristocratas que patrocinavam pesquisas na área de mecânica. Nenhum deles havia demonstrado mais que um interesse fugaz pelos projetos.

Construir um modelo operacional de sua máquina levaria algum tempo, mesmo com fundos suficientes. Se Falconer o rejeitasse, ele não teria escolha a não ser procurar um emprego para sustentar a casa e Sarah. Apesar de suas habilidades com objetos mecânicos, David nunca recebera qualificação formal em nada, e seria difícil encontrar um emprego decente em Londres, uma cidade governada por rígidas corporações trabalhistas. Ele teria que aceitar qualquer emprego que encontrasse e que trabalhar durante muitas horas para ganhar pouco dinheiro, o que o deixaria sem tempo nem capital para trabalhar em sua máquina.

David interrompeu o círculo vicioso de pensamentos negativos. A mecânica, sua paixão, era uma exigente amante, mas ele não aceitaria nada diferente e se sentia abençoado por ter uma esposa que apoiava suas ambições. Algum dia, ele construiria uma máquina a vapor melhor que as que existiam, mesmo que levasse a vida toda tentando.

Cansado e coberto de poeira, David finalmente chegou à Mansão Falconer e bateu à porta. A pesada aldrava de latão tinha o formato de um falcão com olhar severo. Como sempre, vários minutos se passaram antes de a porta ser aberta por um mordomo de rosto impassível, que não demonstrou ter visto David ali todos os dias na última semana.

— Tenho um encontro com Lorde Falconer — disse David, de forma tão educada quanto na primeira vez, embora já sem esperança.

Estava tão acostumado ao fracasso que seu cérebro levou um momento para registrar a resposta do mordomo.

— Vou verificar se milorde poderá atendê-lo — disse o servo, recuando um passo para David entrar.

Atônito, David atravessou o portal e se viu em um saguão magnífico de dois andares. Então, o conde estava de volta a Londres.

Teria ele tempo para atender a pedidos de pessoas do povo como David logo após regressar?

O mordomo conduziu David a uma sala de recepção com decoração espartana e se retirou. O inventor caminhou de um lado para outro no aposento, revendo mentalmente os argumentos que usaria se tivesse a oportunidade de conversar com o conde. Listaria os usos potenciais de uma máquina a vapor mais eficiente, citaria a economia de combustível, as horas trabalhadas...

Depois de esperar tanto, o tempo lhe pareceu curto até a volta do mordomo.

— Milorde vai recebê-lo, senhor.

Com o coração aos pulos, David acompanhou o empregado escada acima e o seguiu até os fundos da espaçosa mansão. Ali, o mordomo abriu uma porta e anunciou:

— Sr. White, milorde.

David respirou fundo e entrou no escritório lindamente mobiliado. O conde estava sentado junto de uma mesa cheia de papéis espalhados. Quando o mordomo saiu, Falconer se levantou e inclinou a cabeça de forma educada. Seu rosto, de traços marcantes, era muito aristocrático, e o nobre se vestia com a riqueza de um cortesão que gostava de roupas de boa qualidade, mas seus olhos muito azuis pareciam enxergar através de David.

— Sr. White — cumprimentou ele. — Sinto muito não ter comparecido a nosso encontro marcado. Sofri um atraso inesperado no campo e só retornei à cidade na tarde de ontem.

Um conde pedindo desculpas? David se viu tão chocado que imediatamente esqueceu o discurso que havia preparado tão cuidadosamente. Não ajudava nem um pouco o fato de se comparar a Falconer, o que o fazia se sentir mais consciente das roupas velhas que usava e do sotaque rude que trazia de Birmingham.

— Is-isso não tem importância ne-nenhuma, milorde — gaguejou o visitante.

— Por favor, sente-se, sr. White. — O conde tornou a sentar-se na cadeira. — O senhor me disse que tinha um projeto para uma máquina a vapor mais eficiente. Trouxe os desenhos para me mostrar?

Lembrando-se dos projetos na pasta que carregava, David pegou um par de desenhos e os colocou sobre a mesa do conde.

— Trouxe sim, milorde. Como o senhor certamente sabe, a máquina Newcomen é, muitas vezes, usada em minas para bombear água para fora, mas a maior parte da energia é desperdiçada, e a máquina requer imensas quantidades de carvão para funcionar. Acredito que a eficácia dela poderia ser significativamente ampliada com pistões e cilindros mais adequados. Além do mais, muito calor se perde cada vez que água fria é jogada nos cilindros para evitar superaquecimento. — Esquecendo-se do nervosismo que sentia, David abriu o esboço da máquina que havia projetado.

Falconer analisou o esboço com o cuidado de um homem que sabia o que examinava.

— O quanto mais de eficiência o senhor calcula que sua máquina trará?

David fez surgir uma folha de papel.

— Aqui estão os cálculos relativos ao pistão e à máquina a vapor. — No alto da primeira página havia um resumo explicativo, já que poucas pessoas conseguiriam entender os cálculos matemáticos envolvidos no projeto.

Falconer passou os olhos por todas as folhas antes de dizer:

— Seus cálculos me parecem sólidos, mas às vezes existe uma grande diferença entre a teoria e a prática. — Os olhos do conde se estreitaram. — Esses cálculos foram feitos por alguém com caligrafia diferente dos esboços. O senhor consultou algum matemático?

Até então ninguém havia percebido isso. Com ar cauteloso, David disse:

— Os cálculos foram feitos por minha esposa, que é muito hábil com números.

— Ela é realmente talentosa — elogiou Falconer, arqueando as sobrancelhas.

— O pai dela era matemático. — Sarah tinha sido criada na casa do pai, desempenhando os papéis de filha e criada, aprendendo matemática enquanto carregava carvão e lavava panelas na cozinha. Ficou sem um tostão quando o pai morreu. A injustiça disso era mais um motivo para David querer lhe proporcionar o melhor de tudo.

O conde devolveu os projetos.

— Apesar de suas teorias me parecerem sólidas, esses pistões exigem um grau de precisão no trabalho com o metal para fabricá-los que talvez não consiga ser alcançado pelas ferramentas que existem hoje.

Ninguém havia percebido isso também.

— É muito inteligente de sua parte reconhecer isso, milorde — admitiu David. — Para ser franco, tenho um projeto de um torno mecânico de alta precisão que será capaz de criar os pistões necessários para minha máquina a vapor. — O inventor pegou na pasta os esboços que fizera, para o caso de ser preciso mostrar.

— Então será preciso construir o torno primeiro. — Falconer analisou os desenhos com uma expressão de espanto. — O senhor é um homem ambicioso, sr. White.

— Não proponho nada que não seja possível alcançar, milorde.

— Os planos eram caros, mas plausíveis. David apertou as mãos com força por baixo da mesa, com ansiedade e esperança.

Falconer se recostou na cadeira.

— De quanto dinheiro o senhor precisa para construir um torno de alta precisão e, em seguida, um protótipo operacional para sua máquina a vapor?

David pegou as estimativas que havia preparado com Sarah e as passou para Falconer sobre a mesa, agradecendo silenciosamente pelo fato de o conde estar realmente considerando a proposta.

— Mais cálculos feitos por sua mulher pelo que vejo. Gostaria de conhecê-la, pois é um modelo de perfeição. — O conde analisou tudo, folha por folha, e ergueu as sobrancelhas ao avistar a soma final. — Um homem poderia sustentar sua família com conforto durante cinco anos com essa quantia.

Percebendo a esperança lhe escapar pelos dedos, David aproximou um pouco mais a cadeira da mesa, e as palavras lhe saíram aos borbotões.

— Esse custo poderá ser recuperado em pouco tempo, e multiplicado por cem, milorde. O torno de precisão, por si só, já terá chance de bancar tudo o mais que for construído por ele e também poderá ser posto no mercado, para venda. Quanto à máquina a vapor, milorde, ela transformará o mundo. Existem incontáveis aplicações para uma fonte eficiente de energia. Não apenas bombear a água, mas fazer girar rodas e também máquinas de tear. Algum dia, isso será usado até mesmo para aquecer casas, mover embarcações, vagões poderosos e...

Falconer ergueu uma das mãos para interromper o fluxo das palavras.

— Tudo o que o senhor diz me parece possível, mas uma transformação de tal magnitude leva tempo, sr. White. Do mesmo modo que o senhor precisa construir um torno de precisão melhor antes de poder criar uma máquina a vapor mais potente, existem também outras áreas da mecânica que precisam ser desenvolvidas para que sua bela visão seja alcançada. Haverá uma resistência natural a essas mudanças, porque elas afetarão a sociedade de formas muito abrangentes. Empregos serão criados e perdidos; algumas fortunas serão construídas e outras virarão pó. Sua máquina vai abrir uma caixa de Pandora.

David hesitou, reconhecendo que nunca havia pensado nas possibilidades ou nos efeitos de longo prazo.

— Milorde, eu não sou um homem instruído e não refleti sobre essas questões. Mas creio piamente que uma máquina a vapor com mais potência beneficiará muitas pessoas e sei que posso construí-la. Se isso provocar mudanças inesperadas, que seja. Há muita coisa em nosso mundo que necessita de mudanças. — Ele quase mordeu a língua ao perceber que poderia parecer subversivo ao falar aquilo diante de um homem confortavelmente instalado no topo da sociedade inglesa. O que um conde poderia conhecer sobre o trabalho pesado, a pobreza opressiva ou as profundezas imundas de uma mina de carvão?

Em vez de expulsar David de sua sala, porém, Falconer permaneceu estranhamente quieto.

— Há muita verdade no que disse, sr. White. — O olhar do nobre se aguçou. — Além do mais, se o senhor não construir uma máquina a vapor mais poderosa, alguém o fará. Na Grã-Bretanha e em toda a Europa, há homens fazendo experiências com novas máquinas, bem como adeptos da filosofia que andam explorando os segredos da natureza. Vivemos uma época de muita agitação intelectual, e as implicações disso são grandiosas e aterrorizantes.

— Gosto da ideia de fazer parte de uma era de muita agitação intelectual — disse David, sorrindo de leve. — Normalmente penso em mim mesmo como um funileiro que tem mais ideias do que tempo ou dinheiro para construí-las.

— Como foi que o senhor começou a se interessar por máquinas?

— Meu pai era um fabricante de botões em Birmingham, de modo que aprendi a dar formas diversas aos metais antes mesmo de aprender a andar. Gostava de encontrar soluções para problemas diversos e, mais tarde, fui trabalhar para um engenheiro militar. Aprendi muito com ele. — Essa era a descrição simplificada de uma vida que se traduzia pela fome de conhecimento. O aprendizado não era fácil para quem era filho de um fabricante de botões, mas David havia perseverado. Mesmo que Falconer se recusasse a financiar sua máquina, David continuaria trabalhando e fazendo experiências, até o dia de sua morte.

O conde juntou todos os papéis em uma única pilha e elogiou:

— Estou muito impressionado com o senhor e suas ideias, sr. White. Vou começar lhe fornecendo recursos para o torno de precisão. Quando ele estiver pronto, poderemos ir em frente e financiar a máquina a vapor propriamente dita.

David ficou sem fala, atônito. Seus sonhos caíam em sua mão assim, de uma hora para outra.

— M-m-muito obrigado, milorde! O senhor não vai se arrepender disso, eu juro!

— Sei que não. — Falconer bateu com a ponta da pena sobre a mesa, enquanto pensava. — Devemos redigir um contrato. Minha proposta é que quaisquer lucros advindos de suas invenções sejam divididos igualmente entre nós. O senhor terá a palavra final nas decisões relacionadas à mecânica dos projetos, enquanto eu darei a última palavra nas decisões sobre negócios. Isso lhe é satisfatório?

Era uma proposta generosa — muitos patrocinadores exigiriam uma parcela muito maior dos lucros, e David também gostou de entregar as decisões de negócios para um homem que as compreendia.

— Muito satisfatório, senhor.

— Poderíamos agendar outra reunião para daqui a uma semana? Vou preparar a minuta dos contratos. Informe seu endereço e eu lhe mandarei uma cópia de tudo antes da reunião, para o senhor dar uma olhada. — Ele sorriu de leve. — Traga sua esposa, pois eu gostaria de conhecê-la.

— Ela ficará honrada com seu convite, Lorde Falconer. — David se levantou e recolocou os papéis na pasta, as mãos tremendo de emoção. Depois de tantos anos de trabalho, esperança e desespero, era difícil acreditar que ele finalmente teria o material e o dinheiro que precisava.

— Como símbolo de nossa nova parceria, o senhor me permitiria lhe adiantar uma parte do dinheiro? — perguntou Falconer, com tato. — Certamente existem coisas que o senhor deseja comprar de imediato.

David não se espantou ao perceber que o conde notara seu estado de pobreza. Como um homem em sua posição não podia se dar ao luxo de exibir falso orgulho, o inventor se mostrou grato pela oferta, em vez de indignado.

— O senhor é muitíssimo generoso, milorde.

Falconer abriu uma das gavetas de sua mesa. Ouviu-se o tilintar abafado de moedas, e ele pegou uma bolsa de couro, que foi entregue ao homem do outro lado da mesa.

— Até a próxima semana, sr. White.

Pelo peso da bolsa, David adivinhou que havia dinheiro suficiente ali para pagar o aluguel, encher a despensa com comida e ainda ficar com uma quantia guardada. No instante em que ele colocava a bolsa em um bolso interno do casaco, por segurança, a porta do escritório se abriu e uma linda jovem entrou. Por sua elegância e pela roupa que vestia, David imaginou que fosse um membro da família do conde.

— Simon... — Ela parou ao ver que Falconer não estava sozinho. — Desculpe, eu não sabia que você estava recebendo alguém.

A jovem fez menção de se retirar, mas o conde a impediu.

— Meg, permita-me apresentá-la ao sr. David White. Ele está de saída, mas você certamente o verá mais vezes por aqui, pois estamos fazendo negócios. Sr. White, esta é Lady Falconer.

Pelo rubor intenso no rosto da jovem, David suspeitou de que o casamento deles era recente. Lady Falconer era uma jovem adorável, com sua figura esbelta, atraente, e seus cabelos escuros. Seu ar de inocência era muito diferente do comportamento cosmopolita do conde. No entanto, seus imensos olhos cinza-esverdeados o observavam com uma percepção aguçada, idêntica à do marido. David fez uma reverência profunda, desejando ser menos desajeitado.

— É uma honra conhecê-la, Lady Falconer.

— O prazer é meu. — O sorriso da dama era resplandecente, mas o que realmente impressionou David foi a expressão de Falconer. Embora nenhum músculo tivesse se movido no rosto do conde, ficou claro que ele adorava sua jovem esposa. David ficou surpreso e, em seguida, estranhamente comovido ao perceber que ele e o conde tinham algo em comum: ambos amavam profundamente suas esposas. Isso fez com que Falconer lhe parecesse menos distante da realidade que David conhecia, menos intimidador.

David fez uma nova reverência, dessa vez para o conde, e então se retirou. Estava ansioso para compartilhar a boa notícia com

Sarah. Embora não quisesse examinar o conteúdo da bolsa em uma via pública, entrou em um beco, onde teria um pouco de privacidade, e pegou uma das moedas. Era um soberano de ouro. Ele nem se lembrava de quando tinha sido a última vez em que havia segurado uma moeda daquelas. Agora, ele era dono de uma bolsa cheia delas!

Explodindo de empolgação, David parou em uma confeitaria e comprou um bife com empadão de rim e também uma torta de maçã. Mal conseguindo carregar os dois pacotes e a pasta imensa, o inventor tomou novamente o rumo da humilde casa onde moravam, que ficava nos fundos de um chalé de tijolinhos com aspecto decadente. Meio quarteirão adiante, David comprou um ramalhete de flores cor-de-rosa e roxas de um vendedor ambulante. Naquela noite, ele e a esposa apreciariam uma refeição de verdade, mas Sarah merecia algo especial e bonito só para ela.

Quando o homem enfiou a chave na fechadura, a porta se abriu subitamente. Assim que viu o rosto dele, Sarah soube.

— Lorde Falconer ficou interessado!

David colocou a comida e a imensa pasta sobre a mesa de pinho da cozinha e levantou Sarah do chão com um abraço amoroso.

— Sim! Disse que estava impressionado comigo e com minhas ideias, e quer conhecer minha esposa, que ele chamou de "um modelo de perfeição". — David deu um beijo longo em Sarah, amoroso e ardente, antes de lhe entregar, com um floreio, o ramalhete. — Não são sedas nem rendas, meu amor, mas isto representa o início de uma vida melhor para nós.

O rosto dela se encheu de rugas e, para o horror de David, Sara pôs-se a chorar de forma incontrolável.

— Sarah, meu amor, o que aconteceu? — Ele a levou pela mão até a cama, que ficava a poucos passos da porta de entrada, e a colocou sentada ali. Em seguida, embalou-a em seus braços, com muito carinho. Sarah enterrou o rosto no ombro dele e continuou a chorar. David imaginou que talvez fossem lágrimas de alívio, e a intensidade delas servia apenas para demonstrar o quanto a esposa estava temerosa pelo resultado da entrevista com o conde. — Você devia estar muito preocupada com nossa situação financeira, meu amor. Mais até do que eu.

— Não se trata só de dinheiro. — Ela aceitou o lenço que ele lhe ofereceu e o usou para enxugar os olhos e assoar o lindo nariz rosado. — Estou crescendo por dentro, David. Tive medo de contar a você, porque a nossa situação estava muito difícil.

— Meu Deus Nosso Senhor que está no céu! Vamos ter um filho? — Com ar atônito, ele tomou os seios dela nas mãos. Como era possível não ter reparado que estavam mais volumosos? — Oh, Sarah. Eu consegui um patrocinador para meu trabalho hoje, mas você criou um milagre.

Ela quase engasgou com um riso súbito.

— Um milagre muito comum, mas, como já estamos casados há cinco anos sem o mínimo sinal de um bebê a caminho, eu já estava começando a achar que eu era... que eu era estéril. Falhei no mais importante dever de uma esposa.

Esse pensamento o deixou horrorizado.

— Não diga isso! Mesmo que nunca tivéssemos filhos, eu continuaria me considerando o homem mais sortudo em todo o mundo cristão por ter você a meu lado.

Ela se inclinou, beijou-o com muito carinho e disse:

— Pois saiba que sou a mulher mais sortuda de toda a cristandade por ter você como marido.

David achou que seu coração fosse explodir de amor.

— Já que você está crescendo, deve estar faminta. Não é melhor comermos agora, enquanto o empadão ainda está morno?

O sorriso de Sarah se tornou provocador.

— Mais tarde, meu querido marido. — Ela se inclinou para mais um beijo apaixonado. — Vamos deixar isso para bem mais tarde.

DOZE

Depois que a porta se fechou atrás do visitante de Simon, Meg observou:

— Que homem interessante! Ele fará coisas grandiosas na vida. Em que tipo de negócios vocês são sócios? — Insegura, ela se arrependeu de perguntar. — É claro que isso não é da minha conta.

— Mesmo que você não seja verdadeiramente minha esposa, tem o direito de me perguntar o que quiser, Meg. — Simon observou-a enquanto ela passeava pelo escritório com graça, mas um pouco inquieta. Embora usasse um vestido elegante emprestado da neta de Lady Bethany, a moça parecia uma corça selvagem, pronta para fugir assustada a qualquer momento.

Não, não uma corça, pois isso sugeria fragilidade. Meg podia ser esbelta e ter aparência jovem, mas sua força inflexível era perceptível a qualquer pessoa com a visão desenvolvida.

— O sr. White é um gênio em questões relacionadas à mecânica — explicou Simon. — Precisava de um patrocinador que lhe garantisse os custos do desenvolvimento de uma máquina a vapor melhor. Eu concordei em lhe oferecer o capital de que precisa. Que impressões você teve dele?

— Ele é um homem bom, além de ser um gênio, e tem potencial para criar fortuna para vocês dois. — Meg franziu a testa enquanto analisava o que sentiu do caráter do inventor. — Mas o perigo o ronda. Um evento inesperado ameaça sua vida. — Ela estremeceu. — Não gosto de pensar que esse homem simpático poderá morrer em breve!

— É fato aceito entre os Guardiães que a magia traz custos altos. Ver possibilidades sombrias é um deles. — Simon reviu mentalmente o que havia sentido durante seu encontro com o inventor. — Compartilho de suas percepções sobre o sr. White. Ele tem uma grande capacidade. Também faz parte do nó que você e eu precisamos desatar, e existe perigo nisso.

Meg se deixou cair na poltrona em frente a Simon, entre vestidos e anáguas, e perguntou:

— Imagino que você se refira à situação com Drayton, mas de que nó está falando?

— Não faço ideia. O conhecimento apenas parcial é parte do custo alto da magia. A parte mais frustrante, por sinal. — Quando estavam no campo, Simon não havia reparado no quanto a pele de Meg era bronzeada, resultado de ela correr livre em torno do Castelo Drayton. As damas londrinas geralmente exibiam a cútis sempre clara e delicada, não o tom acobreado de quem trabalha na lavoura. Em Meg, no entanto, esse tom de pele era caloroso e encantador. Ela fazia as outras mulheres parecerem pálidas, como se não estivessem vivas por inteiro.

Amaldiçoando a forma como o feitiço do unicórnio embaralhava seus pensamentos, o conde apontou para um bilhete sobre a mesa.

— Lady Bethany avisou que o conselho vai se reunir daqui a duas semanas para avaliar as acusações contra Drayton. Sete dos nove conselheiros vão comparecer pessoalmente, e os outros dois participarão por meio de suas esferas falantes.

— O que é uma esfera falante? — quis saber Meg, colocando a cabeça de lado e exibindo curiosidade.

Simon vivia esquecendo o quanto a educação dela havia sido negligenciada.

— É uma bola feita de cristal. Cada esfera falante está carregada com um poderoso encantamento que permite que os membros do conselho conversem uns com os outros mesmo que estejam em lados opostos da Grã-Bretanha.

— Que acessório útil! Qualquer pessoa que tenha poderes pode usar essas esferas?

— Mesmo entre os magos, nem todos possuem esse dom. A principal qualificação para alguém fazer parte do conselho é a capacidade de usar bem uma esfera.

— Você tem essa capacidade?

— Sim, embora não tão desenvolvida quanto Lady Bethany. As bolas foram feitas e carregadas de magia por uma ancestral dela há mais de duzentos anos.

Meg se inclinou para a frente, muito concentrada.

— Se Lorde Drayton for considerado culpado, o que lhe acontecerá?

— A primeira punição para um Guardião que usa seus poderes de forma errada é ser banido pelos outros membros das Famílias, mas o caso de Drayton é muito mais grave. Se ele for declarado, oficialmente, um renegado, os membros do conselho vão remover todos os seus poderes. — Simon pensou em como isso era feito, mas não demonstrou indícios de prazer. — Entretanto, tal remoção completa de magia não acontecerá a menos que o conselho concorde por unanimidade que isso é necessário.

— A determinação deve ser unânime? Mas isso deve ser difícil de obter. — Meg mordeu o lábio inferior. — Em outras palavras, pode ser que o conselho permita que Lord Drayton continue a cometer seus atos malévolos. Como o conselho pode permitir isso, se a maioria das pessoas sabe muito bem o quanto ele é perigoso?

— No passado distante, quando a história real e as lendas se confundiam, os magos lutavam uns contra os outros, e a devastação que acontecia era aterradora. — Havia chegado o momento de mais uma lição para Meg. — Posso tocar sua mente com as recordações de tudo que aconteceu? Isso explicará melhor do que mil palavras o motivo de sermos tão cuidadosos uns com os outros.

Quando Meg concordou, Simon se inclinou e colocou as pontas dos dedos de sua mão direita no centro da testa da moça. Embora aquilo não fosse necessário, o contato físico aumentava a força das lembranças que haviam queimado dentro de seu cérebro quando Simon ainda era apenas um estudante.

Dois magos batalhavam entre si usando apenas magia, até que o escudo de proteção de um deles se quebrou. A imagem da carne do homem atingido se despregando dos ossos e seus gritos de horror atravessaram os tempos. Um refluxo construído pela magia que afeta o clima criou uma torrente poderosa e destrutiva ao longo do rio Tâmisa, uma onda que afogou milhares de mundanos inocentes que moravam junto às margens. Uma das explosões de magia negra errou o alvo e transformou crianças que ainda estavam no útero de suas mães em monstros.

Meg deu um grito de horror e se afastou.

— Que coisa horrível! Uma carga de dor, pesar e culpa permaneceu mesmo entre aqueles que sobreviveram.

— Sim, e um encantamento especial foi criado a partir daí, para assegurar que todas as crianças Guardiãs recebessem essas lembranças na mente. A esperança era de que vivenciar as emoções provocadas por esses conflitos mortais poderia impedir futuras guerras entre magos. — Ele sorriu, sem muita vontade. — Isso não significa que estejamos sempre em harmonia. Magos são um grupo de teimosos, e, às vezes, os conflitos ainda têm grandes proporções, como no caso de Drayton. Mesmo assim, nós conseguimos evitar batalhas em larga escala durante muito tempo.

Meg esfregou a testa como se ela doesse depois da introdução dessas lembranças em sua mente.

— A maioria dessas ondas de destruição afetou mais Guardiães ou as pessoas comuns também foram feridas em grande quantidade?

— Para você ter uma ideia, dizem que a Peste Negra que devastou a Europa foi resultado de uma batalha entre magos da Rússia. Não sei se isso é verdade. *Não quero* acreditar nisso. — Ele suspirou. — Mas... é possível que tenha sido assim.

MAGIA ROUBADA ❋ ❋ ❋ 157

— Quer dizer que os Guardiães permitem uns aos outros grande liberdade de movimento, até que um mago perigoso se comporta tão mal que todos concordam em se juntar para impedir seus crimes?

— O conselho é uma peça fundamental para manter a paz — concordou Simon. — Mas, para impedir que o próprio conselho se torne tirânico, a resolução de que um mago é muito perigoso deve ser unânime.

— Eu entendo o raciocínio disso, mas continuo a tremer só de imaginar que Drayton possa escapar impune.

— Mesmo que o conselho não se mostre capaz de condenar Drayton, você estará a salvo. Eu juro.

— Eu acredito em suas boas intenções. — Ela olhou para um ponto distante. — Mas talvez você esteja me prometendo mais do que pode cumprir.

A dúvida dela o magoou. Ninguém antes havia sugerido que Simon não estava à altura do desafio de proteger os que precisavam dele. Mas Meg tinha razão. Até agora, Drayton o tinha derrotado.

Até agora.

* * *

A costureira fez um pequeno ajuste na manga do vestido de Meg. Dando um passo para trás, emitiu um elogio, com um tom de espanto cuidadosamente cultivado.

— A senhora está magnífica, milady.

Meg olhou para o próprio reflexo no espelho comprido. Parecia muito bem em sua nova roupa de montar, embora fosse difícil de acreditar que aquela jovem bem-cuidada fosse realmente ela.

Durante a semana em que ela estava em Londres, o guarda-roupa de Meg e sua educação haviam melhorado de forma marcante. As costureiras, os alfaiates especializados em capas e os chapeleiros haviam trabalhado muitas horas para assegurar que a nova condessa estivesse sempre vestida de forma adequada.

A jaqueta da roupa de montaria também fora feita por um homem, pois acreditava-se que os homens eram melhores na confecção de roupas desse tipo. Naturalmente, a roupa de montaria da condessa de Falconer havia sido feita pelo melhor alfaiate de Londres.

Embora seu guarda-roupa crescesse sem parar, a paciência de Meg havia se desgastado.

— Obrigada. Eu devo ser a mulher mais invejada de Londres — disse à costureira que havia feito os acabamentos da roupa de montar e a ajudava a vestir o belo conjunto. — Minha assistente irá acompanhá-la até a porta.

Molly, a recém-contratada dama de companhia de Meg, era uma veterana que já trabalhara para outra dama de alta importância entre os Guardiães. Foi ela quem cuidou da costureira e a guiou até a porta de saída. Por tradição, ela daria à mulher uma generosa gorjeta pelos serviços.

Meg tinha aprendido a andar pela casa imensa de cômodos espalhados sem se perder; aprendera os nomes dos servos que via com mais frequência e já não recuava de estranheza ao ser chamada de milady. Também conseguia se referir a Simon como "meu marido" sem parecer culpada. Dava até para cogitar a ideia de ir a um baile sem entrar em pânico. Ou melhor, quase.

Se ela não saísse de casa para algo mais que não fosse ir a lojas ou caminhar pelas ruas ao lado de Jean Macrae, Meg iria *explodir*. Erguendo as saias muito compridas, deixou sua suíte e seguiu com passos decididos até o escritório, onde Falconer passava a maior parte das horas do dia. Bateu à porta, mas não esperou resposta e adentrou o escritório.

— Você me disse que havia lugares para cavalgar em Londres. Preciso pedir permissão a meu marido para que um acompanhante me leve para uma cavalgada?

Ele ergueu os olhos dos documentos espalhados sobre a mesa.

— Pelo brilho de seus olhos, se eu dissesse que você precisa de permissão minha para cavalgar eu me tornaria alvo de algo terrível.

Meg teve de rir.

— Provavelmente — concordou ela. — Eu simplesmente preciso sair a galope por aí, ou receio pelas consequências. Qual é o protocolo para eu cavalgar? Suponho que você tenha cavalos decentes disponíveis.

— Basta enviar uma mensagem aos estábulos para que eles saibam para quando você quer um animal e um cavalariço que a acompanhe. Já mandei buscar um belo animal em minha casa de campo, e a sela lateral usada por minha mãe foi untada com óleo e está devidamente preparada.

— Acho que terei que usar uma sela lateral — suspirou Meg. — Só mulheres assanhadas e de baixa estirpe aceitariam cavalgar em uma sela comum, de duas pernas, embora o controle sobre o animal fosse muito melhor em uma sela comum.

— Com sua admirável habilidade de cavalgar, você poderia plantar bananeira segurando as rédeas sobre o lombo nu do animal e mesmo assim estaria no controle. — Simon se levantou e fez alguns alongamentos com os braços. — Eu me sinto tão confinado aqui dentro quanto você. Se fosse obrigado a ler um único documento mais, talvez colocasse fogo nele por pura irritação. Você aceitaria que eu lhe servisse de companhia?

Meg sentiu uma onda de prazer e surpresa. Embora eles sempre fizessem as refeições juntos, ela estivera sozinha com Simon poucas vezes desde que chegara a Londres.

— Eu gostaria muito.

— Vá ordenar que os cavalos sejam preparados enquanto coloco minha roupa de cavalgar. Nós nos encontramos lá nos estábulos. — O conde deu a volta em torno da mesa. — Você está devastadoramente bela em sua roupa nova, Meg. Esse tom de verde combina com você.

Enrubescendo de prazer, ela agradeceu o elogio e saiu para resolver tudo, incluindo uma parada na cozinha para pegar maçãs. Supôs que Simon levaria algum tempo para trocar de roupa, mas ele apareceu em poucos minutos no estábulo dos fundos, impecavelmente vestido como sempre.

— Como você consegue parecer tão elegante o tempo todo? — quis saber ela, enquanto caminhavam em direção aos cavalos que estavam à espera, seguros por dois cavalariços.

— Esse é um dos usos práticos da magia. — Ele apontou para os cavalos. — Vou montar Shadow. Suponho que você vai apreciar Oakleaf.

Meg cumprimentou Shadow mentalmente antes de se aproximar do belíssimo alazão de peito castanho que Simon havia providenciado. Ela estendeu as mãos e a mente na direção do animal e descobriu que Oakleaf era um marchador castrado cheio de vida, jovem, brincalhão e sem vícios. Estava com disposição para correr, assim como ela. No instante em que a moça ofereceu uma maçã ao animal, ela informou-lhe, sem palavras, que, se ele se comportasse bem, eles fariam um belo passeio juntos. Ele respondeu com agitação e entusiasmo. Sorrindo, ela disse:

— Ele vai ser ótimo.

Simon se agachou para ajudá-la a subir na sela. Meg colocou o pé esquerdo nas mãos entrelaçadas dele, apoiando-se em seu ombro. Por um instante, ambos se mantiveram imóveis. Esse era o momento em que eles haviam estado mais próximos um do outro desde que ele a beijara em White Manor, e Meg sentiu o fervilhar de atração física no ar. Dava para sentir o perfume marcante da colônia que ele usava e o cheiro mais profundo de seu corpo masculino, forte e saudável.

Nervosa, ela deu um impulso para alcançar a sela, ajudada por Simon. Ele recuou um passo enquanto ela ajeitava suas pernas e saias. De repente, ocorreu-lhe a ideia de que as selas laterais tinham sido inventadas para incentivar o flerte. Mais uma razão para ela preferir cavalgar com uma perna para cada lado.

Meg soltou as rédeas de Oakleaf, que saltou de leve, descarregando sua energia, mas sem derrubar a jovem que o montava. O prazer dele pareceu inundar Meg.

— Que cavalo esplêndido! Para onde vamos?

— Hyde Park. É o maior parque de Londres e fica a menos de dez minutos daqui. — Simon montou em Shadow e, lado a lado, o conde e a jovem seguiram trotando pela rua. Apesar da empolgação de Oakleaf, ele se comportou bem, mesmo quando chegaram às ruas em torno do parque, que estavam cheias de gente.

Aquele cavalo não era a montaria usual para uma dama, e isso fez Meg perceber que Simon reconhecia as habilidades dela para controlar o animal. O fato é que o próprio Simon havia sido montado *por ela*, então devia saber. A jovem suprimiu um leve sorriso diante dessa lembrança. O tempo que ele havia passado como unicórnio parecia um sonho agora. Era impossível pensar naquele lorde londrino, elegante e controlado como um animal saído de antigas lendas.

O verde do parque era um colírio para os olhos de Meg, cansados de paisagens urbanas. Assim que entraram, Simon seguiu em frente na direção de uma trilha larga feita para três cavaleiros, mas onde se via apenas mais um cavalo ao longe.

— Bem-vinda a Rotten Row. Como a esta hora há pouco movimento por aqui, você pode galopar o quanto seu coração desejar.

Meg soltou as rédeas de Oakleaf e eles saíram a uma velocidade espantosa, como a flecha lançada de um arco. Céus, como ela precisava daquilo! Galopou até a parte mais distante da trilha, dominou Oakleaf, obrigando-o a girar o corpo, e voltou a todo o galope. Por um momento, ela era Meggie mais uma vez, e se sentiu completamente livre.

Quando Oakleaf começou a marchar mais moderadamente, Meg pensou no quanto havia mudado na última quinzena. Embora não estivesse mais sob o jugo de Lorde Drayton, a sociedade e a responsabilidade lhe haviam criado novas restrições. Talvez a verdadeira liberdade não existisse, mas pelo menos agora Meg tinha escolhas.

Ela fez uma nova volta na trilha e veio a meio-galope até interceptar Simon, que também seguia mais devagar, depois de ter soltado as rédeas de Shadow em uma boa corrida.

— Acho que vou querer vir aqui todos os dias — disse Meg.

— De manhã cedinho é o momento mais agradável. — Ele fez a volta com Shadow e os dois cavalos seguiram em um passo confortável, enquanto continuavam na direção do recanto mais distante de Rotten Row. — E suas lições, como estão indo?

— Lady Bethany me forneceu uma visão geral quanto ao que é possível alcançar por meio da magia, e os tutores que ela me conseguiu são todos muito pacientes. Ela percebeu em mim pequenos traços para habilidades de cura, mas Lady Sterling diz que tenho talento para prever o futuro e fazer comunicação remota, enquanto Jean me garantiu que eu estou indo muito bem em magia de proteção. Tudo isso é muito interessante.

Simon olhou de lado e seus olhos se estreitaram.

— A mim, realmente parece que você tem mais controle sobre seus poderes agora. Lady Beth me disse que você deixou seus tutores muito impressionados.

Meg cavalgou por mais alguns minutos em silêncio, perguntando a si mesma por que os elogios tinham um efeito tão poderoso nela. A resposta apareceu de imediato, após um exame mais cuidadoso da questão: durante muitos anos, Meg tinha sido tratada como alguém sem valor algum. Era empolgante, embora também alarmante, que agora as pessoas falassem bem dela.

— Quanto mais eu construir minha força, mais depressa estarei a salvo. Às vezes, à noite, eu... eu consigo sentir Lorde Drayton tentando me puxar a distância.

— Eu também sinto isso — disse Simon, depois de um instante de silêncio. — Embora ele não seja capaz de destruir nossos escudos, os ganchos invisíveis que plantou em você fazem com que ele consiga importuná-la. Mas ele não lhe causou nenhum dano, certo?

— Não, nada disso, é como se fosse uma picada de inseto. Inofensiva, mas irritante. — Ela estremeceu. — Vou ficar muito feliz depois que a reunião da semana que vem acontecer. Se o conselho resolver retirar todos os poderes de Lorde Drayton, certamente ele não conseguirá mais me assediar.

— Você se livrará dele. Eu talvez não consiga isso, devido à natureza do encantamento. — Simon encolheu os ombros. — Mas, se eu não perder a calma pelo resto da vida, não vou correr o perigo de virar um unicórnio.

— Você só pode estar brincando! — Meg olhou para Simon com ar de surpresa e alarme.

— Não estou, não. Minha sorte é que não sou muito dado a ataques de raiva. — O conde franziu o cenho. — Embora o controle sobre meu temperamento tenha sido abalado por eu ter vivido algum tempo sob a forma de um animal selvagem, imagino que isso passará com o tempo.

— Pois eu fico feliz por não ser obrigada a passar o resto da vida sem perder a calma. Ficaria com cascos e um chifre a cada momento!

Ele riu.

— Tenho certeza de que você lidaria com a vida de unicórnio muito melhor do que eu, mas felizmente isso não será preciso. Mesmo assim, cuide de suas explosões de cólera. Você não vai se transformar em um unicórnio, mas, quando um Guardião é descuidado com a raiva, os resultados podem ser perigosos.

Meg pensou nas flores que havia feito murchar e sentiu-se grata por não ter feito nenhum dano maior. Mas já não sentia mais explosões de cólera. Abriu a mente para as emoções dos cavalos e até de Simon. Todos estavam aproveitando o dia, e sentir o prazer de outros seres da natureza fazia aumentar sua própria sensação de prazer.

Como Simon havia previsto, a sensibilidade de Meg aos ruídos mentais da cidade havia diminuído após os primeiros dias, e a jovem mal podia percebê-los. Para se exercitar um pouco, tentou alcançar a mente das outras criaturas vivas que estavam no parque. Os pássaros explodiam em energia como brilhantes flocos de quartzo. Os esquilos pretos que passavam correndo tinham mentes tão velozes quanto seus corpos flexíveis.

Meg tentou ampliar o raio de alcance para testar o estado de espírito das pessoas no parque. A maioria delas estava feliz, ou pelo menos satisfeita por estar aproveitando um belo dia ao ar livre, mas algumas outras pareciam preocupadas ou tinham emoções mais sombrias. A jovem sentiu-se aliviada por não conseguir penetrar com mais profundidade naquelas mentes.

De repente, uma onda de terror e dor atravessou a moça. Envolta nessa dor havia pensamentos doentios de regozijo por provocar tal sentimento. Meg soltou uma exclamação de espanto e apertou as rédeas com mais força, sentindo as emoções escaldantes que a invadiam.

— O que houve? — Simon se virou e olhou para ela.

Meg tentou analisar as impressões desordenadas e disse:

— Alguma criatura está sendo ferida. *Bem ali!*

Ao avistar dois meninos debaixo das árvores à beira da trilha, ela comandou Oakleaf para que o animal tomasse aquela direção a toda a velocidade. O animal emitiu um relincho agudo. Meg não percebeu que havia enviado mentalmente um ataque contra os meninos até notar que Simon desviou o encanto que ela lançara.

— Ei, olha lá! — Um dos meninos alertou seu companheiro ao ver o cavalo vindo na direção deles como um trovão. Abandonando a vítima, entraram correndo na mata.

Furiosa, Meg lançou outro ataque mental contra eles enquanto puxava as rédeas e saltava do cavalo. No chão de terra jazia uma bola amarelada coberta de sangue: um gato pequeno, certamente jovem. Ainda estava vivo. Meg conseguiu sentir sua agonia.

Com lágrimas nos olhos, ela se ajoelhou ao lado da vítima e ergueu o corpo, muito ferido.

— Quem dera eu soubesse curar!

Na esperança de que os encantos simples que ela havia aprendido pudessem ajudar, ela se acalmou e invocou um encantamento específico para cura total. O gato se agitou um pouco e lambeu sua mão, mas a cabeça do bicho tombou novamente. Um dos olhos do felino havia se transformado em uma massa sangrenta e sua respiração ficara ofegante e entrecortada. O branco dos ossos aparecia em alguns pontos do pelo macio.

— É tarde demais, Meg — disse Simon, com gentileza na voz. Ele havia se ajoelhado ao lado dela, e sua piedade era palpável. — Essa criatura está ferida demais para sobreviver.

— Como é que as pessoas podem ser tão cruéis? — Agora as lágrimas escorriam pelo rosto da moça. — Por que você me impediu de atingir aqueles meninos horríveis?

— A punição deve ser proporcional ao crime. O que eles fizeram foi desprezível, mas os garotos não tinham mais de 10 ou 12 anos. Deixá-los aleijados pelo resto da vida seria um castigo duro demais.

Ela percebeu que ele estava certo, embora, no momento da raiva, aleijar aqueles monstros tenha lhe parecido uma boa ideia. O gatinho soltou outro suspiro de agonia, e Meg percebeu que ele estava às portas da morte.

— Você não consegue fazer nada, Simon? — implorou ela, erguendo o gato ferido na direção dele. — Você tem muitos poderes e recebeu tanto treinamento!...

Ele deixou que ela colocasse o corpinho do gato em suas mãos.

— Eu não tenho nenhum poder de cura, Meg. Isso entraria em conflito com minhas habilidades de caçador. Os únicos encantamentos de cura que sei são os que você também conhece.

— Então, use-os! Talvez você se saia melhor do que eu. — Ela tirou as luvas para que o couro não interferisse com os encantos de cura, e colocou as mãos em concha sobre as dele. Talvez o poder combinado dos dois fizesse alguma diferença.

— Vou tentar. — Ele olhou fixamente para o animal ferido, com uma expressão de foco mental. A energia começou a pulsar através dele. Para o choque de Meg, as mãos de Simon se aqueceram muito, subitamente. Ela retirou as mãos de sobre as dele, atônita e pouco à vontade. Ondas cintilantes surgiram entre as palmas de Simon, envolvendo e percorrendo lentamente o interior do corpo do gato ferido, até que suas formas desapareceram em um facho de luz.

A energia continuou queimando e atuando pelo que pareceu muito tempo para Meg, mas logo começou a ceder. Quando o último cintilar de luz desapareceu, o gato respirou devagar e, em seguida, deu outro suspiro, um pouco mais longo. Já não lutava para conseguir ar, e os ossos quebrados que sobressaíam do pelo haviam desaparecido. O animal girou o corpo, se colocou sentado e olhou em torno com curiosidade. Ainda se equilibrando nas mãos de Simon, começou a se limpar, lambendo os restos de sangue em seus pelos. Seus olhos dourados estavam intactos. Era um bichinho magro, mas parecia perfeitamente saudável.

— Pelos céus! — sussurrou Meg. — Você disse que não tinha poder de cura.

— E não tinha mesmo. — Pela sua expressão, Simon parecia tão abalado quanto Meg. — Eu nunca consegui fazer mais do que encantos rotineiros de cura. — Ele acariciou a cabeça do gato com um dedo. O bichano começou a ronronar.

— Isso é espantoso, mas certamente de um jeito bom, não é?

— Esse poder de cura deve ter surgido depois que eu virei unicórnio — disse Simon, lentamente. — O chifre do unicórnio tem um poder de cura lendário. Eu consegui ajudar Lady Bethany quando ela desabou, depois de ser atacada por Drayton. Pelo visto, um pouco da energia do unicórnio permaneceu comigo.

— Que dom miraculoso! Pense só nas vidas que você poderá salvar.

— Não necessariamente. — O conde balançou a cabeça. — É preciso muito menos energia para curar uma criatura pequena do que uma grande. Pouquíssimos Guardiães têm o poder de promover uma cura importante em um ser humano. Além do mais, suspeito de que essa energia curativa seja temporária. Acho que ela vai desaparecer com o tempo.

Se isso fosse verdade, seria uma pena.

— Mesmo que você nunca mais consiga promover uma cura grande, salvar esse gatinho foi muito valoroso.

Os olhos de Simon se fixaram nos dela.

— Meg, qualquer pessoa com bom coração sofreria ao ver uma criatura inocente sendo torturada, mas sua reação foi exagerada. Por quê?

Ela refletiu sobre aquilo, reconhecendo que sua fúria tinha sido desproporcional.

— Fui indefesa durante tanto tempo que não aguento ver alguém indefeso sofrendo abusos.

Ele balançou a cabeça, concordando. Ajoelhado ali, diante dela, Simon parecia ter sido entalhado pela luz do sol, seus cabelos louros brilhando em tons de ouro, prata e bronze, seu rosto esculpido com a simetria de uma estátua antiga. Embora a expressão exibisse a calma de uma escultura clássica, Meg percebeu uma inquietude profunda nele. Se o fato de Simon ter sido um unicórnio lhe trouxera poderes de cura, que outras mudanças aquele encantamento poderia lhe proporcionar? Para um homem que tinha passado a vida inteira explorando e cultivando seus poderes, desenvolver novas e surpreendentes habilidades devia ser assustador, para dizer o mínimo.

Meg tentou alcançá-lo com a mente, como teria feito com um cavalo ansioso. Fez-se magia. A luz pareceu dançar em torno deles, acompanhada de um desejo profundo, muito profundo. Meg se sentiu mergulhando naqueles olhos muito azuis e perceptivos, olhos que já haviam visto coisas além de sua imaginação. Aquela proximidade era traiçoeira para ambos, mais potente que o toque quando ele a havia ajudado a montar no cavalo. Meg sentiu uma magia antiga e muito humana, a vontade de se aproximar dele ainda mais. Seria algo chocante se ela o beijasse?

Simon a encontrou a meio caminho, e os lábios dele repousaram sobre os dela. Os olhos de Meg se fecharam, enquanto ela parecia absorvê-lo, com a boca se abrindo sob a dele. O que importa se aquilo era atração verdadeira ou o resultado do encanto do unicórnio? Era real o bastante para ela...

O gato subiu pelo braço da moça e foi até o ombro dela, com suas patas que pareciam garras. Ela pulou de susto e interrompeu o beijo.

Vendo que a expressão de Simon foi se tornando sombria, ela pediu:

— Por favor, não fique zangado consigo mesmo. Não quero ter de morder você novamente.

Depois de um instante de surpresa, ele riu e se colocou meio de lado, pensativo.

— Obrigado por me lembrar das consequências. Eu preciso simplesmente aceitar o fato de que vou continuar a sentir atração por você, não importa o quanto isso seja imprudente.

Meg acariciou o gato no ombro. O animal exibiu um ronronar forte para uma criatura tão pequena. Meg disse:

— Estou tendo dificuldades para me lembrar por que agir levado pela atração é algo imprudente.

— Seria errado eu explorar sua inocência, e você deseja preservar sua liberdade a fim de descobrir seu eu verdadeiro — explicou Simon, de forma sucinta. — Além do mais, existe o poder de sua virgindade, que é valioso demais para ser desperdiçado em um simples momento de prazer.

— Acho que você tem razão. — Os argumentos do conde eram sólidos. No entanto, enquanto os olhos da jovem se demoravam em sua boca quente e expressiva, ela percebeu o quanto a lógica da mente poderia ser frágil quando comparada à paixão do corpo. Louca para mudar de assunto, informou:

— Vou levar este bichano para casa. Tudo bem se eu fizer isso?

— Antes, eu preciso trocar umas palavrinhas com Otto e lhe explicar que o gato não deverá ser perseguido. Você já pensou em um nome para ele?

— Lucky, que significa sortudo — decidiu ela. — Porque é exatamente isso que ele é.

Simon sorriu.

— Por que será que estou achando que Lucky vai ser o primeiro de sua imensa coleção de animais?

— E vai ser mesmo. — Ela riu de volta.

TREZE

— **O** sr. e a sra. David White acabam de chegar — anunciou o mordomo.

— Mande-os entrar. — Simon esticou os braços, satisfeito por ter uma desculpa para deixar de lado a papelada em que trabalhava. Um conde com vastas propriedades enfrentava todos os dias uma torrente infindável de documentos e decisões a serem tomadas, mesmo com o auxílio dos assistentes de primeira linha que lidavam com o trabalho mais pesado.

White e sua esposa entraram no escritório, a mão do marido envolvendo a cintura da mulher, como que para protegê-la. Ela parecia muito miúda junto do marido alto e ligeiramente desengonçado, mas a inteligência nos olhos dela era inconfundível. Simon ficou intrigado ao perceber uma luz que brilhava suavemente em seu abdômen, um sinal inequívoco de que havia uma nova vida crescendo ali. No passado, o conde não teria percebido uma coisa dessas, a não ser que buscasse especificamente essa informação. Uma sensibilidade aumentada para os estados físicos das pessoas poderia ser mais uma manifestação da magia curativa do unicórnio?

Percebendo que a esposa de David estava muito nervosa, Simon se levantou da mesa e fez uma reverência.

— É um prazer conhecê-la, sra. White. Fico feliz por aceitar meu convite.

— Foi David quem me obrigou a vir — disse ela, e logo enrubesceu.

— É verdade que condes são criaturas temíveis — disse Simon, com ar divertido. — Mas talvez possamos conversar mais tarde, como matemáticos que somos. Fiquei impressionado com seu trabalho.

— Eu... eu apreciaria muito isso. — Os olhos dela se arregalaram. — David consegue construir qualquer coisa, mas não é tão bom em cálculos matemáticos.

— Então poderemos conversar sobre teorias mais tarde. Por favor, sentem-se. Já tiveram oportunidade de ler os contratos?

White fez que sim com a cabeça.

— Sim, e eles me pareceram muito justos. Ficarei feliz em assiná-los.

— Muito bem, então. Vou chamar meu secretário mais tarde. Ele e a sra. White poderão assinar como testemunhas. Com isso, terminamos as questões legais. A oficina em que o senhor desenvolve seus trabalhos é adequada ou será necessário um local maior, sr. White?

— Venho trabalhando em nossa sala de estar, e isso está bom por enquanto.

Simon franziu a testa e replicou:

— Certamente a sra. White não deveria ser exposta a barulhos e máquinas mecânicas em sua atual condição.

— Como foi que o senhor soube? — exclamou ela, vermelha como um tomate.

Saber era fácil, não era do feitio de Simon colocar algo daquela espécie para fora. A energia do unicórnio continuava sem controle, o que era perturbador.

— Existe uma aura belíssima em torno das mulheres que estão esperando um bebê — disse ele, supondo que eles tomassem esse comentário como uma metáfora, não literalmente. — Acho importante essa separação entre os locais de trabalho, com uma oficina independente. O senhor fez maravilhas com mínimos recursos, sr.

White, mas trabalhar em um lugar apertado não é mais necessário. O senhor precisa de uma oficina decente, bem como de ferramentas adequadas. Um lugar que seja próximo de casa, mas não em seu lar. Deus nos livre da explosão de uma caldeira a vapor dentro de sua sala de estar!

— O honorável conde tem razão, meu querido — disse a sra. White, parecendo alarmada. — Seu amigo Bobby não comentou que em nossa rua há uma casa com um galpão ao lado que está vazia?

— Isso seria perfeito, Sarah, mas... — White se virou para Simon. — Meu amigo Bobby mora em nosso bairro, como muitos operários que vêm de Birmingham para trabalhar em Londres todos os dias, milorde. Certamente eu teria ajuda de mecânicos da região, caso precisasse, mas alugar um lugar como esse ficaria pelo menos três vezes mais caro que o valor que pagamos por nossa casa. Não creio que esse seja o melhor uso para seu dinheiro.

Raramente as pessoas se incomodavam em gastar o dinheiro de um conde. A preocupação de White era um alívio.

— O senhor precisa receber um salário separado dos custos do desenvolvimento do projeto, sr. White. Dinheiro que poderá gastar consigo mesmo e com sua moradia, sem questionar se eu aprovaria ou não. — Simon apontou com a cabeça para a sra. White. — Suspeito que a senhora seja uma excelente administradora.

— A melhor, milorde — garantiu o sr. White, com orgulho. Sua expressão tornou-se pensativa. — Há algo que eu gostaria de fazer, mas não tenho certeza se deveria. O senhor certamente já ouviu falar no fórum de tecnologia avançada que será promovido por Lorde Drayton, certo?

— Não. — Os instintos de Simon entraram em alerta total. — Não, realmente não soube de nada a respeito, mas tenho estado muito tempo longe de Londres. Fale-me desse fórum.

White inclinou para a frente, empolgado.

— Lorde Drayton pretende reunir homens das áreas de mecânica, manufatura e filosofia natural, para podermos conversar e aprender uns com os outros. Está convidando professores de universidades importantes, além de pessoas que trabalham com experimentos e inventores. E não só gente da Grã-Bretanha! Dizem que ele está convidando os melhores profissionais e as mentes com pensamento mais avançado da Europa e até da América. Seria uma oportunidade fabulosa para trocar ideias com os homens que estão construindo o futuro!

Simon arqueou as sobrancelhas, tentando esconder seu intenso interesse.

— Drayton está organizando tudo isso por meio de seu cargo no governo ou como empresário privado?

— Não sei ao certo — admitiu White. — Mas esse fórum acontecerá daqui a dois meses em uma mansão em Hertfordshire, e terá uma semana de duração. Creio que é uma porção razoável de tempo para eu me afastar do trabalho, e, ao mesmo tempo, é tão perto de Londres que eu não gastaria muito dinheiro em transporte. Como o senhor e Lorde Drayton são companheiros da Real Sociedade de Londres, suponho que sejam amigos e que o senhor também estará no fórum.

— Não recebi nenhum convite — disse Simon, com tom seco. — É uma ideia muito interessante, e acho que o senhor não deve deixar de comparecer a esse fórum, sr. White. Mas como se sentirá caso encontre um homem que já esteja construindo uma máquina a vapor melhor que as que já existem?

— Vou aprender o que ele faz e fabricarei uma nova máquina ainda melhor que a dele — disse White, com um sorriso. — O que não faltam são boas ideias, e todos podem aprender uns com os outros. Vários amigos meus de Birmingham vão comparecer. Como sabe, somos os melhores fabricantes de equipamentos de toda a Grã-Bretanha.

Certamente, havia poder por trás da ideia de reunir tantos homens empenhados em criar novas máquinas. Talvez Drayton planejasse sugar todo esse poder para si mesmo.

— Pode confirmar sua presença no evento, sr. White. E, por favor, mantenha-me informado sobre todos os planos, à medida que o fórum se desenrolar.

— Será um prazer, milorde.

— Agora, chega de discutirmos assuntos do mundo lá fora, sr. White. Está na hora de conversarmos sobre seu trabalho. Tive algumas ideias sobre o design da máquina e gostaria de discuti-las com o senhor. — Simon pegou algumas anotações. Embora não tivesse as habilidades mecânicas de White, Simon conhecia alguma coisa sobre maquinário e estava intrigado com o projeto. — Com relação ao torno mecânico...

A sra. White emitiu um gemido leve. Simon ergueu os olhos e notou que ela estava com um tom esverdeado na pele.

— Não está se sentindo bem, sra. White?

— Uma gestação é um grande estorvo, milorde. — Ela se levantou. — Talvez um pouco de ar fresco me faça bem.

Simon sentiu a náusea dela, mas também percebeu uma fonte mais profunda de desconforto, até mesmo de medo. Poderia ser que Meg conseguisse descobrir qual era o problema. Ela estava ali por perto, talvez estivesse em um intervalo entre duas aulas, e Simon lhe enviou um chamado mental. Eles estavam se tornando mestres na arte de chamar um ao outro com o pensamento. Em poucos instantes, Meg entrou no escritório, parecendo linda com um vestido verde-claro.

A moça olhou em torno da sala e cumprimentou:

— Bom-dia, sr. White. Desculpe interromper, Falconer, só passei para dar um olá a todos.

— Fico feliz que o tenha feito, querida. A sra. White precisa de um pouco de ar puro. Se você estiver livre no momento, talvez possa acompanhá-la até o jardim.

— Seria um prazer. — Meg lançou para a sra. White um sorriso resplandecente. Simon sentiu o impacto, mesmo que o sorriso não tivesse sido dado para ele. — Eu também adoraria tomar um pouco de ar.

MAGIA ROUBADA ✳ ✳ ✳ 175

Murmurando desculpas por causar problemas, a sra. White se retirou em companhia de Meg. Virando-se para White, Simon continuou:

— Então, a respeito do torno mecânico...

✳ ✳ ✳

Meg havia começado o dia com lições de magia, e isso era uma atividade cansativa. Depois que o tutor da manhã partiu, Meg se largou na cama, exausta pela concentração exigida na extensa lição que tivera sobre o uso de varinhas mágicas e outros instrumentos que ajudavam a focar o poder.

— Seria muito menos cansativo cavalgar o dia todo, Lucky — dissera ao gato, que havia se enroscado ao lado dela na cama.

O bichano ergueu a cabeça e olhou para a nova dona com olhos dourados e alguma preocupação. Depois de um único dia na Mansão Falconer, ele ainda se assustava com tudo e com todos, à exceção de Meg. O animal se mostrava nervoso até mesmo ao lado de Simon, que o tinha curado e salvara sua vida. Meg suspeitava de que o jovem gato havia desenvolvido uma forte desconfiança diante de qualquer pessoa do sexo masculino, já que tinha quase sido morto por meninos.

Meg acariciou o pelo macio do bicho, pensando em quanto a aparência dele havia melhorado desde a véspera. Ele ficara desesperado quando ela o trouxera para casa, até que Meg usou magia calmante nele. Simon chegara a comentar que ela exibia um talento pouco comum para lidar com animais. Meg não sabia nada disso, mas o fato é que, quando se comunicava com uma criatura qualquer, nunca levava muito tempo para alcançar a harmonia.

Embora, até o momento, Lucky não tivesse saído da segurança dos aposentos de Meg, arriscara-se a sair de debaixo da cama da moça e fora para cima dela. Também limpara seus pelos manchados com a língua áspera, de forma a se manter apresentável. O gato parecia gostar do fato de poder comer sempre que tivesse vontade, e tinha percebido, na mesma hora, a utilidade da caixa de areia que um dos mordomos de Falconer havia providenciado.

Meg acariciou mais uma vez a cabecinha redonda do felino e recebeu um ronronar suave como resposta. Graças a Deus Simon havia conseguido curar o pequeno amiguinho. A presença de Lucky trouxe um pouco de brilho à vida de Meg.

Seus pensamentos preguiçosos foram interrompidos por uma sensação nítida de que Simon desejava que ela fosse vê-lo. Não parecia haver nenhuma emergência, mas ela percebeu que devia ser rápida. Meg gostava do modo como eles conseguiam se comunicar mentalmente. Não era o mesmo que ouvi-lo falar, mas era uma percepção forte o bastante para ela entender o que ele desejava.

Fazendo uma carícia de despedida em Lucky, Meg se levantou da cama e calçou os sapatos. Depois de alisar suas volumosas saias verdes, apresentou-se a Simon em seu escritório. Assim que entrou, a jovem viu que a esposa do inventor não se sentia bem, e não foi difícil descobrir por quê.

Como também queria um pouco de ar, Meg acompanhou a sra. White até o jardim. Assim que saíram ao sol, Meg comentou:

— Não é um jardim lindo? Parece maior do que é. Como eu cresci no campo, gosto muito de vir aqui para ver a grama e as flores.

— É muito bonito — concordou a sra. White. — Eu morei em vilas e cidades a vida toda, mas sou como milady: gosto do verde. Meu marido e eu nos mudaremos logo para uma nova casa, e há um pequeno jardim lá. Vou gostar disso.

Meg guiou a outra até um banco que ficava sob a sombra de um abrigo coberto de roseiras.

— Quer que eu lhe peça algo refrescante para beber? — ofereceu.

A sra. White apertou a barriga com a mão, parecendo enjoada.

— Isso é a última coisa de que preciso no momento! De qualquer modo, eu lhe agradeço muito a gentileza, Lady Falconer.

— Ela fechou os olhos e respirou fundo várias vezes. — Estou grávida, e isso tudo é normal, de acordo com minha vizinha. Ela disse que eu vou me sentir melhor dentro de um ou dois meses.

Havia criadas que engravidavam no Castelo Drayton, e, por isso, Meg sabia que a vizinha provavelmente estava certa. Meg havia aprendido muito observando as pessoas à sua volta, no castelo, pois era tão "simplória" que sua presença era ignorada por todos.

— Esse é o seu primeiro bebê, sra. White?

A mulher fez que sim com a cabeça, mas manteve os olhos fechados. Meg franziu a testa em estranheza, sentindo que algo não estava certo. A sra. White estava realmente mal, mas não apenas fisicamente. Algo mais a perturbava.

— Desculpe me intrometer, mas existe algo errado com a senhora?

A sra. White abriu os olhos. Eles eram cinza e estavam marejados de lágrimas.

— Tenho o pressentimento de que vou morrer durante o parto — desabafou ela. — Com minha mãe aconteceu isso. Não ouso dizer uma coisa dessas a David, porque só o preocuparia, mas o que acontecerá a ele se eu morrer? David é muito inteligente, mas não tem um pingo de bom-senso. — Ela colocou a cabeça entre as mãos e explodiu em lágrimas.

Meg colocou o braço em torno dos ombros da outra.

— Não é de se admirar que a senhora esteja tão abalada! Sem mencionar que carregar uma criança faz qualquer mulher chorar mesmo quando não há nada errado.

— A senhora tem filhos?

— Não! — disse Meg, atônita diante de um pensamento que lhe pareceu absurdamente estranho. — Falconer e eu nos casamos recentemente. Mas conheci outras mulheres que estavam montando família, e suas lágrimas sempre pareciam muito perto da superfície.

A sra. White pegou um lenço no bolso e o usou para enxugar os olhos e limpar o nariz.

— Desculpe por fazê-la aturar minhas lágrimas, milady. É que... Eu gostaria tanto de que minha mãe ainda estivesse viva! Certamente me sentiria menos receosa e teria o ombro dela para consolar minhas lágrimas.

Adivinhando que a sra. White precisava de uma amiga, Meg disse:

— Esqueça meu título de nobreza. Eu virei lady há muito pouco tempo. Meu nome é Meg, e é melhor você chorar em minha frente que diante de seu marido. O pobre homem me pareceu muito preocupado quando você deixou o escritório.

A outra mulher riu um pouco.

— A perspectiva de ser pai o deixou atônito e aterrorizado. Chame-me de Sarah, milady. — Ela parou de falar. — Desculpe-me pelo milady. — Riu.

Meg também deu uma risada.

— Eu rio sempre que ouço referências a meu título de nobreza. Minha mãe sempre dizia que eu era uma menina muito levada. — De onde viera essa lembrança?, perguntou-se, surpresa. Sua memória estava começando a voltar? Mesmo assim, não conseguia se lembrar de mais nada sobre a mãe, nem o momento em que essas palavras haviam sido ditas. Só sabia que eram verdadeiras.

Deixando aquilo de lado para avaliar mais tarde, Meg disse, com expressão séria:

— É normal ter receios quando se carrega uma criança no ventre, mas tenho certeza de que seu parto será seguro e bem-sucedido. Será um menininho.

— Você está me dizendo isso para que eu me sinta melhor? — perguntou Sarah, olhando fixamente para Meg.

Não era o caso. Meg tivera um flash de previsão do futuro. Estranhamente, ela havia pressentido que Sarah ainda poderia ter mais duas crianças saudáveis depois dessa, mas só se o marido sobrevivesse ao perigo que pairava sobre ele.

Essa percepção foi profundamente inquietante. Tornando a voz mais leve, Meg disse:

— Sempre houve muitas parteiras em minha família, de forma que as mulheres têm uma espécie de dom para perceber quando um parto vai ocorrer com facilidade. — Diferentemente de quando ela contou que sua mãe a achava levada, isso não passava de invenção, mas era algo que não faria mal a ninguém. — Quanto a ser um menino ou uma menina, bem, isso foi um palpite, porque as chances são iguais, mas eu acho que vou acertar!

Sarah riu.

— Quanto ao parto, isso também não foi um exercício de adivinhação?

Meg pegou a mão de Sarah.

— Juro que vai ter essa criança sem perigo para você ou seu filho. Por favor, confie em mim, porque o medo pode minar sua saúde.

— Eu... eu quero acreditar em você.

— Talvez sua mãe esteja inspirando minhas palavras lá de onde ela está, no céu — disse Meg, com carinho. — Quantos anos você tinha quando a perdeu?

— Sete. — A mão de Sarah apertou a de Meg com mais força. — Ela morreu quando minha irmã mais nova nasceu. Eu ainda consigo ouvir os gritos...

— Sua mãe deve ter sido uma mulher muito amorosa para você se lembrar dela com tanto carinho. — Meg acrescentou um encanto calmante em suas palavras. Ela havia aprendido isso com a sra. Evans, professora de cura. Era muito parecido com o que ela fazia por instinto quando tranquilizava animais. Querendo distrair Sarah da dor, Meg continuou: — Onde você cresceu?

— Em Cambridge. Meu pai era professor de matemática lá. — O sorriso de Sarah parecia frágil. — Como os professores não podem se casar, sou filha ilegítima. Minha mãe era a governanta de meu pai. Depois que ela morreu, ele não tinha ideia do que poderia fazer comigo, até descobrir que eu tinha talento para matemática. Não que uma mulher possa fazer muito com esse conhecimento, é claro, mas eu gostava muito de aprender, e agora posso ajudar David.

— Você teve uma criação incomum, Sarah, mas parece tê-la usado bem. Seu pai ainda está vivo?

Sarah balançou a cabeça para os lados.

— Ele faleceu quando eu tinha 19 anos. Era tão desligado das coisas que não fez um testamento me nomeando como herdeira. Os irmãos dele passaram a mão em tudo. Para demonstrarem bondade, eles me compraram uma passagem para Birmingham, onde minha mãe tinha uma irmã que eu nunca tinha conhecido.

— Por Deus, que atitude desprezível a de seus tios! Espero que sua tia tenha sido gentil com você.

— Ela foi, mas tinha filhos e não precisava de outra boca para alimentar. — Sarah sorriu, e seu rosto se iluminou como se tivesse luz interna. — Quando eu conheci David, tudo valeu a pena. Ele se mostrou disposto a me aceitar como esposa mesmo sem eu ter dote nenhum, e nenhuma mulher conseguiria um marido melhor.

— Vocês dois são abençoados — disse Meg, baixinho.

— Somos mesmo... — Sarah apertou as mãos no colo. — Existe algo que acho que você e Lorde Falconer devem saber. David e eu somos dissidentes da Igreja Anglicana, milady. Nenhum de nós abrirá mão disso, mesmo que Lorde Falconer retire seu patrocínio.

Levou algum tempo para Meg compreender a preocupação de Sarah. Os dissidentes da igreja Anglicana eram banidos de muitas atividades, incluindo cargos públicos, e não podiam frequentar as escolas e universidades mais famosas. Alguns empresários não contratavam pessoas dissidentes da Igreja oficial. Em algum lugar distante do passado de Meg, essas questões eram importantes, embora ela não se lembrasse dos detalhes.

— Não vejo em que isso afetaria a capacidade que o seu marido tem de construir uma máquina a vapor, ou a habilidade que você tem para fazer cálculos.

— Milady não se importa? — Sara relaxou um pouco.

— "Há muitas moradas na casa de meu Pai" — citou Meg, e em seguida perguntou a si mesma de onde aquilo viera à sua cabeça. — Acho que Deus está mais preocupado com o modo como vivemos nossas vidas do que com os detalhes de como O adoramos.

— Eu nunca poderia imaginar uma condessa como a senhora, ou melhor, como você. — Sarah manteve o olhar fixo em Meg.

— Bem, talvez porque eu não seja condessa há muito tempo. — Na verdade, ela ainda nem era condessa. — Talvez com o tempo eu me torne presunçosa e intolerante.

— Não consigo imaginar isso. — Sarah riu. — Obrigada por sua bondade, Meg.

— Vejo que você já se sente melhor. Ouvi dizer que chá com torradas descem melhor quando alguém tem o estômago delicado. Isso lhe parece apetitoso?

— Na verdade, sim — respondeu Sarah, surpresa. — Para ser franca, agora que melhorei, estou morrendo de fome.

— Então, vamos cuidar para que você seja bem alimentada. Vocês dois. — Meg acompanhou Sarah de volta até a casa. Torceu para ter feito uma nova amizade naquela manhã.

QUATORZE

epois de Sarah e Meg dividirem chá e bolo, Meg levou a nova amiga para o escritório de Simon, onde os homens continuavam discutindo coisas relacionadas à mecânica. Simon lançou para Meg um sorriso caloroso que a fez lembrar-se, com embaraço, do rápido beijo que eles haviam trocado no dia anterior. Meg não sabia se agradecia ou lamentava por Lucky tê-los interrompido antes que as coisas fossem mais longe. A atração entre eles era a coisa mais doce que ela vivenciara desde que tinha acordado para seu novo eu, mas era melhor não explorar isso. Especialmente em um parque público, onde qualquer um podia vê-los ao passar a cavalo!

Muito pensativa, a moça voltou a seus aposentos e se acomodou na confortável poltrona de encosto alto que usava para meditação. Era hora de explorar os interessantes fragmentos de informação que haviam flutuado em sua mente durante a conversa com Sarah.

Meg descobriu que era surpreendentemente difícil acalmar a mente. Para se concentrar, começou focando a pena de escrever que estava sobre a escrivaninha. Era muito mais fácil erguê-la agora do que no início. A jovem já conseguia mover objetos um pouco maiores também, mas suspeitava de que essa habilidade em especial nunca se transformaria em algo maior do que um truque de salão. Seria muito mais útil se ela conseguisse erguer um livro e trazê-lo pelo quarto até onde ela estivesse, mas duvidava de que era capaz de, algum dia, conseguir lidar com algo tão pesado.

Quando seus pensamentos ficaram tão calmos e estáveis quanto lhe foi possível, Meg deixou a expressão "menina travessa" flutuar em sua consciência. Imediatamente, descobriu o que lhe pareceu uma lembrança verdadeira de sua mãe chamando-a de travessa de um jeito triste, mas amoroso. Cheia de esperança, Meg tentou invocar o rosto da mão, um tom de voz, uma localização — qualquer coisa que ajudasse a expandir a lembrança. Falhou, mas teve a poderosa sensação de que novas lembranças estavam à sua espera do outro lado de uma barreira invisível. De forma enlouquecedora, tentou alcançá-las, mas não conseguiu.

Faria aquela barreira parte do encanto de Drayton? Meg explorou o bloqueio mental e descobriu certa elasticidade nele, como se fosse um tecido. Apesar dessa flexibilidade, o bloqueio era impenetrável e parecia se estender em todas as direções. Deixou a mente vagar ao longo da barreira — e deu de cara com a consciência de Drayton.

Soltou uma exclamação de espanto, sentindo como se tivesse entrado em um covil de cobras. Uma longínqua impressão de ligação com Drayton estava sempre presente, mas ele não conseguia mais alcançá-la por meio disso, e normalmente Meg o ignorava. Agora, porém, ela havia caído na mente dele, de forma desastrosa.

Ele reagiu com uma surpresa que se transformou rapidamente em uma fome atroz, como se ele fosse um lobo e ela, um coelho caído diante dele. A energia de Drayton pareceu explodir em torno da moça, energia espessa e sufocante.

Meg se retirou dali freneticamente, fugindo para a segurança de sua própria mente, ao mesmo tempo que invocava todos os escudos que aprendera a criar. Colocou camadas extras de proteção até sentir que Drayton tinha se afastado e já não era uma ameaça.

Mesmo assim, a moça continuou com a sensação terrível de que ele farejava pelas bordas, buscando uma rachadura em suas defesas.

Lucky pulou no colo de Meg e quase lhe quebrou a concentração. Depois de um instante de perturbação, ela estabilizou os escudos e puxou o gato mais para perto. O calor físico e o afeto do animal a ajudaram a conter o ataque de Drayton.

Enquanto o cerco do vilão perdurou, uma leve queimação de poder começou a aflorar nela. Não vinha de Drayton, era algo amigável. Simon? Não, o aroma daquele poder especial não se comparava ao dele.

Por Deus, ela estava absorvendo a energia felina de Lucky! Ainda que pequena, a energia tinha um quê de ancestral e selvagem. Gradualmente, Meg foi sendo preenchida por ela, como um vinho que enche um cálice aos poucos. Quando Drayton tornou a cutucá-la, Meg reagiu com uma ferocidade de predador, urrando e rasgando em tiras o espírito do agressor, que desapareceu em um piscar de olhos.

Desorientada, Meg abriu os olhos. Certamente ela não havia conseguido acabar com a existência dele, certo? Não, ainda dava para sentir o fino cordão que os ligava, mas o mago não conseguiu mais manter a forte ligação com a mente de Meg a partir do instante em que ela o atacara.

Como seria que ela havia conseguido usar a energia de Lucky? Ele era apenas um gatinho, não podia ter muito poder. Haveria Lucky despertado algo dentro dela? Talvez alguma essência felina selvagem que, por alguns instantes, a transformara? Quanto mais ela aprendia sobre magia, mais dúvidas tinha.

Por um momento, ela se sentiu exaurida demais para pensar em respostas. Colocou Lucky no chão e se levantou, cambaleando. Reuniu todas as forças que lhe restavam para chegar à cama. Cansada demais para puxar as cobertas, largou-se sobre o colchão. O gato pulou ao lado dela e se encolheu todo, formando uma bola junto do ombro direito da nova dona. Seu ronronar rugiu baixinho no ouvido de Meg.

Ela fechou os olhos, lembrando que, dali a uma semana, teria de se encontrar com Drayton frente a frente, na audiência do conselho. Com a ajuda de Deus, ele seria condenado e perderia seus poderes.

Meg nunca se sentiria completamente a salvo enquanto ele estivesse vivo e usando a magia.

* * *

— Meg? Responda, você está aí? — Simon bateu à porta, perguntando-se se ela não teria caído no sono. Já passava da hora em que eles normalmente se encontravam para tomar uma bebida antes do jantar.

Uma sensação de desconforto invadiu o conde. Como não havia resposta, Simon abriu a porta e entrou no quarto. Meg estava esparramada sobre a cama, tão imóvel e pálida que ele achou que ela parecia morta. Não, refletiu, sentindo a pulsação de sua energia vital. Mas aquele não era um sono saudável.

O gatinho estava enroscado ao lado dela e olhou para Simon com olhos dourados e um ar de preocupação quando o nobre se sentou na beira da cama. Ao pegar a mão de Meg, Simon a sentiu fria como gelo.

— Meg, acorde! — Apesar do tom de voz forte e penetrante, não houve resposta. — *Meg!* — Enquanto a analisava por completo com sua visão interior, Simon colocou as mãos nas têmporas da moça, canalizou calor e um pouco do que imaginou ser sua recém-descoberta fonte de energia curativa. Embora Meg se remexesse de leve, não acordou. Simon percebeu o cordão inquebrantável que a ligava a Drayton, mas o nó invisível que ele dera na ligação continuava no lugar. O conde não encontrou nenhum outro gancho de energia ligado a Meg, e ela não exibia nenhum sinal de ferimentos físicos.

De repente, suas pálpebras se agitaram e se abriram. Ela olhou para ele como se não conseguisse focá-lo direito, e seus olhos assumiram um tom de cinza distante e invernal.

— O que...

— Você estava em uma espécie de transe, e eu precisei aquecê-la você para reanimá-la — explicou ele, ainda apoiando os lados da cabeça dela com as mãos. — Foi Drayton quem fez isso com você?

— No momento em que recebia Sarah, tive uma lembrança de minha mãe. Depois que ela saiu, resolvi meditar a respeito disso. Encontrei uma espécie de... barreira para o passado. Quando tentei explorá-la, me vi subitamente dentro da mente de Drayton. — Meg conseguiu dar uma risada rouca. — Fiz exatamente o que você me aconselhou a *não fazer*.

— Não é de espantar que você tenha entrado em transe — disse ele, com ar sombrio. — Drayton criou a barreira original, e foi por isso que investigá-la a levou diretamente a ele. Ele roubou sua energia novamente?

— Acho que não. — Ela franziu o cenho. — Eu recuei e ergui meus escudos, embora desse para perceber que ele continuava lá, como uma raposa vigiando o galinheiro. Foi então que Lucky subiu em meu colo e eu senti a energia dele se juntar à minha. Eu me tornei muito... felina. No instante em que senti Drayton se aproximando mais uma vez, eu... eu pulei em cima dele como uma tigresa. — Seu sorriso estava trêmulo, mas era verdadeiro. — Não existem palavras para descrever por completo como a magia atua, não é? É claro que eu não era uma tigresa, mas o arranhei mentalmente, e ele desapareceu na mesma hora. Tive a impressão de que ele ficou chocado, e talvez um pouco preocupado.

— Aparentemente, você conseguiu se fundir com alguma essência cósmica de energia felina e a usou para afugentar Drayton. Talvez seja algum tipo de magia espontânea desconhecida. Lidar com isso de forma inesperada drenou todas as suas forças. — Como

Meg estava melhor, Simon soltou sua cabeça e colocou a mão esquerda sobre a barriga dela, na altura do diafragma, acima de um dos sete centros de energia do corpo. — Você ainda se sente felina?

— Não — disse ela, depois de analisar a pergunta. — Eu sempre adorei gatos e sinto a mente deles com facilidade, mas acontece isso com a maioria dos animais. Exceto com insetos. É difícil entrar em sintonia com uma formiga ou um besouro.

Com muito carinho, Simon massageou o centro da barriga dela com movimentos circulares.

— Você não está sentindo nenhum desejo estranho de ronronar ou correr atrás de um novelo de lã?

Ela prendeu a respiração e arregalou os olhos.

— O que você está fazendo me dá vontade de ronronar, mas não creio que isso seja resultado de ter compartilhado energia mental com um gato.

— Você está bem mais quente agora. — Ele parou de massageá-la e tocou sua face. — Está melhor?

Ela se espreguiçou com uma sinuosidade que deixou seca a boca de Simon.

— Muito melhor. Sinto sua energia fluindo através de mim como um tônico de luz solar, Simon.

Sabendo que deveria se afastar dela, ele fez menção de se levantar, mas ela o segurou pela mão.

— Por favor, não vá! É bom sentir você me tocando. — Ela engoliu em seco. — Sinto falta de ser tocada. Quando eu morava no Castelo Drayton, havia uma cozinheira que, às vezes, me abraçava. — A boca de Meg se torceu de leve. — Ela sempre me dizia "pobre menininha" e me enlaçava com os braços. Um abraço de pena era melhor do que nenhum.

Com cautela, mas incapaz de resistir ao convite dela, Simon deixou que Meg o puxasse para baixo, até que se viu deitado ao lado da jovem, colado nela. Meg não era a única ali que ansiava por ser tocada. Ele colocou a mão na barriga dela mais uma vez, alimentando-a com mais energia, já que ela continuava fraca.

— Precisamos conversar com Lady Bethany sobre essa sua habilidade para canalizar energia animal. Deve existir um jeito de você usá-la sem se exaurir.

Ela ergueu o outro braço para acariciar Lucky.

— Eu me pergunto se é preciso tocar um animal para ecoar e receber a energia dele. Otto está por perto? Eu poderia tentar com ele.

— Hoje não. Você precisa se recuperar. — Simon continuou a fazer círculos preguiçosos na barriga da moça, prestando mais atenção à suavidade de seu corpo e ao aroma de lavanda de seus cabelos sedosos e sem pó de arroz. — Mesmo você tendo escapado, Drayton ainda está com mais poder sobre você do que eu esperava. Sabe dizer se ele mantinha outros escravos de energia como você no castelo?

Ela parou de respirar, atônita.

— Nunca pensei nisso, mas é possível. Quem sabe alguém aqui em Londres? Isso o ajudaria a se manter forte. — Ela tentou se levantar. — Como poderemos descobrir se existem outros? Se for o caso, eles precisam ser libertados!

Simon a puxou suavemente de volta para a cama.

— Você tem razão, precisamos investigar. Não sei como não pensei nisso antes. Mas agora, não. Você precisa descansar, e eu estou adorando ficar aqui a seu lado.

— Eu gosto também. — Ela virou o rosto para um beijo. Era uma mistura deliciosa e irresistível de inocência e poder. Ele queria inalar a essência dela, fazer com que eles se tornassem um só. A mão dele escorregou lentamente para o seio da donzela. Mesmo com as camadas de tecidos e roupas de baixo, ele conseguia sentir a suavidade erótica da pele de Meg.

— Ah, Simon... — Ela colocou a mão no pescoço dele, com muito carinho, e sua pele ainda fria contra o calor de Simon o tornou ainda mais quente. O coração dele acelerou.

— Não devíamos estar fazendo isso — murmurou ele, mas continuou a acariciá-la, com a mão se movendo de um seio para o outro, até que desceu pouco a pouco pelo corpo de Meg, até alcançar o ponto onde as coxas dela se encontravam. Um calor intenso pulsava debaixo das anáguas. Usando a base da mão, ele a massageou bem ali, em um movimento ritmado. Os quadris dela se ergueram, corcoveando suavemente, na tentativa de acompanhar o ritmo dele; sua respiração ficou ofegante.

Inebriado pela reação dela, ele se deixou perder no momento e foi levado apenas pelas sensações. O sabor da boca de Meg, os aromas misturados de lavanda e desejo, os sons suaves e crescentemente ávidos que ela emitia. Ele estava cansado de ficar sozinho...

Ela gritou, e tremores violentos a percorreram da cabeça aos pés. Quando eles acabaram, ela abriu os olhos, arregalando-os, fitou-o e perguntou:

— O que aconteceu?

A pergunta dela o tirou do deslumbramento sensual em que estava. Que diabos ele estava fazendo? É claro que *nem conseguira* pensar direito, e esse era o problema.

— Isso foi uma introdução às delícias da carne, minha querida.

— Eu não sou mais virgem? — Ela fez uma expressão de estranheza. — Isso não foi o que os animais fazem quando acasalam.

— Como eu disse, foi apenas uma introdução. — O corpo dele estava duro de excitação, queimando por dentro em busca de uma válvula de escape, mas seu controle mostrou-se novamente perfeito. Ele a puxou para junto de si e acariciou-lhe as costas enquanto ela enterrava o rosto em seu ombro. — Isso foi algo que eu não devia ter feito, mas pelo menos voltei à realidade antes de tirar sua virgindade.

Com a voz abafada, ela disse:

— Agora eu entendo por que os garanhões ficam tão excitados quando as éguas entram no cio.

Ele riu, grato por ela ter aliviado a tensão com uma frase sarcástica como aquela.

— Todos os machos tendem a perder a cabeça quando uma fêmea atraente e disponível está por perto. A culpa não foi nossa.

Depois de um longo silêncio, ela disse:

— O quanto eu preciso ser virgem para impedir que você se transforme em unicórnio?

— Não sei. — Como ela mesma acabara de reconhecer, ele tirara um pouco mais da virgindade dela. Agora, ela entendia algo mais sobre o prazer que seu corpo conseguiria alcançar nos braços de um homem, e o quanto um toque masculino seria capaz de afetá-la. — Diferentes povos definem a virgindade de forma diferente, segundo eu soube. Em alguns lugares do mundo, uma mulher é considerada virgem até conceber uma criança. Não faço ideia de como os unicórnios definem virgindade.

Ela analisou o rosto dele.

— Você não me pareceu ter sido comandado por reações irrefletidas, como acontece quando está sob a forma de unicórnio. Espero que isso não signifique que eu já não sou mais virgem o bastante para ser útil em caso de necessidade.

— O mais provável é que isso seja a prova de que a atração que eu sinto por você é do tipo que um homem sente por uma mulher. — Suavemente, ele beijou a testa de Meg. — Se eu estivesse reagindo como unicórnio, não creio que conseguisse me controlar. O efeito de ser um animal talvez esteja desaparecendo. Pelo menos é o que espero.

— Se a influência do unicórnio desaparecer de vez, você perderá sua capacidade de curar?

Ele sorriu com um pouco de tristeza.

— Não faço ideia, Meg. Estamos em território inexplorado em termos de magia. Vou ficar feliz quando Gwynne Owens chegar a Londres. Na qualidade de estudiosa respeitada de obscuras e secretas doutrinas sobre os Guardiães, talvez ela tenha algum conhecimento do que devemos esperar a partir de agora.

— Se o conselho condenar Drayton na semana que vem, seus problemas terminarão — disse ela, sorrindo —, e eu poderei começar a procurar minha família.

Ela estava certa, mas, no fundo de sua alma, Simon sabia que as coisas não seriam assim tão simples.

QUINZE

*M*eg se vestiu com muito apuro, usando a mais respeitável de suas novas roupas. Depois, sentou-se na poltrona de encosto alto e meditou um pouco, para se acalmar. Por fim, ergueu os escudos protetores e verificou se eles estavam na potência máxima. Todavia, quando Simon bateu à porta, o coração da moça quase pulou do peito.

— Entre! — conseguiu dizer ela.

Simon entrou e lhe ofereceu o braço.

— Tenha coragem, minha cara. Drayton não terá permissão para ferir você, eu prometo. — Ele sorriu sem muita vontade. — Mesmo que seja necessário o esforço combinado de vários de nós para bloqueá-lo.

— Eu confio em você e em Lady Bethany para me proteger, mas só de pensar em vê-lo frente a frente... — Ela estremeceu, e Simon a segurou pelo braço. — Talvez eu me sinta enjoada.

— Se isso acontecer, procure vomitar em cima dele.

Uma gargalhada escapou da garganta de Meg, que concordou:

— Esse é um pensamento agradável. Vamos sair, então?

Ele a acompanhou quando ela saiu do quarto, e eles desceram as escadas.

— Não há jeito de evitar olhar para Drayton, mas, se a sorte estiver a nosso lado, esses momentos desagradáveis vão terminar hoje mesmo. Se não acontecer hoje, talvez leve mais algum tempo, mas Drayton será impedido de agir.

Meg se agarrou a esse pensamento e ao braço de Simon, enquanto a carruagem dele corria célere pelas ruas de Londres em direção à Sterling House, residência de uma família importante entre os Guardiães. O imenso salão de baile era conveniente para reuniões importantes.

Ao ajudá-la a descer da carruagem, Simon murmurou no ouvido de Meg:

— Lembre-se de que você é uma mulher lindíssima, com imenso poder, mais até do que Drayton possui por direito. Sob todos os aspectos, você é superior a ele.

— Gosto quando você diz que sou linda, mesmo que eu não acredite.

— Pois pode acreditar. — Ele sorriu para ela com um calor que lhe dissipou um pouco os medos.

Com a cabeça erguida, ela entrou, ao lado de Simon, na residência. Assim que eles atravessaram o portal, Meg sentiu um choque de energia estranha.

— O que há de errado aqui?

— Um encanto supressor de elementos mágicos torna praticamente impossível realizar qualquer ato de magia dentro desta casa — explicou ele. — Durante as reuniões do conselho, as paixões podem se exacerbar, e é uma boa política evitar que alguém lance um encanto do qual poderá se arrepender mais tarde. Você conseguirá perceber as emoções das pessoas até determinado ponto, mas magia destrutiva é impossível de ser exercida aqui.

Essa era uma posição sábia do conselho, mas o campo protetor a fez se sentir sufocada. Meg não tinha percebido até então o quanto se acostumara a ver o mundo com os sentidos internos, tanto quanto com os externos.

O casal subiu para o salão de baile. Pelo menos duas dúzias de homens e mulheres circulavam pelo salão, conversando e mordiscando canapés. Dois ou três homens já estavam sentados às suas mesas, que haviam sido colocadas em forma de U. Em frente às mesas, havia várias fileiras de cadeiras, e Simon explicou:

— Há membros de todas as famílias de Guardiães aqui esta noite, para observar os procedimentos.

Meg analisou o grupo e congelou quando seu olhar encontrou Lorde Drayton. Ricamente vestido com uma roupa de cetim cinza e branco, ele ria, descontraído, em meio a um pequeno grupo de homens. Deve ter sentido a presença de Meg, pois, assim que ela o olhou, ele se voltou para encará-la. Seu rosto familiar e sombrio fez surgir em Meg uma onda paralisante de medo. Ela sentiu vontade de correr, mas não conseguiria se mover dali nem mesmo para salvar a própria vida.

Assim que Drayton a viu, os olhos do mago se acenderam com uma espécie de prazer malicioso, e ele fez menção de atravessar o salão, cintilando, como o famoso cortesão que era. Simon apertou o braço de Meg com força e ela se obrigou a desviar seu olhar do mago renegado. O coração da moça martelava no peito. Maldição! Ela já sabia que vê-lo cara a cara perturbaria sua mente! Olhou, impotente, para Simon, perguntando-se se havia algo que ele pudesse fazer ali, em um lugar onde a magia havia sido suprimida.

Com a expressão fria como gelo, Simon virou as costas de forma ostensiva, cortando a visão de Drayton e carregando Meg consigo. Ela ouviu várias pessoas soltando exclamações de espanto diante do mais poderoso gesto de desaprovação na educada sociedade londrina. Meg sentiu emoções de choque, interesse e um sentimento de diversão vindo de um dos homens da sala — além de uma fúria extremamente nítida vinda de Drayton.

Como ela poderia saber que dar as costas para uma pessoa era um insulto? Não tinha aprendido isso nas últimas duas semanas. Antes que a jovem conseguisse, porém, ponderar sobre esse inesperado fragmento de percepção social, Lady Bethany se aproximou dos dois.

— Você está adorável com esse tom de azul, Meg. Seja bem-vinda à sua primeira reunião do conselho. Deixe-me apresentá-la aos outros conselheiros.

Irradiando calma, a mulher tomou Meg pela mão. Dois dos seis conselheiros eram tutores de Meg. A imponente Lady Sterling, dona da mansão e anfitriã da noite, havia ficado agradavelmente surpresa ao ensinar técnicas de comunicação a Meg. Embora Sir Jasper Polmarric fosse idoso e tivesse de usar uma cadeira de rodas para se locomover, suas aulas de ilusão eram fascinantes.

Um sino tocou, e Polmarric seguiu em sua cadeira para trás das mesas, onde se colocou na posição central.

— É hora de começarmos a reunião — anunciou ele, com uma voz surpreendentemente poderosa. — Por favor, sentem-se.

Simon levou Meg até a ponta da primeira fila de cadeiras e informou:

— Dois membros do conselho não puderam comparecer pessoalmente. Portanto, Lady Sterling usará sua esfera falante e transmitirá imagens e sons para eles. Sua magia é uma das poucas que o encanto supressor não impedirá de manifestar-se. Normalmente, quem preside o conselho é Lady Beth, mas esta noite isso não acontecerá, já que ela é uma das testemunhas. Sir Jasper é o membro mais antigo e presidirá a sessão de hoje no lugar dela.

Meg analisou os rostos sérios dos conselheiros, enquanto todos tomavam seus lugares às mesas. Papéis e lápis estavam em toda parte para o caso de algum dos membros desejar tomar notas. Lady Sterling sentou-se na ponta esquerda do U, com uma das mãos repousando sobre a esfera de quartzo colocada diante dela, sobre uma base coberta de veludo.

— Ser um Guardião faz da pessoa automaticamente um bom juiz? — perguntou Meg.

— Não necessariamente, mas os conselheiros são escolhidos por serem pessoas maduras e terem reputação de honestos e justos.

Mesmo assim, há indivíduos com opiniões próprias. — O olhar de Simon se moveu para um homem alto e magro, com cabelos grisalhos e uma expressão dura no rosto. — Alguns vão reconhecer que Drayton é uma ameaça. Outros se mostrarão mais difíceis de convencer.

Quando todos estavam sentados, Drayton acomodado do outro lado da primeira fileira, longe de Simon e Meg, Polmarric informou:

— Este encontro está ocorrendo sob graves circunstâncias. Lorde Drayton foi acusado de utilização criminosa de seus poderes por outros dois Guardiães. Drayton, você deseja dizer algo antes que as testemunhas se manifestem?

Drayton se levantou, um polido cidadão absolutamente chocado com as acusações contra si.

— Sir Jasper, para ser franco, eu não compreendo o motivo de ter sido convocado para me apresentar diante deste conselho. Embora haja existido alguns desacordos entre mim e Lorde Falconer no passado, não fiz nada que justificasse a convocação para esta audiência. Deixemos que as acusações sejam feitas para que eu possa me situar e refutá-las.

Sir Jasper se voltou para Simon.

— Lorde Falconer, o senhor é o principal reclamante. Por favor, descreva o que o levou a apresentar acusações tão sérias contra um companheiro Guardião.

Simon se levantou, exibindo uma expressão fria e imparcial.

— Como todos os senhores sabem, minha família tem uma longa tradição no encargo de fiscalizar as leis do conselho. Minha principal missão é assegurar que nenhum Guardião utilize seus poderes de forma inapropriada com o intuito de ferir inocentes ou trazer danos para as Famílias. Fui alertado pela primeira vez para a presença de um perigoso mago contraventor durante a última rebelião que aconteceu em nosso território. Foi então que eu detectei sinais de um poderoso feiticeiro que encorajava as hostilidades por meio da magia. Ele não apoiava nenhum dos lados. Em vez disso, seu objetivo era disseminar o medo e ampliar o perigo de forma generalizada.

"Rastreei sua assinatura energética por toda parte, até que o perdi próximo a Shrewsbury. Acredito que o contraventor percebeu que eu estava à caça dele, porque sua atividade cessou durante alguns meses. Mesmo assim, mantive-me alerta. Depois de algum tempo, ele começou novamente a exercer suas atividades funestas. Levei três anos para me certificar de tudo e construir um caso sólido, porque o malfeitor se manifestava muito raramente. Assim que montei as peças soltas desse quebra-cabeça, tornou-se claro que meu adversário era Lorde Drayton."

Falando sem recorrer a anotações, Simon relatou as ocorrências do comportamento impróprio do acusado, demonstrando que motivos o haviam levado à conclusão de que Drayton era o culpado. Quando acabou, o conde pegou cópias em papel que resumiam suas acusações. Meg reparou que Simon tinha levado uma pasta, mas só nesse momento descobriu o que ela continha. Uma jovem distribuiu as folhas aos membros do conselho e entregou também uma a Drayton.

Depois de se certificar de que os membros haviam lido boa parte do que estava nas folhas, Simon continuou:

— Quando eu visitei a casa de Drayton para colocá-lo frente a frente com essas acusações, ele as confirmou me transformando em unicórnio contra minha vontade. Depois disso, tentou me assassinar por meio de um ritual de magia, a fim de obter o poder que existe no chifre de um unicórnio. Se eu não tivesse conseguido escapar, não estaria hoje diante dos senhores, e Drayton seria uma ameaça ainda maior do que já é.

Exclamações de espanto encheram a sala. Meg adivinhou que aquela reação era uma mistura de choque pelo fato de o poderoso Lorde Falconer ter sido derrotado por magia e horror pelo fato de um Guardião tentar matar outro. Ela também percebeu que, por baixo da máscara de controle total de Simon, ele detestava exibir em público sua fraqueza. Apesar do encanto supressor de magia que envolvia o ambiente, ela conseguia captar perfeitamente a energia das emoções das pessoas à sua volta.

— Isso é gravíssimo — disse Sir Jasper. — Terminou sua declaração, Lorde Falconer? Se já acabou, é a vez de Lorde Drayton refutar suas acusações.

Simon concordou com a cabeça e se sentou novamente. Meg pegou a mão do conde. Os dedos dele se entrelaçaram com os dela durante apenas breves segundos. Um inspetor das leis dos Guardiães não ficava de mãos dadas em público com uma mulher, mesmo que fosse sua esposa. Mesmo assim, ela percebeu que ele obtivera um pouco de conforto com aquele curto contato.

Drayton tornou a se levantar, com uma expressão de inocência ultrajada.

— Se essa foi a interpretação de Falconer sobre os acontecimentos daquela noite em minha casa, não é de se espantar que ele pense tantas coisas terríveis a meu respeito! Não posso dizer nada sobre o renegado que ele caçava. Como a maioria dos senhores sabe, meus poderes são moderados, para não dizer fracos, e por isso não consigo sentir a ação de patifes. Sou ainda mais incapaz de criar o tipo de caos que este suposto renegado andou criando. — Drayton fez uma expressão de lástima. — Na verdade, Falconer, sinto-me lisonjeado por você achar que meus poderes são tão intensos!

Essas palavras geraram sorrisos e algumas gargalhadas. Meg percebeu, com tristeza, que Drayton exibiu um ar de descontração e maneiras afáveis que poderiam desarmar as pessoas que não o conhecessem. O jeito de Simon se comportar era o de alguém muito competente, mas, de certa forma, ameaçador, algo que poderia contar contra ele nessas circunstâncias.

Drayton se virou para Simon com uma expressão de pesar, dizendo:

— Fiquei alarmado quando você entrou em meu castelo enfurecido e cheio de acusações. Ainda mais por você ter entrado lá como um ladrão, no meio da noite, em vez de anunciar a visita a uma hora civilizada, a fim de discutir suas suspeitas. — Drayton parou de falar por alguns instantes, esperando que tudo o que dizia tocasse fundo a plateia. — Por ter invadido meu escritório sem se fazer anunciar, Simon, você chegou bem no meio de uma experiência de magia que eu realizava. Encontrei um encantamento interessante em um velho grimório e decidi treinar um pouco. O encanto era para aumentar meu poder pessoal, e não faço a mínima ideia de como aconteceu de você se transformar em unicórnio. Pode ser que eu tenha cometido algum erro no momento da experiência, mas pode ser também que a interrupção inesperada do ato de magia, interrupção essa provocada por sua chegada, tenha criado esse resultado infeliz.

— Sim, realmente havia um encanto sendo criado em seu escritório quando eu cheguei — confirmou Simon, com um tom seco. — Dois, na verdade. O primeiro era o feitiço de transformação propriamente dito; o outro era um ritual de magia para provocar minha morte. Ambos estavam prontos para ser ativados quando entrei. Você não devia ser tão modesto, Drayton. Foi uma armadilha magistralmente construída.

— Puxa, eu certamente gostaria muito de ter todos esses poderes que você me atribui! — reagiu Drayton. — Havia um encanto apenas, ainda incompleto. Embora eu lamente que isso o tenha afetado de forma tão dramática, não havia nada ilegal com a minha experiência. Os Guardiães são incentivados a tentar criar sempre novos encantos a fim de expandir a soma de nossos conhecimentos.

— E quanto à sua ameaça de morte?

— Você ficou confuso quando se viu na forma de um unicórnio — explicou Drayton, encolhendo os ombros. — Eu diria mesmo aterrorizado. Não creio que você fosse capaz de compreender a linguagem humana naquele momento. Tentei acalmá-lo, prometendo que faria de tudo para desfazer o encantamento, mas você entrou em pânico e saiu do castelo quebrando tudo à sua passagem. Mandei alguns homens atrás de você, na floresta. Eles enfrentaram até mesmo uma violenta tempestade, na tentativa de trazê-lo de volta em segurança, mas você desapareceu. Embora eu reconheça que tudo isso deve ter sido uma experiência muito assustadora, você não pode me culpar pelas consequências de sua visita inesperada. — Depois de refutar as acusações iniciais, Drayton tornou a sentar-se.

Com ódio crescente, Meg reparou na forma com que Drayton estava retratando Simon como um sujeito intimidador e covarde, e se colocando como o inocente injustamente acusado. Quando Sir Jasper se voltou para ela, a jovem sentiu-se pronta para falar.

— Lady Falconer, por favor nos ofereça suas declarações com relação a Lorde Drayton.

Ao se levantar, Meg invocou a energia felina que aprendera a controlar com Lucky. Ela havia praticado isso nos últimos dias e descobrira que uma pequena quantidade de tal força a tornava mais corajosa e alerta.

— Eu tinha apenas 13 ou 14 anos quando Drayton me raptou e removeu de minha mente as lembranças de meu lar e minha família verdadeira. Durante dez anos, morei no Castelo Drayton, amplamente ignorada e tratada como uma criatura tola e simplória.

Meg estreitou os olhos enquanto estudava Drayton com muita atenção, recusando-se a permitir que o medo a controlasse.

— A única exceção a essa rotina — continuou — era quando Lorde Drayton, de forma brutal, invadia minha mente. Só quando Lorde Falconer me resgatou e me libertou dos encantos que me provocavam bloqueio mental foi que eu compreendi o que haviam feito comigo. Fui abençoada por uma grande quantidade de poder natural. Drayton percebeu isso e me tratou como sua escrava, roubando meus poderes para propósitos pessoais. Pode ser que ele não tenha uma grande quantidade de poder inato, mas não sentia falta disso, pois tinha os meus poderes para sugar.

MAGIA ROUBADA ✳✳✳ 201

Um tremor de revolta mental percorreu a audiência. Entrar na mente de outro Guardião sem que fosse permitido era uma das maiores ofensas contra a decência. Às vezes, dois magos muito íntimos podiam combinar de compartilhar seus poderes, mas tomar o poder de outra pessoa à força era brutalmente doloroso para a vítima, era uma ofensa ainda maior.

Talvez Drayton tenha sentido a energia de compreensão das pessoas do salão mudando e se voltando contra ele, porque, na mesma hora, tornou a se levantar.

— Criança, criança, sua raiva me magoa — disse ele, com compaixão. — Eu a encontrei em uma estrada secundária e deserta. Você estava muito machucada e quase morta devido a um ferimento na cabeça, resultado de uma queda, talvez. É claro que eu não poderia deixá-la naquele lugar à espera da morte, então eu a levei para minha casa e convoquei um cirurgião. Embora ele tenha salvado sua vida, seu cérebro foi afetado pelo ferimento. Você não sabia nada sobre o mundo, exceto seu nome de batismo, e mal conseguia falar. Fiz tudo o que pude para localizar sua família, sem sucesso. Não poderia largá-la de volta no mundo para se tornar presa do primeiro funileiro que passasse, e foi por isso que mantive você em meu lar, sob os cuidados de minha governanta.

— Para uma jovem que, segundo o senhor relata, tinha perdido a sanidade mental devido a um golpe na cabeça, Lady Falconer é admiravelmente articulada — observou Sir Jasper.

— Sim, estou surpreso e encantado ao ver como ela se recuperou bem. — Drayton sorriu para Meg de forma calorosa. — Para ser honesto, eu não ligava muito para você, minha jovem. Sou um homem muito ocupado, e sempre que a via pelo castelo você me parecia bem-alimentada e bem-cuidada. Diante disso, supus que minha governanta estivesse fazendo um bom trabalho ao cuidar de seu bem-estar.

"Entretanto, em várias ocasiões, eu tentei curar sua mente. Pode ter sido isso que causou em você a sensação de que a estava assaltando emocionalmente. Sinto muitíssimo por essas experiências lhe terem sido tão desagradáveis, eu certamente teria parado de fazer tais coisas se tivesse percebido o que acontecia. Talvez você tivesse sido gravemente afetada devido a seus poderes próprios e à sensibilidade exacerbada que os acompanha, mas eu não sabia que você era dotada de magia de forma tão admirável. Como já mencionei, meus poderes são limitados. Com o tempo, ficou claro que minhas tentativas de curá-la eram ineficazes, mas isso também não é surpresa, visto que ferimentos no cérebro são impossíveis de curar mesmo pelos mais talentosos magos com poder de cura, como todos sabem. Mesmo assim, eu tentei, para ajudá-la."

— Você não tentava me curar — reagiu Meg. — Aquilo era estupro mental!

Embora alguns dos conselheiros tivessem recuado diante das palavras de Meg, o homem de cabelos grisalhos disse:

— Agora que você está bem, informe-nos seu nome completo e local de nascimento.

Meg juntou as mãos e apertou-as com força, odiando não ser capaz de responder.

— Eu não sei. Não me lembro de nada antes de Lorde Drayton me sequestrar. Desse dia, porém, eu me lembro com clareza. Ele disse que eu não sabia o que eu era, e apagou o passado de minha cabeça. Minha mente racional ficou praticamente paralisada até Lorde Falconer me resgatar.

O conselheiro recostou-se na cadeira e replicou:

— Sua cabeça tinha sofrido um ferimento grave. Não é surpresa, portanto, que suas lembranças sejam nebulosas.

— Elas *não são* nebulosas! Talvez eu não me lembre de minha infância, mas o que aconteceu depois está muito vívido em minha mente.

Meg percebeu que seu protesto não convenceu o Cabelos Grisalhos. A jovem tornou a sentar-se, lembrando, de forma sombria, que um único dissidente poderia salvar o pescoço do grande mentiroso que Drayton era.

Sir Jasper se virou para Lady Bethany.

— Você também levantou uma acusação contra Lorde Drayton, minha cara. Por favor, dê seu testemunho.

Lady Beth se levantou de seu lugar atrás de uma das mesas. Sob a luz do sol, que se punha lentamente, ela parecia linda e miúda como um bibelô de porcelana.

— Eu me vi envolvida nessa situação quando Falconer e Meg apareceram certa noite em minha casa de campo. Era claramente perceptível que ambos haviam enfrentado dificuldades terríveis. Quando Falconer se recuperou, conversamos sobre o que havia acontecido. Tentei investigar o nível de energia de Lorde Drayton, não para penetrar em sua mente, é lógico, mas meramente com a finalidade de obter informações genéricas sobre onde ele estava. Devo contar aqui que Drayton reagiu a isso com um golpe tão violento que me deixou desacordada. Se Falconer não tivesse agido prontamente agido, talvez eu não sobrevivesse.

As palavras da lady produziram mais uma poderosa reação emocional na plateia. Falconer talvez fosse temido e Meg era uma estranha, mas Lady Bethany era muito conhecida e adorada entre as Famílias.

Drayton se colocou novamente de pé.

— Lady Bethany, estou horrorizado por saber que posso tê-la ferido inadvertidamente! Eu me lembro desse incidente, mas só agora percebo quem era a fonte daquela invasão mental. Eu estava arrasado pelo que havia acontecido a Lorde Falconer. Quando uma mente desconhecida me atacou, reagi como se uma vespa tivesse pousado em minha mão: ataquei de volta por instinto. — Ele sorriu, com ar de lamento. — A senhora certamente desconhece a própria força, milady. O que lhe pareceu ser um toque suave foi, para mim, um ataque feroz.

— O senhor também não conhece a própria força, Lorde Drayton — retrucou Lady Bethany, com ar de desaprovação. — Eu nunca tinha experimentado um ataque mental tão poderoso.

A expressão dele se tornou solícita.

— Embora sua magia seja imensa como sempre foi, é fato sabido que as pessoas, com a idade, se tornam mais frágeis. Talvez por isso minha defesa lhe tenha parecido tão poderosa. Se ao menos eu soubesse, naquele momento, que se tratava da senhora! Infelizmente o toque mental nunca foi um de meus talentos.

Não era preciso ter poderes mágicos para perceber que Lady Bethany não ficou nem um pouco satisfeita diante da sugestão de ser uma idosa frágil, mas se impediu de retrucar a altura. Simon fez o mesmo, mas quase não se segurou. Meg sentiu que o ódio do conde crescia tanto que ela receou ver o outro mudar de forma ali mesmo. Logo lembrou, porém, que o encanto supressor de poderes colocado sobre o salão impediria isso de acontecer.

Ela simplesmente se inclinou para o lado e perguntou a Simon:

— E quanto ao gancho de energia que ele colocou em mim? Se os conselheiros conseguirem vê-lo, isso não será uma prova de que ele está mentindo?

— O encanto supressor de magia torna impossível enxergar algo tão sutil — lamentou ele, balançando a cabeça.

— E se o encanto fosse desativado?

— Mesmo assim, pouquíssimas pessoas neste salão teriam a capacidade de enxergar o gancho, e nem todas elas são conselheiras. — Sua boca se torceu, com ironia. — Sem mencionar que, se o encanto for desativado, eu provavelmente tentaria matar Drayton. Isso se eu não me transformasse em unicórnio antes.

Meg percebeu que ele falava sério.

— Pelo menos com o encanto ativado você pode se permitir sentir raiva de Drayton à vontade — disse ela, tentando animá-lo.

— Não só senti-la, mas também expressá-la. — Com um brilho perigoso nos olhos, Simon se ergueu da cadeira e levantou a voz a ponto de fazer com que ela ecoasse por todo o salão. — Você é eloquente, Drayton, mas palavras melosas não mudam a verdade.

Você me atacou e tentou me assassinar; escravizou uma jovem inocente e roubou seu poder; além disso, tentou matar um dos membros mais honrados das Famílias, alegando não conhecer a própria força. Uma de suas loquazes explicações poderia ser verdadeira, mas todas elas? Não. Elas só servem para provar o quanto você é um especialista em mentiras.

Depois de um momento de choque, Drayton explodiu com fúria.

— Como você se *atreve*? Se não estivéssemos em uma reunião do conselho, eu o convidaria para um duelo lá fora! Os membros da família Falconer têm sido caçadores por muito tempo e sempre se acharam superiores à maioria dos Guardiães. Pois saiba, meu caro conde, que o senhor *não é* superior a ninguém. Sou um ministro de Sua Majestade, confidente do rei. Mesmo assim, o senhor teve a audácia de invadir meu lar, raptar uma jovem desafortunada que estava sob minha proteção e incitar Lady Bethany a tentar invadir minha mente de forma ilegal. Durante muito tempo, sua arrogância permaneceu sem freios, mas, depois de hoje, você não terá mais permissão para processar seus companheiros de magia.

O olhar dele englobou a fileira de conselheiros, olhando fixamente para cada um deles.

— Vocês são meus amigos, minha família, meus companheiros Guardiães — continuou Drayton. — Reflitam muito bem antes de me condenar com base em um homem cuja invasão ilegítima de meu lar provocou todos os lamentáveis fatos subsequentes dos quais sou agora acusado. Especialmente quando essa invasão foi feita por um homem de grande poder, cujos atos não são questionados há muito tempo.

Meg conseguia ler perfeitamente as emoções de todos na sala, mesmo com o encanto supressor, e percebeu com terror o quanto a apresentação de Drayton foi eficiente. Seu bruto inimigo tinha feito um grande trabalho, virando o jogo de forma magistral.

A reunião levou ainda mais uma hora. Enquanto os conselheiros continuavam a interrogar Drayton e seus três acusadores, foi ficando óbvio que o acusado havia jogado no ar dúvidas suficientes para minar as acusações de Simon. Meg ainda tentou explicar o estado mental vago e difuso no qual estivera mergulhada, sob o controle de Drayton, mas a imagem que ele transmitira sobre ela ser uma jovem com o cérebro alterado tinha criado raízes. A maioria dos conselheiros não levou suas declarações a sério.

Quando os conselheiros não tinham mais perguntas a fazer, passou-se à votação. Lady Bethany foi a primeira a ser chamada. Com voz clara e forte, afirmou:

— Mesmo que eu não tivesse sofrido na pele o ataque de Lorde Drayton, aceitaria a palavra inquestionável de Lorde Falconer. Durante os anos em que trabalhamos juntos, eu nunca o vi mentir, distorcer os fatos ou exagerá-los uma única vez. Meu voto é: culpado.

Sir Jasper Polmarric foi o próximo.

— Retirar à força os poderes mágicos de um companheiro Guardião é a mais grave punição que podemos impor, e isso jamais deveria ser feito de forma leviana. Entretanto, o que ouvi aqui hoje me convenceu de que Lorde Drayton usou seus poderes de forma altamente inapropriada. Eu o considero culpado.

Cabelos Grisalhos, cujo nome era Lorde Halliburton, foi o próximo.

— Falconer, você fracassou em apresentar seu caso e suas acusações de forma a não deixar nenhuma dúvida pendente. Na verdade, se Drayton resolvesse acusar você de injúria, eu estaria disposto a ouvi-lo. Como inspetor das leis dos Guardiães, você, acima de todos, deveria se manter sempre acima de qualquer suspeita. Em minha opinião, a culpa de Drayton não foi comprovada.

Meg soltou o ar que prendia nos pulmões com força. Eles haviam perdido, e Drayton sairia dali com o poder intacto. O resultado final foi de quatro "culpados" contra cinco "não comprovados". Os conselheiros mais velhos, que já haviam trabalhado com Simon durante muitos anos, se colocaram ao lado dele, mas os membros mais jovens não o apoiaram.

MAGIA ROUBADA ✳ ✳ 207

Com base nas emoções que percebia das pessoas, Meg soube que dois dos que haviam sido contra Simon realmente achavam que as acusações lançadas contra Drayton careciam de provas irrefutáveis. Dois dos outros haviam votado com evidente satisfação por justificar sua oposição a Simon, um homem que não apreciavam. O quinto conselheiro que havia votado contra Meg não conseguiu avaliar, pois ele não estava presente à reunião. Seu voto foi transmitido por Lady Sterling, que apoiara Simon desde o início.

Quando a votação foi encerrada, Sir Jasper disse:

— Quanto maior o poder, maior a necessidade de agir conforme a lei determina. Essa decisão engloba todos os presentes a esta audiência. Qualquer tentativa de ferir as partes oponentes será considerada um crime máximo contra a lei dos Guardiães. Todos os envolvidos aceitam o veredicto e a autoridade deste conselho?

— Aceito! — Foi o coro uníssono de Drayton, Simon e Lady Bethany. Meg não conseguiu falar, mas Sir Jasper não deu importância a isso, provavelmente por considerá-la ainda jovem e sem instrução sobre o comportamento dos Guardiães.

Com uma expressão sombria, Sir Jasper anunciou:

— Declaro encerrada esta audiência.

O salão entrou em um frenesi de conversas simultâneas, em tom alto. Vários Guardiães jovens rodearam Drayton e lhe ofereceram os parabéns. Meg percebeu claramente que muitos naquele ambiente sentiam prazer vendo Simon humilhado. A afabilidade de Drayton acabara sendo mais poderosa que a verdade.

Meg olhou para as próprias mãos entrelaçadas no colo e sentiu medo. Muito medo.

DEZESSEIS

$\mathcal{S}$imon se afastou alguns passos para trocar poucas palavras com Lady Sterling, que parecia preocupada. Meg permaneceu na cadeira, com os olhos baixos, lutando para se recompor. Foi nesse instante que uma sombra caiu sobre ela, e uma voz fria e familiar disse:

— Você melhorou muito, Meg, isso é realmente admirável. Foi tolice minha não reparar em seu imenso potencial.

— Maldito! — Com o coração aos pulos, Meg se levantou com um salto. Mesmo com ela em pé, Drayton era bem mais alto. Como tudo o mais que ele dissera na audiência, suas palavras pareciam inocentes, mas tinham duplo sentido.

Ao olhar para o rosto dele, Meg percebeu algo novo: um desejo selvagem, em estado bruto. Agora que ela não era mais uma idiota esfarrapada, ele a queria para coisas além de seu poder.

Conforme seu medo foi aumentando, Meg tentou invocar a energia felina para torná-la mais corajosa, mas não funcionou. Drayton estava perto demais, a presença dele sobrepujava a energia. Meg tentou pensar em uma resposta adequadamente afiada para ofendê-lo, novamente sem sucesso. Atos de magia não poderiam funcionar ali, de modo que ela não conseguiria atingi-lo com seu poder. Deveria simplesmente dar as costas ao antigo senhor? Não, Simon já tinha feito isso, e, além do mais, seria uma reação civilizada demais para a mistura de medo, desprezo e fúria que ela sentia.

Segundo o próprio Drayton, Meg era apenas uma criança com o cérebro lesado. Então por que não agir de acordo com essa imagem? Com um movimento rápido e inesperado, ela o esbofeteou com toda a força que tinha.

— Você mente de forma brilhante, Drayton — disse ela baixinho, falando entre os dentes. — Só que, no fim, a verdade vai vencer.

O queixo dele caiu de espanto, e seu rosto ficou vermelho com o impacto do golpe violento. Girando o corpo, ela se afastou. Simon, que se virara ao ouvir a bofetada, deu alguns passos largos e, em dois tempos, estava ao lado dela. Falando baixo, disse:

— Você expressou exatamente os meus sentimentos, Meg.

Todos olhavam fixamente para a moça. Que olhassem! Esbofetear Drayton poderia parecer uma reação infantil, mas serviu para aliviar um pouco da tensão que ela sentia. Pegou o braço de Simon e determinou:

— Hora de ir embora.

A alta e elegante Lady Sterling foi até onde eles estavam.

— Vocês gostariam de um pouco de privacidade para se recompor, antes de voltarem para casa?

— Uma ideia excelente — replicou Simon. — Na verdade, essencial.

Eles seguiram Lady Sterling até a saída do salão e subiram um lance de escadas, até uma pequena sala de estar.

— Fiquem aqui o tempo que desejarem. — A anfitriã olhou para eles com ar de solidariedade. — Sinto muito que a audiência tenha acabado tão mal. Drayton é um sujeito descarado, da cabeça aos pés, mas o fato é que mente com muita habilidade.

Simon fez uma careta.

— Eu sabia que seria difícil convencer todos os nove conselheiros sem que restasse nenhuma sombra de dúvida, mas não pensei que o resultado final fosse ser tão desfavorável.

Sem conseguir se manter calada por mais tempo, Meg disse, com tom amargo:

— O que seria preciso para persuadi-los de que Drayton é diabólico? Um assassinato cometido diante de todo o conselho?

— Não, mas certamente será preciso muito mais que a palavra de uma pessoa contra Drayton, principalmente por ele ter apresentado alternativas plausíveis para o que aconteceu — disse Lady Sterling. — Uma dúvida plausível é a grande bênção para qualquer acusado. — Um brilho de diversão apareceu nos olhos azuis da aristocrata. — Lady Falconer, eu deveria oficialmente desaprovar a bofetada que milady deu em Drayton, mas confesso, cá entre nós, que meu coração se regozijou ao vê-la fazer isso. Às vezes, me preocupa o fato de as Famílias serem demasiadamente civilizadas. A prova disso é que estamos permitindo que um predador saia daqui em liberdade.

Simon balançou a cabeça.

— Transgressões cometidas por Guardiães podem ter efeitos catastróficos. Leis rígidas são necessárias para que saibamos que não seremos injustamente perseguidos. Ao mesmo tempo, todos nós sabemos que, por mais poder que tenhamos, seremos incapazes de resistir ao poder combinado do conselho caso sejamos considerados renegados. A lei nos salva de nós mesmos.

— É por isso que você é um inspetor da lei tão competente, meu caro Falconer. Você realmente acredita na lei. Eis o motivo de ser impossível acreditar que você seria capaz de mentir ao acusar um homem de abuso de poder. — Lady Sterling abriu a porta para sair. — Vou pedir a meu marido para manter o encanto supressor de magia na casa até vocês saírem. Quanto a Drayton, bem, se houver alguma necessidade urgente, Simon, você sabe que poderá contar comigo e com meu marido.

— Sei, sim, e lhes sou muito grato por isso.

Depois que Lady Sterling saiu, Meg afundou no sofá, esfregando os braços com dedos nervosos. Apenas por pensar em

Drayton, ela já se sentia suja. Simon franziu o cenho, estranhando a cena, e perguntou:

— Ele disse algo a você antes de esbofeteá-lo?

— Apenas que tinha deixado de perceber alguns dos meus potenciais. Só que... o jeito como ele *olhou* para mim! — Ela estremeceu. Quanto mais ela contemplava a ideia de ser tocada por Drayton, mais odiava a imagem.

Simon praguejou e tomou a mão esquerda da moça.

— Ele não pode possuir você contra sua vontade, Meg. Você tem muito poder. Não importa o quanto ele a deseje, não será capaz de derrubar seus escudos de proteção.

Ela suspirou e encostou o rosto sobre as costas da mão de Simon, tranquilizada por aquele toque caloroso.

— E se ele conseguir ativar o encanto que anula minha mente e minha vontade?

— Ele não terá chance de tentar isso.

Ela apreciou a segurança do conde, embora soubesse que nem mesmo Simon poderia garantir por completo sua segurança.

— Acho que eu deveria continuar praticando a criação de escudos e minhas técnicas de defesa.

Os dedos dele se apertaram em torno dos dela.

— Não importa o quanto eu queira proteger você, não há nada melhor do que ser você mesma uma guerreira poderosa para a proteção de si mesma. Jean Macrae faz muitos elogios às suas habilidades defensivas.

— Espero nunca precisar usá-las contra Drayton. — Meg hesitou. — Ele exercitou seu poder sobre mim durante tanto tempo que é difícil não me sentir paralisada quando ele me olha fixamente. Tenho o receio terrível de que ele possa vir atrás de mim quando não houver ninguém por perto, pois pode ser que eu não consiga sequer erguer a mão contra ele.

— Compreendo que ele tenha esse efeito sobre você, mas acho que, se a situação chegar a esse ponto, você mesma se surpreenderá.

— Com a outra mão, Simon acariciou a cabeça dela, suavemente.
— Você sobreviveu ao encontro com ele hoje com muito mérito e total sucesso. Da próxima vez, será ainda mais fácil.

— Se considerarmos o quanto a alta sociedade londrina é pequena, suponho que acabará acontecendo uma próxima vez. — Ela suspirou.

— Provavelmente, será no baile de Lady Bethany. — Ele sorriu. — Invoque sua energia de leoa antes de entrar no salão e Drayton ficará encolhido como um camundongo aterrorizado.

Meg teve de rir ao ouvir isso. Soltando a mão do conde, ela disse:

— Você me dá forças, Simon. Sei que você deve ter enfrentado coisas muito piores na vida do que Drayton.

— Há mais de um jeito de uma situação se tornar difícil. — Ele começou a caminhar de um lado para outro pela sala, seus poderes agitados claramente visíveis sob a superfície de homem civilizado e bem-vestido. — É extremamente irritante saber que, se eu não conseguir manter minha raiva sob controle, posso me transformar em um animal selvagem lendário.

Meg tentou relaxar sentada no sofá e se viu muito mais cansada agora que a tensão desaparecia aos poucos.

— Suponho que tenha sido o encanto supressor de magia que o impediu de se transformar em unicórnio.

— Sim, e foi por isso também que Lady Sterling nos assegurou que o encanto seria mantido até eu controlar minha raiva. — O conde parou junto à janela, olhou para os estábulos que ficavam nos fundos da casa e cruzou as mãos atrás das costas. — Só que isso levará algum tempo. Estou furioso com Drayton pelos danos que causou e pelos insultos que lançou contra você e Lady Beth. Estou furioso comigo mesmo quase na mesma medida, por não ter apresentado provas convincentes e por ter perdido a calma. Achei que os efeitos de ter sido um unicórnio estavam se dissipando, mas, aparentemente, isso não aconteceu. Meu senso de julgamento e minha autodisciplina estão ambos enfraquecidos.

Embora a voz de Simon nada expressasse, Meg sentiu o vazio que havia na alma do outro, junto da fúria reprimida.

— Você está sendo muito duro consigo mesmo. Drayton é diabolicamente esperto, e as leis dos Guardiães tornam difícil condenar um malfeitor à punição máxima. Você não tem culpa de nenhuma das duas coisas, Simon.

— Mas tenho culpa de ser um homem em quem algumas pessoas preferem não acreditar.

— Como você me explicou certa vez, quem fiscaliza as leis nem sempre é popular. Os conselheiros mais experientes apoiaram você. — Ela franziu a testa, percebendo que havia mais a respeito daquilo do que aquilo que parecia óbvio. — Não consigo acreditar que você, algum dia, tenha feito algo que justifique a restrição de alguns Guardiães.

Houve um longo silêncio antes de ele replicar:

— Eu não fiz. Mas existe um escândalo antigo que manchou o nome de minha família.

Ela analisou os ombros largos dele, tensos por baixo do brilho sutil de sua casaca de brocado.

— Isso também não foi sua culpa.

— Talvez não. Mas há muita gente que acredita que os pecados dos pais são legados aos filhos.

Imaginando que Simon não tivesse dito essa frase por nada, Meg perguntou:

— O que seu pai fez?

Depois de mais um longo período de silêncio, o conde disse, contendo a emoção:

— Meu estimado pai assassinou minha mãe e depois se matou. Eu tinha 16 anos.

Meg soltou uma exclamação de horror, compreendendo que isso explicava muito sobre Simon.

— Que horrível! Por que ele fez isso?

— Entre os Guardiães, adultério é algo raro, a não ser quando o casamento é um fracasso completo. A intimidade cria exigências emocionais muito fortes entre nós, e nem sempre é fácil lidar com isso. Existem exceções. Minha mãe foi uma delas. Ela apreciava muito a imoralidade casual da sociedade aristocrática. Meu pai era muito antiquado e possessivo. Por fim, ele a impediu de continuar traindo-o do único jeito que conhecia, e não conseguiu aguentar as consequências.

— Como... como ele fez isso?

— Por meio de magia. Uma perversão cruel de todos os seus grandes talentos.

Uma imagem surgiu na mente de Meg, e ela viu um homem e uma mulher fazendo amor. O homem tinha os cabelos louros de Simon, e a mulher era voluptuosa e provocante. De um modo impossível de descrever, a imagem continha paixão, fúria, morte e um desespero de rasgar a alma.

Foi Simon quem encontrou os corpos sem vida de seus pais. A forte fragrância de magia distorcida ainda flutuava sobre eles.

Sentindo a dor dele, Meg se levantou e o tocou pelas costas, enlaçando-o com os braços em torno da sua cintura e repousando a cabeça sobre o ombro do outro.

— Que ato deplorável deixar você sozinho para enfrentar as consequências disso quando ainda era apenas um garoto.

— A loucura que o levou a cometer um assassinato não era produto de uma mente racional. — Simon se virou e a envolveu em seus braços. — Isso aconteceu há muito tempo, Meg. Lady Bethany me acolheu em sua casa. Lorde e Lady Sterling e ainda Sir Jasper Polmarric também foram muito gentis e generosos. Como eu lhe disse antes, os Guardiães tomam conta uns dos outros.

Meg se perguntou se o que havia visto seriam os fantasmas dos pais de Simon, mas essa não era uma pergunta que ela poderia fazer naquele momento. Ela já admirava a força dele antes. Agora, admirava-o ainda mais.

E sua admiração não era apenas pelo intelecto dele. O prazer físico de seu toque aliviou os nervos dolorosamente retesados da jovem. Talvez aquele efeito pudesse ser mútuo.

— Sei que não podemos fazer amor, mas quero sentir suas mãos. Quero que você apague aqui dentro a lembrança de como Drayton olhou para mim. — Colocando-se na ponta dos pés, Meg roçou os lábios nos dele.

O abraço se transformou de apaziguador em apaixonado, e o beijo ávido que ele lhe deu jogou a cabeça de Meg para trás, em abandono. Ela respondeu com a respiração descompassada, gemendo baixinho de prazer enquanto as mãos dele lhe percorriam o corpo inteiro. Todas as fibras, nervos e músculos de Meg pareceram ganhar vida própria, e essa sensação afogou todas as lembranças da luxúria fétida de Drayton.

— Você não é muito alta — murmurou ele, levando-a pelo aposento até o sofá, onde ele se sentou com ela no colo. — Assim não está melhor?

— Muito! — Conseguiu dizer ela, ofegante. Os beijos foram se tornando cada vez mais ardentes e ela trocou de posição, sentando-se sobre ele com as pernas abertas, as saias e anáguas lhe subindo quase até a cintura. Seus corpos pressionaram um ao outro, em uma imitação cruel e provocante de um intercurso sexual. Inebriada, Meg se deixou desabar sobre Simon, mal reparando que haviam se deitado no sofá, com ela por cima.

Vagamente, Meg desejou que não houvesse a barreira das roupas entre eles, mas o fato é que meros tecidos não conseguiam bloquear as torrentes da paixão. Ela roçou sua pelve contra a dele, desejando mais. Ele lançou os quadris contra os dela com força. Respirando com dificuldade, ela lhe acompanhou o ritmo e sua carne desejou a carne dele.

Dessa vez, quando seu corpo entrou em convulsão, ela reconheceu o que estava acontecendo. Ele grunhiu e a agarrou com força pelos quadris, lançando-se sobre ela repetidas vezes, até parecer entrar em erupção, e a tensão subitamente saiu do seu corpo.

Meg arquejou, em busca de ar, e se largou sobre o corpo dele, duro e musculoso. Se uma simulação do ato amoroso podia ser tão intensa, como seria a cópula verdadeira? Essa dúvida lhe fez surgir na mente a imagem dela completamente nua e Simon também nu, ambos esfregando os corpos um no outro, sem barreiras. Ela estremeceu forte mais uma vez apenas com o prazer desse pensamento.

— Você está com frio? — Ele acariciou as costas e os quadris dela com as duas mãos, espalhando calor e contentamento.

— Não. — Ela esfregou a bochecha sobre o ombro dele. — Estava apenas imaginando como seria sermos amantes de verdade.

— Acho que já somos, embora nossa intimidade ainda não tenha sido completa. — Ele ajeitou os cabelos dela para trás, pois as pontas estavam se soltando do penteado original. — Mas eu lhe contei coisas que nunca contei para mais ninguém, e, nos momentos em que você não está perto de mim, eu gostaria muito de que estivesse.

Ela o beijou novamente, seus lábios se movendo em uma lentidão doce agora, sem a avidez da paixão desenfreada.

— Se os amantes trocam palavras que só podem ser ditas um ao outro, então realmente já somos amantes. — Ela sorriu, saboreando o som da palavra. — Eu tenho um amante. Isso faz com que eu me sinta terrivelmente adulta.

Esse comentário foi um erro. Ela percebeu isso no instante em que os lábios dele se fecharam.

— Não tenho mais 14 anos, Simon — reagiu ela, com firmeza. — Posso não ter a experiência que a maioria das mulheres de minha idade tem, mas isso pode ser remediado em pouco tempo.

— Mas não muda o fato de que estou tirando vantagem de sua inocência — retrucou ele, com um olhar preocupado.

— Tolice! Fui eu quem tirou vantagem de você — afirmou ela, com rispidez. — E, se o que fizemos não foi muito sábio..., bem, o fato é que resolvemos nosso problema: eu não estou mais incomodada com a luxúria de Drayton e você já não se sente faminto.

— Tem razão. — Ele ergueu o corpo, forçando-se a ficar sentado, mas mantendo-a em seus braços. — Só espero que não precisemos testar se você ainda é virgem o bastante para me impedir de ser um unicórnio, porque a resposta está cada vez menos clara.

MAGIA ROUBADA 217

— Já estou preocupada com isso. — Ela repousou sobre ele mais uma vez com os olhos fechados, tentando descobrir se alguma vez tinha sido mais feliz do que naquele momento. Não se lembrava de nenhum instante mais completo em sua vida. — Por que a ideia de sermos amantes me parece certa e a de sermos casados me parece errada?

— Porque o casamento é um compromisso até que a morte nos separe, e você ainda não se sente pronta para isso. Eu também não sei se algum dia me sentirei pronto. — Os dedos dele acariciaram o rosto dela com uma delicadeza de seda. — De qualquer modo, assim que Drayton for derrotado e você deixar Londres para sair em busca de sua família..., eu espero que você volte para mim.

— Voltarei — prometeu ela, em um sussurro. Meg começava a suspeitar de que sempre voltaria para Simon, e essa ideia era muito alarmante, mas irresistível.

DEZESSETE

O olhar de David passeou lentamente pela loja recém-equipada, com as ferramentas penduradas na parede, um armário contendo partes de equipamentos, e seguiu até a bancada comprida onde os componentes de sua nova máquina tinham sido colocados. Encostados à parede dos fundos estavam os três modelos que ele já havia construído até agora, com muita dificuldade.

— Isso não é a coisa mais linda que você já viu?

Sarah riu.

— Eu não iria tão longe, meu amor, mas é uma oficina esplêndida, certamente. E foi equipada com baixo custo.

— Eu não queria desperdiçar o dinheiro de Lorde Falconer. — Ele sorriu. — Quero que Sua Senhoria esteja disposto a me oferecer mais dinheiro depois.

Sarah colocou a mão no ombro dele.

— Tudo muito bem, mas está na hora de ir para casa e comer algo. Você deve começar a trabalhar bem-alimentado.

— Como milady desejar. — Rindo, ele enlaçou Sarah pela cintura e lhe deu um beijo. — Tem razão, querida. A oficina não é a coisa mais linda que existe. Você é.

Os olhos de Sarah cintilaram.

— Se você acha que elogios tolos vão lhe garantir um ovo a mais para acompanhar o chá..., acertou.

Ele pousou a mão na barriga da esposa, ainda achatada, e afirmou:

— Você sempre foi uma mulher adorável, Sarah, mas agora está brilhando, exatamente como Sua Senhoria descreveu.

— Temos tanta sorte! — exclamou ela, jogando os braços em torno do pescoço do marido com súbita energia. — Deus queira que a vida seja sempre assim para nós.

Ele concordou em silêncio e retribuiu o abraço caloroso. Às vezes, David sonhava se tornar um inventor famoso e imaginava o casal morando em uma linda casa no campo, com filhos e netos em volta. Outras noites, porém, tinha pesadelos em que morria subitamente, vítima de uma febre ou atropelado por um trem, deixando Sarah sem nem um pêni sequer para sustentar seu filho. Os desejos e medos do inventor se revezavam todas as noites em seus sonhos, quando ele se deitava com a esposa nos braços. Queria muito acreditar que os sonhos de vida longa e prosperidade fossem os verdadeiros espelhos do futuro.

A porta se abriu.

— Sr. White? Oh, sinto muito! — Com o rosto subitamente vermelho como um tomate diante de David e Sarah abraçados, um rapaz ainda adolescente tirou o chapéu e tornou a sair.

Mantendo o braço em torno de Sarah, David se apresentou:

— Sou David White. Você deseja alguma coisa?

O jovem alto e desengonçado respondeu, com um forte sotaque escocês:

— Meu nome é Peter Nicholson, senhor. Meu primo William, que mora ali na esquina, me contou que o senhor está criando uma nova máquina a vapor. Eu... eu queria saber se não está precisando de ajuda..., senhor. — Ele engoliu em seco e seu proeminente pomo de adão pareceu subir e descer.

— As notícias voam! — exclamou David, erguendo as sobrancelhas. — Qual é sua experiência?

— Já trabalhei como fabricante de ferramentas em Greenwich, senhor. Meu pai era ferreiro, e eu também sei trabalhar em forja.

— Habilidades muito úteis — reconheceu David, refletindo a respeito. Um assistente poderia ser de grande valia, mas ele não planejava pagar salários a ninguém tão cedo. — Escute, eu não posso pagar muito, nem posso lhe fornecer um certificado de aprendiz, já que não sou filiado a nenhuma associação profissional. Tem mais uma coisa: o assistente que trabalhar para mim não pode ter medo de sujar as mãos.

O jovem estendeu os braços para a frente, exibindo calos e marcas nas mãos rústicas, típicas de quem trabalhava desde criança.

— Venho de uma família de trabalhadores braçais, senhor. Minhas mãos são minhas ferramentas.

David olhou para Sarah, que era especialista em julgar o caráter de alguém, e ela assentiu discretamente.

— Então podemos trabalhar juntos, sr. Nicholson — decidiu David.

— O senhor me aceita, então? — O rosto do jovem se iluminou de alegria. — Oh, muito obrigado! Dizem que o senhor resolveu os problemas da máquina a vapor de Newcomen.

— Ainda não, mas espero resolver. A máquina que ele inventou queima muito combustível e não serve para muita coisa além de bombear água para fora das minas. — David apontou para a fileira de modelos em miniatura ao longo da parede. — Eu construí uma máquina a vapor de Newcomen em tamanho reduzido. Quer que eu lhe explique em detalhes as suas deficiências?

— Claro, *senhor*! — Nicholson atravessou a sala e tocou, com ar reverente, o modelo em escala que representava a primeira tentativa de David para compreender as máquinas movidas a vapor.

— Vou trazer pão, queijo e cerveja — ofereceu Sarah, com ar de quem filosofa. — Aposto que se a casa não ficasse logo ali, do outro lado do jardim, vocês morreriam de fome.

— Você é minha salvadora, querida — sorriu David, e voltou a atenção para sua bancada e seu novo empregado. Com quatro mãos experientes em ação, eles trabalhariam duas vezes mais depressa.

* * *

Meg estava sentada em sua poltrona favorita e examinava o ambiente com sua visão interior. Praticava a detecção de cada traço de magia no ar, tanto os novos quanto os antigos. Não teve dificuldades para localizar o cordão que a ligava a Drayton, e amaldiçoou alma negra dele. Todos os dias, ela o examinava para se assegurar de que o bloqueio de energia se mantinha firme. Até agora, tudo bem. Simon havia feito um bom trabalho.

Muito mais complicado era identificar outros traços de magia em uma casa que tinha sido lar de Guardiães desde sua construção. Seus aposentos haviam pertencido a todas as condessas Falconer, e Meg conseguia identificar com clareza a energia de cinco ou seis mulheres. A energia mais potente vinha dos traços da mãe de Simon. Ela parecia ter sido uma mulher charmosa, alegre e jovial. Uma pena essas características terem contribuído para sua morte.

Depois de fazer uma varredura minuciosa na sala de estar onde se encontrava, Meg se moveu, mentalmente, para o aposento ao lado. Uma sensação de vergonha a inundou quando ela chegou ao lado da cama. *Muitos* atos de magia haviam acontecido ali, a maioria deles de natureza íntima.

Um de seus tutores havia garantido a Meg que ela era muito talentosa para perceber traços de magia. Isso talvez fosse útil em determinadas circunstâncias. Naquele cômodo, porém, na maioria das vezes, era um estorvo. Meg tentou restringir ao máximo sua sensibilidade para não captar as energias de todos os moradores anteriores da mansão. Com a ajuda de seu tutor, a jovem buscava encontrar um nível em que não se distraísse muito com os traços de magia antiga, mas se mantinha alerta o bastante para perceber qualquer coisa incomum que merecesse uma investigação mais profunda.

Jean Macrae chegaria ao meio-dia. Meg olhava para o relógio quando Jean entrou na sala, quase saltitando, alguns minutos mais cedo. Meg se levantou para dar um abraço na amiga, feliz por desviar a atenção de outras coisas.

— Conte-me tudo sobre a audiência! — pediu Jean, assim que se sentou no sofá. — Você realmente esbofeteou Drayton?

— Sim, e não lamento isso. Só que talvez não tenha sido a atitude mais sábia a tomar. — Meg voltou para sua poltrona. — Como condessa, sou um desastre.

— Simon reclamou de algo?

— Não, e até ficou contente por eu ter tomado aquela atitude — admitiu Meg. — Por que você quer saber mais sobre a audiência? Teve dois dias para arrancar todos os detalhes de Lady Bethany.

— A versão dela foi muito resumida — explicou Jean. — Como foi que Drayton reagiu ao ver você? O que ele disse para que você lhe desse um tapa na cara?

Pensar em Drayton deixou Meg mais séria. Depois de descrever sua visão dos eventos, a donzela confessou:

— Meu primeiro instinto foi aprender novos encantos de defesa, mas o que eu realmente preciso é de força para usar os que já conheço. A presença dele me transformou em uma lebre assustada. Existe algo que eu possa fazer para impedir isso?

Jean franziu a testa, pensativa.

— Embora eu não saiba como evitar o pânico inicial, é possível criar uma rota de escape. Eu nunca fiz isso, mas já li sobre a técnica. O segredo é escolher uma espécie de amuleto. Ele pode ser físico, como um anel, ou mental, como uma palavra ou imagem. Então, você decide que encantos associar ao amuleto. Por exemplo: você pode combinar a criação de um escudo, um golpe de autodefesa e um encanto supressor.

— É possível criar um encanto supressor como aquele da Mansão Sterling? — perguntou Meg, surpresa.

— Ninguém consegue superar Lorde Sterling quando se trata de encantos supressores, mas certamente você pode aprender a suprimir magia em um espaço pequeno à sua volta, que seja grande o bastante para impedir ataques de outro mago.

Meg pensou em apagar Drayton como se fosse uma vela. A visão era gratificante.

— Por onde começo? — quis saber.

— Você deve praticar cada elemento até conseguir invocar o poder combinado, sem precisar construir o encanto por partes. Então, é só jogar tudo mentalmente no amuleto ou na palavra mágica escolhida. O objetivo é conhecer os encantos individuais de forma tão completa que seja preciso apenas dizer "proteger!" e esfregar o anel ou outro método qualquer que você tenha inventado para invocar o encanto completo. Desse modo, os três encantos serão liberados de forma integrada. Se fizer isso direito, você poderá invocar proteção mesmo que esteja quase paralisada. Uma vez que suas defesas forem ativadas, sua força de vontade se recobrará bem depressa.

— Isso me parece perfeito. Você pode me ensinar a fazer o encanto de supressão?

— Tudo bem, eu ensino, embora não seja uma especialista nisso. Os outros encantos você já conhece. Lembre-se apenas de que não é fácil unir todos esses encantamentos e liberá-los de uma vez só. Você precisa ter paciência e ser uma feiticeira poderosa para ativar os três ao mesmo tempo. Nossa sorte é que você tem poder suficiente para isso, mas ainda precisa praticar muito.

— Então, vou praticar. — Meg olhou para a aliança simples de ouro que Simon lhe dera de presente, parte da farsa que era o casamento deles. Achou errado usar um amuleto que era falso por sua própria natureza. Uma palavra seria melhor, com a vantagem de que não poderia ser roubada. — A palavra precisa ser incomum ou algo simples como "proteger!" funciona do mesmo jeito?

— Não importa que seja uma palavra usada toda hora, desde que ela sugira proteção para você. O que a transformará em gatilho é a necessidade desesperada. Seus pensamentos têm poder, e será esse poder a ativar todos os encantamentos de uma só vez.

O que significava "proteção" para si? Meg refletiu por alguns instantes, e então percebeu que a resposta era óbvia. Seu encanto de proteção seria a palavra "Simon".

— Os três encantamentos devem ser ativados ao mesmo tempo ou um de cada vez?

Jean franziu o cenho, pensativa.

— Não sei... Esse assunto não foi abordado nos artigos que eu li. Agora que você falou nisso, acho que seria melhor ativar um encanto de cada vez, para que cada um receba uma carga separada de poder.

— O escudo pessoal deve ser o primeiro. Depois vem o quê?... O encanto de supressão?

— Acho que o segundo deve ser o encanto de defesa pessoal. Não é bom arriscar o encanto de supressão antes dos outros, porque o tiro pode sair pela culatra e prejudicar você mesma.

Aquilo fazia sentido.

— Muito bem, vamos começar, então. — A boca de Meg se abriu de satisfação. — Não creio que tenha tanta sorte a ponto de evitar um novo encontro com Drayton, mas, na próxima vez em que isso acontecer, eu estarei bem-preparada.

Vou apagá-lo como se fosse uma vela...

DEZOITO

— Isso é glorioso! — gritou Meg. Sua voz chegou até Simon, que vinha a meio-galope para se encontrar com ela. Os dois cavalgavam todas as manhãs, e o início era sempre um galope forte e selvagem, para acalmar as energias dos cavalos. Simon geralmente ficava um pouco atrás de Meg, porque ele gostava de vê-la disparar como uma flecha flamejante pelo ar suave da manhã. Ela era uma amazona magnífica. Ser capaz de penetrar a mente de um cavalo era obviamente um bônus.

Rindo muito, ela trouxe seu cavalo de volta e entrou no ritmo da montaria de Simon.

— Uma cavalgada louca como essa leva Lorde Drayton para longe de minha mente. Ou, pelo menos, me faz lembrar que ele não passa de um rato insignificante.

Drayton tinha mais importância que isso, mas Simon não quis estragar o prazer de Meg contradizendo-a.

— É provável que eu o encontre hoje à noite na reunião da Real Sociedade. Talvez fosse bom você convidar Jean Macrae para jantar e lhe fazer companhia.

Meg ajeitou as pontas escuras dos cabelos que lhe haviam escapado da fita amarrada na nuca.

— Você vai comparecer, mesmo sabendo que Drayton estará lá?

— É uma atitude sábia conhecer bem o inimigo — replicou ele. — A palestra de hoje à noite será dada por um professor da Universidade de Leipzig. Ele vai falar sobre eletricidade, tema sobre o qual nutro um especial interesse. Seria estranho eu não comparecer a uma palestra dessas estando em Londres. — Ele deu de ombros. — Como eu vou acabar me encontrando com Drayton mais cedo ou mais tarde, é melhor que aconteça logo esta noite. Estou curioso para ver como ele vai se comportar quando me vir.

Meg uniu as sobrancelhas, preocupada.

— Ele vai rir na sua cara por você não ter conseguido provar a culpa dele diante do conselho. Não deixe que ele o provoque a ponto de fazer você perder a calma.

— Vou fazer o possível para não me enfurecer. — Ele riu. — Se eu me transformasse em unicórnio no meio da palestra, até que seria uma demonstração interessante, algo que certamente impressionaria até mesmo os membros mais apáticos da Real Sociedade.

— Mas é melhor mantê-los entediados. Quer que eu lhe dê um frasco com sangue de virgem, para sua segurança?

Ele fez uma careta.

— Sei que já fizemos piadas com isso, mas existe algo profundamente bárbaro na ideia de carregar comigo um frasco com seu sangue.

— Esfregá-lo em uma ferida adicionaria um quê de bizarrice caso isso acontecesse em meio a uma reunião de cientistas e filósofos. — Meg lhe estendeu a mão. — Lembre-se de que eu estou apenas a um pensamento de distância, se você precisar.

Ele tomou a mão dela. Essa era uma distância segura, já que cada um estava sobre seu próprio cavalo. Em casa, eles evitavam se tocar ou chegar muito perto um do outro, já que os resultados poderiam ser imprevisíveis.

Na verdade, era o contrário: eles seriam altamente previsíveis. A tensão sexual zumbia em torno deles. Sempre que sucumbiam a ela, mesmo que fosse para um simples beijo, a atração se tornava

MAGIA ROUBADA

227

mais incontrolável. Se não fosse pela necessidade de Meg permanecer virgem — e também dos escrúpulos mútuos sobre um relacionamento mais profundo —, eles já seriam amantes.

Às vezes, ele se perguntava para onde aquele relacionamento incomum iria levá-los, mas logo tentava pensar sobre outra coisa.

* * *

Simon parou à porta do salão de palestras da Real Sociedade. Ele gostava do fato de quase todos os membros serem mundanos. Havia mais no mundo do que magia.

Seus lábios se apertaram de irritação ao perceber que Drayton estava em um grupo junto à tribuna do palestrante. Normalmente, Simon se sentia satisfeito ao confrontar um suspeito depois de terminar uma investigação, mas não era o caso de Drayton. O mago renegado estava tão conectado a Meg que nem mesmo os maiores esforços de Simon para protegê-la garantiriam que ela estaria completamente a salvo daquele sujeito. Pensar nisso era perturbador.

Drayton devia estar atento à energia de Simon, porque parou de falar e olhou para a porta exatamente na hora em que o conde entrou. Sorriu de puro prazer, atravessou a sala até onde Simon estava e disse, em um tom amigável:

— Que bom vê-lo por aqui, Falconer. Imaginei que uma palestra sobre eletricidade certamente atrairia você. — Essa observação comum foi acompanhada por um ataque energético maciço contra seu oponente.

Os escudos que Simon criara fizeram efeito, mas foi difícil controlar a reação de choque. Que diabos, Drayton era *insano*? É claro que ele sabia não ser capaz de causar nenhum dano real a Simon e, mesmo assim, se arriscou a atrair a atenção de outras pessoas. A maioria dos mundanos tinha pelo menos alguns traços de poder, e uma explosão energética como aquela certamente não passaria despercebida. Algumas cabeças já se voltavam na direção deles. *Maldito* Drayton!

Uma sensação familiar de realidade enevoada atravessou o corpo de Simon, e sua expressão de choque se transformou em horror. O encanto que o transformava em unicórnio estava sendo reativado.

Não! Por instinto, Simon chamou por Meg, implorando por sua força e por sua inocência mágica. Quando ele tocou a mente dela, a reação de surpresa deu lugar à de rápida compreensão. Ela o inundou com sua energia, tão pura quanto poderosa. Depois de um instante de náusea, a forma normal do corpo de Simon se estabilizou. O conde enviou um rápido agradecimento a Meg, refletindo, com frieza, que normalmente ele lamentaria ser tão dependente dela, mas o fato era que precisava demais da ajuda da jovem.

Saberia Drayton que atiçar a raiva de Simon serviria para acionar o encanto de transformação? Talvez não. O patife queria apenas provocá-lo, pois sabia que Simon não faria uma cena diante de mundanos. Se o ataque não tivesse sido tão ultrajante, Simon não teria ficado com raiva suficiente para ativar o encanto.

Apenas alguns segundos haviam se passado desde o ataque de Drayton, e Simon replicou, com toda a calma do mundo:

— Eletricidade será um poder gigantesco, caso um dia os homens consigam dominá-la. — No plano mágico, ele devolveu o golpe com outro, focado e concentrado em Drayton. Foi como fechar a porta com força no instante em que uma cobra tentasse deslizar para dentro de casa. — Minhas experiências na área são muito interessantes.

Os olhos de Drayton cintilaram quando ele se viu em meio a um combate silencioso.

— Você já deve ter comprado uma garrafa de Layden para brincar com ela. — Drayton lançou um novo ataque contra Simon ao dizer isso.

— Não, eu não comprei esse dispositivo. Na verdade, eu mesmo construí um, depois de ler um artigo que descrevia seu funcionamento. — Cansado dos jogos de Drayton, Simon alterou seus escudos de forma a fazer com que o próximo ataque se refletisse de volta para o agressor. Poucos magos conseguiam criar um encanto refletor de ataque. Valia a pena lembrar a Drayton que Simon era um deles.

Drayton atacou novamente, mas soltou uma exclamação de espanto quando o golpe voltou com força redobrada.

— É melhor você se manter longe dessas garrafas de Layden — disse Simon, com frieza. — Elas podem ser... chocantes.

— Não tão chocantes quanto eu consigo ser. — Os olhos de Drayton brilharam de ódio, mas ele não tentou mais nenhum ataque. Em vez disso, rodeou os dois com um encantamento que tornou suas palavras inaudíveis pelas pessoas que estavam em volta, e também servia para desencorajar qualquer um de se aproximar deles. — Você vai receber exatamente o que merece, Falconer. Vou destruí-lo pessoalmente.

Simon percebeu algo sombrio e voraz por baixo das palavras de seu oponente, e uniu as sobrancelhas em um ar de estranheza.

— Já estou acostumado a lidar com contraventores ressentidos, Drayton, mas, no seu caso, há muito mais por trás disso. Do que se trata?

— Você sabe do que se trata.

— Para ser franco, eu não faço ideia. Existe alguma história da qual eu deva ser informado?

Drayton fez cara de espanto e afirmou:

— Não é de se estranhar que seu pai nunca tenha falado de um incidente tão vergonhoso. Ele acusou meu pai de violar as leis dos Guardiães e retirou todos os seus poderes. — Os olhos dele se estreitaram. — Meu pai preferiu se matar a viver sem poderes de magia.

Simon ficou abalado ao saber disso, mas manteve a voz firme.

— Meu pai jamais tiraria os poderes de um mago que não fosse comprovadamente culpado de usar mal seu poder.

— Do mesmo jeito que jamais assassinaria sua mãe e se suicidaria em seguida? — A gargalhada de Drayton foi de arrepiar. — Você é um grande tolo, Falconer.

Essas palavras feriram Simon mais do que os ataques anteriores do mago do mal. A notícia sobre o assassinato e o suicídio do casal Falconer tinha sido completamente abafada, e poucas pessoas sabiam do caso. Ouvir Drayton contando a história com aquele modo casual deu a Simon a súbita certeza, talvez impossível de provar em juízo, de que ele tinha algum envolvimento na morte dupla. Certamente, Drayton tinha sede de vingança contra o pai de Simon, e talvez tivesse encontrado um meio de alcançar aquele resultado fatídico por meio de magia.

Deixando as implicações daquilo para mais tarde, Simon retrucou:

— Os arquivos de meu pai eram absolutamente confidenciais. Não há nenhum significado especial no fato de ele nunca comentar comigo sobre o caso de seu pai. Sei apenas que ele jamais conseguiria puni-lo injustamente, pois o conselho teria tomado conhecimento disso e certamente o impediria. Seu pai deve ter feito algo grave, que merecesse punição.

Um brilho estranho se acendeu nos olhos de Drayton.

— Meu pai fazia experiências com encantamentos antigos. Somos incentivados a fazer isso. Seu pai o julgou e destruiu.

Na cabeça de Simon, as peças do quebra-cabeça começaram a se encaixar.

— As experiências de seu pai envolviam roubar a magia de outras pessoas, não é? Deve ter sido essa a sua iniciação para o mundo do crime, Drayton. Acertei? Não é de se estranhar que meu pai tenha caçado o seu e retirado os poderes dele. Como eu farei com você.

O sorriso de Drayton foi selvagem e cruel, cheio de dentes, quando ele respondeu:

— Depois que você estiver morto, eu terei Meggie para mim novamente. Meu encanto de ilusão era tão bom que eu nunca reparei na mulher apetitosa em que ela havia se transformado. Preciso de uma mulher que me dê filhos, e, quando eu a colocar novamente para me servir, ela se tornará a esposa dos sonhos de qualquer

MAGIA ROUBADA   231

homem: linda, obediente e uma prostituta na cama, se eu quiser isso dela.

Em vez de ódio, Simon reagiu com um controle gélido.

— Eu nunca tive prazer em destruir um companheiro Guardião, mas vou abrir uma exceção para você. Quando eu retirar todos os seus poderes, farei isso lentamente, para que você sofra muito enquanto cada partícula de força for arrancada de sua alma. Você vai gritar e implorar, e eu ficarei contente em assistir.

Virando as costas para Drayton, Simon se afastou e procurou um lugar para assistir à palestra que estava para começar. Em algum canto distante de sua mente, reconheceu que o perigo do ódio era transformar um homem no reflexo daquilo que odiava. Como Drayton era brutal, Simon estava descobrindo a brutalidade em si mesmo.

Mas isso era algo mais sobre que refletir mais tarde.

* * *

Durante uma noite agradável em companhia de Jean, Meg monitorou Simon o tempo todo com um cantinho de sua mente. Havia percebido emoções conflitantes por algum tempo, logo depois do pedido de ajuda que ele enviara, mas elas não aumentaram de intensidade a ponto de ativar novamente o encanto de transformação. Por fim, a mente do conde se acalmou e ficou mais focada. Ela imaginou que a palestra havia começado e devia ser cativante.

E longa também. Depois de Jean voltar para casa na carruagem de Falconer, Meg se retirou cedo para o quarto com um bom livro nas mãos. E ela já havia readquirido a capacidade de ler e devorava livros, como se tentasse compensar todos os anos de leitura que havia perdido. Quando não praticava atos de magia, lia todos os tipos de livros da impressionante biblioteca da Mansão Falconer. Ela também havia descoberto, por conta própria, que luzes mágicas eram muito melhores para leitura do que velas, além de não haver risco de a casa pegar fogo.

Meg colocou o livro de lado e pegou no sono, mas algo a acordou subitamente. Um barulho na rua? Não, Simon estava de volta. Ela se concentrou nele e concluiu que ele estava bem e caminhava sobre dois pés, não sobre quatro patas. Mas lhe pareceu profundamente perturbado.

Ele não pretendia ir dormir, droga! Meg se virou na cama e socou os travesseiros, agitada, sem conseguir se separar da mente hiperativa dele. Passou-se muito tempo, talvez horas. Aos poucos, ela foi percebendo que a energia dele estava diferente do normal. Embora ela já o tivesse visto em diferentes estados de espírito, naquela noite ele estava com a mente semelhante a uma... lâmina que cortava o ar.

A jovem se levantou, colocou os chinelos e um roupão. Em seguida, saiu pelos corredores com a luz mágica em mãos. Encontrar Simon não ia ser difícil, pois a energia dele resplandecia como um sol. Ela passou direto pelo quarto de dormir do outro, onde qualquer homem sensato estaria àquela hora da madrugada. Ele estava no andar de baixo, provavelmente em seu escritório.

Não estava. Assim que ela abriu a porta, viu que o aposento estava vazio. Franziu o cenho, estranhando. Ele estava muito perto. Mas onde, se não havia ninguém ali? Ela aguçou sua visão mágica e piscou com força quando a imagem de uma porta tremeluziu como uma miragem no deserto, até se estabilizar na parede dos fundos do escritório. Por quanto tempo Simon estaria escondendo aquela porta dela e do resto do mundo? Que mago astuto ele era!

A porta estava sob o encanto de distração mais poderoso que ela já havia visto na vida. Meg se maravilhou com a concepção do feitiço enquanto girava lentamente a maçaneta. A porta se abriu sem fazer ruídos, é claro. Seria tolice desperdiçar uma excelente magia de camuflagem com uma porta que rangesse.

O aposento revelado era surpreendentemente grande. Como conseguia Simon esconder tanto espaço dentro daquela casa? Era uma espécie de oficina. Havia duas bancadas compridas cheias de equipamentos estranhos e algumas marcas de chamuscado, além de armários e prateleiras em que havia ferramentas, agendas e frascos de vidro em formatos estranhos, cheios de substâncias misteriosas.

Enquanto Meg analisava o ambiente, Simon se levantou de uma mesa instalada no lado direito do laboratório e deixou de lado o livro de anotações em que trabalhava.

— Boa-noite, Meg. Sinto muito por tê-la acordado.

A noite estava quente, e Simon tinha despido o paletó e o colete. Meg achou irritantemente erótico vê-lo vestido apenas parcialmente. Os ombros do conde pareciam muito mais largos na camisa de linho branco que quando estavam cobertos pelos paletós elegantes que ele costumava usar, todos cortados sob medida. A luz mágica acima dele formava feixes prateados e dourados que se refletiam em seus cabelos muito louros.

Meg sentiu um impulso quase irresistível de atravessar o aposento e se enroscar em Simon. Lembranças sensoriais vívidas do toque dos lábios dele e de seu corpo junto ao dela quase a desequilibraram. A paixão era um sentimento muito perturbador. Aquela sensação diminuiria caso eles se tornassem amantes? Era difícil saber.

Meg respirou fundo e bem devagar. Fascinação erótica era uma ocorrência diária. Na verdade, era algo que acontecia quase de hora em hora quando ela estava perto de Simon. Sob alguns aspectos, ela talvez ainda fosse ingênua por conta dos anos que perdera. Em relação à sensualidade, porém, ela pulara direto para a feminilidade plena. Mas não estava ali para seduzi-lo. Entretanto, se Simon tentasse seduzi-la naquele momento, naquele local Meg não protestaria.

Meg sacudiu a cabeça com força para afastar essas ideias e perguntou:

— Simon, há algo errado?

— Não exatamente. — Ele fez um gesto amplo com a mão, mostrando o aposento. — Acabo de descobrir que nunca trouxe você ate meu laboratório particular. Faço experiências aqui, a maioria delas com eletricidade. Também tenho alguns dispositivos estranhos que me divertem. Você já viu um planetário? — Ele apontou para um emaranhado de arames com esferas de diferentes tamanhos grudadas a eles. — Isto é uma miniatura de nosso sistema solar. Veja só... Quando coloco uma luz mágica no centro, representando o sol, e giro essa manivela, é possível ver o movimento dos planetas.

Ele acionou a manivela, e as esferas que representavam os planetas se moveram.

— Este é um planetário muito preciso. Tem todos os planetas de nosso sistema. Vê Saturno bem ali, com seus anéis brilhantes?

Meg precisou fazer um esforço para afastar os olhos do fascinante dispositivo. Lembrando a si mesma que não tinha ido ali para observar o funcionamento de brinquedos masculinos, ela disse:

— Percebi sua preocupação, e foi isso que me acordou. Qual foi a crueldade que Drayton aprontou dessa vez? Eu captei que, um pouco antes da palestra, ele deixou você perigosamente irritado. Aliás, você ainda está com uma aparência... alarmante.

Simon deixou o planetário de lado e massageou as têmporas, enrolando suavemente os espessos cabelos louros.

— Desculpe, Meg. Existem dois tipos de raiva. A cruel, que surge subitamente como uma chama vermelha e vem do coração. E outra, muito mais rara: a branca e gélida, que vem da mente. Conversar com Drayton despertou essa última.

Raiva branca. A jovem assentiu, compreendendo a distinção.

— Então, a raiva vermelha é que ameaça transformar você em um animal. O que a raiva branca faz? Quero saber, pois não desejo ser alvo de nada tão terrível.

Simon sorriu de leve, e a tensão que sentia cedeu um pouco.

— Isso nunca acontecerá. É preciso ser malévolo como Drayton para provocar uma fúria gélida desse tipo.

— Aposto que alguns dos insultos que ele lançou diziam respeito a mim. O que mais ele disse? — Meg observou um mecanismo composto por roldanas e esferas suspensas e se perguntou que diabos seria aquilo. A curiosidade que tomou conta de Meg foi mais forte do que o interesse em saber o que Drayton pensava dela.

— Ele insultou e ameaçou várias pessoas. O mais interessante e inesperado, porém foi o que me contou sobre o próprio pai. O velho Drayton também era um mago do mal, e foi meu pai quem o fez perder os poderes. Isso explica o interesse pessoal e o desejo obsessivo que Drayton tem de me levar a um fim terrível.

— Você não sabia de nada disso? — A moça prendeu a respiração.

Simon balançou a cabeça para os lados.

— Os registros são mantidos em segredo, sempre que possível. A punição, na verdade, é muito rara. Normalmente, o conselho oferece uma sugestão discreta para mudança de comportamento quando alguém ultrapassa os limites da ética mágica. Embora eu fale muito sobre arrancar os poderes dos Guardiães renegados, fiz isso em poucas ocasiões. Em duas dessas vezes, o caso aconteceu no continente europeu, quando ajudei a ministrar justiça a um mago local que se tornou um contraventor perigoso. Só uma vez em minha carreira tirei os poderes de um cidadão britânico, um idoso, que enlouqueceu. Ele era membro da família Polmarric, e a perda das faculdades mentais o tornou perigoso para si mesmo e para todos à sua volta.

O mago tocou o caderno de anotações que estava analisando quando Meg entrou.

— Meu pai teve de ministrar justiça do modo mais duro, combatendo renegados impenitentes em várias ocasiões. Você consegue adivinhar qual foi o crime que o velho Lorde Drayton cometeu?

Embora Meg não tivesse o dom da clarividência, a resposta era óbvia.

— Ele roubava a magia de outras pessoas.

— Exato. Segundo as anotações de meu pai, fica claro que ele era menos ambicioso que o filho, ou talvez menos poderoso. Não escravizou crianças dotadas de poderes mágicos, mas drenava a energia dos Guardiães à sua volta com regularidade. Isso incluía sua esposa e seu filho. E as anotações deixam claro que ele não pedia permissão para fazer isso.

— Não é de se admirar que Drayton considere normal esse comportamento — disse Meg, recuando assustada.

— Drayton sabe o que está fazendo. Não há outra explicação a não ser a ânsia desenfreada por poder — disse Simon, com um tom seco. — As anotações do caso são intrigantes e até assustadoras. Pelo visto, o velho Drayton especulava se seria possível desenvolver um dispositivo para armazenar poder mágico. Fez até algumas experiências nesse sentido, mas nunca foi bem-sucedido. Só que era adepto das técnicas de extrair poder das pessoas à sua volta.

— Se Drayton conseguisse criar uma máquina desse tipo, para armazenar poderes... — ela soltou uma exclamação de horror — ... ninguém mais conseguiria controlá-lo.

— Exatamente. — Simon colocou o caderno de anotações sobre um monte de cadernos parecidos e ajeitou as pontas da pilha com todo o cuidado. — O princípio que rege a justiça entre os Guardiães é que nenhum mago sozinho, por mais poderoso que seja, é mais forte do que a combinação dos poderes do conselho. Esse princípio foi suficiente para dissuadir pessoas mal-intencionadas durante gerações. Mas, se Drayton conseguir armazenar poderes suficientes que o façam sobrepujar os poderes da união de nossos melhores magos, mesmo somados... — Simon balançou a cabeça.

Meg se lembrou do horror cáustico que sentiu ao presenciar a terrível luta entre magos que Simon lhe mostrara e estremeceu.

— Você acha que ele se tornou membro da Real Sociedade só para aprender a projetar e construir um dispositivo desse tipo?

— Isso é bem possível, embora eu não consiga imaginar como um objeto mecânico poderia represar energia mágica. — Simon franziu o cenho. — Usar criaturas vivas para isso me parece mais plausível. Talvez um grupo de indivíduos com talentos mágicos colocados sob cativeiro poderia ser manipulado por atos de magia, a fim de estocar um poder maior que aqueles que cada um do grupo recebeu ao nascer.

Meg relembrou o tempo que havia passado com Drayton.

— Se esse era o plano de Drayton, não creio que ele tenha alcançado sucesso, pelo menos por enquanto. Sempre que ele roubava poder de mim, usava-o na mesma hora. Não havia nenhum tipo de armazenamento

— Desculpe, querida. — O tom de voz de Simon se suavizou. — Isso deve ser um assunto desagradável para você.

— É menos desagradável que passar pela experiência. — Meg estremeceu ao se lembrar do horror e do sentimento de desamparo de quando Drayton a estuprava mentalmente. Perguntou-se mais uma vez, se ele não teria outros inocentes escravos de sua vontade. — Mesmo que ele não tenha descoberto um jeito de armazenar energia mágica, poderá derrotar as forças combinadas do conselho se tiver um grande número de pessoas escravizadas. *Precisamos* descobrir se existem outros como eu.

— Andei investigando, mas até agora não descobri nenhum sinal de que ele tenha outras pessoas nesse tipo de cativeiro. — As sobrancelhas de Simon se uniram. — É quase inimaginável que ele possa ter encontrado e raptado outros magos com um poder tão imenso quanto o seu. Existem pouquíssimos feiticeiros com tanto poder assim, para começo de conversa, e a maioria deles pertence às Famílias. São crianças que não poderiam ser raptadas com facilidade. Acho que as ameaças de Drayton são limitadas, pelo menos por ora.

— Pode ser que ele não tenha escravizado ninguém com tantos poderes quanto os meus, mas talvez Drayton tenha uma dúzia de escravos com poderes menores. — Meg se forçou a enfrentar uma necessidade desagradável. — Simon, você é famoso por sua habilidade de rastrear magia, especialmente quando ela é usada ilegalmente. No entanto, eu tenho a experiência que falta a você no trato diário com Drayton. Talvez eu consiga descobrir melhor do que você se ele tem outros escravos mentais.

— Talvez sim, mas seria uma busca perigosa demais. Lembre-se do que aconteceu quando você tentou explorar o bloqueio de lembranças que ele lhe impôs. Você acabou dentro da mente de Drayton.

— Simon pegou o paletó e envolveu os ombros de Meg com a peça de roupa. — Você me parece gelada, Meg. Gostaria de acreditar que está apenas com um pouco de frio, mas a noite lá fora está quente.

Ela puxou o paletó com força sobre os ombros, sentindo o aroma tranquilizador da colônia fina e o cheiro do homem saudável que estava a seu lado.

— Eu detesto a ideia de tornar a entrar na mente de Drayton, mas acho que posso fazer isso com mais sucesso que qualquer outra pessoa.

— Vamos nos encontrar com Drayton em breve, no baile de Lady Bethany. Por que não esperamos para investigar lá? — sugeriu Simon. — No meio da multidão, entre muitos Guardiães de auras mágicas fortes, é menos provável que ele perceba você a analisá-lo por dentro. Além do mais, eu também estarei lá. Se eu lhe emprestar um pouco de minha energia, talvez você consiga descobrir mais do que cada um de nós conseguiria sozinho.

— Gosto dessa ideia. Qual é a técnica para pegar o poder de outra pessoa emprestado? — Ela estremeceu novamente. — Sou especialista em fornecer energia, não em receber.

— A técnica é simples. — Simon pegou a mão direita dela e a levou aos lábios. Seu beijo vibrou através de todas as fibras do corpo de Meg. — Mas isso não é tarefa para hoje à noite. Compartilhar o próprio poder de forma voluntária é um processo muito íntimo. Com as emoções à flor da pele como estamos agora, é capaz de nos tornarmos amantes de verdade caso tentemos essa experiência.

— Isso seria assim tão mau? — Ela olhou para ele com a pulsação acelerada.

— Até Drayton ser derrotado, sim. No momento, eu preciso de você mais pelo poder mágico de sua virgindade que como amante. — O sorriso dele foi sem empolgação. — Isso já é muita coisa.

— Até mais tarde, então — sussurrou ela.

— Depois de nos livrarmos de Drayton, as leis da sociedade continuarão a existir, Meg — disse ele, com um tom grave na voz. — Quando estou a seu lado, eu acabo me esquecendo disso, mas a verdade é que honra, decência e reputação são coisas importantes.

— Você está tentando me dizer que, na sociedade, não existem amantes ilícitos? — Ela riu. — Até eu sei que as coisas não são assim.

— Reputação é sempre importante, especialmente para jovens damas inocentes.

— Eu sou uma falsa condessa que foi escravizada por um monstro durante muitos anos, e isso tudo me coloca muito distante das regras da sociedade normal — argumentou Meg, com um sorriso sem força. — Se eu sobreviver à nossa luta contra Drayton, quero deixar Londres para descobrir a garota que fui um dia, mas, antes de isso acontecer, quero descobrir como é ser uma mulher. Você me proporcionará essa descoberta?

Ele respirou com dificuldade ao ouvir isso.

— Nada me faria mais feliz, e você sabe disso, sua garota atrevida. Só que compartilhar corpos e almas é muito mais complicado que você imagina.

— Vou deixar para me preocupar com isso mais tarde. — As mãos deles ainda estavam coladas uma à outra, e ela lhe deu um aperto adicional. — Por enquanto, quero saber se existe um prêmio para toda essa luta, esse sacrifício, essa autodisciplina imposta. Se eu ainda fosse Meggie e você me beijasse, eu me entregaria a você na mesma hora, em cima de um monte de feno. Para ser franca, acho que existem vantagens nesse tipo de simplicidade. — De repente, um pensamento indesejado surgiu em sua mente. — A não ser que... — Ela hesitou. — A não ser que o seu coração já seja de outra mulher e você não a queira trair.

Ele negou com a cabeça.

— Minha vida costuma ser muito mais sem graça do que você imagina. Se você realmente quer isso, honrarei seu desejo e me considerarei abençoado. Mas talvez você mude de ideia entre o dia de hoje e o momento em que Drayton for derrotado.

— Não vou mudar de ideia — garantiu ela, colocando a face contra as costas da mão direita dele, antes de ir embora. A ideia de abandonar a decência e descobrir os pecados da carne com Simon era um incentivo extra para ela destruir Drayton o mais rápido possível.

DEZENOVE

O princípio da máquina a vapor era simples. Uma caldeira aquecida a carvão esquentava a água até ela produzir muito vapor, que fluía sobre um cilindro. Resfriar o vapor criava um vácuo parcial, de modo que a pressão do ar normal empurrava um pistão por dentro do tal cilindro. Uma trave mestra traduzia esse movimento em força, geralmente usada para operar uma bomba-d'água. David conhecia muito bem os princípios, de cor e salteado. Os detalhes da operação eram o ponto-chave, especialmente quando um homem tentava construir uma máquina mais eficiente.

A queima do carvão já fizera a água da caldeira atingir o ponto de ebulição, e David conferiu, um pouco nervoso, os outros componentes de seu modelo. Com o cilindro isolado e a bomba tudo parecia estar bem. O mesmo acontecia com o condensador e a tubulação que ligava os componentes.

Apesar disso, David se mostrava preocupado. Aquela era uma máquina preparada para uso temporário ou emergencial, montada o mais rápido possível, para testar sua teoria de que um condensador separado seria muito mais eficiente para resfriar vapor que o método usado pela máquina a vapor de Newcomen, que simplesmente despejava água sobre o cilindro, ação que desperdiçava imensas quantidades de calor. Sarah havia calculado que apenas um por cento da energia era usado com eficiência pelo método tradicional. Certamente David conseguiria construir uma máquina que atingisse uma taxa de aproveitamento maior.

— Essa máquina funcionará muito melhor, senhor — garantiu Peter Nicholson.

O jovem estava se mostrando um assistente competente ao extremo, disposto a trabalhar durante muitas horas e com mãos hábeis para o trabalho mecânico. Estava tão empolgado quanto David, e não era o único ali. Cerca de doze mecânicos, artífices e moleques da vizinhança estavam amontoados na oficina para ver o teste. A camaradagem e o apoio deles fizeram com que David se sentisse parte de uma comunidade pela primeira vez desde a infância.

— Manda bala! — exclamou Gaffer Lewis, com o cachimbo na boca. — Se não funcionar, é só construir outra.

Todos riram muito. Aqueles homens haviam experimentado fracassos e sucessos na vida. Celebrariam a valer se a máquina de David funcionasse e lhe ofereceriam solidariedade e conselhos práticos caso acontecesse o contrário.

Sarah também estaria ao lado do marido, certamente. Sem os cálculos precisos e as explicações pacientes dela, David jamais teria compreendido por completo os princípios do calor, do vapor e da evaporação. Só que ele a havia mandado voltar para casa mais cedo, antes que a caldeira estivesse completamente cheia. Embora a possibilidade de um acidente fosse pequena, nenhum dos dois queria arriscar a vida do precioso bebê que ela carregava.

— Ligue a máquina, Peter — ordenou David.

Peter obedeceu com um floreio dramático, puxando a alavanca que abria a válvula e permitia que o vapor entrasse no cilindro, que foi golpeado, com silvos e tinidos, pelo pistão. Aplausos barulhentos explodiram dos espectadores, enquanto a trave mestra começou a bombear para cima e para baixo.

— Funciona, senhor! — exclamou Peter, com ar de júbilo, quando o pistão encontrou um ritmo estável e poderoso.

— Funciona de verdade! — David observou a trave mestra trabalhando sem cessar e exultou com o clamor do maquinário. Mesmo sem realizar medições específicas, ele sabia que sua invenção seria capaz de bombear água de uma mina inundada de forma muito mais eficiente que a máquina a vapor de Newcomen. E quantos usos mais a inteligência dos homens não conseguiria descobrir para uma fonte tão grandiosa de força mecânica?

David franziu o cenho ao perceber que um silvo progressivamente mais agudo acompanhava os sons da água que fervia e do metal que rangia. Estaria havendo algum vazamento? Ele foi em direção à máquina com a intenção de desligá-la e, de repente...

Cabum! O cilindro explodiu, e pedaços de latão voaram para todos os lados.

— Maldição dos infernos! — David mergulhou para trás da bancada, a fim de se proteger. Enquanto os pedaços de metal eram arremessados contra as paredes e a mobília e o som típico de vidros se quebrando enchia a oficina, os outros homens também se lançavam ao chão em busca de proteção. Graças a Deus Sarah não estava ali!

Quando o único som que sobrou no ar foi o chiado incessante da caldeira, que continuava soltando vapor por todo o ambiente, David se levantou com cautela e se colocou de cócoras.

— Todo mundo está bem? — quis saber ele.

Vozes se elevaram, todas atestando a segurança das pessoas em volta. A cabeça de Peter surgiu lentamente do outro lado da bancada.

— Tivemos sorte — disse ele, com voz trêmula. Como era o homem que estava mais perto da máquina, sabia que tinha sido o que correra mais riscos.

— Sim, muita sorte. — A voz calma e refinada veio de um lugar próximo à porta de entrada. — Mas o fato é que sua máquina realmente funciona. Meus parabéns, sr. White.

Reconhecendo a voz e sentindo o coração afundar, David se colocou em pé.

— Lorde Falconer? Eu não sabia que o senhor viria aqui hoje. Sinto muito por... tudo isso. — Ele girou a mão, mostrando os estragos na oficina. Pelo que podia observar, a vidraça da janela que dava para a casa estava quebrada, e várias ferramentas haviam caído no chão, mas os danos até que não pareciam tão graves. Entretanto, o modelo da máquina se transformara em um desastre formado de metal retorcido e canos tortos.

— O senhor mencionou, em sua última mensagem, que faria o teste final hoje, e eu não queria perder isso. — Falconer vestia roupas simples e parecia mais um advogado que um lorde, mas sua presença aristocrática era inconfundível. Quando atravessou a oficina, os outros homens se afastaram, com ar desconfiado. Não estavam acostumados a ver condes em lugares pobres.

Falconer analisou os destroços com ar crítico.

— Onde foi que o senhor mandou fazer o cilindro, sr. White? Ele mais parece metal soldado às pressas que uma sólida peça de maquinário.

— Tem razão, senhor conde. Peguei o cilindro emprestado de Jeb Hitchen, este meu vizinho aqui. — David acenou para um homem de cabelos brancos, um soldador que morava duas ruas adiante. — Sinto muito, Jeb, vou substituir o cilindro destruído.

Hitchen encolheu os ombros, dizendo:

— Deve ter havido alguma falha na fundição ou ele não teria falhado. Mas valeu a pena, só para ver sua máquina funcionando.

— A pressão foi forte demais para esse cilindro. — David se obrigou a olhar para o conde sem virar o rosto. — Eu estava impaciente para ver se o design da máquina funcionava, então improvisei algumas peças. Se eu esperasse um pouco mais, tivesse me dado o trabalho de construir o torno mecânico definitivo e fundisse um cilindro apropriado, isso não teria acontecido. Pelo menos eu acho que não — completou, de forma meticulosa.

Falconer lançou um sorriso inesperado.

— Pois saiba que, se eu tivesse gasto tanto tempo quanto o senhor gastou para desenvolver e projetar essa máquina, eu também estaria impaciente, sr. White. Agora, porém, que constatamos que os seus princípios teóricos são sólidos, talvez o senhor possa gastar um pouco mais de tempo no próximo modelo. Ah, e não se esqueça de acrescentar uma válvula de escape!

— Sim, senhor! — concordou David, balançando a cabeça com força. Em seguida, tocou a corrente que ligava a trave mestra ao pistão. — Mas foi uma beleza enquanto ela funcionou, não é verdade?

— Isso não se pode negar.

— David, o que aconteceu? — Sarah havia chegado, atraída pela explosão. Parou na porta e arregalou os olhos ao deparar com a máquina destruída. — Oh, minha Nossa!

— Não houve danos, senhora — disse Lorde Falconer. — E seu marido provou que poderá levar a máquina a vapor a um novo patamar de eficiência. — Ele olhou para David. — No entanto, talvez seja melhor continuar as experiências usando pressões mais baixas.

— Certamente, senhor. — Agora que o susto da explosão havia passado, David percebia que o seu design havia sido um sucesso. A máquina havia funcionado! Ali, naquele dia, de um jeito ainda tímido, o mundo tinha mudado para melhor, e ele estava mais perto de vestir Sarah com seda e rendas.

Falconer analisava a máquina com muito interesse.

— O senhor se importa que eu olhe tudo um pouco mais de perto? Parece-me que o senhor fez alguns aperfeiçoamentos nos planos originais.

— Fiz, sim, senhor. Quer ver como a água circula no invólucro do condensador? — Enquanto David explicava, Falconer e os outros homens se reuniram em volta, fazendo perguntas e oferecendo palpites e opiniões. Em pouco tempo, os artesãos e mecânicos da vizinhança se esqueceram de que havia um conde entre eles. O que importava era que Falconer tinha a competência de um bom engenheiro.

* * *

Quando a porta da biblioteca se abriu, Meg nem se deu o trabalho de olhar por cima do livro que lia.

— Pode colocar a bandeja do chá sobre a mesa, Hardwick, e obrigada.

— Sim, senhora — respondeu uma voz grave.

Espantada, Meg ergueu os olhos e viu Simon colocando a bandeja na mesa.

— Eu vi Hardwick chegando com o chá e pedi que ele trouxesse mais uma xícara. — Simon serviu duas xícaras de chá chinês e entregou uma delas a Meg. — Depois de passar uma tarde estimulante debatendo a máquina a vapor de David White, bem que eu preciso de algo assim, nutritivo.

Meg riu, enquanto colocava açúcar na delicada xícara de porcelana.

— Suponho que você resolveu ir assistir ao teste. Deu tudo certo?

— Deu, sim. Pena que tudo explodiu depois de dois ou três minutos.

Meg parou com a xícara no ar, a caminho da boca.

— Alguém se feriu?

— Não, mas certamente haveria feridos se eu não estivesse lá. — Simon sentou-se na poltrona diante da moça. — Agora eu sei por que minha intuição me incentivou a assistir ao teste. Cheguei lá assim que a máquina foi ligada. Quando ela explodiu, consegui criar um escudo e proteger dos danos físicos todos em volta. Há uma grande comunidade de engenheiros e inventores nas redondezas, e a plateia era grande.

— O projeto do sr. White fracassou?

— Não, ele simplesmente construiu esse modelo às pressas para ver se funcionaria. Eu sugeri que ele construa o próximo modelo dentro dos mais avançados padrões de qualidade. Ele aceitou minha sugestão com muito fervor.

— Será que essa explosão de hoje era a possibilidade de morte que vi para o sr. White? — refletiu Meg, com ar pensativo. — Eu gostaria de achar que o perigo passou.

— Talvez. — Simon hesitou. — Mas pressinto que podem existir outras ameaças no futuro dele.

Antes de Meg ter a chance de pedir a Simon que explicasse isso melhor, o secretário do conde, Jack Landon, abriu a porta da biblioteca.

— Desculpe-me interrompê-lo, senhor, mas chegaram visitas que certamente o senhor vai querer receber de imediato.

Landon se afastou da porta, a fim de permitir que um casal entrasse. Simon se levantou para receber seus convidados com um imenso sorriso.

— Duncan, você chegou a Londres antes do esperado!

— Você está perdendo sua sensibilidade especial, Simon — afirmou o visitante, rindo e apertando a mão do anfitrião. — Você deveria saber a hora em que eu chegaria antes mesmo de eu sair da Escócia!

Meg analisou Duncan Macrae com interesse. Ele apresentava pouca semelhança de traços com sua irmã ruiva e de corpo miúdo. Alto, moreno e de ombros largos, o homem irradiava força. Era fácil imaginá-lo conjurando um raio nos céus se estivesse irritado. Simon era mais esbelto e elegante em comparação com o amigo, mas havia um senso de equilíbrio entre os dois homens.

— Onde está meu afilhado, Gwynne? — perguntou Simon, beijando o rosto da mulher que saiu detrás da figura imponente de Macrae.

— Ele está lá embaixo com Jean e Lady Bethany, que o estão cobrindo de mimos terríveis — disse ela, com um sorriso.

Simon se virou para Meg.

— Estes são Duncan Macrae e Gwynne Owens, de quem você já ouviu falar tanto. Eles são conhecidos formalmente como Lorde e Lady Ballister, embora Duncan lamente muito o fato de ostentar um título inglês.

Gwynne Owens saiu do lado do marido e se aproximou de Meg com um sorriso, dizendo:

— Muito prazer em conhecê-la, Lady Falconer.

O queixo de Meg caiu de espanto ao observar com mais clareza a mulher que se dirigia a ela.

— Eu... Desculpe olhar fixamente — gaguejou ela. — Eu já tinha ouvido que a senhora era uma encantadora, mas não entendia exatamente o que isso queria dizer.

Embora Meg soubesse que uma encantadora acabava com o bom-senso dos homens, ninguém tinha mencionado que Gwynne Owens conseguia atrair a atenção das mulheres também. Meg conseguiu reunir objetividade suficiente para perceber que, apesar dos cabelos muito brilhantes, ruivo-alourados, e da esplêndida figura feminina, a outra mulher não possuía uma beleza insuperável. Tinha, porém, um magnetismo que atraía o olhar e feições fortes, que, embora não fossem perfeitas, eram memoráveis de um jeito que a simples beleza não conseguiria ser.

— Acho melhor reduzir o nível de minha fascinação. Esse meu poder é muito interessante de ter, Lady Falconer, mas muitas vezes é um estorvo.

Meg sentiu a outra mulher fazer um gesto mágico sutil. Apesar de não ter acontecido nenhuma mudança visível nas feições de Gwynne, agora ela não parecia tão irresistível. Atraente e digna de atenção, sem dúvida, mas já era possível afastar os olhos dela.

— Que coisa... interessante. — Meg tentou parecer trivial. — Eu poderia lhe perguntar como criar esse encanto, mas jamais precisarei dele.

— Não se subestime, Lady Falconer. — Duncan fez uma reverência profunda com uma graça surpreendente para um homem tão corpulento. — A senhora também tem características de uma encantadora.

— Eu percebi isso logo de cara — concordou Simon. — Embora Meg tenha a sorte de não transmitir um nível de fascinação tão elevado a ponto de lhe trazer dificuldades. — Sorriu para Gwynne, e Meg percebeu que ele gostava da esposa do amigo de uma forma especial. Não de maneira imprópria, mas certamente Simon não era imune ao magnetismo dela.

— Meg..., Duncan e eu temos assuntos discutir — continuou Simon. — Você se importaria se eu e ele nos recolhêssemos ao meu escritório enquanto você e Gwynne se conhecem um pouco melhor?

— Eu gostaria muito de conhecê-la melhor — disse Meg, com sinceridade.

— Eu também — concordou Gwynne, enxotando os homens com as mãos. — Os cavalheiros podem se retirar. Lady Falconer e eu temos muito a aprender uma sobre a outra.

Quando os dois amigos saíram, Gwynne se virou para Meg.

— Jean me contou sobre suas experiências. Embora nossas histórias sejam basicamente diferentes, existem semelhanças. Eu descobri que tinha poderes já crescida, e quase de repente, enquanto você teve o acesso a seu poder real negado até se tornar uma mulher adulta. — Ela sorriu. — Jean sempre comenta que você domina os poderes com surpreendente perícia, então minha ajuda talvez não seja necessária.

— Estou interessada em qualquer coisa que você diga que possa me ser útil, mas, por favor, me chame de Meg. Ainda não me acostumei a ser uma condessa.

— Eu também acho mais saudável não ser muito dependente de títulos de nobreza. — Gwynne sentou-se com muita graça no sofá. — Na Escócia, tudo é muito informal, então me chame de Gwynne. Ninguém me trata por "Lady Ballister" a não ser quando visitamos Londres.

A atenção de Meg foi atraída pela forma como as saias da visitante caíam, colocando-se aos lados do corpo em dobras impecáveis.

— É parte da magia de uma encantadora o fato de até sua roupa se apresentar de forma perfeita?

— Talvez. — Gwynne olhou para seu elegante traje com surpresa. — Para ser franca, nunca tinha reparado nisso. Magia é algo cheio de idiossincrasias e sutilezas. Faz três anos desde que eu descobri que tinha poderes e, às vezes, ainda me sinto uma novata. É desse jeito para você também?

— Eu... eu não sei se conseguiria descrever como tudo acontece. — Meg buscou as palavras corretas. — Minha magia não me parece nova ou estranha, embora usá-la seja sempre uma constante surpresa. Tenho mais dificuldades com a ideia de ser uma Guardiã. Todos têm sido muito gentis comigo. Mesmo assim, eu me sinto uma intrusa, não uma de vocês. Eu... Desculpe se isso parece rude de minha parte.

— Não precisa se desculpar. — Gwynne colocou a cabeça de lado. — Acho que o jeito como cada um se sente depende da forma como foi criado. Eu não tinha poderes próprios, mas cresci em um lar de Guardiães. Embora minha mãe fosse mundana, uma mulher sem poderes, eu sempre me senti como um membro das Famílias; um membro sem muito talento. Você é o oposto. A magia pulsava em suas veias desde que você alcançou a adolescência, mas a sociedade dos Guardiães é nova para você. As coisas vão se tornar mais confortáveis com o tempo.

— E se eu não for uma verdadeira Guardiã? — perguntou Meg, baixinho. — Simon e Lady Bethany parecem achar que eu sou, mas... E se eu descobrir que minha família não descende de sangue Guardião?

— Ser uma Guardiã é ter poder e jurar usá-lo em benefício dos outros. Você já é uma Guardiã, mesmo que não descenda da linhagem oficial. Isabel de Cortes, uma ancestral de Duncan, foi uma das maiores magas de seu tempo e descendia de uma família de mundanos. — Gwynne parou de falar. — Isso me fez lembrar algo: você já fez algum juramento que ficou esquecido em meio a todo esse turbilhão?

— Não fiz nenhum juramento. — Meg piscou, atônita. — Ninguém me pediu isso.

— Esse problema precisa ser resolvido, mas só depois que você analisar o texto do juramento e refletir a respeito de suas implicações — disse Gwynne, com ar sério. — Esses votos criam uma conexão mágica, e não devem ser feitos de forma casual. O juramento em si não obriga obediência de nenhum tipo, e sempre existem patifes como Drayton que cometem perjúrio e perpetram crimes. Você devia... — Ela parou de falar e lançou um sorriso discreto. — Como pesquisadora do assunto, estou sempre pronta a dar palestras compridas e entediantes sobre ele, portanto não me incentive a continuar!

— Eu gostaria de ouvir sua palestra, mas, antes, preciso lhe pedir um favor. — Meg se colocou na ponta da poltrona. — Jean me disse que você é uma das melhores clarividentes da Grã-Bretanha. Você estaria disposta a ver se consegue descobrir algo a respeito de minha família?

— É claro! — Gwynne colocou a mão em um bolso oculto por uma fenda em seu vestido e pegou uma pequena bolsa de veludo com um cordão. Dentro dela, estava um disco translúcido emoldurado em prata. — Isso era a pedra divinatória, ou cristal de clarividência, da própria Isabel de Cortes — explicou. — É feito de obsidiana, e eu ainda consigo sentir a energia dela nele.

Meg admirou a peça, mas não a tocou. Seus tutores a tinham ensinado que cristais de clarividência eram objetos muito pessoais.

— Jean me disse que um dia você fará parte do conselho.

— Talvez. Clarividência é um dom especial — admitiu Gwynne — Mas Simon também é muito bom nisso. Se ele não conseguiu descobrir nada sobre sua família, não sei se me sairei melhor.

— Por favor, tente. — Supondo que pudesse ajudar um pouco mais, Meg acrescentou: — Tenho quase certeza de que vim da região entre a Inglaterra e o País de Gales. Eu... quase consigo me lembrar de minha mãe. Ela achava que eu era uma menina muito agitada, mas não me lembro de mais nada além disso.

Gwynne sorriu diante da descrição antes de relaxar, e seu olhar repousou suavemente no cristal de clarividência. Então, praguejou baixinho.

— O caminho está bloqueado. Dá para sentir a energia de Drayton. Ele é uma figura deplorável.

Meg expirou com força, desapontada, mas não surpresa.

— Ele me separou do passado de todas as formas possíveis. Você o conhece?

— Eu o vi uma ou duas vezes em eventos sociais. Ele me pareceu... neutro. Tem um charme superficial, mas nada de interessante ou poderoso. Entretanto, isso aconteceu antes de eu descobrir meus poderes, o que talvez explique o fato de eu não perceber o lado escuro dele.

— A maioria dos membros do conselho não o considera uma ameaça, então você não estava sozinha — disse Meg, com um jeito amargo. — Ele afirma que eu era uma menina ferida e mentalmente perturbada que ele salvou e acolheu pela simples bondade de seu coração. Pensar nisso me faz ter vontade de *cuspir*.

— Isso é uma ofensa dupla — concordou Gwynne. Ela tornou a analisar o cristal de clarividência. — Não consigo ver nada de seu passado diretamente, mas talvez possa descobrir algo ampliando um pouco a percepção. — O olhar dela ficou desfocado por alguns instantes. — Não dá para ver com detalhes, mas eu consigo perceber que você tem fortes ligações familiares. Não é órfã. Quando encontrar o caminho de volta para sua família, será bem-recebida. — Gwynne ergueu a cabeça. — Espero que isso ajude.

Meg fechou os olhos, piscando depressa para afastar a ardência das lágrimas. *Serei bem-recebida.*

— Ajuda, sim. Obrigada.

Ignorando as lágrimas de Meg, por questão de tato, Gwynne comentou:

— Segundo Jean, você tem a capacidade de mover fisicamente alguns objetos.

— Tenho, sim. Mas é um talento de pouco valor prático. — Embora Meg não levantasse nada pesado, se esforçava cada vez menos para conseguir a façanha. Um instante apenas de concentração foi suficiente para erguer a pena da mesa. O objeto pairou acima de Lucky, que cochilava sobre uma cadeira estofada. Dormir era a atividade predileta do gato.

Com muito cuidado, Meg usou a ponta da pena para fazer cócegas no focinho do bicho. Ele acordou subitamente e pulou sobre a pena com a cauda balançando, tentando lutar com ela.

— Que maravilha! — Gwynne riu. — Duncan consegue mover nuvens e convocar ventos, mas não sei se conseguiria erguer um objeto sólido como esse. — Ela se inclinou para coçar a cabeça de Lucky. — Eu também tenho um gato, mas ele é muito assustador, um mestiço de gato selvagem escocês.

— Lucky é pacífico, não guerreiro — disse Meg quando o animal rolou e se colocou de barriga para cima, ronronando e balançando as patas sob os carinhos amorosos dela. — Já me disseram que eu sou muito poderosa, mas não me parece que eu tenha algum talento especial, como no caso de Duncan e Simon.

— Nem todos têm, mas certamente você exala uma grande quantidade de magia simples em estado bruto. Quando você conseguir comandá-la por completo, será formidável.

— Por isso eu era tão importante para Lorde Drayton — disse Meg, com tristeza. — Ele me usava como sua reserva de poder.

— Ele não tem mais você por perto agora, e vai se arrepender do que fez, isso eu lhe garanto. — Gwynne sorriu e assumiu um tom mais leve. — Você está pronta agora para aquelas informações sobre o juramento dos Guardiães?

— Sim, embora eu precise com mais urgência de lições de dança — disse Meg, preocupada. — O baile de Lady Bethany está perto, e eu estou me remoendo por causa disso. Não sei o que vestir, não sei como enfrentar tantos Guardiães curiosos, que certamente saberão mais a meu respeito do que eu saberei sobre eles. O pior é o horror de me ver novamente frente a frente com Drayton.

— Mas é horrível você ir a seu primeiro baile com tanto na cabeça! — exclamou Gwynne. — Posso ajudá-la em algo?

Impressionada com a generosidade da visitante, Meg disse:

— Apesar de minhas reclamações, o vestido não é mais problema, porque Lady Bethany me ofereceu uma roupa linda. Já encontrei Drayton na audiência do conselho e sobrevivi. Muitos Guardiães não tiravam os olhos de mim quando eu estive lá, e não foi tão ruim. Só que agora minha mente está preocupada com o fato de que não sei dançar! É meu primeiro grande baile, sou a convidada de honra e não conheço sequer os passos básicos de uma dança campestre. — Meg já vira os empregados de Drayton dançando em festivais de colheita, mas nunca a Meggie Louca havia sido convidada a participar das festividades. — Como eu sei que poderei levar meses para aprender a dançar de forma adequada, vou ser obrigada a me restringir a conversas triviais com as pessoas.

— Não, isso não vai ser bom! Esse é o seu baile e você deve aproveitá-lo plenamente — disse Gwynne, com firmeza. — Por meio da magia, eu poderia lhe ensinar os elementos básicos da dança. Existe um recurso específico envolvendo ligação mental que permite que uma pessoa envie lembranças de seus conhecimentos e experiências anteriores para outra. Simon poderia fazer isso com você, mas é melhor receber as lições de uma mulher, já que você fará os passos femininos do casal. — Ela ergueu a mão. — Com sua permissão, milady?

— Por favor.

Gwynne colocou a palma de sua mão sobre a testa de Meg e fechou os olhos. Um forte fluxo de energia saiu de Meg, brilhando e cintilando como peixes dourados que pulam de um riacho de ondas suaves, com a diferença de que os reflexos dourados eram imagens e palavras em vez de peixes. *Mão esquerda levantada... girar... costas com costas... formar a grande roda... agora para o meio e de volta para trás...*

— Puxa vida! — sussurrou Meg, adorando a cascata vibrante de informações.

Gwynne manteve contato por longo tempo, promovendo algumas mudanças sutis e interessantes na energia que enviava. Ao afastar a mão, sentenciou:

— Isso parece ter funcionado muito bem. Você sente que aprendeu algo?

— Você me enviou as sensações de quatro danças diferentes? — perguntou Meg. — Minha cabeça está cheia de sombras bailando, mas elas não me parecem muito reais.

— Isso é porque a dança é uma atividade física. Eu lhe passei alguns elementos básicos das danças mais comuns, mas, ao dominar esses, você conseguirá pegar outros com facilidade. — Gwynne ficou pensativa. — Você precisa de uma sessão real de dança para que os elementos que agora estão em sua cabeça se fixem também em seu corpo.

— Mas o baile é amanhã à noite! — exclamou Meg, ainda não se sentindo pronta para dançar.

— Não se preocupe, pois vou pressionar Duncan e Simon a colocarem as mãos na massa quando acabarem de conversar. Simon é o melhor dançarino de Londres. Ele poderia pegar uma cadeira como parceira de dança e fazê-la parecer elegante e harmoniosa. — Gwynne se recostou no sofá. — Está pronta para a aula sobre o juramento agora?

Meg estava pronta. Se ela se comprometeria a usar seus poderes a serviço dos outros, precisava compreender onde estava se metendo.

VINTE

o chegarem à privacidade do escritório, Duncan perguntou:

— Que diabos você anda aprontando, Simon? Suas cartas eram discretas demais.

— Drayton é um patife perigoso com ânsia de poder, e desconfio de que esteja planejando assumir o controle de todos os Guardiães da Grã-Bretanha. — Simon se largou na cadeira atrás da mesa, satisfeito por ser capaz, finalmente, de revelar seus piores receios ao melhor amigo.

Duncan assobiou baixinho.

— Tem certeza disso? Ninguém nunca tentou algo assim desde as grandes guerras dos magos. Você acha que seria possível que ele dominasse tantos feiticeiros poderosos sem ajuda de mais ninguém?

— Se um patife conseguir força suficiente, acho que seria possível, sim. Drayton tem feito de tudo para aumentar seu poder. Ele não precisaria dominar todos os magos. Os que se opusessem a ele com mais vigor poderiam sofrer uma morte inesperada. Outros poderiam ser favorecidos pela nova conjuntura. Guardiães são humanos, afinal, com todas as fraquezas de nossa raça. Uma combinação de ameaças e recompensas poderia ser muito eficiente. — Simon ergueu a adaga que usava para cortar lacres e abrir cartas, girando-a lentamente entre as mãos. — Não consigo sequer imaginar que tipo de poder Drayton conseguiria se tivesse me matado para obter o chifre do unicórnio. Isso poderia ser a dose extra de força de que ele precisa.

Duncan recuou com horror diante da afirmação objetiva e franca.

— Como é ser um unicórnio?

Outros Guardiães certamente perguntavam-se o mesmo, mas apenas um amigo íntimo poderia indagar em voz alta. Um tremor de selvageria animal fez a pele de Simon vibrar suavemente quando ele se lembrou do supremo regozijo que era correr em meio ao vento. Ser livre de todos os vínculos e dúvidas.

— Senti um nível de liberdade que tinha certo... apelo, não nego — disse ele, com um tom seco. — Mas, considerando tudo, era muito menos divertido que se possa imaginar.

Duncan fez que sim com a cabeça, conseguindo tirar as próprias conclusões sobre o que deixou de ser dito.

— Será que ele tentou lançar o encanto de transformação em outro mago poderoso, uma vez que falhou com você?

Simon também já havia especulado sobre essa hipótese.

— É possível, mas seria muito difícil. O encanto é extremamente complexo e precisaria ser preparado com antecedência. Além do mais, ele teria de atrair um feiticeiro muito poderoso para sua armadilha. Como eu o caçava por toda parte, ele sabia que eu me aproximaria da área de atuação do feitiço, mas acho que outros magos de poder incomum certamente evitarão entrar em um espaço controlado por Drayton.

— Eu certamente não pretendo passar nem perto da casa dele — concordou Duncan. — A propósito, você não me contou como conseguiu voltar à forma humana.

— Foi Meg. — Simon pensou em contar detalhes, mas não se sentiu disposto a explorar os assuntos altamente pessoais da virgindade dela e do falso casamento. — Os poderes dela são simplesmente... extraordinários.

— Dá para sentir um halo de magia queimando em redor de Meg. — Duncan sorriu. — Sua dama já é uma força fácil de reconhecer. Quando estiver totalmente treinada, certamente se tornará uma das grandes feiticeiras de nossa época. E também é uma jovem linda e doce. Meus parabéns pelo casamento de vocês.

Simon se viu tentado a explicar ao velho amigo a complicada verdade de tudo aquilo. Teve vontade de contar que Meg realmente era o que Duncan dissera, mas que jamais tinha pertencido a ele. Mas isso era um assunto íntimo demais até mesmo para ser discutido com o melhor amigo. Assim sendo, contentou-se com dizer:

— Obrigado. Conhecê-la sob essas circunstâncias talvez tenha sido o maior golpe de sorte de toda a minha vida. — Essa parte, pelo menos, certamente era verdade.

— Drayton roubou os poderes de Meg e tentou tirar sua vida para obter a magia do unicórnio. De que outras formas ele buscou poder?

— O pai dele tentou descobrir meios de acumular magia antes de ter os poderes retirados pelo conselho. Embora o pai não tenha obtido sucesso, o filho talvez esteja tentando o mesmo. Isso explicaria o fato de Drayton ser membro da Real Sociedade. Meg suspeita de que Drayton possa manter outros magos em cativeiro, como fez com ela, mas até agora isso não foi provado. — A boca de Simon se retorceu. — É claro que a posição que ele ocupa no governo real é outro tipo de poder. Meu instinto diz que ele vai se esforçar para conseguir qualquer poder que possa ser obtido.

— E esse demônio ainda está à solta por aí, apesar desses crimes? — O olhar de indignação de Duncan era assustador. — Maldito conselho por absolvê-lo de todas as acusações! Eles são cegos? Como ousaram desprezar o testemunho feito por você, sua esposa e Lady Bethany?

— Nossa lei exige que a condenação ocorra sem sombra de dúvidas. Drayton conseguiu ser bem plausível. Até você ficaria ligeiramente convencido pela defesa que ele fez de si mesmo. Todas

MAGIA ROUBADA 259

as suas mentiras têm um elemento de verdade, o que as torna convincentes.

— Mas podemos aceitar leis que deixem magos perigosos soltos por aí?

Simon analisou com atenção a adaga, imaginando-a enfiada no coração de Drayton. Depois de algum tempo, deixou a arma de lado.

— Nós, da família Falconer, somos gratos pelo fato de os acusados sempre receberem o benefício da dúvida, mas esse atual impasse é perturbador. Meu medo é de que Drayton siga adiante, sem fazer nada abertamente até estar em posição de destruir nossos magos mais poderosos com um único golpe. Os que sobrarem, ele vai dominar, intimidar ou manter cativos.

— Ora, mas certamente você não crê que ele consiga fazer isso! — exclamou Duncan, perplexo.

— Acho possível, sim. Lembre-se de que, quando eu entrei em confronto com ele, Drayton havia multiplicado suas habilidades naturais a um ponto tal que eu não consegui derrubá-lo. Agora, ele perdeu Meg, o que foi um grande revés, mas poderá colocar outros magos latentes sob cativeiro, e, se conseguir um modo de armazenar poder mágico até estar pronto para usá-lo, ninguém sabe o que conseguirá alcançar.

— Não permitiremos que Drayton vá tão longe. — Aquela era uma afirmação, não um questionamento.

— Não — admitiu Simon —, mas estou de olho nele e, se suspeitar de que ele está prestes a atacar, agirei. Confesso que me sinto tentado a agir antes mesmo disso, mas o custo seria muito alto.

Duncan franziu o cenho, preocupado.

— Simon, o conselho determinou que você e Drayton se deixem em paz. Se você agir contra as ordens dos conselheiros e sem provas irrefutáveis de comportamento criminoso por parte dele, será condenado a perder seus poderes.

— Eu sei. — Simon respirou fundo. — Mas talvez eu não tenha escolha.

Duncan tornou a praguejar.

— Espero, em nome de Deus, que as coisas não cheguem a esse ponto.

— Eu também. — Saber que o pai de Drayton havia cometido suicídio depois de perder seu poder fez com que Simon se perguntasse se gostaria de continuar vivendo caso não fosse mais um mago. Como conseguiria suportar a perda daquela sensação de regozijo trazida pela magia? O conde não conseguia imaginar isso, nem queria pensar na possibilidade.

Mesmo assim, faria o que precisasse ser feito. Era o mínimo que seu sentido de honra exigia.

* * *

Depois de saberem das novidades e colocarem os assuntos em dia, Simon e Duncan voltaram à biblioteca. As damas riam juntas. Os cabelos escuros, sedosos e brilhantes de Meg contrastavam com os cachos dourados e gloriosos de Gwynne.

Simon gostava muito de Gwynne desde que a conhecera, ainda no tempo em que era apenas uma jovem com muitos conhecimentos sobre o mundo da magia e ainda casada com o primeiro marido, de quem enviuvara não muito depois. Quando ela se casou em segundas núpcias com Duncan e descobriu seus poderes de encantadora, Simon se percebeu absolutamente fascinado pelo charme resplandecente da outra. Era por esse motivo que ele mantinha uma respeitosa distância da esposa do amigo: até um toque casual e afetuoso de Gwynne o afetava imensamente.

Naquele momento, no entanto, foi Meg quem atraiu sua atenção. Ela não havia perdido o ar de inocência criado por sua estranha vida de menina no Castelo Drayton, mas, a cada dia, Simon conseguia sentir mais força nela, à medida que seus fundamentos no mundo da magia se aprofundavam.

Ele começava a desconfiar de que os poderes dela eram mundanos e espontâneos, não advindos de nenhuma família de Guardiães. Ela era muito misteriosa, uma verdadeira criança da terra e do ar. Não, não mais uma criança: uma mulher. Em que se transformaria quando tivesse pleno controle de seus poderes?

Ao observar o olhar embevecido de Simon, Duncan comentou, com uma risada:

— Nunca imaginei que veria você como um marido absolutamente inebriado de admiração pela esposa. Eu estava errado. Fico feliz por isso. — O olhar caloroso de Duncan se voltou para a esposa. — Devemos deixar os recém-casados desfrutarem da sua intimidade agora, não é, querida?

— Ainda não. — Gwynne se levantou, com ar de quem tinha uma missão a cumprir. — Meg precisa de aulas de dança antes de ir ao baile. Como temos dois casais aqui, poderemos fazer um treinamento decente. Pelo que eu me lembro, Jack Landon toca cravo muito bem. Será que ele aceitaria nos acompanhar, Simon?

— Tenho certeza de que sim. — Simon sentiu um peso na consciência. — Desculpe, Meg. Ando tão ocupado que me esqueci de que você precisava das lições de dança tanto quanto das de magia.

— Não precisa se desculpar. — Meg se levantou e atravessou o aposento com um sorriso que parecia vir do fundo de seus olhos com tom de névoa marinha. Simon seria capaz de se afogar dentro daquele olhar... — Gwynne me deu uma lição de dança por transferência mental — continuou ela — e me garantiu que, com um pouco de treino, conseguirei enfrentar o baile.

— Eu devia ter pensado nisso. Transferência mental é um método perfeito para ensinar uma habilidade específica como a dança. — Quando colocou o braço de Meg sobre o seu, Simon admirou o lindo contorno do perfil da donzela. Duncan estava certo ao dizer que Meg tinha em si um toque de encantadora. — Vamos procurar Jack Landon.

* * *

Ao ser localizado em seu escritório, o secretário disse:

— Ficarei feliz e honrado em tocar em vez de cuidar dos assuntos contábeis da casa. — Ele ficou em pé, com um sorriso nos lábios. — Como Simon sabe, eu aceitei este emprego por causa do excelente cravo que há na residência. Mas peço, por favor, que me seja permitida uma dança com minha adorável patroa. Lady Ballister poderá assumir meu lugar tocando o instrumento.

Meg tentou não enrubescer diante da observação elogiosa de Jack. Jean já avisara que esse tipo de galanteio era oferecido normalmente por cavalheiros em ocasiões especiais, mas Meg ainda não estava acostumada. O grupo seguiu para o salão de música, com Gwynne e Jack discutindo que danças seriam mais apropriadas para Meg.

— Comece com "Coração Sossegado" — sugeriu Gwynne. — É uma melodia simples e de configuração longa, mas serve para apenas dois casais. Eu puxo os passos, Meg. Quando eu fui condessa de Brecon, tive de participar de muitos bailes, então sei um considerável número de danças.

Ela olhou com expectativa para Meg. Quando Jack Landon começou a tocar e as primeiras notas puras como cristal saíram do cravo e encheram a sala, Meg se colocou ao lado de Gwynne. Quando ficou na posição certa, os homens vieram e se colocaram no lado oposto. Ah, claro, essa era a configuração longa, quando homens e mulheres se alinhavam em duas fileiras, uns de frente para os outros. O pé de Meg começou a bater, tentando acompanhar a melodia assim que começou.

Simon fez uma reverência e exibiu um sorriso caloroso que quase a fez tropeçar antes do primeiro passo.

— A minha cara dama me daria a honra desta dança?

Ela fez uma reverência profunda em agradecimento e respondeu:

— Vai ser um prazer imenso, milorde.

Gwynne ordenou, em voz alta:

— Cheguem bem perto um do outro, recuem um passo e depois repitam a sequência.

Meg deu um passo à frente e recuou, os pés se movendo sem esforço consciente. Os movimentos lhe pareciam familiares e naturais enquanto seguia os comandos de Gwynne.

— Agora, um giro com as mãos unidas. Vocês devem poder conversar e dançar ao mesmo tempo — explicou Gwynne, depois de alguns minutos. — Como avalia seu desempenho, Meg? Você me parece perfeita.

Girando pelo salão, guiada pelas mãos quentes e firmes de Simon, Meg replicou:

— É como vestir uma roupa nova. As sombras dançantes em minha mente estão se entendendo comigo. Estamos nos unificando.

— Dançar é a ação mais íntima que duas pessoas podem fazer em público — murmurou Simon, quando ela soltou os dedos dele com visível pesar. — É um momento de flerte, galanteio e promessa, além de ser um simples prazer.

Dançar também era, Meg percebeu, um substituto para o ato de fazer amor. Talvez por isso seu coração parecia rugir através das veias quando ela e Simon se cruzavam e giravam, seus corpos se movendo em harmonia não apenas com a música, mas também um com o outro. Suas lições destacavam a importância de manter o olhar fixo no parceiro, e ela fazia isso com a mesma naturalidade com que respirava.

Embora eles já tivessem conversado, se beijado e cavalgado juntos, Meg encontrou, dançando, outro tipo de comunicação tão potente quanto compartilhar magia. Mesmo quando Gwynne pediu uma dança que Meg ainda não tinha aprendido, foi fácil acompanhar Simon.

Ela também notou o quanto a tensão vinha mantendo Simon travado ultimamente e apenas percebeu isso pois tal rigidez desapareceu. O conde não estava preocupado com Drayton ou com outros criminosos. Era apenas um dançarino aproveitando o momento de descontração. Esse era um tipo de magia acessível a qualquer pessoa, feiticeiros e mundanos, e o prazer cintilava por dentro da donzela como borbulhas de champanhe.

— Hora do teste definitivo, Meg — anunciou Gwynne, quando eles terminaram a quarta dança —, o minueto.

Os pés de Meg subitamente se atrapalharam.

— Dizem que essa dança é muito difícil.

— Você conseguiu enfrentar as outras com maestria, e certamente superará o minueto. Foi a última das quatro danças que eu lhe ensinei por transferência mental. Jack, você está pronto?

As delicadas notas de um minueto surgiram no ar. Meg enrijeceu o corpo, mas se forçou a não pensar em seus pés, já que era sua vez de conduzir a dança. Simon a girou em uma volta quase completa; em seguida, eles se separaram e atravessaram o espaço de dança na diagonal. Ao se encontrarem novamente, perceberam que os pés da moça se comportavam com admirável graça e grande precisão.

Na verdade, ao se colocarem novamente lado a lado, Meg percebeu que seus movimentos eram exatamente os mesmos de Gwynne. Rindo, comentou:

— É melhor não dançarmos lado a lado no salão, ou os convidados perceberão que eu sou uma simples imitadora de seus passos.

— Você vai desenvolver um estilo próprio rapidamente — replicou Gwynne. — Está indo muito bem. É um belo crédito para a instrutora.

Embora Duncan fosse um bom dançarino, com pés surpreendentemente leves, foi Simon quem fez Meg sentir tonteiras sempre que suas mãos se tocavam.

— Que tristeza eu nunca ter dançado antes — disse, quase sem fôlego depois da segunda dança, que era mais complicada que a primeira. — Quanta coisa perdi!

— Tanto você quanto Gwynne estão de parabéns — disse Simon. — Você é uma amazona de habilidade insuperável, e cavalgar também exige força, movimento e graça. Mas o fato é que não teria se tornado uma boa dançarina tão depressa sem as lições de Gwynne.

— Nunca tive uma aluna que aprendesse tão depressa. — Gwynne terminou o minueto segurando a mão de Duncan, e os dois fizeram reverências para uma plateia invisível. O movimento foi imitado com precisão por Meg.

Enquanto recobravam o fôlego, Jack Landon se levantou do cravo.

— Agora é minha vez — anunciou ele, curvando o corpo diante de Meg. — Milady me concederia a honra desta dança?

— O prazer será meu, milorde. — Quando Gwynne sentou-se ao cravo e executou uma dança rural, Meg descobriu que o secretário também era um dançarino admirável, embora não chegasse aos pés de Simon. Duncan também não era tão bom quanto o conde, conforme a moça descobriu ao dançar com ele. Meg chegou à conclusão de que adorou dançar.

Quando Gwynne declarou a sessão encerrada e Simon puxou o cordão da sineta para pedir bebidas refrescantes, Meg disse:

— Obrigada a todos. Agora que eu tive o privilégio de ver quatro exímios dançarinos em ação, estou mais consciente do desastre que teria sido se fosse ao baile sem me preparar! Eu teria envergonhado você, Simon.

— Nunca — garantiu ele, com os olhos colados nos dela. — Todos os homens do baile terão inveja de minha esposa. Com exceção de Duncan, talvez. Você será um grande sucesso, minha querida.

Para sua surpresa, Meg percebeu que acreditava nele. Talvez ele estivesse usando um encanto para aumentar a autoconfiança dela.

Meg se sentiu pronta até para enfrentar Lorde Drayton. Dessa vez, ela estaria preparada para ele.

* * *

Sarah balançou a cabeça para os lados ao ver as patéticas migalhas de pão esfarelado, minúsculos restos de queijo e cebola em conserva espalhados pela bancada de trabalho.

— Não acredito nos modos que você e seus amigos têm à mesa, David! Um camundongo passaria fome se dependesse de seus restos. Ainda bem que conseguimos contratar uma empregada e existe uma taberna com comida pronta bem na esquina.

David riu e beijou a ponta do nariz da esposa.

— Inventar é um trabalho que dá fome, meu amor. Você vir nos lembrar de que precisamos nos alimentar de forma adequada é quase tão importante quanto seus cálculos matemáticos. *Quase*, mas não tanto. Não existe outra esposa no reino que consiga superá-la nas coisas que você faz.

Sarah enrubesceu de forma adorável.

— Nem existe outro marido que aprecie matemática tanto quanto comida.

— Muita gente sabe cozinhar, mas poucas pessoas sabem fazer cálculos. — David colocou uma jarra de barro e as canecas de cerveja usadas em uma bandeja. Ele levaria tudo para a cozinha pessoalmente. Não podia permitir que Sarah pegasse peso. Ela riu diante dessa preocupação, mas apreciou a consideração do marido. Olhou em torno da oficina, iluminada apenas pelos oblíquos raios de sol do fim de tarde.

— Algum dia, recordaremos esses momentos como nossa era de ouro — disse ela. — Estou tão feliz que é quase assustador. E não me fale de sedas e rendas. Isso pode ser agradável de usar, mas nós não precisamos de mais do que temos agora.

Ele largou a bandeja e refletiu:

— Eu ficarei feliz quando meu torno mecânico ficar pronto, mas você tem razão. Temos um ao outro. Temos bons amigos, e meu trabalho está indo bem. — David colocou a mão suavemente sobre a barriga de Sarah, sentindo o volume da gestação, ainda pequeno. — Seu trabalho está indo ainda melhor, pois você está criando um milagre. — Um toque de superstição o atingiu. — Será que não devemos fazer uma prece de ação de graças? Não quero que o Pai Celestial ache que tomamos essas bênçãos como triviais.

Sarah sorriu.

— Você começa a oração ou quer que eu comece?

Antes de David ter chance de responder, a porta da oficina se abriu. Eles a deixavam trancada só à noite, e David já se acostumara a ver seus amigos artífices circulando por ali, sempre espiando por cima dos ombros e fazendo comentários barulhentos, mas, de vez em quando, muito úteis. Só que o homem parado à porta, iluminado apenas pela luz às suas costas, certamente não era mecânico. Por um instante, as roupas caras e elegantes fizeram David pensar que fosse Lorde Falconer.

Um instante depois, porém, o inventor percebeu que o recém-chegado era um estranho, embora pertencesse à nobreza, sem dúvida. Seu rosto comprido exibia linhas de autoridade; sua peruca magnífica e suas vestes bordadas não pareceriam deslocadas em uma festa da corte. Ele entrou na loja.

— O senhor é David White?

— Sou sim, senhor. Esta é a sra. White. Em que podemos ser úteis ao honorável?

— Meu nome é Drayton. — O cavalheiro fez um aceno de cabeça quase imperceptível para Sarah, antes de parar para analisar o torno mecânico que estava sendo construído. — O senhor me escreveu uma carta expressando interesse em participar de meu fórum de tecnologia e filosofia natural.

— Sim, milorde! — Os olhos de David se arregalaram. — Escrevi para seu secretário, mas nunca imaginei que o senhor viria me procurar pessoalmente.

Drayton o analisou com um ar de frio interesse.

— A descrição que o senhor fez de seu trabalho me interessou, e andei fazendo algumas diligências a respeito. Alguém me disse que o senhor está projetando uma nova máquina a vapor que revolucionará a indústria na Grã-Bretanha.

— Eu... eu nunca faço esse tipo de afirmação, milorde — gaguejou David. — Ainda há muito trabalho a ser feito. Embora eu acredite que os princípios desse sonho são sólidos, colocá-los fisicamente em prática é uma questão de tentativas e fracassos, algo que leva tempo para ser alcançado.

— Quanta modéstia, sr. White! Minhas fontes me asseguraram que o senhor está no caminho do sucesso. — Um sorriso estranho surgiu em seus lábios. — Foi por isso que quis vir procurá-lo pessoalmente, para julgar por mim mesmo. O senhor tem potencial para modificar o mundo. Se obtiver sucesso, as pessoas em toda parte falarão sobre a máquina a vapor de White durante muitos séculos.

Profundamente embaraçado pelo elogio, David mudou de assunto.

— Isso significa que o senhor permitirá que eu participe de seu fórum?

— Mais que isso. — O olhar de Drayton vagou pela oficina, seguindo do torno mecânico para os restos da máquina a vapor experimental. Parecia absorver tudo no espaço de trabalho, quase como um cão de caça farejando o ar. — Insisto para que o senhor participe como meu convidado especial e dê uma palestra sobre seu trabalho.

Essa ideia foi igualmente lisonjeira e alarmante.

— Talvez ainda seja muito cedo para discutir meu trabalho em público, Lorde Drayton.

— Se receia que seu projeto seja roubado, poderei ajudá-lo com o registro da patente. Mas tenho de insistir que o senhor apresente pelo menos as linhas gerais do trabalho. As mentes mais iluminadas do país em assuntos de mecânica estarão presentes, e o potencial que isso tem de servir de centelha para novas ideias é imenso.

David olhou para Sarah. Ela parecia sentir o mesmo que ele: um misto de interesse e tensão.

— Minha esposa seria a pessoa indicada para oferecer uma visão abrangente de meu trabalho. É uma excepcional matemática, e, sem ela, eu ainda seria um simples ferreiro martelando metais.

— Deveras? — Lorde Drayton voltou toda a sua atenção para Sarah, com uma leve expressão de surpresa. — Nesse caso, espero que sua esposa o acompanhe ao fórum. Certamente, ela descobrirá muita coisa interessante em sua área de atuação. Todavia, o senhor deverá fazer a apresentação pessoalmente, pois uma mulher palestrante seria uma distração tão grande para a plateia que suas palavras não seriam devidamente apreciadas.

— Ele tem razão, meu amor — concordou Sarah, com sua voz suave. — Não me agrada a ideia de ficar em pé sobre um palco e falar diante de estranhos com espírito crítico, mas eu apreciaria muito assistir e ouvir o que você tem a dizer.

— Muito bem, então. Vocês dois podem planejar a palestra juntos, mas o senhor terá de apresentá-la sozinho, sr. White. Já preparou um protótipo?

David não se lembrava de ter concordado em fazer a apresentação, mas imaginou que um homem como Lorde Drayton não aceitava ser contrariado.

— Pode ser que eu tenha um protótipo pronto até lá, mas não posso prometer nada.

— Será que mais ajuda não faria com que o trabalho andasse em um ritmo acelerado? Eu ficaria feliz em arcar com esses custos.

Atônito, David considerou a situação por breves instantes.

— Obrigado, milorde, mas esse trabalho exige mãos experientes. Eu tenho um bom assistente. Treinar outra pessoa às pressas dará mais trabalho e não trará bons resultados.

— O senhor conhece seu ofício melhor que ninguém — assentiu Drayton, franzindo o cenho. — Só que o tipo de trabalho que o senhor está desenvolvendo é caro e levará muito tempo para resultar em dinheiro. Se estiver precisando de um patrocinador, sr. White, eu ficaria feliz em ocupar essa posição.

David começava a se perguntar se ele estava sonhando com tudo aquilo. Havia poucas semanas, ele e Sarah mal conseguiam colocar comida na mesa e agora mais um membro da nobreza desejava patrociná-lo?

— A generosidade de Vossa Senhoria é magnífica e me deixa honrado, mas eu já tenho um patrono para meu trabalho.

— Deixe-me tentar adivinhar... — urrou Drayton. — Não seria Lorde Falconer?

— Na verdade, é ele mesmo, milorde. Como descobriu?

— Falconer e eu temos alguns... interesses em comum. — O brilho nos olhos de Drayton poderia derreter gelo. — Ele ganhou este round, mas haverá outros. Meu secretário lhe enviará mais informações a respeito do fórum e do processo para patentes. Tenham um bom dia, sr. e sra. White. — Dessa vez, o aceno de cabeça que ele lançou para Sarah foi mais profundo e respeitoso. Ele se virou e foi embora de forma tão abrupta quanto havia chegado.

David se sentou em um banco.

— Estou sonhando ou acabamos de receber mais um lorde nos oferecendo dinheiro e fama?

— Não, não foi sonho — garantiu Sarah, olhando para a porta por onde Drayton desaparecera.

— Se Lorde Falconer resolver parar de financiar meu trabalho, é bom saber que temos outro mecenas pronto, à espera.

— Eu não gostaria de dever favores a esse aí, David — afirmou Sarah, unindo as sobrancelhas em sinal de estranheza. — Nem quero ser colocada no meio de uma competição entre dois homens da nobreza.

— Eu também prefiro Falconer — admitiu David. — Mas, se ele retirar seu apoio, a oferta de Drayton poderá ser proveitosa.

O rosto de Sarah assumiu uma expressão de teimosia e preocupação, algo que David só tinha visto uma ou duas vezes desde o dia em que a conhecera.

— Não aceitaremos Drayton como patrono, David. Se precisarmos de outro investidor mais adiante, poderemos achar outra pessoa. Um negociante, não um lorde. Não quero o dinheiro de Drayton.

Perplexo com a veemência da esposa, David concordou com ar pacífico:

— Como quiser, meu amor.

Aquelas eram variações de humor provocadas pela gravidez, concluiu David. Sarah aceitaria a situação se algum dia eles precisassem do apoio de Drayton.

VINTE E UM

eg olhou para si mesma no espelho, tentando ajustar a imagem de uma dama aterrorizantemente grandiosa com a de Meggie Louca. O suntuoso vestido de brocado era decorado com motivos de rosas, e era um pouco mais curto na parte da frente, para revelar uma anágua rendada em marcantes tons cor-de-rosa. O corpete vinha coberto por um intrincado bordado de ouro e pedras preciosas, e as saias eram tão largas que, se não fosse pela armação dobrável, Meg não conseguiria passar por nenhuma das portas da casa sem ter de se virar de lado. Até os seus cabelos empoados exibiam um tom sutil de rosa, para combinar com o vestido. Resumindo: ela parecia uma completa estranha.

Com a esperança de que sua autoconfiança fizesse jus à esplêndida aparência externa, Meg disse para a camareira:

— Obrigada, Molly. Você me fez parecer uma genuína dama da sociedade.

— Mas milady é uma dama genuína de nossa sociedade — disse uma voz grave da porta do aposento. — E belíssima por sinal.

Quando Meg se voltou na direção da porta, Simon entrou no boudoir do aposento. A moça perdeu o fôlego. Ele era sempre lindo, mas, vestido com roupas de gala de veludo azul e muito cetim, ele era uma visão magnética. Embora sua peruca branca o fizesse parecer distante e tão elegante que chegava a intimidar, o efeito foi suavizado por Otto, o cão, que entrou atrás do dono de forma silenciosa. Tentando não ficar boquiaberta, Meg disse:

— Obrigada pelo elogio, mas o crédito por minha aparência vai para Lady Bethany, a costureira e Molly.

— Elas só fizeram ressaltar a beleza de um lírio que já era adorável.

Meg fez uma careta.

— Vou ter de passar a noite decifrando elogios complicados?

— Pode ter certeza! — Ele riu. — Todo homem que a avistar esta noite tentará novas maneiras de expressar o quanto você está linda. Pode esperar poesia. Só não espere poesia de boa qualidade.

Meg preferia ficar invisível, mas não conhecia nenhum encanto para isso.

— Suponho que, na condição de mulher inculta, eu não precisarei ser inteligente nas respostas.

— Tudo o que você tem a fazer é sorrir, e os cavalheiros se atirarão a seus pés. Só espero que nenhum deles me desafie para um duelo na tentativa de conquistar seus favores.

No instante em que Meg deu uma risada diante dessa brincadeira, Otto decidiu farejar Lucky, que se transformara em uma bola de pelos sob a penteadeira. Tomando a curiosidade do cão como ofensa, Lucky sibilou com aspereza e buscou segurança no lugar mais alto que viu e que, por acaso, era Meg.

— Oh, não! — desesperou-se Molly ao ver o gato escalar o vestido da patroa, com as garras minúsculas se enterrando nos bordados sobre a seda rosa. — Esse pestinha vai arruinar o seu vestido!

— Não vai, não. — Simon, com um gesto ágil, recolheu Lucky no instante em que o gato já alcançava o amplo acabamento de renda que caía em cascatas em torno da cintura de Meg. — As marcas miúdas das garras dele não aparecerão em meio a todos esses bordados.

Rindo, Meg acariciou a cabeça do gato, a única parte do animal que ficou de fora das imensas mãos de Simon.

— Ele parece não compreender que Otto está proibido de machucá-lo — disse ela.

— Se uma criatura cinquenta vezes maior que eu viesse me farejar como se eu fosse um bife, eu também ficaria nervoso — observou Simon.

Meg dispensou Molly antes que a criada começasse a se preocupar com os pelos alaranjados que poderiam ficar presos no vestido. Quando ela e Simon ficaram a sós, o comportamento leve e contido dele caiu por terra.

— É claro que você está preocupada com seu primeiro baile. Qualquer mulher ficaria. Lembre-se, porém, de que estamos indo a esse evento com um único objetivo: descobrir se Drayton tem outras pessoas em cativeiro. As conversas e a dança vão se desenrolar por si mesmas.

As palavras de Simon acalmaram os nervos de Meg. Ela se virou para analisar sua imagem mais uma vez ao espelho.

— Esta roupa incrivelmente cara é uma armadura, não é? Uma forma de me disfarçar e aprender um pouco mais sobre o que eu preciso saber. — Esse pensamento a fez se sentir forte, em vez de insegura e vulnerável.

— Exatamente — confirmou Simon. — Já conversamos sobre como você deve proceder. Eu não estarei longe em nenhum momento. Essa será nossa melhor chance de descobrir a verdade.

Os olhos dos dois se encontraram no espelho. As palavras de Simon fizeram Meg sentir que eles eram guerreiros, prestes a lutar lado a lado.

— E se descobrirmos que existem outras pessoas que são escravas mentais de Drayton?

— Nós as libertaremos. — Simon ergueu Lucky e acariciou os pelos suaves do gato, que ronronava, passando o animal, delicadamente, ao longo da garganta nua de Meg. — Você precisa de algumas joias como toque final.

Ela estremeceu dos pés à cabeça diante da sensualidade libertina do gesto.

— Acho que não podemos garantir que Lucky vai ficar quietinho assim sobre meu ombro — disse ela, quase sem fôlego.

— Pois é..., gatos não costumam ser bons ornamentos. — Ele esfregou os pelos sedosos do animal ao longo do rosto de Meg e desceu pelo maxilar da moça com uma delicadeza provocante. — É melhor deixar Lucky fora do alcance de Otto.

Simon colocou o gato sobre a penteadeira, e o animal se escondeu entre os frascos de poções e perfumes. Foi nesse momento que Simon pegou uma caixa larga e achatada, revestida de veludo, com tampa dupla.

— Você pode usar os diamantes Falconer. Eles são muito famosos. — Simon abriu a tampa da direita.

Meg soltou uma exclamação de espanto diante do brilho das pedras preciosas que reluziam em um colar, um par de brincos e um bracelete. Atraída por tanta beleza, ela se aproximou da caixa.

— Uma tiara também?

— Só para ocasiões mais formais — explicou ele. — Ouvi dizer que essa peça provoca uma dor de cabeça insuportável em quem a usa.

Meg colocou as pontas dos dedos na pedra central do colar, um diamante com fabulosa lapidação quadrada. A pedra vinha presa por garras de ouro e três cordões feitos de diamantes menores que refulgiam de forma esplêndida. A pedra principal carregava vestígios da energia de várias mulheres. O mais forte desses traços pessoais mostrava um temperamento inquieto, ágil e caprichoso. As joias haviam pertencido a uma mulher charmosa e volúvel.

— Esse conjunto era de sua mãe?

— Sim. Ela foi a dona mais recente.

Meg afastou a mão.

— Elas são lindas, mas eu... prefiro não as usar.

— Minha mãe não estava com joias quando morreu — disse Simon, baixinho.

— Sim, não imaginei que estivesse, porque... não há energia de dor ligada às pedras. Só que não me parece correto usar suas joias de família quando não sou um membro verdadeiro dela.

— Eu esperava que você se sentisse assim. — Ele fechou a tampa e abriu o outro lado da caixa. — Eis aqui uma alternativa.

Um fulgor escarlate encontrou os olhos de Meg. Esse outro conjunto era feito de rubis e tinha um estilo mais leve que o de diamantes. Meg o achou mais belo que as joias de família. Passou os dedos de leve sobre o colar, os brincos e os braceletes.

— Essas joias são novas, não são? Consigo perceber apenas leves traços energéticos, todos masculinos, provavelmente dos lapidadores e joalheiros. — Ela franziu a testa, levemente intrigada. — Também sinto um tipo forte de magia envolvendo as pedras.

— Que percepção apurada! Comprei essas joias especialmente para você. A magia é um encanto de proteção que coloquei nelas.

— Não! — exclamou Meg. — Você não devia me dar nada tão valioso. Já me deu tantas coisas!

— Você salvou minha vida. Isso vale mais que rubis. Pense no quanto eu ficaria humilhado se minha cabeça de unicórnio acabasse pendurada na parede da lareira de Drayton. — Simon pegou o colar da base de veludo. — O encanto talvez não seja necessário, mas não faz mal um toque extra de proteção. Quer ver como elas ficam em você?

Meg hesitou entre dever mais um grande favor ao conde e desfrutar o puro desejo feminino de usar joias que tanto a agradavam. O desejo venceu.

— Quero sim, por favor.

Ele prendeu o colar por trás da nuca de Meg, com cuidado. A imagem do casal diante do espelho era irreal, o reflexo impressionante de duas pessoas incrivelmente bonitas. Mesmo assim, o ouro era frio em contato com a pele da moça, e os dedos quentes de

Simon lançaram tremores de excitação por todo o corpo dela. Sua respiração acelerou.

— Você está tentando me distrair da tensão que estou sentindo, não é? — perguntou ela.

— Em parte, sim. — Ele se inclinou e pressionou os lábios de leve na parte de pele que ficava exposta um pouco acima dos rubis. — Mas nem tudo o que eu faço é calculado. Você é uma mulher extasiante, Meg. Estou tentando me lembrar do motivo de termos que sair com tanta pressa para o baile.

Embora se visse tentada a fechar os olhos, se inclinar para trás e se esfregar no corpo dele de forma libertina, Meg conseguiu dizer:

— O dever nos chama.

— Fico feliz por um de nós, pelo menos, se lembrar do dever.

— Ele a beijou um pouco abaixo do maxilar, antes de se afastar, e sentiu-lhe a pulsação acelerada. No espelho, Meg viu que a imagem de controle total estava novamente no lugar.

Colocou os brincos, que pareciam se mover com vivacidade escarlate sempre que ela balançava a cabeça para os lados. Em seguida, colocou os braceletes, também de rubis. Por último, ergueu o leque e o abriu com um movimento determinado, para que Simon pudesse ver a imagem pintada sobre a peça.

— Jean me deu este leque para comemorar meu primeiro baile.

Simon sorriu com ar melancólico ao ver a cena apresentada.

— Uma floresta de unicórnios e o mítico animal repousando a cabeça no colo de uma virgem. Jean tem um cruel senso de humor.

Meg analisou a cena.

— Tudo aqui me parece tão tranquilo. Não enxergo ferocidade nesse unicórnio. Não se vê caçadores assassinos. Não existem enigmas ocultos na imagem.

— Foi isso que você sentiu, Meg?

Ela recordou o momento em que uma criatura impossível de existir, envolta em uma beleza etérea, deitou a cabeça trêmula em seu colo. Lembrou-se do chifre reto com sulcos espiralados que refletia arco-íris cheios de sutileza.

— Esse foi o momento mais extraordinário de minha vida — afirmou ela. Também tinha sido o fim de Meggie Louca, e ela agradecia a Deus por isso.

— O que quer que o destino tenha nos reservado, foi algo realmente extraordinário. — Ele ofereceu o braço a ela. — Podemos nos dedicar agora a ofuscar toda a sociedade e roubar os segredos de Drayton?

Ela colocou a mão sobre o veludo azul do punho do casaco de Simon, que lhe pareceu maravilhoso ao toque.

— Dessa vez, não vou permitir que ele sobrepuje minha vontade. — Mas, embora suas palavras fossem enfáticas, em seu coração ela não tinha tanta certeza. Drayton continuava conectado à energia dela, e Meg ainda era vulnerável a isso.

Por outro lado, certamente essa ligação funcionava para os dois lados, e o mago também poderia estar vulnerável à jovem. Era isso que Meg pretendia descobrir.

* * *

O primeiro baile de Meg foi tudo o que ela havia esperado ou sonhado e até ultrapassara suas expectativas. Os convidados eram uma mistura de mundanos e Guardiães e todos cintilavam com cor e vivacidade. Talvez os Guardiães refulgissem um pouco mais. Ela também adorou a música, executada por um grupo de músicos profissionais cuja habilidade excedia em muito tudo o que ela já tinha ouvido na vida.

Em compensação, Meg não apreciou muito os cheiros misturados de muitos perfumes, velas e corpos aquecidos pela dança. Ela simplesmente não estava habituada a se ver em meio a tanta gente. A carga dos pensamentos de todas aquelas pessoas, porém, era um bom teste para seu escudo protetor. Para sorte sua, seu treinamento fora excelente.

Depois de várias rodadas de dança, Simon saiu para pegar bebidas refrescantes, deixando Meg descansando em uma cadeira à beira da pista de dança. Jean Macrae veio se aproximando lentamente e sentou-se na cadeira ao lado. Em um salão cheio de perucas brancas e muitos cabelos empoados, os cachos ruivos de Jean sobressaíam. As duas amigas haviam se cumprimentado antes, mas ainda não haviam tido chance de conversar.

— Você e Simon dançaram o minueto divinamente — elogiou Jean, com os olhos brilhando. — Seu estilo de dança é muito parecido com o de Gwynne.

— Graças a Deus ela me ensinou aqueles movimentos! — Meg riu. — Pensei que fosse morrer de vergonha quando percebi que todos no salão estariam com os olhos grudados em nós. Acho que Simon usou um encanto para me acalmar quando demos os primeiros passos.

— É provável. Ele é um homem prático. — Jean fez expressão de ironia. — Você está tão linda e preparada para enfrentar uma noite como essa que ouvi duas mulheres Guardiãs comentando umas com as outras que é impossível você ter passado dez anos em cativeiro. Às vezes, não dá para ganhar todas, por mais que se tente.

— Pois eu prefiro considerar esse comentário como um elogio — afirmou Meg. — O problema é que, às vezes, as pessoas são cansativas.

— Especialmente para uma maga poderosa como você. Há várias salas de repouso para damas no andar de cima, caso você queira se afastar um pouco desse burburinho.

— Estou quase fazendo isso. — Meg abriu o leque e criou ondas refrescantes de ar sobre o rosto.

— O que Simon disse quando viu o leque?

— Que você tem um senso de humor cruel — respondeu Meg, olhando para o unicórnio pintado. — Não foi exatamente um elogio.

— Provavelmente não. — Jean riu. — Como Simon e Duncan são grandes amigos, eu o considero uma espécie de irmão mais velho, apesar de um pouco indulgente e alarmista. — Seu sorriso desapareceu por instantes quando ela perscrutou o salão lotado. — Eu não vi Drayton por aqui. Ele já chegou?

— Não, mas estou vigiando com atenção — disse Meg, balançando a cabeça para os lados. — Sei que ele ainda não chegou, pois eu teria pressentido sua presença. Não sei se lamento ou me sinto aliviada por não ter a oportunidade de enfrentá-lo cara a cara depois de me preparar tanto para isso.

— Pois fique aliviada, então. Nada de bom pode vir daquele homem. — Jean abriu o próprio leque, um modelo simples, porém elegante, enfeitado com uma paisagem chinesa. — É espantoso o quanto eu mudei desde o tempo em que sentia terror diante de bailes como este. Agora, aceito melhor, mas tudo me provoca um pouco de tédio.

— Isso significa que você ainda não fez progressos importantes na busca de um marido? — perguntou Meg, para provocar a amiga.

— Não estou nem perto disso. Conheci vários cavalheiros adequados que certamente me fariam propostas, se eu os encorajasse, mas nenhum deles era interessante o suficiente, e não quero aceitar ninguém simplesmente por ser adequado. — Ela franziu o cenho. — Sempre achei que não me casaria com um Guardião, mas a verdade é que também nunca me interessei por conhecer mundanos nem pretendentes vindos das Famílias.

— Você ainda sente muita falta de seu namorado? — perguntou Meg, com delicadeza.

— Sempre sentirei falta dele. — Jean fechou o leque com força. — Robbie e eu nos conhecemos por toda a vida, desde crianças.

MAGIA ROUBADA ✳✳✳ 281

Embora ele viesse de uma família mundana, isso nunca teve importância. Ele era meu melhor amigo. — A luz das velas refletiu suavemente nas lágrimas que Jean evitou verter.

— Sinto muito.

— Eu também. — Ela conseguiu exibir um sorriso. — Mas estou fazendo o possível para tocar a vida em frente. É isso que Robbie iria querer que eu fizesse e o que eu mesma gostaria de que ele fizesse, se tivesse sido eu a morrer. Afinal, as pessoas conseguem se recuperar das coisas mais terríveis. Há alguns meses, você era virtualmente uma escrava, e veja a mudança agora!... Virou uma condessa linda e tem um dos melhores homens da Grã-Bretanha como marido.

— Pode acreditar que me lembro todos os dias do quanto tenho sorte na vida! — Meg se levantou, sentindo necessidade de se afastar do salão de baile por alguns minutos. — Vejo que Simon se envolveu em uma conversa animada com seu irmão, então vou visitar a área de repouso das damas, lá em cima. Diga a ele que voltarei logo.

— Pode deixar que eu digo, mas, se você demorar muito, vou acabar tomando seu ponche gelado.

— Ah, pode tomar. — Meg riu. — Seguiu com passos determinados na direção da porta, para evitar que alguém interrompesse sua saída puxando assunto. Embora estivesse se divertindo, Jean estava certa sobre a necessidade de Meg de passar alguns minutos longe do burburinho da multidão.

Como a casa de Lady Bethany em Richmond ficava muito longe de Londres, Lady Sterling oferecera o espaçoso salão de baile da Mansão Sterling. Não havia nenhum encanto supressor de magia como aqueles que haviam parecido tão sufocantes para Meg na audiência de Drayton.

Naquele momento, porém, o simples fato de pensar no mago fez com que Meg estremecesse. Imaginar por que ele não fora ao baile era quase tão irritante quanto o confrontar.

VINTE E DOIS

*C*omo Jean dissera, havia várias alcovas no andar de cima, todas convertidas em salas de repouso, com as portas abertas de forma convidativa. Na primeira sala, várias jovens de famílias mundanas conversavam entre si, falando alta e escandalosamente. Na segunda sala, uma criada ajoelhada refazia a bainha do vestido de uma mulher idosa. A terceira sala estava vazia, e foi ali que Meg entrou. Uma cortina ocultava um urinol; ao lado, havia uma mesa onde fora instalada uma bacia de porcelana, uma jarra de água, várias toalhas e água de lavanda para refrescar as têmporas, além de outros pequenos luxos para as convidadas.

Para Meg, apenas o silêncio do lugar já era o bastante. Acomodou-se em uma poltrona, já que seu corpete apertado não permitiria que se deitasse.

E se não fosse possível fazer justiça e punir Drayton? Ela havia se oferecido como voluntária para desempenhar o papel de esposa de Simon até esse objetivo ser alcançado, mas o que aconteceria se o patife passasse a ser discreto e não provocasse mais problemas? Por quanto tempo mais ela aceitaria ficar ali antes de sair em busca de sua família? Certamente, Simon não insistiria para que ela ficasse em Londres por tempo indeterminado.

Suspirando baixinho, Meg passou os dedos pela borda da tigela com água de lavanda. Embora não quisesse dever ainda mais favores a Simon, teria de continuar aceitando a caridade dele até encontrar sua família. Era difícil antever o que vinha depois disso. Mais difícil ainda era adivinhar o que ela faria para tocar a vida em frente, se não achasse seus parentes. Se ao menos pudesse se tornar útil aos Guardiães isso tornaria mais fácil aceitar sua caridade.

— Lady Falconer?

— Sim? — Meg ergueu a cabeça e viu outra convidada parada à porta. Alguns anos mais velha que Meg, a jovem tinha uma beleza impressionante, com olhos azuis, sobrancelhas claras e cabelos louros naturais. Seu vestido também era belíssimo, mas ela parecia desatenta à postura e se colocou encostada ao portal.

— Desculpe incomodá-la — disse a mulher —, mas eu estava louca de curiosidade. Importa-se de eu me sentar aqui por alguns minutos? — Sem esperar pela resposta, entrou no quarto, cambaleando. Receando que a jovem fosse cair, Meg se ergueu em um pulo e a pegou pelo braço, guiando-a até a cama e ajudando-a a se deitar.

— Tomei champanhe demais — explicou a mulher, em tom de desculpas. — Resolvi subir até aqui para repousar um pouco, até minha cabeça clarear. Foi quando a vi. Você provavelmente não se lembra de mim. Sou Lady Arden, já fomos apresentadas.

— Tem razão, não sou boa para guardar nomes. Obrigada por me lembrar quem é — disse Meg. — Há algo que eu possa fazer para ajudá-la?

— Não, obrigada, logo ficarei bem. Meus talentos especiais de magia vêm acompanhados pela incapacidade de beber vinho ou cerveja sem ficar alta. Geralmente, não me importo com isso e me seguro bem, mas às vezes sucumbo à tentação quando servem champanhe. — Ela esfregou a testa com tristeza. — O sabor é bom demais.

— Vou deixá-la descansando, então.

Meg já ia em direção à porta quando Lady Arden disse:

— Se não se importa, tenho uma pergunta para lhe fazer. Simon é um homem maravilhoso e bonito em demasia, todos sabem disso. Como aguenta a pressão de estar casada com ele? Isso não a assusta?

— Como assim assusta...? — Meg olhou para a jovem sem compreender. — Meu Lorde Falconer é a gentileza em pessoa.

— Sim, eu não me lembro de tê-lo visto se comportando de forma descortês em nenhum momento da vida, mas isso não quer dizer que ele não seja assustador. — Os olhos de Lady Arden se fecharam.

— Você parece conhecê-lo muito bem — disse Meg, sentindo curiosidade, ao mesmo tempo que sabia o quanto era inadequado bisbilhotar a respeito de Simon por suas costas.

— Ele uma vez me pediu em casamento — explicou a outra mulher, piscando muito rápido e exibindo um pouco de tristeza nos olhos azuis.

— Você teve a chance de se casar com ele e não o fez?! — exclamou Meg.

— Grandes magos são homens e mulheres que assustam as pessoas — suspirou Lady Arden. — Acho que eu não me sentiria confortável no papel de esposa de Simon. Para ser franca, ele me apavorava. Como eu era muito jovem e não tinha tato para dizer as coisas da forma certa, receio tê-lo magoado com minha recusa. Certamente não deveria ter mencionado sua... sua história de família.

Meg estava fascinada com tudo aquilo, mas não sabia como reagir. Quer dizer que Simon, um dia, teve desejo de se casar com aquela jovem... Ela era linda, e Meg pressentiu que tinha muito poder. Seria uma esposa muito apropriada para um Guardião.

— Você se arrepende de tê-lo recusado?

— Arden e eu somos mais adequados um ao outro. — Ela suspirou profundamente mais uma vez, como se essa adequação não fosse o suficiente. — O trabalho de Simon é necessário, mas muito difícil, e nem sempre apreciado. Fico feliz por ele ter encontrado uma esposa à altura.

— Não estou à altura dele, nem um pouco. — Meg mordeu o lábio inferior. — Essa é uma conversa bem estranha.

— Desculpe, é efeito do champanhe. — Lady Arden exibiu um sorriso lindíssimo. — Um homem precisa de uma esposa que não sinta medo dele. Desejo que vocês sejam muito felizes, minha cara.

— Obri... obrigada — hesitou Meg. — E eu espero que você se sinta melhor daqui a pouco. Boa-noite. — Meg saiu o mais depressa que conseguiu e fechou a porta atrás de si para que Lady Arden pudesse descansar em paz até passar o efeito do champanhe.

Como ela se sentia por ter conhecido uma mulher que Simon quisera desposar? Meg não tinha certeza, mas era obrigada a reconhecer que ele tinha bom gosto. Lady Arden parecia ser uma mulher com coração caloroso, além de ser belíssima. Se Simon ainda sentia a dor da rejeição, isso talvez explicasse sua relutância em se casar.

No corredor, Meg parou para alisar os locais amassados por entre as numerosas dobras de seu vestido de seda. Com ar melancólico, chegou à conclusão de que sua aparência estonteante tinha sido a responsável por Lady Arden parecer tão convencida de que Meggie Louca e Simon Falconer pudessem estar no mesmo nível. Não era de se estranhar que Simon e Lady Bethany tivessem insistido tanto para que ela se vestisse bem para aquela noite. Por parecer tão bem-criada, as pessoas achavam que Meg tinha algum valor.

Antes de voltar ao baile, ela abaixou, com muita cautela, seus escudos mentais, a fim de perceber a torrente de energia mental que circulava velozmente por toda a casa. Meg nunca havia estado sob o mesmo teto com tantas pessoas ao mesmo tempo, muitas delas Guardiãs. Era interessante sentir aquele furor, embora isso lhe parecesse um tanto opressivo.

A maioria dos convidados estava se divertindo muito, mas alguns deles estavam tristes por vários motivos pessoais: problemas de saúde, corações partidos, preocupações com a família. Um homem observava uma mulher com desejo quase incontrolável, embora ela não percebesse isso. Havia energia de vários sabores; era como provar diferentes temperos em uma despensa. Mesmo à distância, Meg conseguia reconhecer a assinatura emocional de pessoas que ela conhecia bem, como Simon e Jean.

Imersa em pensamentos, Meg não percebeu nada errado até sentir uma mão que veio por trás e lhe fechou os lábios com força, para que ela não gritasse. *Drayton*. Ela percebeu quem era assim que ele a tocou. O poder dele a inundou de forma inesperada, subjugando completamente sua vontade e força física.

Com horror, a moça percebeu que estava completamente sob o domínio dele. Conseguiu erguer uma das mãos e agarrar o colar de rubis, tentando usar o encanto protetor da joia para salvá-la da rendição completa. Com a ajuda do colar, Meg conseguiu absorver uma centelha de percepção de tudo aquilo em que ela se transformara desde que conseguira escapar do controle de Drayton. Mesmo assim, a jovem se sentiu como uma boneca de pano quando ele a arrastou para um quarto vago que ficava a alguns passos dali. Pequeno e vazio, o lugar não tinha sido preparado para funcionar como sala de repouso, mas estava muito iluminado, com várias esferas de luz mágica.

Ele fechou a porta com a sola da bota depois de entrar, isolando o aposento do corredor. Em seguida, trancou a fechadura.

— Eu sabia que você passaria por aqui, Meggie — sussurrou ele no ouvido dela. — Você é *minha*, e eu vim pegá-la de volta.

A centelha de individualidade dentro dela conseguiu fazê-la falar.

— Seu *porco*!

Ela lutou em vão contra as garras dele, mas todas as fibras de seu ser estavam saturadas com a energia daquele homem. Ele fedia a arrogância e desejo por ela.

Como teria conseguido sobrepujá-la com tanta facilidade apesar de ela estar com um escudo protetor? Além disso, Simon não havia bloqueado a ligação entre ela e Drayton? Sua mente enevoada sugeriu que o motivo disso era o fato de ele a estar tocando fisicamente, não à distância. Qualquer que fosse a razão, o resultado era que ela estava a um passo da velha obediência cega de Meggie Louca.

Meg tentou trabalhar usando o pânico como arma. *Use seu poder.* Ela já havia treinado atos de magia para ocasiões como essa. Devia ser capaz de fazer algo e evitar que ele a raptasse de uma casa cheia de gente!

Drayton a virou de frente para ele, segurando-lhe os braços com tanta força que certamente a pele deles ficaria roxa. Ela se recusou a olhá-lo nos olhos, receosa de que isso pudesse aumentar seu poder sobre ela. O mago vestia um traje formal. Como tinha sido convidado, certamente não teve problemas para entrar na casa e achar um local de onde pudesse vigiá-la. A maioria das mulheres se retirava para as salas de repouso em algum momento da festa, então era fácil supor que ela passaria por ali mais cedo ou mais tarde.

— Tem algo a declarar, Meggie? — perguntou ele, ampliando o sorriso. — Você está completamente sob meu poder e, em poucos minutos, vai parar de se debater.

— Nunca! — Ela trancou o pânico em um lugar distante da mente. O importante agora era descobrir que tipo de magia Drayton estava usando.

O mais óbvio era o encanto de dominação com o qual ele a havia controlado durante tantos anos. Sua mente reconheceu o efeito daquilo, apesar de sua determinação, e ela se sentiu voltando à antiga e tão familiar passividade. Ao mesmo tempo, percebeu um tipo incomum de proteção em torno deles. Supôs que esse escudo desconhecido havia sido criado para impedir que os outros Guardiães na casa percebessem sua luta. O encanto iria ocultá-los de vez caso ele conseguisse levá-la para fora da casa, e Meg precisava encontrar urgentemente um meio de escapar ou pedir ajuda antes que isso acontecesse.

— Você parece uma gatinha sibilando — observou ele. — Balança as patinhas na minha frente, mas não representa ameaça para mim.

O encanto triplo para defesa. Um pouco tardiamente, ela procurou se lembrar do encanto triplo de proteção que ela desenvolvera com a ajuda de Jean. Ele havia sido criado exatamente para circunstâncias como aquela. Mesmo que o escudo e o feitiço de ataque não funcionassem, o encanto supressor de magia certamente tiraria Drayton da bolha protetora que ele criara, para que outros pudessem reconhecer no ar que algo estava errado e vir em seu socorro.

Meg estava a ponto de invocar o encanto triplo quando se lembrou de seu plano original, que era usar a ligação que existia entre ela e Drayton, uma conexão que sempre funcionava para os dois lados. Essa talvez fosse sua única chance de descobrir se ele mantinha outras pessoas sob cativeiro mental.

Puxar conversa com ele... Isso talvez lhe desse mais acesso à sua mente. Ela conseguiu sussurrar, quase sem fôlego:

— Dessa vez você não vai conseguir escapar da justiça por me raptar. Não sou mais uma criança indefesa e sem amigos.

— Esses tais amigos vão ter que aceitar quando você disser a eles, com toda a honestidade, que está abandonando seu marido tedioso para voltar a meus braços, os braços do homem que você sempre amou. — Ele sorriu e mostrou todos os dentes. — Você será muito convincente, e ninguém vai interferir. Mesmo que Falconer tente salvá-la, não conseguirá passar pela vigilância de minha mansão aqui em Londres.

A fraca centelha que ainda guardava algo de Meg reagiu com furor.

— Eu *não farei* isso!

— Você fará tudo que eu lhe ordenar. Se eu exigir que você caminhe pela casa de quatro, relinchando como um pônei, é isso que você fará, e ainda balançará sua cauda imaginária alegremente. Se eu mandar que você pule da sacada mais alta de minha casa e estraçalhe seu corpinho lindo nas pedras da rua, você pulará com entusiasmo. — A pressão nos braços dela aumentou. — Considere-se afortunada por eu a querer para ser minha adorável e obediente consorte.

Ela cuspiu no rosto dele.

Ele recuou de surpresa, mas sua expressão se tornou mais dura.

— Com o feitiço certo, vou fazer com que você se sinta feliz por estar sob meu comando, mas prefiro que você sinta que me odeia em algum canto da mente, no fundo de seu comportamento exemplar, pelo menos quando abrir as pernas para mim.

Furiosa, Meg usou o recurso da aparência falsa que o próprio Drayton havia criado para ela durante tantos anos. O reflexo no espelho da penteadeira estremeceu e, logo em seguida, tornou a clarear, mostrando Meggie Louca com o rosto feio e sem brilho, o corpo desengonçado e as roupas desmazeladas.

Por um instante, ele se mostrou atônito.

— Eu não me lembrava do quanto você era horrorosa sob esse encanto. Não é de se espantar que nunca tenha cogitado que você fosse minha companheira de cama. — Com uma explosão brusca e violenta de poder em estado bruto, ele dissolveu a ilusão e lhe devolveu a aparência verdadeira. Os olhos dele se estreitaram, pensativos.

— Acaba de me ocorrer que talvez fosse melhor modificar sua aparência por completo. Assim, ninguém vai descobrir que minha nova consorte é a desaparecida Lady Falconer. Se eu criar um poderoso feitiço de ilusão em você, poderei transformá-la na mulher mais maravilhosa de toda a Grã-Bretanha. Será que devo fazê-la ficar parecida com Gwynne Owens? Não, consigo fazê-la ainda mais bela. Você deve ser loura, é claro... Vamos ver o que mais podemos fazer.

Meg sentiu ataques de poder e magia sacudindo-a por dentro. A cada golpe que recebia, notava mais mudanças no espelho. Suas feições assumiram uma simetria suave e perfeita. Em seguida, porções maciças de cabelos louros lhe cascatearam de forma libertina pelos ombros. Seu busto cresceu consideravelmente, alcançando um tamanho alarmante, e seu vestido se tornou um estreito conjunto de panos que cobriam muito pouco de seu corpo voluptuoso.

Drayton passou a língua nos lábios.

— Dessa vez eu me superei. Que sorte a nossa esse aposento ter uma cama. — Colocou a mão direita sobre o seio dela e franziu a testa com estranheza. — O encanto é apenas superficial, por enquanto. Isso significa que, debaixo dessa adorável ilusão que eu criei, você ainda tem o busto pequeno, preso por um corpete e um espartilho. Mas posso esperar até ter um pouco mais de tempo e privacidade. Vou aprofundar tanto esse feitiço de ilusão que até você sentirá seu corpo como ele parece.

— Aproveite e troque também sua cara — reagiu Meg —, para que eu não seja obrigada a olhar o tempo todo para suas feições medonhas! — Ela sabia que uma frase como essa era uma infantilidade em tal situação, mas serviria como luta para manter gravada em sua mente o verdadeiro sentido de quem ela era. Já não sentia forças para reagir. Usando o pouco poder que ainda comandava, Meg penetrou na mente de Drayton para descobrir se ele mantinha outras pessoas em cativeiro mental.

— Mesmo que você não seja a mulher de meus sonhos, serve para uma cópula rápida. — Com os olhos flamejando de desejo, ele a empurrou na direção da cama. — Devemos aproveitar a facilidade desta cama agora mesmo, antes de irmos embora. Podemos resolver tudo em cinco minutos, e o contato íntimo fará com que você deixe de lutar contra mim.

Por Deus, ela não poderia permitir que ele a estuprasse! A luxúria dele destruía cada vez mais as defesas de Meg, mas não o bastante para ela descobrir o que tanto precisava saber. Assumindo o risco, fitou diretamente os olhos de Drayton, na esperança de estabelecer uma ligação mais profunda. Os olhos escuros dele eram uma janela para a alma mais cruel e implacável que ela já tinha visto.

Drayton se mostrou afetado pelo olhar dela, mas não do jeito que Meg planejara. Ele a empurrou na cama e subiu em cima dela, por entre os barulhos dos arcos e das ligações articuladas sob as muitas saias, e praguejou quando foi atingido por uma das pontas de metal da armação. Mesmo assim, forçou a boca de Meg para lhe dar um beijo à força.

Ela sentiu-se amordaçada e engasgou quando a língua nojenta dele invadiu-lhe a boca. A jovem precisava invocar o encanto de defesa tripla naquele momento, antes que ele consumasse o ato. Com esperanças sombrias, fez uma última tentativa para penetrar mais fundo na mente do canalha.

Sim, havia outros! Talvez quatro ou cinco. Meg reconheceu o mesmo tipo de cordão prateado sutil que a ligava a ele. Mas para onde os cordões iam? Ela precisava segui-los um por um, com a mente, se quisesse encontrar as vítimas.

Subitamente, ele ergueu a cabeça e olhou para ela com espanto.

— Ora, mas com todos os diabos! Você ainda é virgem? Aquele maricas do Falconer não conseguiu nem mesmo romper seu hímen? Ora, mas isso está ficando melhor a cada instante!

— Simon é mil vezes mais homem que você! — Ela cuspiu nele novamente, tentando tirar o gosto dele de sua boca.

Ele a esbofeteou com as costas da mão.

— É hora de aprender a ter modos, sua vadia. — Com o corpo ainda pesando sobre o dela na cama, ele especulou em voz alta: — Nunca tive a sensação de que Falconer fosse um maricas. Senão, por que motivo ele não provou uma gostosura como você até hoje? — Depois de considerar a própria pergunta, raciocinou em voz alta, falando lentamente: — Isso deve ter algo a ver com o feitiço do unicórnio. Acho que ele quer manter uma virgem sempre por perto para o caso de o chifre dele tornar a crescer. — Drayton deu uma gargalhada rouca e completou: — Pois agora ele vai usar *dois* chifres: os chifres de um marido traído!

— Quanto a você — reagiu Meg, com raiva —, perder os poderes mágicos de uma virgem só serve para provar o quando é burro!

Ele tornou a esbofeteá-la.

— Você desenvolveu uma língua ferina depois que fugiu de meus doces cuidados. Mas reconheço que tem razão. Há maneiras mais úteis para eu aproveitar sua virgindade. Em vez de modificar sua aparência para que ninguém descubra que você é Lady Falconer, vou deixá-la como está. Depois que estiver sob meu teto, você vai processar Falconer na justiça e pedir a anulação do casamento de vocês, alegando que ele é impotente. Será uma boa oportunidade de humilhá-lo antes de o destruir.

Meg tentou se desvencilhar de Drayton mais uma vez, sem sucesso.

— Ninguém vai acreditar em você! — argumentou ela.

— Mas acreditarão nos médicos que vão examiná-la. E pode ter certeza de que esse exame também vai trazer a você uma boa dose de humilhação. — Mais uma vez, ele abriu o sorriso cheio de dentes digno de um verdadeiro predador. — Nesse meio-tempo, nós poderemos fazer muitas coisas interessantes que não envolvam tirar sua virgindade. — Ele aplicou mais um beijo ardente nos lábios machucados da jovem.

Ela se forçou a controlar a repulsa física que sentia, usando todo o seu poder enfraquecido para mergulhar o mais fundo que conseguisse nas profundezas de sua mente. Conseguiu localizar novamente os cordões de energia, mas foi incapaz de segui-los até as pessoas presas. Elas desapareceram como névoa no ar.

Meg estava a ponto de se render e invocar o encanto triplo para defesa quando se lembrou de que havia outra fonte de magia disponível. Imaginou Lucky e buscou um pouco da essência do felino: sutil, oculta e caçadora. A energia refulgiu de forma incandescente em sua mente, iluminando cada um dos cordões diáfanos que levavam até os cativos.

Sim! Eram cinco pessoas, todas jovens e presas no horror das armadilhas do cativeiro mental. Meg levou apenas alguns instantes para memorizar a aura de cada um e a direção para onde os cordões seguiam. Agora sim ela conseguiria encontrar aqueles pobres diabos sofredores.

Depois de descobrir o que queria a um preço altíssimo, reuniu todo o poder que ainda lhe restava, juntou-o ao desespero que sentia e gritou mentalmente a palavra mágica que serviria de gatilho para invocar o encanto de defesa triplo.

Simon!

VINTE E TRÊS

Um grupo de meia dúzia de homens discutia política de forma descontraída quando a música recomeçou. A maioria deles saiu para procurar uma parceira de dança. Quando Simon e Duncan se viram sozinhos, Duncan perguntou baixinho:

— Você acha que Drayton está interessado em assumir o controle dos Guardiães? E se o objetivo dele for a obtenção de poder total dentro do governo mundano? Ele já é ministro no gabinete do governo, e conhecemos seu interesse por mecânica e tecnologia. A economia da Grã-Bretanha está perto de uma mudança gigantesca, e, se ele estiver à frente de tudo, poderá obter um poder tremendo em nível mundial.

— Já considerei essa possibilidade — replicou Simon. — Mas ele poderia perseguir esse objetivo sem causar problemas na comunidade dos Guardiães, e, certamente, seria mais fácil fazê-lo sem quebrar nossas leis. Eu já estou monitorando as atividades dele, e vários outros Guardiães também estão acompanhando seus passos. Embora Drayton tenha um poder considerável, não creio que seja capaz de derrotar todos nós.

— Se ele ambiciona influenciar o universo mundano, conseguiria isso com mais facilidade usando magia de formas proibidas por nossas leis. — Duncan franziu o cenho, pensativo. — Estrategicamente, seria mais vantajoso para ele aumentar o próprio poder por quaisquer meios que encontrasse, usando, apenas então, esse poder amplificado para assumir o controle dos Guardiães. Nenhum de nós seria forte o bastante para vencê-lo, e então ele usaria a magia para impor sua vontade em esfera global.

Simon assobiou baixinho, com ar preocupado.

— Esse é um prognóstico terrível, mas terá de funcionar em escala tão grande que não sei se alguém conseguiria alcançar essa façanha.

— Ele não precisa disso — comentou Duncan, encolhendo os ombros. — Basta *pensar* que pode fazê-lo, e ele é arrogante o bastante para isso. Nem todos são tão lógicos quanto você.

— Tem razão. — Simon ficou calado por longos segundos. — Tenho deixado que a lógica reprima minha imaginação. A natureza de Drayton é totalmente ilógica.

Antes que pudesse dizer algo mais, o chamado mental de Meg soou na cabeça de Simon com a força de sinos badalando sem parar. Ele soltou uma exclamação de pânico ao sentir o desespero dela. Há quanto tempo não via Meg? Quinze minutos? Que diabos poderia ter acontecido a ela nesse tempo?

Seu grito mental foi seguido, um instante depois, por uma onda de magia supressora que tomou de assalto toda a multidão que ria e se divertia no baile. Os mundanos não foram afetados por essa mudança na energia do lugar, mas todos os Guardiães reagiram a ela. Um homem desenvolveu uma barriga imensa instantaneamente, e muitas rugas surgiram subitamente no rosto de uma mulher quando seus feitiços de ilusão foram desfeitos com o susto. Embora o encanto supressor se dissolvesse rapidamente, deixou uma atmosfera de confusão atrás de si. A pele da mulher voltou a se alisar na mesma hora, mas o homem continuou barrigudo. Talvez estivesse abalado demais para conseguir retomar sua falsa aparência.

Girando o corpo com agilidade, Simon disse, com ar sombrio:

— Foi Meg! Ela está no andar de cima. — Forçando a passagem por entre a multidão atônita e seguido de perto por Duncan, Simon subiu as escadas de três em três degraus.

296　MARY JO PUTNEY

Várias mulheres haviam emergido das salas de repouso e estavam no corredor, olhando em volta, confusas. Nada de Meg. Simon decidiu começar a busca pela primeira sala fechada que encontrou. Estava trancada. Bloqueando o que ia fazer para que os mundanos à sua volta não percebessem, ele arrombou a fechadura com um furioso golpe de energia concentrada, sem se importar se havia alguém fornicando lá dentro.

Entrou e ficou horrorizado ao encontrar Meg largada sobre a cama com os olhos fechados e o rosto pálido como cera, à exceção das marcas vermelhas sobre suas bochechas. A janela do aposento estava aberta e uma brisa suave entrava, balançando as cortinas.

Duncan correu para a janela, e Simon acudiu Meg. Lembrando-se de seu sucesso na cura do gatinho, emoldurou com delicadeza o rosto dela entre as mãos e despejou sobre ela correntes com energia curativa. Embora Meg não estivesse inconsciente por completo, sua mente parecia desordenada e mergulhada em confusão. Enquanto continuava com a sessão de cura, Simon sentiu que os pensamentos dela se reorganizavam aos poucos.

Suas pálpebras se abriram devagar e revelaram olhos agitados que, naquele instante, pareciam ter cor de carvão.

— Descobri quem são eles — disse ela, com voz rouca.

— Os outros que Drayton mantém sob cativeiro mental? — Simon prendeu a respiração.

Depois que ela confirmou com a cabeça, Simon disse:

— Vamos falar sobre isso depois. Como você está? Quem a machucou?

— Drayton. Ele ainda está aqui? — perguntou ela, com um sussurro tenso.

— Não creio. — Agora que sabia quem tinha sido o responsável pelo que acontecera, Simon sentiu a fúria lhe percorrer o corpo. Precisava encontrar Drayton e esmagar o patife com seus cascos...

As unhas de Meg se enterraram na mão dele, fazendo brotar um pouco de sangue.

MAGIA ROUBADA   297

— *Não!* — disse ela, com firmeza.

A dor suplantou a raiva, e Simon voltou a se sentir ele mesmo. Começou a suar frio ao perceber o quanto estivera perto de se transformar em unicórnio. Nos últimos tempos, ele alimentava a esperança de que a natureza animal que se ocultava por baixo de sua pele estivesse desaparecendo, mas, obviamente, isso não era verdade.

— Obrigado.

Um tênue fio de luz veio da janela, e Duncan praguejou, dizendo:

— Havia uma corda com nós pendurada aqui na sacada, mas um encanto de dissolução a fez desaparecer. Drayton fugiu sem deixar rastros.

Meia dúzia de pessoas, todas Guardiãs, entraram no aposento nesse mesmo instante. Uma das primeiras foi Lady Bethany. Sentando-se na beira da cama, colocou a mão com perfume de lavanda sobre a testa de Meg e perguntou:

— Drayton machucou você?

— Ele tentou me raptar novamente — sussurrou Meg.

Lorde Halliburton entrou na sala a tempo de ouvir as palavras de Meg e fez cara de poucos amigos, afirmando:

— Mais uma vez você lança calúnias contra Lorde Drayton sem apresentar provas. Eu conheço Drayton muito bem, e não estou sentindo nem um pingo de sua energia neste aposento.

— O encanto supressor que Lady Falconer criou removeu todos os traços de magia recente em toda a casa — explicou Simon, com tom seco. — Que tipo de prova você consideraria aceitável, Halliburton? Será que você acreditaria que Drayton é culpado de matar galinhas se o pegasse torcendo o pescoço de um galo?

Halliburton enrubesceu de raiva.

— Você e Drayton receberam ordens claras para não tomarem nenhuma atitude drástica um contra o outro. Fazer com que sua esposa acuse Drayton sem provas torna você culpado de violar as leis do conselho, Falconer. Vou fazer uma denúncia contra você.

298　MARY JO PUTNEY

Meg forçou-se a se colocar sentada na cama, olhou com fúria para Halliburton, e seus olhos flamejaram.

— Ninguém é meu dono para assumir meus atos, nem mesmo Simon. O senhor duvida de minha palavra?

Halliburton recuou um passo, perplexo com o poder da fúria de Meg.

— Se... se a senhora inventou essa acusação, será considerada culpada por violar as leis do conselho. Todos os envolvidos neste caso receberam ordens para não causar mais problemas.

— Não seja tolo, Hally — disse Lady Bethany, com rispidez. — Lady Falconer obviamente foi atacada, e você não tem o direito de chamá-la de mentirosa nem de dizer que Falconer é um conspirador. Pode não haver provas concretas de que Drayton a tenha atacado, mas eu acho que o mais justo é acreditar na vítima. Além do mais, também não temos provas de que Drayton é inocente. Certamente ele não estava dançando no salão.

Simon prendeu o riso. Ninguém melhor que Lady Beth para colocar as coisas na perspectiva certa.

Lorde Sterling, dono da casa, entrou no aposento.

— Foi Lady Falconer quem criou aquele encanto supressor? — quis saber ele.

Meg fez que sim com a cabeça.

— Espero não ter causado nenhuma inconveniência, milorde — disse ela.

— Nada sério — afirmou Sterling, com um olhar de curiosidade. — Foi uma impressionante demonstração de magia. Onde aprendeu esse encanto, Lady Falconer?

— Jean Macrae me ensinou o feitiço básico. — Meg colocou os pés no chão e se levantou da cama, cambaleando. Simon enlaçou sua cintura com o braço e percebeu que ela ainda tremia por causa do choque. — Não creio que haja nada de especial nele.

— Eu sou o maior especialista em criar encantos supressores de magia em eventos especiais, como as audiências do conselho.

MAGIA ROUBADA ✳✳✳ 299

Creio que acabo de conhecer minha sucessora, Lady Falconer. Talvez, em algum momento do futuro próximo, nós possamos conversar sobre as sutilezas dessa técnica. — Sterling se curvou de forma respeitosa e, depois, virou-se para os outros convidados que continuavam no aposento e espalhados pelo corredor, informando a todos: — A ceia será servida em poucos instantes, no andar de baixo. Será que poderíamos nos dirigir para lá, a fim de degustá-la? — Sem maior esforço, ele encaminhou todos os que estavam no pequeno quarto para fora, exceto Simon e Lady Beth.

— Vou levar Meg para casa agora — disse Simon à lady. — Sinto muito por irmos embora tão cedo, mas Meg precisa de paz e quietude.

— É claro. — A velha mulher parecia abalada. — Essa obsessão de Drayton me preocupa, Meg. O que ele disse?

— Que... que me quer como esposa. — Meg começou a se sentir mal por pensar nisso. — Considerou várias possibilidades. Uma delas era mudar minha aparência, para eu me parecer com o tipo de mulher que o excita. Lady Falconer iria simplesmente desaparecer. Depois, ele decidiu que eu deveria permanecer com minha identidade real e processar Simon, pedindo a anulação do casamento. Drayton quer que eu obedeça a ele cegamente, ainda que o odeie no fundo do coração.

— Que homem desprezível. — Os lábios de Lady Beth formaram uma linha fina. — Simon, mantenha-a protegida.

— É o que farei. — Ele abraçou Meg com mais força. Ela parecia exaurida com a experiência. — Descanse, minha querida. Você derrotou Drayton mais uma vez.

Depois que Lady Beth saiu, o conde disse:

— Você vai ficar mais à vontade sem as armações por baixo da roupa. — Ele levantou as saias de Meg e soltou as armações articuladas. Em seguida, ajudou-a a sair da estrutura e das anáguas, que ficaram caídas no chão.

— Acho que vou tropeçar em tanta roupa — disse Meg, perplexa, enquanto olhava para metros e mais metros dos suntuosos brocados que se amontoavam em torno de seus tornozelos.

— Não vai, não. Relaxe agora. Você não precisa pensar em nada. — Ele a pegou no colo e seguiu em direção à porta.

Meg suspirou de leve e apoiou o rosto no ombro de Simon, fechando os olhos e se deixando levar. Ele percebeu que ela também queria segurança e proximidade.

Para sua surpresa, Blanche estava à espera no corredor, com os olhos preocupados. Simon lembrou-se de que deveria tratá-la como Lady Arden. Eles se encontravam de vez em quando, em eventos sociais, mas nunca mais tinham conversado, desde o dia em que ela rejeitara com veemência o pedido de casamento dele.

— Sua esposa está bem? — perguntou Blanche.

— Vai ficar — disse Simon, laconicamente.

Os olhos de Blanche pousaram sobre o rosto de Meg.

— Eu não teria a força que sua esposa demonstra. Ela é muito forte. Desculpe, Simon.

Aquele pedido de desculpas englobava muitas coisas. O ar de cautela de Simon se dissipou.

— Quando você recusou meu pedido de casamento, seus instintos eram sólidos, embora suas palavras tenham sido mal-escolhidas. A verdade é que nós não combinaríamos um com o outro, Blanche. Você é feliz?

— Sou. Às vezes, o destino é mais sábio que nós. — Ela exibiu o sorriso cativante que um dia havia conquistado o coração de Simon. Saiu pelo corredor em direção às escadas com uma das mãos apoiada na parede, para manter o equilíbrio. Devia ter tomado algumas taças de champanhe e ainda se recuperava. Blanche nunca havia conseguido resistir a uma taça de champanhe.

Esse pensamento trouxe de volta à memória de Simon outras lembranças dos tempos de galanteio entre eles, dez anos antes. Blanche o deixara ofuscado de paixão e, a princípio, ela também se interessara muito por ele. Enquanto descia as escadas com Meg no colo, Simon percebeu que Blanche estava certa: o destino tinha sido mais sábio. E, se ela o rejeitara de forma desajeitada, a verdade é que era muito jovem. Ele também era pouco mais que um garoto.

A juventude recebia mais louvores do que merecia.

Lady Beth já havia chamado sua carruagem. Um criado pegou o chapéu de Simon e o xale de Meg. Foi preciso muita habilidade para entrar na carruagem sem acordar Meg nem esbarrar na porta, mas ele conseguiu essa façanha. Uma vez lá dentro, ele se sentou, acomodou o corpo quente e vibrante de Meg em seu colo e cobriu os ombros dela com o xale.

Quando a carruagem partiu rumo à Mansão Falconer, Simon se certificou de que o veículo estava bem protegido e, então, se concentrou em Meg. Ela parecia uma criança adormecida, embora tivesse acabado de sair de uma luta contra um mago poderoso e bem-treinado. Simon sentiu uma ternura que quase o deixou desarmado. Mais que qualquer outra coisa no mundo, ele queria mantê-la a salvo. A verdade, porém, era que, se não fosse pela força dela mesma, Meg teria sido novamente raptada. Se aquilo era uma guerra, Drayton estava ganhando. Perceber isso foi muito amargo para Simon.

Ele ajeitou os cabelos dela para trás, desejando que seus cachos sedosos e naturais estivessem livres das pesadas camadas de pó de arroz que os cobriam. Meg estava estonteantemente linda naquela noite — era uma dama elegante da cabeça aos pés. Sua capacidade para se adaptar e acompanhar novas tendências era mágica, por assim dizer. Passou pela cabeça de Simon a possibilidade de Meg estar absorvendo conhecimentos sobre comportamento social a partir das pessoas à sua volta, sem que nem mesmo ela percebesse isso.

Os olhos da jovem se abriram.

— Você ainda sente falta de Lady Arden?

— Como foi que você soube a respeito dela? — perguntou Simon, atônito.

— Ela mesma me contou. Acho que queria se certificar pessoalmente de que eu merecia você.

— Pois garanto que ela aprovou minha escolha — disse ele, com tom seco. — Não que isso seja da conta dela, é claro.

— Sim, fui aprovada. — Meg se remexeu, distraída, no colo dele. — Ela me pareceu muito simpática. E belíssima.

Apesar da suavidade em sua voz, uma pergunta ficou no ar.

— Sim, ela é simpática, muito bonita, e uma Guardiã talentosa — confirmou Simon. — E certamente tinha razão quando achou que não serviríamos um para o outro. Não consigo imaginá-la salvando um unicórnio capturado depois de estar mentalmente cativa por dez anos. Nem enfrentando Drayton como você fez. Você tem coração de guerreira, Meg.

— Isso é bom, tenho certeza.

— E você também é belíssima — disse ele, baixinho —, por dentro e por fora.

Depois de um longo momento de silêncio, ela jogou a cabeça para trás e olhou fixamente para ele.

— Beije-me, por favor. Quero tirar o gosto de Drayton de minha boca.

Com muita suavidade, ele tocou com os lábios as marcas roxas que se formavam nas bochechas dela, canalizando mais energia de cura.

— O que ele fez com você?

Ela encolheu os ombros.

— Jogou-me na cama, fez ameaças, me esbofeteou para me ensinar a ser obediente, me forçou a aceitar seus beijos horríveis. E percebeu que eu ainda sou virgem.

— Quanto a isso, ele foi muito observador. — Não era de se estranhar que Drayton houvesse tido a ideia de forçar Meg a pedir a anulação do casamento. Sem dizer nada, Simon inclinou os lábios sobre os dela. O beijo foi muito suave, por respeito à batalha física e emocional que ela acabara de travar. Meg soltou um leve suspiro de prazer e abriu os lábios sob os dele. Embora a excitação começasse a envolvê-lo, Simon continuou explorando a boca de Meg com carinho. Ela era doce e intensa como um licor.

Simon odiava saber que Drayton, mais uma vez, havia usado e abusado de Meg, embora tudo tivesse acabado de forma satisfatória e antes que o estupro se concretizasse. O beijo se aprofundou, e ele a acariciou com as duas mãos, querendo eliminar qualquer mancha residual deixada pelo toque do canalha.

A língua de Simon encontrou um ponto áspero na boca de Meg. Pelo leve gosto de metal, ele percebeu que a ferida devia ser resultado da violência de Drayton. Massageou a região com a ponta da língua e enviou mais energia curativa até sentir a aspereza do local diminuir.

Meg estremeceu em resposta, e enlaçou com mais força o pescoço dele com os braços. A pressa dela transformou as preocupações dele, a raiva e a ternura em paixão ardente. Ele queria mergulhar dentro da jovem, queria que se tornassem uma pessoa apenas, em corpo e alma.

Ela respondeu com um fervor redobrado, girando o corpo com agilidade e se sentando sobre Simon com as pernas abertas. Seus quadris cavalgavam juntos, loucos para se conectar de verdade, apesar das camadas de tecido que os separavam. Simon levantou as volumosas saias dela para acariciar sua coxa. A palma da mão dele foi subindo com sofreguidão pela seda das meias que ela usava, até encontrar uma região de carne nua e quente um pouco mais acima.

Os gemidos dela ecoavam através dele, transmitidos por mais um beijo ardente. Mais do que qualquer coisa no mundo, o conde queria aumentar ainda mais o prazer de Meg, inebriá-la, até ambos chegarem ao orgasmo juntos, em uma loucura mútua. Ele deixou a mão deslizar para o ponto quente entre as pernas dela, avançando lentamente até encontrar as dobras absurdamente sensíveis de sua carne úmida. Diante desse toque íntimo, ela gritou e estremeceu de prazer, apertando o corpo contra o dele.

Simon lutava, muito excitado, para se livrar das calças, em um movimento frenético para penetrá-la, mas subitamente se deu conta do que estava prestes a fazer. Fúria e autodesprezo o invadiram, e ele percebeu que estava seduzindo uma mulher que já havia sofrido um ataque sexual naquela noite. Isso era um ato não apenas desprezível por si mesmo como também absurdo, pois destruiria a preciosa virgindade dela.

A raiva dele foi rápida e profunda demais para ser subjugada a tempo. Percebendo que o maldito encanto de Drayton começava a agir em seu corpo, Simon colocou Meg no banco oposto, dentro da carruagem, o mais longe possível dele. Volumosas ondas de energia invadiram o corpo do nobre, provocando-lhe agonias indescritíveis, enquanto as mudanças físicas aconteciam. Quando Meg soltou uma exclamação de surpresa, ele tentou reverter o quadro, mas suas formas em expansão rapidamente encheram todo o limitado espaço dentro da carruagem.

O atordoamento e a dor da transformação diminuíram, deixando-o ofegante e desesperado. Seu corpo de unicórnio estava espremido sobre o banco, mas suas pernas ainda envolviam Meg. Simon tentou se mover, mas seu pescoço estava torcido de forma estranha junto da parede do veículo, e seu chifre espetava o teto acolchoado da cabine. Embora seu primeiro instinto fosse fugir dali correndo, Simon teve frieza suficiente para entender que não poderia se mover sem machucar Meg acidentalmente, pois ela estava aprisionada no círculo formado pelo sólido corpo equino.

O pior de tudo era que, entre suas pernas incrivelmente ampliadas, estava revelado, de forma inequívoca, seu desejo imenso e exuberante, ainda mais se considerarmos que um unicórnio não é uma criatura pequena. Ele olhou para ela sentindo-se sem defesa, e desejou estar em qualquer lugar do mundo que não fosse ali. Ao mesmo tempo, desejava-a mais que nunca, com uma paixão física quase incontrolável, aliada à atração extrema da pureza virginal dela. Meg era uma figura de requinte, tanto um objeto de desejo quanto um cálice de graça.

Os olhos arregalados de Meg foram se movendo ao longo do corpo dele sem piscar, parando apenas por alguns segundos para observar melhor seu órgão masculino magnífico, incrivelmente intumescido.

— Você precisa parar de sentir tanta raiva de si mesmo a cada vez que perde o controle. Seu camareiro vai verter muitas lágrimas de lamento ao ver que você destruiu toda a sua roupa. — Ela acariciou o pescoço do animal com textura de espuma firme, e lançou sobre ele, com a mão, um pouco de energia calmante. Isso ajudou.

— Você compreende o que eu estou falando? — perguntou ela.

Ele assentiu com a cabeça, torcendo um pouco o pescoço.

— Vou usar o pino de um dos brincos para dar uma picada no seu pescoço, e depois vou furar meu dedo. Isso vai nos fornecer sangue suficiente para restaurar você à sua forma humana.

Ele assentiu com a cabeça mais uma vez, esperando que a transformação ocorresse antes que ele se destruísse por completo. Seu corpo todo lhe parecia um órgão sexual imenso e latejante.

Meg soltou o brinco da orelha esquerda e se inclinou para furar a pele do pescoço do unicórnio. A fisgada rápida fez com que uma gota de sangue se formasse no couro branco e brilhante. Ele a observou como que hipnotizado por seus movimentos, com vontade de deitar a cabeça sobre o colo dela, mas sem conseguir se mover.

Logo em seguida, ela furou o dedo médio da mão esquerda. Quando o sangue surgiu, ela o misturou ao de Simon. Não aconteceu nada por um bom tempo, que mais pareceu uma eternidade, e Simon começou a recear que a magia houvesse perdido o efeito. Talvez a crescente intimidade física entre eles tivesse destruído a inocência necessária para anular o encanto de Drayton.

Franzindo o cenho em sinal de estranheza, ela esfregou o dedo contra o pescoço dele com mais força, para que seus sangues se misturassem melhor. A metamorfose foi imediata. O calor que fizera a circulação dele acelerar quando seu corpo aumentou de tamanho agora trabalhava no sentido inverso, irradiando-se em ondas dolorosas para fora, enquanto seus ossos e músculos se apertavam para retomar a forma humana. A violência da mudança o lançou para fora do banco e ele acabou quase desmaiado, largado sobre o colo de Meg, muito ofegante, completamente nu e coberto de suor.

Estava tão extenuado que não sabia ao certo se conseguiria se mover, mas continuava ardendo de desejo. Envergonhado, enterrou o rosto contra o peito de Meg, que já estava sem o espartilho. Sabia que deveria recuar, mas não estava disposto a fazê-lo.

— Sinto muito, Meg — sussurrou ele.

— Pobre Simon — murmurou ela, com voz doce como mel. — Sua transformação foi muito pior que qualquer coisa que eu tenha sofrido nas mãos de Drayton esta noite.

As mãos gentis dela, suaves como uma pluma, acariciaram as costas e os braços dele, alisando sua aura estremecida, que o fazia sentir como se todos os seus pelos estivessem eriçados. Ele começou a se acalmar, embora não ousasse se mover, pois isso iria expor sua ereção incontrolável.

A mão flexível de Meg foi descendo devagar até a cintura dele e mergulhou mais. Antes que ele percebesse o que estava para acontecer, ela já agarrara a extensão rígida e pulsante de sua masculinidade completamente ereta. Ele soltou um longo suspiro de prazer e o êxtase daquele momento tomou conta de seu corpo.

— Meg...

— Acho que não vai levar muito tempo — sussurrou ela —, embora eu não tenha muita experiência com os rituais de acasalamento de homens, nem de unicórnios.

Ela deixou a mão deslizar para cima e para baixo, apertando-lhe o membro com suavidade. Foi o bastante. Gemendo alto, ele irrompeu em uma ejaculação violenta, tão vergonhosa quanto arrebatadora. Quando a tontura do orgasmo passou, percebeu que seus braços enlaçavam a cintura dela e seu rosto estava enterrado em seu colo.

Sentindo-se mais animal que homem, ele a largou e recuou um pouco, colocando-se de cócoras no chão, tão espremido entre os bancos quanto estivera antes, como unicórnio, entre as paredes da carruagem.

— Desculpe, Meg. Você não deveria ter que lidar com meu desejo sexual masculino e embrutecido.

— Por quê? — Ela limpou a mão em um pedaço do casaco de veludo arruinado e se inclinou para beijar-lhe a testa. — Você me deu muito prazer, e eu quis retribuir. Sou uma garota simples do campo, Simon. O ato de acasalamento é natural entre todas as criaturas, e eu sinto dificuldade para compreender por que algo tão certo possa parecer errado.

Ele suspirou, retrucando:

— Quando eu toco você, também tenho problemas para entender isso. Só que, na calma que vem depois do turbilhão de desejo eu sinto, mais uma vez, que estou tirando vantagem de sua juventude, de sua inexperiência.

— Sou experiente o bastante para saber que prefiro você a Drayton — disse ela, com um jeito sarcástico. — Ou qualquer outro homem que já conheci. Isso não é o bastante?

Ele gostaria de ter palavras melhores para expressar o que sentia.

— O que nos aconteceria se eu tivesse tirado sua virgindade? Como o encanto de transformação poderia ser anulado?

— Existem outras virgens em Londres. Jean Macrae teria vindo em um estalar de dedos, se precisássemos de ajuda. — A boca de Meg se torceu levemente, abrindo um sorriso maroto. — Embora eu deva confessar que não quero ver você olhando para nenhuma outra mulher do jeito que você me olha quando está sob a forma de unicórnio. Acho maravilhoso ser adorada dessa maneira.

Ele teve de rir e retrucou:

— Você tem um jeito absolutamente sensato de lidar com algo tão absurdo.

— Obrigada, se isso for um elogio. — Ela olhou pela janela no instante em que a carruagem sacolejou um pouco mais e parou abruptamente. — Estamos novamente em casa. Quer que entre e pegue uma capa para você?

— Não é necessário. Temos mantos extras debaixo dos bancos. Se você vier se sentar a meu lado, posso pegar um deles. — Quando Meg se moveu para o lado da carruagem onde ele estava, Simon levantou o banco estofado e pegou um cobertor de lã. O tecido lhe provocou comichões sobre a pele nua, mas o cobriu com recato.

— Agora, vamos simplesmente entrar com toda a naturalidade. Deixemos os criados tirarem as próprias conclusões.

A risada dela foi rouca e nem um pouco inocente.

— Espero que os mexericos sobre nossa travessura cheguem aos ouvidos de Drayton e ele imagine o pior. — A jovem passou a mão carinhosamente por entre os cabelos de Simon. — Mal posso esperar pelo dia em que nós dois poderemos sentir prazer um com o outro ao mesmo tempo.

Ele queria o mesmo. Por Deus, como queria!

VINTE E QUATRO

*M*eg recebeu com prazer o formigamento familiar dos escudos invisíveis da casa, assim que eles entraram no saguão. Tinha aprendido a apreciar o poder e a sofisticação das proteções que Simon criava. Para um mago, a Mansão Falconer era o lugar mais seguro de Londres, e foi um alívio para a moça poder baixar as próprias defesas.

Dirigindo-se ao lacaio que os recebeu à porta, Simon pediu:

— Por favor, mande uma ceia leve para ser servida em meu escritório. — Ele parecia nobre e majestoso, como se usasse uma toga romana em vez de uma manta em padrão quadriculado que mal cobria sua nudez. Meg perguntou-se o que os cavalariços pensariam quando fossem limpar a carruagem e encontrassem as roupas arruinadas de Simon. Provavelmente imaginariam que ela o havia atacado como uma leoa no cio, o que não estava muito longe da verdade.

Enquanto analisava o perfil de Simon, enigmático e com traços bem definidos, Meg percebeu que estava ficando cada vez mais fácil identificar o homem a seu lado com o unicórnio no qual ele se transformava e vice-versa Ambos exibiam um ar de elegância, muito poder e uma beleza de tirar o fôlego. Se Simon fosse mais corpulento e tivesse cabelos negros como os de Duncan Macrae, poderia o unicórnio refletir essas características? Pergunta interessante.

Um unicórnio musculoso e de pelos escuros talvez fosse muito impressionante, mas ela certamente não o acharia tão atraente.

Meg estava espantada por Simon ter resistido à atração sexual violenta que os ligava. Talvez ela se tornasse um pouco mais disciplinada quando fosse uma feiticeira mais experiente. Ou então — engoliu em seco quando percebeu a forma como o manto da carruagem expunha os ombros poderosos de Simon — talvez não. Era impossível que Meg não se imaginasse sem o desejar. A moça começava a suspeitar de que descendia de alguma família de camponeses, pois sua natureza era mais ligada à terra que às coisas refinadas.

Simon se virou para ela e perguntou:

— Você quer discutir informações sobre seus colegas de cativeiro mental esta noite ou acha melhor deixar isso para amanhã, quando estivermos descansados?

— Agora! — decidiu ela, sentindo a fadiga se desvanecer.

Ele sorriu de leve.

— Eu adivinhei que você me daria essa resposta e já pedi bebidas e refrescos, já que perdemos a ceia excelente da Mansão Sterling. Vamos vestir algo mais confortável e depois nos encontraremos em meu escritório.

Ela assentiu com a cabeça e seguiu em direção às escadas. Levou algum tempo para a camareira conseguir remover sua complicada roupa de gala. Seus cabelos só conseguiriam se livrar por completo do pó de arroz após serem lavados, mas desfazer o penteado elaborado, escovar os cabelos com força e vestir um confortável robe caseiro já foi um grande alívio.

Simon já estava em seu escritório, vestindo um manto típico indiano de veludo azul. A ceia fora servida e estava sobre uma bandeja em um dos cantos do aposento. Por ora, no entanto, o conde entregou à jovem um cálice de brandy com água. Simon devia ter usado magia para determinar a proporção exata dos ingredientes, porque a bebida desceu suavemente pela garganta de Meg, aquecendo-a sem queimar.

Ele tomou um gole de seu drinque, algo mais escuro e certamente mais forte, mas logo em seguida o colocou de lado para desenrolar um imenso pergaminho sobre a mesa.

— Este aqui é um mapa de Londres e dos arredores da cidade. — Simon colocou pesos nos quatro cantos para manter o mapa aberto. — Você consegue me mostrar onde Drayton mantém as outras vítimas em cativeiro?

— Não sei se conseguirei. — Estreitando os olhos, Meg se inclinou sobre o mapa, acompanhou com os dedos o curso do rio Tâmisa e depois os vilarejos que se espalhavam pelos arredores da grande Londres. — Não conheço nenhum desses lugares. Não sei nada sobre a cidade, a não ser a vizinhança desta casa e o parque.

— Não é preciso conhecer a cidade. Tente fechar os olhos e localizar as almas perdidas que você descobriu.

Um dia, ela conseguiria se lembrar de usar magia sem ter alguém que a incentivasse. Fechando os olhos, Meg estendeu a mão aberta sobre o mapa, enquanto tentava recriar os cordões de energia que descobrira no fundo da mente de Drayton. Sem vontade consciente, a sua mão se movimentou para a esquerda e pousou sobre o mapa, a palma brilhando de calor.

— Aqui — garantiu ela. — Quatro dos cinco cativos estão neste lugar. — Abriu os olhos e viu que sua mão havia pousado sobre uma área na parte oeste de Londres, um pouco além de Richmond. — É um solar que fica perto desse vilarejo.

— A Abadia Brentford? — Simon analisou o ponto indicado.

— Isso mesmo! Você conhece o lugar?

—Conheço. É a casa de campo onde Drayton vai realizar seu grande fórum sobre tecnologia. Ele alugou a propriedade há vários anos, para ter um refúgio no campo que ficasse perto de Londres, de modo a estar sempre próximo da corte e do governo. — Simon franziu o cenho. — Eu nunca investiguei a região, mas, nesse lugar, funcionou uma abadia, muitos anos atrás. Ele fica situado na intercessão de três estradas importantes que formam linhas místicas de grande energia. Tantos séculos de orações e rituais certamente dotaram o lugar de muito poder.

— Mas esse poder já não teria se dissipado depois de tantos anos? Já faz cinco séculos desde que o rei Henrique acabou com as abadias inglesas.

Simon olhou para Meg com curiosidade.

— Você se lembra desses detalhes da história britânica ou foi algo que leu recentemente?

Ela tentou se lembrar de onde viera aquele conhecimento sobre Henrique VIII.

— Não li nada sobre o período dos Tudor desde que você me resgatou. Portanto, isso deve ser algo que eu já conhecia antes.

— Mais uma prova de que você era uma criança com um bom grau de instrução quando Drayton a raptou. — O olhar de Simon pousou sobre o mapa. — Parte da energia espiritual pode ter se dissolvido, mas ainda há muito poder residual, e essas estradas são restos de trilhas muito antigas. A abadia seria o refúgio perfeito para um feiticeiro renegado.

Meg perdeu o fôlego ao pensar na possibilidade.

— Você acha que ele pode estar tentando combinar o poder da abadia com o que ele rouba dos escravos, a fim de colocar sob cativeiro todos os estudiosos que forem ao fórum?

— Bem, certamente ele pretende usá-los de algum modo, mas não creio que consiga colocá-los em cativeiro mental, como fez com você. Esses homens são mais velhos do que você era quando ele a capturou, e poucos deles têm poderes mágicos. Mesmo que Drayton consiga sugar algo da mente dos participantes do fórum, seria muito ostensivo transformar centenas de homens importantes do mundo científico em simplórios. — Ele sorriu de leve. — As pessoas perceberiam.

— E se ele quiser escravizar só alguns dos mais poderosos?

— É possível que ele tenha desenvolvido encantamentos avançados que coloquem os convidados sob o poder dele de forma di-

MAGIA ROUBADA ✳✳✳ 313

ferente da escravidão mental que você sofreu — disse Simon, com ar pensativo. — Preciso refletir a respeito de como isso poderia ser feito e de como pode ser combatido. Por enquanto, o que mais você sabe dizer sobre os quatro cativos que ele mantém na Abadia Brentford?

— São dois homens e duas mulheres. Acho que todos eles são mais jovens que eu. — As sobrancelhas de Meg se uniram quando ela se concentrou na essência espectral do que Simon havia batizado de "almas perdidas". — Não sei se algum dos quatro é Guardião, mas um deles tem uma energia diferente de tudo que eu já vi. — Creio que nenhum deles tem magia de alto nível como a sua ou a de Lady Bethany, mas a verdade é que, unidos, eles poderiam comandar uma quantidade formidável de poder.

Simon praguejou baixinho.

— E o poder deles está sempre à disposição de Drayton. Não é de se espantar que ele tenha conseguido tantas façanhas. Você disse que havia uma quinta pessoa cativa. Se ela não está na Abadia Brentford, onde mais poderia estar?

Meg tornou a fechar os olhos e voltou ao instante em que descobriu os cordões energéticos. Quatro deles levavam para um único lugar. Agora ela tentava rastrear o quinto.

— É uma mulher. Na verdade, é uma menina muito jovem, talvez com 14 ou 15 anos. E... ela está bem perto. — Em vez de usar a mão inteira, Meg seguiu com um único dedo o fio diáfano que sentia sobre o mapa. — Está bem aqui!

Simon assobiou de espanto.

— A Mansão Drayton, que fica a poucos quarteirões daqui. Você consegue me contar mais sobre ela?

Meg estendeu a mão para sentir a ponta do cordão e ficou pasma com o que viu.

— Essa jovem tem um poder gigantesco! Em minha visão interna, ela brilha como uma fogueira. Acho que foi capturada há pouco tempo, e seu poder talvez não esteja tão acessível a Drayton.

Mas é só uma questão de tempo até ele sugar todo o poder dela, como fez comigo.

— Drayton é diabolicamente competente quando se trata de encontrar vítimas em potencial — comentou Simon, com ar sombrio. — Precisamos libertá-los o mais rápido possível, não só pela salvação deles, mas também para diminuir o acesso do canalha a seus poderes.

— A menina na Mansão Drayton está tão perto de nós — disse Meg, olhando para o mapa. — Não deveríamos libertá-la antes dos outros? Esta noite mesmo? Ainda faltam várias horas para o amanhecer.

— A paciência é uma virtude, minha donzela guerreira. — Simon enrolou o mapa e o pôs de lado. Em seguida, colocou a bandeja de comida sobre a mesa. — Você teve uma noite exaustiva, Meg, e não fez a refeição da noite no baile. Precisa comer algo, antes de planejarmos a melhor forma de proceder.

— O que há para planejar? — Ela dobrou uma fatia de carne fria e mordiscou a ponta. — Basta ir lá e libertar todos os cativos o mais depressa possível.

— Essa jovem na Mansão Drayton certamente será a mais difícil de libertar. A vigilância de Drayton é fabulosa. Seus guardas devem ter estudado contrafeitiços e estão preparados para repelir invasores.

— Quanto tempo esse inferno vai durar? Aquela menina está sofrendo, Simon! — exclamou Meg. — Dá para sentir o medo e a solidão por baixo do encanto que Drayton colocou sobre ela. Com os outros, acontece o mesmo. Podem parecer simplórios idiotas, mas, por dentro, eles... eles *sofrem*. Para seu horror, ela percebeu que lágrimas de pesar escorriam com abundância dos próprios olhos.

Simon a envolveu em um abraço apertado e a trouxe para junto dele.

— Sei que isso é uma tortura para você. — Acariciou os cabelos dela com suavidade. — Só que não podemos permitir que a emoção nos leve a uma situação desastrosa. Sim, eu sei que Drayton abusa deles de forma abominável, mas o fato é que ele precisa desses escravos, e isso nos garante que nenhum deles será ferido fisicamente. Quando chegar a hora de libertá-los, precisaremos estar bem-organizados, para nos movermos com rapidez e levá-los até um local seguro antes que Drayton consiga revidar.

Percebendo um pouco de reserva na voz de Simon, Meg ergueu a cabeça que repousava confortavelmente sobre o ombro dele e perguntou:

— Você está preocupado com alguma outra coisa além de resgatar os cativos, não é?

— Quando Drayton tentou raptar você esta noite, isso foi uma declaração de guerra. — Simon suspirou. — Duvido muito que isso tenha sido deliberado. Provavelmente, ele achava que podia raptar você e encobrir o ato com mentiras espertas, como fez na audiência. Mas você escapou, e um grande número de Guardiães que moram em Londres estava na Mansão Sterling. Alguns deles, que se colocaram em posição de neutralidade ou acreditavam em Drayton, agora devem estar cheios de dúvidas sobre a confiabilidade dele. Sua posição está mais precária, o que o torna ainda mais perigoso.

— Mas não devemos permitir que ele mantenha esses escravos nem um minuto além do necessário — disse Meg, com firmeza. — Além disso, o testemunho deles sobre os crimes de Drayton certamente vai fortalecer sua posição diante do conselho, Simon.

— Concordo, mas resgatar os cativos agora vai ampliar essa guerra não declarada. Creio que podemos resgatar em segurança os que estão em Brentford, mas não a menina de Londres, porque, assim que agirmos, Drayton contra-atacará, atingindo você ou alguém de quem gostamos. Os implacáveis têm vantagens na hora do combate.

Meg estremeceu diante da possibilidade de se ver novamente sob o controle de Drayton. Preferia morrer a voltar à escravidão.

— Apesar dos riscos, nós devemos agir — insistiu ela. — Ele certamente não vai desistir de seus planos diabólicos se o ignorarmos e ficarmos aqui parados, à espera do melhor.

— Sim, mas eu prometo proteger você, Meg. Até agora não fui muito bom nisso. — O olhar de Simon parecia distante. — Se você não tivesse reagido de forma tão eficiente, ele a teria levado esta noite. Eu falhei. O pior é que, à medida que seguirmos em frente, o perigo sobre você vai aumentar.

— Tem importância discutirmos sobre quem foi o responsável por me livrar das garras dele? — perguntou Meg, com tom ácido. — O que importa é que escapei e, se Deus quiser, vou conseguir vencer Drayton se ele tentar me raptar novamente. Quanto dessa sua preocupação é derivada de orgulho ferido?

Ele tirou os braços dos ombros dela, se afastou e começou a caminhar de um lado para outro, inquieto, pelo aposento.

— Não posso negar que meu orgulho ferido é um fator importante aqui. Mais forte ainda, porém, é o meu senso de identidade. Se não consigo proteger os inocentes, para que sirvo eu na vida? — Simon girou o corpo e olhou Meg fixamente. — Mas o maior de todos os meus medos é você. Eu... eu gosto muito de você, minha donzela guerreira. Isso é perigoso, porque interfere em meu julgamento.

O poder que o conde irradiou deixou-a sem fôlego. Eles estavam ligados um ao outro de muitas formas, mas era assustador ouvir essas palavras ditas em voz alta.

— Eu também gosto muito de você, milorde, mas não consigo lamentar tal fato, mesmo que isso complique minha vida.

A expressão dele se suavizou, apesar dessas palavras duras.

— Lady Beth provavelmente diria que as complicações *são* a própria vida. Devemos fazer o que for necessário e torcer para aguentarmos as consequências. É hora de pensarmos na Abadia Brentford.

Meg sentou-se em uma poltrona, enrolou mais uma fatia finíssima de carne e colocou-a dentro de um pão. Tramar grandes planos era um trabalho que provocava fome.

— Você conhece algo mais sobre o lugar? — perguntou ela.

— Com sua permissão, vou seguir sua ligação mental até os escravos. Isso me dará chance de aprender mais.

Depois que Meg assentiu, concordando com a proposta, Simon fechou os olhos e localizou os cordões energéticos que iam dela até os escravos. Devido ao envolvimento intenso da moça com a situação dos cativos, muitas informações se tornaram imediatamente disponíveis para ele.

— A abadia é muito grande, e é por isso que a segurança não é tão poderosa quanto a da Mansão Drayton. É preciso muita magia para proteger uma área dessas dimensões. Na verdade, Drayton usa a energia dos cativos para manter a proteção do local, e isso reduz a quantidade de poder que ele tem disponível para outras coisas.

— Exatamente como fez comigo — murmurou Meg. — É especialmente cruel escravizar alguém usando os poderes da própria vítima.

— Mas Drayton é extremamente cruel. — Simon desviou a atenção para o local onde estavam os indivíduos. — Os cativos estão presos em uma construção externa. Originalmente, os aposentos eram celas individuais para monges e acabaram se transformando em uma boa prisão. — O conde franziu o cenho. — Suponho que, desde a sua fuga do Castelo Drayton, ele deve ter aumentado o controle sobre as vítimas restantes.

Intrigada com os detalhes do que Simon descrevia, Meg perguntou:

— Como você consegue ver tanta coisa?

— O dom de minha família é pressentir o volume de poder de um lugar, especialmente se há algo errado com ele — explicou Simon. — A magia flui a partir da natureza e, quando usada de forma apropriada, é algo harmonioso. Magia em desarmonia sempre atrai minha atenção. Geralmente, não é nem preciso usar um cristal de clarividência.

— É difícil ser um caçador de homens? — perguntou ela, baixinho.

— Não é exatamente o dom de magia que eu teria escolhido. Mas alguém tem de fazer esse trabalho. — Ele se acomodou na poltrona em frente a Meg e começou a cortar uma das fatias de pão em cubinhos, com ar distraído. — O pior de tudo é caçar um amigo.

— Isso já aconteceu? — quis saber ela, atônita.

Ele hesitou antes de responder.

— Duncan é escocês. Durante os Levantes Jacobitas ele estava, por assim dizer, incerto sobre para que lado sua lealdade mais profunda pendia. Foram tempos difíceis.

— Mas vocês continuam amigos — disse ela, fascinada, mas insegura sobre o quanto mais deveria ousar perguntar.

— Por sorte, ele não fez nada inaceitável. — Simon cortou uma pontinha do queijo e a jogou para Otto, que se mantinha debaixo da mesa, com olhos esperançosos. — Eu nunca quis fazer perguntas inconvenientes a Duncan depois que a crise passou. Foi muito mais satisfatório ajudar alguns rebeldes a escapar para a América, onde eles poderiam reconstruir suas vidas. Esse trabalho Duncan e eu fizemos juntos.

— Acho que ser uma caçadora e uma agente da lei seria muito complicado para mim — disse ela, com franqueza. — Fico feliz por isso não ser um dom feminino.

— Tradicionalmente, não é mesmo, mas o fato é que você tem algumas habilidades semelhantes às minhas — afirmou Simon. — Veja só a rapidez com que você localizou as outras vítimas que Drayton escravizou.

— Mas isso só aconteceu, porque eu sofri o mesmo que eles — explicou Meg, sentindo-se desconfortável. — Não sou uma caçadora. Quero apenas libertar os escravos de Drayton e me certificar de que ele não colocará outras pessoas em cativeiro. Claro que também devemos resgatar a criança que mora na casa dele, aqui em Mayfair. — Algo na menina repercutia de forma singular em Meg, talvez pelo fato de elas terem mais ou menos a mesma idade no momento do rapto.

— Espero que sim, mas será muito mais difícil invadir aquela casa. — Simon lançou mais um pedaço de queijo para o cão. — Vou ver o que consigo fazer.

— Drayton é um verdadeiro demônio? — perguntou ela, falando devagar. — Ou só os atos dele são demoníacos?

— Não sei responder — replicou Simon. — Deixo essa questão para os teólogos. A mim interessam os atos dele, não frases feitas nem rótulos. Não importa o quanto as palavras de um homem parecem belas e justas. Se seus atos são cruéis, ele não é uma boa pessoa. Quanto aos pensamentos maus... Bem, eu desconfio de que todos nós os temos de vez em quando. Mas me custa crer que Deus nos puniria somente pelos pensamentos maus se não os seguirmos na hora de agir.

— Pois eu acho que a virtude está em resistir aos pensamentos maus. Onde estaria a virtude se não houvesse a tentação?

Ele riu.

— Você até que daria uma boa teóloga.

— É muito melhor ser uma teóloga que uma escrava. — Ela se levantou, bocejando. — Vamos discutir como libertar os cativos de Brentford amanhã. Será que não poderíamos ir até lá para investigar o local?

— Vamos ver...

Essa frase indefinida significava que ele não queria que ela fosse, e Meg teria que teimar para conseguir acompanhá-lo. Quanto a isso, tudo bem: ela sabia ser muito teimosa, e sabia que Simon tinha um senso básico de justiça.

Com a mão na maçaneta, ela olhou para trás, por sobre o ombro.

— Meus pensamentos a respeito de você são ímpios — declarou ela.

E saiu correndo do aposento, antes que o calor que notou nos olhos dele transformassem seus pensamentos maus em atos devassos.

VINTE E CINCO

— *E*stá na hora de amarrar os cavalos para continuarmos a pé. — Simon guiou sua montaria na direção de um bosque cerrado, a uma distância segura da trilha estreita que eles atravessavam. Meg o seguia em silêncio. Ela acordara e descera para o desjejum naquela manhã disposta a cavalgar na mesma hora, a fim de fazer um reconhecimento na região da Abadia Brentford, e ficou muito irritada com Simon ao ser informada de que ele não pretendia visitar o local antes do anoitecer.

Eles haviam passado boa parte do dia discutindo se Meg deveria ou não ir até a abadia junto com Simon. Ele finalmente aceitara, com relutância. Embora ele não tivesse feito um trabalho brilhante para protegê-la até então, Meg se sentia mais segura ao lado dele que em qualquer outro lugar.

Quando chegaram à parte central do bosque cerrado, Simon desmontou e procurou uma árvore boa para amarrar os cavalos. Para sua surpresa, um brilho suave surgiu em torno deles, suficiente apenas para divisar o formato das árvores, dos cavalos e de Meg. Vestida com um casaco preto masculino e calça, ali estava ela, esbelta e séria como uma espada.

— É você quem está criando essa luz? — perguntou ele, baixinho. — Não queremos que ninguém da abadia nos veja.

— Não há lua, e não quero que os cavalos se machuquem. — Ela saltou da sela. — Ninguém vai nos ver. Esta luz só é visível aqui.

Simon testou o brilho, que cobria um raio de apenas alguns metros.

— Isso não parece luz normal de magia. O que você está fazendo?

Ela fez um gesto vago e explicou:

— Achei que poderia ser útil testar uma luz que brilha de fora para dentro em vez do contrário. Pensei nisso, e aqui está ela.

Brilha de fora para dentro? Simon saiu da área iluminada e se virou para olhar. Na verdade, era impossível ver a luz ou qualquer coisa que estivesse na área coberta por ela.

— Isso é admirável! Você consegue fazer com que ela brilhe um pouco mais?

— Consigo, mas uma luz mais forte talvez não fique dentro do círculo de forma tão perfeita. Você consegue ver isso?

Depois de um instante, Simon percebeu um globo de luz grande, com luminosidade fraca, exatamente no local onde Meg e os cavalos estavam, mas não conseguiu vê-los, apenas a luz. Calculou que o brilho só poderia ser visível a pouco mais de cem passos dali. Entrou novamente na área iluminada e se espantou ao ver o local brilhante como o dia. Piscando muito, elogiou:

— Muito inteligente de sua parte descobrir um novo modo de usar luz mágica, Meg. Eu gostaria de ter tido essa ideia.

Ela estalou os dedos e a luz diminuiu novamente.

— Como não recebi nenhuma aula sobre como criar luzes mágicas, fiz muitas experiências. Essa versão foi a que eu achei mais útil.

Simon fez uma anotação mental para tentar criar uma luz como aquela mais tarde.

— Quer que eu repita qual é nosso plano? — perguntou ele.

— Estamos aqui para avaliar a situação, não para realizar atos de heroísmo — disse ela, com um brilho satírico nos olhos. — Você vai usar um encanto de ilusão para cobrir nossos rastros. Eu devo me manter alerta para os seguranças do lugar, pois é provável que haja vários. Você não vai me avisar sobre a presença dos guardas a não ser que eu esteja em perigo de dar de cara com um deles, pois quer me testar para saber o quanto sou boa para detectá-los. Se eu tiver sorte, pode ser que você permita que eu tente criar uma abertura no escudo deles. Depois, vamos decidir quantas pessoas precisamos trazer para o resgate. Você acha que serão necessárias quatro pessoas, uma para cada escravo. Também decidirá que tipo de transporte será mais apropriado para tirá-los daqui.

Ele teve de sorrir.

— Será que eu enchi demais seus ouvidos? O caso é que, nesse tipo de trabalho, nunca se está preparado demais. — O sorriso de Simon desapareceu. — Eu imaginei que estivesse pronto quando entrei no Castelo Drayton, mas a preparação não foi boa o bastante. Não pretendo me colocar novamente em apuros por falta de cuidado. — Mais que isso, ele não queria que Meg se encrencasse.

— Então, é por isso que você transforma tudo em lição, certo? Sou grata por isso, Simon — disse ela, com o rosto sério. — Você é um excelente instrutor.

— E você é a mais alarmante das alunas. — Simon teve uma rápida e abrasadora recordação de como havia se sentido na véspera, quando as mãos dela estavam entre as suas pernas. Aquilo era realmente alarmante... Ele balançou a cabeça e saiu rumo à abadia.

A propriedade estava rodeada por um muro de pedras com 3 m de altura, e eles se aproximaram de um setor bem afastado dos portões. Simon foi até um ponto onde as pedras eram irregulares o bastante para permitir uma escalada sem dificuldades. Quando chegou ao alto do muro, o conde procurou um local seguro e estendeu a mão para ajudar Meg, que subia. Dispensando a ajuda de Simon, ela balançou o corpo de forma flexível, lançou-se para cima e caiu literalmente ao lado dele.

Entre sussurros, ela disse:

— Os guardas ao longo da muralha foram treinados para dar alerta contra intrusos. Você abriu um portal para que pudéssemos entrar sem sermos notados, não foi?

Simon assentiu com a cabeça, satisfeito com a aguçada percepção que Meg demonstrava. Depois, girou o corpo com as mãos na borda do muro, antes de se lançar sobre a grama macia. Quando a jovem fez o mesmo, ele não resistiu à tentação de estender o braço e enlaçá-la pela cintura, a fim de facilitar sua descida. Meg não disse nada, mas seus dedos roçaram a mão do conde quando ele a soltou. Uma leve trilha de luz ficou pairando no ar, junto ao lugar onde as pontas de seus dedos haviam se tocado. Quando a luz se apagou, ele decidiu que mais tarde dedicaria algum tempo para explorar aquele dom dela. Meg, a Portadora de Luz. Meg, a mulher que trouxera luz à sua vida.

Toda a área interior ao muro era um parque gramado com algumas árvores grandes espalhadas aqui e ali. A grama e os galhos mais baixos das árvores eram cortados com regularidade pelas vacas e cervos ornamentais que pastavam livremente pelo gramado interno. A abadia e seus anexos ficavam no centro desse parque, mais ou menos 800 m à frente, no alto de uma colina suave.

Simon havia passado várias horas, durante a tarde, analisando a propriedade com o auxílio de um cristal de clarividência e da magia típica de caçadores. Agora, o conde estava perto o bastante para confirmar suas observações. Do mesmo modo que o Castelo Drayton, aquela propriedade tinha guardas, mas apenas três. Simon chegou à conclusão de que uma propriedade alugada como a Abadia Brentford certamente esconderia menos segredos que a mansão da família Drayton, que ficava um pouco mais a oeste dali.

Dois dos guardas estavam junto ao portão principal, um de frente para a casa e o outro olhando para o lado oposto. Um terceiro guarda patrulhava a casa e os arredores. Os homens pareciam competentes. Simon não conseguiu identificar um padrão definido nas rondas; ele e Meg precisariam tomar cuidado quando fossem resgatar os cativos.

Pelo menos, Drayton não seria problema ali. Ele passava a maioria das noites em Londres, inclusive aquela. Disso Simon tinha certeza. Virando-se para Meg, o conde disse:

— Localizei o supervisor de segurança. Ele é um Guardião que está dormindo na construção principal. Já o encontrei uma ou duas vezes; trata-se de um sujeito chamado Cox. Não possui muitos poderes, mas tem as habilidades de um bom vigia. Suspeito de que os guardas estejam treinados para alertá-lo de imediato caso um mago seja detectado invadindo a propriedade.

— Então, vamos torcer para que ele tenha uma boa noite de sono.

Aproveitando-se das profundas sombras proporcionadas pelas árvores, os dois ziguezaguearam em direção às construções que ficavam dentro da propriedade. O conde e a donzela estavam em uma área aberta entre duas árvores quando ouviram o mugido profundo e assustador emitido por um animal grande. Simon e Meg pararam no mesmo instante. Qualquer que fosse o animal, estava oculto atrás da árvore à esquerda. Simon sondou a energia que vinha dali e percebeu que a criatura era um touro.

Um segundo depois, o imenso bicho saiu das sombras, girando a pesadíssima cabeça para a frente e para trás até localizar as criaturas que o haviam acordado. Baixando a cabeça e balançando o rabo para os lados, ele irrompeu na direção deles. Simon praguejou baixinho, percebendo que o animal embrutecido era deixado solto ali para servir de proteção tradicional, sem uso de magia.

Simon estava a se perguntar como conseguiria lidar com o touro quando Meg deu um passo à frente. O coração do conde pareceu disparar na garganta, mas logo ele se lembrou de que um dos dons especiais de Meg era lidar com animais, e isso talvez incluísse touros desconfiados que arranhavam as patas sobre a grama.

Ela murmurou algo incompreensível, à guisa de saudação, e Simon percebeu a magia que acompanhou o som. O touro parou e ergueu a cabeça, assumindo uma postura menos agressiva. Meg foi até onde ele estava e começou a lhe acariciar o pescoço. Fez isso com muita força, pois os touros eram incapazes de sentir toques suaves. A fera virou a cabeça de lado e a esfregou na jovem com carinho, como se fosse um cavalo. Simon quase riu alto ao ver aquilo. Depois de ter sentido a energia calmante de Meg, na pele de um unicórnio, ele não se surpreendeu ao ver que o touro havia sido completamente domado.

Depois de acariciá-la e de coçar sua cabeça, Meg dispensou a fera, que voltou calmamente na direção da árvore onde ficava seu harém e onde muitas vacas cochilavam. Simon se aproximou da donzela.

— Muito bem! — elogiou ele.

Ela deu de ombros ao ouvir o elogio.

— Ele não estava zangado. Apenas curioso.

Simon se perguntou como ela se sairia diante de uma matilha de cães de guarda. Provavelmente, eles acabariam comendo em sua mão em poucos instantes.

Assim, eles se aproximaram de outro grupo de sentinelas. Dessa vez, elas estavam colocadas em torno da construção principal. A dois passos de uma cerca invisível, Meg parou para que Simon avaliasse a situação. Ele testou o campo de força e notou que a energia contida ali era muito mais poderosa que a dos guardas dos muros. Além de ativar um alerta, havia um encanto terrível, projetado para infligir dor em proporção direta às qualidades mágicas do intruso. Provavelmente aquilo provocaria uma bela dor de cabeça em Simon e Meg.

Embora os encantos fossem poderosos, o conde achou que Meg conseguiria lidar com eles. Afinal, somente fazendo é que se aprendia. Deu um tapinha no ombro da jovem, o sinal combinado para que ela tentasse lidar com as sentinelas por si própria. Meg se concentrou no escudo protetor com uma força quase palpável.

Embora trabalhasse mais devagar que Simon, ela levou apenas um ou dois minutos para abrir um buraco no portal. Entrou, e Simon a seguiu, com muito cuidado, para não esbarrar nas bordas energéticas. Quando os dois estavam do lado de dentro do escudo invisível, Meg fechou novamente o portal com todo o cuidado.

— Excelente — sussurrou Simon.

Ele pressentiu mais que viu o sorriso aberto por ela antes de se virar e seguir em direção às construções à frente. Enquanto se aproximavam, ela parou.

— Que energia estranha é essa que pulsa através da terra e do ar? Mais parece a vibração de um gigantesco gongo depois de ser tocado.

— Três linhas retas de velhas estradas se cruzam aqui, e isso cria um tremendo vórtex de energia telúrica. Se Brentford é como outras abadias, sua capela foi construída no ponto onde as linhas convergem.

— Os primeiros padres eram feiticeiros? — quis saber Meg, com as sobrancelhas arqueadas.

— Não creio, mas eles certamente compreendiam o poder e como canalizá-lo para seus propósitos espirituais. — Simon fechou os olhos para enxergar melhor as grandes linhas de luz que cintilavam a partir do solo. No local em que as três linhas místicas se interceptavam, era formada uma estrela de seis pontas com uma fonte de energia que flamejava em direção ao céu. Séculos de devoção, preces e religiosidade haviam fortalecido o poder natural da terra, fornecendo um banquete para os sentidos das pessoas conscientes da magia daquele lugar. — Essas linhas místicas são as mais fortes que eu já vi. Meu palpite é de que Drayton está tentando usar o poder delas para benefício pessoal.

— E se ele conseguiu isso?

— Provavelmente já saberíamos do fato a essa altura, porque o poder é grande demais. Mas eu nunca imaginei que isso pudesse acontecer. Linhas retas de força que se encontram realmente nos energizam, mas não podem ser canalizadas para os interesses mesquinhos dos homens. Para a sorte da humanidade. — Ele voltou a caminhar na direção das edificações, tocando o braço de Meg para indicar que eles deveriam seguir pelo lado direito.

A luz da noite estava muito fraca, mas era suficiente para fazer ressaltarem as formas dos prédios, que se agigantavam. A construção principal havia sido projetada para ser uma igreja, com uma enfermaria ao lado. Ao longo dos anos, porém, os proprietários haviam construído anexos, que transformaram o local em um complexo disperso e tosco cobrindo grande parte do terreno. A maioria dos casebres era muito velha, mas continuava a ter as mesmas funções do tempo dos beneditinos: fabricação de pão, laticínios e assim por diante.

O guarda de patrulha estava perto. Simon agarrou Meg pelo pulso e a puxou para a sombra de um dos estábulos, mascarando a presença deles com um encanto para a distração do olhar, até que o guarda corpulento passasse por eles e seguisse em direção à casa principal. Só quando a sentinela desapareceu por completo, Simon seguiu em frente, com Meg ao lado. O poder flamejante do vórtex energético atraía muito sua atenção, mas ele se obrigou a concentrar o foco na busca pelos escravos.

Ali. Os cativos estavam em uma estrutura quadrada bem diante de Simon e Meg. As explorações preliminares do conde haviam sugerido que eles estavam presos em uma construção que tinha um jardim. Agora, vendo a prisão com os próprios olhos, ele percebeu que a estrutura era um pequeno convento, provavelmente construído quando a comunidade começou a crescer, ou talvez mantido como retiro ou refúgio para monges doentes. Nenhuma janela dava para fora.

No lado de dentro, ele sabia que havia doze claustros para monges, bem como uma cozinha e um pequeno refeitório, todos voltados para o átrio. A estrutura estava protegida por um pesado conjunto de elementos de segurança. Essa era a prova definitiva, se é que ainda restava alguma dúvida, de que as pobres almas escravizadas estavam ali dentro. Além de disporem de um sensível alarme de presença, as sentinelas tinham o poder de derrubar um mago e até de o matar.

Dentro dos claustros, ele sentiu o fogo brando da energia de quatro pessoas em cativeiro, acrescido de mais uma presença, uma combinação de vigia e soldado que tinha algum poder mágico. Meg parou a centímetros do perímetro vigiado e começou a testar o escudo invisível. Simon seguia atrás dela, e ambos analisavam a prisão.

Quando chegaram de volta ao local de onde haviam saído, Simon se agachou e sussurrou:

— Quando chegar o momento da libertação, acho que conseguirei lidar com o sistema de segurança. Você também. Poderemos voltar amanhã mesmo, à noite, se conseguirmos mais duas pessoas para nos ajudarem a levá-los e fornecerem um refúgio para eles. Há mais alguma coisa que você ainda precisa descobrir sobre esse lugar?

Ela balançou a cabeça para os lados, mas continuou a olhar fixamente para o prédio baixo, como se não conseguisse se afastar dali. Simon tocou o braço da jovem e, relutantemente, ela se virou para ir embora.

De repente, um ar de dor e angústia flamejou pela noite, fazendo com que ambos se sentissem paralisados no local em que estavam. Havia também solidão no ar, desespero e uma sensação de asfixia...

— Trata-se de um pesadelo — explicou Simon, depois de um instante de incerteza. Um dos escravos estava sofrendo durante o sono. Simon tentou tocar a mente da pessoa infeliz, a fim de lhe enviar um pouco de paz e esperança antes de eles partirem. *Não falta muito, meu rapaz. Não falta muito para sua libertação.*

Distraído por essa atividade, Simon somente percebeu que Meg tinha aberto um portal no escudo de segurança depois que ela já havia entrado. Meg estava a meio caminho da porta quando Simon a seguiu, praguejando mais uma vez. Em sua impaciência, ela não havia sido cuidadosa o bastante para neutralizar o escudo, e o alarme tinha disparado. No instante em que Simon consertou o trabalho apressado de Meg, restaurando a integridade do escudo, Cox provavelmente já tinha sido alertado.

Junto da porta, ele agarrou o braço de Meg, obrigando-a a parar.

— Vamos embora *agora*, Meg — determinou ele. — O alarme foi ativado. Se tentarmos libertá-los esta noite, vamos correr um grande risco de falhar, e só Deus sabe o que pode acontecer conosco se formos capturados. Talvez acabemos como dois unicórnios mortos em um ritual de magia.

Ela se desvencilhou dele, com a raiva a inundá-la.

— Preparação é ótimo, mas às vezes é preciso *agir*. Vai levar algum tempo até o chefe da segurança acordar e decidir se realmente existe algum problema. Esse menino está em agonia, e, quanto mais depressa libertarmos todos, melhor. Se não quiser ajudar, pode deixar que eu faço isso sozinha!

Simon analisou a possibilidade de sucesso se ele tentasse tirá-la dali a força e decidiu que o desastre seria muito maior que tentar o resgate.

— Muito bem, mas temos que ser mais rápidos que um relâmpago, e rezar para que os escravos aceitem ir embora com estranhos.

Ela balançou a cabeça em concordância, antes de seguir na direção da porta. Estava trancada. Simon colocou a mão na maçaneta e despejou poder no objeto. Peças de metal se deslocaram internamente e o fecho se abriu. A porta maldita rangeu, e o som pareceu absurdamente alto no silêncio da noite.

Eles entraram em um corredor curto. Simon sentiu o guarda dos escravos dormindo no cômodo à esquerda. O homem começou a se remexer. Era um Guardião com razoável quantidade de poder. Simon tentava descobrir qual seria a melhor forma de lidar com ele quando Meg esticou o braço e usou sua magia tranquilizadora para lançá-lo de volta ao sono profundo. Ela era fantástica para fazer coisas desse tipo.

Torcendo para que o efeito perdurasse, Simon foi até o fim do corredor, guiado pelo brilho da nova luz sutil que Meg tinha inventado. A porta se abriu para o átrio. Havia conjuntos de claustros cobertos nos quatro cantos.

Sem parar, Meg atravessou o átrio e abriu metade de duas das portas à direita. Simon seguia logo atrás dela, com os sentidos em estado de alerta para a possibilidade de perigos. Meg tinha razão ao dizer que levaria algum tempo para Cox atender ao alarme, mas esse tempo poderia ser de apenas alguns minutos.

Eles entraram em um cômodo pequeno, mobiliado para proporcionar algum conforto. Havia uma pia e um armário. Apesar de haver uma cama, o morador do local estava curvado em posição fetal sobre um cobertor no chão, o corpo dobrado de dor.

Meg fez a esfera luminosa brilhar um pouco mais, e a luz revelou um garoto africano deitado de lado, com lágrimas a lhe escorrerem pelo rosto de pele escura. Parecia ter 17 ou 18 anos. Simon especulou consigo mesmo se o rapaz não seria escravo de alguma dama da sociedade que achava elegante ter um pajem negro. Estrangeiro e sem família, o menino seria uma presa fácil para Drayton.

Meg se ajoelhou ao lado do rapazinho e colocou a mão em seu ombro.

— Acorde e venha conosco — disse, baixinho. — Você será libertado.

Os olhos do rapaz se abriram. Estavam sem expressão, por efeito do cativeiro. Ele devia ser o cativo que chamara a atenção de

MAGIA ROUBADA   ✳✳✳   331

Meg. Sua magia era diferente de tudo que Meg conhecia: o poder dos povos africanos pulsava em suas veias. Simon conhecera, uma vez, um mago africano, mas não tivera contato suficiente com ele a ponto de entender as diferenças entre seus poderes de magia. Naquele momento, porém, ele se lembrou de que o mago africano havia irradiado um tipo de poder telúrico muito forte e sentiu um eco desse poder no menino.

Meg colocou a mão na testa do jovem. Simon supôs que ela estivesse usando seu toque mental para comunicar ao rapaz que ela também havia sofrido as dores do cativeiro e que estava ali, em companhia de Simon, para libertá-lo.

Enquanto Meg trabalhava, Simon examinou o campo energético do menino. Sim, ali estava o cordão que o ligava a Drayton, e era ainda mais forte que o usado para prender Meg. O patife estava prendendo seus outros escravos com mais firmeza. Dar um nó no cordão foi difícil, mas Simon conseguiu fazê-lo e tinha quase certeza de não ter alertado Drayton sobre seu ato. Embora não tivesse conseguido cortar o cordão, aquele nó certamente serviria para evitar que Drayton controlasse o menino ou lhe sugasse a energia.

Quando Meg abaixou a mão, os olhos do menino africano se arregalaram e ele se levantou depressa.

— Moses vai — anunciou ele. — Mas precisa levar os amigos. Precisa!

Alto e magro, Moses tinha um leve sotaque francês. Estava dormindo de calça e camisa, e Simon achou isso bom. Bastava ele calçar os sapatos, vestir um casaco e estaria pronto para partir.

— Vamos levar seus amigos também — prometeu Meg. — Onde eles estão?

Moses foi até a porta, mas Simon o impediu com um gesto.

— Acabe de se vestir, antes. Há algo mais que você gostaria de levar daqui?

Moses parou e suas sobrancelhas se uniram. Calçou os sapatos que estavam sob a cadeira e vestiu um casaco azul resistente.

Olhou indeciso em torno do cômodo apertado antes de pegar um objeto no bolso do casaco, uma miniatura entalhada em marfim. Certificando-se de que o objeto estava em segurança, ele o recolocou no bolso e disse:

— Encontrar amigos.

— Leve-nos até onde eles estão — pediu Simon, tentando não demonstrar impaciência. — *Depressa!*

Embora a noite ainda estivesse quieta, o conde sentiu nos ossos que o tempo se esgotava a uma velocidade terrível.

VINTE E SEIS

oses os levou até uma porta do lado esquerdo do claustro e entrou em um cubículo parecido com o dele.

— Jemmy? Acorde. Temos que ir embora. Depressa.

Um menininho de ar confuso acordou com um pulo. Embora talvez não tivesse mais do que 12 ou 13 anos, seus olhos azuis pareciam muito mais velhos. Obedecendo ao amigo, Jemmy saiu debaixo das cobertas. Seu corpo nu exibia as queimaduras e os arranhões característicos dos meninos que escalavam chaminés para limpá-las por dentro. Devia ser mantido sempre com fome, pois isso o mantinha esquelético o bastante para se arrastar pelos complicados labirintos de chaminés encontrados em casas grandes. Tinha sorte por estar vivo. A maioria dos limpadores de chaminés não sobrevivia até a vida adulta.

Simon isolou o cordão de energia que o ligava a Drayton, enquanto Jemmy vestia as roupas às pressas, atendendo aos pedidos de urgência de Moses. Quando o menino acabou de se vestir, Meg tocou sua testa.

— Você vai ficar logo em segurança, Jemmy. Há algo daqui que você queira levar junto?

Pela primeira vez, seu rostinho franzino mostrou expressão. Ele esticou o braço para baixo da cama a fim de pegar um pião de madeira entalhada. Guardou-o com cuidado no bolso esquerdo do casaco e deixou a mão ali dentro por alguns segundos, apertando o pião com força. O pobrezinho provavelmente nunca tinha tido um único momento de sorte em toda a sua vida, exceto, talvez, a amizade com Moses. Ele permaneceu junto do menino mais velho quando eles voltaram ao átrio e o atravessaram, até alcançar a porta de um claustro no lado oposto.

Moses parou do lado de fora da porta, com ar preocupado no rosto.

— Garotas aqui. Trancadas.

Simon pegou a maçaneta e abriu a fechadura usando um pouco de magia, refletindo que as ações daquela noite representariam um importante dreno em seus poderes, muito maior do que ele havia imaginado. A porta se abriu e revelou uma câmara dupla, provavelmente duas celas de antigos monges que haviam sido transformadas em um único cômodo. Cada uma delas tinha mobília semelhante à dos claustros dos meninos.

A figura na cama do lado direito se sentou, revelando-se uma jovem mais ou menos da idade de Moses, com cabelos ruivos claros, quase da cor de uma cenoura, muito finos, e um rosto sardento. Mesmo sob a apatia causada pelo cativeiro mental, seu medo e sua obstinação eram visíveis.

— Breeda, nós vamos com eles — informou Moses, apontando para Meg e Simon.

— Por quê? — Ela olhou para os estranhos com um jeito desconfiado.

— Estamos aqui para libertar vocês. — Meg deu um passo à frente, com a mão já erguida para realizar o toque mental. Breeda soltou uma exclamação de espanto e desviou o rosto da mão de Meg, como se estivesse prestes a levar um soco. — Não vou feri-la — explicou Meg baixinho, ao mesmo tempo que estendia para ela sua magia calmante.

Dessa vez, Breeda permitiu que Meg colocasse a mão em sua testa. Sua expressão começou a se suavizar sob o toque de Meg.

Simon fez um nó no cordão de conexão e, então, se voltou para a menina na outra cama.

Moses estava curvado sobre ela. Com a voz suave, ele disse:

— Lily, acorde. Nós vamos livres — completou, com seu sotaque.

A menina abriu os olhos e exibiu um ar extremamente confuso. Tinha cabelos muito louros, escorridos e sem vida, emoldurando um rosto sem cor. Mesmo assim, era linda, com o jeito frágil de quem está a um passo da morte.

— Moses? — Sua voz era quase inaudível.

Moses a ajudou a sentar-se na cama. Sua camisola caiu em dobras soltas em torno de seu corpo miúdo, que parecia ter só pele e osso. Simon percebeu que Drayton estava sugando a força vital daquela menina, além de seus poderes mágicos. O canalha teria noção de que a estava matando? Ele se importaria com isso? Simon deu um nó no cordão de energia da menina com esmero ainda maior, pois ficou muito irritado. Quando ele acabou de fazer isso, Lily piscou, e seu olhar se clareou um pouco. Ela se encolheu mais para junto de Moses ao ver Simon de forma mais precisa.

— Eles ajudam nós, Lily — explicou o menino africano, para tranquilizá-la. — Nós partimos agora.

Lily tentou se colocar em pé, mas falhou. Se Moses não a tivesse segurado, ela teria simplesmente desabado no chão.

— Vou ajudá-la a se vestir enquanto vocês, homens, esperam no átrio — propôs Meg. — Breeda, depois de se vestir, poderá pegar algumas coisas que você e Lily queiram levar com vocês.

Breeda fez que sim com a cabeça e abriu um pequeno baú, enquanto Simon levava os meninos para fora. Apesar da fraqueza de Lily, passaram-se apenas alguns minutos antes de Meg se juntar a Simon do lado de fora.

— Ela vai precisar de ajuda — avisou Meg, falando baixo.

— Eu sei. — Simon se aproximou de Lily, que continuava sentada na cama com um vestido simples e um xale amarrado em torno dos ombros estreitos. — Lily, você vai dar uma bela cavalgada, e eu vou ser o seu cavalo. — Antes que ela tivesse chance de demonstrar preocupação, ele a pegou pelos braços. Pesava tanto quanto uma criança pequena, embora tivesse mais ou menos a idade de Moses e Breeda.

Ela endureceu o corpo frágil a princípio, mas uma boa dose da calma de Meg a ajudou a relaxar. Simon já estava no meio do átrio. Tinha uma desagradável sensação de que as coisas estavam indo bem demais. Cox já devia ter sido alertado a essa hora e certamente já sabia que a propriedade fora invadida.

Eles se movimentaram rapidamente pelas acomodações do guarda, que ainda dormia, mas deram de cara com os seguranças do lugar. Meg abriu um imenso portal no campo de força e ordenou que eles passassem pelo espaço irregular do centro. Jemmy seguiu ao lado de Moses e se apoiou, sem querer, na borda do portal. Deu um grito de dor e recebeu um golpe brusco de energia que o derrubou, inconsciente. Ficou ali no chão, sem se mover, a pouca distância dos guardas que chegavam rapidamente.

O menino não respirava mais. O dom recentemente descoberto de Simon entrou em estado de alerta total e ele agiu por instinto.

— Leve Lily, Moses — ordenou.

Sem dizer uma palavra, o rapazinho aceitou o peso de Lily em seus braços. Apesar de sua magreza, ele se mostrou forte o bastante para segurá-la no colo, enquanto Simon se colocava de joelhos ao lado de Jemmy. Precisava combater o ódio que sentiu crescer dentro de si ao perceber que aquela pobre criança talvez acabasse morrendo depois de uma existência inteira de abusos sem nem sequer ter uma chance de conhecer a vida.

Simon virou Jemmy de barriga para cima, colocou uma das mãos na testa do menino e a outra sobre o coração dele. A criança estava absolutamente imóvel e não tinha pulsação.

Uma vez Simon tinha visto o mestre dos operários que consertava o telhado da Mansão Falconer cair desfalecido depois de ter sido atingido por um raio. Um dos aprendizes gritou de susto e avisou que o coração do mestre havia parado. Nesse instante, a vítima escorregou do telhado. Talvez tenha sido o golpe que sofreu ao atingir o solo, mas o fato era que, quando Simon correu para ajudar, o coração do mestre já batia novamente. Ele se recuperou sem grandes problemas.

Haviam se passado poucos segundos desde a queda de Jemmy, e seu espírito ainda não havia partido. Usando uma mistura de energia curativa, preces e visualização, Simon tentou forçar o coração de Jemmy a bater novamente. Imaginou o coraçãozinho voltando a bater lentamente. Não estava pedindo a Deus para ressuscitar um morto, só para que Ele desse àquele menininho mais uma chance...

Tump. Tump. Tump, tump, tump. Simon quase chorou de alívio ao sentir que a pulsação do menino voltara. *Obrigado*, agradeceu em silêncio. Colocando-se em pé, disse:

— Moses, você consegue carregar Jemmy? Precisamos sair daqui.

Moses concordou com a cabeça, transferiu Lily de volta aos braços de Simon com todo o cuidado e, em seguida, se abaixou para pegar o amigo.

— Onde?

— Por ali, o mais rápido que pudermos. — Simon partiu em um passo rápido, que talvez conseguisse manter por algum tempo. — Meg, com esse grupo grande nós vamos ter que correr o risco de sair pelo portão dos fundos em vez de pularmos o muro de pedras.

Ela concordou em silêncio e criou uma de suas novas esferas de luz em torno do grupo, para que nenhum deles tropeçasse no terreno irregular. Eles estavam descendo a colina, e isso ajudava um pouco. Os cativos pareciam entender a necessidade de correr, mas a verdade era que apenas conseguiam avançar com muita dificuldade. Simon envolveu todos com o mais forte feitiço de distração que conseguiu criar. A magia talvez lhes garantisse alguns minutos a mais de dianteira, mas não enganaria por muito tempo um Guardião completamente treinado como o chefe de segurança da abadia.

    Breeda tropeçou e caiu com força no solo, derrubando o xale dobrado que continha os objetos pessoais dela e de Lily. Meg se agachou e ofereceu ajuda, perguntando:

— Você está bem?

— Breeda pode andar — disse a menina, com os dentes cerrados de dor. Conseguiu se levantar sem a ajuda de Meg e fechou de novo sua trouxa antes de continuar a caminhar com passos apressados.

    Simon se perguntou como seria a vida dos cativos para que eles demonstrassem tamanha determinação, apesar de serem vítimas de tantos encantos para entorpecer a mente. Meg também havia demonstrado igual determinação para libertar os escravos o mais rápido possível, apesar dos riscos.

    Meg ampliou um pouco o nível da luz mágica a fim de reduzir a chance de outros acidentes. Eles ziguezaguearam morro abaixo, se aproveitando das árvores espalhadas para se esconderem de vez em quando. Foi quando ouviram alguém gritar, um pouco acima do ponto onde se encontravam: "Lá estão eles!"

    Breeda soltou um grito e se forçou a caminhar mais depressa, enquanto Moses praguejou algo baixinho em francês. Em um silêncio sombrio, todos aceleraram o passo, mesmo sabendo que talvez jamais conseguissem escapar dos perseguidores. Simon começava a se cansar de carregar Lily, e Moses também parecia debilitado. Como poderiam retardar os agentes de segurança da abadia?

    Simon olhou com atenção para cada um dos perseguidores e concluiu que o líder deveria ser Cox, o chefe de segurança. Ele vinha acompanhado pelo homem que estava dormindo junto ao claustro dos cativos, a sentinela que parecia ser um Guardião com poucos poderes. Os dois desciam a colina com o apoio de meia dúzia de empregados da propriedade, sendo que os Guardiães vinham montados em cavalos. Quase todos os perseguidores a pé

MAGIA ROUBADA ✳✳✳ 339

portavam armas de fogo. Espingardas de caça, percebeu Simon. A situação começou a ficar assustadoramente parecida com a fuga do Castelo Drayton, só que, dessa vez, não havia nenhum unicórnio célere para os carregar com segurança.

Deveria Simon mudar de forma? Não, ele não conseguiria levar todos eles em seu dorso, e nada além disso poderia salvá-los.

Eles estavam quase na metade do campo aberto. Simon abriu um portal grande o bastante para que os seis passassem sem correr o risco de outro incidente como o que quase havia matado Jemmy. Quando todos estavam do outro lado, Meg girou o corpo e lacrou o portal, enchendo toda a área com um amplo encanto de defesa. Usou uma quantidade extraordinária de poder, mas o aumento da energia que aquilo provocou forneceria uma surpresa desagradável para Cox e seus homens.

Um minuto depois, ouviu-se um uivo de dor, seguido de outro quando os perseguidores atingiram o campo de força. O feitiço original teria permitido que mundanos passassem por ali sem ser afetados, mas Meg o modificara. Embora Cox tivesse habilidades para desfazer o encanto que Meg havia criado, isso levaria algum tempo, pois ele tinha menos poderes que ela.

Eles se aproximavam cada vez mais do portão, e o guarda do lugar deveria ser levado em conta.

— Meg, você conseguiria alcançar o guarda e acalmá-lo, quem sabe colocá-lo para dormir?

— Vou tentar. — A respiração dela parecia entrecortada de cansaço. Depois de um longo instante, ela disse: — Ele já estava cochilando. Eu aprofundei seu estado. Se tivermos sorte, ele vai continuar dormindo até nós passarmos.

Já que ela se mostrava tão talentosa para criar encantos em plena fuga, ele disse:

— Muito bem! Você conseguiria trazer nossos cavalos até o portão?

— Lidar com animais é mais fácil que com homens — disse ela, lançando um rápido sorriso.

Simon ouviu alguns brados de triunfo vindos detrás deles. Cox e seus homens deviam ter conseguido abrir uma brecha no campo de força. Outro recurso era necessário para distraí-los. Onde estava aquele touro maldito que havia ameaçado o casal na entrada?

— Meg, você seria capaz de colocar o touro no caminho deles? Você pareceu se entender muito bem com aquele monstro. Conseguiria deixá-lo zangado?

— Acho... acho que sim. — Ela estava muito ofegante. — Acho que vou conseguir acordar as vacas também.

Não muito depois disso, os sons de relinchos desesperados, as bufadelas e os urros irritados de um touro enfurecido, além dos mugidos diversos que se espalharam pela noite foram a prova de que a estratégia de Meg havia funcionado. Se o gado assustado atrasasse Cox e seus homens durante tempo suficiente...

Eles estavam quase nos portões, e ainda não havia sinal do guarda. Com a respiração acelerada, em busca de ar, Simon seguiu na frente de todos, rumo aos altíssimos portões duplos da entrada. Quando estavam chegando a seu destino, Jemmy avisou, com voz fraca:

— Já posso caminhar novamente.

Sentindo-se grato, Moses colocou o menino menor no chão, mas continuou a apoiá-lo com o braço. Simon fez o mesmo com Lily, enquanto examinava o cadeado.

— Lily pede desculpas por ser um peso inútil, senhor — disse a jovem, com voz trêmula. — Deixem Lily para trás, para vocês poderem correr mais depressa.

— Ou escapamos juntos ou ninguém escapa — disse Simon, com tom sombrio, enquanto tentava forçar o cadeado, xingando baixinho. O mecanismo não devia apresentar maiores problemas para ser aberto, mas Drayton colocara um feitiço complexo nele. Simon teria de encontrar o caminho através de um labirinto de intrincada magia para poder abrir o portão.

De forma alarmante, os cascos dos cavalos pareciam cada vez mais próximos. Simon olhou por sobre o ombro e viu dois homens a cavalo e mais três a pé, aproximando-se todos com rapidez. Cox gritou:

— Rendam-se, e prometo não machucar ninguém! Se não fizerem isso, todos morrerão!

Simon duvidava muito de que o outro fizesse isso. Cox jamais mataria os escravos de Drayton e deve ter deduzido que a equipe de resgate era composta por Guardiães. Certamente, ele iria tentar capturar o grupo todo.

Morrer ali, naquele momento, parecia uma opção bem mais atraente. Simon fez mais uma tentativa no cadeado, achou que havia conseguido e xingou o objeto ao ver que fracassara novamente.

Um tiro de espingarda ecoou na noite e bolinhas de chumbo choveram sobre eles. Breeda gritou quando uma delas a machucou. Moses se virou de frente para os agressores e gritou:

— Não! *Não!*

Ele ergueu os dois braços. Ondas de magia se reuniram em torno dele como uma tempestade em formação, enevoando sua silhueta. Jemmy tropeçou e se afastou do amigo, com os olhos arregalados de medo.

Moses voltou as mãos espalmadas para os perseguidores, que já estavam a pouco mais de 15 m dos fugitivos. Uma forte luz vermelha explodiu das palmas de suas mãos e ele atacou os agressores com violência, derrubando os homens, que caíram no chão como bonecas de pano. Os cavalos não foram afetados pela explosão de magia, mas recuaram e debandaram em pânico por terem subitamente perdido seus cavaleiros.

Simon analisou com atenção os homens caídos e imóveis.

— Por Deus, Moses, esse foi um feitiço e tanto!

— Obrigado, senhor. — Moses pareceu satisfeito e um pouco sem graça.

— Eles morreram? — perguntou Meg, com voz rouca.

— Acho que não — disse Moses, sem muita certeza.

— Você consegue fazer isso? — perguntou ela, olhando para Simon.

— Não sei. Nunca tentei. — Ele procuraria entender o que Moses havia feito, mas apenas mais tarde. No momento, havia um cadeado a ser aberto. — Você consegue trazer os cavalos da abadia até aqui?

Meg assentiu com a cabeça e fechou os olhos. Sua fadiga extrema se estampou no rosto.

Olhando assustada para os perseguidores caídos, Breeda perguntou:

— Vamos agora?

— Assim que pudermos. — Simon tornou a se concentrar no cadeado, enviando pequenos tentáculos de magia através do labirinto de metal dentro do fecho encantado. Meg pousou a mão sobre o ombro dele e o toque dela lhe forneceu mais força e foco. Pronto! O cadeado estalou e abriu. Ele empurrou os portões duplos para trás, pegou Lily pelo braço e liderou os foragidos, em silêncio, através da trilha gramada. Breeda estava logo atrás dele, quase se arrastando, mas com o queixo erguido, enquanto Moses ajudava Jemmy.

Meg ficou mais alguns metros para trás e se comunicou com os cavalos da abadia. Eles se aproximaram devagar, demonstrando nervosismo e timidez. Estavam muito suados, mas dispostos a colaborar. Meg acariciou-lhes os focinhos, conversando mentalmente com eles, até que os animais se acalmaram um pouco. Em seguida, a jovem os pegou pelas rédeas e os levou até os portões.

Simon pensou que o caminho estava livre, mas o corpulento guarda do portão, dando um pulo ao acordar com o barulho dos disparos, desceu rapidamente pela escadaria externa do castelo com uma espingarda na mão, gritando:

— Parem, ladrões!

Alguém que os considerava ladrões talvez atirasse para matar, o que não teria acontecido com Cox, pois o chefe de segurança

MAGIA ROUBADA ✳✳✳ 343

não derramaria sangue de magos sem necessidade. Simon estava prestes a lançar um encanto para que ele tropeçasse nas próprias pernas quando Jemmy voltou até a base da escada e colocou um pé na frente do guarda. O homem despencou no chão com um baque surdo e largou a espingarda. Quando ele tentou se levantar, Jemmy pegou a espingarda do chão e lhe deu uma coronhada na cabeça. Os fugitivos estariam muito longe antes que o homem acordasse novamente. Embora Jemmy não fosse de falar muito, certamente havia aprendido alguns movimentos úteis em sua vida difícil.

Quatro cavalos tornariam a fuga muito mais fácil. Simon perguntou:

— Algum de vocês sabe cavalgar?

— Lily sabe — disse a jovem, referindo-se a si mesma. — Caminhar difícil, cavalgar fácil.

— Breeda também cavalga — disse a ruivinha, enxugando o rosto suado com a ponta do avental. — Mais ou menos.

Passaram-se poucos minutos e todos estavam montados. Simon colocou as duas meninas na montaria que lhe pareceu mais amigável, depois que Meg discutiu alguns pontos com os dois cavalos, pedindo que se comportassem bem. Em seguida, colocou Jemmy na frente dele, na sela, pois era o mais leve dos dois meninos, enquanto Moses se colocou na garupa de Meg.

— Para onde vamos? — quis saber Meg, depois de subir em sua sela e se certificar de que Moses estava instalado em segurança.

— Para a casa de Lady Bethany, em Richmond. Fica apenas a alguns quilômetros daqui. — Ele virou o cavalo e seguiu pelo caminho por onde eles tinham chegado, ao longo da trilha. Se nada mais acontecesse, conseguiriam alcançar a casa de Lady Bethany antes do amanhecer. Ela não se recusaria a recebê-los. Só que Simon suspeitava de que um grupo estranho como aquele, composto por seis pessoas, sujas, cansadas e suadas, certamente perturbaria até mesmo a calma lendária de Lady Beth.

VINTE E SETE

Quando eles chegaram à casa de Lady Bethany, Meg estava quase despencando do cavalo de tanto cansaço. Por sorte, Simon parecia incansável e veio mantendo o olho atento no grupo durante todo o percurso.

À diferença de White Manor, a casa da nobre idosa em Richmond não era uma grande propriedade, apenas uma mansão com alguns acres de jardim que seguiam até as margens do Tâmisa. Mesmo à noite, porém, o lugar parecia muito gracioso e convidativo. Quando eles saltaram nas escadas da frente, Meg pediu aos cavalos que ficassem parados ali mais um pouco, imóveis, e ajudou Breeda a subir os degraus da casa. Simon carregou Lily no colo, mas Jemmy conseguiu caminhar por conta própria. Aqueles seis viajantes fatigados e com as roupas amassadas fariam um grupo de ciganos parecer respeitável.

Antes de Meg conseguir alcançar a aldrava, Lady Bethany abriu a porta. Ela usava uma touca rendada e um robe de noite feito de seda oriental bordada.

— Olá, Meg. Visitas chegando a horas estranhas estão se tornando um hábito — brincou ela. — Simon, o que foi que você me trouxe dessa vez?

— Quatro escravos resgatados da Abadia Brentford, que está sob a responsabilidade de Drayton. — Simon colocou Lily no chão e chamou os outros. — Vocês ficarão em segurança aqui. Lady Bethany, permita-me que eu lhe apresente Moses, Lily, Breeda e Jemmy.

Quando os quatro visitantes fizeram mesuras ou se curvaram de forma respeitosa, parecendo nervosos, Lady Beth disse, com um tom caloroso:

— Sejam bem-vindos à minha casa. Alguém está com fome ou vocês preferem ir direto para a cama?

— Cama, por favor — pediu Breeda. As sardas sobressaíam mais por causa da palidez de seu rosto fatigado. Seus três companheiros concordaram com ela. Jean Macrae veio pelo saguão disfarçando um bocejo. Também vestia uma camisola elegante.

— Vocês estão fazendo uma festa e não me chamaram? — reclamou. — Que vergonha, Lady Beth.

Lady Bethany voltou-se para Jean e apresentou os jovens recém-chegados.

— Será que você poderia acomodar esses jovens nos quartos? Eles passaram por maus bocados.

Imaginando que eles se sentiriam nervosos em um lugar estranho, Meg sugeriu:

— Jemmy e Moses podem dividir um quarto, e Breeda e Lily ficarão felizes em dividir outro.

Compreensiva, Lady Bethany assentiu com a cabeça.

— Jean, ajude Lily e Breeda a subir para o quarto amarelo. Simon, leve os rapazes para o quarto azul e veja se eles têm tudo de que precisam. Vou chamar um cavalariço para cuidar dos animais. — Ela puxou uma corda e ouviu-se um sino soar ao longe.

Todos obedeceram às ordens diretas de Sua Senhoria com boa vontade. Em poucos minutos, Meg já estava em um lindo quarto cor-de-rosa, tirando suas calças escuras e o casaco pesado, a fim de vestir uma das lindas camisolas que Jean havia lhe emprestado. A camisola ficou curta demais, mas não importava. As mãos da donzela tremeram de nervosismo e, quando se olhou no espelho, ela viu o quanto parecia abatida, tanto que diminuiu a luz mágica para não precisar analisar com detalhes a própria face.

Escovou e fez uma trança nos cabelos, e já estava lavando o rosto quando alguém bateu à porta. Como ela poderia saber, sem sombra de dúvida, que era Simon?

— Entre!

Ele entrou sem fazer barulho, já sem as botas e o casaco. Apesar das poucas roupas que vestia, parecia tão calmo e lindo como se tivesse acabado de chegar de um baile, e não de uma fuga desabalada, escapando de um touro e muitos tiros.

— Lady Beth me colocou no quarto ao lado, então pensei em passar aqui para ver como você estava, antes de ir para a cama. Você teve uma noite difícil.

Ela exibiu um sorriso torto para ele.

— Suponho que também queira me repreender por insistir em resgatar os escravos de forma tão precipitada. Você tem todo o direito de estar zangado; poderíamos estar todos mortos. Certamente estaríamos, se não fosse por você.

Ele deu de ombros.

— Depois de ver o quanto eles estavam ansiosos para escapar dali, compreendi melhor a necessidade que você tinha de libertá-los o mais depressa possível. Fomos muito bem-sucedidos, e isso é o que importa. Às vezes, eu sou cauteloso demais. Talvez, seguir seu impulso tenha sido melhor.

Meg se lembrou do momento em que Jemmy passara no portal, quando poderia ter morrido, sem falar na perseguição e nos tiros de espingarda.

— Você é generoso por não brigar comigo. Da próxima vez, eu tentarei ser mais cautelosa.

— Próxima vez? — Ele se mostrou mais alerta. — Certamente, você não está planejando um ataque à casa de Drayton aqui em Londres. Resgatar a quinta escrava será muito mais difícil que invadir a Abadia Brentford.

— Ainda não fiz planos, falava em termos genéricos. — Apesar dessas palavras, Meg queria libertar a última menina da escravidão o mais depressa possível. Algo a respeito daquela jovem, talvez sua idade, atraía a atenção da donzela. Só que, dessa vez, ela não seria precipitada.

Seu olhar pousou em Simon, e ela admirou-lhe os ombros largos e o corpo poderoso e esbelto. Mais que qualquer coisa no mundo, ela queria sentir os braços dele em torno de si, para afastar de vez o medo e a fadiga da noite. Um dia, ela também gostaria de soltar os cabelos louros dele. Certamente pareceriam fios de ouro em suas mãos.

Talvez fosse o momento certo para se deixar levar por outro impulso. Ela atravessou o quarto e caminhou diretamente para os braços dele. Quando ele a puxou mais para perto, Meg deu um longo suspiro de alívio. Ele a sentiu muito quente, forte e *presente*.

— Eu adoraria se você pudesse passar a noite comigo. Só para dormir — pediu ela.

— Eu também gostaria disso. — Ele hesitou. — Se você tem certeza...

— Tenho, sim. — Ela lançou a cabeça ligeiramente para trás, a fim de olhar melhor para ele. — Isto é..., se isso não for muito... muito provocativo para você.

Ele sorriu, com ar cansado.

— Pode acreditar... Essa noite, tudo o que quero é dormir. De preferência com você. — Ele colocou um dos braços em torno dos ombros dela, levou-a em direção à cama e puxou as cobertas para trás.

A cama era alta, e Meg tentava reunir todas as suas forças para escalá-la quando ele a pegou no colo e a depositou exatamente no meio do colchão. Ela piscou depressa ao olhar para ele.

— Você nunca se sente sem forças?

— Com frequência — confessou ele, subindo na cama atrás dela e diminuindo as luzes mágicas —, mas sou bom em disfarçar. —

Ele rolou um pouco e se instalou ao lado dela, puxando as cobertas por sobre ambos, ao mesmo tempo que a envolvia em seus braços.

Quando ouviu o longo e pesado suspiro que ele soltou, Meg reconheceu que ele tinha falado a verdade. Estava igualmente exausto e talvez precisasse daquela proximidade entre seus corpos tanto quanto ela. Quando Meg se deixou recostar nele, murmurou:

— Não é à toa que as pessoas se casam.

A risada baixa que ele soltou movimentou de leve os cabelos da jovem.

— Sim, realmente deve haver algum motivo.

A mão grande do conde acariciou com delicadeza o braço e o quadril dela. Embora não houvesse nada abertamente sexual no toque de Simon, Meg percebeu que gostaria de se derreter junto dele, de se tornar apenas um corpo e uma carne. Era uma sorte ela estar tão cansada.

Nos últimos instantes, antes de o sono arrebatá-la de vez, ela disse, com voz sonolenta:

— Amanhã será um dia interessante. Estou curiosa para saber como será a aparência dos cativos quando os encantos que os cobrem forem cancelados.

— Espero que nenhum deles seja tão feroz quanto você. Eu, definitivamente, não tenho forças para enfrentar isso.

Com um sorriso nos lábios, ela finalmente adormeceu.

* * *

Meg acordou com o sol se derramando pelas janelas. Devia ser quase meio-dia, e uma parte interessante da anatomia de Simon parecia particularmente desperta. Com um ar preguiçoso e travesso, ela roçou o traseiro nele, com muita sensualidade.

Ele prendeu a respiração ao acordar subitamente, e seu braço a apertou com força pela cintura.

— Acho que está na hora de eu levantar e cair fora daqui. — Ele se afastou dela e se deixou escorregar para fora da cama.

MAGIA ROUBADA ❋ ❋ ❋ 349

— Você tem um autocontrole muito exagerado — disse ela, com ar de lamento. A cama parecia vazia demais sem a presença de Simon.

— Um de nós precisa ter, minha donzela perversa — disse ele, com ar divertido. — Levante-se e faça uma saudação ao sol, que já vai alto. Você não está curiosa para saber um pouco mais sobre os jovens que resgatou? Não creio que algum deles tenha poderes da magnitude dos seus, mas certamente possuem talentos significativos. Estou particularmente interessado em aprender um pouco mais sobre Moses.

— Derrubar cinco homens daquele jeito foi impressionante. Como será que ele fez aquilo?

— Pode ser que nem ele saiba como fez aquilo. Estava agindo por instinto, porque seus amigos estavam em perigo — analisou Simon, pensativo. — Talvez ele utilize um tipo de magia africana diferente da nossa.

— E por que a magia africana seria tão diferente da inglesa?

— A magia é retirada da terra, da natureza. A África é uma parte do mundo muito antiga e poderosa. Eu não espero que um mago africano seja exatamente como um de nós.

Ela sentou-se na cama com as cobertas caídas em torno da cintura.

— Será que algum deles consegue se lembrar do passado?

O olhar de Simon pousou no decote solto e generoso da camisola de Meg, que parecia mergulhar em perigosas profundezas entre seus seios.

— Ah, que diabos! — murmurou ele. — Eu mereço algo especial depois de ontem à noite. — Inclinando-se sobre a cama, beijou Meg longamente, com eficácia devastadora.

Os cabelos dele *eram* como ouro vivo. Ela deixou os próprios dedos penetrarem as ondas pesadas dos fios louros de Simon enquanto ambos se lançavam um contra o outro. O beijo do conde era mágico e injetava em Meg energias poderosas por todo o corpo, a ponto de ela parecer explodir de excitação. A jovem não percebeu que estava deitada de costas com o corpo dele apertando-a ao encontro do colchão, e notou isso apenas no instante em que ele ergueu a cabeça. Seus olhos pareciam ofuscados, e ela percebeu que eles estavam a um passo de se tornar verdadeiros amantes. Se ele não tivesse tido o bom-senso de ir para a cama com alguma roupa por cima da pele, seus corpos certamente já estariam unidos.

Simon também reconheceu isso, pois se forçou a se afastar dela.

— Preciso parar de dar ouvidos a meus instintos primitivos — disse ele, ofegante, recuando em direção à porta.

Antes de Meg ter a chance de responder, o conde se virou e foi embora. Ela tocou os lábios, desejando que tivessem levado aqueles beijos aos últimos limites.

Simon havia prometido a Meg que, antes de ela partir em busca da família, eles se tornariam amantes em sua totalidade, e ele era um homem que cumpria suas promessas. De qualquer modo, ela não lhe daria chances de escapar disso.

* * *

Como diziam os filósofos, o homem vive dividido entre os instintos baixos e os elevados. Os instintos baixos de Simon definitivamente estavam ganhando aquela batalha. Quando chegou a seu quarto, ele trancou a porta e se encostou de costas nela, com os olhos fechados e o peito subindo e descendo, enquanto lutava para readquirir o controle. Não importava se era a magia virgem de Meg ou seu jeito doce e indomável, mas a verdade era que ela conseguia enfeitiçá-lo como nenhuma mulher jamais havia conseguido até então. O que ele havia sentido por Blanche, no tempo em que era mais jovem, não passava de uma sombra pálida da atração que sentia por Meg.

Não havia nenhum futuro para eles enquanto Drayton não fosse derrotado. Isso significava que Simon deveria controlar seus instintos animais e libertar os escravos dos feitiços que os envolviam. Com um pouco de sorte, talvez um dos meninos tivesse informações úteis sobre Drayton. Mesmo se não fosse o caso, pelo menos o poder deles já não estaria mais disponível para ser sugado pelo patife.

Com os desejos sob controle, pelo menos por ora, Simon se lavou e melhorou sua aparência da melhor forma que conseguiu. Se ele soubesse, na véspera, que estavam saindo para uma aventura que viraria a noite, teria levado uma muda de roupa.

Encontrou Lady Beth na sala de desjejum. Ela já acabara de comer havia muito tempo, mas tomava uma xícara de chá, enquanto escrevia em seu diário. Erguendo a cabeça, a nobre olhou por cima dos óculos, parecendo a mais meiga das avós.

— Reforcei os escudos de proteção da casa, para que Drayton não consiga localizar os jovens que estavam sob seu poderio, mas já senti sua energia farejando os limites de minha propriedade. Você sabe como manter uma velha ocupada.

Simon soltou um riso em forma de urro, de modo tosco, e disse:

— Não pense que consegue me enganar bancando a doce dama idosa, pois a conheço muito bem.

— Não sou inocente dessa acusação, mas certamente já sou uma velha. — Ela afagou os próprios cabelos brancos. — Suas crianças estão acordadas e já foram alimentadas. Formam um grupo muito interessante. Eu me pergunto quem você trará até minha porta da próxima vez.

Simon se serviu de comida na mesa de apoio.

— Se você não tivesse essas casas tão bem situadas, eu acabaria tendo de bater à porta de outros magos. — Ele exibiu um sorriso torto. — Mas me sinto grato por estar aqui. Quase fomos pegos, escapamos por pouco!

Entre a mastigação, o conde resumiu os eventos da noite anterior. Lady Bethany franziu a testa, preocupando-se.

— Bem que eu gostaria de que isso fosse o bastante para convencer todos no conselho, mas desconfio de que Drayton argumentaria, mais uma vez, que acolheu esses órfãos por bondade de seu coração e novamente acusaria você de o molestar sem ter provas.

Simon encolheu os ombros.

— Se conseguirmos deixar Drayton desprovido de poderes, reduziremos a amplitude dos danos que ele poderá provocar. Meg diz que existe mais uma escrava na Mansão Drayton, em Londres; é uma pequena feiticeira, mas muito poderosa. Se conseguirmos resgatá-la, ele ficará limitado a seu poder inato, e com isso eu consigo lidar com facilidade. — Ele tomou meia xícara de chá com um único gole. — E farei isso, com ou sem a permissão do conselho.

Meg apareceu no portão. Estava linda. Mesmo vestindo uma roupa cinza emprestada, isso não diminuía em nada seu charme.

— Bom-dia. — Ela foi até a mesinha de apoio e se serviu de chá e torrada com manteiga. — Já temos algum plano de ação?

— Dei uma olhada nos encantos de vínculo. É melhor que você os desfaça, Simon — disse Lady Bethany. — Vai ser um trabalho delicado, mas, como você teve sucesso com Meg, me parece o mago mais bem preparado para tornar a fazê-lo. Você deve trabalhar com ele, Meg. Os quatro jovens estão muito nervosos, e se beneficiariam de seu toque calmante.

— Eu realmente quero estar lá, junto deles. — Meg engoliu o último pedaço de torrada. — Quem vai ser o primeiro?

— Lily — replicou Simon. — Foi ela quem mais sofreu com Drayton sugando sua força vital. Ela não resistiria por muito tempo mais.

— Então vamos encontrá-la. — Meg se levantou.

— Tentem o jardim — aconselhou Lady Beth. — No caramanchão das rosas, provavelmente. Para efetuar os trabalhos de magia, utilize a sala de estar matinal, Simon. Lá a energia é particularmente boa. — A velha mulher voltou a escrever em seu diário, provavelmente registrando detalhes do mais recente dilema a cair em seu colo.

Juntos, Simon e Meg deixaram a casa. Como Lady Beth havia previsto, os quatro cativos haviam se acomodado sob as treliças em arco do jardim das rosas. A fragrância das rosas aquecidas pelo sol encheu o jardim. A duzentos passos além, o rio Tâmisa fluía suavemente para o leste, rumando para Londres, com um bote singrando ocasionalmente suas águas. Aquele era um local muito sossegado, excelente para alguém que se recupera de momentos de horror. Simon parou e se voltou para Meg.

— Você provavelmente já reparou que duas linhas retas de energia mística se cruzam aqui. Uma delas é a mesma linha que atravessa a Abadia Brentford; a outra é muito menos poderosa, mas esse não deixa de ser um centro energético importante. Foi por isso que Lady Bethany e seu marido construíram a casa neste local. Não creio que seja coincidência que os jovens cativos tenham se reunido exatamente na intercessão das linhas.

Meg estreitou os olhos para procurar as linhas e concordou com a cabeça.

— A energia da terra, que você chama de telúrica, parece ser uma fonte saudável e pura de poder. Talvez essa força os tenha ajudado quando estavam no cativeiro, e eles se sintam atraídos por ela.

Lily e Breeda estavam sentadas em um dos bancos. Moses estava sentado em um banco do lado oposto, com Jemmy deitado em posição fetal aos pés do rapazinho africano. Simon observou:

— Apesar do silêncio entre eles, os quatro estão ligados uns aos outros. Você consegue sentir isso?

Os olhos de Meg se apertaram, com ar pensativo.

— Eles se tornaram uma família, unidos por uma rede de emoções e carinho. Isso deve tê-los ajudado a sobreviver.

Sentindo um pouco de melancolia na voz dela, Simon disse, baixinho:

— Você não está mais sozinha, Meg.

— Todos têm sido muito gentis comigo. — Ela aumentou um pouco o volume da voz para mudar de assunto e cumprimentou: — Bom-dia! Espero que vocês estejam bem.

— Bom-dia, milady. Bom-dia, senhor. — Os quatro cativos se levantaram ao mesmo tempo. Estavam com uma aparência muito melhor que a da noite anterior, embora ainda mantivessem a expressão ausente das pessoas presas em cativeiro mental. Breeda e Lily fizeram uma graciosa reverência e Moses se curvou. Jemmy o imitou de forma desajeitada. Simon tentou se lembrar se havia ouvido Jemmy falar algo na noite anterior. O menino teria problemas de fala? Eles descobririam isso em pouco tempo.

— Bom-dia para todos. Vocês estão sendo bem-tratados? — perguntou Simon, acenando para que eles se sentassem.

— Livres! — Breeda sorriu. Seu rosto estava com uma cor mais saudável naquela manhã. Os outros balançaram a cabeça para a frente, concordando com ela.

— A liberdade é apenas o começo — afirmou Simon. — Algum de vocês se recorda do momento da captura e, depois disso, de terem os pensamentos e lembranças modificados, a fim de que se sentissem como pessoas diferentes?

Todos assentiram com a cabeça. Lily disse, franzindo o cenho:

— O lorde fez algo com Lily. Não estou certa sobre o que foi exatamente, mas creio que é algo *errado*.

— Tudo o que está errado pode ser consertado agora mesmo, e passar a ser certo — assegurou Simon. — Vocês vão confiar em mim para tentarmos reverter isso?

Breeda e Jemmy pareceram indecisos, mas Lily e Moses concordaram imediatamente.

— Lily, você vai ser a primeira. Vamos para a sala de estar matinal. — O olhar de Simon se moveu de um rosto para outro, tentando transmitir confiança, e esperança. — Vocês vão ver como vai ficar tudo bem com Lily, antes de decidirem se também querem ser curados. Diferentemente de Drayton, não pretendemos forçá-los a nada.

MAGIA ROUBADA ✳✳✳ 355

— Lily, você precisa de ajuda para andar de volta até a casa? — quis saber Meg.

— Mais forte, hoje — garantiu a menina, balançando a cabeça.

Ela realmente estava, pois conseguiu caminhar pela encosta até a casa sem precisar de ajuda. A sala de estar matinal tinha um ar agradável e estava muito iluminada. Era o ambiente ideal para afastar sombras pesadas. Simon percebeu que Lady Bethany havia despejado uma grande quantidade de magia restauradora ali ao longo dos anos, porque sentiu a sala irradiar energia positiva.

Lily estava quieta e um pouco tensa, insegura sobre o que aconteceria. Meg disse:

— Venha, Lily, vamos nos sentar juntas no sofá. Vou estar bem aqui enquanto Lorde Falconer cura o que está errado.

— Lorde? — Os olhos de Lily se arregalaram quando ela se sentou.

— Pois é, mas ele não tem culpa de ser um nobre — disse Meg, com um lampejo de humor nos olhos. — Ele é um lorde bom, não é como o lorde malvado que aprisionou você. Relaxe. Você vai sentir uma espécie de toque em sua mente. Talvez pareça estranho, mas não vai doer. Quando ele acabar a tarefa, sua mente ficará ótima novamente.

Simon gostaria de compartilhar essa confiança. Como Lady Beth havia lembrado, essa era uma operação delicada. O fato de ele ter obtido sucesso com Meg não significava que não haveria riscos agora.

O conde colocou uma cadeira de madeira pesada diante de Lily.

— Vou pegar suas mãos. Como Meg explicou, vai parecer estranho no começo, mas isso é muito necessário.

Lily concordou. Suas mãos estavam geladas, mas ela não se esquivou, simplesmente fechou os olhos. Simon notou que ela estava se beneficiando das habilidades calmantes de Meg.

Ele se aproximou dos ligamentos internos da mente da menina com muita precaução. Não encontrou nenhum encanto de ilusão como o que tinha sido usado em Meg. Não sabia ao certo se isso se devia ao fato de Drayton achar desnecessário. Talvez Lily não tivesse poder extra suficiente para manter esse encanto em sua aparência.

Fosse qual fosse o motivo, o trabalho foi simplificado. Ele sondou a essência de Lily e os encantos que a cobriam. O bloqueio que ele havia criado no cordão de prata que a ligava a Drayton estava se aguentando muito bem. Simon tentou cortá-lo mais uma vez, sem sucesso. Perguntou a si mesmo por que Drayton criara uma ligação tão forte e impenetrável com a menina. Aquilo seria resultado de muitos poderes ou um encantamento particularmente inteligente e eficaz, obtido em algum antigo compêndio de magia? Depois que Simon compreendesse a estrutura do encanto, seria capaz de desenvolver uma contramedida.

O conde franziu o cenho quando descobriu um aglomerado de cordões tão finos que eram quase indetectáveis. Com muito cuidado, dedilhou um deles e o identificou como uma conexão com Breeda. Era impossível descobrir o destino de todos os fios luminosos, mas eles pareciam formar conexões e interconexões entre os quatro cativos.

O resultado era uma rede com múltiplas camadas, composta pelo mesmo entrelaçado feito de energia indestrutível que se via na ligação mais óbvia com Drayton. Devido ao sustento emocional que Lily obtinha de seus companheiros, Simon não tentou dar nós em nenhum dos fios, pois isso cortaria o fluxo de energia.

A seguir, o nobre voltou a atenção para as ligações que levavam à inteligência e à personalidade da menina. Os encantos eram semelhantes aos que haviam sido usados em Meg, embora não fossem exatamente idênticos, pois eram sintonizados com a natureza individual de Lily. Antes de tudo, Simon desfez os nós escuros que atavam a personalidade da garota, e sentiu um fluxo de doce percepção. Em seguida, desfez os nós em torno da inteligência dela, fio por fio, e descobriu uma mente firme e poderosa.

Por fim, observou a maçã prateada de energia encapsulada, a mesma que ele vira em Meg. O cordão que vinha de Drayton levava diretamente a ela, só que, dessa vez, não era uma maçã. O aspecto era o de uma pequena noz-moscada. Supondo que isso significava que Lily tinha menos poderes que Meg, Simon trabalhou com delicadeza ao dissolver a estrutura com luz branca, libertando o que estava aprisionado ali dentro.

Lily expirou com espanto e abriu os olhos de repente, exclamando:

— Deus misericordioso!

Simon soltou as mãos dela, feliz pelo fato de a reação da menina ter sido menos intensa que no caso de Meg.

— Você se sente melhor agora? — quis saber ele.

— Eu me sinto eu mesma novamente. — Ela franziu a testa, analisando sua mente por dentro. — Como isso aconteceu?

Simon olhou para Meg e sugeriu:

— Seria mais fácil se você contasse a ela a história completa por meio de toque mental. Depois ela poderá perguntar tudo o que quiser.

Meg concordou e colocou a palma da mão na testa de Lily. Passaram-se alguns minutos e a menina — não, ela já não parecia uma menina, mas uma jovem mulher — disse, devagar:

— Compreendo tudo agora. Lorde Drayton estava roubando minha magia e levando minha alma junto.

— Você já sabia que possuía poderes mágicos? — perguntou Simon, intrigado pela calma extrema com que ela aceitava a existência de magia.

Ela fez que sim com a cabeça.

— Minha mãe preparava encantos para as mulheres locais que queriam encontrar um amor, recuperar a saúde ou coisas perdidas.

Eu aprendi com ela. À medida que fui crescendo, ficou claro que meus encantos funcionavam bem, e eram muito melhores que os da minha mãe. Ela dizia que eu tinha uma quantidade de magia incomum no espírito — uma sombra caiu sobre seus olhos —, mas isso não foi o suficiente para salvar meus pais e meu irmãozinho de uma febre pútrida e fatal.

— Você se lembra de seu passado? — perguntou Meg, surpresa.

— Claro! — garantiu Lily, espantada com a pergunta. — Meu nome é Lily Winters, de Bristol. Meu pai é — sua voz falhou —, ou melhor, era um boticário. Minha mãe dizia que as poções que ele preparava cuidavam do corpo, enquanto as dela cuidavam da alma.

— Você se lembra de quando e como foi escravizada?

Lily hesitou.

— Eu... eu acho que só sabia meu nome. Não me lembro de muita coisa daquela época. Minha vida é como o nevoeiro denso do canal. Não sei quanto tempo se passou.

— Estamos no mês de agosto do Ano da Graça de 1748. Isso ajuda?

— Minha última lembrança é de uma feira, na festa do Dia de São Miguel, em 1746. Eu estava lá com meus primos, pois eles me adotaram depois que meus pais morreram. Fiquei de luto por muitos meses, e essa feira foi meu retorno às atividades normais. Foi então que eu o *conheci*. Lorde Drayton. Ele me pareceu um perfeito cavalheiro. Quando meus primos foram assistir às corridas, ele se ofereceu para me acompanhar ao show de apresentação dos fantoches de Punch e Judy. Não me preocupei com esse convite, pois havia muita gente em volta. Então... então... — Sua expressão mudou no instante em que ela reconheceu a enormidade do que havia sofrido. — Aquele homem perverso me roubou dois anos de vida!

— Pois de mim ele roubou dez — disse Meg, baixinho. — Fui mantida no castelo herdado da família dele, perto de Gales. Não havia mais nenhum escravo lá.

— Oh, milady! — Lily apertou a mão de Meg, com solidariedade. — Como a senhora suportou isso?

— Na época eu não conhecia nada melhor. Desde que Lorde Falconer me libertou, eu estou com muita *raiva*. — Meg tentou manter a voz em tom neutro. — Diferentemente de você, eu não me recordo de nada de minha vida anterior ao cativeiro.

— Certamente isso vai melhorar com o tempo — disse Lily, para confortar Meg. Sua expressão mudou. — Agora, está na hora de curar meus amigos.

VINTE E OITO

Lily parecia completamente recuperada, física e mentalmente. Embora fosse muito magra, seus passos eram rápidos e leves, enquanto ela se movia com graça pelo jardim para se encontrar com os amigos que a aguardavam. Meg e Simon a seguiam a um passo mais lento.

— Foi difícil remover todos os encantos? — quis saber Meg. — Tentei acompanhar o que você estava fazendo, mas não entendi muito.

— Foi mais fácil do que desembaraçar os feitiços que prendiam você. Além do mais, a experiência anterior me guiou na ação de hoje. — Ele fez uma careta. — Mas isso é um procedimento que nunca poderá ser considerado rotina. Drayton tem um talento cruel para reconhecer pessoas dotadas de magia e que podem ser escravizadas.

Lily conversava animadamente com os outros quando Meg e Simon chegaram ao jardim das rosas. Assim que eles apareceram, quatro pares de olhos os fitaram ao mesmo tempo.

— Libertada? — quis saber Breeda, falando baixo e com uma dolorosa expressão que transmitia esperança.

— Você será totalmente libertada, Breeda — garantiu Meg, enlaçando-a pela cintura. — Muito em breve.

— Creio que você é o próximo, Moses — anunciou Simon.

— Breeda primeiro — pediu o menino africano, balançando a cabeça.

A ruivinha nem precisou ser convidada duas vezes. Com o corpo vibrando de empolgação, ultrapassou os passos lentos de Simon e de Meg e seguiu na frente deles até a casa. Quando se sentou no sofá, dava para sentir seus nervos à flor da pele, mas também sua determinação.

Ali, Simon também não encontrou nenhum encanto de ilusão. Drayton provavelmente havia colocado um feitiço desse tipo em Meg, porque ela era a única escrava mental do castelo, e o dono da casa quase nunca estava lá. Fazendo-a parecer tão feia, não haveria necessidade de nenhuma proteção extra. Na abadia, por outro lado, os escravos tinham seus espaços próprios e estavam bem-vigiados, então não precisavam que sua aparência enganasse ninguém.

Quando afrouxou os laços que atavam Breeda, Simon encontrou uma inteligência elevada, com raciocínio rápido, e uma personalidade que vibrava de tanta energia. Como aconteceu com Lily, a segunda jovem também tinha uma rede de fios finíssimos que a conectavam aos amigos cativos. Quando o conde dissolveu a esfera de prata que encapsulava sua magia, Breeda permaneceu imóvel por tanto tempo que Simon perguntou-se se ainda haveria algo mais a ser feito.

Então, a menina abriu os olhos flamejantes de ódio e praguejou:

— Que a maldição de Deus caia sobre esse demônio chamado Drayton e o leve para o inferno! — Seu sotaque irlandês era bem característico.

— Concordo plenamente — afirmou Meg. — Como você se sente, Breeda? O que recorda do passado?

— Lembro-me de tudo, a não ser desse demônio de fúria que trago em mim agora. — Ela esfregou as têmporas. — Sou Bridget O'Malley, Breeda é meu apelido. Fui a Bristol em busca de trabalho porque em nosso chalé, em Wicklow, não cabia mais tanta gente. Em uma feira com ofertas de emprego, Sua Senhoria imunda disse que me aceitaria como ajudante de cozinha. Prometeu que eu aprenderia a cozinhar e alcançaria um posto alto. Santa Mãe de Deus, eu fui tola o bastante para o acompanhar!

— Não se recrimine por fazer o que lhe pareceu correto na ocasião — disse Simon.

Breeda balançou a cabeça para os lados.

— Eu tive um mau pressentimento desde o princípio, mas achei que talvez ele só quisesse que eu lhe abrisse as pernas uma ou duas vezes, e isso seria um preço pequeno a pagar pelo aprendizado na cozinha de um nobre. Devia ter ouvido o que meu fígado tentava me dizer.

Aquilo soava como se ela tivesse algum talento para clarividência. À medida que Meg foi lhe fazendo mais perguntas, ficou claro que Breeda tinha sido escravizada três anos antes. Como Lily, ela se lembrava do passado com clareza, agora que os encantos haviam sido desfeitos. Também como Lily, ela aceitou a notícia de que tinha poderes mágicos com muita calma.

— Diziam que corria sangue de fadas entre os O'Malley. A maioria das mulheres tem um pouco dessa magia. — Ela franziu o cenho. — Eu tinha um pouco de visão remota, mas achei que ir a Bristol seria bom para mim. Para fazer algo tão equivocado, talvez eu não tenha magia nenhuma, afinal.

— Apesar de ter sido escravizada, pode ter sido algo bom sua vinda para a Inglaterra — sugeriu Meg. — Afinal, você fez boas amizades. Agora que está livre de Drayton, será capaz de alcançar seus sonhos.

— Meu único sonho agora é o de vingança. — Breeda se levantou, e seus olhos muito azuis pareceram soltar fagulhas quando ela olhou para Simon. — Quero arrancar as entranhas de Drayton com um facão de estripar peixe. Onde posso encontrá-lo?

— Compreendo esse desejo, mas ainda é muito cedo para vingança. Ele conseguiria escravizá-la novamente sem muito esforço.

MAGIA ROUBADA

363

A menina franziu a testa de decepção, pois era suficientemente inteligente para reconhecer a verdade nas palavras de Simon.

— Ele é seu inimigo também, não é? Quando o senhor estiver pronto para arrancar as entranhas dele, eu posso ajudar?

— Não sei se esse é o destino que o aguarda, mas, se eu precisar de sua ajuda para derrubá-lo, certamente a pedirei. — Embora os poderes de Breeda se apresentassem em um nível moderado, havia um quê de guerreira em seu espírito, e Simon percebeu que ela poderia se mostrar uma aliada valiosa.

Ele abriu a porta da sala de estar matinal, para que todos pudessem voltar ao jardim, mas os outros três amigos estavam à espera de Breeda no corredor. Lily olhou para ela e simplesmente disse:

— Breeda...?

— Sim! — A menina irlandesa se atirou nos braços de Lily, quase derrubando a amiga mais magra. — É maravilhoso tornar a ser eu mesma!

Simon perguntou a Moses:

— Você está pronto?

— Agora é Jemmy — disse ele, balançando a cabeça.

O menino menor correu para a sala de estar matinal, passando com rapidez entre Simon e Meg. Qualquer desconfiança que sentisse antes havia desaparecido por completo. Simon fechou a porta, refletindo que os quatro escravos haviam se tornado uma família. Moses era uma espécie de pai que protegia e ajudava a todos, colocando os desejos e necessidades deles em primeiro lugar.

A convite de Meg, Jemmy se sentou no sofá, mas seus pés nem tocaram o chão. Depois da descrição genérica do que aconteceria, Simon perguntou:

— Jemmy, você consegue falar?

O menino assentiu com a cabeça, mas não respondeu. Era um rapazinho de poucas palavras. Talvez se tornasse mais falante depois de se libertar dos feitiços.

Tanto seus encantos de ligação quanto os fios de sua rede de conexões eram excepcionalmente densos e difíceis de desembaraçar — talvez um resultado da própria natureza de Jemmy. Simon confirmou que o menino levara a vida mais sacrificada dos quatro, e só sobrevivera por ter se tornado desconfiado e se colocado sempre na defensiva. Enquanto Simon trabalhava no garoto, foi acrescentando a energia curativa do unicórnio para aliviar algumas das feridas mais profundas que o menino sofrera. Jemmy certamente precisaria de mais cura emocional do que poderia ser feito em um único dia, mas já era um começo.

Quando Simon desfez, por fim, o encanto que escravizava o menino, os olhos de Jemmy se abriram. Sua aparência continuava sendo a de um menino, mas os olhos eram os de um ancião. Com uma voz surpreendentemente grave e um sotaque típico dos bordéis de Londres, ele avisou:

— Aquele canalha maldito vai tentar nos agarrar novamente, e está disposto a matar quem se colocar em seu caminho.

Embora Meg recuasse de susto ao ouvir isso, Simon disse, com muita calma:

— Drayton terá muito trabalho para me matar. Minha esperança é de que, agora que seus escravos mentais lhe foram tirados, ele não tenha mais poder para provocar grandes danos.

Jemmy pareceu duvidar disso, mas não questionou nada. Meg perguntou:

— Você se lembra de seu nome e de como era sua vida antes de você ser raptado?

Ele encolheu os ombros estreitos.

— Meu nome é Jemmy. Minha mãe me vendeu para os limpadores de chaminés quando eu cheguei à idade certa para escalar os dutos. Eu devia ter 4 ou 5 anos. Não me lembro de muito, mas fui o melhor escalador do grupo durante muitos anos. Eles me mandavam limpar as chaminés das casas mais luxuosas da cidade, até que eu fiquei grande demais para o trabalho.

— O que aconteceu então?

— O trabalho de limpeza de chaminés estava diminuindo, porque eu era grande demais para o serviço e comia muito. Foi então que aquele lorde canalha — Jemmy quase cuspiu no tapete ao citar Drayton, mas evitou fazer isso no último segundo — surgiu e ofereceu cinco libras pelos meus serviços. Disse que pretendia me treinar para que eu fosse um jóquei. — Nesse momento, o menino pareceu melancólico. — Eu não conhecia muito sobre cavalos, mas gostava deles. Achei que gostaria de ser jóquei. Em vez disso... — Encolheu os ombros, com resignação. — Não sei por que ele me queria. Não era um grande estilo de vida, mas eu comia todos os dias, e isso já representava alguma coisa.

— Não muito — disse Simon, com tom seco. — Você merece coisa melhor da vida, Jemmy. Quanto ao motivo de Drayton se interessar por você, o motivo eram os seus poderes de magia.

Jemmy teve alguma dificuldade para acreditar nas explicações que Simon lhe deu sobre magia, mas reconheceu que tinha um jeito especial de sempre encontrar o caminho certo nos verdadeiros labirintos que eram as chaminés das casas. Além do mais, o menino tinha outros dons que talvez não fossem muito comuns. Ele estava com o rosto franzido, perdido em pensamentos, quando abriu a porta para saudar os amigos. Breeda o abraçou. Ele fingiu zombar dessa pieguice, mas Simon percebeu que ele gostou da atenção que recebia.

Depois que Jemmy relatou aos outros sua experiência, Moses entrou na sala de estar matinal. Simon estava muito cansado, porque remover encantos de submissão não era trabalho leve, mas refletiu e avaliou que conseguiria enfrentar mais um desafio. Além do mais, seria crueldade fazer Moses esperar mais um dia.

— Suponho que Lily e Breeda já lhe contaram o que você deve esperar, certo? — perguntou Simon.

Moses assentiu com a cabeça. Embora estivesse sentado ereto no sofá, seus lábios apertados demonstravam tensão. No fundo, ele desejava a libertação tanto quanto os outros.

Remover os encantos do rapaz levou mais tempo que no caso dos outros cativos, e não foi apenas por causa da exaustão de Simon. A energia de Moses era profunda, exótica e difícil de analisar. O "sabor" de seu poder era completamente diferente daquele dos Guardiães britânicos, embora Simon percebesse algumas similaridades com o mago africano que ele havia conhecido no passado. Apesar de o temperamento de Moses ser naturalmente equilibrado, Simon sentiu um potencial diferente no rapaz, algo que certamente faria seu poder entrar em erupção de forma muito perigosa, como havia acontecido quando ele impediu os perseguidores na abadia.

Por tudo isso, Simon estava preparado quando dissolveu a esfera de prata que continha a magia de Moses e sua individualidade. O poder surgiu com a força de um leão, e os olhos do rapaz assumiram um aspecto selvagem quando as tampas que prendiam sua energia foram retiradas. Meg colocou a mão sobre a dele e a apertou com força.

— Calma, Moses — disse ela. — Você está a salvo. Está seguro e recobrou sua integridade.

Moses fechou os olhos e respirou fundo várias vezes, antes de se controlar por completo. Quando seus olhos tornaram a se abrir, eram escuros e frios como ébano polido.

— Eu devo mais aos senhores do que conseguirei pagar em uma vida, milady e milorde. — Seu sotaque francês era obviamente o de alguém que tinha um bom nível de instrução.

— Débitos desse tipo só podem ser pagos em serviços ao próximo — explicou Simon. — Você tem alguma lembrança de sua vida antes de Drayton colocá-lo sob o poder dele, Moses?

O rapaz refletiu muito antes de responder.

— Eu nasci em Zanzibar, um arquipélago da África que sempre foi o local onde se cruzaram as mais importantes rotas comerciais, durante séculos. Meu pai era um comerciante poderoso e, quando eu completei seis anos, ele se mudou com a família para Marselha, de onde poderia gerenciar seus negócios na Europa. Foi lá que eu cresci e recebi minha educação. Como era o filho mais velho, meu pai quis que eu aprendesse muitos idiomas, a fim de cuidar dos negócios da família, no futuro.

— Como você caiu nas garras de Drayton?

Moses franziu a testa, remexendo em suas memórias.

— Sua Senhoria disse que queria fazer negócios com meu pai e importar marfim e outras mercadorias da África para a Grã-Bretanha. Meu pai me pediu que eu o acompanhasse até o nosso depósito no cais, para ele escolher o que desejava comprar. Não me lembro de mais nada depois disso, a não ser dos dias intermináveis na abadia. Eu teria enlouquecido se tivesse me restado alguma força para isso.

Quando Meg perguntou quanto tempo havia que ele estava cativo, os cálculos os levaram à conclusão de que fazia quase três anos, e Moses já completara 21 anos de idade. Como os outros, ele parecia mais velho agora que sua mente fora libertada da paralisia em que estava mergulhada. Embora Moses não se mostrasse consciente da existência de magia, aceitou a notícia com muita serenidade, como algo de que ele sempre tivesse desconfiado, mesmo sem reconhecer por completo.

Imaginando que o rapaz talvez tivesse uma perspectiva mais ampla do mundo que seus amigos igualmente vitimados, Simon perguntou:

— Drayton raptou seis pessoas dotadas de poderes mágicos, até onde sabemos, e roubou a magia delas para utilizá-la quando bem entendesse. Você sabe como ele usou esse poder roubado?

— Ele queria dispor de nossos poderes para formar uma arma impressionantemente forte, a fim de obter ainda mais poder — disse Moses, falando devagar. — Ele costumava... brincar com nossos poderes em conjunto, como se tocasse um instrumento musical.

Simon pensou na energia interconectada através da teia claramente visível nos quatro ex-escravos, e perguntou-se até que ponto Drayton teria contribuído para essa criação. Se o patife tinha ajudado a construir essa teia, isso poderia representar um problema em potencial?

— Você impediu nossos perseguidores, quando estávamos fugindo da Abadia Brentford, usando a energia coletada de seus amigos?

— Sim, foi exatamente assim — confirmou Moses, surpreso —, embora eu não tivesse consciência disso na hora. Eu direcionei o golpe, mas ali havia elementos de nós quatro. Havia meu poder, a praticidade de Lily, a ferocidade de Breeda e a experiência de Jemmy para vencer grandes desafios. — Ele pareceu preocupado com isso. — Eu não pretendia matar aqueles homens.

— Você não matou ninguém — garantiu Meg. — Quando nós saímos de lá, eu olhei para a força vital de cada um dos atingidos, e ela estava íntegra. Só que eles levaram um bom tempo para recobrar a consciência.

— Fico satisfeito por isso. — Moses olhou para ela com firmeza. — A senhora está triste por não se lembrar de seu passado como o resto de nós, mas as recordações surgirão aos poucos, eu garanto.

Foi a vez de Meg ficar espantada.

— Como sabe disso?

Moses pareceu inseguro na resposta.

— Eu..., às vezes, sei o que as pessoas estão pensando.

— Esse é um talento útil — observou Simon. — Foi por causa disso que você se mostrou disposto a confiar em nós tão depressa?

— Sim. Sabia que seus corações eram puros e suas palavras, sinceras.

Simon e Meg se olharam. Existiam muitas formas de toque mental, mas a habilidade de ler pensamentos era, talvez, a mais rara de todas. Simon perguntou:

— Alguma vez você conseguiu ler os pensamentos de Drayton a ponto de descobrir seus planos para o futuro? Nosso receio é de que ele esteja tramando um mal muito grande. Qualquer coisa que você possa ter lido na mente dele seria valioso para nós.

— Ele pensava muito em... em mecanismos projetados para amplificar o resultado do trabalho dos homens. — As sobrancelhas de Moses se juntaram enquanto ele tentava clarear as ideias. — Eu vi... chaminés gigantescas vomitando fumaça negra, e também dispositivos que moviam a água, giravam a lã e teciam roupas. Pelo menos eu acho que é isso que os mecanismos faziam. Na verdade, nunca vi nenhuma dessas máquinas na vida real.

— Drayton tem muito interesse nessas coisas — confirmou Simon. — Ele está montando um grande fórum de inventores e engenheiros, para que eles possam trocar ideias e aprender o que os outros estão fazendo. Esse evento acontecerá daqui a uma semana na Abadia Brentford. Você sabe algo a respeito disso?

— Agora que o senhor diz, sim, é verdade, todos andavam falando nisso. — Moses piscou. — Os criados de Drayton estavam muito ocupados com os preparativos. Ele queria que nós estivéssemos prontos para o fórum, embora eu não saiba dizer de que forma ele pretendia nos usar.

— Talvez seja o momento certo para chamarmos todos para conversar — disse Meg, muito séria. — Cada um de nós faz parte desse drama, e temos pouco tempo pela frente.

Simon foi abrir a porta e viu que Lady Bethany e Jean haviam se juntado aos cativos.

— Já está na hora de um conselho de guerra, vocês não acham? — perguntou Lady Beth, ao entrar de forma graciosa na sala de estar matinal.

— Como você consegue estar sempre com a razão? — Meg sorriu.

— São anos e anos de prática, minha querida — disse a velha mulher, com placidez. — Vamos nos sentar aqui mesmo, e fiquem todos à vontade, porque há muito para se discutir.

A sala de estar matinal tinha poltronas e sofás suficientes para acomodar todas as pessoas. No instante em que Breeda se acomodou entre Jemmy e Lily, disse, com hesitação:

— Quero voltar à Irlanda para ver minha família, mas não tenho um *pêni* sequer para isso. Será que alguém poderia me emprestar o dinheiro para a passagem? Juro que pagarei assim que puder.

Simon foi poupado de informar à jovem que aquilo era impossível no momento, pois Jemmy disse:

— Não podemos sair daqui agora, Breeda, senão aquele canalha maldito vai nos escravizar novamente.

Breeda se mostrou revoltada ao ouvir isso, mas Lady Bethany confirmou:

— Ele tem razão, minha querida. Mesmo nesta propriedade muito bem-protegida, eu não conseguiria garantir por completo a segurança de todos. Se vocês partirem daqui sem uma poderosa proteção mágica, acho que Lorde Drayton conseguirá capturá-los novamente com facilidade.

— Se você se encontrar cara a cara com ele, vai descobrir que sua vontade desapareceu e se verá indefesa, em um estado de obediência cega — disse Meg, com tom sério. — Isso quase aconteceu comigo.

Os ex-cativos trocaram olhares, e Simon teve a impressão de que eles estavam fazendo consultas entre si sem usar palavras.

— Agradecemos sua coragem e generosidade — disse Moses, com o queixo teimosamente firme —, mas não queremos trocar um cativeiro por outro. Eu também quero voltar para minha família o mais depressa possível.

— Eu também desejo muito encontrar minha família — disse Meg. — Mas Drayton é tão perigoso que deixei meus desejos pessoais de lado para lidar com ele. Drayton é inimigo de todos nós.

— Se falharem na luta contra Drayton, isso significará que talvez eu nunca mais possa voltar para casa? — quis saber Moses.

— Se nós falharmos — disse Simon, com um tom firme e seco —, eu aconselharia vocês a partirem da Grã-Bretanha o mais rápido que conseguirem. E torçam para que ele não perceba seus movimentos.

MAGIA ROUBADA �֍ 371

Essas palavras fizeram o grupo assumir um ar mais sério e compenetrado. Meg acrescentou:

— Ficar aqui não significa cativeiro. Todos vocês precisam de treinamento, devem aprender a usar seus poderes de magia e também encantos básicos para defesa pessoal. Venho recebendo treinamento desde que Simon me resgatou, e isso tem sido muito interessante e valioso. — Seus olhos se estreitaram. — O treinamento me tornou forte.

Os antigos escravos se olharam, pensativos e muito menos beligerantes.

— Quem nos treinaria? — quis saber Lily.

— Eu! — disse Jean. — Descobri com Meg que adoro ensinar. Acho que Lady Bethany, a própria Meg e Lorde Falconer também estariam dispostos a colaborar. Além de outros magos.

Depois de todos concordarem, Lady Bethany ofereceu:

— Vocês podem ficar aqui para o treinamento. A não ser que prefiram ter aulas em Londres. Certo, Simon?

Ele balançou a cabeça para os lados e explicou:

— Esta casa é uma gaiola muito mais agradável e espaçosa, Lady Beth.

— O que vamos aprender? — perguntou Breeda.

— A usar e controlar sua magia — replicou Simon. — A criar um escudo protetor. A saber quais são os dons específicos de cada um e qual é a melhor forma de usá-los.

Breeda olhou para Jemmy.

— Poderemos aprender a ler? — quis saber ela, com ar tímido.

O silêncio estranho que caiu na sala serviu como lembrança de tudo que havia sido negado àqueles jovens. O clima foi quebrado por Jean, que garantiu, com ar caloroso:

— Eu adoraria ensinar isso a vocês. Ler é uma das habilidades mais úteis que existem.

— Quando podemos começar? — quis saber Breeda.

— Hoje mesmo, se quiserem.

Breeda concordou com a cabeça, satisfeita.

— Lorde Falconer, o que o senhor acha que Lorde Drayton quer obter? — perguntou Moses. — Ele se submeteu a muito trabalho e grande esforço para nos capturar e usar. Por quê?

Eles mereciam conhecer toda a verdade, e compreender melhor a situação poderia resultar na obtenção de mais informações úteis.

— Por enquanto, isso é apenas especulação de minha parte, mas acho que o objetivo de Drayton é controlar os mais importantes desenvolvimentos na área de engenharia e indústria em toda a Grã-Bretanha — explicou Simon, falando devagar. — Acredito que ele deseje esse controle para benefício próprio, e também para aumentar sua fortuna.

— Será que ele estaria interessado em algo tão mundano quanto dinheiro? — As sobrancelhas de Meg se arquearam.

— Dinheiro é um objetivo irresistível para alguém que não o tem em grande quantidade — explicou Simon. — Em minhas investigações, descobri que a situação financeira de Drayton é precária. Ele gasta em excesso. Esbanja dinheiro como se sua fortuna fosse ilimitada, mas tem sido obrigado a pegar empréstimos elevados com agiotas. Se ele conseguir controlar os homens que estão desenvolvendo a maquinaria que mudará a Grã-Bretanha, isso lhe proporcionará uma fortuna incomensurável, e essa riqueza lhe trará ainda mais poderes.

— Para que ele nos queria? — perguntou Lily, intrigada.

— Mais uma vez, isso não passa de especulação, mas creio que ele planeja colocar um encanto leve de submissão nos engenheiros e filósofos que assistirão ao fórum. Não será um encanto tão profundo que os faça parecer homens simplórios, mas será o bastante para que se curvem à sua vontade quando ele os comandar.

Meg confirmou isso com a cabeça, parecendo preocupada.

— Se seu amigo que está projetando uma máquina a vapor mais poderosa serve de exemplo, eu diria que Drayton está mais in-

MAGIA ROUBADA 373

teressado no trabalho que no dinheiro que poderá ganhar. Homens desse tipo poderão ser facilmente explorados por Drayton se o patife lhes arrancar um pouco da vontade própria.

De fato, David era mais prático que muitos inventores. Simon não queria nem pensar no caos que Drayton poderia provocar caso escravizasse as mais brilhantes mentes inglesas na área da mecânica.

— Escravizar tantos homens, mesmo que superficialmente, exigirá uma tremenda quantidade de poder, mais que qualquer pessoa tem. Acho que ele estava preparando seus magos submissos em Brentford como instrumentos para promover essa escravidão, além de usar seus poderes de Guardião e as linhas retas místicas, restos de antigas trilhas que se entrecruzam no local. Tudo isso junto multiplicaria seu poder.

— Embora tudo o que estamos discutindo seja apenas conjectura, a teoria de vocês se encaixa com tudo o que sabemos até agora — refletiu Lady Beth.

— Onde é que eu entro nos planos de Drayton? — perguntou Meg. — E qual é o papel da menina escravizada em Londres?

— Não tenho certeza, mas você e a menina de Londres são as mais poderosas escravas mentais de Drayton. A energia da terra é tremendamente difícil de controlar e, por isso, é tão pouco usada. Talvez ele planeje aumentar o próprio poder usando o que vem de você e da menina que está em sua casa em Londres. Isso lhe dará força suficiente para canalizar o poder da intercessão das trilhas e somar tudo isso aos quatro escravos de Brentford.

— Começo a compreender de que forma tantos homens podem ser suavemente escravizados — disse Moses, franzindo as sobrancelhas. — Quando Drayton estava em minha mente, ele tentava... modelar meus pensamentos. Não exatamente meus pensamentos, e sim minha magia. Embora eu não me desse conta disso antes, sinto agora que o poder é uma presença forte dentro de mim. Se a energia que eu usei para atacar os cinco homens que nos perseguiam pudesse ser amplificada, formasse uma rede e fosse espalhada de forma ampla...

— É uma bênção estarmos longe de lá — disse Lily, estremecendo. — Os danos poderiam ser terríveis.

Moses concordou. Depois de receber olhares significativos dos três companheiros de cativeiro, falou em nome de todos.

— Muito bem, vamos começar aqui e aprender a usar a magia de cada um para destruir nosso inimigo. Desse modo, pagaremos a dívida que temos com vocês.

— De nossa parte, prometo que ajudaremos vocês a alcançarem seus objetivos pessoais quando a crise passar — prometeu Simon. — Reflitam bem sobre como desejarão usar sua magia depois.

— Fico feliz por estar tudo acertado. — Lady Bethany se levantou. — Essa manhã foi exaustiva. Vamos nos reunir na sala de refeições para restaurar nossas forças. — Ela sorriu para os quatro novos hóspedes. — Prometo que vocês ficarão impressionados com o que meu cozinheiro sabe fazer. Se não me engano, ele preparou bolinhos de gengibre com molho de limão.

Com as expressões mais empolgadas, os ex-cativos saíram da sala, levados por Jean e Lady Bethany. Simon ficou mais um pouco. Meg também. Quando se viram a sós, viraram um para o outro e se abraçaram. Ela suspirou de leve ao se aconchegar nele.

— Você me parece cansado.

— Descobri que libertar escravos mentais exige muita concentração. — Ele repousou o queixo sobre os cabelos suaves de Meg, pensando em como era gostoso abraçá-la com tanto carinho. — Você percebeu a rede de conexões que existe entre eles? — Quando a moça fez que sim com a cabeça, ele continuou: — Estou me perguntando se essa rede foi formada deliberadamente por Drayton e, se for o caso, se isso representa algum perigo extra. As ligações pareciam tão inquebrantáveis quanto os cordões que unem a ele os ex-cativos, mas talvez possam ser cortadas, se for necessário.

Meg pensou nisso e pousou a cabeça no ombro de Simon.

— Acho que ele deve ter incentivado o fortalecimento das ligações para seus próprios interesses, mas isso não significa que elas sejam basicamente más. Não sinto nenhuma energia sombria nessas conexões, só força e carinho mútuos.

— Eu senti o mesmo. — Ele aliviou um pouco o abraço apertado. — O fórum começa daqui a uma semana. Se Drayton pretende colocá-los novamente sob seu poder, terá de agir rápido. Com a permissão de Lady Bethany, talvez Duncan e Gwynne pudessem se mudar para cá por uma ou duas semanas. Eles poderiam ajudar nas lições, e o poder deles, somado ao de Lady Beth e ao de Jean, tornaria essa casa impenetrável.

— Que boa ideia! — Meg fez expressão de dúvida. — Só que, até então, talvez eu também deva ficar aqui. Jean e Lady Beth vão precisar de ajuda.

— Ficar seria a melhor opção — concordou ele, relutante, tentando não pensar no quanto tinha sido bom tê-la em seus braços na noite anterior. — Embora eu certamente preferisse estar sob o mesmo teto que você, devemos ser práticos, e eu preciso voltar à cidade. — Ele beijou a testa dela, sabendo que seria um erro fazer mais que isso. — Em duas semanas, isso tudo deve ser resolvido.

— E eu estarei livre para encontrar minha família.

— Posso acompanhar você nessa busca?

— Sério? — perguntou ela, deliciada. — Eu adoraria ter sua ajuda. — A voz dela ficou rouca de desejo. — E também a sua companhia, ao mesmo tempo que celebraremos nossa vitória sobre Drayton.

Simon gostaria de garantir essa vitória, mas não podia se esquecer do fato de que a balança estava fracamente equilibrada naquele momento, e podia pender para um lado ou para outro.

VINTE E NOVE

— *S*r. White?

David deu um pulo de susto, batendo com o topo da cabeça na trave mestra do modelo da máquina em que trabalhava. Massageando o galo, esticou o corpo e viu Lorde Drayton, tão silencioso, furtivo e vagamente sinistro quanto em sua visita anterior. Sarah estava alguns passos atrás do visitante, com uma cesta na mão, e lançou ao marido um silencioso pedido de desculpas com os olhos por não ter tido chance de avisá-lo.

David largou a chave-inglesa sobre a bancada e limpou as mãos em um trapo.

— Bom-dia, milorde. Não esperava sua visita. Do contrário, teria me preparado melhor para recebê-lo.

— Nesse caso, eu não teria a oportunidade de vê-lo trabalhando — argumentou Drayton. — Sua máquina experimental já está pronta para ser transportada para a Abadia Brentford? Meu fórum começará daqui a cinco dias.

— Preciso fazer alguns ajustes no condensador e no regulador, mas ela estará prontinha depois de amanhã, conforme eu lhe prometi. Isso me dará o tempo necessário para instalar o motor e prender com firmeza qualquer peça que possa ser danificada durante o transporte. — O inventor cruzou os dedos mentalmente, torcendo para que o regulador de pressão aguentasse a força que lhe seria exigida.

No futuro, David contrataria um mecânico para fabricar um modelo mais resistente, pois, dessa vez, ele não tivera tempo para isso.

— O senhor é um homem cuidadoso, sr. White. Respeito isso.

— Drayton avaliou a máquina com olhos apertados. — O senhor teria a gentileza de me fazer uma demonstração?

— Será um prazer, milorde. — David sinalizou para que seu assistente acrescentasse mais carvão às brasas da fornalha. Os pedaços de carvão reluziram, aumentando a temperatura da água no aquecedor.

Construir aquela máquina tinha sido um trabalho profundamente exaustivo para David e Peter Nicholson, e muitas refeições em horas avançadas da noite haviam sido levadas à oficina pela paciente Sarah. Embora a teoria fosse sólida, fabricar uma máquina real e fazê-la funcionar a contento era um trabalho baseado em tentativas e erros, além de muito metal retorcido com martelo ou chave-inglesa.

Mas o resultado tinha compensado todas as noites intermináveis e os nós dos dedos machucados. A nova máquina a vapor de David era muito mais eficiente que a de Newcomen. Os donos de minas andavam desesperados em busca de máquinas melhores para bombear a água das profundezas da terra, e apresentar o novo modelo no fórum de Lorde Drayton serviria para divulgar a nova invenção por toda a Grã-Bretanha. Os pedidos chegariam em grandes quantidades, David tinha certeza disso. Depois que ele conseguisse aperfeiçoar o processo de fabricação, Lorde Falconer poderia cuidar dos negócios, enquanto David trabalharia em outras ideias e inventos. Ele e Sarah conseguiriam criar seu filho com todas as vantagens que eles próprios não haviam tido na vida. Essa era uma perspectiva empolgante.

Em poucos minutos, o vapor já trabalhava, com muito barulho, apregoando uma nova promessa de energia para o florescente mercado de manufaturas na Grã-Bretanha. Drayton observava tudo, sem demonstrar emoção.

— O senhor é realmente talentoso, sr. White — disse o nobre, aumentando um pouco o tom de voz para se fazer ouvir em meio ao barulho. — Com toda a honestidade, eu não acreditava que o senhor conseguisse terminar tudo a tempo de apresentar seu trabalho em meu fórum. Agora, porém, estou realmente interessado em incluir seu equipamento entre os projetos que serão apresentados. Sua máquina será um dos mais importantes dispositivos em exibição.

As palavras eram satisfatórias, mas o jeito monótono de Drayton falar era desconcertante. David percebeu que era quase como se Sua Senhoria tivesse algum ressentimento da máquina. Talvez ele desejasse ser um inventor, mas não tivesse habilidade ou paciência para isso. O mais provável era que o nobre não dispusesse de tempo para se dedicar a inventos. David tinha apenas uma vaga ideia do que significava ser um ministro do governo, mas o trabalho certamente era exigente.

Drayton deu um último aceno de aprovação.

— A carroça para transportar sua máquina até a Abadia Brentford estará aqui depois de amanhã bem cedo, e a jornada levará um dia. Suponho que o senhor queira acompanhar a máquina na viagem.

— Sim, senhor. — David não gostava da ideia de deixar Sarah sozinha em casa de uma hora para outra, mas, assim que a máquina fosse devidamente instalada, ele retornaria a Londres para buscar a esposa. — Senhor, eu me esqueci de avisar que o maquinário deverá ser instalado sobre um piso de pedra, por causa do peso e do poder exagerados. O senhor dispõe de um lugar assim?

— Claro que sim! — Drayton sorriu com genuína satisfação. — A capela original da abadia servirá como salão de exibições. Toda a construção é feita de pedra, e isso fornecerá uma fundação firme para sua máquina e para os outros dispositivos que serão apresentados.

Embora David não pertencesse à Igreja Anglicana, foi pego de surpresa.

— Uma capela, senhor? Isso me parece um... um sacrilégio.
— Pelo contrário, sr. White, é um lugar muito apropriado. — Drayton observou a máquina, que não parava de bombear. — No futuro, essas máquinas serão adoradas pelos homens comuns.
— Espero que não, senhor — disse David, com ar incerto. — Isso é apenas uma máquina, não uma divindade.

Drayton se virou na direção de David com um sorriso frio.
— Falei isso brincando, sr. White. Na verdade, a capela da abadia não funciona como lugar de devoção há muitos anos. Eu a escolhi como local para o salão de exibições por causa do espaço generoso e do firme piso de pedra. — Ele acenou com a cabeça. — Tenham um bom dia, sr. e sra. White. Nós nos veremos na Abadia Brentford.

David murmurou uma despedida adequada. Secretamente, estava feliz por ver o lorde partir. Figura estranha, aquele Lorde Drayton. Falconer também tinha um jeito aristocrático e diferente, mas era uma pessoa muito mais confortável de se ter por perto.

Depois que Drayton saiu, Sarah atravessou a oficina e colocou a cesta que carregava em um espaço vazio da bancada.
— Eu não vou à abadia com você, David. — Ela acariciou a curva discreta em seu abdômen. — Já é péssimo enjoar todas as manhãs. Se eu tivesse de viajar de carroça durante um dia inteiro, chegaria lá arrasada.

David observou a esposa com ar pensativo.
— Acho que esse não é o único motivo.

Ela encolheu os ombros, serviu pão e queijo, pegou uma faca e um pote de picles na cesta.
— Provavelmente, eu seria a única mulher no fórum, o que já seria ruim. Para piorar, não sou bonita, não sou uma dama fina e chegaria lá verde de enjoo devido à viagem. Prefiro não estar lá a fazer essa viagem e me sentir mal, porque, se eu estiver mal, você também se sentirá assim.

— Isso é verdade, meu amor, mas é só por isso?

— Você sempre sabe das coisas — disse ela, soltando uma risada. Espalhou um pouco de picles no pão, colocou uma fatia de queijo e entregou o lanche a Peter, que já estava à volta dela com olhar comprido. — Você tem razão, eu não me sinto à vontade perto de Lorde Drayton. Prefiro me manter longe dele.

— Concordo que ele seja um homem esquisito, mas essa é uma grande oportunidade para eu conhecer algumas das mentes mais afiadas da Grã-Bretanha, e até de outros países. Você certamente apreciaria discutir assuntos de matemática com alguém que compreende sua linguagem.

Com um sorriso irônico, ela lhe entregou o pão com queijo.

— Existem, no máximo, cinco homens em toda a Europa com quem eu tenho vontade de conversar sobre matemática de igual para igual. Um deles é Lorde Falconer, e você já me disse que ele não vai participar do fórum. Provavelmente, os outros quatro também não vão. Os convidados que estarão na abadia vão olhar para mim como se eu fosse uma mula falante. Pode ser divertido, mas o fato é que eu não seria útil nem como mula.

David teve que admitir que sua esposa provavelmente estava certa.

— Muito bem, então. Se você não quer ir, fique em casa, mas eu... vou sentir sua falta.

— Você vai ficar fora só por uma semana. — Ela colocou suco em duas canecas, preparou mais duas porções de pão com queijo e abriu a tampa de um pote de cebolas em conserva. — Além disso, você vai se divertir muito mais se não tiver que se preocupar o tempo todo comigo. — Ela o beijou, colocou uma cebola pequena na boca do marido e voltou para a casa.

David lamentou o fato de que Sarah perderia a empolgação do fórum, mas teve que admitir para si mesmo que gostava de saber que ela e a criança estariam em segurança ali em Londres.

Estranho. O mais normal seria supor que uma propriedade rural seria um lugar mais seguro que a cidade.

MAGIA ROUBADA ✳✳✳ 381

Espantando um vago sentimento de apreensão, David balançou a cabeça e voltou a atenção para seu projeto: um volante que converteria o poder de sua máquina em movimento de rotação, em vez do monótono bombear para cima e para baixo. A indústria de fiação e tecelagem certamente apreciaria o aparecimento de máquinas mais potentes...

* * *

Lorde Sterling entrou pelo café lotado e foi até a mesa onde Simon o esperava. O café era um lugar barulhento àquela hora do dia, e isso o tornava um bom lugar para conversas particulares.

— Bom-dia, Falconer. Como vai sua charmosa esposa? — A estrutura de madeira da cadeira em estilo Windsor estalou quando o lorde sentou-se nela.

Simon chamou o garçom para trazer a bandeja de café que ele havia pedido.

— Ela continua charmosa, mas infelizmente está fora por alguns dias, na casa de Lady Bethany. A mansão fica vazia sem ela. Mal posso esperar por sua volta, amanhã.

Sterling sorriu de forma afetuosa.

— Sally e eu estamos casados há quarenta anos e eu continuo odiando quando precisamos passar uma noite inteira longe um do outro.

— Se eu fosse casado com Lady Sterling, eu também gostaria de tê-la sempre a meu lado. — Simon balançou a cabeça. — Não consigo imaginar por que um homem escolheria uma senhorita que dá risadas escandalosas e não tem nada entre as orelhas em vez de desposar uma mulher com beleza e cérebro.

Sterling riu com gosto.

— Você certamente escapou das escandalosas. Sua esposa é um dos mais interessantes talentos que temos. Estou ansioso para ver o que ela pode fazer na área dos feitiços supressores de magia.

O garçom serviu uma bandeja com um bule de café, duas xícaras, vários molhos e alguns ingredientes extras. Depois, desapareceu. Simon colocou em sua xícara algumas raspas de chocolate acompanhado de canela, açúcar mascavo jamaicano e uma boa colherada de creme batido.

— Por falar em feitiços...

— Ah, finalmente vamos falar de negócios? — O velho homem acompanhou as sugestões de Simon sobre que ingredientes adicionar ao café. — Eu sabia que você não tinha me convidado a vir até aqui só para conversar sobre como nossas esposas são maravilhosas.

— Eu o chamei com a esperança de que o senhor possa me ajudar a estudar os escudos de defesa da Mansão Drayton — disse Simon, sem rodeios. — Eles são excepcionalmente poderosos, e desconfio de que não os estou conseguindo compreender de forma correta. O senhor talvez consiga desvendar alguns dos recursos e mecanismos envolvidos.

— Então, você pretende invadir a Mansão Drayton? — Sterling provou o café. — Hum... excelente. Até mesmo um pouco decadente, eu diria. Suponho que você tenha um bom motivo para se tornar um arrombador de residências.

— Meg diz que existe mais um escravo mental, uma jovem. Na semana passada, nós libertamos quatro cativos que Drayton mantinha na Abadia Brentford, e foi uma tarefa dura e arriscada. Entrar na Mansão Drayton será ainda mais difícil. Considerando o empenho de Meg em resgatar todas as vítimas de Drayton, meu receio é de que ela tente invadir a casa dele assim que voltar a Londres, e, quanto mais eu fizer para ajudá-la, maiores serão nossas chances de sucesso.

— Você está se propondo uma façanha e tanto. Nunca estudei em profundidade os sistemas de segurança da Mansão Drayton, mas certamente são fortes e descomunais. — Sterling franziu o cenho, preocupado. — Tão descomunais que representam a prova de que Drayton continua roubando poderes de outros. Talvez nem mesmo eu consiga superá-los, e esse tipo de trabalho é minha especialidade.

— É pouco encorajador ouvir isso. — Simon empurrou a cadeira para trás. — Que tal ir até lá, a fim de darmos uma olhada?

— Depois de terminarmos o café, meu rapaz. — Sterling colocou mais uma generosa colherada de raspas de chocolate em sua xícara. — Na minha idade, um homem aprende a saborear cada minuto da vida, já que nunca sabe quantos mais terá chance de desfrutar.

— Aceito a reprimenda, senhor.

Sterling sorriu.

— Que maneira educada de me mandar para o inferno, meu rapaz.

— Desculpe. Foi isso que pareceu? — Simon riu. — Confesso que estou impaciente, mas alguns minutos a mais ou a menos não farão diferença, e o café que servem neste lugar é o melhor de Londres.

Eles terminaram o café sem pressa e depois saíram para caminhar os poucos quarteirões que os separavam da Mansão Drayton. A casa dava para uma pequena praça, e os dois amigos seguiam devagar, como se estivessem ali apenas para apreciar as crianças brincando no parquinho do meio da praça, não para avaliar a residência de Drayton.

— O cavalheiro... estou sendo irônico, é claro... está em casa? — perguntou Lorde Sterling.

— Não. No momento, ele participa de uma reunião no gabinete do governo, ao que me parece. Tenho certeza de que ele não está em casa. — Simon conseguiria descobrir o local exato em que Drayton estava, se quisesse. O canalha não saía de sua cabeça, como uma espécie de coceira em um local inalcançável.

Lorde Sterling relaxou um pouco ao ouvir isso. Parou de caminhar, suas mãos apertaram com força o apoio de prata de sua bengala, e seu olhar pareceu sair de foco quando ele observou a casa imensa e elegante.

— Drayton fortaleceu o sistema de segurança desde a última vez em que estive aqui — murmurou. — Mundanos, como os criados dele, podem entrar e sair da residência sem ser afetados, mas qualquer pessoa com poderes sofrerá dores terríveis ao passar pela porta, a não ser que seja convidada pelo próprio Drayton.

— Ele também instalou um sistema de segurança desse tipo na Abadia Brentford, mas aqui é mais forte. — Simon também analisava a casa com sua visão interior. — Criar um portal aqui não vai ser nada fácil.

— O interior da casa é virtualmente opaco. Um escudo protetor desse nível exige uma gigantesca fonte de poder para ser mantido. — As sobrancelhas de Sterling se uniram. — Lady Falconer afirma que há uma escrava mental aqui? Não consigo detectar a presença dessa pessoa, o escudo é forte demais. Será que o sistema é abastecido pelo poder dessa escrava?

— Isso é não apenas possível como muito provável. Drayton usou o poder de Meg para manter um encanto de ilusão que a fazia parecer feia e indesejável.

— *Isso, sim*, exige muito poder — as sobrancelhas de Sterling se arquearam novamente —, e mostra o raciocínio ferino desse sujeito diabólico. Se a escrava está aqui, isso explica o sistema de segurança da casa ser tão poderoso. Drayton é um demônio esperto.

— A jovem está aqui, sim, presa no sótão. Não consigo sentir mais nada além disso, mas Meg estava certa sobre sua existência — afirmou Simon, pensativo. — Mesmo que conseguíssemos localizar a cativa com precisão e bloquear a energia que ela envia para os sistemas de vigilância, seria muito mais fácil sair da casa do que entrar.

— Quando chegar esse momento, sugiro que vocês entrem e saiam pela porta da frente. Como Drayton a usa todos os dias, o

MAGIA ROUBADA ✳✳✳ 385

campo de força certamente é mais fraco ali. — O olhar de Sterling tornou a exibir um ar distante. — Esse sistema tem alguns aspectos interessantes, que eu nunca vi antes e não consigo identificar. Pode ser que ele tenha criado algo dirigido especificamente para você e sua esposa, Simon. Vocês precisam ser muito, muito cuidadosos.

— O senhor imagina qual deve ser o objetivo principal de Drayton? — perguntou Simon. — Eu sei que ele precisa de dinheiro, mas sua verdadeira meta certamente é reunir o máximo possível de poder.

— Nos últimos anos, você tem viajado muito para fora de Londres — observou Sterling. — Sempre que há uma votação importante na Câmara dos Lordes, você aparece, vota e desaparece novamente. Isso fez com que você se afastasse dos aspectos mais turvos da política, meu rapaz. Drayton é o ministro dos assuntos internos, mas creio que ele tenha grandes ambições. Acho que quer ser primeiro-ministro do Reino Unido.

— Mas o rei não ousaria afastar Pelham do cargo — espantou-se Simon. — Isso destruiria a estrutura do governo.

— Concordo que o rei não faria isso, mas ele não é jovem. Se algo acontecer a ele, o Príncipe de Gales assumirá o trono.

— A Fera Asquerosa, como ele é chamado pela própria irmã? Todos o odeiam tanto que até as pessoas que não gostam de seu pai, o rei George, rezam para que o monarca tenha uma vida longa.

— Sim, Frederick realmente é odiado na corte, e é por isso que aceita de bom grado as bajulações de Drayton. Nosso patife se tornou um dos principais confidentes do Príncipe de Gales, Simon. Se o rei George morrer, seu filho poderá escolher o primeiro-ministro que quiser, e provavelmente será Drayton.

Simon assobiou baixinho.

— Como primeiro-ministro, Drayton acumularia muito poder sobre os mundanos, sem falar nas amplas possibilidades de reconstruir sua fortuna. Se, além disso, ele controlar as mentes dos maiores engenheiros do país, nem posso imaginar o que seria capaz de fazer.

— Impeça-o, Simon — pediu Sterling, com tom grave. — Não sou clarividente, mas sinto que será péssimo para todos se esse homem tiver tanto poder em suas mãos gananciosas.

— Farei o possível. — Simon desejava ter mais confiança sobre o que deveria ser feito. — Vamos passar diante da casa, para ver se conseguimos sentir algo mais?

— Claro. Quero dar uma olhada mais de perto nos sistemas de segurança do lugar.

Eles caminharam sem pressa em torno da praça. Sterling se apoiava pesadamente sobre a bengala, uma conveniente desculpa para se mover tão devagar. Já estavam na metade do caminho quando Simon começou a se sentir mal e as barreiras de seu corpo estremeceram por dentro. Mais dois passos e ele percebeu que o encanto de transformação que Drayton lançara sobre ele estava sendo reativado.

Tentou controlar o feitiço, mas já sentia a mente enevoar e o sangue acelerar nas veias de forma assustadora. As primeiras dores agonizantes lhe chegaram aos músculos e ossos, e seu corpo começou a corcovear de forma descontrolada. Tonto e incapaz de falar, Simon deu meia-volta e se afastou dali tão depressa quanto seus membros trêmulos conseguiram levá-lo.

Atônito, Lorde Sterling também se virou e foi atrás dele.

— Meu rapaz, você está passando mal?

— O senhor quase teve o prazer de compartilhar seu passeio matutino com um unicórnio. — Simon engasgou e tossiu, mas ficou aliviado ao perceber que o encanto se desfizera quando ele se afastou da casa. Quando se viu fora do alcance da maldição, Falconer parou e tentou se recompor.

Sterling se apressou e pegou Simon pelo braço, ajudando-o a atravessar a rua e dizendo:

— Acabamos de descobrir o que mais Drayton acrescentou ao sistema de segurança, tentando atingir você.

— Esse feitiço terrível se tornou a maior maldição de minha vida — disse Simon, falando entre os dentes, com dificuldade. — O pior é que talvez não exista jeito de desfazê-lo. Lady Beth acha que só o próprio Drayton poderá quebrar o encanto, mas ele certamente prefere me ver no inferno antes disso.

— E se ele morrer?

— Isso provavelmente não me servirá de nada. Vou passar o resto da vida tentando evitar ataques de ira que me façam ganhar cascos e um chifre. — Se ele tivesse se transformado em unicórnio ali, no meio da rua, teria conseguido reverter o encanto? Embora não tivesse provas disso, sua intuição lhe dizia que Meg só conseguia controlar o efeito do encanto por causa da singular combinação de virgindade e muito poder. Talvez apenas um desses fatores não fosse suficiente, e a virgindade dela certamente desapareceria em breve.

Simon encolheu os ombros ao pensar nisso. O feitiço só seria um problema permanente se ele sobrevivesse ao confronto com Drayton — e essa vitória estava longe de ser garantida.

TRINTA

Ao subir os degraus da Mansão Falconer, Meg chamou Simon mentalmente. A jovem tinha quase certeza de que ele estava em casa, mas já havia reparado que a ansiedade afetava as avaliações que realizava por meio de magia.

Não dessa vez. No instante em que Hardwick lhe abriu a porta, Simon veio descendo pelas escadas do saguão, dois degraus de cada vez.

— Meg! — comemorou ele. — Achei que você voltaria apenas amanhã.

— Recebi um convite inesperado.

Alguns passos atrás de Meg, Duncan Macrae disse:

— Eu vinha para a cidade com meu barco, e Meg estava louca para voltar o mais depressa possível.

Meg não se deixou ruborizar, já que era verdade. Pegou as mãos de Simon, pois precisava tocá-lo. Estava muito preocupada, mas, pelo visto, não havia razão.

— É bom estar de volta — disse ela.

Para sua surpresa, Simon se inclinou e a envolveu com um beijo ardente. *Ele teve problemas com o feitiço do unicórnio mais uma vez.* Talvez essa fosse a causa da preocupação da moça. Perceber isso não a impediu de saborear o beijo.

Alguém pigarreou atrás deles, interrompendo o momento íntimo.

— Já estou de saída, meus caros — disse Duncan, com ar divertido.

Ainda de mãos dadas com Meg, Simon disse:

— Obrigado por acompanhar minha esposa até em casa. Não quero que ela ande sozinha por aí com Drayton à espreita.

— Eu poderia dizer o mesmo a seu respeito — contrapôs Duncan, com ar sério —, mas você não me ouve.

— Não podemos ficar juntos como um rebanho de ovelhas até que tudo acabe — disse Simon, tentando parecer razoável.

— Isso é uma pena — murmurou Meg, assim que Duncan saiu.

— Até que você seria uma ovelha muito charmosa, sabia? — brincou Simon, com um raro sorriso de descontração. — Como vão seus alunos?

— Muito bem. Estão determinados a aprender o máximo possível para não se sentirem indefesos novamente. — Ela enlaçou o braço de Simon com o dela e o levou em direção à sala de estar, que ficava de frente para a rua. — Jean se tornou a tutora principal deles e está desempenhando muito bem o papel.

— Algum dos quatro conseguiu pistas sobre os planos de Drayton?

— Infelizmente, não. — Meg puxou Simon para que se sentasse ao lado dela no sofá. — Estou começando a me perguntar se é comum encontrarmos magia espontânea fora das Famílias. Temos quatro magos espontâneos, mais uma contando comigo, além da menina ainda cativa aqui em Londres. Talvez exista muita gente por aí com habilidades mágicas desconhecidas.

— Muitos mundanos têm pelo menos uma centelha de poder, e alguns mais que isso. — Ele colocou o braço em torno dos ombros dela e a puxou mais para perto de si. — Geralmente, a magia se manifesta sob a forma de intuição, capacidade de perceber as emoções alheias e outras peculiaridades que não são estranhas a ponto de chamar atenção. Encontrar grandes quantidades de poder, no mesmo nível que os Guardiães possuem, é muito raro fora das Famílias. Os cativos de Brentford têm muita magia quando comparados à maioria dos mundanos, mas ela é menor que a de um Guardião médio.

— Mesmo assim, não é espantoso Drayton ter encontrado tantos deles? — Ela se aconchegou junto de Simon, sentindo-se satisfeita, segura, sabendo que, debaixo do suave brocado do casaco azul do conde, havia um corpo quente, forte e viril. — Seis cativos... Eu já estou me tornando uma verdadeira feiticeira, e talvez a última escrava também esteja.

— Mas lembre-se de que esses seis foram o resultado de uma busca de pelo menos dez anos. Acho que Drayton possui um talento especial para reconhecer habilidades mágicas nas pessoas, pois apenas assim ele conseguiria achar seis pessoas para escravizar. — Simon fez uma expressão feia. — De certo modo, os talentos dele não são muito diferentes dos meus. Embora o poder que ele herdou não seja tão forte, os acréscimos ilegais de magia que ele conseguiu o tornaram muito bom na arte de rastrear energia mágica a longa distância. Foi assim que ele descobriu você e, provavelmente, as outras vítimas também. Inconscientemente, ele deve analisar todos à sua volta, sempre em busca de alguém com potencial latente para magia.

Meg suspirou.

— Por que eu tive o infortúnio de ser a escrava que passou mais tempo submissa a ele? E sozinha? Eu gosto muito da ligação que existe entre os quatro amigos de Brentford. Eu... eu gostaria de ter tantas afinidades com alguém próximo a mim.

O braço dele a apertou com mais força.

— Sinto muito, Meg. Acho que Drayton passou vários anos à procura de outras vítimas, sem sucesso. Só conseguiu alguém quando baixou o nível de exigência.

MAGIA ROUBADA 391

Era simpático da parte de Simon falar isso de um jeito que a fazia se sentir especial, mas aqueles dez anos haviam sido uma eternidade de dor e vazio, até que um unicórnio apareceu para salvá-la. Isso a fez se lembrar do que havia sentido quando Simon a beijou.

— Você quase sucumbiu ao feitiço do unicórnio novamente, não foi? Perdeu a calma em algum momento?

— Eu já estava me perguntando se você tinha notado. — Ele sorriu com ironia. — Hoje de manhã, Lorde Sterling e eu estávamos estudando os sistemas de proteção na Mansão Drayton. Sterling temia que os escudos, que são realmente esplêndidos, pudessem ter componentes especialmente projetados para afetar a mim e, possivelmente, a você. Ele acertou em cheio. Quando eu me vi a menos de cem passos da residência, o feitiço de transformação começou a se manifestar mais uma vez. Se eu tivesse dado mais alguns passos, teria virado um unicórnio. Por sorte, o poder do encanto diminuiu quando me afastei do lugar.

— Se é assim, você não poderá entrar na Mansão Drayton para resgatar a última escrava.

— Não, pelo menos até encontrar um jeito de suprimir a manifestação do encanto. — Ele ergueu o queixo dela com a mão, e seus olhos se encontraram. — Meg, minha donzela guerreira, o mesmo vale para você. Drayton conhece com intimidade a dimensão de sua magia. Eu ficaria espantado se ele não tivesse incorporado esse conhecimento ao escudo protetor da própria casa. Certamente, ele já sabe que você esteve envolvida na libertação dos cativos de Brentford, e também sabe que você deseja salvar a menina na Mansão Drayton. Por favor, me prometa que não tentará fazer nada imprudente para entrar lá. Na melhor das hipóteses, você acabaria submetida a Drayton novamente. Ou talvez algo pior.

Meg fechou os olhos, frustrada.

— Bem que eu gostaria de que você estivesse errado, mas a verdade é que, se não tivéssemos tido muita sorte na primeira investida, poderíamos ter sido escravizados ou mortos.

— Exato. — Os olhos dele se estreitaram. — Você ainda não me prometeu que não vai tentar libertar a última cativa. Concordo que isso precisa ser feito, mas não até termos alguma chance de sucesso. Por ora, não há nenhuma. Lembre-se de que ela não será maltratada, pois é muito valiosa. Nós a resgataremos depois.

— Você tem minha palavra. — Com muita força de vontade, a moça suprimiu o desejo de ir atrás da última prisioneira mental. Por algum motivo, aquela jovem a deixara obcecada. — Embora eu reconheça que quero libertá-la de forma quase desesperada, não sou completamente tola.

— Você não é nem um pouco tola. É esperta, valente e aceita correr riscos pelo bem dos outros. São atributos admiráveis, mas precisam sem temperados com um pouco de precaução.

Meg sentiu um ar de vazio por trás das palavras de Simon.

— Por falar em precaução, aposto que você planeja voltar à Abadia Brentford para o fórum. Mesmo sabendo que Drayton vai estar em seu próprio território, à espera de sua chegada. Depois, ainda acha que *eu* sou a imprudente!

— Quando agentes da lei devidamente treinados, como eu, fazem essas coisas, o nome é "risco calculado", não imprudência — alegou ele, com uma pontada de humor na voz. — Não há escolha, Meg. Tenho tentado ver o futuro através do cristal de clarividência até ele ficar cansado, e está mais claro que nunca que Drayton tentará algo importante nesse fórum. O que ele fizer talvez seja muito difícil de desfazer. É melhor impedi-lo de obter mais poder e provocar danos nas vidas de pessoas inocentes.

— Vou com você — disse ela, depois de respirar fundo. — Juntos, somos mais fortes.

— Não! — reagiu Simon, com vigor. — Você não pode nem chegar perto dele, Meg. O poder telúrico em Brentford torna Drayton mais forte e torna você mais vulnerável. Se eu precisar de sua magia, posso requisitá-la mesmo que você esteja aqui. Basta praticarmos as técnicas para isso antes de eu ir para a abadia.

MAGIA ROUBADA ✳✳✳ 393

— Muito bem. — Ela se sentiu vergonhosamente aliviada por obedecer a ele nessa questão. Pensar em se ver frente a frente com Drayton mais uma vez lhe provocava arrepios. — Só que eu estarei na casa de Lady Beth, em Richmond. É muito mais perto da abadia caso você precise ser salvo.

— Combinado. Nós dois vamos para lá amanhã mesmo. Você terá a chance de combinar várias estratégias com Jean e Lady Beth, além de Gwynne e Duncan.

— Não poderia levar Duncan ao fórum com você? — perguntou ela. — Seu amigo escocês poderia ser um poderoso aliado em território inimigo.

— Nesse caso, não. A magia de Duncan não serve muito bem para esse tipo de missão. Ela vai ser muito mais útil se eu precisar que ele desencadeie uma tempestade, por exemplo. Duncan sabe fazer ciclones poderosíssimos. — Simon abriu um sorriso curto. — Além do mais, se eu o levar comigo e ele acabar ferido, Gwynne vai querer minha cabeça em uma bandeja. É melhor eu ir sozinho.

Meg olhou para as próprias mãos e para a falsa aliança de casamento. Não era preciso ter poderes mágicos para perceber que nuvens escuras se reuniam sobre o futuro deles e que a situação era de alto risco. Mesmo com outros Guardiães por perto e prontos para lhe ceder algum poder, Simon talvez não sobrevivesse a um confronto final com Drayton. Na mente da donzela, surgiram imagens dele derrotado, ou sendo transformado em unicórnio e brutalmente assassinado. Não eram presságios verdadeiros, garantiu a si mesma, mas simples receios. E, se fossem imagens reais, ela não as queria ver. — Você tem algo especial para fazer hoje à tarde ou está livre?

— Não tenho nenhum assunto específico a tratar. O que tem em mente?

Ela fitou aqueles maravilhosos olhos azuis e tentou não pensar que, dali a uma semana, eles poderiam ter desaparecido para sempre.

— Vamos fazer algo frívolo, como se fôssemos dois mundanos comuns, recém-casados de verdade. Qual é o melhor passeio para se fazer em Londres?

Um sorriso lento o fez parecer ainda mais bonito.

— Atualmente, o programa mais popular é visitar os leões expostos no zoológico real, que funciona na Torre de Londres. Só que eu acho que você não vai apreciar muito ver animais enjaulados.

— Existem leões aqui em Londres? — Ela arregalou os olhos. — Eu sempre quis ver um leão de verdade. Se eles estiverem infelizes por causa das jaulas, talvez eu possa fazer com que aceitem melhor seu destino.

Dando uma risada alta, Simon se levantou e a puxou do sofá.

— Muito bem, vamos ver os leões então, minha querida. Pelo menos, durante uma tarde, você poderá esquecer essa ideia de salvar a Inglaterra de um mago canalha.

E ela certamente guardaria na memória cada minuto de descontração que eles compartilhassem dali em diante, para o caso de não haver outros no futuro.

* * *

Em um dia ensolarado de verão, a região em torno do Tâmisa e da Torre de Londres virava uma espécie de feira de rua, cheia de visitantes risonhos, vendedores com carrocinhas e cestas, vários acrobatas. Meg analisou a multidão e deixou os olhos pousarem nas muralhas imensas e majestosas da torre.

— Eu pensei que fosse apenas uma torre, não um castelo completo.

Simon pagou o barqueiro e subiu os degraus para se juntar à moça. Uma dama idosa com uma cestinha rasa cheia de flores se aproximou deles.

— Um ramalhete para milady, milorde? — ofereceu ela.

MAGIA ROUBADA   395

— Excelente ideia. — Simon escolheu um buquê de pequenas flores cor-de-rosa e brancas e o entregou a Meg com um floreio cavalheiresco. — Tudo para a alegria de minha dama.

— Oh, Simon! — Ela cheirou as flores, deliciada com tudo aquilo, e as prendeu no corpete. — Elas são lindas. É a primeira vez que ganho flores de alguém.

Ele olhou para ela atônito.

— Eu devia ter imaginado. Minha pobre donzela guerreira! Você precisa de pequenos mimos. Apreciaria um pão de mel?

— Sim, por favor!

Simon comprou dois doces de outro vendedor e entregou o maior deles a Meg. O cheiro forte e adocicado dos pães de mel frescos encheu o ar. Era delicioso comer aquilo ao ar livre. Meg não se lembrava de se sentir com o coração tão leve em toda a sua vida. Nem de ver Simon tão descontraído e brincalhão. Era exatamente isso que ela esperava daquele passeio: uma tarde normal em meio a pessoas normais.

Simon guiou a moça até a entrada principal da Torre, para que pudesse ver o lado de dentro da construção.

— Aquele imenso prédio quadrado é a Torre Branca. Ela foi construída por Guilherme, o Conquistador. Com o tempo, porém, outras torres, alojamentos para soldados e mais construções foram sendo anexados ao prédio principal. A Casa da Moeda Real funciona aqui, mas eles estão com problemas de espaço e devem se mudar para outro local em breve.

— Não é de se admirar que mantenham os leões aqui! Essa deve ser a prisão mais reforçada de toda a Inglaterra. — Meg viu um dos famosos corvos da torre vindo pelo gramado, e a ave lhe pareceu surpreendentemente grande. O corvo se aproximou dela com o olhar fixo no pão de mel. Mentalmente, ela disse: *Vou lhe dar um pedaço, mas só um. Depois de comer, você deve ir embora.*

Os olhos brilhantes do animal piscaram e ela lançou na direção dele um generoso pedaço de doce. O corvo alçou voo e o pegou no ar. Vários de seus companheiros acudiram com rapidez, mas ele conseguiu manter o presente só para ele. Deve ter recebido a mensagem pessoal de Meg, porque não a incomodou mais.

— As muralhas da torre são altas e largas, mas, com tanta gente entrando e saindo daqui para visitar o zoológico e outras curiosidades, o local não é especialmente seguro. — Simon a levou pelo portão principal e seguiu rumo à entrada do zoológico, que ficava mais perto do rio. Depois de pagar o ingresso de seis pence, continuou a conversar: — Não ficaria surpreso se qualquer dia desses tornarem a roubar as joias da Coroa.

Meg franziu o cenho enquanto colocava o braço sobre o dele para entrar no zoológico.

— Elas foram roubadas uma vez, não é? Há setenta anos, mais ou menos?

Simon a olhou com curiosidade.

— Eu sempre fico intrigado com as coisas que você sabe. Você se lembra de ter aprendido alguma coisa sobre a torre?

Um dia quente demais para estudar. Partículas de poeira suspensas no ar em meio ao sol de verão.

— Eu me lembro de uma aula de história em um dia quente, apenas isso — replicou ela. — Não sei quem dava a aula, nem onde eu estava.

— Era algum tipo de escola? Ou uma casa?

Ela tentou reviver a imagem.

— A aula aconteceu em uma... sala de estar, eu acho. Bonita, mas não grande, nem luxuosa como a de sua casa ou da casa de Lady Bethany. Os móveis pareciam muito usados, mas o lugar era agradável.

— Então, não era a casa de um operário. — As sobrancelhas dele se uniram. — Qualquer dia desses, tudo vai voltar à sua memória. E acho que isso vai acontecer em breve.

— Assim espero! — Às vezes, as lembranças pareciam estar perto dela, mas Meg não tinha a chave que as abriria para a realidade, o que era frustrante.

— Drayton está por aqui. — O olhar de Simon pareceu desfocado. — Muito perto.

Os dedos da moça lhe apertaram o braço.

— Será que ele está nos seguindo?

— Creio que ele está na Casa da Moeda — disse Simon, com cautela. — Seu cargo exige visitas ocasionais ao local, talvez seja coincidência.

Meg inspirou devagar, tentando acalmar o coração que lhe martelava o peito.

— Ele sabe que nós estamos aqui?

— Se eu consigo sentir sua presença, ele provavelmente também sente a nossa — replicou Simon. — Mas há muitas paredes de pedra entre o zoológico e a Casa da Moeda, e duvido muito que ele tente fazer algo sem planejar, no calor do momento. Tem planos mais importantes em mente.

Meg torceu para Simon estar certo. Eles entraram no pátio dos visitantes, uma estrutura semicircular com jaulas dos dois lados. A entrada era um arco de pedras com barras de ferro, e havia uma grade com tranca diante de cada uma das jaulas. Ao chegarem ao fim do piso semicircular, Meg torceu o nariz para o odor pesado e cáustico.

— Que cheiros interessantes!

— Como os leões são alimentados com grandes porções de carne crua todos os dias, o odor deles é... característico.

Uma família que estava diante da primeira jaula saiu devagar, permitindo a Meg ter o primeiro contato com um leão de verdade. Ela o observou com atenção e se apaixonou pelo macho esplêndido que exibia uma juba imensa e se largara deitado, preguiçosamente esticado dentro da jaula.

— Ele é lindo!

Junto à grade externa que mantinha os visitantes a uma distância segura das jaulas, havia uma placa de latão que dizia "George". Meg foi até essa grade, olhou fixamente para os imensos olhos cor de âmbar da fera atrás das barras e soltou uma exclamação de deleite ao perceber a essência da energia do leão. O sentimento foi parecido com o de sua experiência prévia com a energia felina, só que mil vezes mais intenso. Bruta, poderosa e extremamente confiante, a energia do leão fez Meg ter vontade de jogar a cabeça para trás e rugir.

— São magníficos, não acha? — murmurou Simon, atrás dela.

— Os leões sempre foram a marca dos monarcas britânicos. Cada novo soberano que chega ao trono ganha um leão ou uma leoa batizados com seu nome. Cada um deles tem uma personalidade específica e forte. Observe a leoa na jaula à direita.

Meg acompanhou o olhar de Simon, mas logo exclamou, com horror:

— Há um cãozinho dentro da jaula com ela! O tratador não pode tirá-lo de lá antes que ele seja devorado?

— É um animal de estimação, um filhote de cocker spaniel que foi jogado ali dentro por algum imbecil que queria ver sangue. Em vez disso, a leoa, Sophia, o adotou como filhote e não deixa os tratadores levarem o cão embora. Eles se dão muito bem, como você pode ver. Ela oferece a ele parte de sua ração diária de carne.

Fascinada, Meg tocou a mente de Sophia. Percebeu o mesmo poder confiante do macho, só que um pouco suavizado. Ela era uma criatura menos feroz, a não ser que alguém ameaçasse seus filhotes ou o cocker spaniel.

— Acho que Sophia foi criada em cativeiro — afirmou Meg —, porque me parece muito à vontade com a situação.

— Acertou! Sophia nasceu aqui na torre. Quando ela ainda era filhote, eu tive a oportunidade de brincar com ela e seus irmãozinhos. — Simon sorriu diante das lembranças longínquas. — Eles eram um pouco parecidos com o seu Lucky, só que maiores.

— Eu adoraria ter um filhote de leão — afirmou Meg, com ar travesso, enquanto eles seguiam pelo pátio em curva.

— Gatos como Lucky você pode ter. Filhotes de leão, não, porque eles crescem muito depressa. — Os olhos de Simon brilharam.

— Mas talvez nós realmente precisemos de um leão. Afinal de contas, tanto o leão quanto o unicórnio aparecem no brasão real.

Feliz por ver que Simon conseguia fazer piadas sobre o feitiço do unicórnio, Meg cumprimentou mentalmente cada um dos felinos imensos ao passar lentamente diante de suas jaulas. Um tigre analisava os visitantes amontoados diante dele com ar de quem escolhia o jantar mais saboroso possível. Sua energia era mais tensa e solitária que a dos leões.

— O zoológico tem outros animais, além desses imensos felinos?

— Tem, sim. As criaturas que não comem carne, como o elefante e as girafas, estão em outro pátio de exibições. Os chacais e as hienas têm sua área própria. Há alguns pássaros esplêndidos também. Águias, corujas e outros mais.

— Quero ver todos!

Sem pressa, eles se moveram devagar em torno do semicírculo, admirando cada uma das criaturas que apareciam. Os leopardos eram frios e ágeis, os pumas tinham um jeito agitado e alegre, enquanto a pantera negra parecia entediada.

No instante em que saíam diante da jaula da pantera, uma onda de magia pareceu esquentar subitamente o ar a volta deles.

— Mas que diabos...?

Com estalos, tinidos e barulhos de dobradiças que rangiam, as grades das jaulas se abriram em uníssono. Subitamente alerta, a pantera empurrou a grade com a cabeça e pulou sobre a grade de proteção, colocando-se a meio metro de distância de Meg. Simon a puxou para trás na mesma hora, e uma mulher gritou.

Um pandemônio se instalou entre os visitantes. Um homem berrou "Corram!" quando o leão rugiu. O som grave e aterrorizante do rei dos animais foi imitado pelos outros felinos, e vários rugidos de gelar o sangue reverberaram pelas paredes de pedra do lugar, ecoando e se multiplicando.

Percebendo que a pantera estava prestes a pular no caminho dos visitantes, Meg tentou se comunicar mentalmente com ela: *Volte para a sua jaula, meu amor, antes que os homens machuquem você*. Com seu corpo ágil e mortífero, a pantera girou a cabeça e olhou fixamente para Meg. O animal tinha dentes muito compridos.

Ignorando o medo, Meg tentou novamente: *Estou a seu lado, minha pantera linda. Não quero ver você ferida. Não há nada de interessante para você aqui fora.*

Depois de alguns instantes tensos e intermináveis, a pantera girou o corpo novamente, com graça e habilidade, sobre o gradil, e voltou para a jaula, balançando o corpo de um lado para outro de forma sensual.

Os outros visitantes já corriam para a direita, onde ficava a saída mais próxima do pavilhão em curva dos animais selvagens. Crianças foram agarradas por pais desesperados, e gente se amontoou junto ao portão, dificultando o escoamento do povo assustado. Um senhor de idade caiu e desapareceu sob os pés da multidão.

— Vou tentar ajudar aquelas pessoas a sair daqui — avisou Simon. — Você consegue convencer os outros felinos a voltarem para as jaulas?

— Acho que sim. Pode deixar que eles não vão me ferir. — *Eu acho.*

— Tenha cuidado, Meg! — alertou Simon, apertando a mão dela.

A caminho do amontoado de pessoas que se acotovelavam para sair, Simon parou para ajudar um rapazinho que havia tropeçado e caído. Quando um tigre se aproximou com movimentos lentos e pomposos, o rapaz olhou com horror para seu fim, que se aproximava.

Meg sentiu Simon usar sua magia para acalmar o tigre, enquanto pegava o rapaz pelo braço e o colocava em pé.

— Venha comigo agora, mas sem correr. Ver a presa correr excita os predadores. — Suando muito, o rapaz obedeceu e seguiu rumo à saída, lentamente. Simon manteve o olhar fixo no tigre, até que, abruptamente, ele resolveu dar meia-volta e retornar à jaula.

Um rugido grave atrás de Meg chamou a atenção dela para os outros felinos, imensos e agitados. Os gritos ouvidos a distância mostravam que os soldados que guardavam a torre vinham chegando com armas. Ela *não permitiria* que nenhuma daquelas feras esplêndidas fosse morta!

Sophia estava fora da jaula e passeava tranquilamente, de um lado para outro. Meg tocou a mente da leoa e a incentivou a voltar para a segurança de sua jaula. *Seu cãozinho precisa da sua presença, Majestade. Algum dos outros felinos pode achar que ele é uma bela refeição.*

Sophia voltou imediatamente para a jaula, colocando-se entre o cocker spaniel e a porta aberta. Algo precisava ser feito a respeito dos trincos.

Todos os outros visitantes já haviam desaparecido pela calçada em curva, deixando Meg sozinha. Erguendo as saias, como uma menina levada, para movimentar melhor as pernas, ela pulou por cima do gradil de proteção. Movimentando-se ao longo da fileira de jaulas, a jovem fechou com o trinco cada uma das grades após seus habitantes voltarem. Os trincos frágeis eram muito menos seguros que as fechaduras a chave, mas dariam conta do recado enquanto os guardadores não aparecessem.

A maioria dos animais se mostrou confusa e pouco à vontade com a abertura inesperada das jaulas, e quase todos voltaram aos seus familiares aposentos com gratidão. A exceção foi um jovem leão chamado Frederick, que rugiu para Meg quanto ela tentou se comunicar mentalmente com ele. Ela permaneceu imóvel e tentou novamente: *Você é verdadeiramente um rei. Não permita que um bípede burro dê um tiro em você e saia por aí se gabando de ter matado o rei dos animais.*

Ele se virou e foi se arrastando lentamente até a jaula, como um menino levado que acabara de ser mandado para a cama sem sobremesa. Frederick foi o último dos felinos a voltar. Enquanto fechava a jaula dele com o trinco, Meg teve chance de questionar por que as jaulas haviam sido todas abertas ao mesmo tempo. Só podia ser efeito de magia, algum tipo de encanto...

Esse encantamento só poderia ter sido criado por Drayton, e ele devia ter feito isso para implantar o caos e distrair as pessoas de algo importante. Sentindo-se subitamente gélida de medo, Meg girou o corpo para correr, mas era tarde demais. Drayton estava diante dela.

— Você é uma jovem esperta, mas não o bastante. — Antes de a moça ter chances de invocar o encanto de proteção, os braços do mago já tocavam os ombros dela, despejando uma energia fortíssima. Ela se sentiu fraquejar... ficou paralisada e... *desmaiou*.

* * *

Simon conseguiu acompanhar todos os visitantes para fora do pátio dos leões sem que ninguém ficasse seriamente ferido. Além do rapaz em pânico, ele ajudou o idoso que caíra. O homem ficaria cheio de manchas roxas, mas não havia quebrado nenhum osso. Simon também levou uma menininha perdida até os pais apavorados.

Soldados invadiram o recinto do zoológico, apertando as espingardas com força, muito pálidos diante da perspectiva de enfrentar feras selvagens. Simon usou um pouco de magia para acalmá-los, pois homens armados e em pânico formavam uma combinação perigosa.

— Creio que não haja ninguém ferido. Algumas jaulas se abriram, mas a maioria dos animais permaneceu onde estava.

— Espero, por Deus, que o senhor esteja certo — disse um tratador, com ar sombrio. Escoltado por dois soldados, ele entrou pela calçada em curva. Quando Simon tentou acompanhá-lo, um jovem oficial disse:

— O senhor não deve entrar lá até termos certeza de que está tudo sob controle.

— Minha esposa correu para o outro lado, e eu preciso encontrá-la — explicou Simon, colocando tanta autoridade na voz que o oficial não teve como retrucar.

Ele esperava dar de cara com Meg assim que chegou ao pátio dos leões. Provas do trabalho dela estavam em toda parte, pois os animais estavam calmamente em suas jaulas. Balbuciando preces de gratidão, o tratador usou a chave para trancar as fechaduras de todas as jaulas.

De Meg, porém, não havia o mínimo sinal. Preocupado, Simon fez uma varredura silenciosa por todo o ambiente, mas não encontrou a assinatura mental da donzela.

— Minha esposa não está aqui — disse ele, com os lábios tensos.

Os soldados trocaram olhares e, em seguida, olharam para a jaula mais próxima.

— Não! Ela não pode ter sido devorada por uma dessas feras! — Simon engoliu em seco, assustado pelo vazio inexpressivo que encontrou ao tentar tocar a mente de Meg. — Se ela tivesse sido morta, haveria sinais — disse baixinho, quase para si mesmo.

Não havia. Não se percebia nenhum sinal de Meg em lugar algum da Torre de Londres.

TRINTA E UM

*M*eg gritou alto ao sentir a dor que a rasgava por dentro. Uma voz familiar e odiosa disse:

— Você é uma florzinha sensível, Meggie. Vou ampliar o portal.

Nesse instante, a dor desapareceu.

Tonta, Meg se obrigou a abrir os olhos e viu o rosto diabólico de Drayton olhando de volta para ela. O patife a carregava no colo como se ela fosse uma boneca de pano. Quis agredi-lo, mas não conseguia se mover. Mal conseguia *pensar*.

Ele a colocara novamente sob seu poder. O encanto a sufocava, esmagando-lhe mente e corpo. No entanto... não com a mesma força de antes. Sob o peso de chumbo da magia de Drayton, havia uma centelha de Meg, a falsa condessa de Falconer.

— Pronto. Agora que eu estou em casa, não preciso mais carregá-la pessoalmente.

Meg estremeceu ao sentir-se entregue a outro par de braços. Viu que se tratava de um lacaio forte, com rosto sem expressão. Estaria ele também sob o poder de Drayton? Meg tentou usar a mente para se comunicar com ele. O esforço foi imenso, era como tentar escapar do próprio túmulo. Mesmo assim, ela conseguiu extrair alguma informação a respeito do empregado. Seu nome era Boxley, ele achava a casa de Drayton um lugar estranho, misterioso e, de certa forma, assustador, mas fazia seu trabalho de forma impassível, sem questionamentos. Burrice ou escravidão? Um pouco dos dois, percebeu Meg. Ele recebeu um encanto que o impedia de especular sobre as coisas incompreensíveis que via, mas não a ponto de torná-lo inútil como servo da casa.

— Quando você estiver instalada e trancada, vou cancelar o feitiço paralisante, para você poder se movimentar novamente. — Drayton acariciou o rosto da moça com um afeto de congelar. — Senti falta de ter sua presença em minha mente, Meggie. Tenho muitos motivos para odiar Falconer, mas o fato de ele ter roubado você de mim é o maior deles. Agora que a peguei de volta, nós nunca mais nos separaremos. — Ele pousou a mão sobre o pescoço dela sem apertar, sentindo-lhe a pulsação com uma expressão distraída. — Você continua virgem. Excelente! Falconer é um molengão impotente ou realmente descobriu o poder de sua virgindade? Prefiro achar que é um molengão impotente. — Ele afastou a mão e recuou um passo. — Leve-a para o sótão, Boxley. Subirei logo atrás de você.

O lacaio levou Meg ao longo de um corredor até a base de uma escadaria. Subiu o primeiro degrau quando Drayton berrou, com irritação:

— Não pelas escadas dos empregados, seu bloqueado! Elas são tão estreitas que ela vai bater com a cabeça e os pés nas paredes a cada degrau. Use a escadaria principal.

Sem dar uma palavra, o lacaio deu meia-volta e seguiu novamente pelo corredor por onde viera. Drayton abriu uma porta que dava para o grande saguão de entrada da mansão. Os pulos que Meg foi sentindo a cada degrau a deixaram mais tonta. Quando ela percebeu o quanto o tombo seria sério se o lacaio a deixasse cair, seu coração acelerou. Apesar disso, ela continuava sem conseguir fazer movimentos voluntários.

Cada lance de escadas era mais estreito que o anterior. Quando chegou ao último, os pés e a cabeça de Meg estavam realmente batendo nas paredes. Pelo menos a paralisia também lhe bloqueava a dor.

No fim da última escada, eles chegaram a um espaço vazio e escuro, com o teto pontiagudo e várias portas em volta. Boxley parou, sem saber para onde ir.

Drayton chegou logo atrás, ofegante devido ao esforço para subir os quatro lances de escada.

— Vamos ver agora... Onde poderemos colocar a minha Meggie? Junto com a outra será melhor. Aquele é o quarto mais reforçado. Será que você vai entender o que está acontecendo? Provavelmente não. Já está com sua cara feia de simplória novamente.

Ele pegou uma chave no bolso, destrancou a porta do aposento que ficava na frente de onde eles estavam e entrou. De um ângulo estranho, Meg reparou que havia uma chave semelhante à que fora usada pendurada em um prego ao lado da porta. Se aquilo era uma prisão, a porta devia ser aberta regularmente, para alimentar os prisioneiros.

Ou melhor, prisioneiras. Boxley carregou Meg para dentro de um quarto totalmente branco, o teto inclinado, uma cama de solteiro, uma cadeira diante de uma mesa pequena e uma bacia para lavar as mãos. Um urinol ficava em um canto do aposento. Uma janela pequena e sem cortinas permitia que um pouco de luz entrasse. Aquele era certamente um quarto para empregados, e o tapete áspero no chão era a única concessão ao conforto.

— Coloque-a na cama. Mas tenha cuidado para não esmagar a outra — ordenou Drayton.

Quando o lacaio a colocou na cama, Meg percebeu que as cobertas amarfanhadas junto dela escondiam um corpo magro. Certamente aquela era a última escrava mental. Uma fisgada de empolgação levou embora um pouco da névoa que impregnara o cérebro da donzela.

— Antes de deixá-la aqui, quero testar novamente sua energia — murmurou Drayton. Quando ele olhou fixamente para ela com olhos ávidos, Meg sentiu a cruel e familiar violação de sua mente. Tentou invocar o encanto triplo, sem sucesso. Como isso era realmente impossível, tentou uma simples agressão mental.

Os olhos dele se arregalaram de susto.

— Ora, a gatinha aprendeu a morder. Que bom! Foi muita gentileza de Falconer treinar você mais um pouco, antes de eu a pegar de volta para mim. — Ele esfregou a mão devagar pelo corpo dela, por cima do ombro e sobre o seio. — Mais tarde, depois de alcançar os objetivos que almejo com meu fórum, decidirei se vale a pena abrir mão do poder de sua virgindade em troca de possuir esse corpo doce. Descanse agora. — Ele esticou o corpo e fez um gesto rápido com os dedos antes de sair do quarto com Boxley.

No instante em que a chave girou na fechadura, a paralisia de Meg desapareceu. Ela sentou-se na cama, colocou os pés no chão e se levantou, mas quase caiu. Seus músculos ainda tremiam pela reação de terem sido imobilizados por tanto tempo. Ela passou os minutos seguintes fazendo suaves alongamentos com as pernas antes de finalmente se levantar.

Dessa vez, ela conseguiu se manter em pé e se arrastou até a bacia sobre a mesa, que estava a três ou quatro passos de distância. Felizmente, a jarra ao lado estava cheia de água. Meg se sentiu melhor depois de beber um pouco, e então jogou um pouco do líquido abençoado no rosto.

Voltando-se para trás, analisou sua prisão. A janela era tão pequena que nem mesmo uma criança conseguiria escapar através dela, e, quando olhou para fora, a jovem viu os quatro andares que a separavam das lajotas do jardim dos fundos. Não haveria jeito de escapar por ali.

Enquanto estudava o quarto apertado, percebeu que, apesar de sua mente estar confusa e lenta, trabalhava muito melhor que nos anos horripilantes que ela passara no Castelo Drayton. Sabia quem era e conhecia os poderes que tinha, pelo menos quando eles não estavam bloqueados. Sabia também que tinha amigos.

Simon. Ele devia estar louco de preocupação. Provavelmente, tinha adivinhado que Drayton a raptara novamente, já que o demônio estava tão perto. Mas como poderia Simon perceber que ela estava viva por trás do incrível escudo de segurança que lhe causara tanta dor no instante em que ela entrara na casa? Mesmo que ele soubesse que ela estava aprisionada ali, não poderia vir resgatá-la por causa do feitiço de transformação. Talvez Duncan Macrae pudesse enviar um ciclone destruidor para colocar abaixo aquela casa diabólica.

Só que ele não faria nada disso, é claro. Nenhum Guardião arriscaria as vidas de todos os que estavam na residência, especialmente sem ter certeza de que Meg estava lá. Maldita ética!

Por fim, Meg voltou a atenção para sua companheira de cativeiro. A outra escrava mental estava deitada de lado, com o rosto virado para a parede. Com o cobertor puxado até o pescoço, apenas podiam ser vistos alguns fios de seus cabelos escuros. Ela estaria viva? Sim, o descer e subir suave do cobertor era a prova de que ela respirava. Seria também efeito do feitiço que a colocara em cativeiro deixá-la naquele sono profundo?

Não, a jovem devia estar exausta, concluiu Meg, depois de analisar o campo de energia da outra. Uma quantidade monstruosa de força tinha sido necessária para abrir todas as jaulas do zoológico ao mesmo tempo, e Drayton devia ter sugado todo o poder daquela criança. Não era de se espantar que ela estivesse extenuada, quase sem poderes mágicos e com a energia humana normal seriamente comprometida.

Desde o primeiro instante que Meg havia percebido o cordão de prata que unia Drayton à jovem cativa, tinha sentido uma necessidade inexplicável de ajudá-la. Apesar de sua mente ainda estar confusa, isso não havia mudado. Era uma pena elas se conhecerem naquelas circunstâncias.

Meg sentou-se na beira da cama, puxou o cobertor para baixo e virou a jovem de barriga para cima. Ela estava pálida, com olheiras escuras. Meg colocou para trás os cabelos que cobriam o rosto da jovem e ficou petrificada de surpresa.

Deitada na cama estava... ela mesma.

* * *

Gwynne Owens entrou na sala de estar com um ar de preocupação em seu lindo semblante.

— Viemos assim que soubemos do que aconteceu. Já soube de alguma novidade sobre Meg?

— Nada. — Simon balançou a cabeça para os lados. — Ninguém a viu depois que os leões escaparam. Andei tentando ver algo no cristal de clarividência para localizá-la, mas não obtive sucesso. Meus sentimentos estão atrapalhando minha visão a tal ponto que não consigo analisar o que vejo. — Admitir isso era muito amargo para um homem que sempre havia se gabado da sua fria objetividade.

Duncan, um passo atrás da esposa, disse:

— Ela não pode ter sido devorada em cinco minutos sem deixar rastros, o que elimina a suspeita sobre os leões. Além do mais, tenho certeza de que ela conseguiria cativar qualquer felino e o deixar de barriga para cima balançando as patas no ar para ela.

Gwynne sentou-se em uma poltrona e ajeitou as volumosas saias, com elegância, em torno de si. Em seguida, perguntou:

— Você tem certeza de que o desaparecimento dela é obra de Drayton?

— Sim. — Simon se levantou e começou a caminhar de um lado para outro. — E não só porque ele estava na torre. Minha intuição me diz que é absolutamente certo que Meg esteja nas garras de Drayton. Acho que ele se aproveitou da coincidência de estarmos por perto e se aproximou para ver se podia explorar a situação em seu benefício. Quando nos viu diante da jaula do leão, percebeu que aquela era uma forma perfeita de nos distrair, pois sabia que nunca permitiríamos que visitantes inocentes fossem atacados por feras. Bastou um simples encanto de repulsão para abrir as portas das jaulas, e o caos se instalou.

— Jean me disse que Meg aprendeu um poderoso encanto triplo — disse Gwynne. — Será que Drayton conseguiria superar isso?

— Se ele a pegou antes de ela ter a chance de invocar o encanto, conseguiu, sim. — A boca de Simon se torceu um pouco, mas sem demonstrar humor. — Quando se enfrenta leões, é normal esquecer o chacal às suas costas.

— Deveríamos considerar o rio — disse Duncan, com ar sério. — Afinal, está bem ali.

Simon compreendeu o que o amigo deixou no ar.

— Com um forte encanto para impedir que as pessoas vissem o que ele fazia, seria simples para Drayton levá-la até o rio, mas ele não a mataria. Não só porque detestaria perder alguém com tanto poder, como também pela obsessão que ele tem pela personalidade de Meg. Drayton não a feriria, a não ser que tivesse absoluta certeza de que ela nunca seria dele.

— Mas é claro que ela nunca será — afirmou Gwynne, baixinho. — Ela o odeia do fundo da alma.

— Não é a alma dela que ele deseja, mas sua magia e seu corpo, e isso ele pode conseguir controlando a mente dela. — Simon parou de andar de um lado para outro e olhou pela janela, em direção à Mansão Drayton. — Ela me disse que preferia morrer a se ver escravizada novamente.

O silêncio tenso que se instalou foi quebrado por Gwynne, que disse:

— Vou tentar meus talentos na clarividência. Como não estou envolvida diretamente no caso, talvez eu descubra algo útil.

— Espero que sim. Qualquer coisa é melhor que não saber nada. — Simon se virou para observar Gwynne, que pegou seu cristal de clarividência muito especial, uma peça de obsidiana polida que havia pertencido à mais poderosa feiticeira britânica da era elisabetana. De modo geral, Simon e Gwynne tinham habilidades

MAGIA ROUBADA ✳︎✳︎✳︎ 411

de clarividência muito similares, mas, quando Meg estava incluída no problema, ele era inútil. Se Deus quisesse, Gwynne conseguiria se sair melhor!

Ela estreitou os olhos sobre o cristal de clarividência por longos minutos.

— Tenho certeza de que Meg está viva, e o que você deduziu sobre a forma como Drayton a capturou é preciso, Simon. Ele esperou até que ela fechasse a última fera na jaula e a atacou por trás. Seu escudo padrão para proteção não foi forte o bastante para impedi-lo, e ela sucumbiu antes de conseguir invocar o encanto triplo.

Graças a Deus.

— Você consegue ver o que ele fez com ela?

Gwynne balançou a cabeça para os lados.

— O escudo de Drayton é tão poderoso que é impossível vê-lo com clareza. A partir do momento em que Meg entrou sob os sistemas de segurança e proteção dele, ela desapareceu de vista. Ele deixou o zoológico e subiu em sua carruagem, que estava à espera do lado de fora da torre. Não o vejo indo até a margem do rio, nem jogando nada lá, então ele só pode ter levado Meg para casa, mas não é possível afirmar isso com certeza. A Mansão Drayton é ainda mais protegida que o dono. É um poço negro que resiste a qualquer magia.

— Ela está tão perto e, ao mesmo tempo, tão longe — lamentou Simon, com os punhos cerrados. — Lorde Sterling e eu investigamos a casa, e os sistemas de proteção incluem um componente que reativa o feitiço do unicórnio que Drayton colocou em mim. Eu não consigo sequer me aproximar de lá e permanecer com a forma humana. Se bem que, como unicórnio, talvez eu pudesse invadir a casa e resgatar Meg.

Os convidados trocaram olhares de preocupação.

— Essa ideia é péssima, Simon — disse Duncan. — Você mesmo comentou que a mente de um unicórnio não tem raciocínio rápido, e você precisará de toda a sua inteligência e de toda a sua sagacidade se decidir invadir a mansão. Desconfio de que Drayton tenha criado um círculo ritualístico de magia que se ativa no instante em que você coloca o pé ou o casco dentro dele, mesmo sem o dono da casa estar no local. Pode ser que ele tenha levado Meg para a usar como isca, e você será a presa.

Simon não havia pensado nisso. Drayton queria Meg para si mesmo, mas provavelmente também a queria usar para atrair Simon.

Gwynne pediu, com ar grave:

— Simon, prometa-nos que não fará nada tolo. Ele não vai machucar Meg, pois ela é muito valiosa. Sei o quanto você odeia deixá-la sob o controle dele, mas é melhor planejar tudo com calma para obter sucesso na hora do resgate.

Era uma ironia ouvir exatamente os mesmos argumentos que Simon havia usado para convencer Meg a não tentar resgatar os cativos da abadia. Ele certamente estava odiando ouvir tudo aquilo tanto quanto Meg havia odiado.

Duncan acrescentou:

— Você terá uma chance muito maior se derrotar Drayton durante o fórum. A Abadia Brentford é muito bem-guarnecida em termos de magia, mas Drayton não conseguirá proteger por completo uma área tão grande, especialmente com mais de cem pessoas circulando de um lado para outro, abertamente. Essa pode ser sua oportunidade.

— Sei que você tem razão — reconheceu Simon, massageando a testa com ar cansado, incapaz de reduzir a dor da perda que latejava em suas veias. — Vou pegar Drayton na abadia. Mas, se algo de ruim me acontecer, vocês prometem tomar para si a responsabilidade de libertar Meg? E também a outra jovem que ele mantém presa na mansão?

— É claro! — garantiu Duncan. — Talvez leve algum tempo para descobrirmos como fazer isso, mas eu lhe dou minha palavra de que libertarei Meg ou morrerei tentando.

MAGIA ROUBADA   ❋ ❋   413

— Os homens são tão dramáticos! — reclamou Gwynne, com azedume. — Prometa fazer tudo o que puder, simplesmente, e deixe a vida e a morte nas mãos do destino.

— Bom conselho, meu amor. Com um pouco de sorte, a coisa não chegará a esse ponto. — Duncan ergueu o olhar para Simon. — Quais são seus planos para você conseguir participar do fórum de Drayton, e o que podemos fazer para ajudar?

— Não é nada complicado. Pretendo usar o melhor encanto de ilusão para me disfarçar de inventor excêntrico. Depois, basta torcer para que tanta coisa interessante esteja acontecendo no fórum que Drayton não me reconheça em meio à multidão. Desde que perdeu os escravos de Brentford, ele está enfraquecido. — *Embora ainda tenha em seu poder as duas magas mais fortes, Meg e a menina de Londres.* — Quando eu descobrir os planos dele, também serei capaz de impedi-lo. — Pelo menos era essa a esperança de Simon.

Por outro lado, se ele tivesse oportunidade, talvez simplesmente matasse o canalha descontrolado.

* * *

A primeira reação do cérebro confuso de Meg foi a de que ela havia enlouquecido. A jovem inconsciente na cama não poderia ser ela. A semelhança com o rosto que Meg via no espelho era pura coincidência. No entanto...

A janela pequena deixava entrar tão pouca luz que era difícil ver a cativa com detalhes. Meg se perguntou se conseguiria criar luz mágica ali dentro. Ela se concentrou muito para fazer o que antes lhe parecia tão fácil. *Faça-se luz!* Nada. Tentou duas, três vezes, mas não conseguia criar a centelha de magia que devia preceder a luz visível.

Estava a ponto de desistir quando conseguiu criar um ponto luminoso na palma da mão. Com muito cuidado, como se estimulasse uma chama frágil a se tornar maior, Meg tentou fazer com que o ponto luminoso se expandisse. Quando ele assumiu um tamanho e um brilho satisfatórios, ela o colocou na parede sobre a cama, para que o rosto da jovem cativa pudesse ser plenamente iluminado.

A luz tornou a semelhança entre elas algo ainda mais estranho. A jovem tinha o rosto com o mesmo formato de coração que se via em Meg. Suas maçãs do rosto eram pronunciadas, sua pele era igualmente branca, e os cabelos tinham o mesmo tom escuro. Só que ela era muito mais jovem que Meg. Tinha, talvez, 14 ou 15 anos. Um estudo mais detalhado de seu rosto mostrou diferenças sutis no formato do nariz e da boca. Elas não eram idênticas, mas a semelhança era marcante demais para ser acidental.

Enquanto esperava a jovem acordar da exaustão mental provocada pelo abuso de sua magia, Meg se pôs a analisar os encantos de submissão que a envolviam. Estava ao lado de Simon quando ele removeu os encantos dos escravos de Brentford, e talvez conseguisse fazer algo básico ali.

Lentamente, explorou a rede formada pelos encantos de cativeiro que prendiam a menina. Embora desfazer obras de magia exigisse muita concentração e habilidades complicadas que estavam além de sua capacidade, Meg conseguiu dissolver algumas das ligações que atavam a memória e a personalidade da outra. Examinou a esfera de prata que protegia a magia da menina, mas não ousou executar as ações delicadas necessárias para dissolvê-la. Havia risco demais de lhe provocar danos.

Meg também não tentou dar um nó no cordão intangível que ligava a escrava a Drayton. Ele perceberia isso na mesma hora e a punição seria imediata. Mas a donzela encontrou uma conexão interessante, que saía do centro mágico da menina e ia até a fortaleza de energia que protegia a casa. Lembrou que Simon havia especulado sobre a jovem cativa estar fornecendo a força necessária para manter os sistemas de segurança em torno da mansão. Pelo visto, ele estava certo, e esse era mais um motivo para a jovem estar tão exaurida.

MAGIA ROUBADA ✳✳✳ 415

Com o máximo cuidado, Meg testou as ligações da jovem com os sistemas de segurança. Havia uma flexibilidade naquela conexão que era totalmente diferente da conexão com Drayton. Se houvesse uma chance de escapar, seria cortando a ligação e destruindo os sistemas de proteção da propriedade.

Quando se afastou do interior da mente da cativa, Meg estava suando e sentia tonteiras por causa do esforço. Mas ainda lhe restava energia suficiente para compartilhar com a menina, se agisse com cautela. Visualizou vitalidade e força fluindo do centro de seu corpo para o da cativa deitada na cama. Logo, um pouco de cor voltou ao rosto da menina e ela mudou um pouco de posição.

Mantendo um suave filete de energia com a escrava mental, Meg perguntou, baixinho:

— Você está acordada? Fale comigo! Por favor!

As pálpebras da menina tremeram e piscaram, revelando profundos olhos azuis, muito diferentes dos olhos cinza-esverdeado de Meg. A princípio, a expressão da outra foi de embotamento, típica das pessoas que estavam sob o controle de alguém. De repente, porém, seu olhar se tornou mais brilhante e aguçado.

— Megan, é você mesmo? — sussurrou ela. — Ou eu estou sonhando?

As palavras atingiram Meg como um raio, e ela estremeceu.

— Você sabe quem eu sou?

A menina ergueu a mão e acariciou o rosto de Meg.

— Você se parece muito com minha irmã Megan, que... que desapareceu há dez anos. — A mão tombou na cama novamente. — Só pode ser um sonho. Tudo o que aconteceu comigo desde que aquele homem apareceu em minha vida foram sonhos, ou pesadelos.

Meg pegou a mão da jovem e a apertou com força, sentindo o coração disparar.

— Esse homem, Drayton, é um pesadelo em forma humana, mas eu sou real. Acho que você deve ser minha irmã, sim, mas não me lembro de nada do que aconteceu antes de eu ser raptada, ná dez anos.

A menina sentou-se na cama, olhou com ar incrédulo, e então pegou a mão esquerda de Meg.

— Está vendo esta cicatriz nas costas de sua mão? — Ela mordeu o lábio inferior. — Você a conseguiu no dia em que me salvou de um cão feroz que acabou mordendo você. — A prisioneira tornou a erguer os olhos, e lágrimas apareceram na mesma hora. — É você mesmo!

Meg olhou para a cicatriz, tão leve que mal se percebia, e viu os dentes de um cão penetrando sua pele. Dois furos, e sangue escorrendo.

— Por Deus, agora eu me lembro! Você era criança demais para saber que nem todos os cães são amigáveis.

A menina se colocou de joelhos e engatinhou sobre o colchão, com as lágrimas lhe escorrendo pelo rosto.

— Oh, Megan, nós sentimos terrivelmente sua falta! Você costumava cantar para eu dormir, quando eu era pequena. Mamãe e papai nunca mais foram os mesmos depois que você desapareceu. Uma vez, papai disse que não saber o que tinha acontecido com você era pior do que se você tivesse morrido por causa de uma febre alta. Para onde você foi? Por que nunca mais voltou para casa?

— E você? Por que não está em casa? — perguntou Meg, exibindo um sorriso meio torto.

— Oh... É claro! — A expressão da menina se franziu quando a alegria de ter reencontrado a irmã desaparecida foi suplantada pela situação do cativeiro. — Oh, Megan, isso foi horrível. Horrível! Eu não tinha vontade própria. Minha individualidade desapareceu e... e *ele* penetrava minha mente e invadia minha alma. — Ela começou a chorar. — Não existem palavras para descrever o que ele fez.

Meg envolveu a irmã mais nova nos braços.

— Você não precisa me explicar com palavras, porque eu passei exatamente pelo mesmo, durante dez longos anos. Meu bom

Deus, como eu gostaria de poder arrancar essas lembranças dolorosas de sua mente!

Durante um longo tempo, as duas permaneceram daquela maneira, abraçadas, até que as lágrimas da irmã mais nova foram diminuindo gradualmente. De modo suave, Meg a embalou, enviando-lhe a mesma energia tranquilizadora que usava com os animais. Para sua surpresa, percebeu que sua própria dor estava diminuindo. Ao compartilhar o que ambas haviam sofrido, elas se tornaram mais fortes. Quando a menina parou de tremer, Meg perguntou:

— Como Drayton capturou você? Há quanto tempo ele a mantém sob cativeiro? Estamos no mês de agosto de 1748.

A menina sentou-se e enxugou o rosto com as costas da mão.

— Eu estava alimentando as galinhas quando *ele* apareceu. Não disse uma única palavra, simplesmente colocou a mão sobre minha cabeça e minha mente foi sobrepujada pela dele. Acho que ele me levou através do bosque até uma estrada onde uma carruagem aguardava, mas não me lembro de mais quase nada depois disso. Estávamos em abril quando ele me raptou, então faz mais ou menos quatro meses.

— Graças a Deus não faz mais tempo — disse Meg, com veemência. — Agora, conte-me tudo, irmãzinha. Qual é seu nome? Qual é *meu* nome? Onde nós moramos? Há quantas pessoas em nossa família?

— Seu nome é Megan Elizabeth Harper, e eu sou Emma Alice Harper — disse a irmã mais nova. — Você era a filha mais velha, e eu era a mais nova da família. Entre nós duas, há mais dois irmãos, Harold e Winthrop. Papai é o vigário da igreja de Santo Austell, que fica em um vilarejo chamado Lydbury, em Shropshire. Você não se lembra de nada disso?

— Emma... — Meg repetiu baixinho. — *Emma!* — Imagens começaram a aparecer em sua mente de forma desordenada; flashes de uma menininha com imensos olhos azuis que seguia a irmã mais velha para todo lado. Emma tinha acabado de completar 5 anos e estava ficando muito pesada para carregar no colo. — Eu costumava deixar você dormir em minha cama quando havia tempestades. Meus cães e meus gatos também dormiam lá.

— Isso mesmo! — Emma pulou de empolgação. — Depois que você... foi embora, eles passaram a dormir comigo. A cama ficou cheia. Você se lembra de tudo agora?

— Estou começando a lembrar. — As imagens começaram a ficar mais nítidas, revelando seu pai com ar de pessoa culta, um sorriso grave e sua completa devoção à congregação. Sua mãe, o caloroso centro do lar, sempre paciente com as tendências que seus filhos mais velhos tinham de correr pelos bosques e pegar os cavalos do dono das terras para cavalgar sem autorização. — Eu tinha aulas com uma governanta?

— Não, você estudava com papai. Ele ensinava os filhos dos paroquianos, preparava-os para que eles fossem para a escola, e você ficava sentada no canto da sala durante as aulas. Quando os meninos saíam, ele a sabatinava para saber o que tinha conseguido aprender. Dizia que você era mais esperta que qualquer um dos meninos. — Emma sorriu por entre as lágrimas. — Depois que você desapareceu, eu comecei a assistir às aulas também. Papai sempre dizia que ter uma filha no canto da sala o ajudava a se sentir melhor. Um dia, ele declarou que eu era tão inteligente quanto você, e isso foi a coisa mais gentil que alguém já disse a meu respeito em toda a minha vida.

Aquilo era demais. Meg enterrou o rosto nas mãos e começou a soluçar de forma descontrolada enquanto as peças soltas de seu passado finalmente começavam a se encaixar. Simon havia achado que as lembranças da jovem talvez voltassem de uma hora para outra e tinha razão. As palavras de Emma dissolveram a barreira que existia entre Meg e seu passado.

— Eu nem mesmo sabia meu nome! — disse ela, com a voz entrecortada. — Tudo o que eu lembrava de minha infância era o nome Meg.

Ela havia perdido tanta coisa, tantos anos em que deixou de amar e ser amada. A família pela qual ela havia ansiado tanto também sentia falta dela. Drayton não apenas a arrancara do seio de sua família, como também havia obliterado seu passado de tal forma que não lhe restara nem o conforto das lembranças. *Que Deus condenasse aquele homem ao inferno!*

— Pobre Megan — cantarolou Emma, balançando Meg nos braços como se ela fosse a irmã mais nova. — Por que ele raptou nós duas?

Haveria tempo bastante para lamentar sobre o passado, mais tarde. Agora ela precisava explicar toda a situação a sua irmã — *sua irmã!* — para que Emma pudesse compreender. Depois disso, elas poderiam planejar como escapar dali.

— Algumas pessoas têm a habilidade de realizar atos de magia; fazer coisas estranhas e maravilhosas. Quando Drayton descobriu que eu tinha essa habilidade, me raptou e me manteve no castelo que sempre pertenceu à família dele, o Castelo Drayton, que fica a meio dia de cavalgada de Lydbury. Provavelmente, ele manteve viva a esperança de que mais alguém da família fosse igualmente talentoso, e acompanhou de perto as pessoas de nossa casa, até perceber que você tinha magia e era alguém que valia a pena raptar.

Emma olhou para a irmã como se ela fosse louca.

— Magia? Aquele homem embaralhou seu cérebro?

— Ele entorpeceu minha mente, mas não acabou com ela. — Meg estendeu a mão para a luz mágica, retirou-a da parede e a ofereceu à irmã. — Os feitiços malditos de Drayton suprimiram quase todos os meus poderes no momento, mas consegui criar essa luz mágica.

Emma soltou uma exclamação de espanto quando a luz lhe fez cócegas na palma da mão.

— Mas magia é pura superstição... No entanto, aqui está uma prova de que ela é real. — Emma passou os dedos da outra mão através da luz. — O que mais a magia é capaz de fazer?

Meg sentou-se na cama e se encostou na parede.

— Isso vai levar muito tempo. Primeiro, deixe-me lhe contar a respeito dos Guardiães...

TRINTA E DOIS

David perdeu o fôlego de espanto ao entrar na capela da Abadia Brentford. Esperava um lugar menor e mais simples, semelhante à capela dos dissidentes da Igreja Anglicana, onde ele fazia seus cultos. Ao olhar com admiração para os pilares de pedra entalhada e para os vitrais coloridos que não ficariam deslocados em uma catedral, disse:

— Certamente, é um sacrilégio trazer minha máquina para funcionar neste lugar!

O homem que o guiava pelo local, um sujeito imponente chamado Cox, encarregado de organizar o fórum de tecnologia, disse a David, com frieza:

— Lorde Drayton, meu amo, escolheu este lugar como salão para exibições, porque é o local mais espaçoso nas dependências da abadia. — O tom de voz do guia deixou bem claro que os desejos de Sua Senhoria eram lei. O olhar deixou igualmente claro que lhe causava dor o fato de que inventores geralmente não eram cavalheiros refinados.

David analisou o espaço largo e alto onde os sons ecoavam. Embora não aprovasse os costumes do papa, teve de admitir que teria sido um privilégio sublime e raro ouvir monges entoando suas orações ali, nos velhos tempos.

— Onde eu devo montar meu equipamento?

— Bem aqui. — Cox seguiu na frente de David até o santuário no fim da nave central, passando por curiosas peças de equipamentos misteriosos e grupos de homens trabalhando neles. — Se você precisar de ajuda para trazer partes do equipamento para cá, temos operários prontos para ajudá-lo.

O ponto para onde Cox apontou ficava exatamente no lugar onde o altar principal um dia fora montado. Embora ali não fosse mais uma igreja de verdade, David fez uma prece silenciosa pedindo desculpas a Deus, enquanto analisava as outras máquinas que seriam expostas. Morria de vontade de ver tudo bem de perto, mas, antes, precisava montar sua máquina e se certificar de que ela funcionaria perfeitamente. Seria humilhante falhar justamente no momento em que lhe aparecera a oportunidade de provar o que ele era capaz de fazer.

Com a ajuda de Peter e de vários operários da propriedade, as partes da máquina foram colocadas em uma carroça mais baixa e levadas até a capela. Montar o equipamento era um trabalho suado, pesado e cansativo. Quando Peter foi buscar os suprimentos de água e carvão, David aproveitou para verificar e conferir todos os componentes, para ter certeza de que nada havia se danificado durante o transporte. Em torno dele, havia muitas vozes. David reconheceu sotaques diversos, de várias regiões da Grã-Bretanha, e ouviu muitos barulhos e marteladas enquanto as máquinas estavam sendo montadas. Não faltaram algumas pragas e palavrões também.

Peter encheu a fornalha de combustível e, em seguida, acendeu as pedras de carvão para que a caldeira começasse a aquecer. Quando David se afastou do equipamento para enxugar o suor que lhe descia pelo rosto, percebeu que tinha plateia. Um rapaz vestido de modo caro e aristocrático cumprimentou-o com a cabeça.

— Parece que sua máquina possui dois poderosos propulsores, um para cima e outro para baixo. Estou certo?

— Sim, precisamente.

Outro homem disse:

— Usar o pistão para controlar o vapor e o escapamento é uma ideia brilhante.

— Obrigado. — As mentes aguçadas à sua volta fizeram com que David se sentisse satisfeito por Falconer já ter registrado as patentes de todas as peças. — Acho que é uma boa máquina.

O rapaz analisou o equipamento com olhos muito atentos.

— Estou interessado em construir canais para carregar o carvão de minhas minas de Manchester e de Salford. Precisamos muito de algo desse tipo. Sua máquina seria capaz de drenar água de locais mais profundos, que a máquina de Newcomen não alcança?

— Certamente — garantiu David. — Entretanto, antes disso, eu precisaria instalá-la em uma mina de verdade, a fim de saber, na prática, até que profundidade ela conseguiria trabalhar. Meu palpite é de que ela bombeará água até uma altura pelo menos duas vezes maior que a máquina a vapor de Newcomen.

Um homem de cabelos grisalhos e um forte sotaque de Lancashire perguntou:

— Já pensou em adaptar sua máquina para criar um efeito de rotação? Isso seria utilíssimo para os negócios na área têxtil.

— Estou trabalhando nisso agora. — David olhou ao longo da nave da capela. — Parece que temos vários equipamentos têxteis aqui.

— Eu trouxe minha nova máquina para desenredar lã — informou outro colega, com um sotaque da região norte. — Ela vai revolucionar o comércio de roupas.

— Se é que ela vai funcionar — disse outro homem, com um toque de malícia.

Sem querer encorajar hostilidades, David disse:

— Eu gostaria muito de ver o que os outros colegas inventaram. Aquela máquina ali serve para tecer, não é?

— Exatamente — concordou o homem de cabelos grisalhos. — Aprimorei o volante da máquina, e também o sistema de bobinas.

É a melhor máquina de tecer que já foi criada. Venha dar uma olhada enquanto sua caldeira aquece.

David o seguiu, inebriado de empolgação. Era isso que ele esperava: uma troca de conceitos entre homens como ele, inventores com grandes ideias e sem medo de sujar as mãos no trabalho. Sarah tinha razão por ter preferido ficar em casa, pois aquele não era um lugar apropriado para uma dama. Ele, porém, guardaria as coisas que visse na cabeça para poder contar tudo a ela, em detalhes, mais tarde.

* * *

Meg acordou e ouviu uma chave abrindo a porta. *Onde estou...?*

Ah, claro, ela estava na Mansão Drayton, com a mente parcialmente submissa, dividindo uma cama muito estreita com a irmã mais nova. A alegria de recobrar sua vida perdida quase compensou as coisas más que haviam acontecido.

Meg tinha dado a Emma uma aula resumida sobre o que era magia e explicara tudo sobre os Guardiães antes de ambas caírem em um sono profundo, abraçadas uma à outra como duas gatinhas. Sua irmã se mostrara muito espantada e havia arregalado os olhos em diversas ocasiões, ligeiramente incrédula, embora a luz mágica fosse uma prova que a convencera a aceitar a possibilidade de Meg estar certa, não louca.

A luz mágica! Drayton não devia saber que Meg ainda era capaz de trabalhar com magia. Rapidamente, a donzela extinguiu a luz.

Mas não foi Drayton quem entrou. Dois lacaios chegaram, um deles carregando uma bandeja de comida, enquanto o outro, Boxley, observava as jovens com ar desconfiado. Meg se mostrou tão embotada e indefesa quanto conseguiu, o que não foi muito difícil. Se ela e Emma pretendiam escapar dali, deveria ser por meio de perspicácia e magia, não força física.

A bandeja foi colocada sobre a mesa. Em seguida, os dois homens se retiraram, observando as cativas mais uma vez com atenção.

Quando a chave girou na fechadura, Emma sentou-se na cama e disfarçou com a mão um bocejo imenso.

— Quando nós éramos pequenas, dormíamos na mesma cama — disse ela, com ar de sono. — Só que era maior.

— E nós éramos menores. Não importa, deixe isso de lado. Não ficaremos aqui por muito tempo. — Meg alimentava esperanças de isso ser verdade, já que a cama não havia sido construída para duas pessoas. Mal havia lugar para uma. Sentindo-se com a musculatura enrijecida, levantou-se para analisar a bandeja. Eram dois pratos de comida. Em cada um deles, havia batatas e cebolas cozidas, um pedaço de linguiça, uma jarra de cerveja leve e duas peras. O sol estava mais baixo no céu e o quarto se enchera de sombras, então Meg criou outra luz mágica para melhorar a iluminação do local. Dessa vez, foi um pouco mais fácil.

— Eu também serei capaz de criar luz por meio de magia? — perguntou Emma.

— Tenho certeza de que você conseguiria agora mesmo, mas Lorde Drayton suprimiu a parte de sua mente que consegue criar mágica. — Meg pegou um dos pratos e um garfo para a irmã. — Essa força precisa ser restabelecida antes de você começar a trabalhar seus poderes.

Emma equilibrou o prato sobre as pernas e comeu a primeira garfada.

— Mas você conseguiu criar luz mágica mesmo depois de ele ter enfeitiçado você.

— O feitiço supressor não funcionou em mim completamente dessa vez, talvez porque eu esteja mais forte. — Meg serviu duas canecas de cerveja, refletindo sobre o quanto já estava acostumada a usar magia. Aquilo era parte dela, e Meg se sentia uma inválida agora. — Se eu tivesse meus poderes plenos, teria conseguido derrubar aqueles dois homens, para podermos escapar. Em vez disso, tudo o que consigo é fazer pequenos atos de magia. — Ela entregou a caneca à irmã e provou sua ceia. A comida estava fria por ter sido levada de tão longe até ali, mas a qualidade até que não era má. Provavelmente era os que os empregados comiam.

— É difícil acreditar nessa história de magia, mas eu sei que você jamais mentiria para mim. — Emma engoliu o último pedaço de linguiça e atravessou o aposento para colocar o prato de volta sobre a bandeja. Era quase tão alta quanto Meg, mas sua silhueta esbelta ainda não tinha começado a adquirir formas femininas. — Sinto-me muito mais segura agora que você está aqui.

Aquela fé cega era modesta e, talvez, até justificada. Emma era mentalmente muito mais esperta que os escravos de Brentford haviam se mostrado no primeiro momento, e isso certamente era resultado do trabalho de Meg sobre os encantos de submissão. Entretanto, Simon precisaria trabalhar muito para libertar sua irmã por completo da servidão.

O coração de Meg se apertou. Ela não devia pensar em Simon, ou não seria capaz de raciocinar direito. Entregou uma das peras para a irmã.

— Agora que já acabamos de comer, está na hora de pensarmos em como escapar daqui. Vou passar algum tempo investigando a casa mentalmente. É melhor você descansar um pouco mais.

Emma concordou, com ar obediente, e tornou a sentar-se na cama, mas manteve o olhar grudado em Meg. Era novamente como tinha sido quando elas eram crianças — Emma era uma espécie de sombra para Meg, e sempre foi a menininha mais querida do mundo. Não era de se estranhar a compulsão que Meg havia sentido para libertar a última escrava de Drayton. Em algum nível subsconsciente, Meg a reconhecera como a irmãzinha que havia perdido. Do mesmo modo que sua presença era benéfica para Emma, a presença de Emma também tornava a mente de Meg mais aguda e focada. Agora, havia uma irmã que ela precisava proteger.

Meg se colocou da forma mais confortável que conseguiu na cadeira de madeira. Fechou os olhos e limpou a mente. As únicas áreas que ela conseguia vasculhar ficavam dentro dos limites da propriedade. O efeito era estranho, como se ela estivesse presa dentro de um barril.

A boa-nova era que Drayton não estava na casa. Provavelmente, havia ido para a Abadia Brentford, a fim de acompanhar seu fórum. Quanto mais longe ele estivesse, melhor.

A parte não muito boa era que havia pelo menos seis empregados na mansão, talvez mais. Vários deles tinham seus aposentos no piso térreo, perto da cozinha, e mais dois ou três ficavam alojados ali, no sótão.

Se Meg conseguisse criar um feitiço de distração, isso ajudaria as irmãs a saírem sorrateiramente da casa. A donzela tentou clarear a mente para invocar o feitiço. Como havia acontecido com a luz mágica, o esforço necessário para alcançar o resultado foi imenso.

— Meg. Meg! Onde você está? — A voz de Emma parecia desesperada.

Pelo visto, o feitiço havia funcionado. Meg o desfez e se colocou em pé.

— Está tudo bem, Emma, eu continuo bem aqui no quarto. — Meg atravessou o pequeno aposento até a cama e pegou as mãos da irmã. — Estava treinando um encanto que talvez nos ajude a escapar.

Os dedos de Emma agarraram os de Meg com mais força.

— Tive medo de que sua aparição tivesse sido apenas um sonho!

— Sou real e não sairei daqui sem levar você. — Meg fitou com carinho os olhos muito azuis de sua irmãzinha e lembrou que aquele tom vívido de azul tinha vindo da mãe delas. Os meninos, Harry e Winthrop, também tinham olhos azuis. Só Meg herdara os olhos sonhadores do pai, cinza-esverdeado.

Emma virou a cabeça meio de lado, uma característica que tinha desde pequena.

— Como foi que você conseguiu desaparecer no ar?

— Eu não desapareci. O feitiço de distração faz com que as pessoas não queiram olhar em sua direção, mas você não fica invisível. Há muitas coisas que podem atrapalhar a eficácia do encanto. Mas ele é muito útil, e tão fácil de fazer que praticamente todas as pessoas com poderes mágicos conseguem criá-lo.

Emma franziu a testa, pensativa.

— Eu estava olhando para toda parte, menos para a cadeira. Que estranho! Se isso é magia, deve ser algo interessantíssimo de estudar.

— É o assunto mais interessante do mundo. Agora, deixe-me voltar a planejar como escapar daqui. — Meg voltou à cadeira. O feitiço de distração funcionaria com os lacaios? Talvez Meg pudesse fazer com que pensassem que ela e Emma haviam desaparecido. Depois, as duas escapariam pela porta aberta enquanto os lacaios estivessem olhando debaixo da cama.

Só que o quarto era tão pequeno que seria muito difícil sair dali sem esbarrar nos guardas, e, se isso acontecesse, o feitiço certamente perderia o efeito. Talvez Meg conseguisse usar o encanto na hora exata em que eles entrassem e, então, atacar os lacaios na cabeça com a cadeira, ou lhes aplicar um bom golpe com o urinol. Não... Isso poderia funcionar com um homem, mas não com dois.

A chave. Era leve, e estava pendurada bem ao lado da porta. Meg teria força suficiente para retirá-la do prego e puxá-la por baixo da porta? Havia espaço suficiente entre a base da porta e o piso para a chave passar, mas mover um objeto físico exigia uma quantidade muito grande de energia.

De qualquer modo, certamente valia a pena tentar. Meg se concentrou na chave, desejando ter prestado mais atenção no objeto quando foi levada para o quarto. O alto da chave era redondo, meio ondulado...

Concentrando-se até sentir dor de cabeça, Meg alcançou a chave e a agarrou com força. Sentiu-a balançar para a frente e para trás, mas o objeto não saiu do prego, e essa sensação era enlouquecedora.

Meg percebeu a mão que havia pousado em seu ombro. Emma sentira-se arrastada, por instinto, a ajudá-la. Meg cobriu a mão da irmã com a sua e tentou novamente.

Ouviu-se um tinido forte do lado de fora do quarto no instante em que a chave pulou do prego e caiu no chão de madeira.

— Graças aos céus! — Meg esfregou a cabeça, que parecia estar em chamas. — Graças a você, Emma. Foi você quem conseguiu me dar energia extra para arrancar a chave do prego lá fora. Depois de descansar alguns minutos, vou ver se consigo trazê-la aqui para dentro.

Emma mergulhou a ponta de uma toalha muito usada na bacia de água e limpou as têmporas de Meg. A sensação úmida foi um alívio.

— Você parece exausta.

Meg fechou os olhos, aproveitando ao máximo a atenção que sua irmã lhe dedicava.

— Obrigada, Emma, já estou bem melhor. — Desde aqueles dias, muito tempo atrás, em Lydbury, sempre existira uma ligação forte entre as irmãs. Meg não reconheceu isso como magia na época. Às vezes, sentia-se desesperada por ter a pequena Emma sempre grudada em si, mas agora percebia que elas sempre haviam compartilhado uma ligação incomum.

Meg se agachou e olhou pela fresta, por baixo da porta. A chave estava a poucos centímetros. *Venha para mim, chavinha. Venha para mim...*

Tremendo de um lado para outro, a chave se moveu e passou por baixo da porta. Com os olhos arregalados, Emma a recolheu.

— Conseguiu, Meg! Você realmente consegue fazer mágica! — Ela olhou para a irmã com ar de adoração.

— Você também será capaz de fazer coisas assim, embora não exatamente os mesmos tipos de mágica que eu. — Meg pegou a chave da mão da irmã e a girou na fechadura. Ela se moveu com facilidade, e a porta se abriu de leve, revelando o corredor vazio. E pensar que Meg havia achado que a capacidade de mover pequenos objetos era um dom de pouca utilidade!

Quando Emma correu para a porta, Meg a fechou e tornou a trancá-la.

— Não podemos sair agora. É melhor esperarmos até o meio da noite, quando os empregados estiverem dormindo.

— E se alguém que dorme aqui em cima reparar que a chave não está no lugar?

— Não tinha pensado nisso! Vou colocar um feitiço de distração no prego, assim ninguém vai olhar para ele. — Meg fez isso e pensou, com ironia, que a cabeça de Emma estava melhor que a sua. — Agora eu estou pronta para dormir um pouco.

Sentindo como se tivesse corrido 15 km, ela se encolheu na cama e dobrou o corpo em posição fetal. Emma passou mais uma vez a toalha úmida sobre a têmpora da irmã.

— Gostaria de ter um pouco de água de lavanda.

— Isso está ótimo — murmurou Meg. — Estou tão feliz por ter encontrado você, Emma. Durante dez anos, achei que não tinha família e me senti muito sozinha.

— Pois você não está mais sozinha agora. Quando for a Lydbury, vai receber uma festa de boas-vindas que vai ofuscar a que fizemos para o próprio rei. — Emma usou a ponta seca da toalha para enxugar o excesso de umidade. — Eu não tinha reparado antes, mas seu vestido é lindíssimo. Você parece uma grande dama.

Meg foi fechando os olhos lentamente.

— Os Guardiães tomaram conta de mim muito bem. — Naquela noite, ela não tinha energia para explicar à irmã como havia se transformado em uma falsa condessa.

* * *

Simon estava dando os toques finais dos preparativos para deixar a casa de Lady Bethany, em Richmond, e se dirigir à Abadia Brentford quando seu mordomo entrou no quarto.

— Milorde, a sra. White acaba de chegar e ela pediu para vê-lo. Pareceu-me muito... perturbada com algo.

A esposa de David? Especulando sobre o que poderia ter acontecido, Simon foi até a saleta de recepção, para onde Hardwick encaminhara a visitante.

Sarah White se levantou da poltrona assim que viu Simon entrar. A expressão da mulher estava tensa.

MAGIA ROUBADA ✳✳✳ 431

— Desculpe incomodá-lo, milorde, mas eu... estou preocupada com meu marido.

— Bom-dia, sra. White. O que a deixou tão preocupada? — Simon convidou-a a se acomodar, e sentou-se na poltrona em frente. — Seu marido está doente? Eu pensei que a senhora tivesse ido com ele ao fórum da Abadia Brentford.

— Era essa nossa intenção, mas eu decidi ficar em casa. Disse a David que não me sentia muito à vontade junto de Lorde Drayton, mas isso foi apenas uma... meia verdade. — Sarah mordeu o lábio inferior. — Na verdade, aquele lorde me aterroriza. Tenho tido pesadelos com ele, mas eram sonhos vagos até hoje à tarde, quando tirei um cochilo depois do almoço. Dessa vez, eu vi Lorde Drayton ma... matando meu David. — Ela começou a chorar. — Certamente, isso é um ataque de nervos típico de quem está esperando uma criança, mas me pareceu tão real! Por favor, milorde... — Ofegante e mal conseguindo respirar, ela perguntou: — Por que alguém desejaria matar meu marido, um homem que nunca magoou ninguém em toda a sua vida?

Os olhos vermelhos dela pareciam suplicar que Simon lhe dissesse que tudo aquilo não passava de um sonho mau, mas ele não conseguiu fazer isso. Sarah White tinha uma centelha de clarividência, percebeu o conde, e essa habilidade fora colocada em prática por uma ameaça à pessoa que ela mais amava no mundo.

— Lorde Drayton não é um homem bom, sra. White, mas eu não imagino por que ele poderia querer matar seu marido. No sonho, como ele fez isso? Com uma espada ou com uma arma de fogo?

Ela balançou a cabeça.

— Foi um daqueles sonhos estranhos. Drayton balançou a mão de leve e David desabou no chão. Eu soube na hora que foi um golpe mortal. Lógica de sonho, ou falta de lógica, não sei.

David White faria algo para enfurecer Drayton? Ou aquilo era apenas um pesadelo inspirado pelas muito justificadas suspeitas de uma esposa devotada? A intuição sugeriu a Simon que o perigo era verdadeiro — Meg também havia se mostrado preocupada com o futuro de David.

— Eu já estava planejando participar do fórum, como um cientista incógnito. Vou cuidar de seu marido da melhor maneira que puder.

— Incógnito? — perguntou ela, surpresa.

— Existem rusgas antigas entre mim e Drayton. — Aquilo era uma atenuação exagerada do cenário. — Estou muito interessado nesse fórum, mas decidi não participar com meu nome verdadeiro.

— Eu lhe agradeceria tanto, milorde! Sei que não estou sendo razoável, mas certamente me sentirei muito melhor sabendo que o senhor estará lá. — Ela se levantou e tentou sorrir. — Obrigada por me levar a sério, milorde.

— Qualquer homem que não fizesse isso seria um tolo, sra. White.

Ela inclinou a cabeça com gratidão, antes de se dirigir para a porta. Ele franziu o cenho e perguntou:

— Como a senhora chegou aqui?

— Peguei uma liteira. — O sorriso da mulher assumiu um ar amargo. — Com o dinheiro que o senhor ofereceu de adiantamento a David, poderei chamar outra liteira para me levar de volta.

— Está tarde, e poderá ser difícil encontrar alguém para conduzi-la a seu bairro em segurança a essa hora. Eu a mandarei de volta em uma carruagem. — Ele hesitou. — A senhora tem uma amiga com quem possa dormir esta noite? Acho que não deveria ficar sozinha.

— Minhas vizinhas têm sido muito gentis comigo, como se fossem irmãs ou tias. Uma delas certamente se mostrará disposta a me receber para passar a noite.

— Ótimo. Eu me sentirei melhor se souber que a senhora está entre pessoas amigas.

— O senhor realmente se importa com as pessoas, não é? — perguntou ela, baixinho. — Sua esposa é uma mulher de muita sorte.

Se ele conseguisse convencer Meg disso, talvez ela pudesse se tornar sua esposa de verdade.

TRINTA E TRÊS

Uma hora ou pouco mais após o anoitecer, dois pares de pesados pés subiram pela escada do sótão e se dirigiram a quartos diferentes. Meg teve a impressão de que eram os mesmos dois lacaios que haviam trazido a refeição mais cedo. Ela e Emma descansavam deitadas em silêncio, no escuro, até Meg achar que os empregados já estavam dormindo. Se estivesse com todos os seus poderes, poderia ter certeza disso, mas, no momento, ela sofria de falta de clareza mental, além de estar com os poderes diminuídos.

Estava na hora. Meg saiu da cama e criou uma bolha de sua luz mágica, que se voltou para dentro de cada uma das irmãs.

— Essa luz não pode ser vista pelas pessoas de fora, mas vai ajudá-la a enxergar o caminho — explicou a Emma. — Vou colocar também um encanto de distração sobre nós. Assim que chegarmos à porta da frente, vamos precisar parar, a fim de eu poder cortar sua ligação com os sistemas de proteção da casa. De outro modo, não creio que consigamos sair daqui inteiras.

— Não seria mais fácil fazer isso agora?

Meg ficou tentada a resolver logo o problema, mas balançou a cabeça.

— Alguém da casa pode ter talento suficiente para sentir o instante em que o campo de força protetor da casa desaparecer.

Drayton certamente descobrirá na mesma hora e, mesmo estando a muitos quilômetros de distância, ele é capaz de provocar muitos problemas. Será mais fácil deixar isso para o último momento possível.

Emma concordou com a cabeça, aceitando o plano sem retrucar. Meg destrancou a porta e saiu para o corredor. Assim que Emma a seguiu, ela tornou a trancar a porta e levou a chave, para o caso de ela ser útil.

Caminhando devagar, pé ante pé, elas desceram as escadas, fazendo caretas sempre que um dos degraus rangia. Mas a casa estava silenciosa. Elas usaram a escadaria central larga nos andares mais baixos, pois essas escadas eram menos usadas quando Drayton estava longe de casa.

Meg não tinha certeza sobre usar a porta da frente ou a dos fundos, mas um olhar rápido no saguão da entrada a convenceu a seguir para a parte de trás da casa. A porta principal tinha uma fechadura grande e complexa, e não havia nenhuma chave à vista.

A porta dos fundos também estava trancada, e, provavelmente, o mordomo tinha a chave, mas o trinco era simples e a chave do sótão serviu. Meg suspirou de alívio quando sentiu os componentes internos se abrindo. Agora, bastava ver se ela conseguia desconectar Emma do sistema de segurança da casa sem provocar danos à menina.

Enxugou as palmas das mãos molhadas de ansiedade na saia e já começava a trabalhar quando ouviu passos vindo pelo corredor, acompanhados pela luz bruxuleante de uma vela. Horrorizada, puxou Emma para um canto recuado, apagou as luzes mágicas e as cobriu com o mais potente feitiço de distração que conseguiu criar. A fuga delas já havia sido descoberta?

Quem carregava a vela era uma jovem muito bonita, loura, uma criada de quarto, a julgar por seu aspecto e forma de caminhar. Vestia uma camisola curta, e seus cabelos estavam lindamente soltos sobre os ombros. Colocando a vela sobre uma mesa,

MAGIA ROUBADA 435

ela começou a caminhar de um lado para outro pelo saguão de entrada, sempre com os olhos longe das duas fugitivas. Quem estaria ela esperando?

Passos mais pesados e outra vela se aproximaram. Dessa vez era Boxley, o lacaio de libré, com uma expressão ávida no rosto.

— Esperei o dia inteiro para ver você, Annie.

A criada exibiu um sorriso fingidamente amuado e cobrou:

— Você me disse que tinha um presente.

— Isso mesmo. — Ele pousou a vela, procurou dentro do bolso e fez surgir, com um floreio, um frasco de perfume. — Doce como você.

— Oh, Will! — Ela pegou o vidrinho, abriu a tampa e inspirou profundamente. — Oh, é tão feminino! — Com o olhar fixo no homem, ela passou a tampa perfumada pela fenda generosa entre os seios. — Você não acha esse cheiro adorável?

Ele fez um grunhido de desejo e enterrou o rosto no decote dela, enquanto suas mãos grandes lhe apertavam e acariciavam as nádegas. O abraço deles era tão voluptuoso que Meg se perguntou se deveria tapar os olhos de Emma. Pelo menos os amantes ardentes não estavam prestando atenção em ninguém escondido nas sombras.

A mão de Boxley já subia, com avidez, por baixo da camisola, pela coxa de Annie, mas ela avisou, com a voz rouca:

— O tapete da sala de estar é muito mais macio do que este.

— Sim, é verdade. — Ele endireitou o corpo, com certa dificuldade, e enlaçou a cintura dela com o braço. Pegando a vela com a outra mão, Boxley beijou Annie enquanto caminhavam em direção à frente da casa.

Quando os amantes saíram de vista, Meg produziu mais um pouco de luz mágica. Os olhos de Emma estavam arregalados.

— Esta casa não é bem administrada! — sussurrou ela, com indignação. — Mamãe jamais permitiria algo assim entre os empregados.

— Lorde Drayton não é um bom administrador — concordou Meg, colocando as mãos nos ombros de Emma. — Vou tentar cortar sua ligação com a casa agora. Acho que não vai doer, mas esteja preparada para sentir formigamentos estranhos. E lembre-se: não podemos fazer barulho.

Emma concordou, de forma obediente. Teria Meg, algum dia, sido assim tão cordata? Ela mesma achava que não. Fechando os olhos, direcionou sua percepção para o emaranhado de encantos e ligações dentro de sua irmã. Como havia acontecido com os cativos de Brentford, Meg percebeu um labirinto complexo de linhas finas que se interconectavam como teias, mas as ligações com o sistema de proteção da casa eram maiores e mais fáceis de encontrar. O cordão principal pulsava com o poder que fluía de Emma e formava os escudos complexos que protegiam a casa com um campo de força invisível. Emma devia ter imensas reservas energéticas para ser capaz de liberar tanta magia e de conseguir manter a mente funcionando.

As conexões se mostraram dificílimas de desembaraçar. Aquilo era enlouquecedor, pois elas pareciam peixes escorregadios. Sempre que Meg tentava cortar um cordão de energia, ele deslizava para outro lado, intacto. Depois de várias tentativas inúteis, acompanhadas de choramingos de Emma, Meg decidiu tentar dar um nó na principal linha de energia. Com muito esforço, conseguiu agarrar o cordão pulsante em dois lugares, fez um laço e deu um nó apertado. Mesmo sendo uma metáfora do mundo físico, aquilo lhe pareceu muito real.

Emma soltou uma exclamação, e seus olhos se abriram subitamente.

— Eu me sinto... diferente.

Meg analisou o nó. Nenhum poder passava por ele. Os escudos protetores da casa deviam estar desativados ou, pelo menos, muito enfraquecidos.

MAGIA ROUBADA ✳✳✳ 437

— Seu poder está restaurado e é todo seu novamente. Agora vamos *correr*.

* * *

Simon acordou subitamente, arrancado de seu sono leve por um... o quê? Algo estava forçando uma das pessoas ou objetos que ele vigiava por meio de magia. Analisou os vários cordões energéticos que rastreava e assobiou baixinho quando percebeu que os escudos protetores da Mansão Drayton tinham se transformado em pó. Teria Drayton montado uma armadilha para atrair Simon? Talvez, mas ele não poderia deixar passar essa oportunidade de invadir a casa e resgatar Meg.

Vestiu uma roupa qualquer e saiu de casa em total silêncio. A Mansão Drayton ficava a poucos quarteirões dali, e seria mais rápido e silencioso ir até lá a pé que passar pelo estábulo e pegar um cavalo ou uma carruagem. Rezando para que os escudos continuassem inativos, Simon se cobriu com um encanto de distração e correu na direção da Mansão Drayton...

A meio quarteirão de distância, quase bateu de frente com duas figuras que fugiam da casa. Elas pareciam ter surgido do nada.

Simon sentiu o chiado típico de um encanto de distração que se desfazia.

— Meg? Meg! — Ele a recebeu nos braços com uma força arrebatadora, sentindo-se tonto de alívio. — Você está bem?

— Oh, Simon! — Ela se agarrou a ele com força, tremendo muito. Alguns feitiços a prendiam e lhe dificultavam os movimentos, mas eram muito mais fracos que os que a atavam no dia em que haviam se conhecido. O nó que cortava ligação de Meg com Drayton continuava firme, então devia ter sido a proximidade física do canalha que lhe permitiu escravizá-la parcialmente mais uma vez.

Com os braços envolvendo Meg com força, ele se virou para a acompanhante.

— Essa é a escrava? Eu devia saber que você não tentaria escapar sem ela. — Simon criou uma esfera de luz mágica e a ergueu acima deles, para lançar luz sobre a figura magra ao lado de Meg.

— O nome dela é Emma Harper.

Simon soltou uma exclamação de espanto quando a luz delineou um rosto misteriosamente similar ao de Meg, só que mais jovem e mais inocente. A semelhança era perturbadoramente forte, como se Drayton houvesse conseguido duplicar Meg. Escolhendo a explicação mais lógica, ele afirmou:

— Certamente, essa jovem dama deve ser sua irmã.

Meg concordou com a cabeça e seus olhos brilharam de alegria.

— Consegui de volta as recordações sobre meu passado, Simon! Pelo menos a maioria delas. Meu nome é Megan Harper, e meu pai é o vigário do vilarejo de Lydbury, em Shropshire. Emma e eu temos dois irmãos com idades intermediárias, mais novos que eu e mais velhos que ela. Meus pais estão vivos e bem. Pelo menos estavam, vários meses atrás, quando Drayton raptou Emma.

Simon fez uma reverência profunda para a pequena dama.

— É um prazer conhecer a irmã de minha esposa, srta. Emma. — Ele analisou o campo mágico da menina e, com muita destreza, deu um nó forte no cordão energético que a ligava a Drayton. As outras ligações poderiam esperar, mas não essa.

Emma exclamou:

— Você não me contou que era casada, Meg!

— Havia tanta coisa para falar! — Meg olhou para trás e viu luzes saindo da casa. — Vamos embora daqui!

Simon concordou. Quem quer que fosse o responsável pela vigilância de Drayton, certamente havia sido acordado pela interrupção no campo de força da casa, e a represália estava a caminho. Com uma jovem em cada braço, Simon refez os passos de volta a sua casa, usando esse tempo para examinar os outros cordões que ainda envolviam Emma. Meg já havia feito um bom trabalho

MAGIA ROUBADA 439

inicial para dissolvê-los, apesar de os seus poderes estarem reduzidos. Que donzela intrépida e guerreira ela era!

Quando os três se viram a salvo, dentro de casa, Simon perguntou:

— Vocês querem comer ou beber algo?

Meg consultou a irmã silenciosamente.

— Isso seria bom — disse ela —, mas me libertar dos feitiços de servidão seria ainda melhor.

— Ambas as necessidades podem ser saciadas na cozinha. — Ele as levou para o andar de baixo, onde pegou suco, pão e queijo. Enquanto Emma comia, ele se apressou em retirar os encantos de Meg. Foi muito mais fácil dessa vez... sua própria força, muito bem treinada, já lutava para se libertar.

Remover os feitiços de cativeiro que envolviam Emma foi mais difícil, mas a prática estava tornando Simon muito bom nesse trabalho. A esfera de prata que encapsulava a magia da menina era quase tão grande quanto a de Meg. Essa jovenzinha valente se transformaria em uma poderosa maga.

Quando o feitiço final foi dissolvido, Emma soltou um grito, baixinho, e escondeu o rosto, enquanto contava doze batidas do coração descompassado. Quando endireitou o corpo, seus olhos estavam completamente focados.

— Sinto como se eu tivesse readquirido uma parte de mim mesma que eu nem sabia que havia perdido.

— Foi exatamente isso que aconteceu. — Meg, que estava sentada ao lado de Emma, apertou com força as mãos da irmã.

— Quando poderei ir para casa? Mamãe e papai devem estar muito assustados. — Emma exibiu um sorriso radiante. — Eles não vão acreditar quando souberem que eu encontrei você!

Meg trocou um olhar significativo com Simon. Queria voltar para o seio da família tanto quanto Emma, mas havia feito uma promessa.

— Vamos ter de esperar alguns dias antes de partir, Emma. Existem assuntos pendentes relacionados a Lorde Drayton.

Emma abriu a boca para protestar, mas desistiu. Era uma menina muito cordata. Menos interessante que Meg, suspeitou Simon, mas certamente muito mais cordata.

— Eles serão avisados de imediato, é claro — informou Simon.
— Emma, você gostaria de escrever uma carta para eles? Não dê muitos detalhes, para não os alarmar. A história completa poderá esperar para ser contada depois que vocês voltarem para casa. Meg, você quer escrever uma carta para eles também? Ou acha que será mais fácil se eu o fizer?

Ela concordou com ele, expressando gratidão.

— Eu prefiro que você faça isso. Tantos anos se passaram... Eu não saberia o que dizer a eles.

— Quando o momento chegar, você saberá o que dizer — disse ele, baixinho. — Pela manhã, bem cedinho, vou levar as duas para a casa de Lady Bethany. Vocês não devem ficar aqui sozinhas enquanto participo do fórum na abadia.

— Vou com você. — O olhar de Meg era inflexível e determinado. — A situação mudou, e meu lugar é a seu lado.

Ele hesitou, sentindo-se tentado a aceitar o oferecimento, mas perturbado pelo perigo em potencial que isso traria para Meg.

— Vamos discutir a respeito disso amanhã de manhã.

— Não há nada a discutir, porque eu vou. — Meg deu de ombros e se levantou. — Emma, você pode dormir comigo esta noite. Minha cama é muito maior que aquela no sótão de Drayton.

Bocejando, Emma se arrastou atrás de Meg pelas escadas. Simon as seguiu, com perplexidade, mas sorridente. Suspeitava de que discutir com uma donzela tão determinada e forte seria inútil. Além do mais, agora que todos os cativos haviam sido resgatados, os poderes de Drayton haviam diminuído consideravelmente. O patife certamente tinha outros truques na manga, mas, se Simon e Meg trabalhassem juntos, poderiam restaurar a ordem antes que acontecesse qualquer dano maior.

MAGIA ROUBADA ✳✳✳ 441

Na porta do quarto da falsa condessa, Simon puxou Meg para junto de si e lhe aplicou um beijo ardente depois que Emma entrou. Ela se derreteu em seus braços com tamanho abandono que ele quase se esqueceu da imensa tarefa que teriam de enfrentar. O que importava era que a tinha de volta em seus braços, e em segurança.

Os olhos dela estavam opacos de desejo no instante em que se soltou dos braços dele.

— Como eu vou explicar nós dois para Emma?

— Não explique — aconselhou ele. — Haverá tempo para isso mais tarde. — Ele acariciou os cabelos dela, e seus dedos desejaram ir mais adiante. Se não fosse por Emma, ele sugeriria que passassem a noite juntos. Mas talvez ele não estivesse tão cansado a ponto de garantir a castidade da noite ao se ver deitado junto de Meg.

Se os dois impedissem Drayton no dia seguinte, na noite que viria depois, eles estariam livres para se tornarem amantes. Pensar nisso deixou Simon tão excitado que ele reconheceu ser algo bom a presença de Emma, pois assim ele e Meg eram obrigados a dormir em camas separadas.

— Durma bem, minha donzela guerreira.

Ela sacudiu o braço e uma luz dourada saiu da palma de sua mão. Enquanto a esfera luminosa flutuava até Simon, cintilando de promessas, Meg murmurou:

— Vou sonhar com você, meu lorde caçador. E, amanhã, caçaremos juntos.

* * *

Drayton caminhava de um lado para outro pela capela antiquíssima. O vasto espaço estava iluminado apenas pela luz mágica que flutuava acima dele. À sua esquerda, estava uma imensa máquina de fiar; à direita havia um modelo em miniatura do que seria uma ponte de ferro. Além, havia uma máquina de tecer acionada por pás que se moviam usando água corrente. Ela certamente faria com que a indústria têxtil britânica se mudasse dos pequenos chalés, onde funcionava atualmente, para grandes galpões. Ali estavam as máquinas que mudariam o mundo para sempre. Drayton resolvera colocar a absurdamente inteligente máquina a vapor de White no lugar onde ficava o velho altar da capela, pois aquela era a rainha de todas as invenções que seriam apresentadas naquele evento. Ela seria capaz de fornecer força a outras máquinas ainda nem sequer inventadas.

O lorde parou para observar a comprida nave central, imaginando como ela ficaria no dia seguinte, quando a capela estivesse lotada para a abertura oficial do fórum de tecnologia. Os maiores inventores e engenheiros da Grã-Bretanha estariam bem ali, com o tempero especial proporcionado por ilustres figuras vindas do estrangeiro. Um bom número deles já estava dormindo sob o teto de Drayton naquela noite, enquanto outros estavam espalhados em pousadas e casas particulares por vários quilômetros em torno da abadia.

Pelo menos entre alguns dos convidados haveria algum poder. Algum deles seria capaz de detectar a energia coruscante das três linhas retas que se cruzavam por baixo da capela? Esse poder era glorioso, tão inebriante quanto brandy francês da melhor qualidade. Drayton havia descoberto esse raríssimo foco de energia ao procurar uma propriedade para alugar perto de Londres. As linhas retas o haviam convencido de que as vagas ideias que rondavam o fundo da sua mente poderiam se manifestar.

Um alarme mágico soou em sua cabeça. Chocado, sentiu que o sistema de proteção de sua casa em Londres havia sido desativado. Ao sondar todas as suas ligações na cidade, percebeu, com grande pesar, que suas duas mais preciosas escravas lhe haviam sido roubadas. Sua Meggie, teimosa e traiçoeira, deveria ter encontrado um meio de libertar sua irmãzinha e fugir também, certamente para se lançar nos braços daquele demônio do Falconer.

Drayton praguejou violentamente, desejando que Falconer estivesse ali, diante dele. Criara, de forma meticulosa, um círculo mágico para rituais exatamente no centro da capela de Nossa Senhora, que ficava atrás de onde ele estava naquele instante. Para fazer isso, havia usado água benta para demarcar linhas retas invisíveis a olhos mundanos. Quando Falconer chegasse ali, o círçulo o transformaria em unicórnio e o destruiria, depois de sugar todo o poder do chifre lendário. Essa magia doce e poderosa passaria a pertencer inteiramente a Drayton, o que não acontecia com a energia que ele pegava emprestada de escravos. Acrescentar toda a magia de Falconer à sua própria transformaria Drayton no mago mais poderoso de toda a história.

O lorde expirou por entre os dentes, quase sibilando, lembrando-se do que aconteceria ali, mais tarde. Por ora, ele deveria agradecer por não precisar das malditas irmãs Harper para o que ocorreria no dia seguinte.

Era hora de reunir suas ferramentas. Caminhou em direção ao painel entalhado que separava o santuário da capela de Nossa Senhora. A energia mais potente da abadia estava concentrada exatamente ali, onde tantas pessoas haviam rezado e pedido a graça e a misericórdia da Virgem Maria. Drayton havia transformado a capela de Nossa Senhora em escritório e oficina de trabalho, com poltronas confortáveis, uma mesa e um gabinete trancado, onde ficavam seus arquivos e substâncias mágicas.

Ele se acomodou em sua cadeira atrás da mesa e se preparou para trabalhar. Era muito conveniente que seus escravos estivessem a apenas alguns quilômetros dali. Depois de perder Meggie, Drayton havia tomado precauções extras com os seus outros fornecedores de poder. Ele imaginou que seria suficiente o fato de o cordão prateado que havia criado entre ele e Meggie ser inquebrantável, mas Falconer tinha descoberto um jeito de bloquear o poder e impedi-lo de circular pelo cordão.

Foi então que Drayton criou uma espécie de porta dos fundos na mente de cada um dos outros cinco escravos. Primeiro, ele multiplicou as conexões que já existiam entre os escravos de Brentford, transformando-as em um labirinto de linhas quase invisíveis. Depois, enterrou em cada mente um fio diáfano que serviria para manter o cativo ligado a ele. Não importava o que Falconer fizesse às ligações maiores e mais visíveis, Drayton continuava tendo pleno acesso aos escravos através dessa porta dos fundos.

Teoricamente, era possível para Falconer detectar as ligações secundárias, mas só se estivesse à procura delas especificamente. Ele não tinha pensado nisso. Presunçoso, como todos os homens da família Falconer, ele pensou que houvesse isolado Drayton. No dia seguinte, Simon entenderia o quanto estava enganado.

Era uma pena para Drayton não ter tido a oportunidade de instalar uma porta dos fundos na mente de Meggie também, quando a pegou de volta. O problema era que as defesas que ela havia adquirido desde que deixara o Castelo Drayton haviam impedido isso. De qualquer modo, ela seria recuperada por um ataque direto, quando o momento certo chegasse.

O lorde começou com Moses, acertando sua mente em cheio através do filamento quase indetectável que o conectava ao rapaz africano. Ali estava ele, dormindo tranquilamente. Drayton inundou a mente do jovem de poder, criando sem esforço os feitiços do cativeiro original. *Está na hora de voltar, Moses. Você e seus amigos devem voltar para casa.*

Quando teve certeza de que o jovem africano estava novamente sob seu controle, Drayton entrou na mente de Jemmy. Recuperar suas ferramentas estava sendo mais fácil do que havia imaginado...

* * *

Moses acordou com um grito longínquo ecoando em sua mente. *Não, não, não, não...* Mas a reação estava enterrada tão profundamente que ele mal teve consciência dela. As ordens de seu amo martelavam em seu cérebro: *É hora de voltar, é hora de voltar.*

Ele se vestiu no escuro e se moveu pela porta de ligação interna até o quarto menor, de Jemmy. Assim que sacudiu o menino, Jemmy acordou e soltou um gemido baixinho que logo foi suprimido. Erguendo o olhar desfocado para Moses, ele disse:

— Está na hora de voltar.

Moses concordou com a cabeça.

— Jemmy, vista-se e vá colocar os arreios na pequena carruagem puxada pelo pônei. Moses vai chamar as meninas.

Jemmy fez que sim com a cabeça, de forma obediente, e foi recolher suas roupas assim que Moses saiu do quarto. Breeda e Lily dividiam o mesmo quarto, então foi mais rápido acordá-las. Elas saíram da cama com os olhos vidrados e se prepararam para voltar à Abadia Brentford.

Bem no fundo da mente de cada um deles uma voz gritava: *Não, não, não, não, não...*

TRINTA E QUATRO

— Nossos quatro alunos desapareceram — informou Lady Bethany, de forma direta, quando Meg, Simon e Emma entraram na sala de estar matinal.

Meg exclamou:

— Eu *sabia* que havia algo errado! Quando tentei me comunicar com eles ao vir para cá, não consegui encontrá-los.

Os olhos de Lady Bethany pousaram em Emma.

— Desculpem minha falta de modos, pois nem cumprimentei vocês. Essa menina certamente tem algum parentesco com você, não é, Meg?

— Lady Bethany, permita que eu lhe apresente a srta. Emma Harper, minha irmã mais nova. — Nem mesmo a perturbadora notícia sobre o desaparecimento dos escravos de Brentford conseguiu diminuir a alegria de Meg por suas lembranças recém-recuperadas.

O olhar sagaz de Lady Beth mostrou que ela percebeu o destaque que Meg deu ao sobrenome da irmã, mas focou a atenção em sua mais nova hóspede.

— Srta. Harper, seja bem-vinda a minha casa. Esta é sua primeira visita a Londres?

— Pode falar abertamente diante de Emma, Lady Beth — disse Simon, de forma direta. — Ela era a última escrava mental de

Drayton. Meg resgatou Emma e a si mesma ontem à noite, e nós já lhe explicamos tudo o que está acontecendo.

Emma confirmou com a cabeça e exibiu um ar sério.

— É muito grave os outros escravos terem desaparecido, não é?

Emitindo um longo suspiro, Lady Bethany se deixou afundar na poltrona e abandonou as amenidades sociais.

— Gravíssimo — concordou. — Devíamos tê-los levado para mais longe. Pelo visto, Drayton conseguiu reativar o feitiço de cativeiro e ordenou que eles voltassem para a Abadia Brentford. Uma das carroças puxadas por pôneis desapareceu hoje de manhã, e eu captei um resto da energia dos jovens pouco antes de eles desaparecerem no escudo de proteção da abadia.

Simon praguejou baixinho.

— Drayton deve ter instalado uma segunda ligação com eles naquela teia de energias, e eu fui tão burro que não notei.

— Não ouse ficar furioso consigo mesmo! — avisou Meg, com rispidez — Não temos tempo para isso. Se havia ligações extras, todos nós deixamos de percebê-las. — Ela olhou em volta. — Onde está Jean?

— Está no quarto, tentando restabelecer contato com os cativos. Tornou-se a mais ligada a eles e espera convencê-los a retornar por vontade própria. — Lady Beth suspirou novamente. — Receio que seja impossível conseguir isso de tão longe, mas precisávamos tentar.

— Temos uma tarefa mais importante para ela: cuidar de Emma — disse Meg. Antes de ela ter chance de completar a frase, uma onda de energia avassaladora atravessou a sala. Meg e Emma teriam caído no chão se Simon não as tivesse segurado, e Lady Beth precisou se agarrar com força nos braços da poltrona para manter o equilíbrio. Meg perguntou, assustada: — O que foi isso?

— Uma onda de força que está pulsando a partir de um cruzamento de linhas energizadas — informou Simon, com ar sombrio.

— As mesmas linhas que se encontram na Abadia Brentford. O que Drayton planeja fazer acaba de ter início.

— Então não temos tempo a perder — disse Meg. — Precisamos ir para lá *agora mesmo*.

— Meg... — Simon olhou para ela, com ar atônito. — Agora que Drayton tem os quatro escravos de volta, é infinitamente mais perigoso ir à abadia. Você não pode...

— Eu posso e *devo* — interrompeu ela, com firmeza. — Você não me disse que, entre os Guardiães, os homens e as mulheres têm sempre a mesma importância?

— Ela tem razão — acudiu Lady Beth, antes de Simon ter chance de retrucar. — Meg é parte essencial dessa situação. Não só ela *devia* estar lá no fim, como também julgo fundamental que ela vá com você, a fim de aumentarmos a possibilidade de sucesso.

Simon expirou com força

— Pode ser que sim, mas odeio colocá-la em risco, Meg.

— Você nunca assumiu riscos? — perguntou ela, com os olhos quase unidos.

— Asseguro-lhe que ele faz isso com muita regularidade, querida — disse Lady Beth. — Não deixe que seus sentimentos interfiram em sua lógica, Simon. Meg é uma feiticeira poderosa, e ser Guardião significa ter disposição para colocar o bem maior acima da segurança pessoal.

Ele expirou novamente, dessa vez com resignação.

— Precisamos que você preste juramento e faça seus votos, Meg, mas só podemos fazer isso depois que as coisas estiverem mais calmas.

— Puxa, eu adoraria isso! — reagiu ela, satisfeita por ele aceitar sua companhia. — Só que agora está na hora de sair.

As sobrancelhas de Lady Beth se uniram de preocupação.

— Não há tempo a perder, e o meio mais rápido para se chegar à Abadia Brentford é cavalgando um unicórnio.

Depois de refletir por alguns instantes, Simon concordou:

— Você tem razão. Só que, dessa vez, é melhor carregar minha roupa em um alforje que vê-la destruída. — Ele se virou para Emma. — Há coisas importantíssimas em andamento, minha cara. Espero que Meg e eu não demoremos muito. Até voltarmos, Lady Bethany e Jean Macrae tomarão conta de você muito bem.

Emma mordeu o lábio inferior, mas concordou. Quase caindo em lágrimas, Meg abraçou a irmã.

— Se... se eu não voltar, diga para mamãe, para papai e para os meninos que eu os amo muito.

— Meg! — gritou Emma, no instante em que a irmã se dirigiu para a porta da sala, mas a outra não olhou para trás. Sentia, em cada fibra de seu corpo, que o tempo estava se esgotando. Se ela e Simon queriam obter sucesso naquela empreitada, tinham que sair naquele instante.

Do mesmo modo, Meg também sabia que, se eles falhassem, toda a Grã-Bretanha estaria em risco.

* * *

Simon sentiu-se estranho ao tirar toda a roupa e se ver em pé e completamente nu no estábulo, mas aquilo fazia mais sentido do que ele se transformar no interior da casa. Dobrou suas roupas com muito cuidado, colocou-as no alforje que Lady Beth lhe forneceu e então limpou a mente para a transformação. Suprimir sua raiva contra Drayton tinha sido difícil. Liberá-la foi brincadeira de criança. Bastou pensar no patife raptando Meg no zoológico real. A fúria inundou Simon e colocou em funcionamento o encanto do unicórnio.

A mudança foi relativamente fácil, porque aquela era a primeira vez que ele se transformava por vontade própria. Já estava familiarizado com o processo, e o horror visceral de sentir seu corpo se retorcer e desarticular com violência para assumir uma nova forma foi atenuado. Mesmo assim, a dor física foi imensa.

No meio da agonia, sua cabeça pareceu enevoar. Quando a mente clareou, Simon se sentiu alerta e pronto para a batalha. Seu espírito humano estava em harmonia com seu corpo de unicórnio. Agitando a cauda de leão sem parar, trotou para fora do estábulo. Meg estava à sua espera do lado de fora, e ainda usava o vestido matinal, pois não tivera tempo de mudar de roupa.

Simon havia esquecido o impacto que ela lhe causava quando ele estava sob a forma de unicórnio. Sentiu vontade de desfalecer, extasiado, aos pés dela; vontade de se deitar de costas e agitar os cascos no ar; ânsia de carregá-la no rumo do horizonte, à velocidade do vento.

Esse último desejo ele poderia realizar. Esfregou a cabeça nela, impaciente para partir.

Meg acariciou-lhe o focinho, uma provocação involuntária.

— Sei o quanto você odeia se ver forçado a estar nesse corpo, e sei também o quanto isso tudo é perigoso — disse ela, baixinho. — Mas, louvados sejam os céus, você é belíssimo. Talvez mais bonito ainda do que quando está sob a forma humana.

Ele duvidava muito de que ela dissesse isso se ele estivesse em seu corpo de homem. Mesmo assim, esfregou a cabeça contra Meg mais uma vez, extasiado pelo cheiro da jovem. Almiscarado, sedutor, inteiramente feminino.

— Vou pegar o alforje com suas roupas e poderemos partir. — Ela foi ao estábulo, enquanto ele se dirigiu até uma escada de três degraus que a faria montar nele com mais facilidade. Poucos segundos depois, ela saiu do estábulo com o alforje preso às costas por uma correia.

Depois que Meg montou nele, um arrepio de magia passou pelos seus corpos no instante em que ela os encobriu com um feitiço de distração. As pernas de Meg, muito compridas, se apertaram em torno do corpo de Simon. Ele adoraria poder apreciar suas saias puxadas para cima, revelando seus lindos tornozelos.

— Hora de *cavalgar*! — disse Meg, acabando de se acomodar.

Ele se lançou para a frente a todo o galope. Usar todas as suas forças em um galope livre era vertiginosamente arrebatador, ainda mais porque, dessa vez, ele não sofria a dor de um ferimento a bala.

Simon saiu da estrada que margeava a casa de Lady Beth quase de imediato, cortando caminho por uma trilha gramada. Dali, pulou com vigor para um campo aberto. Já havia analisado as estradas e as trilhas da área durante a visita anterior à abadia. Embora aquele não fosse o caminho mais direto, eles evitariam passar por casas e outros lugares onde poderiam ser avistados.

Como na vez anterior, sua donzela o cavalgava como uma deusa, perfeitamente equilibrada, apesar da ausência de sela e arreios. Inebriado pelo vento, pela presença dela e por sua própria força indômita, ilimitada, ele quase se esqueceu do objetivo daquela cavalgada, até que ela gritou:

— Estamos quase chegando à abadia. Está na hora de parar, pois você precisa recuperar a forma humana antes de chegarmos ao muro!

Ele focou a trilha e levou um susto ao perceber que o muro estava bem diante deles. Mal haveria tempo de ele parar antes de se chocar de frente com as pedras.

Mas por que parar? Mais arrojado que nunca, devido à euforia, ele reuniu forças extras e acelerou ainda mais na direção do muro torcendo para a sua donzela estar preparada para o salto. Afinal, ele não era um simples cavalo, mas um animal lendário, quase um Pégaso.

Usando todo o poder de seus músculos ágeis, Simon se lançou no ar — e pairou por um décimo de segundo acima do muro de pedras, que seus cascos não atingiriam por questão de centímetros. Sua donzela, atônita, mal teve tempo de abrir um portal para eles atravessarem os escudos de proteção.

Quando ele pousou com suavidade do outro lado, Meg disse, com voz esganiçada:

— Você é *insano*, sabia? Magnífico, mas completamente insano. Que tal trotar até aquele pequeno bosque e voltar a ser você mesmo?

Começando a se sentir cada vez mais energizado, o unicórnio diminuiu a marcha e fez o que ela lhe havia sugerido. Dois cervos pequenos fugiram assustados pelo bosque quando o unicórnio e a donzela se aproximaram. Pelo menos não havia nenhum touro por perto.

O bosque era um lugar muito bonito, calmo e protegido, coberto de musgo macio em suas profundezas sombreadas. Meg deslizou do dorso dele e o olhou com ar de estranheza.

— Você precisa de uma boa escovada, sabia? O tecido áspero do alforje talvez sirva para isso, depois que eu tirar suas roupas lá de dentro.

Com movimentos rápidos e precisos, Meg fez exatamente isso. A pressão firme de suas mãos acariciando-o com a escova improvisada lhe pareceu surpreendentemente sensual. Desejando que fosse noite fechada, em vez de meio-dia, ele se obrigou a ficar quieto, firme, imóvel, na esperança de que ela ao menos fingisse não reparar o estado de excitação em que ele se encontrava.

Com muito tato, ela avisou:

— Trouxe um alfinete. Vamos agir depressa. — Ela furou primeiro o dedo, depois a pele de Simon perto do pescoço. Era interessante como os eventos mais estranhos acabavam virando rotina.

Ele tentou se manter com a mente longe das dores da transformação, mas acabou caindo no chão, ofegante. Além da dor, havia um perturbador sentimento de selvageria, como se ele tivesse se abandonado em excesso à glória da cavalgada e, devido a isso, sua natureza humana ainda não tivesse voltado por completo.

Isso mudou quando Meg colocou o casaco dele sobre seus ombros. A roupa escondia o embaraço por sua ereção ter continuado quando ele passou de uma forma para outra. Como o embaraço era uma emoção muito humana, isso o ajudou a voltar a um estado de espírito mais normal.

— Hora de controlar a respiração e readquirir seu equilíbrio mental — disse Meg. — Quando chegarmos à abadia, precisaremos estar em nossa melhor forma.

Simon observou, por entre as árvores, o muro alto que eles haviam pulado.

— Não posso acreditar que fui louco o bastante para pular aquele muro, nem que você conseguiu se segurar sobre meu dorso quando fiz isso!

Ela deu uma risadinha e sentou-se ao lado dele. Um raio de sol iluminou sua expressão traquina.

— Acho que sua mente de unicórnio sabia que você seria capaz disso. Foi a sensação mais próxima que eu já tive de voar.

Ele se perguntou se seria possível transformar alguém em pássaro. Quem sabe uma águia? Ou o falcão caçador, que era a insígnia de sua família...? Na mesma hora, suprimiu a ideia. Ela precisava de menos transformações, não mais.

Pelo menos assim seriam menores as chances de seu estado selvagem desgastar de vez sua mente e sua alma.

* * *

Drayton espiou com discrição pela janela da capela de Nossa Senhora, pois não queria aparecer até a abertura oficial do fórum, momento em que daria as boas-vindas aos convidados, momento em que alcançaria seu objetivo.

A igreja já estava lotada de engenheiros, inventores, professores e outras pessoas com habilidade para mecânica. Eles se juntavam em conversas animadas, discutiam os aparelhos em exibição e especulavam sobre futuras invenções. O sucesso de seu fórum ultrapassara seus sonhos e suas perspectivas mais otimistas.

Faltava menos de meia hora para a abertura da cerimônia.

Drayton voltou-se para a capela de Nossa Senhora, onde os quatro cativos estavam sentados de forma passiva, um ao lado do outro. Eles sempre se colocavam na mesma ordem: Moses, Lily, Jemmy, Breeda, com os dois mais poderosos nas pontas. Enquanto o lorde caminhava de um lado para outro pelo aposento, os olhos dos quatro o seguiam sem piscar, como cães famintos rasteando o alimento. Drayton achou aquilo enervante, mas não importava. Eles haviam feito exatamente o que ele lhes ordenara.

Ele já havia colocado as energias dos escravos sintonizadas umas com as outras, de modo a deixá-los prontos para quando o momento chegasse, mas não conseguia resistir e os ajustou mais uma vez. Como uma trança forte, seus temperamentos e poderes misturados formavam uma entidade muito mais poderosa que a simples soma de suas partes.

Agitado, Drayton testou a maçaneta da porta que levava à capela principal e a entreabriu. Entalhada para se misturar com o resto da decoração da capela, a porta passava facilmente despercebida, mas era essencial para seus planos. Resolveu olhar mais uma vez pela janela, quando parou de repente, tomado de surpresa. Meggie estava por perto! Aquele tolo do Falconer teria resolvido trazê-la com ele?

Drayton sondou mais profundamente a energia que vinha daquela direção e descobriu que a donzela já estava do lado de dentro do muro da propriedade. A tão curta distância, com os cativos e as linhas retas místicas para aumentar seu poder, ele conseguiria penetrar com facilidade a mente dela.

Direcionou sua consciência ao longo do cordão de ligação. Dessa vez, ao deparar com o bloqueio que Falconer havia criado, o lorde fez explodir o nó, desintegrando a barreira como se ela nunca tivesse existido.

Bebeu da mente de Meg com sofreguidão. Oh, Deus, como era doce estar novamente dentro da alma de Meggie, com seu poder, seu medo extremo e a inocência de sua virgindade. Nem mesmo a irmã dela tinha a riqueza de sua magia. E, dessa vez, sua Meggie não conseguiria escapar...

MAGIA ROUBADA * * * 455

* * *

Simon sentou-se, mantendo o casaco sobre os ombros.

— Estou pronto para vestir minhas roupas.

Meg virou os olhos com ar condescendente. Já tinha visto a nudez dele o suficiente para supri-la de lembranças agradáveis por um bom tempo. Adorou apreciar o corpo musculoso e esbelto de Simon em contraste com o musgo aveludado do solo...

Sorria consigo mesma quando uma onda de horror a invadiu. *Drayton.* De forma brutal, ele tentava invadir sua mente e seu espírito. *Meggie, minha escrava, minha ferramenta, minha doce cativa. Está na hora de voltar para casa.*

Ela gritou e caiu de lado sobre o chão coberto de musgo, apertando os braços contra o corpo.

— Meu Deus, ele está em minha mente!

— Meg! — Simon pulou, colocou-se ao lado dela e cobriu-lhe o rosto com as mãos, a fim de despejar dentro da moça uma boa carga de energia brilhante e curativa.

Aquilo ajudou, mas só um pouco. Drayton parecia uma névoa venenosa espalhando sua maldade através do organismo de Meg. Quando ele alcançou seu centro de magia, Meg tornou a gritar e corcoveou violentamente, enquanto Drayton começava a sugar seu poder.

— Não, não...

Simon mal conseguia segurá-la. O contato físico permitia que ele também acessasse a mente dela, passando através das camadas de sua personalidade e de sua magia. Ao encontrar o cordão de prata que a ligava a Drayton, ele tentou dar um nó forte, como da primeira vez. Tentou várias vezes, mas falhou. Xingou baixinho.

— Ele está sugando sua energia, e não consigo impedi-lo, provavelmente, porque ele está perto e o poder dele está sendo ampliado pela força dos outros escravos.

— Beije-me — sussurrou ela, já sentindo o envolvimento dos primeiros laços que a cativariam por completo. — Por favor. — Saber que ela seria sugada, ficaria mentalmente ressecada e se tornaria apenas uma casca de si mesma era pior que a morte.

— Não! — gritou Simon, com fúria. — Será que você não consegue entrar na mente do canalha e encontrar algo que possamos usar contra ele?

Ela teve uma convulsão, e seu corpo girou, mas ela conseguiu sussurrar:

— Vou... vou tentar.

Ter uma missão definida, mesmo desesperada, ajudou a firmar sua percepção. Com ar sombrio e tenso, Meg seguiu o cordão que a ligava a Drayton e chegou ao fundo do verdadeiro covil de cobras que era sua mente, dentro da qual a moça pôde ver cobiça, ganância, egoísmo e ódio entrelaçados como tentáculos pegajosos.

Suprimindo a repulsa, ela se obrigou a sondar mais fundo. Em algum lugar em meio à escuridão e ao fedor pútrido, ela viu o brilho de algo que seu instinto lhe garantiu ter ligação com ela. Chegando mais perto, tentou captar a compreensão esquiva sobre o que seria aquilo.

Sim! Abrindo os olhos sem expressão, ela sussurrou:

— Simon, faça amor comigo. Agora mesmo!

— O quê? — Ele olhou para ela, perplexo.

Ela tentou encontrar as palavras certas em meio ao caos que havia em sua mente.

— Minha virgindade é uma parte vital da ligação que ele tem comigo. Drayton foi... foi o primeiro homem a se tornar íntimo com minha mente e com meu poder, e isso torna nossa ligação quase inquebrantável. Se eu e você nos tornarmos amantes de verdade, você conseguirá... conseguirá superá-lo. Só o máximo de intimidade tornará possível quebrarmos esse cordão. É por isso que ele sempre escolhe pessoas jovens para torná-las escravas. Assim é mais fácil... possuí-las.

— Isso talvez dê certo. — Simon exibiu um ar de introspecção por um momento, enquanto analisava as implicações mágicas daquilo. Então, fitou-a com determinação e seus hipnóticos olhos azuis se fixaram nos dela. — Pense apenas em mim. Não nele, não em magia. Não pense no passado nem no futuro. Pense só em mim e no quanto amo você. — Ele se inclinou e a beijou de forma profunda e ardente, usando a própria boca para canalizar mais poder para ela.

Quando Simon disse que a amava, Meg sentiu que isso a fortaleceu e fez aumentar o fluxo da energia que o conde lhe enviava. Ela quis dizer que também o amava, mas estava sem palavras, perdida em um redemoinho de maldade, tendo apenas o toque e o espírito de Simon para ancorá-la em si mesma.

Ele passou a mão pelo corpo dela, acariciando-o de cima a baixo.

— Não existe ninguém como você, Megan Harper. Vou amá-la até a morte, e depois.

O nome completo dela também lhe serviu de âncora. Ela parou de tremer e se agarrou ao poder cintilante que era Simon. Embora ele não a conseguisse libertar das garras de Drayton, a força e o amor dele a impediam de cair mais fundo. Quanto poder mais ele poderia usar nela antes de se sentir perigosamente esgotado? Dessa vez, ela conseguiu dizer:

— Eu também amo você, Simon. Agradeço a Deus pelo dia em que nos conhecemos.

Um sentimento curto de alegria surgiu nos olhos do outro, mas logo eles se tornaram sem expressão quando ele disse:

— Você está tão tensa que vou acabar machucando-a, meu amor. Não sei... não sei se consigo me obrigar a fazer isso.

— *Por favor!* Finalmente nós vamos chegar ao orgasmo juntos. Pense nisso, e não nas circunstâncias. — Ela ergueu a pelve contra a dele, em um apelo mudo.

Ele respirou fundo e disse, com um tom de voz projetado para cativá-la:

— Use a dor que vai sentir para se separar dele. Você é minha, e não dele. *Só minha!* — Ele levantou as saias dela, apalpando por entre as muitas camadas de tecido até encontrar sua carne íntima e úmida.

Embora o toque dele fosse gentil, ela achou que seria impossível sentir desejo naquele momento e percebeu que ele devia sentir o mesmo.

— Finja que você é um unicórnio — sussurrou ela no ouvido dele. — Sou a donzela que você escolheu e vamos nos acasalar como os leões, com rapidez e fúria.

A expressão dele mudou, e ela viu o eco da selvageria em seus olhos. Ele se inclinou e mordeu a garganta dela, como se ele fosse um garanhão e ela uma égua.

Ela respondeu à altura, puxando para si mesma a essência de leão que ela havia descoberto na Torre de Londres. *Indomada...* Um ar selvagem os envolveu, e, quando ele a penetrou com força e foi fundo, a dor lancinante também foi libertadora, e aguda o suficiente para anular o veneno de Drayton. Ela mordeu o ombro de Simon com força e sentiu o gosto do sangue dele, ao mesmo tempo que enterrava as unhas nas costas nuas do amante.

Ele entrou na mente de Meg também, enquanto inundava seu corpo, penetrando até o ponto mais fundo dela para encontrar a ligação com Drayton. Finalmente a achou! Com um único e furioso puxão, cortou o cordão de prata.

Ela arqueou as costas, estupefata pela libertação definitiva.

— Ele se foi. *Ele se foi.* Estou livre.

Simon a abraçou com força, exausto, mas ainda com o membro rígido de paixão dentro dela.

— Oh, minha querida — sussurrou ele. — Desculpe-me por machucar você. — Ele se preparou para sair de dentro dela.

— Não! — Ela o agarrou com força pela cintura. — Agora que estamos unidos, vamos além da dor, vamos fazer amor de verdade.

— Os lábios dela tocaram o sangue que escorria do lugar onde ela o mordera, mas dessa vez com ternura e gratidão.

Com todo o cuidado, ele se moveu dentro dela um pouquinho de cada vez. Ela suspirou de êxtase e sentiu o próprio corpo se desfazer, pelo efeito do prazer. A sensação de umidade que sentiu dentro de si foi como uma saudação de boas-vindas para ele. Desde o princípio, Meg o tinha desejado com a parte selvagem que havia se esquecido de que ela era filha de um vigário. Até aquele instante, porém, ela não tinha se sentido pronta para se entregar por completo, sem reservas.

O desejo começou a aumentar lentamente dentro dela, encobrindo a dor de minutos atrás. Sentiu a magia que havia entre eles, os cintilantes laços de amor e confiança. E de paixão... Ah, sim, certamente de paixão! Viu em um segundo a disciplina, a honra e a dor que o haviam moldado, e também os laços mais leves de humor, bondade e curiosidade.

Com uma certeza que ia além de qualquer insegurança, Meg soube que ele era *dela*. Mesmo os dez anos que ela havia passado mentalmente escravizada não lhe pareciam um preço grande demais a pagar pelo amor de um homem como aquele. Se não fosse por Drayton, ela nunca teria conhecido Simon, nem se tornaria forte o bastante para ser sua companheira.

Enquanto eles se embalavam em sintonia sobre o musgo, em uma velocidade cada vez maior, sensações refinadas a engolfaram, fazendo com que cada fibra de seu ser reluzisse e cintilasse de vida.

— Ah, Simon, meu amor... Isso é ainda melhor que eu imaginei — ofegou ela — Por que você não me contou que também era virgem?

Ele soltou uma risada.

— Eu devia saber que você sentiria isso. Quanto ao motivo... eu descobri que não queria me doar por completo às energias de uma mulher, a não ser que eu a amasse. Um homem não deve desonrar uma dama, então Blanche e eu nunca chegamos a esse ponto. Agora estou feliz, porque só existe você em minha vida.

Meg especulou que ele e Blanche, o primeiro amor da vida de Simon, talvez tivessem compartilhado irresistíveis sessões de intimidade, que certamente lhe haviam ensinado as noções básicas de sensualidade, mas isso não importava. Agora ele era seu.

— Acho que o fato de ter sido a primeira vez para nós dois aumentou a intensidade do ato.

O poder parecia trovejar por dentro de Meg, como uma tempestade. Gradualmente, ela percebeu que não se tratava apenas de paixão humana, mas de energia da terra, energia telúrica, ancestral e potente.

— A terra está radiante de poder. Você consegue sentir?

— Seu corpo está brilhando, Meg. — Os olhos dele se arregalaram. — Você parece uma deusa.

Atônita, Meg percebeu que Simon tinha razão. A energia da terra borbulhava por dentro dela e transbordava através dele como um rio de fogo. Simon começou a se movimentar dentro dela com mais rapidez, e ela o acompanhou. O corpo ágil de Meg estava em perfeita sintonia com o dele. De repente, eles se deixaram mergulhar um no outro como lontras em um mar de prazer, sob o céu iluminado.

— Simon! — gritou ela. — *Simon!*

Estilhaçada por dentro de puro êxtase, ela viu que ele também estava brilhando, iluminado pelo poder de Gaia. Por um instante, os dois foram verdadeiramente um só corpo.

Enquanto seus corpos físicos estremeciam de prazer, eles foram, aos poucos, ficando mais calmos, até que se separaram. Mas não completamente. Havia uma ligação nova entre os dois agora; um cordão de ouro tão quente e latejante de vida quanto o sol, e tão indomável quanto os grandes leões. Diferentemente do cordão de cativeiro de Drayton, essa ligação era realmente indestrutível.

Simon virou de lado, de barriga para cima, e a puxou para junto de si.

— Agora você não tem escolha com relação ao casamento. Estamos verdadeiramente casados, minha condessa. Mesmo assim, seria bom realizarmos uma cerimônia na igreja, para tornar tudo oficial.

Meg olhou para as copas das árvores frondosas acima deles, sabendo que ela e Simon haviam se acasalado da forma mais profunda que existia. Ela não tinha o mínimo desejo de lutar contra isso. Os medos que a tinham feito resistir à ideia de casamento, no início, agora lhe pareciam distantes, embora antes fossem reais. Talvez, na época, ela precisasse apenas de um tempo para amadurecer a ponto de se tornar uma esposa.

— Fico feliz por não precisarmos explicar às pessoas que estávamos apenas fingindo ser casados — disse ela.

Ele cobriu o espaço entre as pernas dela com a mão.

— Acho que eu consigo parar a dor e o sangramento. — O calor que fluiu pela mão dele fez exatamente isso, e mais um pouco. Se não houvesse uma catástrofe prestes a acontecer no alto da colina, ela bem que gostaria de explorar um pouco mais as relações matrimoniais.

— Está na hora de você se vestir — suspirou ela. — Só que, dessa vez, eu me recuso a desviar os olhos.

Rindo, ele se levantou e pegou as roupas.

— Você está levando vantagem agora. Da próxima vez, eu mal vou conseguir esperar para remover todas as suas roupas, peça por peça.

Antes, porém, eles precisavam derrotar Drayton, ou nem haveria uma próxima vez. Agora que ela não estava mais ofuscada pela paixão, sentiu o perigo crescente.

Era hora de enfrentar o inimigo em seu próprio território.

TRINTA E CINCO

— *A* energia aqui é impressionante! — exclamou Simon, baixinho. De mãos dadas, eles haviam alcançado o grupo de construções que formava a abadia, no alto da colina. Qualquer pessoa que tivesse um pingo de visão interior conseguiria perceber o poder emitido pelas linhas retas místicas que se cruzavam naquele lugar.

— É um tipo de poder vastíssimo e indiferente — refletiu Meg. — Duvido muito que ele perceba os pequenos seres humanos que se movem tão depressa pelo tempo.

— Se Drayton encontrou um jeito de canalizar esse poder para alcançar seus objetivos, ele se tornará impossível de destruir. E poderá dizimar a Grã-Bretanha enquanto aprende a controlá-lo — disse Simon, com ar sombrio. — Vamos torcer para que isso permaneça fora do alcance dele.

A capela medieval atraía o olhar com seu poder flamejante. Simon tinha feito apenas uma vistoria rápida no local em sua visita anterior. Em plena luz do dia, o lugar era um impressionante testemunho da riqueza e do poder dos beneditinos que haviam construído a abadia. Talvez as linhas retas com poder místico tivessem ajudado a atrair toda aquela riqueza.

Simon manteve o feitiço de distração que criara para esconder tanto seus corpos físicos quanto suas características mágicas, mas isso não lhe pareceu necessário. As dependências estavam estranhamente quietas. Provavelmente, todos estavam dentro da capela.

— Há um grande número de pessoas lá dentro ouvindo alguém falar. O que você descobriu?

— Os escravos também estão lá dentro — disse Meg —, tão ligados uns aos outros que eu não os consigo tocar. Acho que estão no fundo da capela, talvez em uma sala menor por trás da parede onde ficava o altar.

Simon localizou a energia de David. Até agora, o inventor estava saudável e parecia empolgado.

— Acho que Drayton está no mesmo lugar que os escravos, esperando e observando.

Chegaram aos portões de ferro e duas vezes mais altos que um homem, mas havia uma porta de tamanho normal no lado direito. Simon analisou o rosto de Meg, observando todos os detalhes.

— Você tem certeza de que está forte o bastante para isso? Drayton arrancou muito poder de você.

— A energia da terra me reabasteceu — garantiu ela, com o olhar firme. — Estou tão preparada para enfrentar Drayton quanto poderia estar.

Simon sentiu que ela falava a verdade. Apertou a mão dela com força e pediu:

— Tenha cuidado, meu amor.

Eles entraram silenciosamente e pararam nas sombras, despercebidos. O centro da nave estava iluminado por imensas tochas de ferro. Havia aproximadamente duzentos homens presentes, talvez mais. Suas roupas indicavam que eles vinham de todas as camadas da sociedade, desde a nobreza até os trabalhadores braçais, que eram os mais malvestidos. Todos, porém, tinham em comum a inteligência e a curiosidade. Separados em grupos, eles se colocavam ao longo da fileira dupla de peças em exposição que acompanhava a nave central e observavam o orador, colocado em um púlpito à esquerda.

Ao lado do púlpito, dava para perceber a forma distinta da máquina a vapor, embora David White não estivesse visível. Suprimindo o interesse pessoal em analisar os equipamentos que estavam em exibição, Simon olhou para o orador e viu que era Cox, o chefe dos seguranças de Drayton na Abadia Brentford.

Ao encerrar seu discurso, Cox disse:

— Permitam-me apresentar a todos o anfitrião e patrono deste fórum sem precedentes, Lorde Drayton, nosso ministro de Estado para assuntos internos e também o maior patrocinador de inventos e da indústria de toda a Inglaterra!

Vestido de forma magnífica, Drayton subiu os degraus do púlpito depois que Cox saiu. Simon empurrou Meg para uma pequena capela lateral à direita, que lhes daria uma boa visão dos acontecimentos.

Se Drayton estava perturbado devido à recente batalha pela alma de Meg, não demonstrou sinais disso. Em uma voz educada, em tom um pouco alto, em uma tentativa de encher o espaço alto feito de paredes de pedra, ele disse:

— É com grande prazer que eu lhes dou as boas-vindas. Vocês são os maiores inventores, engenheiros e visionários da Grã-Bretanha. Nunca antes aconteceu uma reunião tão importante quanto esta.

Simon deixou de prestar atenção nas palavras e fechou os olhos para se concentrar nos sufocantes níveis de magia que envolviam a capela. Um feitiço principal estava à espera de ativação, mas, quando Simon o explorou, não encontrou os traços das fortes ligações que seriam necessárias para um ato de escravização mental em massa. Em vez disso, a magia estava impregnada na estrutura da própria capela. O encanto parecia ter sido criado para...

Ele abriu os olhos de repente.

— Meu bom Deus, Meg. Drayton não pretende escravizar todos esses homens. Ele quer matá-los!

Meg pressionou a mão contra a boca e arregalou os olhos de choque.

— Por quê?

Simon analisou os encantos mais a fundo, buscando a intenção que os havia estruturado.

— Ele... despreza máquinas e fábricas. Prefere uma Inglaterra rural, governada por um punhado de latifundiários poderosos, e o resto da população indefesa e empobrecida.

— Eu me lembro de ter visto essas posturas quando estive na mente dele — confirmou Meg lentamente, tentando recordar o que havia captado. — Ele quer trabalhadores presos à terra e deseja mantê-los ignorantes, porque isso significa mais poder para homens como ele.

Simon viu uma sucessão rápida de imagens do futuro — prédios industriais cobertos de fuligem e máquinas imensas e barulhentas, mas também viu escolas bem-equipadas e famílias vestidas com apuro e muito bem-alimentadas.

— Ele tem razão. O desenvolvimento da indústria vai criar muita riqueza e liberdade para o homem comum. — Sua boca se contorceu de indignação. — É por isso que Drayton odeia o progresso. Na visão dele, as pessoas comuns não passam de posses e devem ser usadas para benefício dos bem-nascidos. Quanto maior o abismo entre os ricos e os pobres, mais feliz ele será.

Meg concordou, enquanto analisava o interior da alma de Drayton.

— Eu vi que ele quer todo o poder para si mesmo, e esse é um passo gigantesco nessa direção. Seu próximo objetivo, provavelmente, será enfraquecer o Conselho dos Guardiães, eliminando aqueles que representam ameaças, antes que eles percebam o que pretende. Quando os Guardiães não puderem mais proteger o governo mundano legítimo, ele obterá todo o poder da nação.

As palavras de Meg pareciam assustadoramente plausíveis. Drayton planejava criar um mundo que Simon não gostaria de conhecer. Precisava ser impedido *agora*.

— Os escravos são a resposta. Sem eles, o canalha será incapaz de focar e reunir a quantidade absurda de energia necessária para transformar essa construção em um cemitério coletivo.

Meg refletiu um pouco mais e completou:

— Precisamos encontrá-los e libertá-los sem sermos mortos antes. Isso é imperativo. — Silenciosamente, ela deslizou para fora da capela lateral e começou a caminhar na direção da parte dos fundos da nave, permanecendo junto às sombras ao longo da parede. Mantendo o feitiço de distração sobre ambos, Simon a seguiu. Não havia sinais de que Drayton tivesse percebido a presença deles no local. Ter tantas energias e personalidades distintas comprimidas em um único espaço era um disfarce eficiente, mesmo para os poderes de percepção de um mago poderoso.

Para terminar o rápido discurso, Drayton disse:

— No espírito dessa reunião, o próximo orador será um de vocês, um homem cujas habilidades na área da mecânica nos permitirão controlar o mundo natural. — Ele se virou e fez um aceno. — Permitam que eu lhes apresente John Harrison, um relojoeiro, um homem de Yorkshire. Ele é o inventor de um cronógrafo especial, que possibilitará que os nossos navios saibam sua localização exata em qualquer lugar do globo. A Junta de Longitude do governo britânico ainda não reconheceu seu sucesso publicamente. Eles ainda o consideram um mero mecânico. — Houve uma pausa para os risos. — Sei, porém, que homens do futuro como vocês certamente reconhecerão a importância do trabalho do sr. Harrison, e o profundo efeito que esse gênio da mecânica terá em nosso mundo. Cavalheiros, conheçam John Harrison.

Um homem nervoso, usando uma peruca em estilo antigo, se aproximou para assumir o lugar no púlpito depois que Drayton desceu. Segurando anotações, subiu os degraus e começou a falar com uma voz fraca que, aos poucos, foi adquirindo confiança.

Ignorando Harrison, Simon e Meg continuaram seu silencioso progresso. Quando alcançaram o fundo da igreja, Simon olhou em volta e franziu o cenho. Onde diabos estava Drayton?

MAGIA ROUBADA ✳✳✳ 467

Meg puxou sua manga e apontou para a parede entalhada que ficava atrás do que devia ter sido o altar principal da capela. Ao olhar com mais atenção, Simon percebeu que aquilo era uma tela que separava outra capela da igreja principal. Estava coberta por um feitiço de distração, motivo por que Simon não a percebera a princípio. Drayton devia estar ali, porque as correntes de poder na igreja haviam começado a fluir naquela direção.

Envolto pelas sombras, eles seguiram em frente. Na outra vez em que Simon enfrentara Drayton cara a cara, havia falhado. Rezou para estar mais bem-preparado dessa vez.

✳ ✳ ✳

Enquanto aquele tolo do Harrison discursava de forma monótona na igreja, Drayton se virou para seus escravos.

— Agora, minhas valiosas ferramentas de trabalho, chegou a hora de canalizar a energia da terra, que pulsa em torno de nós. — Todos olharam para ele sem expressão no rosto, com ar obediente.

Falconer e Meggie apareceriam? Embora Falconer tivesse conseguido quebrar a ligação, antes Drayton já havia conseguido sugar tanto poder de Meggie que ela levaria um bom tempo para se recuperar. Talvez tivessem até abandonado a propriedade, pois ele não sentia a presença de nenhum dos dois por perto. Era melhor assim. Se Falconer entrasse na capela nos próximos minutos, seria morto instantaneamente, e, com ele, morreria a possibilidade de Drayton recolher a magia do unicórnio. Talvez fosse melhor capturá-lo mais tarde, para que o chifre não fosse destruído desnecessariamente.

Era claro que, se Falconer aparecesse ali, na capela de Nossa Senhora, também não seria mau. Drayton havia se preparado para essa possibilidade, apenas por garantia. Permitiu-se um doce momento de satisfeita contemplação.

Estava na hora de bloquear todas as saídas da igreja, exceto a que ficava ali, bem perto dele. Não havia necessidade de campos de força, tampouco de escudos de proteção — um simples feitiço para trancar todas as portas seria suficiente. Drayton invocou o encanto com facilidade e fez questão de ressaltar que ninguém poderia escapar do local, a não ser através da capela de Nossa Senhora. Nenhum dos mundanos perceberia que aquela capela existia. Drayton planejava levar os escravos com ele, pois talvez, mais tarde, ainda fossem úteis, mas, se isso fosse difícil..., bem, ferramentas poderiam ser substituídas.

Erguendo os braços, Drayton começou a concentrar a energia que a natureza espalhava de forma tão generosa à sua volta. Isso certamente seria mais fácil se ele pudesse usar a fabulosa energia de Meggie, mas seu poder pessoal era suficiente para sugar a força necessária, que seria fornecida pelos escravos.

— Mais um momento — murmurou ele, dando forma ao poder glorioso e inebriante. — Apenas mais um momento só...

* * *

David estava fascinado pelo trabalho de Harrison — imagine só, inventar um relógio que poderia ser usado para determinar a longitude de um navio! De repente, seus olhos perceberam um movimento ao longo da parede lateral da igreja. Olhou com mais atenção e pensou ter visto Lorde e Lady Falconer, mas certamente eles não poderiam estar ali! Quando olhou novamente, não conseguiu mais vê-los. Mesmo assim, havia algo estranhamente familiar se esgueirando pelas sombras.

Sarah sempre lhe dizia que a curiosidade era sua característica mais forte e tinha razão. Silenciosamente, David seguiu as formas enigmáticas que haviam atraído sua atenção.

* * *

Eles estavam a ponto de entrar na capela de Nossa Senhora quando Simon agarrou Meg pelo pulso e apontou para o chão. Ela não havia

MAGIA ROUBADA

percebido o círculo fracamente iluminado, mas, depois de Simon apontar, reparou em que havia várias linhas trançadas ali, latejantes de puro poder. Havia pelo menos dois feitiços independentes no círculo: um deles pulsava como uma ameaça escura e letal.

Em vez de pisar o círculo, Simon passou pelo espaço entre ele e a parede. Drayton estava de costas para a entrada, olhando para os escravos, que continuavam de mãos dadas. Cada um deles brilhava com uma luz sutil: azul para Moses, cor-de-rosa para Lily, cinza metálico para Jemmy e vermelho vivo para Breeda.

Com os dedos colocados em forma de tenda sobre o rosto, Drayton concentrava tanto poder que a silhueta dele e as dos jovens à sua frente estavam indistintas. Meg percebeu que ele estava modelando as energias das linhas místicas e formando um funil escuro com elas.

Quando ela e Simon entraram na capela, Drayton direcionou o funil para os escravos e comandou:

— Agora!

Quando a investida de energia telúrica alcançou os jovens, transformou-se em uma pulsante névoa rubra que pareceu, por um instante, sugar todo o ar da capela antes de começar a fluir e envolver a estrutura da igreja. Ao primeiro contato de energia rubra, os encantos que Drayton havia enterrado nas pedras ganharam vida, e a capela começou a vibrar.

— Maldição! — praguejou Simon. — Ele vai derrubar a igreja toda.

Ao ouvir a voz de Simon, Drayton se virou. Apesar da surpresa, manteve a linha mística energética pulsando sem parar. Com toda a frieza, disse:

— Quer dizer que vocês conseguiram chegar a tempo.

Meg se perguntou se ainda havia energia extra em Drayton e se ele tentaria lançar um feitiço neles. Viu que não, pois, quando o golpe veio, foi físico. O patife saltou, atravessando a capela, e voou sobre Simon com o punho cerrado.

Simon desviou do golpe, mas a lateral de seu corpo o colocou perigosamente próximo do círculo ritual marcado no chão. Com os olhos cintilando de triunfo, Drayton agarrou Simon pelo braço e o puxou. No instante em que a mão de Simon passou sobre o espaço acima do círculo, ele caiu no chão, envolto em um torvelinho de magia.

Horrorizada, Meg viu que as faixas de energia trançadas eram a transformação do unicórnio entrando em ação, bem como o ritual mágico da morte. Se aquele feitiço funcionasse conforme tinha sido planejado, Simon se veria forçado a assumir a forma do unicórnio e, em seguida, seria assassinado para que Drayton pudesse extrair o poder de seu chifre. O corpo de Simon já começava a se contorcer e, apesar de ele tentar lutar contra os encantos, o poder das trevas o oprimia de forma avassaladora.

— Não! — Meg agarrou Simon pela perna e o puxou para fora do círculo na esperança de a distância conseguir libertá-lo dos encantos. Isso não aconteceu. A forma de Simon continuava cintilando, e ele se retorcia, no limite da transformação.

— Aguente firme! — sussurrou ela, ajoelhando-se a seu lado e colocando as mãos no joelho dele. Agradeceu aos céus por Drayton não ter, naquele momento, poderes extras para mais um ataque e despejou sua magia pessoal em Simon, para suprimir os feitiços combinados dos quais ele estava sendo vítima. Ela enviou poder em estado bruto, e as mais altas energias de calma e tranquilidade que conseguiu reunir, torcendo para que aquilo servisse para contrabalançar a fúria traiçoeira que Simon devia estar sentindo.

Ele pareceu se estabilizar um pouco, mas o feitiço mortal continuava agarrado nele. As vibrações da igreja também aumentavam a cada segundo. O painel de madeira entalhada que separava a pequena capela do corpo da igreja explodiu com o barulho de um tiro de espingarda, e lascas voaram para todos os lados.

Percebendo o dano, Drayton colocou a mão na maçaneta de uma porta oculta de forma inteligente e anunciou:

— Hora de me retirar, senhores. — Seu sorriso era mais frio que o gelo. — Vou ao encontro de uma Inglaterra melhor e mais pura.

Sentindo-se desamparada e impotente, Meg canalizou ainda mais poder para Simon, com determinação. As trevas em volta dele pareceram diminuir e ele conseguiu dizer, com a voz entrecortada:

— Impeça Drayton, Meg! Para salvar a própria pele, talvez ele desista de destruir a igreja.

Ela lançou uma última carga de energia sobre Simon e se levantou para enfrentar o patife.

— Dessa vez, seu demônio, você vai enfrentar as consequências de suas maldades!

Sabendo que Drayton estava fortemente protegido, Meg usou a energia que vinha da terra para fechar e trancar a porta oculta por onde ele sairia. Praguejando, Drayton sacudiu a maçaneta e tentou forçar a porta com o corpo para que ela se abrisse, mas Meg a havia lacrado de forma tão segura que só um aríete conseguiria derrubá-la.

Ouviu-se um som de pedras caindo no santuário principal.

— É um terremoto! — gritou um homem de Yorkshire.

Um instante depois, a voz de outro participante, que viera de Londres, informou:

— As portas estão trancadas! — Mais estalos de pedras pontuaram os sons do pandemônio que se instalava.

— Cancele o feitiço! — implorou Meg, olhando para Drayton.

— Não mate tantas pessoas inocentes!

— Inocentes? — Drayton se voltou para ela e exibiu olhos em que já não havia um pingo de sanidade. — Aqueles porcos vão destruir a Inglaterra, transformando-a em uma grande fábrica envenenada, onde homens inferiores não conhecerão mais o seu devido lugar. Se eu tiver de morrer para impedir isso, que seja!

Sabendo que ele esperava um ataque de magia, Meg usou o mesmo truque que Drayton usara em Simon e se lançou fisicamente contra o canalha, suas unhas formando garras. Como imaginava, não foi afetada quando passou sobre o círculo ritual. Ela mirou os olhos dele, desejando arrancá-los das órbitas como se fosse uma leoa.

Xingando alto, Drayton deu um passo para trás e conseguiu aplicar um soco violento em Meg. Seu punho atingiu o rosto dela com força. Meg gritou de dor e recuou, abalada.

David White tinha entrado na capela segundos antes, com uma expressão tensa nos olhos.

— Foi difícil achar a entrada. Existe alguma forma de escapar daqui antes que o prédio todo venha abaixo? — perguntou ele, mas parou, perplexo, ao ver o soco que Drayton tinha dado em Meg. — Milorde! Não se bate em uma dama!

— Seu mecânico imundo, vindo da ralé! — Drayton girou o corpo e lançou um raio mortal sobre David.

Sem os escudos adequados de um Guardião, David voou contra a parede e bateu nela com a cabeça, antes de escorregar para o chão lentamente, com os olhos abertos e vidrados. Horrorizada, Meg se lançou em sua direção.

As pedras começavam a cair do teto e pulavam em todas as direções. Uma delas atingiu o braço de Simon. Com a voz muito instável e ofegante, ele disse:

— Uma coisa de cada vez, Meg. Tente estabilizar a igreja usando a energia mística da terra.

Se ela não conseguisse fazer isso, todos ali morreriam, não apenas David. Meg ergueu os braços e invocou a energia que sentira circular por dentro dela naquela mesma manhã, um pouco mais cedo.

Gaia, Mãe Abençoada, salve este lugar e essas pessoas, do mesmo modo que a senhora me salvou. Conceda-me a força de que eu necessito neste instante.

Um fluxo de poder intenso a fez estremecer. Ali era a capela de Nossa Senhora, Meg se deu conta. O local onde a Mãe Divina fora cultuada durante muitos séculos. O santuário tinha sido erguido exatamente sobre o lugar onde se encontravam as energias da própria terra.

Meg se abriu por inteiro e se transformou em um instrumento. Sua pele começou a brilhar com uma ofuscante luz branca, enquanto ela canalizava a energia vinda da terra para as pedras que formavam as estruturas ancestrais à sua volta. Ao ver a fúria que se formava no rosto de Drayton, Meg lançou, com serenidade, uma língua de fogo branco que o envolveu por completo e o impediu de interferir.

Aos poucos, o branco da luz foi dissolvendo o vermelho da fúria, como a maré que invade o estuário de um rio e o impede de se lançar com força sobre o oceano. A energia da deusa cobriu todo o mundo visível, até que Meg se sentiu suspensa na luz. O poder circulava livremente ao longo da nave da igreja. Meg sentiu o vigor telúrico se espalhar pelas vigas e subir até a torre dos sinos, estabilizando o estremecer furioso da estrutura e diminuindo a cacofonia frenética dos sinos, que badalavam sem parar.

Quando o chão debaixo dos pés de Meg parou de se mexer, ela olhou para a espiral escura de energia em que Simon estava e estendeu a mão na direção dele. Uma luz ofuscantemente branca fluiu de seus dedos e extinguiu o feitiço mortal que Drayton havia criado dentro do círculo.

Obrigada, Gaia. Com o resto de seu poder emprestado da terra, Meg destrancou todas as portas da igreja, para que os convidados em pânico pudessem fugir para o exterior, mesmo que já não fosse necessário.

Ao longe, ela ouviu os gritos de alívio e se lançou no chão, sentindo-se vazia e sem forças. Parecia transparente, como se não houvesse mais vida naquela frágil concha que seu corpo era.

Uma Guardiã tinha de estar sempre disposta a se sacrificar pelo bem maior. Meg não precisava prestar os juramentos nem os votos para compreender isso.

TRINTA E SEIS

 $\mathcal{U}$ ma quantidade tão grande da força de Simon estava ligada à magia de Drayton que ele se sentiu tonto por alguns instantes quando Meg dissolveu o feitiço mortal. O encanto de transformação ele conseguiria controlar por conta própria, o que era algo bom, já que Meg talvez não o conseguisse restaurar à sua forma humana, pois não era mais virgem. Se Simon se transformasse em unicórnio, poderia não haver volta.

Ele continuava instável, mas se colocou em pé. Nesse instante, porém, Drayton conseguiu se desvencilhar das amarras que Meg lhe colocara. O patife já se virava, emitindo um grunhido de fera, mas Simon concentrou todo o seu poder na mão e conseguiu produzir uma espada de prata etérea. Com um único golpe impetuoso, Simon cortou a ligação energética pulsante formada pelo poder sugado das linhas místicas, o poder que ainda unia Drayton aos escravos. A ameaçadora luz rubra se desfez instantaneamente.

Nesse momento, Meg se encolheu no chão, com o rosto mortalmente pálido.

— Meg! — Simon correu para acudi-la.

Drayton cambaleou quando o poder que governava se libertou de repente e se dissolveu, voltando para os canais que seguiam para o fundo da terra. Ele ainda fez uma tentativa desesperada de impedi-lo de desaparecer, mas foi em vão. Não restara magia pessoal nele em quantidade suficiente para direcionar a energia telúrica.

— Malditos! — Com o rosto distorcido de fúria, Drayton girou o corpo e usou o que restava do seu poder para lançar um golpe fatal na direção de Simon.

Por instinto, Simon ergueu um escudo para repelir o raio que Drayton lançara. Quando o raio ricocheteou no escudo e seguiu na direção dos escravos, Simon gritou:

— Abaixem-se!

Obedientes como sempre, os jovens abaixaram a cabeça ao mesmo tempo. A maior parte do golpe letal passou por cima de suas cabeças, mas Lily gritou, com a pele chamuscada depois de ser atingida de raspão pelo raio lançado por Drayton. Moses ergueu a cabeça com determinação, tentando lutar bravamente contra o encanto de submissão.

Simon lançou outro feitiço para enfaixar Drayton energeticamente. Mesmo que não durasse muito, o encanto lhe daria o tempo necessário para libertar os cativos. Torcendo para que Jean Macrae os tivesse treinado bem nas artes de autodefesa, ele entrou na mente de Moses. Como se lembrava bem dos caminhos que trilhara antes, levou poucos instantes para libertá-lo das correntes mentais que o prendiam. A princípio, a expressão de Moses foi de espanto, mas logo seu rosto se iluminou.

Simon se abaixou ao lado de Meg e tocou sua garganta, em busca de pulsação. Encontrou um pulso fraco, mas estável. *Graças a Deus.* Embora sua vida estivesse por um fio, pelo menos ela ainda resistia.

Antes, porém, as prioridades. Isso significava libertar os outros cativos. Simon poderia ter trabalhado com mais elegância, se tivesse tempo, mas o que importava agora eram a velocidade e a eficácia. Ele quebrou as faixas de magia em Lily, Jemmy e Breeda, em rápida sequência. Como Moses, foram necessários apenas alguns segundos para todos se recuperarem do cativeiro.

David White era o seguinte. Quanto tempo fazia que ele havia caído? Não muito, certamente menos de um minuto, mas, para que ele sobrevivesse, era preciso curá-lo imediatamente.

Quando Simon atravessou a capela para chegar a David, Drayton se libertou do feitiço de imobilização e explodiu em pragas e palavrões. Antes que o mago tivesse chance de agir, porém, Moses se ergueu da cadeira, com os olhos pretos cintilando de ódio quando encarou Drayton.

— Seu demônio! — grunhiu o rapaz, irradiando uma luz fria e azul do próprio corpo.

Ele estendeu a mão para Lily. Ela agarrou os dedos dele com força e se levantou, meio tonta, com o rosto suave ligeiramente distante. Uma energia cor-de-rosa se formou em torno de seu corpo quando ela estendeu o braço para Jemmy. Com os olhos irradiando uma gélida luz cinza, o antigo limpador de chaminés se levantou com dificuldade e pegou a mão de Breeda.

Uma luz em tom escarlate mais forte que o de seus cabelos flamejou da jovem irlandesa quando ela se levantou, com uma expressão letal. Antes de Simon conseguir intervir, ela apontou a mão livre para Drayton e sussurrou:

— Morra, maldito! E que sua alma cruel arda no inferno *para sempre*!

Jatos de magia vindos das quatro almas se trançaram, formando um dardo de energia que atravessou a capela com a velocidade de um raio. O jato de poder atravessou Drayton e seu corpo ficou espetado na parede. Por um instante, o patife se viu engolfado em um fogo escarlate. Sua voz se amplificou pelo ar em uivos horrendos, capazes de provocar calafrios.

De repente, Drayton se foi, sua carne e seus ossos implodindo até que apenas um punhado de cinzas revelasse o lugar onde ele estava. Simon olhou para as cinzas, perplexo. Ele já vira magia fazer muitas coisas, mas nunca a vira reduzir um homem a absolutamente nada. Teria aquilo sido provocado pela magia africana de

Moses? Pela ira de guerreira nórdica, tão típica de Breeda? Ou pela mistura de elementos presentes nos quatro jovens? Ele suspeitava que essa última possibilidade era a correta. Drayton havia moldado sua própria morte.

Os ex-cativos soltaram as mãos uns dos outros, parecendo atônitos. Mas Simon notou que nenhum deles parecia mostrar sinais de arrependimento pelo que haviam feito.

O conde se posicionou ao lado de David, colocou uma das mãos sobre a testa do engenheiro e a outra no peito da vítima, para poder canalizar a contento sua energia de cura recém-adquirida. Longos segundos se passaram, mas a magia não fez efeito. Desolado, Simon percebeu que David estava além do alcance da energia de cura de um Guardião. Só um milagre poderia fazer com que ele voltasse do abismo.

Um unicórnio era magia pura, com poderes de cura que transcendiam tudo o que Simon poderia fazer sob forma humana. Só que, se ele se transformasse, correria o risco de nunca mais voltar a ser ele mesmo. Com Drayton morto, talvez o feitiço não pudesse mais ser desfeito.

Não importava. Ele havia prometido a Sarah que tomaria conta do marido dela, e David nem estaria ali se não fosse por Simon, para começo de conversa. Deixando-se envolver pelo feitiço de transformação contra o qual ele lutava desde o início daquele drama, Simon se colocou de quatro no chão e se *transformou*.

Uma sensação de calor lhe percorreu o corpo em todas as direções. A dor avassaladora distorceu seus membros até o limite da loucura, e ele experimentou a horripilante certeza de que, dessa vez, a mudança seria irreversível.

A dor desapareceu, Simon se viu na pele da criatura mística e se levantou para ficar sobre quatro poderosas patas, sentindo-se seguro e confiante. Abaixando a cabeça, tocou o peito de David com o chifre, em um local um pouco acima do coração. *Cure-se, coração. Bata com força por sua esposa, por seu filho que ainda não nasceu, por suas ideias. Você não pode ser destruído.*

A energia começou a fluir do chifre, de forma generosa e abundante, enquanto os segundos vitais se esgotavam. Já era um começo, mas ele precisava de mais força. *Mãe Abençoada, realize um milagre por Sarah, que logo vai se tornar mãe como a senhora.*

A energia subiu da terra e jorrou através dele como um rio iridescente, saturando David de luz. Simon sentiu um leve som no peito de David. Outro. Outro e outro, até perceber um ritmo constante. David estremeceu dos pés à cabeça e inspirou subitamente, com força.

Simon esperou mais alguns instantes para se certificar de que o amigo estava bem e, depois, se virou, com muito cuidado. A capela era pequena para um unicórnio, seis pessoas e uma pilha de cinzas.

Os jovens libertos do cativeiro olharam para ele, e Jemmy disse:

— Esse animal é Lorde Falconer! Eu o vi se transformar com meus próprios olhos!

— Ele é um unicórnio — disse Lily. — Eu pensei... eu pensei que não existisse tal criatura.

— Eu não gosto do aspecto desse chifre — retrucou Breeda, recuando um passo.

— Ele não nos machucará — afirmou Moses, mas também deu um passo para trás.

Simon não se importou com o que eles pudessem achar ou sentir desde que não interferissem com o que ele faria. Ajoelhou-se ao lado de Meg e, com muita gentileza, esfregou o chifre ao longo do corpo dela, de cima a baixo. A respiração da condessa começou a se intensificar, mas ela continuava inconsciente. Parecia frágil como os finos fios de uma teia que flutuam no ar.

Sua companheira precisava de mais do que o poder curativo do chifre. Ele passou o focinho carinhosamente pelo rosto dela. *Acorde, meu amor. Acorde!* Meg inspirou longamente, mas, logo depois, emitiu uma expiração muito mais lenta e profunda. Passou-se muito tempo, e ela não tornou a respirar.

Começando a sentir um desespero frenético, Simon tornou a tocar nela com o focinho. *Meg, não ouse me abandonar!* Mesmo em pensamento, Simon teve dificuldade de formar as palavras em sua mente animal. *Amo você e preciso de que você esteja completa para me receber. Preciso de você, minha amada. Volte!*

Ela inspirou mais uma vez, lenta e profundamente, e seus olhos se abriram, trêmulos.

— Simon? — Ela sorriu e estendeu a mão para lhe acariciar o focinho. — Ainda estamos aqui, então devemos ter vencido a batalha.

Vibrando de alívio, ele esfregou o focinho nela mais uma vez. *Sim.*

Usando Simon como apoio, Meg conseguiu sentar-se e perguntou:

— O que aconteceu?

Os jovens ex-cativos começaram a fazer um confuso relato sobre o que tinha acontecido desde o instante em que ela desmaiara. Cedendo à tentação, Simon repousou a cabeça no colo de Meg. Sua mente lenta de unicórnio percebeu que, embora ela não fosse mais virgem, continuava a atraí-lo de forma irresistível, tanto quanto na primeira vez em que ele a vira. Apesar de saber que as outras duas jovens no recinto também deviam ser virgens, elas não o atraíam nem um pouco. Elas que encontrassem um unicórnio para si mesmas.

Meg ouviu as explicações com uma expressão séria, enquanto uma de suas mãos acariciava as orelhas de Simon. Quando Jemmy terminou a história, ela disse:

— Quer dizer que Drayton se foi. Suponho que eu deveria estar lamentando a perda de uma vida. Para ser franca, porém, confesso que isso não me abala muito, pois a verdade é que ele estava disposto a assassinar centenas de homens apenas por eles não se enquadrarem em sua louca visão de mundo.

— É exatamente isso que eu acho – concordou Breeda, com um sorriso fino como uma lâmina —, embora não consiga usar palavras tão lindas para expressar o que sinto.

Meg olhou para David, que estava se mexendo, e pediu:

— Moses e Jemmy, será que vocês podem acompanhar o sr. White até o interior da igreja? Ofereçam-lhe um pouco de água e lhe façam companhia até ele se recuperar por completo. Ele é um homem adorável, mas é bom não o expor a mais magia do que já suportou. Digam-lhe que uma pedra se soltou do teto quando a terra tremeu, atingiu sua cabeça, e que ele desmaiou.

Com um pouco de sorte, David não se lembraria de nada do que tinha testemunhado na capela de Nossa Senhora. Meg lançou um encanto para que isso acontecesse, enquanto Moses e Jemmy o levantavam do chão e o carregavam para o santuário principal.

Voltando-se para Lily e Breeda, Meg explicou:

— Foi Drayton quem colocou o feitiço do unicórnio em Lorde Falconer. Segundo reza a lenda, as mulheres virgens têm um grande poder de sedução sobre os unicórnios, e nós descobrimos que um pouco de meu sangue misturado ao dele o faz voltar à forma humana. Infelizmente, agora que somos casados, eu não tenho mais esse poder. — Não havia necessidade de contar que ela perdera a virgindade fazia menos de duas horas. — Será que uma de vocês estaria disposta a misturar algumas gotas de seu sangue ao dele?

— Claro! — concordou Lily, oferecendo-se na mesma hora. — Milady tem uma faca?

Simon se colocou em pé, enquanto Meg tirava a tarraxa do brinco para uma rápida espetada em seu ombro, e depois no dedo de Lily. Com um jeito carinhoso, Lily esfregou o sangue do dedo contra a ferida no pescoço do unicórnio. Os dois sangues se encontraram e... nada! Elas não conseguiram o efeito desejado, por mais que Lily esfregasse.

Com ar sombrio e distante, Meg percebeu que, de certa forma já temia isso.

MAGIA ROUBADA ✳ ✳ ✳ 481

— Breeda, você está disposta a tentar?

— Eu seria capaz até de cortar os pulsos com uma adaga para salvar Lorde Falconer — disse a jovem irlandesa, enrubescendo violentamente —, mas eu... não sou mais virgem. Fui violada por um soldado bêbado quando tinha 13 anos.

Não era de se estranhar que ela tivesse uma personalidade tão forte e feroz.

— Se não se importa — pediu Meg —, vamos tentar mesmo assim. Você tem o sangue de uma guerreira, e talvez isso ajude.

Outro furo foi feito no pescoço de Simon. Ele aguentou a dor de forma estoica, mas o sangue de Breeda não foi mais eficaz que o de Lily.

— Desculpe, milady — pediu a jovem. — Há algo mais que eu possa fazer?

— Acho que não. — Meg balançou a cabeça. — Obrigada por tentar.

Simon começou a andar de um lado para outro dentro da capela, sentindo-se inquieto. Havia recuperado sua força e a selvageria do unicórnio, coisa que tanto temia. Por quanto tempo ele conseguiria permanecer sob a forma de unicórnio antes de perder sua natureza humana de forma irreversível? Ele já havia se transformado uma vez naquele dia, para a cavalgada desde a casa de Lady Bethany até ali. O tempo se esgotava como a areia de uma ampulheta.

— Não existe nenhuma outra maneira de quebrar o encanto? — perguntou Lily.

— Pelo visto, a única pessoa que poderia quebrar um encanto desse tipo de forma permanente é a pessoa que o criou — disse Meg, cerrando os dentes ao pronunciar o nome: — Drayton!

— Nunca imaginei isso, milady. — Breeda se mostrou muito abalada.

— Não se culpe. Mesmo que Drayton estivesse vivo, ele preferiria morrer a desfazer o encanto. — Meg expirou profundamente, tentando clarear as ideias. — Quando Falconer está na forma humana, ele consegue se manter humano indefinidamente, desde que não perca a calma. Só que, agora, eu não sei como trazê-lo de volta.

— Milady, mesmo que a senhora não seja mais virgem, é esposa dele. Talvez seu sangue ainda tenha o poder de quebrar o encanto — sugeriu Breeda, com um jeito tímido.

Valia a pena tentar, mas não funcionou. Depois de admitir a derrota, Meg enxugou o sangue do corpo brilhante de Simon, que se mostrava a cada minuto mais ansioso. Ele irradiava uma energia nervosa. Se ela não tivesse lacrado a porta, poderia dar uma volta com ele lá fora... Não, isso não era uma boa ideia, pois mais de duzentos engenheiros e mecânicos batiam papo animadamente na capela principal e na parte de fora da igreja. O escudo protetor em volta da capela de Nossa Senhora era tudo que lhes garantia privacidade.

O que foi mesmo que Simon lhe tinha dito, no dia em que se conheceram, ao descrever a essência da magia? Ele ensinou que a magia era composta de vontade e intenção. Meg já tinha usado isso. Sua vontade e sua intenção haviam funcionado muito bem.

Respirando fundo, foi até onde Simon estava e colocou sua cabeça comprida entre as mãos dela.

— Você vai voltar à sua forma humana, senhor conde, meu marido. Este casamento mal começou, e eu não vou permitir que ele termine tão cedo.

Enquanto falava, visualizou Simon em sua forma humana. A altura dele, os ombros largos, os músculos longos e fortes, o brilho de seus cabelos muito louros. Ele era seu amigo, seu amante, seu mentor e seu marido. Era todo *dela*. Agora, ela o queria de volta.

Com determinação, procurou o espaço banhado de luz por onde ela havia canalizado a força poderosíssima da terra para salvar a capela, o mesmo lugar onde as linhas retas místicas se encontravam. A energia começou a fluir dela, brilhando e se misturando

MAGIA ROUBADA 483

com as tonalidades mais ricas e escuras do solo. Aquela força seria sempre parte dela, percebeu Meg, mesmo quando ela estivesse longe de uma linha energética. Ao se render à energia da terra, Meg a tinha tomado para si.

Volte, meu amado.

Sob as mãos de Meg, o elegante equino começou a se transformar. O calor se expandiu de dentro dele. Meg se afastou, para não interferir na metamorfose. Enquanto Lily e Breeda soltavam exclamações de espanto, a forma humana de Simon começou a se delinear, embora ligeiramente borrada por uma energia violenta.

A transformação ocorreu mais depressa do que geralmente acontecia, e, em poucos segundos, Simon era um homem novamente, deitado de costas com as pernas abertas, completamente nu, sobre o frio piso de pedra. Ele exibiu um sorriso fraco e disse:

— Vejo que aprendeu um truque novo, meu amor.

— Graças a Deus! — Meg se colocou de joelhos ao lado dele e lágrimas de alívio lhe escorreram pelo rosto.

— Tome, milorde. — Lily pegou no chão um pedaço do casaco esfarrapado de Simon, colocou-o sobre o corpo dele e logo se afastou, com discrição. — Breeda, vamos ver o que nossos amigos estão fazendo. — Juntas, saíram da capela pela porta que levava ao santuário principal.

Depois que as jovens saíram, Simon expirou com dificuldade e enlaçou Meg pela cintura com força, puxando-a para perto de si.

— Como foi que você fez isso? Tenho certeza absoluta de que não é mais virgem.

Rindo, ela repousou a cabeça sobre o ombro dele, tão cansada que nem teve forças para ajudá-lo a se levantar.

— Desejei ardentemente que você retornasse à forma humana. — Ela parou de falar, atônita, ao perceber que seu corpo estava se refrescando e se tornando mais leve devido à energia da terra em torno deles. Isso poderia ser útil no futuro. — Acho que posso quebrar o encanto sempre que for necessário. Isso não é tão perfeito quanto libertar você do encanto para sempre, mas vai nos servir.

— Ela riu. — Portanto, se você perder a calma com facilidade e um chifre surgir, eu poderei trazê-lo de volta.

Simon quedou-se pensativo.

— Existe algo de esplendoroso em ser um unicórnio. Devido ao perigo de ser sobrepujado pela natureza selvagem do animal, seria tolice eu ficar sob essa forma durante muito tempo. No entanto... Talvez, em raras ocasiões, possa ser muito divertido cavalgar livremente pelos campos mais uma vez. Desde que você esteja por perto para me restaurar a antiga forma.

Meg beijou-lhe a testa, bem onde ficava o chifre.

— Sim, poderemos tentar isso, um dia. Eu detestaria perder meu magnífico unicórnio para sempre.

Simon riu, mas logo ficou sério.

— Peça a alguém para ir à casa principal da abadia e roubar algumas roupas para mim. Quero assumir o comando desse fórum de tecnologia. O evento é uma boa ideia, seria uma pena desperdiçar essa oportunidade. As pessoas vão achar que Drayton precisou voltar a Londres subitamente para resolver algum problema.

— E, de algum modo, misteriosamente, ele desaparecerá para sempre durante a viagem. Atacado por um ladrão de estradas, certamente. — O olhar de Meg se mostrou distante. — Todos esses inventores, engenheiros e mecânicos vão mudar o mundo para melhor ou para pior?

— As duas coisas — disse Simon, com tom seco. — Estamos às vésperas de uma nova era, minha donzela guerreira. Haverá dor, ódio e distúrbios. As mudanças machucam. No fim, porém, essa nova era vai beneficiar as massas. Haverá mais educação, mais riquezas, mais escolhas para todos. Meninos brilhantes não vão mais precisar morrer entalados em chaminés, e meninas como Breeda não precisarão virar criadas por não existirem outros empregos para jovens pobres vindas de fazendas. Eu não consigo enxergar como será o futuro, mas sei que será muito melhor do que se Drayton fizesse o que pretendia.

— Ótimo. — Meg passou as mãos pelos cabelos de Simon, perguntando-se quanto tempo ele levaria para colocar o fórum no rumo certo. Quando os distúrbios daquele dia tivessem sido absorvidos, e os mecânicos e engenheiros tivessem chance de conversar uns com os outros, ela e Simon voltariam para a casa de Lady Beth, em busca de um pouco de privacidade. Eles desejavam uma longa e muito merecida noite de intimidade. — Só que, como eu não sou mais donzela, não posso mais ser sua donzela guerreira — completou.

— Não importa. — Ele riu e a puxou mais para junto de si. — Agora você é minha rainha guerreira.

EPÍLOGO

Emma sacolejava muito em seu banco, na carruagem.

— Estamos quase lá!

Meg sacolejava quase tanto quanto a irmã.

— Estou reconhecendo a ponte de pedra! A moradia do vigário fica logo depois da próxima curva!

Simon sorriu para as irmãs. Uma semana já havia se passado desde o confronto final com Drayton, e tinha sido uma semana movimentada. Logo, Moses levaria Lily para conhecer a família dele em Marselha, e se tornar sua noiva. Jemmy decidira ir com eles. Queria estudar, e era também uma oportunidade para cavalgar.

Breeda havia zarpado para a Irlanda, a fim de visitar sua família, mas, depois disso, planejava se juntar aos outros na França. Os laços que uniam os quatro amigos eram poderosos demais para que eles se separassem. Simon já escrevera para um Guardião francês que ele conhecia em Marselha a fim de dar continuidade ao treinamento dos antigos cativos.

David White havia se recuperado do ataque de Drayton sem sequelas, mas não tinha uma lembrança muito clara do que havia acontecido. Mais tarde, porém, depois que voltou do fórum com a cabeça fervilhando de ideias, confidenciou a Sarah que, enquanto estava inconsciente, havia flutuado através de um túnel de luz. No fim desse túnel, ele tinha visto o puro esplendor de Deus.

O Senhor lhe dera a escolha de ficar no paraíso ou voltar à Terra. Ele escolhera Sarah e seu filho, que ainda iria nascer, porque Deus estaria sempre no céu, à espera. Simon soube dessa história por intermédio de Sarah, quando ela apareceu em sua casa para agradecer, em particular, pelo que o conde havia feito por seu marido, fosse lá o que tenha sido.

A carruagem parou em frente à casa do vigário, iluminada pelo sol. Emma pulou do veículo antes mesmo de o cocheiro abaixar os degraus para ajudá-la a descer.

— Mamãe! Papai!

Meg saltou lentamente, ansiosa e nostálgica, mas também um pouco nervosa. Dez anos eram muito tempo. Simon saltou por último, e resolveu ficar um pouco afastado enquanto o reencontro acontecia. Ele era um intruso naquela celebração familiar.

— Emma! Meg! — De repente, o terreno diante da casa estava cheio de membros da família Harper. Chegaram dois rapazes altos, junto com o vigário e sua esposa, sem mencionar os três cães e vários gatos. Um cocker spaniel já idoso, com o focinho cheio de pelos brancos, pulou sobre Meg com um uivo de êxtase que pareceu quase humano.

— Minha filhinha querida! — A mãe de Meg abraçou-a, chorando muito. — Eu nunca acreditei que você estivesse morta, *nunca acreditei*. Essa última semana, enquanto esperávamos pela chegada de vocês, me pareceu uma eternidade.

— Mamãe, mamãe! — As lágrimas escorriam pelo rosto de Meg enquanto ela abraçava a mãe com força, quase a esmagá-la. — Durante muito tempo, eu achei que estava sozinha no mundo. Como posso ter me esquecido do quanto sou abençoada?

Os Harper acabaram se unindo em um grande e coletivo abraço, a felicidade demoliu suas reservas iniciais. Simon ficou parado ao lado da carruagem, tentando suprimir uma indigna fisgada de inveja ao notar os laços de amor que uniam os Harper. Mesmo na época mais feliz, a família de Simon nunca fora tão amorosa. Até a magia tem seus limites.

O vigário se voltou para ele e lhe estendeu a mão.

— Perdoe nosso comportamento rude, Lorde Falconer, e, por favor, aceite nossa gratidão. O senhor nos ofereceu um presente que não tem preço. Durante dez anos, eu achei que minha filha mais velha estivesse morta. Nunca sonhei que ela poderia voltar um dia, inteira, viva e linda. — Ele sorriu com timidez. — E virou condessa, ainda por cima.

Simon estendeu a mão e os dois homens trocaram um forte aperto.

— Sinto muito não ter podido pedir formalmente a mão de sua filha em casamento, senhor. Somos casados pela lei dos homens, mas esperamos que o senhor nos case novamente, dessa vez sob a lei de Deus e diante de todos os seus amigos e familiares. Que isso aconteça o mais depressa possível, porque, agora que Meg se lembra de toda a família, diz que só se sentirá devidamente casada quando o senhor realizar a cerimônia e nos abençoar com o sacramento.

— Considero isso um privilégio. — Os olhos cinza-esverdeado do vigário, muito parecidos com os de Meg, eram muito argutos. — Minha filha escolheu um homem bom.

Simon percebeu uma centelha de poder no velho homem e sentiu que havia descoberto de onde pelo menos uma parte da magia dos Harper viera.

Meg se virou e tocou seu braço, exibindo um sorriso radiante, apesar dos filetes de lágrimas no rosto.

— Venha, meu amor, venha conhecer sua nova família. — Chegou mais perto de Simon e o tomou pelo braço, e Emma enlaçou o outro braço de Simon.

Subitamente, ele já não se sentia mais um intruso ali.

* * *

Nos anos que se seguiram, perto da antiquíssima propriedade de família dos lordes Falconer, começaram a aparecer histórias sobre um misterioso unicórnio branco que, às vezes, cavalga pela noite com a velocidade do vento. Em seu dorso, ele carrega a rainha das fadas, que tem uma risada forte, contagiante, e também cabelos escuros que passam ondulando através da escuridão.

Mas é claro que tudo isso não é mais que uma lenda.

Impresso no Brasil pelo
Sistema Cameron da Divisão Gráfica da
DISTRIBUIDORA RECORD DE SERVIÇOS DE IMPRENSA S.A.
Rua Argentina 171 – Rio de Janeiro, RJ – 20921-380 – Tel.: 2585-2000